Terry Pratchett und
Stephen Baxter

# Der Lange Mars

W0356003

GOLDMANN
Lesen erleben

*Buch*

2040–45: Das Universum der Langen Erde, dieser unendlichen Abfolge paralleler Welten, ist in Aufruhr: Nach einem gewaltigen Vulkanausbruch auf der ursprünglichen, der Datum-Erde, suchen Flüchtlingswellen die Siedlungen auf den neuen Erden heim. Während die erfahrenen Pioniere Joshua und Sally helfen, wo sie können, meldet sich Sallys Vater Willis Linsay zurück, Erfinder des »Wechslers«, mit dem das Pendeln zwischen den Welten erst möglich wurde. Einst verschwand Willis unter mysteriösen Umständen und galt als verschollen, jetzt will er seine Tochter mitnehmen auf eine Expedition in die geheimnisvollen Welten des Langen Mars. Allerdings verschweigt er Sally die wahren Gründe für diese gefährliche Reise …

Weitere Informationen zu Terry Pratchett und Stephen Baxter sowie zu weiteren lieferbaren Titeln der Autoren finden Sie am Ende des Buches.

Terry Pratchett und
Stephen Baxter

# Der Lange Mars

Roman

Ins Deutsche übertragen
von Gerald Jung

GOLDMANN

Die Originalausgabe erschien 2014 unter dem Titel »The Long Mars«
bei Doubleday, an imprint of Transworld Publishers, London.

Sollte diese Publikation Links auf Webseiten Dritter enthalten,
so übernehmen wir für deren Inhalte keine Haftung,
da wir uns diese nicht zu eigen machen, sondern lediglich auf
deren Stand zum Zeitpunkt der Erstveröffentlichung verweisen.

Dieses Buch ist auch als E-Book erhältlich.

MIX
Papier aus verantwortungsvollen Quellen
FSC® C014496
FSC www.fsc.org

Verlagsgruppe Random House FSC® N001967

1. Auflage
Taschenbuchausgabe April 2018
Copyright © der Originalausgabe 2014
by Terry und Lyn Pratchett und Stephen Baxter
This edition is published by arrangement with Transworld Publishers,
a division of Random House Group Ltd.
All rights reserved.
Terry Pratchett® and Discworld® are registered trademarks
Copyright © der deutschsprachigen Ausgabe 2015
by Wilhelm Goldmann Verlag, München,
in der Verlagsgruppe Random House GmbH,
Neumarkter Str. 28, 81673 München
Umschlaggestaltung und Gestaltung der Umschlaginnenseiten:
UNO Werbeagentur, München,
nach einem Entwurf von buxdesign, München
unter Verwendung eines Entwurfs von R. Shailer/TW
Redaktion: Uta Rupprecht
mb · Herstellung: ik
Satz: Uhl + Massopust, Aalen
Druck und Bindung: GGP Media GmbH, Pößneck
Printed in Germany
ISBN: 978-3-442-48746-2
www.goldmann-verlag.de

Besuchen Sie den Goldmann Verlag im Netz

Für Lyn und Rhianna, wie immer

T.P.

Für Sandra

S.B.

# MARSGLEITER

Design © GapSpace Inc.

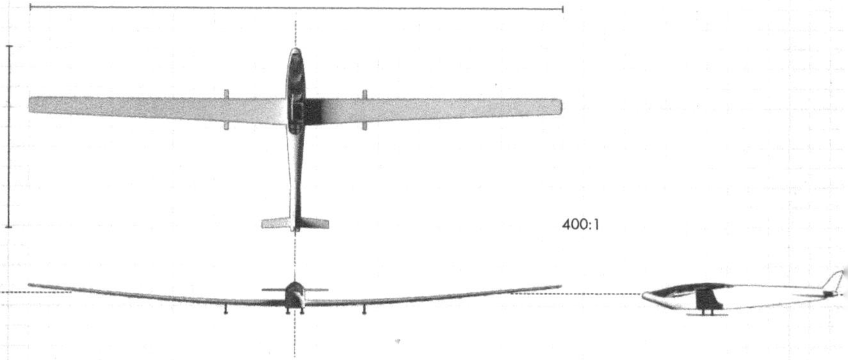


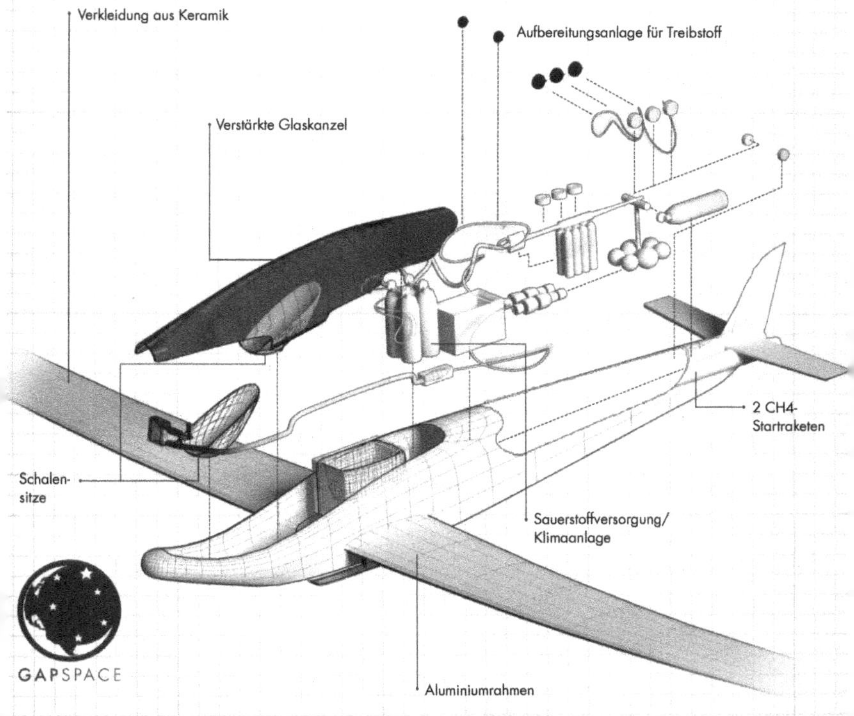

# 1

Die Hohen Megas:

Weit entfernte Welten, von denen die meisten auch im Jahr 2045, dreißig Jahre nach dem Wechseltag, noch menschenleer waren. Dort konnte man völlig allein sein. Die einzige lebende Seele auf einer ganzen Welt.

So etwas wirkte sich durchaus merkwürdig auf den Verstand aus, dachte Joshua Valienté. Nach ein paar Monaten in völliger Einsamkeit wurde man so empfindsam, dass man die Ankunft eines anderen menschlichen Wesens auf der eigenen Welt zu spüren glaubte, sogar dann, wenn es sich nur um eine einzige Person handelte. Nur ein zusätzlicher Mensch, und das womöglich auf der anderen Seite des Planeten – die Prinzessin auf der Erbse war nichts dagegen. Die Nächte waren kalt und unermesslich, und das Sternenlicht war einzig und allein auf dich gerichtet.

Trotzdem drängten sich sogar auf einer leeren Welt und unter einem leeren Himmel immer wieder andere Menschen in deinen Kopf. Etwa seine Frau, von der er sich entfremdet hatte, und sein Sohn, oder auch Sally Linsay, seine gelegentliche Reisegefährtin, und die vielen Menschen von der leidgeprüften Datum-Erde, wo der Ausbruch des Yellowstone jetzt fünf Jahre zurücklag.

Und Lobsang. Immer wieder Lobsang…

Aufgrund seiner ungewöhnlichen Herkunft war Lobsang notwendigerweise zu einem Spezialisten für das Werk geworden, das man im Westen als Tibetisches Totenbuch kannte.

Der bei den Tibetern wahrscheinlich am weitesten verbreitete Name war Bardo Thödröl, was sich grob mit »Befreiung durch Hören« übersetzen ließ. Von diesem Bestattungstext, der das Bewusstsein durch den Zwischenzustand zwischen Tod und Wiedergeburt geleiten soll, gab es keine verbindliche Ausgabe. Er stammte ursprünglich aus dem 8. Jahrhundert und war seither durch viele Hände gegangen, was zu vielen unterschiedlichen Versionen und Interpretationen geführt hatte.

Manchmal, wenn Lobsang sich in den Tagen, Wochen und Jahren nach dem Superausbruch des Yellowstone-Vulkans im Jahre 2040 wieder einmal einen Überblick über den Zustand der Datum-Erde, die ursprüngliche Heimstatt der Menschheit, verschafft hatte, fand er Trost in der klangvollen Sprache des uralten Textes.

Zum Beispiel im Anschluss an die Nachrichten, die ihn wenige Tage nach dem Ausbruch aus Bozeman, Montana, Erde West 1 erreicht hatten. Nachrichten, auf die auch seine engsten Freunde reagiert hatten …

An einem ganz gewöhnlichen Tag sah diese Gemeinde, die in dieser einen Schritt westlich gelegenen Kopie von Bozeman heranwuchs, wohl wie eine typische Wechselwelt-Kolonie aus, dachte Joshua, als er wieder einmal seinen Schutzanzug überstreifte. Eine Ansammlung von Abraham-Lincoln-Blockhäusern mitten in einem Wald, in dem unablässig Holz für den Export zur Datum verarbeitet wurde. Außerdem eine Pferdekoppel und eine kleine Kapelle. Wenn überhaupt, dann fehlten in dieser Kopie von Bozeman Einrichtungen, wie man sie weiter draußen in der Langen Erde fand, Hotels und Bars etwa, oder ein Rathaus, eine Schule und ein Krankenhaus; aber so nah an der Datum war es einfacher, für diese Zwecke zurück nach Hause zu wechseln.

Doch dieser Tag, der 15. September 2040, war kein gewöhnlicher Tag, in keinem der Wechsel-Amerikas. Denn sieben Tage nachdem die große Caldera auf der Datum zum ersten Mal

Feuer gespien hatte, hielt der Ausbruch des Yellowstone immer noch an. Bozeman, Montana, lag nur ungefähr fünfzig Meilen davon entfernt.

Und Bozeman West 1, nur einen Schritt weit weg von der Katastrophe, wurde förmlich umgekrempelt. Die Sonne schien, der Himmel war blau, das Gras zum Anbeißen grün; hier gab es keinen düsteren Vulkanhimmel. Aber die Stadt wurde von Menschen überschwemmt, die sich in Hütten drängten, in eilig aufgestellten Zelten untergebracht wurden oder einfach nur auf Planen auf dem Boden saßen. Diese Leute waren so sehr von Asche bedeckt, dass sie völlig grau aussahen: Haut, Haare und Kleidung, wie Figuren aus einer alten Schwarzweiß-Fernsehserie, die man digital ins freundliche Sonnenlicht dieses herrlichen Herbsttages eingefügt hatte. Und alle Männer, Frauen und Kinder husteten und würgten, als hätten sie auch gleich die Rauchergewohnheiten aus den fünfziger Jahren des 20. Jahrhunderts übernommen.

Das Gelände rings um die Stadt war inzwischen ganz offiziell von Katastrophenschutzleuten und der Nationalgarde beschlagnahmt worden, die den Boden mit Laserstrahlen, Polizeiabsperrband oder Kreidestrichen markiert und auf diese Weise die Lage der Straßenzüge und Gebäude im Datum-Bozeman übertragen hatten. Einige dieser Markierungen erstreckten sich bis in den Wald oder ins Buschland, Gebiete, die man in dieser Kopie bislang noch gar nicht nutzbar gemacht hatte. Nachdem die Beamten alle virtuellen Gebäude nummeriert und beschriftet hatten, schickten sie jetzt systematisch Freiwillige zurück auf die Datum und hakten computergestützte Stadtpläne auf ihren Tablets ab, um sicherzugehen, dass niemand in der Originalgemeinde zurückblieb.

In gewisser Weise offenbarte dieses Geschehen das grundsätzliche Mysterium der Langen Erde, überlegte Joshua. Seit dem Wechseltag war bereits ein Vierteljahrhundert vergangen. Damals hatte er sich wie zahllose andere Kinder und Jugendliche auf der ganzen Welt die Bauanleitung für ein einfaches elektronisches Gerät namens Wechsel-Box aus dem Netz heruntergeladen. Nach dem Bau hatten sie alle wie beschrieben den Schalter betätigt – und waren gewechselt! Man machte damit keinen Schritt nach links oder rechts, nach vorne oder hinten, sondern in eine völlig andere Richtung. Sie waren in eine Welt gewechselt, die mit der Erde – der alten Erde, der Datum-Erde – beinahe identisch war. In eine Welt aus Wäldern und Sümpfen, zumindest diejenigen aus Madison, Wisconsin, so wie Joshua. Mit dem Unterschied, dass es dort keine Menschen gab, nur die Kinder, die wie Joshua plötzlich aus dem Nichts auftauchten. Und Joshua hatte schnell herausgefunden, dass man von dort aus noch einen weiteren Schritt machen konnte, und noch einen, und noch einen, bis man völlig allein durch eine ganze Kette paralleler Welten streifte, deren Unterschiede zur Datum nur ganz allmählich deutlich wurden. Und nirgendwo in diesen Welten der Langen Erde war ein anderer Mensch in Sicht.

Hier und heute zeigte sich die Realität dieses Phänomens so einfach wie drastisch: Datum-Amerika war von einer sengenden Decke aus Vulkanasche und Staub bedeckt, aber nur einen Schritt entfernt war alles so, als existierte der Yellowstone-Vulkan überhaupt nicht.

Sally Linsay tauchte auf. Sie trank den letzten Schluck Kaffee aus einer Styroportasse, die sie zur Säuberung und Wiederverwendung sorgsam in einen Behälter legte. So verhält man sich als guter Pionier, dachte Joshua geistesabwesend. Sally trug einen sauberen einteiligen Overall, aber die Asche hatte sich auf ihre Haare, aufs Gesicht und den Hals gelegt, sie saß sogar in den Ohren, an allen Stellen, die von der Katastrophenschutzmaske und ihren Riemen nicht abgedeckt wurden.

Sie befand sich in Begleitung eines Nationalgardisten, eines noch sehr jungen Mannes mit einem Tablet-Computer. Er überprüfte ihre Namen, die Nummern auf den Brusttaschen ihrer Anzüge und das Wohnhaus, das sie diesmal aufsuchen sollten. »Alle bereit?«

Sally setzte sich erneut die Maske auf und kontrollierte den Luftfilter und ihre Steampunk-Brille. »So geht das schon seit sieben Tagen.«

Joshua nahm seine eigene Maske. »Und so schnell wird es auch nicht vorbei sein.«

»Wo ist Helen jetzt?«

»Zu Hause, in Weiß-der-Kuckuck-wo.« Der Junge von der Nationalgarde hob die Augenbrauen, aber Joshua meinte den Ort weit draußen in den Hohen Megas, über eine Million Schritte von der Datum entfernt, wo er mit seiner Familie wohnte, mit Helen und dem gemeinsamen Sohn Dan. »Oder unterwegs dorthin. Dort ist es sicherer für Dan, findet sie.«

»Stimmt. Auf der Datum und den Nahen Erden dürfte noch für einige Jahre ein ziemliches Chaos herrschen.«

Er wusste, dass Sally recht hatte. Auf den Nahen Erden hatte es kleinere geologische Zwischenfälle gegeben, die den Ausbruch auf der Datum gewissermaßen spiegelten, aber das »Chaos« in den jungen Welten war erst durch die gewaltigen Flüchtlingsströme von der Datum entstanden.

Sally warf Joshua einen skeptischen Blick zu. »Helen war bestimmt nicht begeistert davon, dass du sie nicht begleitet hast.«

»Ja, es war nicht ganz einfach für uns. Aber ich bin in Datum-Amerika aufgewachsen, ich kann es nicht einfach im Stich lassen.«

»Also hast du dich dazu entschlossen, hierzubleiben und deine Superkräfte für die Rettung der Betroffenen einzusetzen.«

»Ach, hör schon auf, Sally. Du bist doch auch hier. Bist du nicht sogar in Wyoming aufgewachsen?«

Sie grinste. »Schon, aber ich habe keine kleine Ehefrau, die mich wegzerren möchte. Gab es großes Theater? Oder hat sie nur wieder geschmollt?«

Er wandte sich ab, zog seine Maske fest, indem er wütend an den Halteriemen am Hinterkopf zerrte, und setzte sich die Kapuze auf. Sie lachte über ihn, wobei ihre Stimme hinter der Maske dumpf klang. Er kannte Sally jetzt schon zehn Jahre, seit der ersten Erkundungstour, bei der er tiefer in die Gefilde der Langen Erde vorgedrungen war – und entdeckt hatte, dass Sally Linsay sich schon längst dort herumtrieb. Seitdem hatte sich sein Verhältnis zu ihr nicht groß verändert.

Der Junge von der Nationalgarde schob sie beide zu einem Streifen Absperrband. »Das betreffende Gebäude befindet sich direkt vor Ihnen. Mehrere Kinder sind schon draußen, uns fehlen aber noch drei Erwachsene. Wir wissen von einem Phobiker. Der Familienname lautet Brewer.«

»Alles klar«, erwiderte Joshua.

»Die Regierung der Vereinigten Staaten weiß Ihr Engagement zu schätzen.«

Joshua warf Sally durch die Maske einen kurzen Blick zu. Dieser Junge war nicht älter als neunzehn. Joshua war achtunddreißig, Sally dreiundvierzig. Er musste sich beherrschen, um dem Burschen nicht über den Blondschopf zu wuscheln. »Alles klar, mein Junge.« Dann schaltete er seine Stirnlampe an und ergriff Sallys behandschuhte Hand. »Bereit?«

»Allzeit.« Sie warf einen Blick auf die Hand, mit der er sie hielt. »Bist du sicher, dass deine falsche Pfote das aushält?«

Die Prothese an seiner linken Hand war ein Souvenir von ihrer letzten gemeinsamen Reise. »Wahrscheinlich besser als der Rest von mir.« Sie beugten sich ein wenig nach vorne, denn sie wussten, was ihnen bevorstand. »Drei, zwei, eins ...«

Sie wechselten in die Hölle.

Asche und Bimsstein regneten ihnen auf Schultern und Köpfe. Die Asche war wie teuflischer Schnee, schwer und heiß, und der Bimsstein fiel in schaumigen, kieselsteingroßen Brocken herab. Die herabfallenden Steine hämmerten auf ein Auto vor ihnen ein, das kaum noch mehr als ein in Asche gehüllter Metallhaufen war. Im Hintergrund war ein gleichmäßiges, dumpfes Brüllen zu hören, das jede Verständigung unmöglich machte. Der Himmel war buchstäblich schwarz vor Yellowstone-Asche und Gas und Rauch aus einer Wolke, die inzwischen zwanzig Kilometer aufragte.

Außerdem war es heiß, so heiß wie in der Schmiede eines Pionierdorfes. Kaum zu glauben, dass der Krater mehr als fünfzig Meilen entfernt war. Sogar hier noch, so behaupteten einige, konnte die fallende Asche erneut schmelzen und zu Lava werden.

Das Haus, das sie überprüfen sollten, befand sich direkt vor ihnen, so wie auf dem Plan des Gardisten. Es handelte sich um ein einstöckiges Wohnhaus mit einer Veranda, die jedoch unter dem Gewicht der Asche eingebrochen war.

Sally ging voran, um das zugeschüttete Auto herum. Stellenweise mussten sie durch knöchelhohe Asche waten wie durch klebrige, heiße Schneewehen. Allein das Gewicht der grauen Masse stellte ein großes Problem dar, aber das war noch längst nicht alles. Sobald das Zeug die Gelegenheit dazu bekam, scheuerte es einem die Haut auf, machte die Augen zu juckenden, schmerzenden Höhlen und kratzte in der Lunge, bis sie Hackfleisch war. Innerhalb weniger Monate starb man daran, wenn man nicht schon vorher von der schieren Menge erdrückt worden war.

Die Haustür schien abgeschlossen zu sein. Sally hielt sich nicht lange damit auf, sondern hob ein Bein mit dem schweren Stiefel und trat die Tür ein.

Der Raum dahinter war voller Trümmer. Im Licht seiner Taschenlampe sah Joshua, dass die dicke Schicht aus Bimsstein und Asche die Konstruktion des Holzhauses längst überfordert hatte, Teile von Dach und Dachboden waren durch die Decke gebrochen. Das Wohnzimmer vor ihm war mit Schutt übersät, dazwischen lagen graue Aschehaufen. Auf den ersten Blick schien es unwahrscheinlich, dass hier noch jemand am Leben sein sollte, aber Sally, die neue, verwirrende Situationen immer sehr schnell einschätzen konnte, zeigte in eine Ecke, wo ein Esstisch stand, der trotz einer dicken Ascheschicht auf der Tischplatte einen noch recht stabilen Eindruck machte.

Langsam gingen sie darauf zu. Dort, wo sie mit den Stiefeln den Schutt beiseiteschoben, sah Joshua einen blutroten Teppich durchschimmern.

Der Tisch war mit Vorhängen verhüllt. Als sie den Stoff beiseitezogen, entdeckten sie dahinter drei Erwachsene. Sie sahen aus wie aschgraue Kleiderbündel, Köpfe und Gesichter waren mit Handtüchern umwickelt. Trotzdem erkannte Joshua einen Mann und eine Frau mittleren Alters, vielleicht Anfang fünfzig. Die dritte Person war eine viel ältere Frau von vielleicht achtzig Jahren, schon sehr gebrechlich, die zusammengesunken in einer Ecke saß und zu schlafen schien. Dem beißenden Toilettengeruch nach zu schließen, der aus dem kleinen Versteck drang, schätzte Joshua, dass sie dort schon einige Zeit, vermutlich einige Tage ausharrten.

Beim Anblick von Joshuas und Sallys Masken, die nach Atomalarm aussahen, wich das jüngere Paar erschrocken zurück. Dann zog der Mann jedoch ein Tuch beiseite, unter dem ein mit Asche verschmierter Mund und rotumrandete Augen sichtbar wurden. »Gott sei Dank.«

»Mr Brewer? Ich bin Joshua. Das ist Sally. Wir sind gekommen, um Sie hier rauszuholen.«

Brewer lächelte. »Niemand wird zurückgelassen, was? Genau, wie es Präsident Cowley versprochen hat.«

Joshua sah sich um. »Sie haben richtig gut reagiert. Vorräte … und Tücher, um Mund und Augen vor der Asche zu schützen …«

Der Mann zwang sich zu einem Lächeln. »Tja, wir haben das gemacht, was die kluge junge Frau gesagt hat.«

»Welche kluge junge Frau?«

»Die ein paar Tage vor dem Ascheregen hier aufgetaucht ist. Sie hatte Pionierklamotten an und hat uns ihren Namen nicht verraten, aber sie muss wohl von irgendeiner Behörde gewesen sein. Jedenfalls hat sie uns ein paar gute Tipps zum Überleben gegeben.« Er schaute zu der älteren Frau hinüber. »Sie hat uns auch klar und deutlich erklärt, dass die Stellung der Planeten nichts damit zu tun hat und dass diese Katastrophe keine Strafe Gottes ist, was für meine Schwiegermutter sehr tröstlich war. Zuerst haben wir uns nicht groß um ihre Ratschläge gekümmert, aber als es dann so weit war, haben wir uns daran erinnert. Ja, wir sind noch einigermaßen gut weggekommen, aber allmählich gehen uns die Vorräte aus.«

Die Frau schüttelte den Kopf. »Aber wir können nicht weg.«

»Sie können nicht hierbleiben«, erwiderte Sally grob. »Sie haben keine Lebensmittel und kein Wasser mehr, stimmt's? Sie werden verhungern, wenn die Asche Sie nicht vorher umbringt. Hören Sie, wenn Sie keine Wechsel-Boxen haben, nehmen wir Sie einfach mit und ...«

»Nein, wir haben ein ganz anderes Problem«, sagte Brewer. »Die Kinder und den Hund haben wir bereits weggeschickt ... aber Meryl, meine Schwiegermutter ...«

»Sie ist extrem phobisch«, sagte die Frau. »Was das bedeutet, wissen Sie wahrscheinlich selbst.«

Selbst wenn Meryl hinübergetragen wurde, würde das Wechseln zwischen den Welten einen derartig heftigen Schock auslösen, dass sie womöglich starb, wenn ihr nicht sehr schnell die entsprechende Medizin verabreicht wurde.

»Da drüben, wo Sie uns hinbringen wollen«, sagte Brewer, »gibt es inzwischen doch bestimmt keine entsprechenden Medikamente mehr.«

»Und selbst wenn«, sagte seine Frau, »dann werden die Jungen und Gesunden bevorzugt. Ich lasse meine Mutter nicht zurück.« Sie funkelte Sally an. »Würden Sie so etwas tun?«

»Meinen Vater vielleicht schon.« Sally machte sich schon bereit, den vollgestellten Raum zu verlassen. »Komm, Joshua. Wir vergeuden hier unsere Zeit.«

»Nein, warte.« Joshua berührte die alte Frau am Arm. Ihr Atem ging rasselnd. »Wir müssen sie irgendwohin bringen, wo es noch genügend Medikamente gibt. Weit weg von der Aschewolkenzone.«

»Und wie sollen wir das anstellen?«

»Durch die weichen Stellen. Komm schon, Sally, jetzt brauchen wir *deine* Superkräfte, und zwar dringend. Schaffst du das?«

Sally drückte ihre Verwunderung mit einem bohrenden Blick durch ihre Gesichtsmaske aus. Joshua hielt ihm stand.

Dann schloss sie die Augen, als spürte sie etwas nach, als *lauschte* sie auf etwas. Sie tastete nach den weichen Stellen, den Abkürzungen in der Langen Erde, die nur sie und wenige andere Eingeweihte nutzen konnten... Joshuas Vorschlag bedeutete, dass sie Meryl mithilfe der weichen Stellen an einen anderen Ort als Wechsel-Bozeman brachten, einen Ort, an dem noch Medizin zur Verfügung stand.

»Ja. Alles klar. Nicht weit von hier gibt es eine Stelle. Mit zwei Schritten kann ich sie nach New York Ost 3 bringen. Aber die weichen Stellen sind kein Zuckerschlecken, Joshua, selbst wenn man nicht alt und gebrechlich ist.«

»Wir haben keine andere Wahl. Also los.« Er wandte sich an die Brewers, um ihnen zu erklären, was sie vorhatten.

Dann schien sich auf einmal das ganze Haus zu heben.

Joshua, der halb unter dem Tisch hockte, wurde auf den Rücken geworfen. Er hörte das Ächzen nachgebender Balken, und noch mehr Asche rieselte ins Innere des Hauses.

Als sich alles ein wenig beruhigt hatte, sagte Brewer mit aufgerissenen Augen: »Was zum Teufel war das?«

»Vermutlich ist der Krater eingebrochen«, antwortete Sally.

Alle wussten, was das bedeutete. Nach sieben Tagen wusste jeder ausreichend über Supervulkane Bescheid. Wenn der Ausbruch sich beruhigte, fiel die Magmakammer in sich zusammen, und ein Stück Erdkruste von der Größe Rhode Islands stürzte eine halbe Meile in die Tiefe – eine Erschütterung, die den gesamten Planeten wie eine Glocke erzittern lassen würde.

»Wir müssen hier weg«, sagte Joshua.

Innerhalb weniger Sekunden war er mit den Brewers aus dem Haus und sicher hinüber in den unglaublichen Sonnenschein von West 1 gewechselt.

Genau in dem Augenblick, als Joshua zurück in die Datum-Asche sprang, um Sally mit der Mutter zu helfen, fegte der Schall vom Kratereinsturz heran, dicht gefolgt von heftigen Erschütterungen des Bodens. Das Geräusch ließ den gesamten Himmel erbeben, als hätten sämtliche Kanonen auf der ganzen Erde knapp hinter dem Horizont auf einmal das Feuer eröffnet. Ein Geräusch, das um den ganzen Planeten herumlaufen würde. Die alte Dame, die jetzt in ihren grauverschmierten Morgenmantel gehüllt war und den Kopf mit mehreren Handtüchern eingewickelt hatte, hielt sich, von Sally gestützt, die Hände über die Ohren.

Inmitten dieses Infernos stand Joshua und fragte sich, wer die kluge junge Frau in den Pionierklamotten wohl gewesen sein mochte.

Das Bardo Thödröl beschrieb den Zustand zwischen Tod und Wiedergeburt mit verschiedenen Bardos, Zwischenzuständen des Bewusstseins. Manche Fachleute unterschieden drei Bardos, andere sechs. Am reizvollsten fand Lobsang den Sidpa-Bardo, den Bardo der Wiedergeburt, zu dem karmisch bedingte Visionen gehörten. Vielleicht waren es auch Halluzinationen, die von den Unzulänglichkeiten der eigenen Seele herrührten. Möglicherweise handelte es sich aber auch um authentische Visionen von einer leidenden Datum-Erde und ihren unschuldigen Schwesterwelten in der näheren Umgebung.

Wie zum Beispiel ein Bild von traumartigen Luftschiffen in einem Himmel über Kansas …

Das US-Luftschiff USS *Benjamin Franklin* traf in West 1 über der Kopie von Wichita, Kansas, mit der *Zheng He* zusammen, einem Schiff der Flotte der neuen Vereinigten Republik China. Chen Zhong, der Kapitän des chinesischen Schiffes, hatte Bedenken hinsichtlich der Rolle angemeldet, die von ihm bei den angelaufenen Hilfeleistungen für Datum-Amerika erwartet wurde, und ein entnervter Admiral Hiram Davidson, der einer sehr angespannten Kommandostruktur vorstand (wobei im heraufziehenden Winter des Katastrophenjahrs 2040 so gut wie alles und jeder angespannt war), hatte Maggie Kauffman, die Kapitänin der *Franklin,* dazu bevollmächtigt, sich neben ihren eigenen Hilfsaktionen mit dem Mann zu treffen und über seine Bedenken zu reden.

»Als hätte ich die Zeit, um das Ego eines alten kommunistischen Apparatschiks zu pampern«, grummelte Maggie in der Abgeschiedenheit ihrer Kajüte.

»Aber genau das ist er nun mal«, kommentierte Shi-mi, die zusammengerollt in ihrem Körbchen neben Maggies Schreibtisch lag. »Du hast ihn offensichtlich schon überprüft. Das hätte ich für dich erledigen können …«

»Dir traue ich nur so weit, wie ich dich werfen kann«, murmelte Maggie der Katze durchaus freundlich zu.

»Was vermutlich ziemlich weit ist.« Shi-mi stand auf, streckte sich und schnurrte dabei ziemlich überzeugend.

Sie war überhaupt eine ziemlich überzeugende Katze. Abgesehen von den kleinen grünen LED-Blitzen in den Augen. Und der pedantischen, allzu menschlichen Persönlichkeit, die sie an den Tag legte. Und der Tatsache, dass sie sprechen konnte. Shi-mi war als Geschenk zu Maggie gekommen, ein zweifelhaftes Geschenk von einer der ebenso zweifelhaften Gestalten, die Maggies Karriere mit unerbetenem Interesse zu verfolgen schienen.

»Kapitän Chen ist schon unterwegs hierher …«, sagte Shi-mi jetzt.

Maggie warf einen Blick auf die Monitore. Die Katze hatte

recht, Chen war bereits in der Luft. Er hatte darauf bestanden, die beiden Luftschiffe wegen eines persönlichen Besuchs nicht eigens landen zu lassen. Deshalb kam er jetzt in einem leichten Zweipersonenhubschrauber herüber, der, wie er großspurig getönt hatte, problemlos in der *Franklin* landen könne, wenn das US-Schiff eine seiner Frachtluken aufklappte. Diese neuen Chinesen freuten sich immer ganz besonders darüber, wenn sie ihre technischen Errungenschaften vorführen konnten, insbesondere gegenüber einem Amerika, das zwei Monate nach dem Vulkanausbruch immer noch am Boden lag. Angeber.

Besorgt blickte Maggie durch das große Panoramafenster ihrer Kapitänskajüte auf diese Welt, über der sich ein großer blauer Himmel mit vereinzelten weißen Wolken spannte, ein Himmel, wie er so charakteristisch für den Mittelwesten war. Darunter erstreckte sich beinahe unendlich weit und flach der grüne Teppich eines Wechsel-Kansas' – ein fast makelloses Bild, selbst auf dieser Erde, die nur einen Schritt von der Datum entfernt war. Aber nicht mehr ganz so makellos wie noch vor gar nicht so langer Zeit. Vor September, vor Yellowstone, war Wichita West 1 kaum mehr als ein Schatten des großen Datum-Bruders gewesen, mit sehr weit voneinander entfernt stehenden Gebäuden aus Holz und Spritzbeton, die nach einem Muster angeordnet waren, das in etwa den Datum-Stadtplan imitierte. Ein typischer Vertreter seiner Art. Solche Ansiedlungen dienten zur Rohstoffversorgung ihrer großen Brüder auf der Datum oder boten Raum für neue Industriegrundstücke und zusätzliche Wohn-, Sport- und Erholungsgebiete, weshalb sie notwendigerweise den Lageplänen ihrer Vorbilder entsprachen.

Heute, so kurz nach dem Vulkanausbruch, war diese Version Wichitas von einem Flüchtlingslager umgeben, etliche Reihen eilig errichteter Zelte voller verschreckter Überlebender. Auf dem Boden dazwischen häuften sich abgeworfene Pakete mit Lebensmitteln, Medikamenten und Kleidung.

Twains wie die *Franklin,* wechselfähige Luftschiffe, die sonst militärischen oder kommerziellen Zwecken dienten, schwebten am Himmel wie die Blimps über London zur Zeit des Zweiten Weltkriegs. Es war ein bitteres Dritte-Welt-Szenario inmitten eines Wechsel-Amerikas.

Natürlich hätte alles noch viel schlimmer sein können. Da so gut wie jeder wechseln konnte, hatten sich die Menschen von jedem Ort der Datum ohne große Schwierigkeiten in Sicherheit bringen können, weshalb es nur vergleichsweise wenige direkte Opfer des Yellowstone-Vulkanausbruchs gab. Die Flüchtlinge dort unten stammten aus Datum-Lagern, die sie auf konventionellem Weg erreicht hatten. Auf Datum-Straßen waren sie aus der unmittelbaren Gefahrenzone geflohen, ehe man sie in sauberere Parallelwelten gebracht hatte. Datum-Kansas befand sich in relativ sicherer Entfernung vom Katastrophengebiet in Wyoming. Doch selbst dort war die Asche in Augen und Lunge noch schmerzhaft zu spüren. Sie verursachte Krankheiten wie »Maries Elend«, bei der man auf schreckliche Weise langsam erstickte. Solche Gräuel waren schon bald alltäglich geworden, und auch dort unten warteten lange Schlangen erschöpfter Menschen vor den Sanitätszelten.

Maggie, die gerade über ihre eigene Verantwortung nachdachte und wie stets daran zweifelte, dieser Verantwortung überhaupt gerecht werden zu können, wurde von einem leisen Klopfen an der Tür aus ihren Gedanken gerissen. Das musste Chen sein. »Dienstanweisung beachten!«, blaffte sie die Katze an. Was so viel bedeutete wie: *Halt bloß die Klappe.*

Die Katze rollte sich seelenruhig zusammen und tat so, als würde sie schlafen.

Kapitän Chen erwies sich als kleiner, geschäftiger Mann. Auf den ersten Blick hielt Maggie ihn für aufgeblasen und eingebildet, aber offensichtlich war er ein Überlebenskünstler. Der ehemalige Parteifunktionär hatte sich über den Zusammenbruch des kommunistischen Regimes hinweggerettet und danach als Kommandeur der Zheng He sogar eine prestigeträchtige Entdeckungsreise in die Lange Erde absolviert. Darauf sprach sie ihn bei ihrer Begrüßung gleich an.

»Eine Reise, wie Sie, Kapitän Kauffman, sie inzwischen womöglich auch unternommen hätten, wäre nicht dieser unglückselige Ausbruch dazwischengekommen«, sagte er und nahm Platz. Fähnrich Santorini, der ihn zu ihr eskortiert hatte, bot ihm Kaffee an, den er dankend annahm.

»Sie wissen von der *Armstrong II*? Tja, ich bin nicht die Einzige, deren persönliche Pläne durch diese Ereignisse durcheinandergebracht wurden.«

»Allerdings. Dabei sind wir vergleichsweise noch die Glücklichen, oder nicht?«

Nach kurzem einleitendem Geplauder – Chen erzählte, Leutnant Wu Yue-Sai, die Pilotin, die ihn herübergebracht hatte, werde in der Kombüse der *Franklin* versorgt – kam er zum Geschäftlichen. Was er zu sagen hatte, erwies sich Maggies Meinung nach als irritierend ideologisch gefärbt.

»Habe ich Sie richtig verstanden?«, fragte sie. »Sie weigern sich, die Stimmzettel für unsere Präsidentschaftswahl zu transportieren?«

Er spreizte die pummeligen Hände und lächelte. Chen war offenbar einer von denen, dachte Maggie, die anderen gerne das Leben schwermachten.

»Was soll ich sagen? Ich vertrete die chinesische Regierung. Wie komme ich dazu, mich in die Politik der USA einzumischen, selbst auf konstruktive Weise? Um nur ein Beispiel zu nennen: Was geschieht, wenn mir ein Irrtum unterläuft, wenn ich etwa die Unterlagen für den einen oder anderen Wahlbezirk nicht rechtzeitig ausliefere oder eine versiegelte Urne verlorengeht? Stellen Sie sich den Skandal vor! Abgesehen davon erscheint es mir, zumindest von außen betrachtet, doch recht frivol, unter solchen Umständen eine Wahl abzuhalten.«

Maggie spürte leisen Zorn in sich aufsteigen, aber sie war sich bewusst, dass die Katze sie nicht aus den Augen ließ, sozusagen als stumme Warnung. »Herr Kapitän, wir haben November in einem Schaltjahr. Zu diesem Zeitpunkt finden bei uns Präsidentschaftswahlen statt. So halten wir es nun mal in Amerika, Supervulkan hin oder her. Ich – wir – wissen alles, was die chinesische Regierung für uns tut, überaus zu schätzen. Aber ...«

»Aber Sie verwehren sich gegen meine Anmerkungen zu Ihren inneren Angelegenheiten, habe ich recht? Vielleicht sollten Sie sich daran gewöhnen, Kapitän Kauffman.« Er wies auf das Tablet auf ihrem Schreibtisch. »Ihre neuesten Einschätzungen, was die Zukunft Ihres Landes angeht, dürften in etwa den unseren entsprechen. Es ist mehr als wahrscheinlich, dass zwanzig Prozent der Kontinental-USA auf der Datum irgendwann aufgegeben werden müssen. Ein Streifen von Denver über Salt Lake City bis nach Cheyenne. Vom Rest liegt achtzig Prozent unter einer so dicken Ascheschicht, dass Landwirtschaft kaum mehr möglich ist. Obwohl die Evakuation in die Wechselwelten in großem Stil erfolgt ist, halten sich immer noch viele Millionen Menschen auf der Datum auf. Deren Vorräte an Lebensmitteln und Wasser gehen rasch zur Neige – und in den Lagern auf Wechselwelten wie dieser hier ebenso. Ohne Hilfslieferungen von beispielsweise chinesischem Reis, der von Twains in die Welten nebenan gebracht wird, oder auf der Datum von Frachtern übers Meer, würden in diesem Winter viele Ihrer Bürger verhungern. Sie sind jetzt vom Rest der Welt abhängig, Kapitän Kauffman. Abhängig. Und ich bezweifle, dass sich daran so schnell etwas ändern wird.«

Sie wusste, dass er recht hatte. Ihre eigenen Berater an Bord hatten ihr bereits bestätigt, dass der Vulkanausbruch schon jetzt weltweite Auswirkungen zeigte, Auswirkungen, die so schnell nicht zu beseitigen waren. Der Ascheregen hatte ziemlich schnell nachgelassen, aber allein dadurch, dass die Asche nach wie vor den Boden bedeckte, blieb sie ein großes Problem, wie Chen gesagt hatte. Das Schwefeldioxid des Ausbruchs schwebte in Form von Treibgaspartikeln immer noch in der Luft, was für grandiose Sonnenuntergänge sorgte, aber auch die wärmenden Sonnenstrahlen ablenkte. Während die Datum ihrem ersten Winter nach dem Vulkanausbruch entgegensah, sanken die Temperaturen früher und schneller als gewöhnlich, und der kommende Frühling würde spät einsetzen, wenn überhaupt.

Ja, Amerika war in absehbarer Zukunft auf chinesischen Reis angewiesen, aber Maggie erkannte nun die wahre Herausforderung: »Freunde« wie die Chinesen wollten die Katastrophe ausnutzen, um in der amerikanischen Gesellschaft dauerhaft Fuß zu fassen. Schon jetzt kursierten Gerüchte darüber, die Chinesen würden Tabak in das an Nikotinmangel leidende Datum-Amerika liefern – wie damals bei den Opiumkriegen, nur umgekehrt, dachte sie.

Maggie Kauffman handelte jedoch stets nach dem Prinzip, die praktischen Probleme anzugehen, mit denen sie selbst konfrontiert war, und die Probleme der Welt im Allgemeinen dieser selbst zu überlassen.

»Was Ihre Wahlurnen angeht, Kapitän Chen, wie wäre es, wenn ich Ihnen eine kleine Abordnung meiner Leute mitgebe, bis die Wahl vorüber ist? Meine Leute würden die Verantwortung für die Operation und damit auch für eventuelle Fehler übernehmen.«

Chen schenkte ihr ein breites Lächeln. »Eine kluge Lösung.« Dann erhob er sich. »Sollte ich dann nicht im Gegenzug eine Abordnung meiner Besatzung zu Ihnen schicken, ganz im Geiste des gegenseitigen Kulturaustauschs? Schließlich verhandeln unsere Regierungen bereits über eine gemeinsame Twain-Technologie, um nur ein Beispiel zu nennen.« Er sah sich herablassend um. »Schon allein deshalb, weil unsere Schiffe in gewisser Hinsicht fortschrittlicher sind als die Ihren. Ich danke Ihnen für Ihre Zeit, Kapitän.«

Kaum war er draußen, murmelte Maggie: »Das hätten wir zum Glück hinter uns.«

»Noch nicht ganz«, sagte Shi-mi.

»Hör mal, erinnere mich bitte daran, dass ich Nathan sage, er soll diese ›Austauschabordnung‹ vom Scheitel bis zur Sohle nach Wanzen und Waffen durchsuchen.«

»Wird gemacht, Käpt'n.«

»Und nach geschmuggelten Zigaretten.«

»Aye, aye, Käpt'n.«

In der Sidpa-Bardo, sagten einige Versionen des Bardo Thödröl, werde dem Geist ein oberflächlicher Körper ähnlich der früheren physischen Hülle verliehen, der aber mit wundersamen Kräften und allen sinnlichen Fähigkeiten sowie mit dem Vermögen unbeschränkter Bewegungsfreiheit ausgestattet sei. Karmische Wunderkräfte.

Auf diese Weise umfing Lobsangs Vision die Welt – alle Welten. Schwester Agnes hätte womöglich gefragt, ob seine Seele hoch über dem Boden schwebe, *high above the ground*. Bei dem Gedanken an Agnes blickte Lobsang auf ein unscheinbares Kinderheim in einer Wechselkopie von Madison, Wisconsin, hinab. Es war Mai 2041, ein halbes Jahr nach dem Ausbruch …

Als der schlimme erste Winter in einen trostlosen Frühling überging und Amerika nach der Katastrophe von Yellowstone einer langen Periode der allmählichen Erholung entgegensah, verkündete der neu gewählte Präsident Cowley, dass Madison West 5 bis auf Weiteres die neue Hauptstadt des Landes sei und somit das aufgegebene Washington DC ersetze. Und dass er zur Einführung der Stadt in ihre neue Rolle eine Rede auf den Stufen des Kapitols in dieser Version der Welt halten werde – vor einer großen Scheune aus Holzbalken und Spritzbeton, die eine mutige Imitation ihres längst zerstörten Vorbilds auf der Datum versuchte.

Joshua Valienté saß im Gemeinschaftsraum des Kinderheims und starrte auf die Fernsehbilder, die ein noch leeres

Präsidentenpodium zeigten. Vordergründig war er hergekommen, um den fünfzehnjährigen Paul Spencer Wagoner zu besuchen, einen extrem intelligenten und extrem schwierigen Jungen, dem Joshua zum ersten Mal vor vielen Jahren an einem Ort namens Happy Landings begegnet war. Joshua hatte auch dafür gesorgt, dass Paul nach der Auflösung seiner Familie in diesem Heim untergebracht worden war. Aber da Paul gerade nicht zu Hause war, hatte Joshua der Versuchung nicht widerstehen können, den Fernseher einzuschalten und sich einen Präsidenten in Madison anzusehen.

Mit federnden Schritten betrat Cowley die Bühne und präsentierte sich der Öffentlichkeit mit breitem Grinsen und wallendem Haar unter einem wehenden Sternenbanner – der neuen holographischen und erweiterten Version der Flagge, die jetzt auch der Ausdehnung der Nation in die Weiten der Langen Erde Rechnung trug.

»Ich staune, dass er tatsächlich hier ist«, sagte Joshua zu Schwester John.

Schwester John, einst als Sarah Ann Coates geboren und früher einmal, ebenso wie Joshua, im Heim am Allied Drive in Datum-Madison zu Hause, leitete inzwischen die an einen anderen Ort versetzte Einrichtung. Ihre Tracht war sauber und gestärkt wie immer. Sie musste lächeln. »Was gibt's da zu staunen? Dass der Präsident Madison zur neuen Hauptstadt erkoren hat? Madison gehört zu den fortschrittlichsten Städten in den Nahen Amerikas.«

»Das ist es nicht allein. Guck mal, wer da mit ihm auf der Bühne steht. Jim Starling, der Senator. Und Douglas Black!«

»Pffft«, machte Schwester John. »Sie hätten dich einladen sollen. Als einheimische Prominenz. Schließlich gehörst du zu den berühmtesten Käseköpfen von Wisconsin: Joshua Valienté, der Held des Wechseltags.«

Damals, am Wechseltag, war jedes Kind auf der Welt mit einem selbstgebauten Wechsler in eine unerforschte Parallelwelt gewechselt und hatte sich dort in den Wäldern rettungslos verirrt. In der Gegend von Madison hatte Joshua dafür gesorgt, dass die verlorenen und verängstigten Kinder wieder nach Hause zurückfanden – darunter auch Sarah, die heutige Schwester John.

»Ich hoffe immer noch, dass die Leute das irgendwann vergessen«, erwiderte Joshua kläglich. »Außerdem würden sie mich, rußverschmiert, wie ich bin, wahrscheinlich vom Podium werfen. Diese verflixte Asche aber auch. Man kann noch so viel schrubben, man kriegt sie einfach nicht mehr aus den Poren raus.«

»Machst du immer noch diese Rettungsaktionen auf der Datum?«

»Wir wechseln nach wie vor hinüber, aber es gibt niemanden mehr zu retten. Inzwischen bergen wir nur noch Sachen aus der verlassenen Zone rings um den Einsturzkrater, aus Wyoming, Montana und anderen Rocky-Mountain-Staaten. Schon erstaunlich, was es dort noch so alles zu holen gibt: Kleidung, Benzin, Konserven, sogar Tierfutter. Wir schaffen alles heraus, was uns irgendwie brauchbar vorkommt. Handymasten beispielsweise und andere Sachen, die wir für den Wiederaufbau in den Nahen Erden brauchen. Die meisten Arbeiter sind requirierte Helfer aus den Flüchtlingslagern.« Er grinste. »Sie stopfen sich die Taschen mit dem Geld voll, das sie überall finden. Dollarscheine.«

Schwester John schnaubte verächtlich. »Angesichts der zusammengebrochenen Märkte sind diese Scheine noch am nützlichsten, wenn man sie verbrennt und sich daran wärmt.«

Joshua wollte etwas dazu sagen, aber sie machte ihn darauf aufmerksam, dass Cowley gerade mit seiner Rede anfing.

Nach ein paar routinierten Begrüßungsworten und einigen flauen Witzen fasste Cowley die Situation Amerikas und der Datum-Welt acht Monate nach dem Vulkanausbruch zusammen. Nachdem der Winter in den Frühling übergegangen war, hatte sich die Situation keineswegs verbessert, im Gegenteil, die globalen Klimaauswirkungen hatten voll zugeschlagen.

Im Fernen Osten waren im vergangenen Herbst die Monsunregen ausgefallen, und danach hatte man nördlich des Breitengrades von Chicago so gut wie überall auf der Welt, in Kanada, Russland, Sibirien, den kältesten Winter seit Menschengedenken erlebt. Momentan zeichnete sich ein entsprechendes Unheil südlich des Äquators ab, weil der Winter auf der Südhalbkugel angekommen war.

Das alles bedeutete, dass man für eine neue Welt planen musste.

»Diesen ersten Winter haben wir einigermaßen überstanden, indem wir die Vorräte der Vergangenheit, aus den Tagen vor dem Vulkan, aufgezehrt haben. Aber so können wir nicht weitermachen, denn diese Vorräte sind *so gut wie aufgebraucht.*« Zur Betonung klopfte er bei jeder der letzten Silben mit der Hand aufs Rednerpult. »Ebenso wenig können wir uns auf Nahrungslieferungen unserer Nachbarn und Verbündeten verlassen, die sich bis jetzt als so überaus großzügig erwiesen haben. Sie dürften in diesem kalten Sommer mit eigenen Problemen zu kämpfen haben. Außerdem sollte Onkel Sam selbst für sich sorgen können, oder? Onkel Sam kümmert sich um die Seinen!«

Vor dem Podium wurde in der höflichen Zuschauermenge ein wenig Jubel laut, auch die eingeladenen Honoratioren auf der Bühne hinter Cowley applaudierten. Als die Kamera über die Gesichter schwenkte, fiel Joshua unter Cowleys Beratern eine sehr junge Frau auf. Dem Teenageralter noch nicht ganz entwachsen, war sie schlank, von dunklem Typ, mit ernsten, klugen Augen, und sie trug etwas, was die Leute auf der Datum gerne als »Pionierklamotten« bezeichneten: einen Lederrock und eine Jacke über einer offensichtlich schon lange getragenen Bluse. Jetzt erkannte er sie. Es war Roberta Golding aus Happy Landings. Joshua hatte sie im vergangenen Jahr, in den mittlerweile weit zurückliegenden Tagen vor Yellowstone, in einer Schule in Walhalla kennengelernt, der größten Stadt in den Megas, als er und Helen ihren Sohn dort als Schüler anmelden wollten. Roberta hatte schon damals unglaublich intelligent gewirkt, und wenn sie schon jetzt in Cowleys Verwaltung an derart avancierter Stelle arbeitete, hatte sie ihr Potenzial wohl unter Beweis gestellt.

Seltsamerweise musste Joshua an die Familie denken, die er damals zu Anfang des Ausbruchs aus Bozeman gerettet hatte. Der Mann hatte eine »kluge junge Frau in Pionierklamotten« erwähnt, die vorbeigekommen sei und ihnen gute Tipps gegeben habe. Ob das Roberta gewesen war? Die Beschreibung passte. Joshua fand, dass die Menschheit in Zeiten wie diesen nicht genug kluge Ratschläge bekommen konnte...

Er richtete seine Aufmerksamkeit wieder auf den Präsidenten.

Da die Vorräte aus der Zeit vor Yellowstone erschöpft seien, so Cowley, müsse man jetzt schnellstens säen und pflanzen, um die Nahrungsmittel anzubauen, die sie alle durch den kommenden Winter und ins nächste Jahr bringen sollten. Problematisch sei nur, dass die Wachstumsperiode auf der Datum aufgrund der Vulkanwolke in diesem Jahr voraussichtlich extrem kurz sein werde. Und die noch jungen landwirtschaftlichen Kapazitäten der Nahen Erden, die nirgendwo länger als ein Vierteljahrhundert existierten, verfügten nicht annähernd über die Ressourcen, um sich der Herausforderung zu stellen. Genauer gesagt sei nicht einmal ein Bruchteil der benötigten Landstriche auf den Wechsel-Erden gerodet, weshalb die Kapazitäten auch nicht so schnell erhöht werden könnten.

Deshalb solle eine »Umsiedlung« stattfinden, ein neues, großangelegtes Völkerwanderungsprogramm, organisiert von der Nationalgarde, dem Katastrophen- sowie dem Heimatschutz, und das alles unter tatkräftiger Mithilfe der Flotte und ihrer Twains. Vor dem Ausbruch hatten auf der Datum über dreihundert Millionen Amerikaner gelebt. Das Ziel sei jetzt, in diesem ersten Jahr keine der Wechselwelten mit mehr als dreißig Millionen Menschen zu belasten – was ungefähr der Bevölkerungszahl der USA Mitte des 19. Jahrhunderts entspreche. Das wiederum bedeute, dass Abermillionen Menschen weiter hinaus in die Lange Erde transportiert werden müssten, verteilt über insgesamt mindestens zehn Welten, und zwar nach Osten und Westen. Obendrein sollten auf allen besiedelten Welten im großen Maßstab Wälder gerodet und der Boden für landwirtschaftliche Zwecke vorbereitet werden. Das alles müsse noch in diesem Sommer geschehen. Dafür würde man, dachte Joshua, garantiert jede Menge Werkzeug, gebrauchte Kleidung und dergleichen benötigen, lauter Dinge, die er und die anderen Helfer bei ihren Bergungsanstrengungen aus der gebeutelten Datum herausgeholt hatten.

»Die geplante Umsiedlung so vieler Menschen dürfte den biblischen Exodus in den Schatten stellen«, sagte Cowley. »Wir rufen eine neue Frontier aus, im Vergleich zu der sich die Eroberung des Wilden Westens wie das Umgraben des Vorgartens meiner Großmutter ausmacht. Aber es kann uns gelingen. Wir können und wir werden ein neues Amerika erschaffen, das unseren Anforderungen entspricht. Und wie ich versprochen habe, dass niemand unter dem Schatten der teuflischen Asche zurückgelassen wird, so verspreche ich euch jetzt allen: Niemand wird in den schwierigen Jahreszeiten, die uns bevorstehen, Hunger leiden …« Der Rest seiner Worte ging in Jubel und Applaus unter.

»Er macht das ziemlich gut, das muss ich ihm lassen«, sagte Joshua.

»Allerdings. Sogar Schwester Agnes meint, dass er in seine Rolle hineingewachsen ist. Sogar Lobsang sagt es!«

Joshua grummelte abfällig. »Ich weiß noch, dass Lobsang einen Superausbruch vorausgesagt hat, mehr als einmal. Solche Eruptionen sind für einige Joker verantwortlich, die wir in der Langen Erde gefunden haben, Planeten, die von irgendeiner Katastrophe fast ausgelöscht wurden. Aber das mit Yellowstone hat er nicht kommen sehen.«

Schwester John schüttelte den Kopf. »Letztendlich wusste er auch nicht mehr als die Geologen, auf deren mangelhafte

Daten er zurückgreifen musste. Außerdem hätte er es ohnehin nicht verhindern können.«

»Das stimmt.« So wie Lobsang damals erklärt hatte, er habe den Atomschlag der Terroristen gegen Datum-Madison vor zehn Jahren nicht abwenden können. Lobsang war offensichtlich nicht allmächtig. »Aber ich wette, dass er sich deshalb nicht besser fühlt...«

Der spirituelle Körper in der Sidpa-Bardo hatte keine eigene Substanz, er konnte Steine, Hügel, Erde und Häuser durchdringen. Allein durch Konzentration war das, was Lobsang ausmachte, hier, dort und überall. Dabei wünschte er sich immer öfter, an der Seite seiner Freunde zu sein.

Freunde wie Nelson Azikiwe, der im Wohnzimmer seiner alten Pfarrei St. John am Wasser saß...

Nelsons Gastgeber, Reverend David Blessed, reichte ihm noch eine randvolle Tasse Tee. Die von dem Getränk ausgehende Wärme erfüllte Nelson mit Dankbarkeit. Es war August 2042 in Südengland, weniger als zwei Jahre nach dem Vulkanausbruch von Yellowstone, und draußen schneite es. Wieder war der Herbst brutal früh gekommen.

Beide musterten die dritte Person, die sich mit ihnen im Zimmer befand. Eileen Connolly, eine Frau aus dem Ort, saß vor dem großen Fernsehschirm und schaute die Nachrichten, die ständig wiederholt wurden. Drei Tage nach dem Attentatsversuch im Vatikan kamen einem die entscheidenden Bild- und Tonschnipsel auf ermüdende Weise vertraut vor. Der verwirrte Schrei: »*Nicht jene Füße! Nicht jene Füße!*« Das schreckliche Bild der gezückten Waffe, ein Kruzifix mit einem angespitzten längeren Ende. Die in Weiß gekleidete, hinfällige Gestalt des Papstes, die vom Balkon nach drinnen gezogen wurde. Der Attentäter, der sich hilflos übergab, als ihn die Übelkeit nach dem Wechseln mit einiger Verzögerung erwischte.

Der Möchtegern-Attentäter war Engländer. Er hieß Walter Nicholas Boyd und war sein ganzes Leben lang überzeugter Katholik gewesen. Dann hatte er sich, ganz allein, in Rom Ost 1 ein Gerüst gebaut, das von der Position und der Höhe her exakt an den Balkon der Peterskirche passte, auf dem der Papst immer stand, um die Menschenmenge auf dem Platz davor zu segnen. Es war ein naheliegender Ort für einen Unruhestifter, aber erstaunlicher- und unverzeihlicherweise hatten die Sicherheitsleute des Vatikans ihn nicht im Blick gehabt, obwohl in diesen Zeiten die durch das Wechseln ermöglichten Angriffe immer häufiger wurden. Walter Nicholas Boyd war auf sein Gerüst geklettert, mit dem angespitzten Holzkreuz hinübergewechselt und hatte versucht, den Papst zu ermorden. Der Pontifex war schwer verwundet worden, würde den Anschlag jedoch überleben.

Eileen, die sich die Berichte ansah, fing an, eine Melodie zu summen.

David Blessed lächelte. Er sah müde aus. »Das ist die Hymne, die sie alle singen. *Und schritten jene Füße einst auf Englands grünen Bergeshöhn? / Und ward das heil'ge Gotteslamm / auf Englands Auen je gesehn?*« Seine Stimme war eine Art Singsang. »Blakes *Jerusalem.* Mr Boyds Protest richtete sich gegen den Landraub des Vatikans, wie sie das nennen, oder irre ich mich?«

»Allerdings«, antwortete Nelson. »Es gibt sogar eine globale Protestbewegung mit dem Namen ›Nicht jene Füße‹. Auch Eileen macht dort mit, oder?«

Eileen, vierundvierzig und Mutter zweier Kinder, hatte damals zu Nelsons Gemeinde gehört. Jetzt befand sie sich wieder in der Obhut von David Blessed, Nelsons inzwischen über achtzigjährigem Vorgänger, der aus dem Ruhestand zurückgekehrt war, um der Gemeinde in den dunklen Stunden nach dem Vulkanausbruch beizustehen.

»Das stimmt. Deshalb quälen sie jetzt solche Glaubenszweifel.«

»Die Zeiten sind für uns alle nicht ganz leicht, David. Was meinst du, ob ich jetzt wohl mit ihr reden könnte?«

»Selbstverständlich. Komm mit. Aber erst gieße ich dir noch etwas Tee nach.«

Also befragte Nelson Eileen Connolly ganz behutsam, führte sie durch ihr sehr gewöhnliches Leben, in dem sie Verkäuferin gewesen war. Sie war Mutter geworden, dann folgte die Scheidung, aber das Leben war weitergegangen, und sie hatte ihre Kinder gut erzogen. Eine recht typische, durchschnittliche englische Lebensgeschichte, mehr oder weniger unberührt von der Entdeckung der Langen Erde und bis zu den Auswirkungen des amerikanischen Vulkans ohne größere Probleme.

»Sie müssen umziehen, Eileen«, sagte David mit sanfter Stimme. »Hinaus in die Lange Erde, meine ich. Und Sie müssen Ihre Kinder mitnehmen. Sie wissen doch, was auf dem Spiel steht. Wir müssen alle gehen. England ist am Ende. Sie haben doch gesehen, wie sich die Bauern vergeblich bemüht haben …«

Nelson wusste Bescheid. In diesem zweiten sommerlosen Jahr war die Wachstumsperiode sogar im Süden Englands erschreckend kurz gewesen. Erst im Juni hatten die Bauern mit Mühe schnellwachsende Feldfrüchte in den noch halbgefrorenen Boden gepflanzt – Kartoffeln, Zuckerrüben, Steckrüben –, trotzdem hatte die Zeit kaum gereicht, um die erbärmliche Ernte einzufahren, bevor schon wieder der Frost einsetzte. In den Städten rührte sich kaum noch etwas, mit Ausnahme der verzweifelten Versuche, die Kulturschätze zu retten, indem man sie in die Wechselwelten transportierte. Die Regierungen hatten versprochen, dort ein weltweit verzweigtes, von allen Nationen unterstütztes »Datum-Museum« zu schaffen. Nichts sollte verlorengehen …

»Hier dürfte es in den nächsten Jahren noch viel schlimmer werden«, sagte David. »Daran besteht kein Zweifel. Das gute alte England kann uns nicht mehr ernähren. Es bleibt uns nur eines, wir müssen hinaus in diese schönen neuen Welten.«

Eileen zeigte keinerlei Reaktion.

Nelson wusste nicht genau, ob er die Situation richtig einschätzte. »Es liegt aber nicht daran, dass sie nicht wechseln kann, David? Sie ist nicht phobisch oder so was?«

»Nein, nein. Ich fürchte, sie wird von theologischen Bedenken geplagt.«

Nelson musste lächeln. »Theologische Bedenken? David, wir sind die Kirche von England. Mit Theologie haben wir nichts zu tun.«

»Aber der Papst schon, und deshalb sind viele hier völlig durcheinander, verstehst du?«

Eileen machte einen völlig ruhigen, wenn auch ein wenig verwirrten Eindruck, als sie schließlich sagte: »Das Problem ist doch, dass man völlig durcheinander wird. Die Priester sagen über die Lange Erde erst so und dann wieder so. Zuerst haben sie uns gesagt, es sei eine heilige Pflicht, dort hinauszugehen, weil man beim Wechseln all seine weltlichen Besitztümer zurücklassen muss. Na ja, so ziemlich alle. Als hätte man ein Armutsgelübde abgelegt. Deshalb wurde ja der Neue Pilgerorden der Langen Erde gegründet, der sich um die neuen Gemeinden dort draußen kümmern soll. Ich habe davon gelesen und auch dafür gespendet. Schön und gut, aber auf einmal behaupteten diese Erzbischöfe in Frankreich, die Welten links und rechts sind abgefallene Orte, ein Werk des Teufels, weil Jesus dort nie gewandelt ist …«

Nelson hatte diese Erklärung vor seinem Treffen mit Eileen gelesen. In gewisser Hinsicht handelte es sich um eine Erweiterung des alten Streits darüber, ob Bewohner anderer Planeten als »erlöst« angesehen werden konnten oder nicht, da Jesus Christus ja nur auf dieser einen Erde zur Welt gekommen war. In der Langen Erde hatten sich, nach allem, was man wusste, jenseits der Datum-Erde nirgendwo Menschen entwickelt. Deshalb war die Menschwerdung Christi mit Sicherheit einzigartig und galt ausschließlich für die Datum-Erde. Genau genommen war der Leib des Herrn einzig und allein aus Atomen und Molekülen der Datum zusammengesetzt gewesen. Welchen theologischen Status nahmen also all diese anderen Erden ein? Was war mit den Kindern, die bereits jetzt in den Welten der Langen Erde geboren wurden und deren Körper aus Atomen zusammengesetzt waren, die nichts mit der Welt Christi zu tun hatten? Waren *sie* durch seine Menschwerdung erlöst – oder nicht?

Für Nelson war das alles ein grässlicher Mischmasch aus falsch verstandener Wissenschaft und mittelalterlicher Theologie. Aber er wusste, dass sich viele Katholiken, bis hinauf zum Vatikan, von solchen Argumenten verunsichern ließen. Und allem Anschein nach auch Mitglieder anderer christlicher Konfessionen.

»Auf einmal war überall von diesen Geschäftemachern zu lesen, die Hostien von der Datum-Erde verkauften«, sagte Eileen, »weil die angeblich die einzig gültigen waren, weil sie aus derselben Welt wie unser Herr Jesus kommen.«

»Das waren doch bloß Geschäftemacher«, erwiderte Nelson sanft.

»Ja, aber dann behauptet der Papst auf einmal, dass die Lange Erde *doch* zum Reich Gottes gehört...«

Nelson hatte dem plötzlichen Wandel in der Haltung des Vatikans zur Langen Erde gegenüber einen gesunden Zynismus entwickelt. Es ging um Demographie, sonst nichts. Aufgrund des fortgesetzten Massenexodus aus so gut wie allen Teilen der Datum füllten sich die Kolonien in den nahe gelegenen Erden mit jeder Menge kleiner potenzieller Katholiken. Deshalb waren diese neuen Welten auf einmal gottgefällig geworden. Der Papst bezog seine theologische Rechtfertigung aus Genesis 1:28: »Und Gott sagte ihnen, seid fruchtbar und mehret euch, füllt die Erde und macht sie euch untertan.« Das Problem bestand darin, dass Gott nicht ausdrücklich die *Lange* Erde gesagt hatte, so wie man 1492 vor dem Problem gestanden hatte, dass die Bibel nichts zu den beiden Amerikas sagte. Man brauchte also nach wie vor den Segen seines Priesters, und der leitete sich wiederum vom Papst ab, weshalb der Datum-Vatikan der Ursprung aller Autorität blieb. Ach ja, und Empfängnisverhütung war immer noch Sünde.

Einige Kommentatoren wunderten sich darüber, dass die zweitausend Jahre alte Institution Kirche eine weitere gewaltige philosophische und ökonomische Verlagerung überleben konnte, wie zuvor schon den Fall des Römischen Reiches, das sie unterstützt hatte, und die wissenschaftlichen Erkenntnisse von Galileo, Darwin und den Urknall-Kosmologen. Aber sogar einige Katholiken waren mehr als angewidert von dem wohl dreistesten Landraub seit 1493, als Papst Alexander VI. die gesamte Neue Welt zwischen Spanien und Portugal aufteilte: Hier beanspruchte eine antike Ideologie die Vorherrschaft über die Unendlichkeit. So war es zu Walter Nicholas Boyd und seinem verzweifelten Schrei gekommen: »Nicht jene Füße!«

Und zu der völligen Verunsicherung der armen Eileen Connolly.

»Was der Papst gesagt hat, hat mir überhaupt nicht gefallen«, sagte Eileen jetzt mit fester Stimme. »Ich bin dort draußen gewesen in den Wechselwelten, bei Trecks und im Urlaub und so. Dort erbauen die Leute Höfe und Häuser aus dem Nichts, mit bloßen Händen. Und dann die vielen Tiere, die niemand je zuvor gesehen hat. Nein, ich sage, wir sollten bescheiden bleiben und das nicht einfach alles an uns reißen.«

David sagte: »Das hört sich sehr vernünftig an, Eileen …«

»Manchmal bin ich sehr wütend«, fiel ihm Eileen ins Wort. »Ja, vielleicht genauso wütend wie dieser Boyd im Fernsehen. Dann denke ich, dass hier, auf der Datum-Erde, wo alles so schrecklich verdorben und so chaotisch ist, die Ursache allen Übels liegt. Und dass die vielen unschuldigen Welten der Langen Erde besser dran wären, wenn man sie irgendwie versiegeln würde. Verschließen wie eine große Flasche.«

»Du siehst, warum ich dich um Hilfe gebeten habe, Nelson«, sagte David. »In apokalyptischen Zeiten wie diesen werden die Menschen abergläubisch.« Er senkte die Stimme. »Drüben in Much Nadderby erzählt man sich hinter vorgehaltener Hand bereits von einem Fall von Hexerei.«

»Hexerei!«

»Oder von Besessenheit, Dämonie. Ein kleiner Junge, der heller war als die anderen... auf unheimliche Weise. Natürlich versuchen wir zu beruhigen. Aber jetzt dieser Unsinn vonseiten des Vatikans!« Er schüttelte den Kopf. »Manchmal glaube ich, dass wir dieses ganze Leid mit unserer Dummheit tatsächlich verdient haben.«

Und Nelson, der inzwischen zu einem engen Verbündeten Lobsangs geworden war – oder, wie Lobsang es ausgedrückt hatte, zu einer »wertvollen Langzeitinvestition« –, wusste, dass Lobsang dieser Ansicht, zumindest gelegentlich, durchaus zustimmen würde.

»Hör zu, was ich mir überlegt habe, Nelson. Begleite sie, geh mit Eileen, wenigstens ein Stück des Weges. Ich bin weiß Gott zu alt dafür. Aber du... Begleite sie. Segne sie. Segne das Land, auf dem sie und ihre Kinder sich niederlassen werden. Taufe sie alle erneut, wenn sie das möchten. Unternimm alles, um ihr zu versichern, dass Gott mit ihr ist, egal, wohin sie ihre Kinder bringt. Und ganz egal, was dieser jämmerliche Papst dazu sagt.«

Nelson lächelte. »Selbstverständlich.«

David erhob sich. »Vielen Dank. Ich mache uns noch eine Kanne Tee.«

Lobsang sehnte sich nach seinen Freunden.

Wenigstens waren sie nach den Ereignissen von Yellowstone alle auf die Datum zurückgekommen, so wie Rettungskräfte sich am Brandherd einfinden. Lobsang freute sich über ihre Gesellschaft, auch wenn sie, wie Joshua Valienté, nicht viel Zeit für ihn hatten. Aber nachdem sich im Laufe der Jahre die Situation einigermaßen stabilisiert hatte, besuchten sie ihn immer seltener. Sie nahmen ihr eigenes Leben wieder auf und waren wieder weit weg.

Sally Linsay beispielsweise fand man vier Jahre nach dem Ausbruch womöglich auf irgendeiner Parallelwelt hundertfünfzigtausend Schritte von der Datum entfernt. Obwohl Sally Linsay ohnehin immer sehr, sehr schwer zu finden war…

Schwer aufzufinden zu sein hätte man als Sallys Lebensziel bezeichnen können. Obwohl sie eine Vielzahl von Zielen verfolgte, insbesondere, wenn es um die Flora und Fauna der Langen Erde ging, für die sie eine große Leidenschaft entwickelt hatte.

Aus diesem Grunde hielt sie sich im Spätherbst des Jahres 2044 in einer ansonsten nicht weiter erwähnenswerten Siedlung in einem Wechsel-Idaho inmitten des Getreidegürtels auf, einem Ort namens Four Waters City.

Genau deshalb legte sie den gefesselten und geknebelten Jäger an der Hintertür der Polizeiwache ab.

Der Kerl war bei vollem Bewusstsein, seine Schweinsäuglein starrten sie angsterfüllt an. Dabei wusste er nichts von seinem Glück, dachte sie. Wahrscheinlich kam er sich auch keineswegs vom Glück begünstigt vor, aber verglichen damit, wie es einem manchmal ergehen konnte, wenn Sally Linsay erfuhr, dass man einen Troll umgebracht hatte, ein Weibchen, eine Mutter, die zudem hochschwanger war… Immerhin hatte sie ihm den Zeigefinger, mit dem er den Abzug betätigt hatte, nicht abgeschnitten. Immerhin war er noch am Leben. Und der Juckreiz, der ihn quälte und der von den giftigen Dornen einer sehr nützlichen Pflanze hervorgerufen wurde, die sie in den Hohen Megas entdeckt hatte, würde wahrscheinlich irgendwann nachlassen, spätestens in ein paar Jahren. Zeit genug, damit er über seine Sünden nachdenken konnte. Man konnte es liebevolle Strenge nennen.

Und weil Sally so schwer zu finden war, waren Orte wie Four Waters City, an denen sie gelegentlich, wenn auch nicht regelmäßig vorbeikam, so nützlich, wenn man wirklich dringend mit ihr in Verbindung treten wollte.

Deshalb trat der weibliche Sheriff aus der Wachstube in die kühle Morgenluft, warf einen nicht besonders interessierten Blick auf den winselnden Jäger und rief Sally zu sich. Dann ging sie wieder ins Büro und kramte in einer Schublade.

Sally blieb vor der Tür stehen. Aus dem Büro drangen kräftige Düfte, eine konzentrierte Version der allgemeinen Atmosphäre in dieser Kolonie, die sie nicht allzu tief einatmen wollte. Insbesondere diese Gemeinde pflegte eine Kultur, in der exotische Arzneimittel eine große Rolle spielten.

Schließlich überreichte der Sheriff Sally einen Umschlag.

Der Umschlag war handbeschrieben. Offensichtlich hatte er schon seit über einem Jahr in dieser Büroschublade gelegen. Der Brief darin war ebenfalls handschriftlich verfasst, und zwar mit einer sehr miesen Handschrift, aber Sally hatte kein Problem damit, sie zu entziffern, auch wenn es ihr nicht ganz leichtfiel, aus dem Inhalt des Schreibens schlau zu werden. Sie las leise, ihre Lippen bewegten sich stumm.

Dann murmelte sie: »Wo soll ich hinkommen? Zur Lücke? ... Also ehrlich! Und das nach so vielen Jahren. Hallo, Vater.«

Lobsangs Freunde, wie Joshua Valienté, der auf einer Welt über zwei Millionen Schritte westlich der Datum am Hang eines Hügels kampierte. Er war der auch nach fünf Jahren noch bestehenden Katastrophenzone auf der Datum und den Nahen Erden entflohen und hatte sich in die Sicherheit einer seiner langen Auszeiten davongemacht. Er war völlig alleine, vermisste seine Familie und war doch nicht gewillt, in sein unglückliches Zuhause zurückzukehren.

Joshua Valienté, der Silvester 2045 mit nichts Stärkerem als einem kleinen Teil seines wertvollen Kaffeevorrats begangen hatte, erwachte mit Kopfschmerzen. Dann brüllte er in den leeren Himmel hinauf: »Und was jetzt?«

# 2

Mit ihrem letzten Schritt tauchte Sally in der Nähe der Einrichtungen von GapSpace auf, sicherheitshalber etwa eine halbe Meile vom Zaun entfernt. Hinter dem Zaun befand sich etwas, das wie eine Schwerindustrieanlage aussah, klobige Blöcke sowie Kuppeln und Türme aus Beton, Backstein und Eisen, teilweise in dicken Rauch gehüllt oder in die Dampfwolken austretender Tieftemperaturflüssigkeiten.

Willis Linsay, ihr Vater, hatte sie an einem ganz bestimmten Tag an diesen Ort bestellt. Wie das erneute Zusammentreffen mit ihm auch ausgehen würde, sie stand an diesem Januartag jedenfalls an der verabredeten Stelle in dieser überaus seltsamen Gegend einer Version von Nordwestengland, mehr als zwei Millionen Schritte von der Datum entfernt. Oberflächlich betrachtet, war es ein öder britischer Wintertag, trübe und kalt.

Trotzdem war die Unendlichkeit nur einen Schritt entfernt.

Der Mond stand am Himmel, aber es war nicht der Mond, den sie als Kind gekannt hatte. Ein Asteroid, den die Nerds von GapSpace Bellos nannten, hatte diesen Mond buchstäblich mit so vielen neuen Kratern bekleckert, dass das Mare Imbrium beinahe nicht mehr zu erkennen war. Die strahlenförmigen Muster eines gewaltigen Einschlags, sehr viel größer als der Kopernikuskrater, zogen sich über die halbe Scheibe. Bellos war aus den Himmeln vieler Wechselwelten hervorgeschossen, seine Flugbahn eine Frage des kosmischen Zufalls, und der jeweiligen Erde dann nahe gekommen oder auch nicht. Ungezählte Milliarden von Erden hatte er verfehlt, einige Dutzend aber, wie diese hier, hatten das Pech gehabt, seinen Pfad so dicht zu kreuzen, dass sie viele Einschläge durch herumirrende Bruchstücke erlitten hatten. Und eine Erde war so schwer getroffen worden, dass es sie komplett zerrissen hatte.

Derlei Dinge mussten sich in der Langen Erde ständig ereignen. Wer hatte einmal gesagt, dass in einem unendlichen Universum alles, was geschehen kann, auch irgendwo geschieht? Das bedeutete für einen unendlichen Planeten... Alles, was geschehen kann, musste irgendwo geschehen.

Sally Linsay hatte diese riesige Wunde, die Lücke in der Weltenkette, damals gefunden, gemeinsam mit Joshua Valienté und Lobsang. Ihr Twain war in den leeren Raum gefallen, ins Vakuum, in ungefiltertes Sonnenlicht, das wie ein Messer zustach... Dann waren sie zurückgewechselt und hatten überlebt.

Die Luft hier war kalt, aber Sally saugte sie in sich ein, bis der Sauerstoff sie trunken machte. Sie hatte den Fall in die Lücke schon einmal überlebt. Wollte sie jetzt wirklich dorthin zurück?

Sie musste es. Zum einen hatte ihr Vater sie darum gebeten. Zum anderen arbeiteten dort jetzt Leute. In der Lücke, im Weltraum. Das, was da vor ihr lag, war ihre Basis, einen Schritt von der Lücke selbst entfernt.

Der stete Wind vom Meer war genauso, wie sie es von ihrem letzten Besuch vor fünf Jahren mit Monica Jansson in Erinnerung hatte. Damals, in einer anderen Zeit. Der Zeit vor Yellowstone. Der weite Himmel, die Schreie der Vögel, alles war unverändert. Ansonsten hätte sie den Ort nicht wiedererkannt. Sogar der Zaun vor ihr hatte sich von einer lächerlichen Sperre zu einer regelrechten Berliner Mauer gemausert, einem bedrohlichen Gebilde aus Beton und Wachttürmen. Zweifellos war die Anlage selbst mit allerneuesten Anti-Wechsler-Sicherheitsvorkehrungen ausgestattet.

Der Sinn und Zweck dieser Anlage lag auf der Hand. Sie konnte bereits die Silhouette einer Rakete erkennen, elegant, klassisch und unverwechselbar. Es handelte sich tatsächlich um eine Raketenabschussbasis. Aber wenn man genauer hinsah, erinnerte nicht viel an Cape Canaveral. Es gab keine hochaufragenden Gerüste, und diese einzelne Rakete, die sie erspäht hatte, war eher klein und gedrungen. Es fehlten die gewaltigen Hüllen der Shuttles oder einer Saturn V – sie war ganz eindeutig nicht dafür gebaut, die Schwerkraft der Erde zu überwinden. Diese Rakete musste sich auch nicht aus der Schwerkraft lösen, und genau darum ging es. Diese Rakete sollte nicht in den Himmel geschossen werden, sondern vielmehr wechselwärtig, in die Leere des Universums gleich nebenan.

Insgesamt glich der gesamte Komplex nicht mehr wie damals einer liebenswert altmodischen Raketenbastelbude, sondern sah aus wie der überdimensionierte Spielplatz ernstzunehmender Ingenieure. In den letzten paar Jahren war die Lücke zum großen Geschäft geworden, so viel wusste Sally. Regierungen, Universitäten und Firmen, die auf der Datum zu Hause waren, hatten nach und nach das Potenzial dieses Ortes erkannt. Jetzt verkündeten Reklametafeln die Namen sämtlicher großen Technikfirmen, die Sally kannte, von Lockheed und IBM über die Handelsgesellschaft Lange Erde bis natürlich zur Black Corporation. Diese Einrichtung hier war inzwischen der wahrscheinlich am dichtesten bewohnte Ort in der Langen Erde jenseits von Walhalla, der größten Stadt in den Hohen Megas.

Aus genau diesem Grund hatte sie den Ort schon seit Jahren nicht mehr aufgesucht. Und deshalb fiel es ihr schwer, auch nur einen einzigen Schritt vorwärts zu machen. Es war, als hätte sie eine regelrechte Phobie befallen. Joshua Valienté würde sich unter diesen Umständen sicherlich besser anstellen. Der gute alte Joshua schien sich mittlerweile in vergleichbar beengten gesellschaftlichen Situationen einigermaßen wohlzufühlen, wohingegen sie immer mehr zur Einzelgängerin und verbiesterten Misanthropin wurde.

Aber schließlich hatte ihr Vater sie hierhergerufen, und

*den* konnte nichts verändern, weder zum Guten noch zum Schlechten. Willis Linsay, ihr guter alter Paps: Erfinder der Wechsel-Box, eines Geräts, das er vermutlich direkt unter Pandoras Nase aus der Büchse geklaut und auf eine ahnungslose Welt losgelassen hatte. So etwas war einfach typisch ihr Vater, frickel-frickel-frickel. Wenn man ihn nirgendwo finden konnte, musste man nur dem Rumsen der Explosionen und dem Heulen der Sirenen folgen …

Und während sie noch zögernd und unsicher dastand, kam er auch schon auf sie zu, ging ihr mit zuversichtlichen Schritten aus der Umfriedung des Geländes entgegen, um sie zu begrüßen. Woher hatte er gewusst, dass sie dort stand? Ach, er wusste es eben einfach.

Er war größer als sie, denn was Hautfarbe und Gestalt anging, kam sie mehr nach ihrer Mutter. Und er war dünner denn je, wie ein Mann, der nur aus Sehnen und Knochen bestand. Nach dem Tod ihrer Mutter hatte er offensichtlich jahrelang bloß von Brandy, Kartoffeln und Zucker gelebt.

Als er sie fast erreicht hatte, wurde er langsamer. Schließlich standen sie sich misstrauisch gegenüber und musterten einander.

»Du bist also hergekommen.«

»Was willst du, Vater?«

Er grinste mit dem leicht verwirrten Gesichtsausdruck, an den sie sich nur zu genau erinnerte. »Immer noch dieselbe alte Sally. Immer gleich zur Sache, hm?«

»Hat es irgendeinen Sinn, dich zu fragen, was du die ganze Zeit über gemacht hast, seit … verdammt noch mal, seit du am Wechseltag die ganze Welt auf den Kopf gestellt hast?«

»Ich habe mich mit Projekten beschäftigt«, murmelte er. »Du kennst mich doch. Sachen, die du entweder nicht verstehst oder von denen du gar nichts wissen willst. Es reicht, wenn ich dir sage, dass sie alle dem Allgemeinwohl dienen.«

»Deiner Meinung nach.«

»Meiner Meinung nach.«

»Gibt es jetzt ein neues Projekt, für das du mich hierherbestellt hast?«

»Hierher?« Er drehte sich zu der Anlage namens Gap-Space um. »Das da ist bloß eine Zwischenstation zu unserem eigentlichen Ziel.«

»Und wo befindet sich das?«

»Es handelt sich um den Langen Mars«, antwortete er einfach so.

Sally Linsay war an Wunder gewöhnt. Sie war mit der Fähigkeit zu wechseln aufgewachsen und hatte schon als Kind unzählige fremde Welten besucht. Trotzdem war ihr, als sie diese Worte vernahm, als würde sich das Universum plötzlich immer schneller um sie drehen.

Am Tor zum Gelände wartete ein Mann, den ihr Vater als Al Raup vorstellte. Sein Kopf war kahlrasiert, dafür spross ihm ein dichter schwarzer Bart am Kinn, was fast so aussah, als wäre das Gesicht einmal um seine Achse, die knubbelige Nase, gedreht worden und sitze jetzt falsch herum. Er trug Shorts aus Segeltuch, schmuddelige Turnschuhe ohne Socken und ein schwarzes T-Shirt, auf dem sich der Spruch JETZT BRAT MIR EINER'N STORCH viel zu eng um seinen Bauch spannte. Er konnte alles zwischen dreißig und fünfzig sein.

Raup streckte ihr die Hand entgegen und sagte: »Nennen Sie mich Mr Ttt.« *Th-th-th.*

Sie ignorierte die Hand. »Hallo, Al Raup.«

Willis hob eine Augenbraue. »Jetzt stell dich nicht so an, Sal.«

»Kommen Sie, ich zeige Ihnen meine Wirkungsstätte...«

Raup schleuste sie durch die Sicherheitssperren, dann gingen sie über das Gelände. Sally hörte das tiefe Brummen schwerer Fahrzeuge, roch Ziegelstaub und nassen Beton und sah riesige Kräne über tiefen Löchern aufragen. Überall gingen Arbeiter mit gelben Schutzhelmen umher. Hier und da fielen ihr Schilder mit der Aufschrift »Gefahr« oder »Radioaktivität« auf, die hatte es bei ihrem letzten Besuch noch nicht gegeben. Wurden hier etwa Atomraketen entwickelt?

Sie bemerkte auch einen Trupp Trolle, der allem Anschein nach glücklich und zufrieden an einem Betonmischer arbeitete. Für Technologie und für Menschen interessierte sich Sally nicht besonders. Für Tiere schon.

»Also«, sagte Raup, »dann herzlich willkommen in Cape Nerdaveral, Marsonauten!«

»Sie sind genau wie diese Typen, die ich schon bei meinem letzten Besuch hier kennengelernt habe«, erwiderte Sally schroff.

»Ach ja. Als Sie diese Trolle entführt haben.«

»Wir haben sie befreit. Freut mich, dass Leute wie Sie mit der Kommerzialisierung dieses Unternehmens nicht gleich mit ausgerottet wurden.«

Raup wackelte mit seinem dicken Zeigefinger. »Nein, nein, wir Geeks waren zuerst hier. Wir haben die Grundparameter ausgetüftelt, wie man sich die Lücke zunutze machen kann, wir haben mit dem Bau des Backsteinmondes angefangen und die ersten Probestarts durchgeführt. Und zwar noch ehe irgendjemandem aufgefallen ist, dass wir überhaupt hier sind.« Seine Aussprache klang nach amerikanischer Mittelschicht, aber er redete eigenartig gepresst und übertrieben, mit gedehnten Vokalen und überpräzisen Konsonanten. Sie vermutete, dass er alles, was er sagte, vorher in seinem Kopf ausführlich geprobt hatte, falls er jemals in die Verlegenheit kam, das Thema einem Publikum zu präsentieren. »Wir sind keine blutigen Anfänger. Wir haben eine Menge Patente angemeldet. Aber letztendlich hatten diese Firmentypen kein Interesse daran, uns über den Tisch zu ziehen. Es war einfacher, uns aufzukaufen. Für ihre Verhältnisse waren wir relativ billig, und wir hatten die Kompetenzen, die sie dringend benötigten.« Er grinste. »Wir Gründer sind jetzt alle Dollar-Millionäre. Wie cool ist das denn?«

Sally interessierte das alles herzlich wenig, sie ging nicht auf seine großspurigen Sprüche ein.

Zwischen den gewaltigen Industrieanlagen sah sie langgezogene Wohnblöcke, Bars, ein Hotel, ein Kino mit Theatersaal, zahlreiche Casinos und Spielhöllen und auch zwielichtigere Etablissements, bei denen es sich wahrscheinlich um Striplokale und Bordelle handelte. Es gab auch eine bescheidene Kapelle, die, wie es aussah, aus einheimischer Eiche errichtet war, mit einem kleinen Friedhof hinter einer niederen Steinmauer – eine ständige Erinnerung daran, dass die Raumfahrt sogar hier eine gefährliche Beschäftigung war.

»Wie ich sehe, mangelt es Ihnen nicht an Gelegenheiten, die vielen Dollars wieder auszugeben.«

»Ja, stimmt. Hier ist es ein bisschen wie in einer alten Goldgräberstadt im Wilden Westen«, erwiderte Raup. »Oder auf einer Bohrinsel. Oder vielleicht sogar wie in den Gründerzeiten Hollywoods, falls Sie etwas mehr Glamour möchten. Dabei muss man heutzutage echt aufpassen, wo man hintritt.«

»Er meint, dass es hier organisierte Kriminalität gibt«, murmelte Willis. »Das Verbrechen wird von solchen Orten wie magisch angezogen. Es gab bereits mehrere Morde, wegen Spielschulden und dergleichen. Recht beliebt ist die Methode, das Opfer einfach ohne Druckanzug und ohne Box in die Lücke zu befördern. Sie nennen es: *Bei den Sternen schlafen.* Deswegen sind hier so viele Sicherheitskräfte zu sehen, wegen der wachsenden Kriminalität und als Schutz vor Saboteuren.«

»Trotzdem ist es hier immer noch absolut cool«, sagte Raup.

Sally überging auch diese Bemerkung.

Im Zentrum des Komplexes erreichten sie eine Art Hauptstraße, die von brandneuen Bürogebäuden aus glänzend weißem, noch fleckenlosem Beton gesäumt war. Raup führte sie zu einem niedrigen, auffälligen Gebäude mit einer Bronzeplakette: ROBERT A. HEINLEIN AUDITORIUM. Vor der Tür stand eine Menschenmenge, und Raup musste irgendwelche Ausweise vorzeigen, damit sie an der langen Schlange vorbeigehen konnten. »Das Ding haben wir extra für große Pressekonferenzen bauen lassen«, sagte er, als müsste er sich dafür rechtfertigen. »Unsere obersten Firmenchefs haben darauf bestanden. Normalerweise ist hier nichts los. Aber Sie haben Glück, Miss Linsay, angeblich haben die Regenschauer auf dem Mars so weit nachgelassen, dass die Einsatzleitung des *Envoy* noch heute eine Landung versuchen kann. Von daher stehen die Chancen nicht schlecht, dass wir gleich ein bisschen angeben können, während wir Ihnen zeigen, was wir hier so treiben.«

Sally sah ihren Vater an. »Regenschauer? Auf dem Mars?«

»Es ist nicht *unser* Mars«, erwiderte er. »Du wirst schon sehen.«

Raup führte sie in einen großen Hörsaal mit vielen Sitzreihen vor einem Rednerpult. An den Wänden hingen große Bildschirme. Überall saßen und standen aufgeregt schnatternde Techniker und Wissenschaftler. Momentan waren die Wandschirme noch leer, aber kleinere Monitore und Tablets im ganzen Raum zeigten grobkörnige Farbaufnahmen, kontrastverstärkt und stark vergrößert. Sally erblickte Bruchstücke von Landschaften, graublauen Himmel und rostroten Boden.

»Wow«, sagte Raup, als er die Bilder sah, und diesmal hörte es sich an, als hätte er die Gefühle, die sich Bahn brachen, nicht vorher geprobt: »Sieht so aus, als hätten sie es geschafft. Sie haben den *Envoy* gelandet. Es ist uns zum allerersten Mal gelungen, auf dieser Kopie des Mars.«

»Den *Envoy*?«

»Der Name für eine Baureihe unbemannter Raumsonden.« Raup lenkte ihre Aufmerksamkeit auf einige Fotodrucke an der Wand: Aufnahmen von etlichen Teilstücken eines Planeten, aufgenommen aus dem Weltall. »Die ersten *Envoy*-Missionen waren nur Vorbeiflüge, das hier sind Bilder, die sie uns übermittelt haben. Heute fand die erste tatsächliche Landung statt, ein notwendiger Schritt vor den geplanten bemannten Missionen. Die allerneuesten Bilder, live vom Mars in der Lücke!«

Willis schnaubte verächtlich. »Schon, aber die Farben stimmen überhaupt nicht. Der Himmel dort sieht nicht annähernd so aus.«

Sally starrte ihren Vater an. Wenn das hier die erste Landung auf dem Mars war – woher wollte er das wissen? Aber sie hatte schon vor langer Zeit gelernt, dass der Versuch, ihn auszufragen, sinnlos war.

Raup sagte: »Die Sonde selbst ist letztendlich nur ein Test, verstehen Sie? Fürs Erste liefern wir bloß Beweise für die Machbarkeit unserer Antriebstechnik. Mit der Lücke lässt sich unglaublich viel anfangen. Wir bringen Rampen für Atomraketen hierher – Trägheitsfusion, falls Sie mit der Technologie vertraut sind –, und mit diesen Dingern kommen wir in wenigen Wochen zum Mars, im Gegensatz zu den sieben, acht oder neun Monaten, die wir vorher dafür brauchten, je nachdem, wie die Planeten gerade zueinander stehen …«

Sally wusste kaum etwas über Atomraketentechnik und sie interessierte sich auch nicht dafür, aber die Fotos hatten ihre Aufmerksamkeit erregt. Auf einem war eine Scheibe zu sehen, vermutlich die volle Marskugel, wie man sie aus dem All sah – aber es war nicht der Mars, an den sie sich von den NASA-Aufnahmen zu Hause auf der Datum erinnerte. Dieser Mars zeigte ein verwaschenes Rosa mit filigranen Wolkenschlieren und stahlgrauen Flecken, die in der Sonne glitzerten: Seen, Meere, Flüsse. Fließendes, flüssiges Wasser, auf dem Mars, vom All aus zu erkennen. Da war auch Grün zu sehen, das Grün des Lebens.

»Ich hab's dir ja gesagt«, meinte Willis. »Dieser Mars ist anders.«

»Sie wissen, dass Sie hier den Mars des Lückenuniversums sehen, des Universums, das sich einen Schritt von hier befindet«, sagte Raup, jetzt wieder in seinem einstudierten Modus. »Die Bilder werden zum Backsteinmond gefunkt, unserem Stützpunkt in der Lücke. Wir haben ein cleveres System entwickelt, mit dem die Daten paketweise zu unseren Einrichtungen hier herüberwechseln ... Unser Mars ist eine tiefgefrorene Wüste. Dieser Mars, der Lückenmars, ähnelt eher Arizona, nur in größerer Höhe. Die *Envoys* haben den höheren Luftdruck bestätigt. Auf diesem Mars könnten Sie mit Gesichtsmaske und Sonnencreme frei herumspazieren. Unser Startfenster hat unseren Zwillingsboten leider mitten in der schlimmsten Gewittersaison ankommen lassen, die wir bisher auf dem Lückenmars beobachtet haben, und wir beobachten die Verhältnisse dort schon seit, äh, gut zehn Jahren. Keine Sandstürme, sondern Regen, Schnee, Hagel, Blitze. Der Kontrollraum will bei solchen Wetterextremen kein Risiko eingehen, deshalb übermitteln die Kameras der Sonden seit Wochen nicht viel anderes als Lichtblitze. Jetzt haben sich die Unwetter aber gelegt, und die Einsatzleitung hat offensichtlich grünes Licht für eine Landung gegeben. Wir warten nur noch darauf, dass sich die Bilder stabilisieren ...«

Schon scharten sich die Techniker und Wissenschaftler aufgeregt näher um die TV-Monitore und Tablets. Die Live-Bilder klarten auf, als ließe ein Schneesturm allmählich nach. Sally erblickte die Flanke eines rundlichen Fluggeräts, das auf einer Oberfläche ruhte, die wie nasser, grober Sand aussah, wie ein Strand, den eine soeben zurückgewichene Flut freigegeben hat. Die Kamera musste auf dem Fluggerät selbst installiert sein. Sally sah deutlich das auf die Hülle aufgemalte Sternenbanner.

Dann schwenkte die Kamera weiter auf ein flaches Tal mit einem Fluss und widerstandsfähig aussehender graugrüner Vegetation, die an seinen Ufern wucherte. Leben auf dem Mars.

Die Poindexter-Typen grölten und jubelten.

Anschließend zogen die drei sich in ein kleines Café zurück.

»Schön und gut«, wandte sich Sally ohne weitere Umschweife an Willis, »jetzt reicht's mit den Raumtrophäen und den rätselhaften Andeutungen. Erzähl mir bitte, und zwar in beliebiger Reihenfolge« – sie zählte die Punkte an den Fingern ab –, »warum du zum Mars willst, wie du dort hinkommen willst und warum um alles in sämtlichen Welten ich dich dabei begleiten sollte.«

Willis Linsay musterte sie durchtrieben. Er war inzwischen siebzig Jahre alt, seine faltige Gesichtshaut sah zäh wie Leder aus. »Es dürfte eine Weile dauern, dir das ausführlich zu erklären. In ganz knappen Worten: Ich will auf diesen Mars, den Lückenmars, weil er nicht einfach der Mars ist. Er ist nicht mal der Mars mit einem deutlich anderen Klima. Er ist ein Langer Mars.«

Sie ließ die Worte einen Moment auf sich wirken. »Das hast du schon mal gesagt. Ein Langer Mars. Willst du damit sagen, dass man dort wechseln kann?«

Er nickte.

»Woher weißt du das?... Nein, bitte keine Antwort darauf.«

»Ich erwarte, dass ich dort etwas Bestimmtes finde, nach dem ich schon lange suche. Das siehst du dann schon. Vorerst solltest du wissen, dass eine Welt, die Lang ist, auch intelligentes Leben beherbergen muss.« Er sah sie an. »So weit kannst du mir folgen, oder? Die Theorie der Langen Erde, die Kopplung von Bewusstsein und Topologie ...«

Sally stand vor Staunen der Mund offen. »Mal langsam. Noch mal zurück. Du hast mal wieder eine gedankliche Bombe gezündet. Intelligentes Leben? Du hast intelligentes Leben auf dem Mars entdeckt?«

»Nicht auf *dem* Mars«, antwortete er ein wenig ungeduldig. »Auf *einem* Mars. Außerdem habe ich es nicht entdeckt, sondern seine notwendige Existenz abgeleitet. Im Denken bist du schon immer ein wenig nachlässig gewesen, Sally.«

Bei so viel Stichelei musste sie instinktiv zurückschlagen, so wie sie es immer getan hatte, seitdem sie alt genug war, um eine eigene Persönlichkeit zu entwickeln. Also sagte sie provozierend: »Mellanier würde dir da nicht zustimmen. Was intelligentes Leben und die Lange Erde angeht oder dass eine Lange Welt irgendwie mit Bewusstsein zusammenhängt.«

Er wedelte abwehrend mit der Hand. »Ach, *der* Scharlatan. Was das angeht, dass du mich bei meiner Forschungsreise begleitest… also, warum zum Teufel solltest du es ablehnen?« Er ließ den Blick über die Geeks in dem Café wandern, die lautstark ihren Triumph feierten. »Sieh dir diese Hirnis an, wie sie sich gegenseitig auf die Schultern klopfen. Ich kenne dich, Sally. Dir wäre es am liebsten, alles wäre noch so, wie es vor dem Wechseltag war, als die Lange Erde *uns* gehört hat, stimmt's? Jedenfalls das Lange Wyoming. Ehe ich auf die Idee mit der Wechsel-Box kam, konnte ich allein nicht wechseln, ich war auf dich angewiesen, aber…«

»Du hast mir vorgelesen. Geschichten von anderen Welten, von Tolkien und Niven und E. Nesbit, und ich habe immer so getan, als würden wir dorthin reisen…« Sie verstummte. Nostalgische Gefühle hatte sie immer als eine Schwäche betrachtet.

»Und jetzt ist alles voll mit Dumpfbacken wie denen da drüben. Nichts für ungut, Al.«

»Kein Problem.«

»Sally, ich weiß, dass du immer noch viel Zeit alleine verbringst. Würdest du nicht gern eine ganz neue Welt betreten wollen, eine unberührte Welt, die bis auf uns völlig leer ist? Na ja, bis auf uns und ein paar Marsbewohner? Die Menschheit eine Weile einfach hinter dir lassen?«

Und Lobsang, dachte sie.

Schwitzend und aufdringlich beugte sich Raup zu ihr. »Was die Frage angeht, wie man dort hinkommt: Sie haben vielleicht schon mitgekriegt, dass das Raumprogramm, das wir hier entwickeln, wesentlich schnellere Fortschritte macht als das von diesen Schlaftabletten damals auf der Erde. Natürlich bauen wir auf dem auf, was damals herausgefunden wurde, und verwenden es…«

»Worauf wollen Sie hinaus, Sie Schlaumeier?«

»Unterm Strich darauf, dass wir startbereit sind. Das erste bemannte Raumschiff zum Mars steht auf dem Backsteinmond bereit, nur einen Schritt von hier in der Lücke. Wir haben nur darauf gewartet, dass uns die unbemannten Landeeinheiten die atmosphärischen Bedingungen und so weiter auf dem Planeten bestätigen. Genau das ist heute passiert.«

»Wir? Wer nimmt denn alles an dieser Mission teil?«

Raup blies die Backen auf und hob den beachtlichen Bauch. »Unsere Mannschaft besteht aus drei Leuten, genau wie bei den Apollo-Flügen. Sie, Ihr Vater und ich.«

»Sie.«

»Ich weiß, was du denkst«, mischte sich Willis ein. »Aber du und ich, Sally, wir sind keine Astronauten ...«

»Dieser Fettkloß auch nicht. Vater, ich kann unmöglich Monate mit diesem Kerl eingesperrt in einer Konservendose verbringen.«

Willis wirkte unbeeindruckt. »Hast du eine Alternative?«

»Hängt vielleicht noch ein Typ namens Frank Wood hier herum?«

# 3

Ob Frank Wood mit zum Mars fliegen wollte?

Im Jahre 2045 war Francis Paul Wood, Pensionär der US Air Force, einundsechzig Jahre alt. Schon als kleiner Junge hatte er davon geträumt, in den Weltraum zu fliegen.

Als Kind war er eine merkwürdige Mischung aus Sportfreak, Hobby-Ingenieur und Träumer gewesen. Seine Eltern hatten ihn stets ermutigt, auch ein Onkel, der über das Raumprogramm schrieb und ihm eine ganze Bibliothek alter Science-Fiction-Romane lieh, von Asimov über Clement bis zu Clarke und Herbert. Als Woods Träume endlich Realität annahmen, war der Challenger-Absturz längst Geschichte, ein Unglück, das passierte, als er zwei Jahre alt war.

Trotzdem machte er immer weiter, bis er nach seinem aktiven Dienst bei der Luftwaffe offizieller Kandidat für das NASA-Raumfahrtprogramm wurde. Er war so dicht dran gewesen. Dann kam der Wechseltag, und unendlich viele Welten öffneten sich. Sie waren für jeden Menschen nur einen Schritt entfernt, und man brauchte dazu nicht mehr als einen Wechsler. Damit waren Raumschiffe mit einem Schlag zu Museumsstücken geworden. Ebenso wie Frank Wood selbst, so kam es ihm jedenfalls vor, obwohl er damals erst einunddreißig Jahre alt war. Er wurde ruhelos, nostalgisch und stand ohne eigene Familie da, da er alle Beziehungen seiner Traumkarriere geopfert hatte. Plötzlich stellte er fest, dass er selbst zu dem Onkel mit den Verbindungen zum Raumprogramm und einem Koffer voller Science-Fiction-Romane geworden war.

Die verpassten Gelegenheiten lasteten schwer auf ihm, und er verbrachte etliche Jahre im Dunstkreis dessen, was noch von Cape Canaveral übrig war. Aber abgesehen von einem fortlaufenden Programm, bei dem kleine, unbemannte Satelliten ins All geschossen wurden, war Canaveral bald nicht viel mehr als ein zerbröselndes Museum der Träume.

Dann hatte er von der Entdeckung der Lücke erfahren, eines Ortes, an dem eine Fügung kosmischer Zufälle ein Loch in die Weltenkette der Langen Erde gerissen hatte. Ein Loch, das einen neuen Zugang ins Weltall bot. Einige Jahre später war Frank, inzwischen schon über fünfzig, dort aufgetaucht und hatte einen Haufen junger und junggebliebener Typen vorgefunden, die eifrig und unermüdlich an einem neuen Raumprogramm bastelten, das auf einem völlig neuen Prinzip basieren würde. Auch Frank hatte sich diesem Projekt voller Enthusiasmus verschrieben und hielt sich gerne zugute, dass er ein Mindestmaß an Wissen und Erfahrung in die, wie er es damals in der Frühzeit empfand, endlosen Science-Fiction-Conventions eingebracht hatte. Inzwischen fühlte es sich eher wie der historische Goldrausch an.

Als zu Hause auf der Erde Yellowstone in die Luft geflogen war, hatte Frank wie viele andere, darunter auch seine neue Freundin Monica Jansson, alle eigenen Projekte ruhen lassen und war zur Datum zurückgekehrt, um dort nach Kräften zu helfen. Monica, die er als Begleiterin von Sally Linsay kennengelernt hatte, als sie damals kam, um, wie sie es sah, die Trolle zu retten, war nun schon lange tot, und auf der Datum hatte sich allmählich ein neues Gleichgewicht eingestellt. Zumindest starben nicht mehr so viele Leute wie in der ersten Zeit, und Frank hatte den Eindruck, dass er sich wieder seinen aufgeschobenen Träumen widmen durfte. Also zurück zur Lücke.

Wieder traf er auf Sally Linsay und auf ihren Vater, die ihm einen erstaunlichen Vorschlag machten.

Ob Frank Wood mit ihnen zum Mars fliegen wollte? Verdammt noch mal – selbstverständlich!

Sie machten sich an die Arbeit.

# 4

Außerhalb von Madison West 5 nahm Lobsang – besser gesagt eine mobile Einheit Lobsangs, also eine seiner Inkarnationen – in einer unscheinbaren Werkstatt, die einer hundertprozentigen Tochter der Black Corporation gehörte, an der Harley von Schwester Agnes eine komplette Wartung vor. Es sah sehr überzeugend aus, wie er da so vor sich hin schraubte, mit aufgerollten Ärmeln, ölverschmierten Händen, schmutziger Stirn und in seinem schmuddeligen alten Overall, obwohl er Agnes dabei einen ziemlich weitschweifigen Vortrag über den Zustand der Welten hielt.

Agnes, die sich gegen die beißende Winterkälte Wisconsins dick eingemummelt hatte, hörte gar nicht richtig zu und war zufrieden damit, dass sie danebensitzen, zuschauen und ansonsten ihren eigenen Gedanken nachhängen konnte. Es war Januar 2045, über vier Jahre nach dem Ausbruch des Yellowstone. Auch wenn sie noch nicht vollends genesen waren, stabilisierten sich die Welten der Menschen allmählich, was Agnes und vielen anderen Zeit zum Ausruhen verschaffte. Außerdem verschafften ihr Augenblicke wie dieser die Gelegenheit, sich wieder an ihr Ich zu gewöhnen. Daran, wieder sie selbst zu sein, sieben Jahre nach ihrer merkwürdigen Wiedergeburt. In letzter Zeit dachte sie kaum noch an ihren Taufnamen. Solange sie sich erinnern konnte, war sie immer »Schwester Agnes« gewesen, und jetzt, in diesem Moment, war sie sicher, dass sie immer noch Schwester Agnes war.

Nicht dass sie oft von theologischen Zweifeln gequält wurde. Schwester Agnes hatte kaum einen Grund, sich über ihre neue, von Lobsang entworfene Erscheinung zu beschweren, darüber, sich in diesem wunderbaren künstlichen Körper wieder rasch und geschmeidig bewegen zu können. In einem Körper, in den ihre Erinnerungen heruntergeladen worden waren. Natürlich kam es einem ordentlichen katholischen Mädchen ein wenig befremdlich vor, überhaupt so etwas wie eine Wiedergeburt durchgemacht zu haben, denn in der orthodoxen Theologie war dafür kein Platz. Andererseits hatte sie sich immer an die alten Maxime gehalten, dass Gutes tun immer dann am besten funktionierte, wenn man das, was man direkt vor sich sah, mutig anpackte und derlei Zweifel beherzt beiseiteschob. Vielleicht hielt Gott in dieser neuen, durch den technischen Fortschritt ermöglichten Gestalt eine neue Aufgabe für sie bereit. Warum sollte er sich nicht solcher Werkzeuge bedienen? Schließlich war es eindeutig besser, gesund und am Leben zu sein als tot.

Aber was sollte man derweil von Lobsang halten? In dieser zeitlich begrenzten Welt war er so etwas wie eine praktische Vision Gottes, ein Gott der Technologie, der sich in immer komplexeren Kopien seiner selbst fortsetzte, ein Wesen, dessen Bewusstsein sich überall in der elektronischen Welt aufhalten konnte, das sich sogar aufteilen konnte, um an mehreren Orten zugleich zu sein. Ein Wesen, das sich seiner selbst so bewusst war, wie es einem einfachen Menschen nie gelingen würde. Agnes gefiel das Wort »erfassen«. Es war ein gutes Wort, das für sie bedeutete, etwas vollkommen zu verstehen. Und es kam ihr durchaus so vor, als versuchte Lobsang die ganze Welt zu erfassen, das ganze Universum, ja, dass er sogar versuchte, die Rolle der Menschheit in diesem Universum zu verstehen.

Trotz allem schien Lobsang dabei geistig völlig gesund zu sein, sogar ganz grässlich gesund. Er war so zurechnungsfähig, dass es manchmal wehtat! Was seinen Charakter anging, hatte Lobsang wirklich ganze Arbeit geleistet, besonders wenn man bedachte, dass er mit seinen enormen Fähigkeiten sehr viel Unheil anrichten könnte, falls er das wollte. Und soweit sie es beurteilen konnte, besaß er – ungeachtet dessen, was ein Theologe dazu sagen würde – auch eine Seele oder zumindest eine nahezu perfekte Imitation davon. Wenn er ein Gott war, dann war er ein wohlwollender Gott.

Andererseits musste Agnes zugeben, dass Lobsang mit Jehova zumindest ein paar Eigenschaften gemeinsam hatte: Beide waren männlich und sehr von sich eingenommen. Lobsang liebte Publikum. Er war zweifellos klug, sehr klug sogar, aber er stellte seine Klugheit gerne zur Schau. Deshalb suchte er sich Helfer und Verbündete, Leute wie Joshua Valienté, wie Agnes, denn er wollte sehen, wie sein Licht ihre staunenden Gesichter erleuchtete.

Trotzdem war diese neue Epoche nach dem Vulkanausbruch auch für Lobsang nicht ganz einfach. Natürlich nicht körperlich, im Gegensatz zu den hungernden und entwurzelten Menschen, aber auf eine andere, unterschwelligere Weise. Vielleicht konnte man es spirituell nennen.

Der Grund dafür war Agnes nicht genau bekannt. Gut möglich, dass er sich Vorwürfe machte, weil er die Yellowstone-Katastrophe nicht hatte verhindern können. Selbst Lobsang konnte Yellowstone nur durch die Augen der Geologen sehen, und die waren von diesen seltsamen Störungen in den wechselwärtigen Kopien von Yellowstone, quer durch mehrere Nahe Erden, abgelenkt gewesen. Störungen, die im Vergleich zum Ausbruch auf der Datum nur geringe Auswirkungen gehabt hatten. Aber das milderte wohl nicht das Schuldgefühl von jemandem, der sich als so etwas wie den Hirten der Menschheit sah oder als Mittelsmann, der »das erledigt, was Gott nicht mehr geschafft hat«, wie er sich ihr gegenüber einmal ausgedrückt hatte.

Vielleicht lag es auch daran, dass die Katastrophe, die über die Datum-Erde und insbesondere über Datum-Amerika hereingebrochen war, zwangsläufig ein Loch in die Infrastruktur der auf Gel basierenden Speicher, Glasfasernetzwerke und Satellitenverbindungen gerissen hatte, die Lobsangs Existenz überhaupt möglich machten.

Vielleicht wurde auch Lobsang selbst älter, auf seine Art. Schließlich wusste niemand, was mit einer künstlichen Intelligenz geschah, wenn sie alterte, wenn ihr Trägermaterial sich in viele Schichten aus zunehmend veralteten Technologien verwandelte, sowohl was die Hardware als auch die Software anging – wenn sie »zuwuchs wie ein Korallenriff«, wie es Lobsang einmal ausgedrückt hatte –, und die eigene innere Komplexität sich immer mehr verhedderte. Ein derartiges Experiment hatte noch niemand durchgeführt.

Kein Wunder also, dass Lobsang manchmal fast so ziellos umherwanderte wie ein verwirrter und enttäuschter alter Mann. Aber Agnes kannte sich mit verwirrten und enttäuschten alten Männern aus; unter den Kirchenoberen gab es mehr als genug davon.

Vielleicht war sie aus genau diesem Grund da. Lobsang hatte sie aus dem Grab zurückgeholt, damit sie als seine Gegenspielerin seinen übersteigerten Ehrgeiz ausbalancierte. Ja, früher einmal hätte sie sich zweifellos als seine Gegenspielerin betrachtet, obwohl ihre Rolle von Anfang an eine grundsätzlich konstruktive gewesen war. Inzwischen war sie … ja, was eigentlich? Eine Freundin? Das gewiss, aber auch seine Vertraute und sein moralischer Kompass, wobei sich Letzteres recht schwierig gestaltete, da ihr eigener Kompass dazu neigte, sich wie ein Wetterhahn in einem Wirbelsturm zu drehen.

Wie war es überhaupt möglich, zu einem derartigen Wesen eine Beziehung aufzubauen? Das wusste sie selbst nicht so genau, aber es schien ihr irgendwie zu gelingen. Sie besaß ein hohes Maß an Selbstvertrauen. Sie war belastbar. Sie konnte dagegenhalten. Schon seit jeher.

»Überleg doch mal«, sagte er jetzt, »die Menschen sind zum Mond geflogen, eine unbestritten glanzvolle Leistung. Welchem anderen Wesen ist es gelungen, den Planeten zu verlassen? Aber was hat *Homo sapiens* danach gemacht? Er ist wieder zurückgekommen! Hat ein paar Kisten voller Steine mitgebracht und das überhebliche Gefühl, der Herr des Universums zu sein …«

»Ja, mein Guter«, sagte sie automatisch.

»Man könnte ohne Weiteres sagen, dass solch eine Spezies es verdient hat, von einer besseren Rasse ersetzt zu werden.«

»Wenn du meinst.«

»So, bin gleich fertig. Dort in der Kanne ist Tee. Earl Grey oder Lady Grey? … Worüber lachst du jetzt?«

Agnes versuchte, ernst auszusehen. »Über dich. Und den nahtlosen Übergang von der notwendigen Auslöschung der Menschheit zu der höflichen Frage, ob ich etwas so Normales und Erfreuliches wie eine Tasse Tee haben möchte! Hör mal, ich verstehe alles, was du da gesagt hast. Die Menschen sind ziemlich oberflächlich. Die meisten Menschen haben erst nach der Reise zum Mond verstanden, was die Erde überhaupt ist: rund, endlich, kostbar und in Gefahr. Wir kriegen es nicht auf die Reihe, uns zu organisieren. Aber hat die Menschheit nicht nach und nach immer mehr gesunden Menschenverstand bewiesen, auch wenn es schon etwas spät dafür war? Sieh dir an, wie gut wir mit der Katastrophe von Yellowstone klargekommen sind. Finde ich jedenfalls.«

»Hm. Kann schon sein. Obwohl ich mittlerweile ein paar Hinweise dafür entdeckt habe, dass wir dabei womöglich ein wenig Hilfe hatten …«

Sie ging nicht näher darauf ein. »Ach, tu nicht so geheimnisvoll, Lobsang. Das nervt. Ich glaube nicht, dass wir uns nicht ändern können. Wir können uns immer ändern und an unseren Aufgaben wachsen. Glaub mir, ich habe so manches schwierige Kind erlebt, aus dem ein großartiger Erwachsener wurde. Ein jeder von uns steckt voller Möglichkeiten. Und ehrlich gesagt, bei dem ganzen Unsinn, den du ständig von dir gibst, dass wir dazu verdammt wären, ersetzt zu werden … bis jetzt habe ich noch kein neues Modell entdecken können. Was passiert eigentlich, wenn sie auftauchen? Sollten wir auf das Geräusch marschierender Knobelbecher lauschen?«

»Meine liebe Agnes, ich weiß, dass du gerne übertreibst, was der Sache nur selten dienlich ist. Nein, keine Knobelbecher, sondern etwas … Nützlicheres. Tja, wie ich bereits so geheimnisvoll angedeutet habe … stell dir etwas Subtileres vor – langsam und vorsichtig und hinterhältig, aber nicht unbedingt schlecht, aber natürlich besser organisiert, als es der *Homo sapiens* jemals hinkriegen würde …«

Seine Stimme wurde immer leiser, und sein Gesichtsausdruck veränderte sich, als lauschte er einem sehr fernen Ruf.

Daran musste man sich gewöhnen. Er hatte ihr alles über Parallelverarbeitung erzählt, ein Konzept, von dem sie vor ihrer Auferstehung noch nie gehört hatte. Es bedeutete, dass man mehr als eine Aufgabe gleichzeitig erledigte oder eine große Aufgabe in mehrere kleine aufteilte, die dann simultan bearbeitet wurden. Das alles hatte sie nicht sonderlich beeindruckt. Schließlich hatte sie so etwas ihr ganzes Leben lang gemacht, hatte darüber nachgedacht, was sie zum Abendessen machen sollte, während sie mehreren Kindern die Nase putzte, verstörten Kindern beibrachte, wie man ein Gespräch führte *und* dabei einen weiteren wütenden Brief an den Bischof aufsetzte, wobei sie gelegentlich noch ein Gebet sprach. Wer musste nicht an jedem einzelnen Tag eines ausgefüllten Lebens auf diese Weise arbeiten?

Zumindest versetzte es sie in die Lage, seine geistigen Abwesenheiten zu verstehen. Schließlich lenkte er, wie er manchmal sagte, das Narrativ der Welt.

Nach einiger Zeit war Lobsang wieder da. Er erklärte nicht, was ihn abgelenkt hatte, und Agnes fragte ihn nicht danach.

Er stand auf, streckte sich und wischte sich die Hände sauber. »Fertig. Vorläufig jedenfalls. Du weißt, dass ich aus diesem Motorrad das sicherste auf der ganzen Welt machen könnte. Kein Wegrutschen mehr, keine sonstigen Gefährdungen … Was meinst du?«

Agnes dachte kurz darüber nach, ehe sie antwortete: »Ich

bezweifle nicht, dass du das kannst, Lobsang. Und ich bin sehr beeindruckt, wirklich. Und berührt. Aber so ein Motorrad wie meine Harley *will* einfach nicht absolut sicher sein. Eine solche Maschine entwickelt so etwas, was man nur als Seele bezeichnen kann, findest du nicht auch? Und man muss dieser Seele die Möglichkeit geben, sich auszudrücken, und sie nicht behindern. Heiß soll das Metall sein, der Motor hungrig …«

Lobsang zuckte mit den Achseln. »Tja, da hast du deine Maschine, inklusive hungrigem Motor. Bitte fahr vorsichtig. Aber das ist in deinem Fall, Agnes, eher ein frommer Wunsch als eine aufrichtige Erwartung.«

Also rollte sie die Harley vorsichtig aus der kleinen Werkstatt und lenkte das Motorrad durch den immer noch spärlichen Feierabendverkehr auf dieser Wechselwelt, bis sie eine Landstraße erreicht hatte, wo sie den Motor spielen lassen konnte. Der Wind wehte kräftig, aber sobald man den sich immer weiter in die Landschaft fressenden Industriegürtel dieser jungen Stadt – hochmoderne Versionen von Blakes »düsteren satanischen Fabriken«, die zum Großteil hinter Plakatwänden und Reklametafeln verborgen waren – hinter sich gelassen hatte, befand man sich in einer besseren Welt mit sauberer Luft und weniger melancholischen Gedanken. Zum Brüllen und Blubbern der Harley sang sie Lieder von Joni Mitchell, folgte kleinen Straßen, die sich wie schwarze Streifen bis zu den überfrorenen Seen von Madison West 5 durch die Schneewehen schlängelten.

Als sie zurückkam, berichtete ihr Lobsang, dass Joshua Valienté nach Hause zurückgekehrt war. »Ich muss ihn unbedingt sehen«, sagte Lobsang eindringlich.

Agnes seufzte. »Lobsang, du weißt genau, dass Joshua womöglich nicht so scharf darauf ist, *dich* wiederzusehen …«

# 5

Am Tag, an dem die Expedition der *Armstrong* und der *Cernan* aufbrach, sah der Capitol Square in Madison West 5 wie eine Filmkulisse aus, dachte Kapitänin Maggie Kauffman nicht ohne Stolz.

Da stand sie nun unter dem klaren blauen Januarhimmel einer Nahen Erde vor den Stufen des Regierungsgebäudes mit ihrer in Paradeformation angetretenen Besatzung (besser gesagt: ihren Besatzungen). Es war kalt, aber dankenswerterweise fehlten der Rauch und die Vulkanasche der Datum. Vor der Holzfassade des Gebäudes war eigens ein Podium für den Präsidenten errichtet worden, eine Szene, wie sie für die Mitte des 21. Jahrhunderts recht typisch war, mit schwebenden Kameras und der flatternden Fahne mit den Sternen und Streifen von Amerika und seinen wechselwärtigen Domänen.

Auf der Bühne warteten etliche Gäste auf den Präsidenten, der sich in seiner neuen Hauptstadt wieder einmal der Öffentlichkeit präsentieren wollte. Unter ihnen befand sich Admiral Hiram Davidson, Kommandeur von USLONGCOM, dem Militäroberkommando Lange Erde, und Maggies oberster Vorgesetzter. Neben ihm stand Douglas Black, klein, hager, glatzköpfig und mit einer dicken Sonnenbrille auf der Nase. Black war ein »guter Freund« und »geschätzter Ratgeber« des Präsidenten, wie in der Klatschpresse zu lesen stand. Übersetzt: ein reicher Sack. Bei solchen Anlässen schien er immer anwesend zu sein. Aber so lief es nun mal auf der Welt, nicht erst seit Yellowstone und nicht erst seit dem Wechseltag.

Dort oben stand auch Roberta Golding, die noch sehr junge, sehr schlanke und offensichtlich sehr kluge und inzwischen auch recht berühmte junge Frau, die sich nach einem Praktikum innerhalb weniger Jahre direkt ins Küchenkabinett des Präsidenten katapultiert hatte. Zuvor hatte Golding als Schülerin aus dem Westen mit einer Art Stipendium an der chinesischen Expedition in den Fernen Osten der Langen Erde teilgenommen. Damals war sie erst fünfzehn Jahre alt gewesen, und die Expedition hatte sich als erste Sprosse auf ihrer zukünftigen Karriereleiter erwiesen. Bei der Planung der neuen Expedition, die heute verabschiedet werden sollte, hatte Golding mit Maggies Stellvertreter Nathan Boss zusammengearbeitet. Maggie vermutete, dass Golding sich den Platz auf dem Podium redlich verdient hatte.

Rings um die kleine Gruppe wimmelte der übliche Apparat, der für die präsidiale Sicherheit sorgte. Über dem Platz schwirrten Drohnen, und die um das Podium postierten schwerbewaffneten Marines wechselten gelegentlich in benachbarte Welten, um sich zu vergewissern, dass aus dieser nicht sichtbaren Richtung keine Gefahr drohte. Weiter weg sorgten Absperrungen des Militärs, der Polizei und der städtischen Behörden dafür, dass die Menge in gebührendem Abstand vom Geschehen blieb. Allerdings waren diese Schaulustigen kein Vergleich zu der Anzahl, mit der man es früher in Datum-Washington an einem solchen Tag zu tun hatte, dachte Maggie. Die meisten waren so gekleidet, wie es zu einer immer noch jungen Kolonialstadt passte: Latzhosen und praktische lange Mäntel anstelle von Anzügen, selbstgefertigte Mokassins und Stiefel anstelle von schicken Lederschuhen. Außerdem waren sehr viele Kinder darunter. Seit Yellowstone, genau genommen schon lange vor diesem großen Scheidepunkt in der Geschichte, war die Bevölkerung in den Wechsel-Amerikas geradezu explodiert, und jetzt wurden größere Familien von Cowleys Politik der Prämien und Steuervergünstigungen noch mehr bevorzugt.

Hinter den Absperrungen erstreckte sich das weitflächige Stadtgebiet dieses neuen Madison. Die breiten Straßen und die offene Bebauung erlaubten Maggie einen Blick bis zu den Seen, die in allen Wechselwelten das Landschaftsbild Madisons prägten: Die glatten weißen Eisflächen mit dem blauen Rand lagen glitzernd in der tiefstehenden Januarsonne. Innerhalb des Rasters einer großzügigen, eleganten, sehr modernen Stadtplanung, wie sie von den Gründern dieser wechselwärtigen Gemeinde beschlossen worden war, befanden sich schicke, neue Einrichtungen, die sich um die Bedürfnisse der erst vor Kurzem hier eingetroffenen Politiker und ihrer Mitarbeiter kümmerten, unmittelbar neben handfesteren Geschäften, wie etwa Mietställen für Pferde, und das alles kaum hundert Meter vom Kapitol entfernt. Kein Vergleich zu dem quirligen Durcheinander vor der Atombombe auf der Datum, aber es war eine betörende Mischung alter und neuer amerikanischer Traditionen.

Niemand missgönnte Brian Cowley eine die Verfassung beugende dritte Amtszeit im Stile Franklin Roosevelts. Man schien sich einig darin zu sein, dass Brian Cowley, auch wenn er damals im Jahre 2036 durch die etwas undurchsichtigen Machenschaften seiner zerstörerischen und sehr umstrittenen sogenannten »Menschheitsliga« an die Macht gekommen war, sich nach dem Ausbruch des Supervulkans den gewaltigen Herausforderungen auf vorbildliche Weise gestellt hatte. In der immer noch anhaltenden Krise war eine gewisse Beständigkeit nicht die schlechteste Strategie, außerdem gab es zurzeit keinen Gegenkandidaten, der das Zeug dazu hatte, die Aufgaben besser zu meistern. Dabei konnte jeder sehen, wie sehr die Belastung sogar an Cowley zehrte, der vor aller Augen und live im Fernsehen zusehends alterte. Sein inoffizieller Wahlslogan hatte sogar gelautet: »Ich leide darunter noch mehr als ihr.«

Aber als einstiger Hinterzimmerwahlredner aus der Provinz war er für einen spektakulären Auftritt stets zu haben.

Während sie in der versammelten Menge warteten, murmelte Joe Mackenzie Maggie zu: »Was hat der Mann bloß vor? Will er warten, bis wir alle in Ohnmacht gefallen sind?«

»Übertreiben Sie nicht, Mac. Das ist doch alles bloß Show. Die Expedition der *Armstrong* und der *Cernan* meine ich. Und verdammt teuer. Wir mussten jahrelang darauf warten, während wir für die allmähliche Entlastung nach Yellowstone im Einsatz waren. Sie können es Cowley nicht verdenken, dass er diesen Augenblick genüsslich zelebriert, denn genau um so etwas geht es ihm doch.«

»Hm«, grummelte Mac skeptisch und ließ einen säuerlichen Blick über die Mannschaften aus den beiden Schiffen unter Maggies Kommando wandern. »Eine tolle Expedition.«

Maggie betrachtete ihre Untergebenen durch seine Augen: die Schiffsbesatzungen und dazu ein Kontingent Marineinfanterie, um Stärke zu demonstrieren. Einer der Soldaten war Captain Ed Cutler, den jeder Mann und jede Frau unter Maggies Kommando damals in Walhalla hatte durchdrehen sehen. Außerdem war da noch die kleine chinesische Abordnung in ihren schlechtsitzenden Uniformen, deren Beteiligung mit dem Vertrag über die weiterentwickelte Wechseltechnologie für die neuesten US-Schiffe zusammenhing und die man nicht hatte ablehnen können: Freundschaft und Kooperation und so weiter.

Und dort standen die Trolle, eine kleine dreiköpfige Familie, mit ihren Rangabzeichen auf Armbändern, die sie als Mannschaftsmitglieder von Maggies Schiff auswiesen. Sie fühlten sich sichtlich unwohl auf dieser Nahen Erde, die vom Gestank der Menschen und dem besonderen mentalen Druck erfüllt war, der Trolle sonst von allzu dicht besiedelten Gegenden fernhielt. Trotzdem waren sie hier, und Maggie gestand sich ein, dass sie sich über ihre Loyalität freute.

Nur Joe Mackenzie konnte alldem nichts abgewinnen. Er ging auf die sechzig zu und hatte zu viele Jahre als Arzt in großstädtischen Notaufnahmen und im Kampfeinsatz verbracht, was ihn zu einer wandelnden Definition von Zynismus gemacht hatte – obwohl Maggie auf ihrer ersten Expedition mit der *Armstrong* und der *Cernan* niemand anderen an ihrer Seite haben wollte.

Sein Gesicht war wie versteinert.

»Ich weiß, was Sie jetzt denken«, sagte Maggie.

»Im Ernst?«

»Ja: ›Was für ein Zirkus.‹«

»Das ist die höfliche Version.«

»Mac, diese Mission ist ziemlich … kompliziert. Ein Teil unserer Fracht ist ein riesiger Haufen Symbolik. Nach außen hin geht es darum, wechselwärts weiter vorzudringen als je ein Schiff zuvor, noch weiter als die Schiffe der Chinesen vor Yellowstone. Die tiefere Bedeutung liegt jedoch in unserer sichtbaren Zurschaustellung der Genesung Amerikas. Wir zeigen allen, dass die Amerikaner mehr können als Asche schaufeln. Mac, wir gehen in die Geschichte ein.«

»Oder in Flammen auf.«

»Und Sie werden sich um unsere Blessuren kümmern, so wie immer.«

»Hören Sie, Maggie, ich weiß, dass ich ein mürrischer alter Knochen bin. Aber meiner Meinung nach ist dieser ganze Amerikas-Schicksal-Kram dummes Gerede, mehr nicht. Cowley bezweckt mit diesem Unternehmen nichts anderes als damals, als wir vor so vielen Jahren mit der *Franklin* aufgebrochen sind, weil Walhalla zu rebellieren drohte. Er will die staatliche Macht innerhalb der Ägide vergrößern. Er will den aufmüpfigen Kolonisten und Streunern da draußen zeigen, wer der Boss ist. Und wenn Sie mich fragen, dann besteht der einzige Sinn unserer Mission darin herauszufinden, was aus der Besatzung der *Armstrong I* geworden ist.«

»Auch gut. Ich bin jedenfalls froh, Sie an Bord zu haben. Ach, ich nehme übrigens die Katze mit.«

»Verdammt noch mal, Maggie!«, brauste er auf. »Warum bohren Sie mir nicht gleich Nadeln in die Augen?«

Plötzlich warf der Himmel längliche Schatten über den Platz.

Maggie legte den Kopf in den Nacken und beschirmte die Augen mit der flachen Hand. Pünktlich um zwölf Uhr mittags waren drei Luftschiffe über ihren Köpfen aufgetaucht.

Die beiden brandneuen Schiffe der Flotte, die USS *Neil A. Armstrong II* und die *USS Eugene A. Cernan* standen wie Walfische am Himmel. Ihre Vorgängermodelle, darunter auch Maggies eigenes früheres Kommando, die *Franklin,* die auf der Technologie der kommerziellen Langen-Mississippi-Twains basiert hatten, waren etwas kleiner gewesen als die altehrwürdige *Hindenburg*. Die neue *Armstrong* und ihr Schwesterschiff hingegen waren um die Hälfte länger, sie maßen vom Bug zum Heck an die dreihundert Meter. Und zwar ohne die weit darüber hinausragenden Kommunikationsantennen und die gewaltigen Hecktragflächen mit den kompakten Strahltriebwerken. Die Besatzung brüstete sich gerne damit, dass die große Hülle die alte *Franklin* einfach verschlucken könne, was jedoch nicht ganz der Wahrheit entsprach. Zusammen mit der *Cernan* hatte die *Franklin* der alten *Hindenburg* jedoch den Rang abgelaufen, das größte Luftschiff aller Zeiten zu sein. Mac hatte Maggie geraten, damit nicht allzu sehr anzugeben, schließlich sei die *Hindenburg* von der Nazi-Partei finanziert worden und letztendlich jämmerlich abgestürzt und verbrannt... Maggie hatte schon während der Entwurfs- und Konstruktionsphase über den technischen Details gebrütet wie ein Kind in einem Spielzeugladen. Jetzt schwoll ihr Herz vor Stolz darüber, dass zwei so herrliche Schiffe unter ihrem Kommando standen.

Zwischen den Marineschiffen war exakt im selben Augenblick und in einer kleinen Meisterleistung in Sachen Synchronisation ein kleineres, aber nicht weniger robust wirkendes Schiff erschienen, dessen Hülle weiß und blau bemalt und an den Flanken und den Heckflossen mit einem stolzen Präsidentensiegel versehen war. Dieses Twain war allgemein als Navy One bekannt, das allein dem Präsidenten vorbehaltene

Luftschiff, schwer geschützt, vor Waffen starrend und, wie es hieß, im Inneren mit allem Luxus ausgestattet.

Jetzt senkte sich die Navy One unter dem Summen leistungsfähiger Motoren, einen sanften Abwind produzierend und mit bewundernswert präziser Navigation, vor dem Kapitol herab. Schließlich öffnete sich an der Gondel eine Luke, und eine Treppe klappte elegant auf die Bühne herunter.

Begleitet von Agenten des Geheimdienstes vor und hinter sich, stieg die unverwechselbare Gestalt Brian Cowleys die Rampe herab. Die Kapelle stimmte »Hail to the Chief« an, und aus der gaffenden Menge jenseits der Absperrung waren ein paar wohlmeinende Jubelrufe zu hören. Cowley, ein übergewichtiger Mann in einem zerknitterten Anzug, schritt händeschüttelnd die Reihe der Würdenträger ab.

»Sehen Sie nur, wie er da mit Douglas Black steht«, knurrte Mac. »Meine Güte, das ist kein Händeschütteln, das ist ein Austausch von DNA. Bestellen Sie sich doch gleich ein Zimmer, Herr Präsident.«

»Jetzt beruhigen Sie sich, Mac. Man flüstert, Black habe die Konstruktion der beiden Schiffe und vermutlich die gesamte Expedition finanziert. Missgönnen Sie ihm seinen Augenblick im Scheinwerferlicht doch nicht.«

»Von mir aus, aber wahrscheinlich hat er auch den Scheinwerfer finanziert ...«

Schließlich trat Cowley vor das Mikrofon und grinste breit auf die vor ihm Versammelten hinab. »Meine lieben amerikanischen Mitbürger und alle anderen Bewohner des Planeten Erde – *aller* Planeten Erde ...«

Er hatte seit jeher über die Gewandtheit des natürlichen Redners verfügt – letztendlich fußte seine ganze Karriere auf dieser einen Fähigkeit –, und als sein Blick sie streifte, spürte Maggie Stolz in sich aufsteigen, nur ein kleines bisschen. Mochte der Mann früher – und vielleicht immer noch – ein noch so großes Arschloch gewesen sein, er war der Präsident, und das Amt war immer größer als der Mensch, der es bekleidete. Außerdem hatte Cowley seit Yellowstone unter Beweis gestellt, dass es vor ihm weit üblere Amtsinhaber gegeben hatte.

Nun hob Cowley den Blick zu den neuen Schiffen, die über dem Capitol schwebten. »Was sind das doch für wunderbare neue Schiffe! Das Produkt amerikanischen Erfindungsgeistes, gepaart mit der Großzügigkeit unseres Volkes und unserer Partner von Übersee.« Er zeigte mit dem Finger nach oben. »*Neil Armstrong. Eugene Cernan.* Ich bin sicher, dass Sie alle den ersten Namen gut kennen. Aber wie steht's mit dem zweiten? Den haben Sie garantiert nachgeschlagen, ehe Sie hierhergekommen sind.« Leises Gelächter. »Aber wissen Sie, die Namen passen schon. Ich wünsche mir, dass Sie diese Mission, die ich heute und hier verabschiede, als das Apollo-Projekt unserer Generation betrachten. Das hier ist unser Flug zum Mond – und eins kann ich Ihnen verraten, er ist viel billiger. Sehr viel billiger!«

Nachdem er mit noch einem bisschen mehr Lachen belohnt worden war, nahm er Bezug auf noch frühere Helden der Erkundung und Entdeckung: Lewis und Clark, die im frühen 19. Jahrhundert auf Geheiß von Präsident Jefferson eine Expedition auf die Beine gestellt hatten, um sich einen Überblick über die Menschen und die wirtschaftlichen Ressourcen der riesigen Gebiete zu verschaffen, die das noch junge Amerika mit dem Louisiana Purchase von Napoleon erworben hatte, und zudem einen Weg bis an die Küste des Pazifischen Ozeans zu finden. Wie Lewis und Clark würde nun Kapitänin Maggie Kauffman ihre Schiffe nach Westen führen, hinaus in die Weiten der Langen Erde, und die Kopien von Amerika erforschen, kartieren, dort Kontakt suchen und sie für die USA beanspruchen.

»Als es um seine Wiederwahl ging, hat er den Roosevelt gegeben«, brummte Mac. »Jetzt macht er einen auf Jefferson. Der Mann kleckert nicht, er klotzt.«

»Sie ziehen aus, um zu sehen, was es dort draußen gibt«,

tönte Cowley. »Sie werden nicht *zwei* Millionen Schritte hinter sich bringen, wie Joshua Valienté vor fünfzehn Jahren, und auch nicht *zwanzig* Millionen Schritte wie die große chinesische Forschungsreise vor fünf Jahren. Nein, unser Ziel sind *zweihundert* Millionen Erden und mehr. Sie werden vermessen und kartographieren, Sie werden Wissen sammeln und Sie werden unsere Flagge einpflanzen. Sie ziehen los, um herauszufinden, *wer* dort draußen ist. Und Sie werden Amerika so weit vergrößern, wie sich der Fußabdruck unserer großen Nation dort draußen feststellen lässt. Außerdem werden Sie alles Menschenmögliche versuchen, um die verlorene Besatzung der *Neil Armstrong I* zurückzubringen, die wir schon so lange vermissen …«

Jubel und einzelne Rufe.

Mac grunzte verstimmt. »Und das von dem Mann, der vor nicht allzu langer Zeit alle Leute, die wechselten, als vom Teufel gesandte Dämonen oder eine minderwertige Spezies bezeichnet hat.«

»Wir machen alle mal Fehler«, flüstert Maggie grinsend zurück.

Cowley wurde jetzt nachdenklicher: »Unsere Nation hat einen schweren Schlag erlitten. Das wissen wir alle. Nur die Allerjüngsten unter uns können sich nicht mehr an die Zeit des Überflusses vor Yellowstone erinnern, die wir immer noch mit den Entbehrungen der Gegenwart vergleichen. Aber wir werden uns erholen, denn die Stärke und die Reichtümer der neuen Welten der Langen Erde werden der alten zu Hilfe kommen …«

Jetzt musste er gegen den vorhersehbaren Jubel ankämpfen, um noch gehört zu werden.

»Wir sind dabei, von einer schlimmen Krankheit zu genesen. Aber wir sind auch dabei, näher zusammenzurücken und unsere Kraft zu erneuern. An diese gegenwärtige Epoche wird man sich erinnern, solange es die Menschheit gibt. Euch jungen Leuten, die ihr hier vor mir steht, sage ich: Fahrt hinaus in diese großen Himmelsarchen! Zieht hinaus in die neuen Welten, die Gott uns geschenkt hat! Gehet hinaus und errichtet ein neues Amerika!«

Sogar die Militärs, die eigentlich unbeweglich in Habachtstellung stehen sollten, brachen in lauten Jubel aus und warfen ihre Kopfbedeckungen in die Luft. Und …

»Also Mac, ich könnte schwören, dass ich da eine Träne auf Ihrer faltigen Wange sehe.«

»Der Kerl ist nicht mehr als ein Marktschreier. Aber er ist verdammt noch mal richtig gut.«

# 6

In den ersten Tagen der Reise, die von der Datum aus gesehen westwärts in die Lange Erde führte, gab Maggie ihren Leuten genug Zeit, um die neuen Schiffe noch einmal auf Herz und Nieren zu überprüfen. Deshalb fuhren sie mit moderater Geschwindigkeit, einen Schritt pro Sekunde, also nicht schneller als die Twains der Handelsflotte.

Außerdem bereitete es Maggie grenzenloses Vergnügen, Harry Ryan, ihren Leitenden Ingenieur, auf seinen Inspektionsrunden zu begleiten.

Die Besatzung bezeichnete den Wohnbereich der Armstrong hartnäckig als »Gondel«, obwohl die Mannschaftsquartiere eigentlich nicht, wie bei älteren Modellen, unterhalb des Schiffskörpers hingen, sondern sich vielmehr im *Inneren* der Schwebehülle befanden. Es handelte sich um eine flache Konstruktion mit zwei Ebenen, die in die vordere Hälfte des Mittelschiffs eingebaut war und von den gewaltigen Tragkörpern umgeben war. Das Flugschiff war aber auch ein sehr wehrhafter Vogel, denn die Unterseite mit ihren Laderampen, Frachträumen und Ausstiegsschleusen war mit einer Panzerung aus Kevlar gegen Angriffe von unten geschützt. Überall in dem dicken Schutzschild befanden sich Schlitze für Sensoren und Waffen.

Die Mannschaftsgondel selbst war großzügig angelegt und reichte vom Ruderhaus und Maggies Kapitänskajüte im Bug bis weit ins Schiff hinein. Sie bot neunzig Besatzungsmitgliedern und Passagieren Platz zum Wohnen und Arbeiten. Das Oberdeck war umgeben von Beobachtungsplattformen und enthielt Mannschaftsquartiere und Einrichtungen wie Bordküchen, Kantinen, Sport- und Trainingsräume sowie die Labors der Wissenschaftler und die medizinischen Versorgungseinheiten. Das untere Deck bestand hauptsächlich aus Lagerräumen sowie den lebensnotwendigen Versorgungssystemen.

Das Gondelinnere erinnerte Maggie in erster Linie an den Innenraum eines U-Bootes. Mit seiner Metallhülle, die natürlich weder aus Eisen noch aus Stahl bestand, und den luftdichten Schotten, den gepanzerten Luken über den Fenstern und den fest verschließbaren, sich selbst regenerierenden Lebenserhaltungssystemen war es Welten von den eleganten Gondeln der großen Handels-Twains entfernt, die mit ihren Panoramafenstern und den Kapitänstischen aus Hartholz nach wie vor die Long-Mississippi-Route zwischen den Nahen Erden und Walhalla bedienten. Wenn die ersten Expeditionen in die Lange Erde die Menschheit etwas gelehrt hatten, dann die Tatsache, dass man sich nicht darauf verlassen konnte, überall dieselben Bedingungen wie auf der Datum vorzufinden. Joshua Valienté selbst hatte diese Erfahrung machen müssen, als sein Schiff nach einem Sturz in eine Lücke beinahe zerstört wurde. Deshalb waren die Gondeln der *Armstrong* und der *Cernan* so entworfen, dass sie extremen Temperaturen und Druckverhältnissen standhalten und ihre Besatzung beinahe unendlich lange mit recycelter Luft und Wasser versorgen konnten, unabhängig davon, welche Schrecknisse sich in der Außenwelt auch abspielen mochten.

Maggie setzte ihre Rundgänge mit Harry auch außerhalb der Gondel fort. Sie stieg mit ihm in den kathedralenartigen Bauch der Hülle und hinauf ins Aluminiumgerippe, sie kletterten im trüben Licht, das durch die dünne, durchscheinende Außenwand hereindrang, auf Leitern und über Metallstege. Das Schiff führte keinen Ballast mit sich, sondern regulierte seinen Auftrieb mittels riesiger künstlicher Lungen, in die aus Kompressionsspeichern zusätzliches Helium eingelassen werden konnte. Alles in allem war es in der Lage, über sechshundert Tonnen zu tragen.

Die Energie des Schiffes speiste sich in erster Linie aus einem kompakten Kernreaktor, der hinten im Heck am Rahmen angebracht war, ein gutes Stück von den bewohnten Bereichen entfernt, um das Strahlungsrisiko zu minimieren und mit seinem Gewicht das der großen Gondel auszubalancieren. Der Maschinenraum selbst war schwer gepanzert und bestens geschützt, er war so konstruiert, dass er sogar einen Absturz mit großer Geschwindigkeit überstehen konnte. Auf dem Kamm der Hülle befand sich eine Kabine mit der Beobachtungsausrüstung: Antennen, ein kleines Atmosphärenlabor, Drohnen und sogar Abschussvorrichtungen für Nanosatelliten sowie ein Kuppelobservatorium, ein besonders atemberaubender Ort, von dem aus man die gesamte *Armstrong* der Länge nach überblicken konnte.

Diese Rundgänge waren das reine Vergnügen. Selbstverständlich gab es jede Menge kleiner technischer Defekte, die es an Bord der beiden Schiffe noch zu reparieren galt. Aber dieser technische Kram machte geradezu Spaß, verglichen mit den Problemen, vor die Maggie ihre Passagiere aus Fleisch und Blut stellten …

Im Gegensatz zur *Franklin* mit ihrer relativ kleinen und fast familiären Mannschaft hatte Maggie auf dieser Reise genug zivile Wissenschaftler an Bord der beiden Schiffe, um eine kleine Universität auszustatten: Geographen, Astronomen, Ethnologen, Klimatologen, Mineralogen, Botaniker, Ornithologen, Zoologen, Kosmologen und andere Fachleute. Und kluge Menschen waren immer viel schwieriger unter Kontrolle zu halten.

Da war beispielsweise die Sache mit den Trollen.

Maggies kleine Trollfamilie war inzwischen seit fünf Jahren an Bord ihrer Schiffe, und zwar deshalb, weil die Trolle nützlich waren. Trolle hatten sich draußen in der Langen Erde entwickelt. Mithilfe ihres Trollrufs blieben sie über die Wechselwelten hinweg ständig mit ihresgleichen in Kontakt.

Sie waren sogar in der Lage, drohende Gefahren zu spüren, lange bevor ein Mensch etwas davon mitbekam, zum Beispiel die Nähe von sogenannten Jokern – anomalen und oft feindseligen Welten in der Kette der Langen Erde. Außerdem konnten Trolle ganz hervorragend große Gewichte bewegen, was sie meist auch bereitwillig taten. Ganz abgesehen davon zeigte allein ihre Anwesenheit jene Akzeptanz von Multikulturalität, die Maggie gerade wegen ihrer erweiterten Mission als eine Art Botschafterin des Mutterlands und seiner Werte in den weitverstreuten Kolonien in der Langen Erde für überaus wichtig hielt. Und letztendlich war es, verdammt noch mal, Maggies Kommando, und ihr Wort war Gesetz.

Was einige Besatzungsmitglieder nicht davon abhielt, Probleme damit zu haben: Die Trolle stanken, sie waren zu laut, es handelte sich um gefährliche Tiere, die sich im inneren Sicherheitsbereich des Schiffes frei bewegten, bla, bla, bla. Maggie hatte Strategien entwickelt, mit diesen Beschwerden umzugehen. Fähnrich Jason Santorini, einer ihrer langjährigen Vertrauten, war zwar kein Überflieger, aber er besaß ein solides Maß an gesundem Menschenverstand. Sie hatte ihm die Aufgabe übertragen, gesellschaftliche Veranstaltungen mit den Trollen zu organisieren – zum Beispiel lautes Singen mit allgemeiner Beteiligung. Er stellte kurze Informationseinheiten zusammen, in denen aufgezeigt wurde, wie nützlich die Trolle an Bord der Franklin gewesen waren, und er hatte sogar die kluge Idee, den Zugang zu den Trollen an den Abenden, an denen sie gerne in einer Ecke des Salons auf dem Aussichtsdeck zusammensaßen und sangen, auf die Gewinner bestimmter Wettbewerbe zu beschränken. Sowohl die Besatzung als auch die Soldaten waren von Natur aus sehr ehrgeizig und stets bereit, ihre Kräfte zu messen. Und etwas, wofür man sich anstrengen musste, um zu gewinnen, musste es ja wohl wert sein, oder?

Als sie einmal auf einen gemeinsamen Chor aus Marine und Infanteristen traf, der auf dem Aussichtsdeck gemeinsam mit den Trollen ein sentimentales Lied über Herzschmerz, Trauer und wiedergefundene Freude anstimmte, wusste sie, dass sie das Problem mittlerweile ganz gut im Griff hatte.

Aber es gab auch noch die Chinesen.

Einige Tage später bat ihr Leitender Ingenieur Harry Ryan Maggie darum, nach unten in eine besonders exotische technische Unterabteilung zu kommen: Künstliche Intelligenz. In Bottichen voller Gel von der Black Corporation und mit Glasfaserkabeln eingefasst ruhten hier die träumenden künstlichen Gehirne, die den Großteil der Funktionen des Schiffes überwachten. Ihre Hauptaufgabe bestand jedoch darin, die *Armstrong* quer durch die neuen Welten zu wechseln – denn zum Wechseln war intelligentes Bewusstsein nötig. Für Maggie, die sich wie vor dem Betreten eines Operationssaales die Hände schrubben und auch sonst möglichst keimfrei machen musste, ehe sie überhaupt hineingelassen wurde, war diese Abteilung ein gruseliger, irgendwie angsteinflößender Ort. Woran dachten diese künstlich hergestellten Gehirne rings um sie herum in diesem Augenblick? Waren sie sich der Anwesenheit von Maggie bewusst? Verabscheuten sie womöglich ihre Unterwerfung, nur um bestimmten Zwecken zu dienen?

»Frau Kapitän?«

»Entschuldigen Sie, Harry.« Sie versuchte sich auf ihren Leitenden Ingenieur zu konzentrieren. »Sie haben mir gerade etwas über …«

»Bill Feng.«

»Ja, über Bill Feng erzählt.«

»Hören Sie, der Kerl mag an Bord der *Zheng He* ein hohes Tier gewesen sein.«

»Er dürfte viel mehr gewesen sein. Er hat das alles hier mitentworfen. Die aufgemotzte Wechsel-Technologie, die sie uns jetzt zur gleichberechtigten Entwicklung überlassen haben.«

»Kann schon sein. Eine ganz große Nummer zu Hause, und sein Englisch ist auch sehr gut …«

»Seine Mutter stammt aus Los Angeles. Deshalb heißt er Bill.«

»Hab ich gehört. Aber Käpt'n, er steckt seine verflixte Nase überall rein. Er muss überall dabei sein, bei jedem Test jedes einzelnen Bauteils, bei jedem routinemäßigen Anschiss, bei jeder kleinen Besprechung, jeder Übergabe ...«

»Und das alles hier, in *Ihrem* Maschinenraum.«

Harry war ein kräftiger, derber Mann mit Händen, die Maggie so groß vorkamen wie die von Trollen und nichts von der Zärtlichkeit ahnen ließen, mit der er seine kostbaren Maschinen anfasste. »So ungefähr sieht's aus, Käpt'n. Ich weiß ganz genau, was Sie jetzt denken. Dass ich ein Arschloch bin, das bloß sein kleines Revier verteidigen will. Es ist nur so, dass ...«

»Keineswegs. Es handelt sich hier um Ihren Verantwortungsbereich. Es ist wichtig, dass Sie ihn so führen, wie Sie es für richtig halten. Und wenn Kommandant Feng das nicht einsieht, haben wir ein Problem miteinander. Andererseits, Harry, hat er mit Schiffen dieser Bauart schon über zwanzig Millionen Welten durchschritten, und das nur bei den Unternehmungen, von denen wir wissen. Vielleicht hat er insgeheim noch viel mehr Erfahrungen gesammelt. Er dürfte eine nützliche Informationsquelle sein. Sie wissen doch, wie es auf der Datum nach wie vor aussieht. Sie haben selbst Familie dort. Wir alle wissen, wie hilfsbereit die Chinesen gewesen sind. Medizinische Versorgung, Nahrungsmittel, sogar Winterkleidung.«

»Dann ist das alles also reine Geopolitik. Die Chinesen geben uns Almosen, und wir müssen dafür den Kotau machen?«

»Nein«, erwiderte sie mit Nachdruck. »Und wenn Sie sich weiterhin einer solchen Sprache bedienen, Kommandant Ryan, muss ich Sie zum Mechaniker degradieren, also unterstützen Sie mich bitte. Wir müssen zuvorkommend sein, Harry. Deshalb sind wir nicht weniger Amerikaner als zuvor. Das ist immer noch Ihr Maschinenraum, so wie es immer noch mein Schiff ist. Also machen Sie sich wieder an die Arbeit, schlafen Sie drüber und bleiben Sie freundlich. Derlei Dinge lösen sich oft ganz von allein.«

Er verabschiedete sich, wirkte aber nicht besonders überzeugt.

Auch Maggie war unzufrieden. An diesem Abend zeigte sie sich demonstrativ in den Aufenthaltsräumen und ließ zu, dass man ihr ein paar Biere spendierte, während sie das Verhältnis der chinesischen Gäste zum Rest der Mannschaft beobachtete. Natürlich waren sie alle individuell verschieden, so wie alle anderen Menschen auch. Aber es ließ sich nicht abstreiten, dass die Atmosphäre gestört zu sein schien.

Am Morgen danach ließ sie den ranghöchsten chinesischen Offizier auf dem Schiff, einen Flottenkommandanten, zu sich kommen.

Am darauffolgenden Morgen sprach sie mit Leutnant Wu Yue-Sai. Wu war eine intelligente Frau von dreißig Jahren, die Astronautin werden wollte und sich bereits bei der chinesischen Expedition »Zwanzig Millionen Ost« bewährt hatte, insbesondere als Verbindungsoffizier im Kontakt mit den englischsprachigen Gästen jener Mission. Schon am Nachmittag nahm Wu ihre neuen Aufgaben als »Schnittstelle« in Harry Ryans Maschinenraum auf.

Mit großer Erleichterung registrierte Maggie, dass es von diesem Zeitpunkt an aus dem technischen Bereich keine Beschwerden mehr gab. Mit ein wenig Glück würde sich von diesem neuralgischen Punkt aus eine entsprechende Gelassenheit im ganzen Schiff ausbreiten.

Maggie gehörte zu den Vorgesetzten, die Probleme so natürlich wie möglich angingen und zu einer Lösung führten, anstatt von oben herab Direktiven zu geben. Was meistens funktionierte. Falls irgendwer die Botschaft nicht kapierte, konnte er oder sie jederzeit mit einem langsamen Schiff wieder zurückfahren und sich eine neue Aufgabe verpassen lassen.

Als jedoch Maggies Stellvertretender, Kommandeur Nathan Boss, bei ihr vorstellig wurde, ging es weder um die Trolle noch um das Verhältnis zu den Chinesen. Maggies Katze warnte sie trotzdem vor.

»Worum geht es dann?«

»Am einfachsten könnte man es mit... Bewaffnung beschreiben.« Shi-mi hockte geisterhaft weiß auf dem Schreibtisch in Maggies Kajüte. Ihre Stimme klang so klar und deutlich wie eine menschliche Frauenstimme, wenn auch durch ihre kleine Gestalt klanglich ein wenig reduziert.

Bewaffnung? Maggie fragte sich, was sie wohl damit meinte. Die *Armstrong* und die *Cernan* waren mit vielen unterschiedlichen Waffen ausgerüstet, schließlich handelte es sich bei den beiden Schiffen um Militärfahrzeuge. Gerade als sie Shi-mi auffordern wollte, das genauer zu erklären, war keine Zeit mehr, denn Nathans sanftes Klopfen ertönte an der Tür.

Ihr Stellvertreter Nathan Boss war ein fähiger, robuster Offizier, der schon seit etlichen Jahren in ihrem Stab diente und dessen Beförderung längst überfällig war. Maggie vermutete, dass es ihm einfach am nötigen Ehrgeiz fehlte. Wie auch immer, sie war froh, dass sie ihn auch diesmal mit an Bord hatte. Obwohl er etwas verdutzt dreinsah, als er sich hinsetzte und Shi-mi ihm auf den Schoß sprang und laut zu schnurren anfing.

»Jetzt übertreibst du aber«, sagte Maggie.

»Wie bitte, Käpt'n?«

»Nicht Sie, Nathan. Was führt Sie zu mir?«

Was ihrem Stellvertretenden Sorgen bereitete, war die Teilnahme von Edward Cutler an dieser Expedition. Und Cutler nahm nicht nur daran teil, er war sogar Kapitän der *Cernan* und somit allein Maggie unterstellt.

»Es ist eine Frage der Moral, Käpt'n. Egal, was Sie über Kapitän Cutler sagen mögen, es gibt nicht wenige an Bord dieses Schiffes wie auch der *Cernan*, die an jenem Tag vor fünf Jahren in Walhalla dabei waren, als er total durchgedreht ist. Sie wissen selbst, dass er die Erlaubnis haben wollte, das Feuer auf die dort versammelten Zivilisten zu eröffnen.«

Natürlich konnte sie sich noch daran erinnern. »Eine ziemlich extreme Auffassung von patriotischer Pflicht, da bin ich mit Ihnen einig.«

Er zögerte. »Und als er dann allein davongestürmt ist, haben Sie mich hinter ihm hergeschickt, Käpt'n. Sie haben nicht gesehen, was anschließend passiert ist.«

Aber sie hatte die Berichte gelesen. Ein aufgebrachter und frustrierter Cutler, den der gewaltfreie Widerstand der Einwohner Walhallas völlig aus der Bahn geworfen hatte, hatte ohne Befehl die Waffe auf unbewaffnete amerikanische Bürger gerichtet. Nathan Boss hatte nicht nur seine Karriere, sondern auch sein Leben aufs Spiel gesetzt, indem er ihn mit einem Manöver wie aus dem Football-Lehrbuch aus dem Verkehr gezogen hatte. Nathan wusste, dass Maggies Bericht zu dem Vorfall insbesondere hinsichtlich seines eigenen Verhaltens höchst wohlwollend ausgefallen war; sie musste sich jetzt nicht eigens dazu äußern.

»Die Sache ist die, Käpt'n, dass viele aus der Mannschaft auch gesehen haben, wie ich den Kerl umgerissen habe. Fox, Santorini …«

»Sie denken an die Auswirkungen auf die allgemeine Moral, Nathan. Weil die Soldaten mitangesehen haben, dass sich ein Offizier derartig benommen hat.«

»Ganz genau.«

»Ich glaube, da müssen wir uns auf unsere Kameraden verlassen. Und wir müssen Kapitän Cutler die Chance geben, in seine Rolle hineinzuwachsen. Walhalla liegt immerhin fünf Jahre zurück.«

»Jawohl, Käpt'n.« Jetzt machte er ein unzufriedenes Gesicht. Beinahe hätte er sogar die Katze gestreichelt, um sich zu beruhigen. »Das ist noch nicht alles. Hören Sie, ich weiß, dass es zu meinen Aufgaben gehört, darauf zu achten, was so geredet wird. Und Sie wissen, wie sehr ich es verabscheue, Geschwätz aus dem Umkleideraum weiterzutratschen.«

Sie verbiss sich ein Lächeln. In gewisser Hinsicht war Nathan viel zu ehrlich für seinen komplizierten Job. Andererseits mochte sie ihn gerade deshalb. »Schießen Sie los.«

»Es wird darüber geredet, was mit Kapitän Cutler nach Walhalla passiert ist. Nach der Untersuchung wurde er beurlaubt, er hat eine gewisse Zeit in einem Marinehospital zugebracht und wurde dann nach Hawaii versetzt, auf Admiral Davidsons Stützpunkt. Dort hat er angeblich eine Spezialausbildung absolviert. Angeblich hat er auch die Verpflichtung für diese Mission wegen irgendeines Spezialauftrags bekommen.«

Das war ihr neu. »Mit ›spezial‹ meinen Sie, dass ich nichts davon wissen darf.«

»Äh … ja, Käpt'n.«

Maggie sagte nichts, sondern dachte schweigend darüber nach. Es würde sie nicht wundern, wenn das der Wahrheit entsprach. Heutzutage steckte die Flotte ebenso voller Geheimnisse wie jede andere große, komplexe, mit einem gewissen Budget ausgestattete und schwerbewaffnete Organisation. Sie wunderte sich eher, dass das Geheimnis, falls die Geschichte wirklich stimmte, überhaupt durchgesickert war.

»Wie es auch um Cutler bestellt sein mag«, sagte sie schließlich und vermutete, dass sie Nathan damit verriet, dass sie auch nicht mehr darüber wusste als er, »wir sind auf ihn angewiesen und dürfen nicht zulassen, dass die Sache sich nachteilig auf die Moral der Truppe auswirkt. Denn da könnte so etwas wirklich Schaden anrichten.«

Er nickte. »Dann verkaufe ich die ganze Sache als Witz. Seeleute waren schon immer ein klatschsüchtiges Völkchen. Es wird nicht lange dauern, bis sie sich über etwas anderes das Maul zerreißen.«

»Gut. Danke, dass Sie es mir mitgeteilt haben, Nathan.«

»Ich hoffe nur, dass es richtig war.«

»Sie verfügen über einen guten Instinkt. Aber falls Ihnen etwas Konkreteres zu Ohren kommt, lassen Sie's mich wissen. Haben Sie noch was auf dem Herzen?«

»Nein, Käpt'n. Vielen Dank.«

Kaum war er draußen, sprang Shi-mi wieder auf den Schreibtisch und fragte: »Und? Was hältst du davon?«

»Was hältst *du* davon? Vermutlich weißt du mehr darüber als ich und Nathan.«

»Nicht viel mehr. Ehrlich nicht.«

»Also ist doch was dran? Cutler hat irgendeinen geheimen Auftrag ... etwas, das Davidson sogar vor mir geheim hält?«

»Gut möglich, dass Davidson auch nur Befehle von oben ausführt.«

»Warum hast du gesagt, Nathan wollte mit mir über Bewaffnung reden? – Ach ... du hältst Cutler für eine Waffe?«

»Na, ist er das vielleicht nicht? Ein Mann mit unerschütterlichen Überzeugungen und einer tiefsitzenden Loyalität? Stell dir vor, Davidson hätte euch damals in Walhalla den Befehl gegeben, das Feuer auf die friedliche Menge zu eröffnen ...«

»Hm.« In schlaflosen Nächten hatte Maggie neben anderen unangenehmen Was-wäre-wenn-Geschichten in ihrem Leben auch dieses Szenario durchgespielt. »Ich glaube, wir hätten seinen Befehl befolgen müssen. Aber Cutler ...«

»Cutler hätte als Allererster losgeballert. Ohne zu zögern und mit großer Begeisterung. Wäre ein solcher Mann keine nützliche Waffe? Käpt'n, dieser Cutler ist hier, um *Sie* in gewissen Situationen zu kontrollieren.«

»Hm ...«

Maggie hatte keine Möglichkeit, das zu überprüfen, jedenfalls nicht, ohne wieder zurückzufahren. Das einzige Langstreckenkommunikationssystem, das sich über die bewohnte Lange Erde erstreckte, war das Outernet, eine Mischung aus Internet und virtuellen Briefkästen, ermöglicht und versorgt durch gelegentlich auftauchende Reisende und Twains. Es war ein recht zuverlässiges, aber langsames und keineswegs sicheres System, das weiter draußen überhaupt nicht mehr funktionierte. Außerdem gab es kein schnelleres Schiff als die *Armstrong*, um als Kurier zu dienen. Maggie würde ihren Auftrag wohl oder übel weiterhin ohne Rücksprache mit ihren Vorgesetzten ausführen müssen.

Sie ließ ihren Frust nicht zum ersten Mal an der Katze aus. »Für ein paar zufällige Lichtblitze in einem halben Pfund Gel von der Black Corporation bist du verdammt misstrauisch.«

»Das nehme ich als Kompliment. Aber ich bin zu Recht misstrauisch. Und dir würde ich auch dazu raten. Dieses Schiff birgt so manches Geheimnis, von dem du nichts weißt. Und wenn du es dir eingestehen würdest, hättest du wenigstens die Chance, hinter einige davon zu kommen.«

# 7

Nachdem die Wechselgeschwindigkeit auf zwei Schritte pro Sekunde während der Betriebsstunden heraufgesetzt worden war, sodass nach wie vor genügend Zeit zur Überprüfung und zum Ausprobieren sämtlicher Anlagen blieb, waren die *Armstrong* und die *Cernan* in der Lage, an die hunderttausend Schritte pro Tag zurückzulegen. Zehn Tage nach Cowleys Rede in Madison West 5 passierten die Luftschiffe bereits Erde West 1.000.000 und drangen damit in die exotischeren Gefilde der Welten ein, denen die frühen Forscher den Namen Hohe Megas gegeben hatten.

Maggie entspannte sich allmählich. Ihr Eingangskorb, sowohl was technische als auch zwischenmenschliche Probleme anging, wurde deutlich leerer. Trotz Macs düsterer Analyse, dass der wahre Grund der Mission die Erweiterung der Macht und der Einflussnahme der Regierung sei, bekam sie auch von offizieller Seite keine weiteren Anweisungen mehr. Und nachdem sie fünf lange Jahre auf den Nahen Erden und der Datum geschuftet hatte, steckte sie endlich nicht mehr in dieser gewaltigen, immer noch anhaltenden und äußerst entmutigenden Hilfsaktion, mit der nach wie vor ein Großteil des von der Yellowstone-Katastrophe heimgesuchten Amerika versorgt werden musste.

Stattdessen dachte sie jetzt daran, Harry Ryan seinen Willen zu lassen und ihm zu erlauben, noch vor Ende der Testläufe auf vollen Schub zu gehen, um herauszufinden, was die Kiste wirklich draufhatte.

In diesem Moment klopfte Douglas Black an die Tür ihrer Kajüte.

Nach einer etwas betretenen Vorstellung durch Nathan Boss ließ sich Black ihr gegenüber steif auf einem Stuhl nieder. Der Mann, der hinter ihm stand, war nicht älter als dreißig, glatt rasiert und starrte Maggie an wie ein Feldwebel auf dem Exerzierplatz einen Rekruten.

Nathan machte sich so schnell wie möglich aus dem Staub.

Maggie hatte nicht einmal gewusst, dass Black an Bord war. Jetzt erinnerte sie sich verärgert an Shi-mis Andeutungen, dass diese Reise noch das eine oder andere Geheimnis barg. Sie hatte Douglas Black, den mächtigsten und wohl auch reichsten Industriellen aller Welten der Menschheit, bisher nur aus der Ferne gesehen: auf dem Podium neben dem Präsidenten in Madison oder in irgendeinem Medienkanal, wenn er seine neueste technologische Initiative vorstellte oder vor irgendeinem Senatsausschuss aussagen musste, der sich mit dem angeblichen Fehlverhalten einer seiner Firmen beschäftigte. Er ist kleiner, als er im Fernsehen immer aussieht, dachte sie sofort. Schmaler, älter. Black trug einen unscheinbar wirkenden Straßenanzug mit Krawatte. Früher einmal mochte er gut ausgesehen haben, inzwischen jedoch war sein kahler Schädel von Leberflecken übersät, Nase und Ohren standen auf Altmännerart markant vom Kopf ab, und seine Augen hinter den dunklen Brillengläsern, die er offensichtlich auch in Innenräumen trug, sahen wässrig aus.

Black ertappte sie dabei, wie sie ihn interessiert musterte, und lachte. »Sie müssen sich nicht in Zurückhaltung üben, Frau Kapitänin. Ich weiß, dass ich kein Ölgemälde bin und im Vergleich dazu, wie mich die Fernsehleute digital herrichten, eher eine Enttäuschung. Trotzdem sollten Sie mal mein jugendliches Lächeln betrachten.« Er grinste breit und bleckte dabei zwei Reihen perfekter Zähne. »Hübsche Beißerchen – auch so etwas kann man heutzutage für Geld kaufen.«

Seine Aussprache klingt nach Boston, dachte sie, alte Schule, so wie JFK in alten grobkörnigen Schwarz-Weiß-Fernsehaufnahmen. Alte Schule, aber nicht unbedingt altes Geld. Blacks

Lebensgeschichte war allseits bekannt: Wie er das Ölgeld, das er von seinem Großvater geerbt hatte, in erstaunliche technische Neuerungen gesteckt hatte, auf diese Weise zu einem sagenhaften Vermögen und viel Macht gekommen war und sich dabei einen Rattenschwanz an Feinden eingehandelt hatte.

»Mr Black«, setzte sie an.

»Nennen Sie mich Douglas.«

»Lieber nicht. *Sie* dürfen *mich* Kapitänin Kauffman nennen. Ich hatte keine Ahnung, dass Sie sich an Bord dieses Schiffes befinden, ehe Sie Ihre Anwesenheit meinem armen Stellvertretenden offenbarten.«

»Ach ja. Da haben wir den jungen Mann wohl kalt erwischt. Aber es ging leider nicht anders. Ich wurde vor dem Start an Bord geschmuggelt und in meiner Privatkabine eingesperrt, die sich in einem verborgenen Winkel der Gondel befindet. Sie müssen mich mal besuchen kommen. Wie Sie sich wohl vorstellen können, geht es dabei vorrangig um Sicherheit. Sie wissen auch, dass ich ziemlich, nun ja, *verwundbar* bin und dass ich mir jede Menge Widersacher geschaffen habe. Deshalb mussten wir zu dieser etwas unglücklichen List greifen – eine Kooperation Ihres Admirals Davidson mit meinen Sicherheitsleuten, und das alles von Präsident Cowleys Mitarbeitern vermittelt. Alle Stellen waren sehr hilfsbereit.« Er lächelte wieder selbstgefällig.

Maggie war wütend und erwiderte unterkühlt und sachlich: »Hilfsbereit? In meinen Augen, Mr Black, sind Sie ein blinder Passagier.«

Er wirkte nicht sehr verunsichert. »Wie aufregend! Und das in meinem Alter. In diesem Falle sollte ich wohl erwähnen, dass ich nicht ohne Gepäck gekommen bin.«

»Gepäck?«

»Zum einen Philip hier, dazu noch ein paar andere meiner Mitarbeiter: mein persönlicher Arzt sowie ein paar wissenschaftliche Berater, ein Planetologe und ein Klimatologe. Und ein wenig Spezialausrüstung. Abgesehen von meiner altersbedingten Gebrechlichkeit musste ich mich einer Reihe von Transplantationen unterziehen, und die vielen Mittel, die ich gegen die Abstoßung der Organe einnehme, beeinträchtigen mein Immunsystem. Ich brauche Schutz, wie Sie sehen. Zum Glück verfügen Sie über einen geräumigen Frachtraum.«

»Menschenskind! Von wie vielen Tonnen Mehrgewicht sprechen wir gerade? Und das alles ohne mein Wissen an Bord geschmuggelt!«

»Stimmt. Und jetzt sind wir hier. Ich kann mir nicht vorstellen, dass Sie mich über Bord werfen lassen?«

»Nein. Aber Ihrem Schläger hier könnte das durchaus passieren, wenn er mich noch länger so anstarrt.«

»Benimm dich, Philip.« Der Angesprochene senkte den Blick, rührte aber sonst keinen Muskel. »Er muss mich wohl oder übel überallhin begleiten. Auch das eine Bedingung meiner Sicherheitsleute bei Ihrem freundlichen Angebot, mir eine Kajüte zur Verfügung zu stellen. Eigentlich war es natürlich nicht Ihr Angebot, sondern das des Präsidenten…« Dabei lächelte er wieder und wartete geduldig, bis Maggie diese Botschaft verdaut hatte.

»Also, Mr Black, ich muss zugeben, dass Sie mich mit Ihrer Anwesenheit an Bord meines Schiffes ziemlich überrascht, ja sogar überrumpelt haben.«

»Das liegt nur daran, dass Sie mich noch nicht besser kennen. Ich bin schon immer viel abenteuerlustiger gewesen, als es meine öffentliche Erscheinung vermuten ließe.«

»Ich weiß, dass Sie viel Geld in diese Schiffe gepumpt haben.«

»Ganz recht. Letztendlich habe ich ihre Entwicklung fast vollständig finanziert, mit Ausnahme der chinesischen Wechsler-Technologie natürlich. Ich habe seit jeher immer gerne den Industriezweigen unter die Arme gegriffen, die unsere Streitkräfte ausstatten.«

»Das ist mir bekannt.« Sie erinnerte sich, wie entsetzt sie gewesen war, als sie herausfand, in welchem Maße die Black

Corporation ihre Finger in der Ausrüstung der *Benjamin Franklin* stecken hatte. Und sie hatte Black schon immer im Verdacht gehabt, dass er seine Unterwanderung des Militärs ausnutzte, angefangen von seinen Kontakten zur obersten Kommandeursriege, die seine gewaltigen Aufträge abnickte, bis zur Implantation seiner Ausrüstung in sämtliche Linienschiffe, Panzer und sonstige Fahrzeuge und Flugzeuge – sogar bis hin zu den Körpern einiger Soldaten –, um überall Informationen abzusaugen und höchstwahrscheinlich ganz heimlich, still und leise Kontrolle auszuüben. »Es muss Sie Millionen gekostet haben, aber ich vermute mal, dass Sie Ihre Kajüte auf diesem Schiff ordentlich bezahlt haben.«

»Ich bin so froh, dass Sie es so sehen.«

»Bleibt mir etwas anderes übrig?«

Er ging nicht näher darauf ein. »Wissen Sie, ich habe Ihre Karriere von Anfang an mit großem Interesse verfolgt.«

»Zweifellos.« Da sind Sie nicht der Einzige, dachte sie und musste an den geheimnisvollen »Doktor George Abrahams« denken, der damals, bei ihrer Rundreise durch die Kolonien mit der *Franklin*, genau im richtigen Augenblick aufgetaucht war, um ihr ein Gerät zur Übersetzung des Trollrufs zu präsentieren. Kurz darauf hatte er damit angegeben, dass er schon früher hier und da ein wenig eingegriffen habe, um ihre Karriere zu fördern. Ach, und dann hatte er ihr eine sprechende Roboterkatze geschenkt. Sie war überzeugt davon, dass Black, genau wie Abrahams, zu einem weitgespannten Kontroll- und Kommunikationsnetz gehörte. Aber die *Armstrong* war ihr Schiff, und sie hatte das dringende Bedürfnis, die Kontrolle über die Situation zurückzuerlangen. »Was genau wollen Sie hier eigentlich, Mr Black? Nur eine Mitfahrgelegenheit durch die Lange Erde?«

»Wäre das so verwunderlich? Bedenken Sie, was ich in meinem Leben alles erreicht habe. Können Sie sich nicht vorstellen, dass ich mir jetzt, da ich mich dem Ruhestand nähere, ein allerletztes Abenteuer gönnen möchte? Überlegen Sie,

Frau Kapitänin. Wir alle tun angesichts der Langen Erde, dieser gewaltigen Landschaften in anderen Dimensionen, durch die wir so unerschrocken streifen, inzwischen so, als wäre sie selbstverständlich. Aber gibt es denn wirklich keine tieferen Geheimnisse ihrer Existenz mehr zu erforschen? Vielleicht ist es gar nicht so merkwürdig, dass eine Viertelmilliarde Welten existieren, damit wir sie in Ihrem wundervollen Schiff erforschen können. Viel merkwürdiger ist, dass überhaupt eine einzige Welt existiert… Wer weiß, was wir dort draußen finden? Wie hätte ich mich, da es mir möglich ist, einer solchen Expedition nicht anschließen können? Und ich musste *jetzt* los, ehe ich selbst allzu bald dieses Universum verlasse.«

»Ich bitte Sie, Mr Black! Das kaufe ich Ihnen nicht ab. Sie sind kein Tourist, Sie sind mit einem ganz bestimmten Ziel an Bord gekommen.«

»Ha!« Er klatschte offensichtlich erfreut in die Hände. »Ich habe schon immer gewusst, dass Sie ein kluger Kopf sind. Na schön. Was will ich Ihrer Meinung nach erreichen?«

»Woher soll ich das wissen? Vor einer Stunde wusste ich nicht mal, dass Sie sich überhaupt an Bord befinden. Vielleicht suchen Sie ja den Jungbrunnen.«

Er hob die silbernen Augenbrauen. »Sie sind erstaunlich scharfsichtig. Aber mehr sollte ich Ihnen nicht verraten. Ich suche tatsächlich etwas ganz Besonderes, und wenn wir es finden, werde ich sofort wissen, was es ist. Aber jetzt«, er machte Anstalten, sich vorsichtig von seinem Stuhl zu erheben, wozu ihm sein Leibwächter Philip eine Hand reichte, »gehe ich lieber. Sie müssen nicht glauben, dass Sie sich großartig um mich kümmern müssen.«

»So weit dürfte es nicht kommen, glauben Sie mir. Wir sind hier auf einem Schiff der Streitkräfte. Sie sind Frachtgut. Und was das angeht: überflüssiges Frachtgut.«

»Na, das ist immerhin besser als ein blinder Passagier. Aber jetzt, da ich sozusagen raus aus dem Bau bin, frage ich mich, ob ich mir Ihr wunderschönes Schiff nicht ansehen sollte.

Vielleicht dürfte ich mir Ihren charmanten Stellvertretenden mal eine Stunde ausleihen?«

»Warum nicht? Ich gebe auch Mac, meinem Schiffsarzt, Bescheid. Doktor Mackenzie, meine ich. Er wird sich mit Ihnen in Verbindung setzen und für Ihr körperliches Wohlbefinden an Bord sorgen.«

»Das ist nicht nötig, glauben Sie mir. Wie gesagt, ich habe meinen eigenen …«

»Das war kein Vorschlag, Mr Black. Sie befinden sich auf meinem Schiff. Jetzt, da ich weiß, dass Sie an Bord sind, bin ich für Ihre Sicherheit verantwortlich. Mac meldet sich morgen bei Ihnen.«

»Dann freue ich mich darauf, seine Bekanntschaft zu machen. Wo, wenn ich fragen darf, halten wir als Nächstes an?«

Diese Frage konnte sie ganz präzise beantworten: »Abgesehen von ein paar Probestopps unterwegs, auf Erde West 1.617.524. Schon in wenigen Tagen. Dort nehmen wir ein weiteres Besatzungsmitglied auf.« Und damit auch, dachte sie erschrocken, noch ein paar zusätzliche Probleme für mich. Aber wenigstens hatte sie es diesmal selbst so gewollt.

»Vielleicht ergibt sich dort die Gelegenheit, sich ein wenig die Beine zu vertreten.«

»Mr Black, wenn Sie mich fragen, setzen Sie erst dann wieder einen Fuß außerhalb dieses Schiffes, wenn wir in unser heimatliches Trockendock zurückgekehrt sind.«

Black lachte. »Ich bewundere Ihre offene und unkomplizierte Art, Kapitänin Kauffman. Jetzt muss ich mich leider verabschieden. Leben Sie wohl! Komm, Philip …«

# 8

Schwester Agnes hatte recht. Joshua weigerte sich herbeizueilen, bloß weil Lobsang pfiff. Er war nie darüber hinweggekommen, dass Lobsang den Terrorangriff auf Datum-Madison, bei dem im Jahr 2030 eine Atombombe gezündet worden war, nicht verhindert hatte. Auf einer noch tieferen Ebene hatte er sich nie sonderlich wohl dabei gefühlt, dass Lobsang schon vor fünfzehn Jahren damit angefangen hatte, den Einzelgänger Joshua in seine Pläne und Intrigen miteinzubeziehen.

Aber er musste zugeben, dass Lobsang in der Langen Erde alles in allem eine Macht des Guten gewesen war. Vielleicht versuchte er ja jetzt, abermals für das Gute einzutreten.

Außerdem hatte ihm Agnes berichtet, dass Lobsang einsam sei.

Dazu kamen die Kopfschmerzen. Sobald er dieses Warnsignal im eigenen Schädel bemerkt hatte – ein sicheres Anzeichen dafür, dass irgendwo in der Langen Erde eine Störung aufgetreten war –, hatte er damit gerechnet, dass sich Lobsang auf die eine oder andere Weise mit ihm in Verbindung setzen würde. Als es dann so weit war, war er beinahe erleichtert.

Zum Teufel damit. Also begab er sich zurück zur Datum.

Joshua erklärte sich damit einverstanden, sich mit Lobsang in Twin Falls, Idaho, auf der Datum-Erde zu treffen, ungefähr hundertfünfzig Meilen von Yellowstone entfernt.

Direkt in die Stadt zu wechseln war für Joshua inzwischen nicht mehr so einfach. Eis und Asche auf dem Boden der Datum hatten die Oberfläche deutlich über die der benachbarten Wechselwelten ansteigen lassen und somit unberechenbar gemacht. Also wechselte Joshua ein ganzes Stück von Twin Falls entfernt auf die Datum, lieh sich einen SUV und fuhr damit in die Stadt.

Die Straßen waren einigermaßen passierbar, vor allem die Autobahnen und Schnellstraßen. Bis auf die LKW und ein paar Busse, hinter deren beschlagenen Fenstern dick eingemummelte Fahrgäste saßen, gab es kaum Verkehr; private Fahrzeuge wie sein eigener SUV waren kaum zu sehen, was an der Benzinknappheit auf dem ganzen Planeten lag.

Zuerst lief alles recht gut. Dann wurde er von einem Schneesturm überrascht und musste meilenweit hinter einem schweren Schneepflug herzuckeln.

Als er endlich in Twin Falls ankam, war dort so gut wie alles gefroren. An den Straßenrändern häuften sich mehrere Schichten altes, schmutziges Eis, inzwischen schon mehrere Jahre alt; Eis, wie man es am Nordpol oder auf dem Mars finden mochte, so stellte er es sich jedenfalls vor. Im Eis war Vulkanasche eingeschlossen, sogar so weit entfernt und Jahre, nachdem sie vom Himmel gefallen war. Ganze Aschehaufen lagen in irgendwelchen Ecken zusammengeweht oder waren vom Eis zu harten, rußigen Wällen am Straßenrand zusammengebacken. In der Stadtmitte hatte die Last von Schnee und Asche ganze Gebäude zum Einsturz gebracht, einige waren auch ausgebrannt. Nichts davon war bisher wiederaufgebaut oder auch nur weggeräumt worden. So sah es in Idaho im Januar aus. Der Anblick erinnerte ihn an einige Eiszeitwelten, die er aufgesucht hatte.

Er fragte sich, warum die Leute überhaupt noch hierbleiben wollten, wobei er wusste, dass es sogar noch weiter im Norden die eine oder andere bewohnte Gemeinde gab. Eigensinn, vermutete er, oder schiere Trägheit. Oder Stolz. Er hatte festgestellt, dass eine solche Herausforderung die Menschen förmlich wachsen ließ, dass sie sich weigerten, sich geschlagen zu geben, wie schlecht ihre Chancen auch stehen mochten. Sie kehrten in ihre Häuser in Überschwemmungsgebieten zurück, sobald das Wasser abgeflossen oder an die Hänge von Vulkanen, sobald der Ausbruch zu Ende war. In Twin Falls konnte man immer noch leben, gerade so, deshalb lebten hier noch Menschen, in ihren eigenen Häusern.

Er ließ den Wagen auf einem Motel-Parkplatz stehen, nachdem er sich mit dem Eigentümer darüber geeinigt hatte, dass dieser das Fahrzeug gegen ein entsprechendes Entgelt im Auge behielt. Der Mann riet ihm, den Tank zu entleeren, bevor er den Wagen zurückließ, dann versuchte er, noch mal an dem verabredeten Preis zu drehen. Doch ein missgelaunter Joshua ließ nicht mit sich spaßen. Die Kopfschmerzen, unter denen er schon seit Wochen in den Hohen Megas gelitten hatte, waren nach seiner Ankunft auf der Datum noch schlimmer geworden.

Da er zu seiner Verabredung mit Lobsang etwas zu früh dran war, spazierte er in die Stadtmitte und bezahlte einen erstaunlich gesalzenen Preis für einen Kaffee, der nach mit Sägespänen verlängertem Aufguss schmeckte. Wenigsten konnte er in der schwülen Wärme des kleinen Cafés sitzen und dort warten.

Eine Stunde später erschien auf die Minute genau ein Twain am trüben Himmel.

Jetzt, wo sie sich wieder gegenüberstanden, hatten sie einander erstaunlich wenig zu sagen. Nachdem Lobsang Josua an Bord begrüßt hatte, konzentrierte sich Joshua auf das Twain selbst.

Mit gut sechzig Metern Länge war das Luftschiff, verglichen mit Lobsangs *Mark Twain* und den gewaltigen Handelsschiffen des Langen Mississippi, eher klein. Seine Gondel war kaum größer als ein Wohnmobil. Aber während Lobsang ihm alles zeigte, fiel Joshua auf, dass ausreichend Platz für zwei Personen war. Es gab ein geräumiges Wohnzimmer mit großen Fenstern, Sofas im Stil von Flugzeugsitzen, eine Kombüse, einen kleinen Tisch und wegklappbare Tablets mit Anzeigen, auf denen sich Landkarten, Höhenmessungen, Windgeschwindigkeit und Temperatur ablesen ließen.

Wie in allen Luftschiffen Lobsangs befanden sich seine Privaträume hinter verschlossenen Türen – Werkstätten zur Wartung von Lobsangs künstlicher Infrastruktur, wie Joshua schon immer vermutet hatte. Durch eine halbgeöffnete Tür erhaschte Joshua einen kurzen Blick auf einen aufrecht stehenden Zylinder von ungefähr einem Meter Höhe, der mit komplizierten, eingebrannten Mustern überzogen war – eine Gebetsmühle? Dahinter erblickte er eine Art Schrein, einen goldenen Buddha in einem roten und grünen, mit Goldblatt verzierten Rahmen. Ein Hauch von Weihrauch. Auch das ein Aspekt Lobsangs, vermutete Joshua, der den Blicken der Öffentlichkeit verborgen blieb.

Es gab ein Erdometer, aber Lobsang hatte Joshua darauf hingewiesen, dass er heute nicht vorhatte, wechselwärts zu reisen, sondern sich quer über die Datum-Erde fortbewegen wollte. Sie würden den Autobahnen folgen, der 84, 86 und 15, mehr oder weniger nach Nordosten, und einen Blick auf den neuen Yellowstone-Krater werfen.

»Es ist ein unglaublicher Anblick«, sagte Lobsang jetzt. »Der Krater. Sogar für abgebrühte Reisende aus den Hohen Megas wie uns. Und er befindet sich hier, auf der Datum. Ziemlich erschreckend, wenn man darüber nachdenkt.«

Er, besser gesagt eine mobile Einheit seiner selbst, saß Joshua in orangefarbenen Gewändern, mit rasiertem Schädel und, wie Joshua fand, einem ziemlich starren künstlichen Gesicht gegenüber. Auch seine Smalltalk-Fähigkeiten hatten sich nicht weiterentwickelt. Aber sie würden sich schon irgendwie arrangieren.

Joshua hielt eine Tasse Kaffee in der Hand, der unendlich stärker und schmackhafter war als das, was man ihm in Twin Falls vorgesetzt hatte. Er blickte hinab auf die freigeräumte Autobahn, ein schwarzer Streifen, der sich durch eine grauweiße Landschaft zog. Nur wenige Lastwagen verkehrten zwischen den noch existierenden Ortschaften, aber er sah auch Pferdewagen wie aus einem Freilichtmuseum. Auch Fahrräder, zumindest in der unmittelbaren Umgebung der Gemeinden. Sogar etwas, das wie ein Hundeschlitten aussah, bahnte sich seinen Weg über die Schneefelder. »Was für ein Anblick«, sagte er. »Vor zehn Jahren hätte man nicht geglaubt, dass es so etwas wieder geben würde.«

»Allerdings. Als wären die Klimazonen plötzlich tausend Meilen näher an den Äquator gerückt, und zwar von Norden wie von Süden. Deshalb hat Los Angeles jetzt ein Klima ungefähr wie Seattle vor dem Ausbruch.«

»Ich weiß. Ich war dort. Die Angelinos sind ganz schön sauer auf den vielen Regen und den Nebel.«

»Seattle wiederum ist jetzt mehr wie Alaska. Ein Großteil des Planeten nördlich und südlich von vierzig Grad ist mehr oder weniger dem Eis überlassen worden. Kanada, Nordeuropa, Russland, Sibirien – alles leer. Die Länder sind zusammengebrochen, die Menschen woandershin gewechselt, altehrwürdige Städte sind bis auf ein paar Hartgesottene völlig ausgestorben. Nelson Azikiwe hat mir mitgeteilt, dass sich in Großbritannien inzwischen kaum noch etwas regt, bis auf die Bergungskommandos aus den Nahen Erden, die versuchen, möglichst viele Kulturschätze zu bergen.«

»Nelson Azikiwe?«

»Einer meiner Freunde, Joshua. Du bist ihm sogar schon einmal begegnet, auf meinem Anwesen in Madison auf einer der Nahen Erden, am Tag des Vulkanausbruchs. Ich möchte, dass du dich möglichst schnell mit ihm in Verbindung setzt.«

Joshua reagierte nicht darauf. Statt »Freunde« hörte er »Aktivposten«. Manchmal empfand er sich ungefähr so sehr als einen »Freund« Lobsangs, wie ein Bauer in einem Schachspiel der »Freund« eines Großmeisters ist. Trotzdem würde er letztendlich das tun, was Lobsang von ihm verlangte.

»Die politische Lage auf der Datum-Erde ist auf entscheidende Weise umgestaltet worden«, sagte Lobsang. »Die neuen Machtzentren sind jetzt Südeuropa, Nordafrika, Indien, Südostasien, Südchina ... sogar Mexiko, und auch Brasilien, das die schreckliche Abholzung des Regenwaldes jetzt ausnutzt, um ganz Amazonien für die Landwirtschaft und den Bergbau auszubeuten. Du kannst dir bestimmt vorstellen, dass ein großes Gerangel um die Positionen in diesem neuen Machtgefüge herrscht. China ist, ähnlich wie Amerika, von seiner Ägide, von seinen Kopien in der Nahen Erde mehr oder weniger abgekoppelt, aber auf der Datum sind die Chinesen noch sehr stark.«

»Ich wünsche ihnen viel Glück dabei.«

»Datum-Amerika hingegen liegt völlig am Boden. Ich weiß, dass dich das dort draußen in deiner neuen Heimat in Weiß-der-Kuckuck-wo nicht sonderlich interessiert.«

Joshua machte ein finsteres Gesicht. »Du weißt genau, dass ich dort nicht mehr wohne, Lobsang. Ich bin seit Monaten nicht mehr dort gewesen. Du musstest Bill Chambers losschicken, um mich aus meiner letzten Auszeit zu holen, schon vergessen?«

»Ich hatte gehofft, dass du dich inzwischen zu einer Versöhnung mit Helen durchringen konntest.«

»Da kennst du Helen aber schlecht. Ich glaube, die viele Zeit, die ich nach Yellowstone hier auf der Datum verbracht habe, hat das Fass zum Überlaufen gebracht. Obwohl sie wusste, dass meine Arbeit hier gut und richtig war. Ihrer Meinung nach habe ich das Gleichgewicht nie richtig hingekriegt, zwischen zu Hause und ...«

»Und dem Ruf der Langen Erde. Die beiden Seiten deiner Natur.«

»So ungefähr.«

»Was ist mit Dan?«

»Ach, den sehe ich, so oft es geht. Ein guter Junge. Inzwischen ist er schon dreizehn und ein Stück größer als ich.«

»Trotzdem ziehen deine Auszeiten dich immer wieder weg von ihnen … Wie geht es eigentlich deiner Hand?«

Joshua hob die Prothese an seiner linken Hand zum Hals und tat so, als wollte sie ihn erwürgen, als müsste er sich gegen sie wehren. »Mal besser, mal schlechter.«

»Du weißt, dass ich dir etwas viel Besseres besorgen lassen könnte.«

»Etwas, in dem du selbst gleich mit drin bist? Sei mir nicht böse, Lobsang, aber nein danke.« Er hielt Lobsang die Tasse hin: »Ist der Kaffee schon alle?«

Das Luftschiff bewegte sich ohne Eile. Es wurde Abend, ehe sie sich über Idaho Falls befanden, ungefähr achtzig Meilen vom Einsturzkrater entfernt. An dieser Stelle wollte Lobsang anhalten und erst am nächsten Morgen weiterfahren.

Auf Joshuas Bitte ließ Lobsang das Schiff sinken, damit sie von Bord gehen und wenigstens kurzzeitig der warmen Luft ihrer Gondel entfliehen konnten. Lobsang bestand allerdings darauf, dass sie vor Einbruch der Dunkelheit wieder an Bord zurückkehrten. »Heutzutage treiben sich da draußen jede Menge Banditen herum, Joshua.«

In Lobsangs Begleitung spazierte Joshua probeweise auf einer mit Eis und Aschewehen verkrusteten Straße. Überall lagen Bimssteinbrocken herum, die so groß waren, dass man sich nur schwer vorstellen konnte, welche Kraft sie achtzig Meter weit in die Luft schleudern konnte, geschweige denn achtzig Meilen. Es war bitterkalt, die Kälte verbiss sich in seine Wangen, die Nase und die Stirn, in alles, was nicht unter dicken Schichten Winterkleidung verborgen war.

Er kam an einen sich träge dahinschlängelnden Bach. Das Wasser war aschgrau, die Baumstämme am Ufer graubraun. Im kupferfarbenen Licht der tiefstehenden Sonne machte die Landschaft einen unheimlichen Eindruck. Die ganze Welt war still. Schon seit vielen Meilen hatten sie auf der Autobahn keinen Verkehr mehr gesehen, aber hier war auch die Natur verstummt; Joshua hörte nicht mal einen Vogelruf, als er die dürren Stämme der toten Kiefern näher untersuchte.

»Wie ruhig es ist«, sagte er zu Lobsang.

Die mobile Einheit steckte ebenso wie er in Polarausrüstung. Ihr Atem, der offensichtlich von irgendeinem Mechanismus erwärmt und angefeuchtet wurde, dampfte recht überzeugend, ein Hauch von Echtheit. »Für mich ist die Welt noch viel stiller. Viele Kommunikationsknoten und Netzwerke sind abgeschaltet oder werden nicht mehr bedient. Mir kommt es so vor, als verwandelte sich die Welt in Thulcandra.«

Joshua wusste mit der Anspielung etwas anzufangen. »Der schweigende Stern. Warum hast du mich hierhergebracht, Lobsang?«

»Wie geht's deinen Kopfschmerzen?«

»War ja klar, dass du darüber Bescheid weißt. Aber wenn du's genau wissen willst: Sie sind schlimmer als je zuvor. Normalerweise fühle ich mich nicht sehr wohl, wenn ich auf der Datum oder in ihrer Nähe bin, aber diesmal ist es viel heftiger…« Er beendete den Satz nicht und sah sich um. Er glaubte, in der tödlichen Stille etwas vernommen zu haben. Ein leises Schlurfen. Vielleicht ein Wolf, der in dieser erstarrten Wildnis am Verhungern war? Ein Bär? Oder ein Mensch, einer der Banditen, vor denen ihn Lobsang gewarnt hatte?

Lobsang schien nichts zu bemerken. »Und jetzt ist es ganz anders? Deine Kopfschmerzen, meine ich. Wahrscheinlich spürst du deutlich, dass sich etwas auf der Datum verändert hat.«

»Du wohl auch?«, knurrte Joshua. »Du hast auch schon Beweise, stimmt's? Beweise für *etwas*. Sonst hättest du mich nicht zurückgerufen.«

»Allerdings. Beweise für *etwas* – gut gesagt. Etwas, das schwer zu fassen und noch schwerer zu definieren ist, trotzdem spüre ich es deutlich, denn trotz meines Handicaps nach dem Vulkanausbruch umspanne ich die Welt immer noch wie ein körperloser Bardo-Geist…«

»Wie was?«

»Spielt keine Rolle. Es ist etwas Reales, Joshua. Hör mal, du kennst mich doch. Ich bin in erster Linie ein eifriger Student der Dummheiten des Menschen, die gelegentlich vermuten lassen, sie seien endgültig.«

»Worüber wir uns schon des Öfteren ausführlich unterhalten haben«, erwiderte Joshua trocken.

»Tja, also jetzt hat sich wirklich etwas verändert. Das Nachbeben von Yellowstone scheint es ausgelöst zu haben. Die Menschen haben entweder recht gut oder sehr schlecht darauf reagiert. Aber inmitten dieses Heldentums und der Feigheit, der Großzügigkeit und der Bestechlichkeit, wenn man es mal global sieht, und ich kann es eigentlich kaum anders sehen, kommt es mir so vor, als könnte man die Reaktion der Menschheit auf Yellowstone mit einem erschreckenden Ausbruch von – wie es Schwester Agnes einmal genannt hat – *gesundem Menschenverstand* beschreiben.«

Im gleichen Augenblick, als er diese Worte äußerte, tauchte aus dem Nichts eine Gestalt in einem orangefarbenen Trainingsanzug auf, barfuß und mit geschorenem Schädel. Sie befand sich mitten in einem großen Satz durch die Luft. »HAAARRRGGH!«

»Nicht jetzt, Cho-je!«

Lobsangs Worte rissen ab, als der Eindringling seine Beine fest um Lobsangs Hals schlang und ihn so auf den gefrorenen Boden riss. Doch noch im Fallen wechselte Lobsang davon, verschwand einfach und ließ den Ankömmling alleine im schmutzigen Schnee herumrollen. Die Asche malte große Flecken auf den orangen Trainingsanzug.

Joshua hatte eine Pistole dabei, aus Bronze, wechselfähig. Er hatte immer eine Pistole bei sich. Ehe der Kerl sich noch einmal regen konnte, hatte Joshua sich breitbeinig vor ihm aufgebaut und richtete die Waffe mit beiden Händen auf ihn. »Hab ich doch richtig gehört, dass uns jemand verfolgt. Keine Bewegung, Grashüpfer.«

Da erschien auch schon Lobsang schwer schnaufend neben ihm. Seine Kleidung war am Hals zerrissen. »Schon gut, Joshua. Er ist nicht richtig gefährlich. Das ist bloß …«

»HEI-AARGH!« Der Bursche vollführte aus dem Stand eine Art Salto rückwärts und wirbelte schon wieder durch die Luft auf Lobsang zu. Aber Lobsang duckte sich in eine Vorwärtsrolle und kickte den Eindringling in hohem Bogen von sich. Diesmal wechselte der Angreifer davon, ehe er auf der Erde aufschlug.

Lobsang richtete sich auf und atmete durch. »Das ist eine von Agnes' Ideen«, sagte er. »Es geht darum …«

»NIIA-HAAH!« Jetzt erschien der Angreifer Cho-je über Lobsangs Kopf in dieser Welt, mit geballten Fäusten, die er auf Lobsangs Schädel niederkrachen lassen wollte. Aber Lobsang duckte sich, wirbelte herum und erwischte ihn mit einem Tritt in den Bauch – und wieder verschwand Cho-je.

Joshua gab auf. Er schob die Waffe wieder in die Pistolentasche und sah dem Kampf zu. Es war ein wildes Gerangel aus Tritten, Schlägen und sogar Kopfstößen, die dumpf klatschend auf die beiden Gegner einprasselten, dazu wechselten sie ständig hin und her und versuchten, den anderen auf diese Weise zu überlisten. Bei seinen Reisen mit Lobsang hatte Joshua viele Jackie-Chan-Filme gesehen, und draußen in der Langen Erde hatte er selbst gegen Elfen, wechselnde, jagderfahrene Humanoide, kämpfen müssen, die mit einer solchen Präzision zwischen den Welten hin- und hersprangen, dass sie neben einem materialisierten und die Hände bereits in der richtigen Position hatten, um sie einem um den Hals zu legen. Was er hier sah, hatte etwas von alldem, eine entfesselte Hochgeschwindigkeits-Action, der man mit bloßem Auge kaum folgen konnte.

»HIIE-ARR-AARGH!«

»Cho-je, du Narr!«

Es war erst zu Ende, als Lobsang Cho-jes linke Hand packte, als wollte er sie schütteln. Er hielt sie aber fest und vollführte einen Salto aus dem Stand. Danach hielt er die Hand immer noch fest. Sie war am Handgelenk abgerissen. Der schwer keuchende Cho-je betrachtete den Stumpf interessiert, und Joshua sah in der weißlichen Flüssigkeit, die auf den Erdboden tropfte, LED-Funken aufblitzen.

Cho-je verneigte sich vor Lobsang. »Gut gemacht! Schön zu sehen, dass Schwester Agnes' Fürsorge dich nicht verzärtelt hat!«

»Im Gegenteil«, erwiderte Lobsang. »Dann bis zum nächsten Mal.«

»Bis dann. Gibst du mir bitte meine abgerissene Hand zurück ...« Lobsang reichte sie ihm, und im nächsten Moment war Cho-je nicht mehr da.

»Also, Lobsang ... Cho-je?«

Lobsang schwitzte recht überzeugend. »Wie schon gesagt, er war Agnes' Idee. Sie glaubt, dass ich zu mächtig bin. Sie sagt, ich brauche Herausforderungen. Deshalb lasse ich ein endloses Training über mich ergehen, das mich abhärten soll. Eigentlich kam Agnes auf die Idee mit Cho-je, als ich ihr von unseren Boxkämpfen während unserer Reise mit der *Mark Twain* erzählte. Tatsächlich ziehe ich sehr viel Gewinn aus diesen Übungen, was die Kontrolle über meine ambulante Körpereinheit angeht, und Cho-je wird als Gegner immer perfekter. Wo wir gerade davon sprechen: Zusätzlich zu diesem Trainingspartner hat Agnes noch einen zweiten rekrutiert, eine ehemalige Heimbewohnerin aus Madison, eine eher zurückgezogene junge Frau, die ihr Leben der Aufgabe gewidmet hat, geniale Computerviren auf mich loszulassen.«

»Viren. Aha.«

Sie spazierten zum Twain zurück. »Für mich stellen Viren eine größere Bedrohung dar als körperliche Gewalt, ganz egal, wie viele Backups ich auch erschaffe. Jede Synchronisierung zwischen meinen verschiedenen Versionen bietet die Gelegenheit für einen tödlichen Angriff. Ich überlege gerade, ob ich nicht zumindest ein nichtelektronisches Backup einrichten sollte.«

»Wie soll das denn aussehen?«

»Ach, ein paar Hundert Mönche irgendwo in einem Skriptorium, die endlos meine Gedanken von einem gedruckten Papierbuch ins nächste kopieren. Vielleicht in einem Skriptorium auf dem Mond.«

»In einer Hinsicht hast du dich eindeutig verändert, Lobsang. Deine Witze sind zwar kein bisschen besser geworden, aber jetzt erkenne ich wenigstens, dass es Witze sein sollen.«

»Das nehme ich als Kompliment.«

»Wenn ich dann noch daran denke, dass dieser Zwischenfall mit Cho-je sich gerade in dem Moment ereignet hat, als du mir einen Vortrag über den ›gesunden Menschenverstand‹ gehalten hast …«

»Das können wir morgen früh noch besprechen. Das Twain ist relativ spartanisch, aber doch recht komfortabel eingerichtet.«

»Hast du gute Filme dabei?«

»Selbstverständlich. Du darfst dir einen aussuchen. Aber wenn's geht, bitte nichts mit singenden Nonnen …«

# 9

Am nächsten Morgen nahmen sie ihr Frühstück beinahe schweigend ein. Dann flogen sie weiter.

Statt direkt auf den Krater zuzuhalten, machte Lobsang zunächst einen kleinen Umweg nach Westen und folgte der Spur dessen, was einmal eine von Süden nach Norden führende Schnellstraße gewesen war. Je näher sie dem Krater kamen, desto unkenntlicher lag die ehemalige Landschaft unter dicken Ascheschichten begraben. Das dort unten sieht wirklich nach echtem Vulkangebiet aus, dachte Joshua. Als hätte jemand ein Stück aus einer fremden Welt hierher auf die Erde gebracht.

»Davon wird sich die Zivilisation auf der Datum-Erde nie wieder erholen«, murmelte Lobsang, während sie auf die seltsame Landschaft hinunterblickten.

»Wie kommst du darauf?«, brummte Joshua. »Seither sind doch erst ein paar Jahre vergangen …«

»Denk doch mal nach. Wir hatten ohnehin schon alle einigermaßen erreichbaren Vorkommen an Öl und Eisenerz verbraucht, auch die meiste Kohle. Die Erde litt unter den ernsthaften Klimastörungen durch die Industrieabgase, die wir in die Luft geblasen haben. Wenn die direkten Auswirkungen von Yellowstone endlich nachlassen, dürften wir es in Zukunft bestenfalls mit einer weitreichenden Instabilität zu tun haben, während die Welt versucht, nach zwei gewaltigen Eingriffen in die Umweltbedingungen – erst menschlichen, dann vulkanischen Ursprungs – ihr Gleichgewicht wiederzufinden.«

»Hm. Also deshalb das Gerede von Renaturierung.«

Die Idee dahinter besagte, dass man, wenn der Winter sich irgendwann von der Datum-Erde zurückziehen würde, die Chance nutzen und diese Welt genesen lassen sollte. Sämtliche Arten, die auf der Datum ausgerottet worden waren, ließen sich in den benachbarten Welten finden (obwohl, wie Joshua wusste, auch auf einigen der Nahen Erden viele dieser Lebewesen inzwischen ebenfalls gefährdet waren). Man könnte also das Mammut wieder nach Nordamerika bringen, auch die Wildpferde, die Bisons und den Moschusochsen, und die Seehunde in die Flüsse und die Wale in die Meere – indem man die Arten, vielleicht als Jungtiere, auf die Datum herüberwechselte. Auf ähnliche Weise könnte man die Landschaften und Meere wieder ihre ursprüngliche Beschaffenheit annehmen lassen.

Lobsang wartete einen Moment, dann redete er weiter: »Es ist eine romantische Idee, denn selbstverständlich gibt es noch unglaublich viel zu tun, bevor die Datum auch nur *sicher* ist.«

»Wie zum Beispiel Atomkraftwerke stillzulegen?«

»Und darauf zu warten, dass Staudämme nachgeben, dass trockengelegte Feuchtgebiete wieder geflutet werden ... Es dauert Jahrzehnte, Jahrhunderte, bis Schadstoffe wie Schwermetalle und radioaktiver Abfall sich auf einigermaßen sichere Pegel reduziert haben. Selbst dann werden sich überall dort, wo wir Fahrbahnen oder Bergwerke ins Gestein getrieben haben, die Spuren der Menschheit noch über Millionen Jahre erhalten.«

»Das erfüllt einen mit Stolz.«

»Wenn du meinst, Joshua. Jedenfalls zeugt der Versuch, diese Welt mithilfe des Überflusses ihrer Geschwister in der Langen Erde zu heilen, von ehrenwerten Absichten, auch wenn der Erfolg in der Praxis begrenzt bleiben dürfte.«

Schließlich machten sie nördlich des Yellowstone über einem Gebilde halt, das einmal eine Kleinstadt gewesen sein musste. Bis auf ein paar Grundmauern, die hier und da aus der Asche ragten und ehemalige Straßenverläufe erahnen ließen, war nicht mehr viel davon übrig. Der Rest war komplett verschüttet.

Joshua schaute auf die Landkartenanzeige, die mit hellen weißen, grünen und gelben Linien fein gezogene Grenzen der Landkreise und Bundesstaaten zeigte: eine von Menschenhand geschaffene Landschaft, wie sie einst gewesen war. »Das ist Bozeman.«

»Ja. Besser gesagt, das war es. Ich dachte mir, dass du das vielleicht sehen möchtest, Joshua. Aus den Berichten weiß ich, dass du mit Sally in den letzten Tagen des Ausbruchs hier gewesen bist, bis die Caldera schließlich einbrach. Ihr seid mitten ins Gefahrengebiet gewechselt und habt versucht, so viele Leben wie möglich zu retten, und das angesichts eurer eigenen vergänglichen Existenz.«

»Wir waren nicht die Einzigen«, erwiderte Joshua ungerührt.

Das Twain tauchte weiter hinab und schwebte über dem von einer dicken Schicht aus Asche und Schwefel bedeckten Boden dahin.

»Wir sind immer noch an die fünfzig Meilen vom Einsturzkrater entfernt«, sagte Lobsang. »Aber diese Ortschaft ist wie viele andere vom letzten pyroklastischen Strom erfasst worden. Die Eruption ließ nach, nachdem die Magmakammer entleert war. Die Rauch- und Aschesäule über dem Vulkan fiel sofort in sich zusammen, woraufhin sich extrem heiße Steinfragmente mit Schallgeschwindigkeit über die Landschaft ergossen und alles im Umkreis von zehn Meilen unter sich begruben.«

Joshua erinnerte sich daran. Er war dort gewesen.

»Jetzt kann man Bozeman, Idaho, mit Pompeij in einem Atemzug nennen. Es dauert noch Jahre, bis sich der Ascheniederschlag auch nur abgekühlt hat, ganz zu schweigen davon, dass hier wieder Menschen siedeln können.«

»Trotzdem wächst dort unten etwas«, sagte Joshua. Er spähte hinab und zeigte auf kleine grüne Flecken.

Lobsang schwieg einen Moment. Joshua stellte sich vor, wie

er seine künstlichen Sinne auf den Boden unter ihnen richtete.

»Ja. Flechten. Moos. Sogar Drehkiefern. Zwar nur Schösslinge, aber immerhin – die Unverwüstlichkeit des Lebens.«

Das Twain drehte seine Nase und hielt jetzt auf Süden und den Krater selbst zu.

»Also, Lobsang. Du hast mir gestern erzählt, dass du dich sorgst, weil sich der gesunde Menschenverstand wie eine Seuche über den Planeten ausbreitet. Das wäre wirklich etwas Neues, glaube mir.«

»Ich kann dir Beispiele dafür nennen…«

Die Bildschirme auf dem Deck flackerten auf und zeigten kurze Videoschnipsel von Ereignissen, die sich in den Tagen und Jahren der Yellowstone-Katastrophe zugetragen hatten.

Ein Erstklässler in Colorado, dessen Lehrer angesichts der hereinbrechenden Asche handlungsunfähig waren, hatte in aller Ruhe seine hysterischen Klassenkameraden dazu gebracht, das Gebäude geordnet und in einer Reihe zu verlassen, mit nassen Handtüchern um den Kopf und die Hände auf den Schultern des Vorausgehenden.

Ein Teenager, der in Idaho bei seinen Großeltern in einem Pflegeheim voller alter Leute festsaß, die nicht wechseln konnten oder wollten, hatte mit klarem Kopf Pläne ausgearbeitet, wie die Leute die Nahrungsmittel untereinander aufteilen und sich umeinander kümmern sollten.

Ein gerade mal siebzehnjähriges Au-Pair-Mädchen, das in einer wohlhabenden Familie in Montana, wo die Mutter sich weigerte, ihr Haus mit den überlebenden Kindern zu verlassen, weil noch ein kleines Mädchen fehlte – allem Anschein nach in einem von der Asche eingedrückten Gewächshaus gestorben –, und wo der Vater verrückt vor Angst war und sich weigerte, dortzubleiben und in den Trümmern zu graben, hatte die restliche Familie dazu gebracht, die Leiche des Mädchens auszugraben und mitzunehmen, da es die einzige Möglichkeit war, die Mutter dazu zu bringen, sich zu bewegen und alle anderen zu retten.

Joshua erinnerte sich an Geschichten, die er selbst gehört hatte, eine sogar aus Bozeman, wo angeblich eine »kluge junge Frau« aufgetaucht war und mit erstaunlich guten Ratschlägen dafür gesorgt hatte, dass sich viele Menschen gegen die Auswirkungen des Vulkanausbruchs schützen konnten.

»Diese Anekdoten handeln alle von sehr jungen Menschen«, stellte er fest. »Manche waren sogar noch Kinder.«

»Allerdings. Dir dürfte aufgefallen sein, dass ihre Taten sich nicht durch Heldenmut auszeichnen oder durch große Leidensfähigkeit oder dergleichen. Stattdessen sind sie ganz ruhig und mit erstaunlichen Führungsqualitäten vorgegangen. Zumindest waren sie für ihr Alter sehr umsichtig. Augenmaß und gesunder Menschenverstand sind Eigenschaften, die offensichtlich sogar den Erwachsenen um sie herum einleuchteten. Außerdem zeigten sie eine gewisse kühle Rationalität. Sie waren in der Lage, die Sinnestäuschungen beiseitezuschieben, die den normalen Menschenverstand zwar trösten, aber auch ablenken. Denk an die Frau in Montana mit dem toten Kind. Sie konnte den Tod nicht akzeptieren. Das Au-Pair-Mädchen hat ihn nicht nur akzeptiert, sie hat auch erkannt, dass sie es nicht schaffen würde, die Mutter auf andere Weise zu überzeugen. Deshalb hat sie sich eine Strategie überlegt, wie sie mithilfe dieser psychologischen Erkenntnis die Familie doch noch retten könnte.«

»Hm.« Joshua musterte das ausdruckslose Gesicht der mobilen Einheit. »Was willst du damit sagen, Lobsang? Du hast schon mal davon geredet. Werden wir gerade Zeugen der Entstehung eines neuen, klügeren Menschenschlags? Des *wahren Homo sapiens*, wie du ihn immer genannt hast? Im Gegensatz zu uns normalen Menschen, die wir nicht viel mehr als ein Haufen Affen sind, der sich *wissend* nennt?«

»Es sieht zumindest ganz danach aus. *Falls* man dazu bereit ist, einen ganzen Hypothesenberg auf einem wackeligen Floß aus bloßen Beobachtungen zu errichten.«

Joshua vermutete, dass Lobsang trotz dieser Feststellung

noch mehr in petto hatte als nur ein paar verstreute Indizien. »Wie kommt es ausgerechnet jetzt dazu? Und warum?«

»Vermutlich hängen diese beiden Fragen eng zusammen. Es könnte irgendwo in der Langen Erde so etwas wie einen … Brutkasten geben. Erst jetzt, nachdem sich das Wechseln so verbreitet hat, ist es den Produkten eines solchen Brutkastens möglich geworden, die Datum zu erreichen. Vielleicht werden wir gerade Zeugen, wie diese neue Eigenschaft unter großer Belastung entsteht. Ein Genkomplex, der sich plötzlich ausbildet, unter dem Druck, der durch die gewaltige Verwerfung nach Yellowstone verursacht wurde. Das würde erklären, warum wir so etwas ausgerechnet jetzt erleben. Und dann gibt es noch dich, Joshua.«

»Mich?«

»Deine Kopfschmerzen. Dieser eigenartige PSI-Sinn, den du für die Anwesenheit einer ungewöhnlichen Art von Bewusstsein zu haben scheinst … und dass es eine so starke Empfindung ist. Wenn ich dir eine Glühbirne ins Ohr schrauben würde, würde sie vermutlich ganz hektisch rot blinken.«

»Hübsches Bild. Also gibt es etwas Neues auf der Welt oder auf den Welten. Und zwar etwas, auf das ich anspreche, so wie ich damals auf Erste Person Singular reagiert habe.«

»Nicht nur das. Es könnte sogar eine erst im Entstehen begriffene Organisation hinter alldem stecken.«

»Eine Organisation? Zu welchem Zweck?«

»Mein Kollege Nelson Azikiwe hat von einem Kind in England berichtet, dessen Familie inzwischen nach Italien geflohen ist. Wieder eines dieser bestürzend intelligenten Kinder, doch das hier wurde von verängstigten Einheimischen terrorisiert. Man sprach hinter vorgehaltener Hand sogar von Hexerei. Die Eltern des Jungen sind allem Anschein nach von einem anderen Jugendlichen, einem Teenager, angesprochen worden. Man hat ihnen ein Stipendium an einem College mit Internat angeboten, das, so erzählte es jedenfalls dieser Teenager, nur besonders begabte Kinder erhalten würden. Der Bericht der Eltern war ungenau, aber sie waren von der unheimlichen Gelassenheit des Jugendlichen beunruhigt, von der Mühelosigkeit, mit der er ihre Einwände entkräftete.«

»Haben sie ihren Sohn gehen lassen?«

»Mit irgendeinem Teenager? Natürlich nicht. Obwohl er sie, wie Nelson berichtet, beinahe überzeugt hätte. Nelson ist davon überzeugt, dass der nächste Versuch mit mehr Nachdruck erfolgen wird, durch einen oder mehrere seriöser wirkende ältere Erwachsene…«

»Wenn dem wirklich so ist, Lobsang… Was willst du in diese Richtung unternehmen?«

»Wenn dieses geheimnisvolle Wesen wirklich existiert, wenn in unserer Welt tatsächlich so etwas wie ein *neuer Mensch* entsteht, dann will ich ihn kennenlernen. Mit ihm reden. Ich sehe mich als eine Art Wächter der Menschheit, Joshua. Dieses neue Wesen könnte das Ende seiner eigenen langen Kindheit erreicht haben. Wenn es jetzt erwachsen wird, will ich dafür sorgen, dass es nichts Böses gegen uns im Schilde führt.«

»Und an diesem Punkt brauchst du meine Hilfe, stimmt's? Um diese neuen Leute aufzuspüren.«

»Deine Hilfe und die einiger anderer. Aah… es ist so weit.«

»Wofür?«

Sämtliche Anzeigen erloschen. »Sieh aus dem Fenster.«

Die Landschaft war stetig angestiegen, aber der Boden war zerklüftet, von Asche bedeckt und von gewaltigen Steinbrocken übersät. Joshua hatte fast den Eindruck, als folgten sie strahlenförmigen Schuttstreifen, die zu einem großen Mondkrater führten.

Dann fiel der Boden abrupt ab, als wären sie über den Rand einer Klippe geflogen. Joshua erblickte eine Landschaft, die der Farbpalette eines trübsinnigen Malers glich: Strudel aus rötlichem Gestein, Lavapfützen, die träge vor sich hin blubberten, schwefelgelber Schaum unter geisterhaften

Dampfschwaden. Die Sicht war von Hitzeflimmern getrübt, und er hörte, wie die Klimaanlage der Gondel mehrmals umschaltete, als sie nach den vielen Stunden, die sie gegen die arktische Kälte angekämpft hatte, die plötzliche Wärme ausgleichen musste.

Als er nach vorne schaute, ans Ende der geronnenen Ebene unter ihnen, sah er eine Steilwand, die sehr weit entfernt und vom Nebel der Entfernung bläulich verfärbt in der Hitze flimmerte.

»Das ist die Caldera«, sagte Lobsang. »Der Krater. So groß, dass man von hier aus nicht mal seine Kreisform erkennen kann. Wir befinden uns eine halbe Meile über dem Kraterboden, über der eingebrochenen Magmakammer. Die Kraterwand gegenüber ist über vierzig Meilen entfernt. Dabei haben wir noch ziemliches Glück gehabt.«

»Glück?«

»So ein Supervulkan bricht alle fünfhunderttausend Jahre aus. Manche Eruptionen sind schlimmer als andere, und bei manchen wird viel mehr Magma herausgeschleudert, dann entsteht ein noch viel größerer Schaden. Der hier war der schlimmste Ausbruch seit zwei Millionen Jahren. So viel konnten uns die Geologen immerhin sagen, obwohl sie ihn nicht haben kommen sehen. Das Resultat siehst du hier ringsum.«

Joshua fand keine Worte.

»Eindrucksvoll, was? Selbst für Gott muss es ein ziemlich beeindruckender Anblick sein. Selbst für *mich* ...« Seine Stimme schwankte eigenartig.

Joshua verspürte einen Anflug von Sorge. »Lobsang? Alles in Ordnung?«

Lobsang antwortete nicht. Aber er sagte mit ziemlich unsicherer Stimme: »Ich verlange das nicht leichtfertig von dir, Joshua. Dass du wieder auf Reisen gehst, meine ich. Ich bin mir bewusster geworden, welche Risiken ich dir abverlange, wenn ich dich in die Lange Erde schicke. Wir alle gehen diese Risiken ein.«

»Was meinst du damit?«

»Hast du dir schon mal überlegt, was passiert, falls du da draußen stirbst? Ich spreche vom Schicksal deiner unsterblichen Seele. Kann eine körperlose Seele von einer Erde zur anderen springen? Wenn du ganz allein wärst, in einer Welt, auf der es keine anderen Menschen gibt, die sich um deinen Geist kümmern können, dann wäre es dir vielleicht nicht möglich, als Mensch wiedergeboren zu werden.«

Joshua war schon früher mal auf diese Idee gestoßen, meistens aus dem Mund von religiösen Fanatikern mit wild rollenden Augen, wie sie einen auf den Twain-Stationen belästigten. So etwas von Lobsang zu hören war einigermaßen schockierend. Obwohl Lobsang behauptete, er sei die im Gel-Substrat eines Supercomputers wiedergeborene Seele eines tibetischen Motorradmechanikers, hatten sie sich nie ausführlicher mit den mystischen Aspekten dieser Behauptung beschäftigt. Dann musste Joshua wieder an den kleinen buddhistischen Schrein denken, der sich in einer abgelegenen Ecke des Luftschiffs befand. Vielleicht veränderte Lobsang sich ja, vielleicht verlangte es ihn nach seinen eigenen tieferen Wurzeln.

»Dann hast du dich wohl mit Reinkarnation und so weiter beschäftigt?«

»Du nicht? Auch Agnes hat mich immer wieder dazu ermuntert. Wie du vielleicht weißt, ist der Buddhismus in erster Linie das Angebot, mit dem Geist zu arbeiten. Indem man das Grundpotenzial des Geistes entwickelt, kann man inneren Frieden, Barmherzigkeit und Weisheit erlangen. Etwas, was uns allen gegeben ist. Ich jedoch bestehe letztendlich nur aus Geist, Joshua. Wie könnte ich mich zu solchen Ideen nicht hingezogen fühlen, selbst ohne meine kulturelle Herkunft? Selbstverständlich habe ich mich eingehend mit dem Konzept der Wiedergeburt beschäftigt. Ich bin mit über viertausend Texten zu diesem Thema vertraut, von meiner eigenen Erfahrung mal ganz abgesehen.«

»Oha.«

»Außerdem hat mich Padmasambhava beraten, ein alter Freund aus meinem früheren Leben, der inzwischen der Abt eines Klosters in Ladakh ist. Das liegt in Indien, gleich hinter der Grenze zu Tibet, und ist ein Ort, an dem der chinesischen Besatzung zum Trotz die alte Weisheit bewahrt wird. Obwohl Padmasambhava selbst Anteilseigner einer chinesischen Unternehmensgruppe ist, die in Holz macht... Nein, ich verliere nicht den Verstand, glaub mir«, sagte Lobsang ernst.

»Hab ich nicht behauptet. Es ist nur ungewöhnlich, aus deinem Mund Selbstzweifel zu hören, Lobsang.«

»Ich glaube, ich kann mich an meinen Tod erinnern.«

»Welchen Tod?«, fragte Joshua verdutzt. »Meinst du ...«

»In Lhasa. Meinen letzten Tod als Mensch. Und an meine Wiedergeburt.«

Joshua dachte darüber nach. »Und? Wie war's? So wie bei der Wiedergeburt von Dr. Who?«

»Nein, nicht wie bei der Wiedergeburt von Dr. Who«, erwiderte Lobsang mit erzwungener Geduld. »Ich kann mich daran erinnern, Joshua. Das glaube ich zumindest. Das Wehklagen der Frauen in der Küche, als der Tschikhai-Bardo kam, der Augenblick meines Sterbens. Die Tibeter glauben daran, dass die Seele noch eine Weile im toten Körper verweilt. Deshalb wird das Totenbuch neunundvierzig Tage lang beim Leichnam verlesen, um die Seele durch die Bardos zu geleiten, die Phasen der Existenz, die sich zwischen Leben und Tod erstrecken.«

Nach einer kurzen Pause redete er weiter: »Ich erinnere mich daran, wie mein Freund Padmasambhava gelesen hat. Sogar an das Buch selbst, denn ich blickte von außerhalb meines Körpers darauf hinab. Ich erinnere mich an die Blätter, die von handgeschnitzten Holzblöcken bedruckt waren und von hölzernen Deckeln zusammengehalten wurden. Ich war tot, wurde mir gesagt. Alle, die vor mir kamen, waren tot. Dass ich meine eigene wahre Natur erkennen müsse, das strahlende, reine Licht des fortgesetzten Bewusstseins im Inneren der plumpen körperlichen Hülle, und dass mit dieser Erkenntnis die sofortige Befreiung einhergehe. Aber wenn nach einundzwanzig Tagen des Singens und Betens die Befreiung nicht eingetreten ist, betritt man das Sidpa-Bardo, das Bardo der Wiedergeburt. Man wird zu einem Körper ohne Substanz. Man kann über die ganze Welt streifen, rastlos, alles sehend, alles hörend, aber ohne jemals zur Ruhe zu kommen. Trotzdem wird man von Bildern seines ehemaligen Lebens heimgesucht.«

Wieder trat eine kurze Pause ein. »Denk mal darüber nach und sieh mich an, Joshua: Ich bin über sämtliche Welten der Langen Erde verteilt. Ich sehe alles, ich höre alles. Klingt das nicht ganz so wie das Bardo der Wiedergeburt? Aber um weiterzuziehen, muss man sich von allem trennen, was man in diesem Leben gekannt hat. Wie soll ich das machen? Manchmal habe ich Angst, im Sidpa-Bardo gefangen zu sein, Joshua. Dass ich zwischen Tod und Wiedergeburt gefangen bin… dass ich letztendlich überhaupt nicht wiedergeboren wurde.« Er sah Joshua an, und seine Augen wurden im Licht des Vulkans ganz dunkel. »Vielleicht bist auch du nur eine Projektion meines eigenen Egos.«

»So wie ich dein Ego kenne, würde mich das nicht mal groß überraschen.«

»Aber es wird noch schlimmer. Was ist mit der Zukunft? *Was, wenn ich nicht sterben kann?* Wenn ich warten muss, bis die Sonne vergeht, ehe ich erlöst werde? Wer ist dann noch übrig, um das Totenbuch über meinem Körper zu lesen?«

»Also mal ehrlich, Lobsang, das hört sich überhaupt nicht nach dir an. Metaphysische Zweifel haben dich noch nie beunruhigt. Vielleicht sind das alles falsche Erinnerungen? Mal angenommen, ein Feind hat einen Virus eingeschleust, der dir das alles in deinem auf Gel basierenden Kopf einflüstert. Vielleicht ist es bloß dieser Junge, den Agnes angeheuert hat, damit er dich auf die Probe stellt. Wäre das nicht wahrscheinlicher?«

Aber Lobsang hörte nicht zu. Er schien nicht mehr zuhören zu können.

Das Twain zitterte in der turbulenten Luft, ein Stäubchen über der mondähnlichen Weite des Kraters von Yellowstone.

# 10

Vor Sally Linsays Reise zum Mars war der Rummel um das Raumprogramm nicht besonders groß gewesen: Es gab weder ein erbarmungsloses Konditions- noch ein Überlebenstraining, keine stundenlangen Aufenthalte in Simulatoren und auch keine Fotos auf der Titelseite von *Time*. Allerdings brauchten Willis, Frank Wood und Sally ein paar Wochen, bis sie alles beisammenhatten. Es gab Einsatzbesprechungen, die Sally meistens schwänzte, fast schon aus Prinzip…

Dann, endlich, stand sie erstaunlicherweise doch eines Tages in einem, wie Raup es nannte, weißen Raum: einem Ankleideraum für Astronauten.

Assistiert von mehreren Begleiterinnen in Trainingsanzügen mit Boeing-Logos, musste Sally sich ausziehen, sie wurde mit Alkohol abgerieben und bekam weiche weiße Unterwäsche angezogen. Während des Fluges würde sie einen medizinischen Telemetriegürtel um die Brust tragen, wie es die Vorschriften der GapSpace Corporation nun mal verlangten. Darüber kam der eigentliche Raumanzug, ein schwerer Overall aus widerstandsfähigem orangefarbenem Stoff mit einer gummiartigen, luftdichten Innenbeschichtung. In diesen Anzug stieg man rückwärts durch eine Öffnung am Bauch ein, dann wurde er vorne mit einem Reißverschluss geschlossen. Sally meckerte während der ganzen Prozedur vor sich hin, auch während eines Drucktests, bei dem sie ihren Helm aufschrauben musste und der Anzug dermaßen mit Luft vollgepumpt wurde, dass ihr die Ohren zufielen.

Aber eine der Technikerinnen, eine humorvoll aussehende ältere Frau, ermahnte sie, sehr auf ihren Anzug zu achten.

»Sie werden in dem Ding auf dem Mars herumspazieren, meine Liebe«, sagte sie. »Und höchstwahrscheinlich wird es Ihnen auch unterwegs das Leben retten. Sie werden schon miteinander klarkommen. Nebenbei bemerkt basiert der Anzug auf guter alter russischer Technologie. In der Entwicklung dieses Stöffchens steckt jahrzehntelange Erfahrung. Wenn Sie wollen, nähen wir Ihnen sogar ein kleines Namensschild auf die Brust…«

»Muss nicht sein.«

Als sie aus dem weißen Zimmer geführt wurde, ließen die Technikerinnen sie ihren Namen auf die Innenseite einer Tür schreiben, die bereits mit Hunderten von Unterschriften überzogen war. »Ist so Tradition bei uns«, sagte die Technikerin.

Draußen gesellte sie sich zu ihrem Vater, Frank Wood und Al Raup, die alle genauso ausgestattet waren wie sie. Dann quetschten sie sich unter Mithilfe der Techs in einen kompakten »Wechsel-Shuttle«, ein kegelförmiges Raumschiff im Stil der Apollo-Kommandokapseln. Raup würde die Marsbesatzung mit diesem Fahrzeug zur Lücke bringen. Sie hockten in vier Sitzen eng nebeneinander, Raup ganz links im Pilotensitz, Willis und Frank in der Mitte und Sally ganz rechts. Das Fahrzeug verfügte über eine erstaunlich kompliziert aussehende Instrumententafel, die sich größtenteils direkt vor Raup befand, aber die wichtigsten Funktionen waren auch für die anderen drei ausführbar. Sie trugen ihre Raumanzüge und hatten die Helme aufgesetzt, allerdings mit offenem Visier. Ventilatoren summten leise, es roch nach frisch gereinigtem Teppich. Überhaupt ist es ganz so, als säße man in einem neuen Auto, dachte Sally. Durch die kleinen Fenster war ein blauer englischer Himmel zu sehen.

Über Willis' Kopf schaukelte ein kleiner Spielzeugraumfahrer an einer Kette.

Sally schnippte ihn mit dem behandschuhten Finger an. »Was soll das denn, Raup? Schon wieder so eine bescheuerte Astronautentradition?«

»Nein. Das ist eine sehr wichtige Anzeige. Werden Sie schon sehen. So, wir wären so weit. Sind alle angeschnallt? Drei, zwei, eins …«

Feierlicher wurde es nicht. Er musste nicht mal irgendwelche Knöpfe oder Hebel bedienen.

Aber Sally spürte den sanften Ruck, als sie wechselten.

Von einem Moment zum anderen wurde der Himmel hinter den Fenstern schwarz. Der kleine Astronaut trieb an seiner schlaffen Kette langsam nach oben.

Der Raketenantrieb des Shuttles zündete und drückte sie tief in die Polster. Obwohl sie alle gut angeschnallt waren, erschrak Sally ein wenig. Vielleicht hätte sie öfter an den vorbereitenden Besprechungen teilnehmen sollen.

Der Stoß dauerte zwanzig Sekunden, vielleicht weniger. Dann hörte er wieder auf. Der Astronaut hing wieder locker an seiner Kette.

Und *dann* schlug die Schwerelosigkeit zu. Sally kam es vor, als würde sie fallen, als stiegen ihre Organe im Körper nach oben. Sie schluckte schwer.

Willis saß schweigend da und ließ sich nichts anmerken. Frank Wood jauchzte.

Es rumpelte und schepperte ein bisschen, und das Raumschiff schlingerte ruckelnd weiter.

Al Raup zog irgendwo eine kleine Flasche hervor und ließ Wasser herausspritzen, das als glänzende Kugel in der Luft schwebte, dann schloss er den Mund darum. »Alles klar«, sagte er. »Die Geräusche, die ihr hört, sind unsere Positionsraketen und das Steuersystem. Das Shuttle bereitet sich zum Andocken am Backsteinmond vor.«

Der Backsteinmond, ein künstlicher Satellit, der anstelle der fehlenden Erde im Orbit kreiste, war das Houston der Lücke, eine permanente Funkstation für Raumfahrer, ein Ort, an dem einige grundsätzliche Forschungsarbeiten erledigt wurden, und eine Verbindung nach Hause. Sie würden sich nur ein paar Stunden dort aufhalten, ehe sie ihr Marsschiff, die *Galileo,* bestiegen.

»Alles automatisiert«, sagte Raup. »Aber da ich weiß, dass einige von euch bei den Vorbereitungen nicht richtig aufgepasst haben, mache ich euch noch mal auf diesen dicken, fetten roten Knopf hier aufmerksam.« Er zeigte darauf.

»Ihr habt so weit verstanden, dass wir uns der Rotation der Erde bedienen. Ich meine der Erde, von der wir soeben hierhergewechselt sind. Auch wenn man denkt, man steht ganz still auf der Erde, bewegt man sich mit ziemlicher Geschwindigkeit durchs All, weil man einfach auf der sich drehenden Erdoberfläche mitgewirbelt wird – und zwar mit einer Geschwindigkeit von mehreren Hundert Meilen pro Stunde auf dem Breitengrad von GapSpace. Wenn man zwischen den Welten wechselt, behält man diesen Schwung bei und würde ohne Ausgleich einfach in den Weltraum geschleudert werden. Als Sie, Sally, zum ersten Mal in die Lücke gewechselt sind, an Bord dieses Luftschiffes, sind Sie zum Glück sofort wieder zurückgewechselt, bevor Sie zu weit weggeschleudert wurden. Nun müssen wir diese Geschwindigkeit loswerden, deshalb zündet das Wechsel-Shuttle seine Raketen und bremst uns relativ zum Backsteinmond ab. Wenn wir zurückwechseln wollen, müssen wir wieder beschleunigen und uns der Erddrehung anpassen. Verstanden? Andernfalls würde man wie ein Blatt in einem Sturmwind mit tausend Meilen pro Stunde davonfliegen. Wenn also alles andere versagt, falls ich lahmgelegt bin und ihr keine Verbindung mehr zum Backsteinmond habt, drückt ihr auf diesen Knopf, dann bringt euch das System sicher nach Hause. *Comprende?*«

»Alles klar«, antwortete Willis.

»Was uns im Shuttle sonst noch passieren könnte, wäre ein Abfall des Luftdrucks – also Anzüge schließen. Direkt vor euch sind Kotztüten, wie im Flugzeug. Vielleicht muss jemand aufs Klo. Wir haben hier drin eine Toilette, eine Ausbeulung der Außenhülle.« Er grinste boshaft. »Aber eure Anzüge sind mit Windeln ausgestattet. Deshalb würde ich euch raten: Falls ihr es nicht mehr halten könnt – einfach alles rauslassen ...«

»Weiter im Text«, sagte Sally wenig amüsiert.

»Alles paletti. Entspannt euch einfach und genießt die Fahrt ...«

Mit einer Geschwindigkeit, die Sally im Vergleich zu ihren Erinnerungen an Fernsehbilder von behäbigen Andockmanövern an internationale Raumstationen erstaunlich fand, machte sich das Wechsel-Shuttle zum Rendezvous mit dem Backsteinmond bereit. Die Raumstation war eine Anhäufung von Kugeln, wobei das gesamte Gebilde ungefähr siebzig Meter im Durchmesser haben mochte und jede Einzelkugel mit bunten Buchstaben von A bis K gekennzeichnet war. Der Statthalter-Satellit war aus vorgefertigten Sektionen aus Backsteinen und Beton eilig zusammengesteckt, vakuumtauglich gemacht und mit luftdichten Behältern ausgestattet worden. Während der Vorbereitungstreffen hatte Sally mit Staunen erfahren, dass auch Trolle bei der Herstellung des Betons beteiligt gewesen waren.

Sie kletterten in der Schwerelosigkeit aus dem Shuttle und durch mehrere Luken. Seltsamerweise kam es Sally so vor, als würden die Luken, deren Oberflächen dem All ausgesetzt waren, nach heißem Metall riechen.

Auf der anderen Seite des Zugangs schwebte ein Arbeiter, der eigenartigerweise wie ein Klon von Al Raup aussah und ihnen Brot und eine Salzschale reichte, als sie an ihm vorübertrieben. »Alte Kosmonautentradition«, sagte Raup. »Die Russen haben sich immer mehr aus derlei Kram gemacht als wir.«

Im Inneren des Backsteinmondes waren die großen Kammern mit allem Möglichen vollgerümpelt: allerlei Ausrüstung, Bündel mit Bettzeug und Kleidung, Abfalltüten und große Ballen, die nach ungeöffneten Vorräten aussahen. Alle Wandflächen schienen mit Velcro bespannt zu sein. Dort klebten noch mehr Ausrüstungsgegenstände, damit sie vorerst aus dem Weg waren.

Sally stieß hier und dort an, drückte sich von den Wänden ab und gewöhnte sich allmählich an die Bewegungen unter den gegebenen Bedingungen. Ohne Schwerkraft kamen einem die Sektoren mit den runden Wänden direkt geräumig vor, trotz des ganzen Gerümpels. Sie hatte den Eindruck, dass es ihr wesentlich schwerer fallen würde, sich wieder an die Schwerkraft zu gewöhnen.

Überall war das leise Rattern von Ventilatoren und Pumpen zu vernehmen. Sally sah, wie Papierfetzen in der Luftströmung auf schmuddelig aussehende Wandgitter zuschwebten. Nach fünf Minuten in der staubigen Atmosphäre musste sie heftig niesen. Es hing Staub in der Luft, der sich ohne die Schwerkraft nicht setzen konnte.

Während ihres kurzen Aufenthalts erblickte sie nur wenige andere Menschen in dieser Station. Die meisten Leute kamen hier nur auf der Durchreise vorbei und wechselten von einem Spezialraumfahrzeug ins andere. Aber auf dem Backsteinmond wurde durchaus engagiert gearbeitet, wie ihnen Raup oberflächlich zeigte. Neue Materialien wurden getestet, viele davon Verbundstoffe aus Keramik, von denen man einzelne Platten durch Luftschleusen nach draußen schickte, um sie Weltraumbedingungen auszusetzen. Es gab auch ein medizinisches Testprogramm, Studien zu den Auswirkungen der Schwerelosigkeit auf den menschlichen Körper. Zum Teil handelte es sich um Wiederholungen der Untersuchungen, die bis zur Mitte des 20. Jahrhunderts und auf die ersten Raumflüge zurückgingen, nur eben jetzt mit weiterentwickelter Ausrüstung.

Es gab noch einige interessantere, weniger naheliegende Projekte, etwa zum Wachstum von Kristallen im Vakuum oder zur Entwicklung pflanzlichen und tierischen Lebens in der Schwerelosigkeit. Sally wunderte sich selbst, wie entzückend sie eine Gruppe Bonsai-Bäume fand, die in reflektiertem Sonnenlicht wuchsen und einen lebhaften Farbtupfer vor den nackten Betonwänden abgaben.

Aus den Fenstern des Backsteinmondes konnte man die *Galileo* draußen im All schweben sehen.

Ihr Marsschiff sah unscheinbar aus, kaum mehr als zwei Blechbüchsen, die durch eine lange Metallstrebe miteinander verbunden waren, einer einzelnen Schubrakete am Ende des einen Zylinders und einem stupsnasigen Landemodul, das huckepack auf dem anderen saß, dazu weit ausgestreckte, mit Solarzellen versehene Flügel. Auf der Verbindungsstrebe saßen kugelförmige Treibstofftanks wie große Perlen in dicken Lagen versilberten Isolierschaums. Sally erfuhr, dass sich darin genug Treibstoff befand, um die Galileo bis zum Mars und wieder zurück zu bringen. Jeder Weg würde zwischen neun und zehn Wochen dauern.

Das Landefahrzeug wurde MEM, offiziell Mars Excursion Module, genannt. Der obere Zylinder, an dem es sich festklammerte, war das Wohnmodul, in dem sie drei während der Reise zum Mars und auch auf dem Rückweg wohnen würden. Die Außenverkleidung schützte sie vor Strahlung und Meteoriten. Durch die Fenster, die in die Verkleidung geschnitten waren, leuchtete Licht, hell, gemütlich und warm.

Sie verbrachten zwölf Stunden auf dem Backsteinmond, in denen sie ihre Druckanzüge zur nochmaligen Überprüfung auszogen, sich kurzen Gesundheitstests durch einen Arzt vor Ort unterzogen und aus Pasten bestehende Mahlzeiten aus Tuben und Tiegeln zu sich nahmen, dazu Kaffee, den sie aus Ballons herausdrückten. Solange sie noch nicht in ihren Anzügen steckten, ging jeder noch einmal zur Toilette.

Dann zogen sie sich wieder an, begaben sich zu ihrem Schiff hinüber, und schon war Sally Linsay ein Stück weiter von der Erde entfernt und näher am Mars.

# 11

Die Hohen Megas.

Erde West 1.617.524: Über eineinhalb Millionen Welten von der Datum, der Originalwelt der Menschheit, entfernt, standen die *Armstrong* und die *Cernan* an einem blassblauen Himmel.

Unter ihnen, auf einem grünen Flecken inmitten öder Wildnis, stieg an diesem Tag im späten Januar Rauch aus den Überresten einer Stadt auf.

Schon jetzt, erst sechzehn Tage nach ihrem Aufbruch mit der *Armstrong* und der *Cernan,* war Maggie sehr weit von zu Hause entfernt, denn bereits nach wenigen Stunden hatten sie den Großteil der nennenswert bevölkerten Erden hinter sich gelassen. Nach dem Wechseltag waren die Menschen in mehreren Wellen in die Lange Erde ausgewandert. Zuerst hatten sich die frühen Wanderer aufgemacht, dann die zielgerichteten Trecker, und sobald die Twain-Technologie zur Verfügung stand und man sein Ziel nicht mehr über weite Strecken zu Fuß erreichen musste, folgte schließlich eine weitere Welle. Zuletzt hatte nach Yellowstone eine Massenflucht von der Datum eingesetzt, eine millionenfache Evakuation, ungeplant und schlecht ausgerüstet, eine Bewegung, die alles, was sich zuvor ereignet hatte, in den Schatten stellte.

Selbst danach siedelte die Menschheit noch relativ nah beieinander, ließ sich rings um das »Zentrum« der Datum und die Welten der Nahen Erden nieder. Aber auch durch die weiter entfernten, aus mehr oder weniger ähnlichen Welten bestehenden Gürtel, denen die Menschen Namen wie Eisgürtel, Minengürtel oder Getreidegürtel gegeben hatten, zog sich ein langer, wenn auch recht dünner Besiedlungsschweif. Walhalla, ungefähr in West Einskommaviermillionen gelegen, war die größte Stadt in der fernen Langen Erde und ein weiterer nützlicher Orientierungspunkt. Walhalla war zugleich der Endpunkt der großen, von Twains betriebenen Handelsrouten, die eine gewisse kulturelle Einheit zwischen den Pionierwelten aufrechterhielten. Außerdem war es der am weitesten entfernte Ort, an dem man mit einem funktionierenden Outernet rechnen konnte.

Dabei hatte sich die Speerspitze der menschlichen Kolonisierung durchaus noch weiter, in immer seltsamere, immer weniger vertraute Welten vorgewagt. Wie zum Beispiel diese hier. Maggie Kauffman stand mit ihren Offizieren im wissenschaftlichen Trakt des Aussichtsdecks ihres Schiffes, wo sich Gerry Hemingway darauf vorbereitete, ihnen das Notwendige zu dieser Welt mitzuteilen und ihnen Bildmaterial zu zeigen, das von der Oberfläche und von einem Nanosatelliten im Orbit stammte: provisorische Landkarten, geologische und atmosphärische Profile, die Systematik der Tiere und Pflanzen und diverse Analysen.

Dabei lag die ganze Zeit diese zerstörte Stadt unter dem Bug des Schiffes, ein Wirrwarr aus unbefestigten Straßen, Mauern und Ackergrenzen. Von so hoch oben sah es aus, als wäre sie plattgedrückt und dann verbrannt worden, wobei große schwarze Narben auf dem Boden zurückgeblieben waren. Dabei war sie immer noch bewohnt, wie man an dem von vereinzelten Feuerstellen aufsteigenden Rauch erkennen konnte. Die Besatzungen beider Schiffe waren bereits in Yellowstone eingesetzt gewesen, hatten bei Rettungs- und Bergungsarbeiten geholfen. Die Vernichtung, auf die sie jetzt hinabblickten, weckte schlimme Erinnerungen.

Dort unten befanden sich Menschen. Die *Armstrong* schwebte über einer kleinen Ansammlung von Kuppelzelten, ausgefahrenen Reifenspuren und ein paar schweren Geländefahrzeugen. Sie waren eigens hergekommen, um sich diesen

Ort genauer anzusehen. Die Stadt selbst war jedoch nicht von Menschen, sondern von einer Rasse intelligenter Aliens erbaut worden. An diesen Gedanken konnte sich Maggie nur schwer gewöhnen, obwohl sie die Stadt, deren Name übersetzt »Das Auge des Jägers« lautete, in diesem Augenblick unmittelbar unter sich sah. Eine Stadt, die von einer »Beagles« genannten Spezies errichtet worden war.

Die drei Trolle befanden sich an Deck und blickten, eng aneinandergekuschelt, ebenfalls auf die Ruinen hinab. Sie jaulten sich durch eine Melodie, die Maggie an eine zwar leise gesungene, aber höchst komplizierte Version des Beerdigungsliedes »Herr, bleib bei mir« erinnerte.

Maggie hatte den kleinen Landungstrupp zu sich bestellt, den sie in die Stadt hinunterschicken wollte. Sie selbst würde den Trupp anführen. Wu Yue-Sai war im Sinne des freundschaftlichen Kulturaustauschs mit den Chinesen ebenfalls dabei. Maggie hatte nie persönliche Bekanntschaft mit den Beagles gemacht, aber Joe Mackenzie, ihr Chefmediziner, verfügte diesbezüglich über hervorragende Kenntnisse; nach seinem Einsatz rings um Yellowstone hatte er sich in einer Art biologisch-kulturellen Mission sogar einige Zeit hier aufgehalten – ein Ausflug, von dem er ihr so gut wie nichts erzählt hatte.

Wu sah aus, als bestünde sie ausschließlich aus aufrichtiger Beflissenheit und Neugier. Mac hingegen, den man ohnehin nicht als Frohnatur bezeichnen konnte, schaute mit finsterem, beinahe feindseligem Blick auf die Stadt hinab.

»He.« Maggie berührte ihn sanft an der Schulter. »Alles in Ordnung?«

»Wieso muss ich eigentlich unbedingt bei diesem Trupp dabei sein?«

»Weil Sie hier schon mal gearbeitet haben. Obwohl Sie mir nichts darüber erzählt haben.«

Er wich ihrem Blick aus. »Mir hat mein Aufenthalt damals voll und ganz gereicht. Ich weiß wirklich nicht, warum wir hier überhaupt angehalten haben, wenn wir noch einen so weiten Weg vor uns haben. Als würden sich Lewis und Clark erst noch eine Zeitlang in einer Bar in Chicago herumtreiben, ehe sie …«

»Wir sind nun mal nicht Lewis und Clark. Wir haben ganz andere Zielvorgaben. Warten Sie's ab.«

Hemingway zeigte ihnen jetzt Weltkarten und Aufnahmen von dieser speziellen Erde. Maggie sah Kontinente, die nicht viel anders angeordnet waren als die auf der Datum-Erde, wenn auch nicht ganz genau an derselben Stelle. Die Landmassen wirkten größer, die vertrauten Formen undeutlicher, und sie schienen sogar zusammenzuhängen. Australien war durch eine dicke Landzunge mit Südostasien verbunden, die Beringstraße war geschlossen. Im Herzen all dieser Kontinente befanden sich gelbrote Wüsteneien. Die Ozeane sahen geschrumpft aus, sogar die Polkappen waren deutlich kleiner.

»Einige Klimatologen nennen solche Welten venusähnlich, Para-Venus-Welten«, sagte Gerry Hemingway. »Dabei dreht sich alles ums Wasser. Was den möglichen Wassergehalt für Welten wie unsere angeht, befinden sich die Datum-Erde und die Venus an entgegengesetzten Enden des Spektrums. Unsere Erde bindet in ihren Ozeanen sehr viel Oberflächenwasser, natürlich auch in der Luft und in ihrer Hülle. Venus hat womöglich mit einem ähnlichen Wassergehalt angefangen, aber schon sehr früh fast alles verloren. Eine Welt wie diese hier befindet sich irgendwo zwischen den beiden – sie ist deutlich trockener als die Erde, aber nicht so trocken wie die Venus. Es gibt Leben hier, recht entwickeltes, sogar intelligentes Leben, aber nur sehr spärlich und weit voneinander entfernt. Den frühen Erforschern der Langen Erde, darunter auch der ersten Valienté-Mission, ist dieser Ausnahmeplanet entgangen. Ebenso wie seine Bewohner. Sie sind auch leicht zu übersehen, es sei denn, man nimmt sich die Zeit, den ganzen Planeten zu erforschen.«

Yue-Sai schüttelte den Kopf. »Wir eilen immer nur durch

die Lange Erde, rasch, rasch. So wie damals mit der *Zheng-He.* So werden wir es auch mit diesem wunderbaren Schiff machen! Man fragt sich immer, was man alles übersieht, weil man einfach nicht genug Zeit hat, um genauer hinzusehen. So viele Welten, so viele Wunder.«

»Diese intelligente indigene Kultur«, fuhr Hemingway fort, »wurde erst vor fünf Jahren entdeckt. Inzwischen wurden hier von einem internationalen Konsortium von Universitäten Stationen für Beobachter und Kontaktspezialisten, Linguisten und Kulturanalytiker eingerichtet. Direkt unter uns sehen Sie ein solches Lager. Wir haben Kontakt mit den intelligenten Einheimischen aufgenommen.« Er drückte auf eine Taste, und die Karte auf seinem Tablet zeigte eine Menge leuchtender Punkte, die sich an den Rändern der Kontinente und entlang der Hauptwasserwege verteilten. »Hier sehen Sie die Hauptansiedlungen, die wir bislang entdeckt haben. Sie sind eher klein, aber dicht bewohnt. Das wiederum hat mit der biologischen Beschaffenheit der Beagles zu tun – sie halten sich gerne in großen Gruppen auf. Aber sie halten Kontakt zueinander, und ihre Handelsverbindungen überspannen ganze Kontinente.«

»Und sie bekriegen sich«, sagte Mac säuerlich. »Auch ihre Kriege überspannen ganze Kontinente.«

»Krieg, ganz recht. Wir haben einen kleinen Einblick in die politische Landschaft gewonnen. Die Beagles organisieren sich in großen Rudeln, die man in etwa als Nationen bezeichnen könnte oder vielleicht als so etwas wie unsere verschiedenen Menschenrassen. Das nordamerikanische Rudel wird von einer sogenannten Mutter angeführt, die an der Westküste residiert, nicht weit von der Bucht von San Francisco. Es gibt kleinere, ähm, Lehensgüter, die jeweils von einer Tochter oder einer sogenannten Großtochter der Mutter regiert werden. Also ein Matriarchat, wie sich an der Wortwahl erkennen lässt. Die Männchen sind Krieger, Arbeiter und Zuchtpartner. Untergeordnet. Andererseits konnten wir hinsichtlich der Intelligenz keine Unterschiede zwischen den Geschlechtern feststellen. Ja, sie führen verheerende Kriege gegeneinander. Diese Kriege brechen zyklisch aus, soweit wir es aus einer vorläufigen Archäologie und ihren eigenen historischen Berichten ablesen können. Ein Krieg mit den daraus resultierenden Seuchen und Hungersnöten verursacht einen Bevölkerungsrückgang, aber sobald die Zahlen wieder angestiegen sind, gibt es einen neuen Krieg. Streitigkeiten innerhalb einer Rasse ergeben sich meistens aus rivalisierenden Rudeln. Der Anlass ist meist, dass Großtöchter die Töchter, Töchter wiederum eine Mutter ersetzen wollen. Kriege zwischen den Rassen scheinen weniger oft vorzukommen. Aber in den schlimmsten Fällen wird ein gesamter Kontinent davon erfasst, womöglich sogar der ganze Planet, soweit wir das bis jetzt beurteilen können. Hinterher bauen sie einfach alles wieder auf, wobei sie dieselben Orte benutzen und einfach auf den rauchenden Ruinen neu anfangen. Dieser letzte Krieg, der erste, seitdem Menschen, die ihn bezeugen können, anwesend sind, scheint jedoch erbarmungsloser als die meisten anderen gewesen zu sein.«

Maggie rechnete damit, dass Mac etwas dazu sagen würde, aber er starrte einfach nur weiter aus dem Fenster.

»Sie müssen doch etwas davon mitbekommen haben«, murmelte sie. »Auf diesem Schiff scheint jeder Geheimnisse vor mir zu haben. Sie auch, Mac?«

Er reagierte immer noch nicht. Merkwürdig verletzt drehte sie sich weg.

»Danke, Gerry«, sagte sie jetzt. »Also, Leute, wir haben hier eine Aufgabe zu erfüllen, wie Sie bald sehen werden. Deshalb gehen wir jetzt runter und bringen es hinter uns.«

Sie landeten dicht bei den Zelten der Forscher vor Ort.

Der leitende Wissenschaftler, ein Australier namens Ben Morton und ein Bekannter von Mac – zumindest *das* konnte er vor Maggie nicht geheim halten –, erwartete sie bereits.

Morton, ein gehetzt aussehender älterer Mann, beachtete Mac so gut wie überhaupt nicht, dann bot er ihnen an, sie im einzigen Fahrzeug der Forschungsgruppe nach »Auge des Jägers«, in die Stadt der Beagles zu fahren.

Sie rumpelten über den holprigen Fahrweg, vorbei an einem Wald aus niedrigen, verkrüppelten Bäumen, womöglich eine Art Farn, und an Feldern, die mit groben Trockensteinmauern eingefasst waren. Was wie Gras aussah, war von Tieren abgefressen: keine Schafe oder Rinder oder Ziegen, sondern etwas wie fettes Wildbret und fleischige, flugunfähige Vögel. Einige Felder wurden von Arbeitern überwacht, die aufrecht auf zwei Beinen standen, in Lumpen gehüllt waren und eine Art Spazierstöcke trugen, Maggie konnte es nicht genau erkennen. Auf den ersten Blick sahen sie menschlich aus, aber letztendlich gab es den Menschen in einer gewissen Bandbreite an körperlichen Erscheinungsformen. Betrachtete man diese Arbeiter etwas näher, fiel einem auf, dass irgendetwas an ihnen nicht stimmte – die Köpfe waren zu lang, die Hüften saßen zu tief und die Augen standen zu weit auseinander.

Maggies Gefährten registrierten das alles, Hemingway mit nervösem Schweigen, Mac mit wütendem Blick. Maggie war sich inzwischen fast sicher, dass er ihr hinsichtlich seiner Erfahrungen auf dieser Erde etwas verschwieg.

Wu Yue-Sai machte sich auf einem kleinen Tablet Notizen.

Unterwegs sah Maggie, dass viele Höfe geplündert, ausgebrannt oder völlig zerstört waren. Die Einwirkungen des Krieges wurden immer offensichtlicher, je näher sie der eigentlichen Stadt kamen, am deutlichsten waren sie jedoch jenseits der niedrigen, größtenteils zerstörten Mauern. Maggie vermutete, dass die hier befindlichen Häuser aus Holz und grobem Lehmputz schon immer sehr unregelmäßig ausgesehen hatten, für das menschliche Auge sogar unfertig, und dass sie merkwürdig angeordnet waren, immer nur entlang relativ weit voneinander entfernter unbefestigter Straßen und ohne jedes Planquadrat. Jetzt waren sie kaputt und verbrannt, nur wenige hatte man provisorisch repariert.

Im Verhältnis zur Größe der Ortschaft waren nur sehr wenige Einwohner zu sehen und in der Nähe so gut wie niemand. Nur ein Kind blieb stehen, als sie vorüberfuhren. Es war in Lumpen gehüllt und streckte ihnen eine leere Schüssel entgegen, eine unmissverständliche Geste. Solche Szenen kennt man auch aus Nachkriegszeiten auf der Erde, dachte Maggie. Aber die Augen des Mädchens glänzten, seine Ohren waren nach hinten angelegt, und eine rosige Zunge hing ihm aus dem breiten Mund.

Schließlich blieb der Kleinlaster neben einer größeren Ruine stehen, einem rußgeschwärzten Krater, der von versengten Mauerruinen umgeben war. Dort lag ein Hund, ein sehr großer, größer als ein Bernhardiner, im Schatten eines Mauerrestes. Er hob den Kopf und beobachtete, wie sie näher kamen. Maggie sah, dass er einen Gürtel um die Hüfte trug.

»Willkommen im Palast der Großtochter«, sagte Ben Morton.

Dann sprach der Hund: »Ir-rrh Name Petra. Lange tot.« Es handelte sich eindeutig um verständliches Englisch, wenn auch mit einem Knurren, einem tiefen, kehligen Kratzen ausgesprochen.

Ein intelligenter Hund. Maggie war darauf gefasst gewesen, sie hatte sogar einige Aufnahmen gesehen. Aber nichts hatte sie auf die Realität vorbereiten können. Nicht einmal die sprechende Katze in ihrer eigenen Kajüte. Shi-mi war ganz offensichtlich künstlich, ein avanciertes technisches Spielzeug. Das hier hingegen …

Ihr Kulturschock verstärkte sich, als der Hund sich erhob. Er stellte sich auf die Hinterpfoten, fast wie ein dressiertes Tier bei einer Vorführung. Aber dann wurde die Bewegung flüssiger, die Anatomie schien sich zurechtzufinden, und er stand auf beiden Beinen so sicher und so groß wie Maggie, mit tiefer sitzender Hüfte, aber kräftigen Hinterbeinen. Er trug so etwas wie einen kurzen Kilt und diesen Gürtel, an dem, wie sie jetzt sah, verschiedene Werkzeuge hingen. Das Gesicht wies nicht die erwartete, vorspringende Hundeschnauze auf, sondern war flach und so ähnlich proportioniert wie das eines Menschen, nur die Nase war sehr breit, mit schwarzen, bebenden Nasenflügeln. Die spitzen Ohren hatte er nach hinten an den Kopf angelegt, und mit seinen weit auseinanderstehenden Augen betrachtete er sie, ohne zu blinzeln. Der Blick eines Raubtiers. Maggie überlegte, wie alt ihr Gegenüber angesichts seiner leicht unsicheren Haltung und der grauen Haare rings um den Mund wohl sein mochte. Alter und Verletzungen – ein Unterarm sah fast verkümmert aus. Er hielt ihn dicht an der Brust.

Das war kein Hund. Das Wesen war so humanoid wie sie, nur eben aus hündischem Lehm geformt, so wie sie dem äffischen entstammte.

Sie hatte um diese Begegnung gebeten. Aber nicht zum ersten Mal fragte sie sich, ob sie eigentlich über die intellektuelle Kraft und über ausreichend Fantasie verfügte, um sich der wahren Fremdartigkeit ihrer langen Mission zu stellen, wenn sie schon bei dieser ersten Begegnung mit dem Fremden so überwältigt war.

»Du bist ein Beagle«, sagte sie.

»So werden wir-rrh von euch genannt. Mein Name für euch lautet – B-hrr-ian.« Er zog die Lippen zurück und entblößte sehr hundeartige Zähne. War das ein Grinsen? »Ich setze mich zu unser-rrhem Treffen wie ein braver Hund, ja? Jetzt r-rrhufe ich.« Er legte den Kopf in den Nacken und stieß ein sehr nach Wolf klingendes Heulen aus. Maggie hörte, wie sich der Ruf an den Mauern der noch verbliebenen Gebäude brach.

Morton sah die Besucher an und hob eine Augenbraue. »Brian ist einer unserer wichtigsten Kontakte hier. Einer der, hm, menschenähnlicheren Beagles an diesem Ort. Er verfügt über einen ausgeprägten Sinn für Humor. Man könnte ihn beinahe ätzend nennen.«

»Ät-zend? Dieses Wor-rrht kenne ich nicht. Schlage ich später-rrh nach.«

»Wir haben ihm Wörterbücher geschenkt, Grundschulsachen und anderes Unterrichtsmaterial. Wir lernen sehr viel von ihm.«

»Und ich ler-rrhne auch-ch«, sagte Brian den verdutzten Besuchern, als wären sie die andere Hälfte einer bizarren Hundedressurnummer. »Meine Aufgabe war immer zu ler-rrhnen, als Petra noch lebte. Großtochter. Getötet im Kr-rrhieg. Für sie war-rrh es nützlich, dass ich ler-rrhne. Lerrrhnen von Kobolden, ler-rrhnen von Menschen. Trotzdem hat sie mich ver-rrh-achtet«, sagte er, senkte den schweren Kopf und schüttelte ihn. »Ar-rrhmer B-hrrian.«

Mac schnaubte entrüstet. »Herrgott noch mal. Als würde er um ein Leckerli bitten.«

»Nicht drauf eingehen«, sagte Morton. »Er gibt bloß an. Er ist nützlich, aber er kann ein richtiges Arschloch sein. Stimmt doch, Brian?«

Brian lachte, ein eigenartig menschliches Geräusch. »Arrrschloch-chch? Stimmt. Alle Beagles Ar-rrhsch-löch-chcher. Bringen sich alle im Kr-rhieg um. Immer wieder-rrh.«

Jetzt kam jemand, offensichtlich auf Brians Ruf hin, ein anderer Hund, der sogar noch größer war. Er rannte auf allen vieren, richtete sich dann aber vor Maggie anmutig und mühelos zu voller Größe auf. Der Neuankömmling hatte klare eisblaue Augen, kräftige Muskeln und stand kerzengerade. Beinahe in Habachtstellung, dachte Maggie.

Sie sah Morton an. »Ist er das?«

»Wir haben einen Freiwilligen gefunden, der ungefähr dem entspricht, wonach Sie gesucht haben.« Mortons Achselzucken schien zu besagen: *Besser du als ich.* »Bitte sehr, da ist er.«

Maggie nahm all ihren Mut zusammen und machte einen weiteren Schritt auf den großen Hund zu. Er roch nach Moschus, nach Staub, nach Fleisch – er roch nach Tier. Dennoch musterte er sie mit einem unterkühlten, klaren Blick. »Du wirst Schneeball genannt«, sagte sie.

»Ja«, antwortete er. »Mein richtiger-rrh Name…« Es folgte ein gutturales Knurren.

»Weißt du, warum ich um einen Freiwilligen gebeten habe? Weißt du, was mit dir geschieht, wenn du mit uns kommst?«

»Fahren in geruch-rchlose Welten.« Er blickte zur langgestreckten Hülle der *Armstrong* hinauf und grinste.

»Ah, jetzt verstehe ich!«, sagte Wu. »Ein Beagle als Mitglied der Besatzung. Hübsches Experiment.«

»Unsere ganze Reise ist ein Experiment, Leutnant«, erwiderte Maggie. »Dieses hier könnte man als Experiment einer Verständigung zwischen den verschiedenen Intelligenzformen bezeichnen.«

Mac starrte Maggie an. »Sie machen Witze.«

»Mac, ich habe Sie nicht von Anfang an eingeweiht, weil ich wusste, dass Sie dagegen sind…«

»Wir haben bereits chinesische Militärs an Bord«, sagte Mac. »Und Trolle. Und jetzt noch diesen Köter!«

»Beachten Sie ihn nicht«, sagte Maggie zu dem Beagle. »Die Besatzung der *USS Neil A. Armstrong II* heißt Sie herzlich willkommen, stellvertretender Leutnant… äh… Schneeball.«

»Vielen Dank-rrh.« Dann legte er den Kopf in den Nacken und heulte.

Als sie aufbrachen, winkte Brian Maggie zurück. Es war eine sehr menschliche Geste. »Warte. Sieh dir noch meinen Schatz an.« Er ging eilig in den Unterstand, und als er zurückkam, hatte er ein Bild dabei. Es war ein Gemälde, besser gesagt ein Druck. Das Bild war abgestoßen und schmutzig, vielleicht hatte es einen Krieg überstanden. Aber der darauf abgebildete Gegenstand war deutlich zu erkennen.

»Hunde beim Pokerspielen«, knurrte Mac. »Eine alte Zigarettenreklame.«

»Geschenk von Sally Lins-ssay. Guter-rrh Witz, hat sie gesagt. Guter-rrh Witz, gut?« Dann lachte er, und es hörte sich wie die gequälte Imitation eines Menschen an.

»Gehen wir«, sagte Maggie.

»Ihr kommt wieder-rrh. Hab noch mehr-rrh Bilder. Wir spielen Poker-rrh?«

»Also, Käpt'n«, sagte Mac, als sie wieder zu den Schiffen zurückfuhren, »weiß denn Ed Cutler, dass Sie diesen verdammten Beagle mit an Bord bringen?«

»Noch nicht …«

Als Schneeball die Rampe zum Luftschiff hinaufging, warf Shi-mi, die Maggie normalerweise begrüßte, wenn sie von einem Ausflug zurückkehrte, ihm nur einen kurzen Blick zu, dann machte sie einen Buckel, flitzte wieder in die Gondel und blieb tagelang verschwunden.

# 12

Joshua ging auf Lobsangs Bitte ein, sich auf die Suche nach dieser hypothetischen neuen Gattung zu begeben und mit den überlegenen Menschenwesen – Lobsangs »*wahrem Homo sapiens*« – in Kontakt zu treten.

Letztendlich hatte Joshua nie daran gezweifelt, dass an Lobsangs Theorie, seiner Herleitung der Existenz einer neuen Gattung des Menschen, etwas dran sein könnte, auch wenn er dafür so gut wie überhaupt keine Hinweise besaß. Joshua kannte Lobsang inzwischen seit fünfzehn Jahren. Er wusste, dass Lobsang die Welt als Ganzes betrachtete, dass er in Dimensionen dachte, die Joshua kaum erfassen konnte. Dass er holistisch dachte, wie Sally Linsay einmal bemerkt hatte. Wenn Lobsang voraussagte, dass der »*wahre Homo sapiens*« existierte, dann vertraute Joshua darauf, dass er tatsächlich existierte, und darauf, dass er ihn bei seiner Suche auch finden würde.

Wo aber sollte er anfangen? Joshua war kein Gelehrter, und er war auch kein Detektiv. Er war zwar kein so großer Einzelgänger mehr wie früher einmal; er war inzwischen Familienvater, war in Weiß-der-Kuckuck-wo Bürgermeister gewesen und vermutete, dass er immer wieder zu seinen Wurzeln nach Madison zurückkehren würde, dorthin, wo er aufgewachsen war. Aber mit den weitläufigeren Angelegenheiten der Menschheit hatte er nichts weiter zu tun.

In diesem Falle führte Joshuas Weg zur Lösung des Rätsels über die Bekanntschaft mit einem recht ungewöhnlichen Jungen.

Joshua Valienté hatte Paul Spencer Wagoner vor vielen Jahren kennengelernt, im Jahre 2031 in Happy Landings. Damals war Paul fünf Jahre alt gewesen und Joshua neunundzwanzig.

Es war Joshuas dritter Besuch an diesem Ort, den Sally Linsay Happy Landings genannt hatte. Schon im Jahr zuvor war er anlässlich seiner Forschungsreise mit Lobsang und Sally einmal dort gewesen, an Bord der *Mark Twain,* des Prototyps aller wechselfähigen Luftschiffe. Mit diesem Schiff waren sie weit in die westliche Lange Erde vorgedrungen – eine Fahrt, die in der Folge, zumindest in gewissen Fan-Kreisen, nur noch als »die Reise« bezeichnet wurde. Auf Sallys Vorschlag hin hatten sie in Happy Landings, mehr als anderthalb Millionen Schritte von der Datum entfernt, Station gemacht, und auf dem Rückweg hatten sie noch einmal vorbeigeschaut, diesmal mit einer halbzerstörten *Twain* und nachdem sie Lobsang bei der erschütternden Begegnung mit der Einheit, die sie Erste Person Singular nannten, verloren hatten. Später, ein Jahr nach der Reise, war Joshua auf dem Weg nach Hause von einer kurzen Auszeit, die ihm einen klaren Kopf verschaffen sollte, wieder durch diese besondere Welt gekommen. Damals war Joshua in einer kleinen Stadt namens Reboot irgendwo im Getreidegürtel zu Hause gewesen, dort wollte er Helen Green heiraten, die Tochter einer Pionierfamilie.

Er konnte der Versuchung, abermals in Happy Landings vorbeizuschauen, nicht widerstehen.

In dieser Version des Bundesstaates Washington befand er sich nicht weit von der Pazifikküste entfernt. Genau genommen handelte es sich bei Happy Landings um die Kopie einer Ansiedlung auf der Datum, die Humptulips hieß, in Grays Harbor County. Joshua erinnerte sich stets an seine Verwunderung, als er diesen Ort zum ersten Mal sah, eine Siedlung, wo es eigentlich keine Siedlung geben durfte, weit jenseits der Gefilde, in die, dem allgemeinen Konsens zufolge, die Besiedlung der Langen Erde in den fünfzehn Jahren nach dem Wechseltag bereits vorgedrungen war. Trotzdem gab es sie.

Das Städtchen schmiegte sich ans Ufer des Flusses, und ringsum führten viele Pfade in den dichten Wald. Es gab weder Felder noch Anzeichen für Landwirtschaft. Wie in der Metropole Walhalla etliche Jahre später lebten die Leute hier einfach von dem, was ihnen das Land ohne ihr Zutun schenkte. Besonders in einer Gegend wie dieser konnte man, wenn man die Bevölkerungszahlen einigermaßen im Zaum hielt und sich ein wenig verteilte, mit dieser Methode durchaus bequem durchkommen. Außerdem hatten sich überall am Fluss, wie Joshua bereits bei seinem ersten Besuch sogar schon aus der Luft gesehen hatte, Trolle niedergelassen. Es handelte sich um eine einzigartige Population, eine Mischung aus Menschen und Trollen – was womöglich der Grund dafür war, dass sie in so manch anderer Hinsicht reichlich merkwürdig war.

Jetzt spazierte Joshua allein durch die Stadt, die sich grob gesagt um den großen Platz vor dem Rathaus konzentrierte. Trotz der einsetzenden Abenddämmerung war der Platz voller lächelnder Stadtbewohner, hier und dort intonierten Trollgruppen irgendwelche Lieder, und alle kamen blendend miteinander aus. Die Leute nickten Joshua höflich zu, obwohl er auch bei seinem dritten Kurzbesuch mehr oder weniger ein Fremder war. Wie immer ging alles bemerkenswert sanft, zivilisiert und unangestrengt vonstatten.

Paradoxerweise hatte genau das Joshuas Argwohn erregt. Die Gemeinde kam ihm allzu ruhig und friedlich vor. Irgendwie nicht ganz menschlich… »Es riecht alles ein bisschen nach *Die Frauen von Stepford*«, so hatte er Sally gegenüber sein Gefühl einmal zu beschreiben versucht.

Später hatte sie dazu gesagt: »Ich frage mich, ob hier vielleicht etwas so Großes vor sich geht, dass sogar Lobsang sein Denken neu kalibrieren müsste. Es ist nur so eine Ahnung, ich bin einfach misstrauisch. Andererseits ist ein Wechsler, der nicht misstrauisch ist, schon bald ein toter Wechsler…«

»Hallo, du da!«

Der Junge stand direkt vor Joshua und schaute neugierig zu ihm auf. Er war ungefähr fünf Jahre alt, hatte dunkles Haar, eine schmutzige Nase und trug Kleidung, die zwar sauber, aber für ihn ein bisschen zu groß und bereits mehrfach geflickt war. Typische Pionierklamotten, oft und viel getragen. Das Kerlchen war noch ein Kind, aber etwas in seinem aufmerksamen Blick bohrte sich tief in Joshuas müde und leicht konfuse Gedanken.

»Hallo«, sagte Joshua.

»Du bist Joshua Valienté.«

»Stimmt. Woher weißt du das? Ich kann mich nicht erinnern, dich schon mal gesehen zu haben.«

»Ich hab dich auch noch nie gesehen. Ich habe kombiniert, wer du bist.« Er stolperte ein bisschen über das Wort *kombiniert.*

»Im Ernst?«

»Jeder hat von dem Luftschiff gehört, mit dem du mal hierhergeflogen bist. Meine Eltern haben von den Leuten erzählt, die an Bord waren. Da war ein junger Mann, und jetzt ist er wieder hier, und alle reden davon. Du bist ein Fremder. Und du bist ein junger Mann.«

»Gute Arbeit, Sherlock.«

Der Junge konnte mit der Anspielung offensichtlich nichts anfangen.

»Und wer bist du?«

»Paul Spencer Wagoner. Wagoner ist der Name von meinem Vater, Spencer der von meiner Mutter, und Paul ist mein Name.«

»Schön für dich. Spencer – so wie der Bürgermeister?«

»Der ist der Großcousin von meiner Mutter. Wegen ihm sind wir hierhergekommen.«

»Dann bist du also nicht hier geboren? Ist mir gleich aufgefallen, dass du ein bisschen anders sprichst als die anderen hier.«

»Meine Mama ist von hier, aber mein Papa kommt aus Minnesota. Ich bin in Minnesota zur Welt gekommen. Der Bürgermeister hat uns hierher eingeladen, weil wir zur Familie gehören. Meine Mutter jedenfalls. Die meisten Leute kommen zufällig hierher.«

»Ich weiß.« Obwohl Joshua nicht genau wusste, wie das vonstattenging. Auch das gehörte zu den Geheimnissen von Happy Landings. Manche Menschen lösten sich aus der Langen Erde, aus irgendwelchen Gründen, und wurden dann einfach hier angespült, von überall her…

Einmal hatte er versucht, mit Lobsang über dieses Phänomen zu reden. »Vielleicht hat es etwas mit dem Netzwerk der weichen Stellen zu tun. Die Leute treiben ziellos dahin und finden an einem Ort zusammen, ähnlich wie Schneeflocken, die sich in einer Senke sammeln.«

»Ja, vielleicht ist es so«, hatte Lobsang erwidert. »Wir wissen, dass Stabilität eine Art Schlüssel zur Langen Erde ist. Vielleicht ist Happy Landings so etwas wie ein Potenzialtopf. Es liegt auf der Hand, dass es diesen Ort schon lange vor dem Wechseltag gab, schon in einer sehr weit zurückliegenden Vergangenheit…«

»Wie kann es fliegen?«

Abermals war Joshua, erschöpft von seiner langen Reise, mit seinen Gedanken abgeschweift, ohne es zu merken. »Was?«

»Das Luftschiff, mit dem du gekommen bist.«

Joshua lächelte. »Weißt du was? Seltsamerweise fragen das nur sehr wenige Leute. Was glaubst du denn, wieso es fliegen kann?«

»Vielleicht ist es voller Rauch.«

»Rauch?«

»Rauch steigt ja auch vom Feuer auf.«

»Hm. Keine schlechte Idee. Ich glaube, der Rauch wird aber von der heißen Luft des Feuers nach oben getrieben. Und die heiße Luft steigt auf, weil sie weniger dicht als kalte Luft ist. Manche Luftschiffe, zumindest Ballons, werden durch heiße Luft nach oben getrieben. Dafür muss man einen Brenner unter die Hülle stellen. Die Hülle der *Mark Twain* ist aber mit einem Gas gefüllt, das man Helium nennt. Es ist weniger dicht als die normale Luft.«

»Was bedeutet ›dicht‹?«

Joshua musste kurz nachdenken. »Wie dicht etwas ist, besagt, wie viele Teilchen in einem gegebenen Raum enthalten sind. Wie viele Moleküle, glaube ich. Eisen ist zum Beispiel dichter als Holz. Ein Stück Eisen von der Größe eines Backsteins ist schwerer als ein Stück Holz, das genauso groß ist. Holz wiederum ist dichter als Luft.«

Paul rümpfte die Nase. »Ich weiß, was Moleküle sind. Helium ist ein Gas.«

»Stimmt.«

»Luft ist auch ein Gas. Verschiedene zusammengemischte Gase, das weiß ich.«

Joshua wurde ein bisschen nervös, als führte ihn jemand auf einem Pfad immer tiefer in einen dichten Wald hinein. »Ja …«

»Ich kann mir vorstellen, dass Eisen dichter als Holz ist. Sagt man ›dichter‹? Ich kenne das Wort nicht.«

»Ja.«

»Man kann die Moleküle enger zusammenpressen. Aber wie funktioniert das bei einem Gas? Die Atome fliegen doch alle einfach so durch die Gegend.«

»Also das hat etwas damit zu tun, dass die Moleküle sich schneller bewegen, wenn die Materie wärmer ist …« Joshua war noch nie besonders gut darin gewesen, Kindern etwas vorzumachen. »Genauer weiß ich es auch nicht«, gab er zu. »Frag deinen Lehrer.«

Paul schnaubte verächtlich. »Meine Lehrerin ist wirklich sehr nett, aber sie hat keine Ahnung.«

Joshua musste lachen. »Das kann ich mir nicht vorstellen.«

»Wenn man ihr eine Frage stellt und dann noch eine,

freut sie sich nicht besonders darüber, und die anderen Kinder lachen einen aus, und dann sagt sie immer: ›Später, Paul.‹ Manchmal kann ich meine Frage nicht mal stellen … es ist irgendwie so, dass ich sie *sehen* kann, aber ich finde nicht die richtigen Worte.«

»Das kommt schon noch, wenn du ein bisschen älter bist.«

»So lange kann ich nicht warten.«

»Ich hoffe, er geht Ihnen nicht auf die Nerven.« Die weibliche Stimme klang sanft, aber auch ein bisschen angespannt.

Joshua drehte sich um und sah eine Familie näher kommen, einen Mann und eine Frau ungefähr in seinem Alter, die ein Kleinkind in einem Kinderwagen schoben. Das Kind sah aus, als wäre es mit seiner Aufmerksamkeit ganz woanders, es sang leise vor sich hin und schaute interessiert um sich.

Der Mann streckte Joshua die Hand entgegen. »Tom Wagoner. Freut mich, Sie kennenzulernen, Mr Valienté.«

Joshua schüttelte ihm die Hand. »Hier scheint jeder zu wissen, wer ich bin.«

»Na, Sie haben letztes Jahr mächtig Eindruck gemacht«, sagte Tom. »Ich hoffe, dass Paul Sie nicht belästigt hat.«

»Ach was«, antwortete Joshua rücksichtsvoll. »Er hat mir nur ein paar Fragen gestellt, die ich irgendwann nicht mehr beantworten konnte.«

Tom warf seiner Frau einen kurzen Blick zu. »Ja, das ist typisch Paul. Komm, mein Junge, Zeit fürs Abendessen, und dann geht's ins Bett. Für heute hast du genug Fragen gestellt.«

Paul fügte sich artig. »Ja, Papa.« Dann nahm er die Hand seiner Mutter.

Nach einigen weiteren Nettigkeiten verabschiedete sich die Familie. Joshua sah ihnen nach. Ihm wurde bewusst, dass das kleine Mädchen, das ihm als Judy vorgestellt worden war, die ganze Zeit über weitergesungen hatte, und jetzt, wo sich die Erwachsenen nicht mehr unterhielten, hörte er die leise Kinderstimme umso deutlicher. Es war weniger ein richtiges Lied als vielmehr die Abfolge einzelner Silben – unzusammenhängende, vielleicht sinnlose Silben. Trotzdem glaubte Joshua, ein bestimmtes Muster herauszuhören. Etwas Vielschichtiges. Fast so wie der Trollruf, den Lobsang unbedingt dekodieren wollte. Aber wie um alles in der Welt konnte ein Krabbelkind eine Nachricht vor sich hinsingen, die sich anhörte wie der Gruß eines Außerirdischen? Es sei denn, das Mädchen war sogar noch klüger als sein frühreifer Bruder.

Schlaue Kinder. Auch daran musste er stets denken, wenn er sich an Happy Landings erinnerte.

Genug davon. Er hatte sich nach einer Kneipe umgesehen und nach einem Zimmer für die Nacht. Am nächsten Tag war er abgereist.

Aber den kleinen Paul Spencer Wagoner hatte er nie vergessen.

Ebenso wenig wie Happy Landings. Und im Jahre 2045 musste er wieder daran denken, als ihm Lobsangs Andeutung, dass es draußen in der Langen Erde Brutstätten eines neuen Menschenschlags geben könnte, nicht aus dem Kopf ging. Wie sollte er sich eine solche Brutstätte vorstellen? Wie fühlte sich so etwas an?

Vielleicht so wie Happy Landings?

# 13

Das Wohnmodul an Bord der *Galileo* war in drei Ebenen aufgeteilt. Obwohl es selbstverständlich die üblichen Einrichtungen wie eine Kombüse, eine Toilette, eine Schwerelosigkeitsdusche sowie Grundversorgungen wie geschlossene Luft- und Wasser-Recyclingsysteme gab, hatten die Designer für jedes der drei Teammitglieder eine Ebene als persönliches Rückzugsgebiet konzipiert. Und in den Stunden und Tagen, die auf die Zündung ihres Antriebs und den Beginn ihrer interplanetaren Reise folgten, zeigte sich Frank Wood von der Weisheit dieses Entwurfs mehr als beeindruckt.

Die zusammengewürfelte Besatzung der *Galileo* war nämlich alles andere als ein geselliger Haufen.

Was die Routinetätigkeiten anging, arbeiteten sie natürlich zusammen. Jeder von ihnen musste die Staubfilter säubern, den Luftdruck überprüfen oder die Wände abwischen, um Schimmel- und Algenbildung zu verhindern, was bei fehlender Schwerkraft in abgelegenen Ecken nicht selten vorkam. Sally und Willis folgten willig den Dienstplänen, die Frank erstellte, und sie gewöhnten sich auch ziemlich schnell an die Zubereitung ihrer Mahlzeiten, von denen die meisten auf den einige Jahrzehnte zurückliegenden Errungenschaften der russischen Weltraumküche basierten: Büchsen mit Fisch, Fleisch und Kartoffeln, Trockensuppen, Kartoffelbrei und Fruchtpaste, Nüsse und Schwarzbrot, dazu Kaffee, Tee und Fruchtsaft in Ballons. Frank wusste, dass so manche Besatzung sich mit viel Aufwand um die Erfindung ausgeklügelter Menüs aus diesen begrenzten Zutaten bemüht hätte. Nicht so die neue Besatzung der *Galileo*. Frank bestand auch darauf, dass alle regelmäßig Sport trieben, um die Auswirkungen wochenlanger Schwerelosigkeit auf ihre spätere Leistungsfähigkeit auf dem Mars auszugleichen. Zu diesem Zweck standen ihnen ein Stepper sowie elastische Rahmen zur Belastung von Muskeln und Knochen zur Verfügung. Allein diese Übungen nahmen für jeden von ihnen täglich mehrere Stunden in Anspruch.

Trotzdem blieb in jedem Vierundzwanzigstundenzyklus mehr als genug Zeit übrig, die Vater und Tochter zumindest am Anfang dazu nutzten, einander so weit wie möglich aus dem Weg zu gehen.

Willis Linsay zog sich sofort zu seinen eigenen Forschungen und Experimenten zurück, für die er die Computerausrüstung und das kleine Labor benutzte, die er sich in seinem Privatbereich hatte einbauen lassen. Die Tatsache, dass er in einer kleinen Blechbüchse durchs All geschleudert wurde, schien ihn nicht weiter zu stören.

Derweil zog sich seine Tochter, auch sie eine ausgesprochene Einzelgängerin, ganz in sich selbst zurück. Sie schlief viel, absolvierte verbissen mehr als das täglich erforderliche Körpertraining und las stundenlang in der elektronischen Bordbibliothek, an deren Bestückung sie selbst mitgewirkt hatte. Willis Linsay hörte viel Musik: Chuck Berry, Simon and Garfunkel. Das alte Gedudel, das im gesamten Wohnmodul widerhallte, schien Sally zu verstören. Frank vermutete, dass es sich um den Soundtrack ihrer Kindheit handelte, an die sie sich nicht allzu gerne erinnerte.

Obwohl Frank Sally seit dem Troll-Zwischenfall bei Gap-Space einige Jahre zuvor kannte, konnte er ihr anfangs kaum ein Wort entlocken. Doch trotz ihrer ruppigen Art nahm er eine gewisse Besorgnis an ihr wahr. Er rief sich ins Gedächtnis, dass sie die Lücke überhaupt erst entdeckt hatte, zusammen mit Joshua Valienté und Lobsang. Vielleicht hatte ihr Verhalten etwas damit zu tun, dass sie nicht einmal wusste, *warum* sie überhaupt hier war, weshalb ihr Vater sie auf diese Reise mitgenommen hatte.

Was Frank anging, so war er hellauf begeistert, endlich hier draußen zu sein, und in den ersten Tagen gab er sich einfach seiner überschäumenden Freude hin. Er war schon vorher mehrere Male auf dem Backsteinmond gewesen, aber jetzt war er endlich im Weltraum. Unterwegs zum Mars! Jedenfalls zu einem Mars.

Und die Aussicht war, zumindest am Anfang, wirklich sensationell. Von außen gesehen war der Backsteinmond ein knollenförmiges, mehrteiliges Gebilde, umgeben von funkelnden Lichtern und wuseliger Betriebsamkeit; sobald der Antrieb der Galileo zugeschaltet wurde, sah Frank zu, wie dieser riesige, geschäftige Komplex sich von ihnen entfernte, als hätte ihn jemand in einen Brunnenschacht geworfen. Ein spektakulärer Anblick, das schon, aber Frank würde es immer bedauern, dass er, im Gegensatz zu den Astronauten des legendären NASA-Zeitalters, nie die Erde vom All aus sehen würde. Denn genau das war der springende Punkt. In der Lücke musste man der Erde nicht entkommen, um ins All zu gelangen, weil es dort keine Erde gab. Andererseits war die ganze Sache dadurch natürlich längst nicht so spektakulär.

Wie auch immer, nachdem der Backsteinmond nach den ersten paar Stunden ohnehin nicht mehr zu sehen war, hielt sich Frank an den Trost der Sterne, die ihn von überall her in unendlicher Zahl begrüßten, egal, in welche Richtung er von der Sonne wegschaute. Am liebsten saß Frank in seinem Bereich des Wohnmoduls am Fenster und betrachtete diesen endlosen Raum, gewöhnte seine gealterten Augen an die Dunkelheit, bis seine Pupillen möglichst groß geworden waren. Dann fiel ihm eine weitere Besonderheit dieser wechselwärtigen Realität auf: Ein Band aus weichem, staubartigem Licht erstreckte sich über den Zodiak, den Himmelsäquator. Es drehte sich unablässig an seinem Blick vorüber, denn das ganze Schiff rotierte mit majestätischer Gelassenheit um die eigene Achse, eine Maßnahme, mit deren Hilfe die Hitze des ungefilterten Sonnenlichts ausgeglichen wurde.

Nach mehreren Wochen kam Sally allmählich aus ihren Gemächern hervor und gesellte sich zu Frank an sein Fenster. Frank war kein Psychologe, er ging mit solchen zwischenmenschlichen Dynamiken eher hemdsärmelig um. Seiner Meinung nach spielte es keine Rolle, ob eine Besatzung auf dem Weg zum Mars freundschaftliche Beziehungen zueinander aufbaute oder nicht, solange sie unbeschädigt dort ankam. Außerdem hütete er sich davor, sich in eine allem Anschein nach ziemlich verzwickte Vater-Tochter-Beziehung einzumischen. Deshalb nahm Frank, als Sally bei ihm auftauchte, ihre Anwesenheit lediglich mit einem Nicken zur Kenntnis, behielt aber sämtliche Ratschläge für sich. Entweder sie fing mit der Zeit von selbst zu reden an oder eben nicht.

Erst am Ende des zweiten Tages ihres zaghaften Zusammenseins sagte sie etwas Sinnvolles zu ihm. Sie zeigte auf das Band aus Zodiakallicht und sagte: »Asteroiden, oder?«

»Ja. So etwas Ähnliches kann man auch zu Hause beobachten – ich meine am Himmel der Datum. Aber hier gibt es mehr Asteroiden. Einen ganzen zusätzlichen Gürtel sogar, zwischen den Umlaufbahnen von Venus und Mars.«

Sie dachte darüber nach. »Ach. Die Überreste der toten Erde, die der Planet Bellos hat zerplatzen lassen.«

»Ganz genau. Aber sie ist nicht verloren. Schon jetzt sind wir mit winzig kleinen Raketen dort draußen, die diese Planetenfragmente nach Wasser absuchen, nach Kohlenwasserstoffen und sogar nach dem Eisen, das einmal der Kern dieser Erde gewesen und jetzt entsprechend leicht zugänglich ist. Außerdem stellen wir Raketentreibstoff her. Letztendlich haben wir vor, von den Materialien, die aus den Welten nebenan herübergebracht werden, völlig unabhängig zu werden. Es gibt sogar Leute, die da draußen wohnen wollen, auf diesen Asteroiden. Andere wiederum finden es morbide, dass wir uns an den Resten einer zerstörten Erde gütlich tun, stellen Sie sich das vor.«

Sally zuckte die Achseln. »Ich glaube, ich habe meine

Fähigkeit für derlei Sentimentalitäten schon vor langer Zeit verloren. Seitdem ich in den Weiten der Langen Erde auf die Spuren von verunglückten Trecks gestoßen bin. Menschliche Überreste, oft nur noch die blanken Knochen. Wahrscheinlich ist auch das hier bloß eine andere Art von Kannibalismus.«

Sie stieß die Worte mit einer so trockenen Endgültigkeit aus, dass Frank sich schaudernd abwandte.

»Ich bitte Sie, Frank. So weich können Sie nicht sein. Letztendlich geht's doch immer nur ums Überleben, oder?«

»Klar. Tja …« Er zwang sich zu einem Lächeln. »Wie finden Sie unsere Reise bis jetzt?«

Sie dachte kurz nach. »Überraschend, wenn ich ehrlich bin.«

»Überraschend?«

Sie saß locker an ihren Sitz geschnallt und berührte die Kapselwand. »Zunächst mal hätte ich nicht gedacht, dass wir eine so große Rakete brauchen.«

»Ja, die Technik ist unglaublich. Wir werden vom Schub zahlreicher Wasserstoffbomben angetrieben, Pellets aus Deuterium und Wasserstoff, die durch Laserbeschuss zur Explosion gebracht werden. So explodieren Hunderte von winzigen Bömbchen hinter einer großen Schubplatte. Wir haben vor, sie stapelweise einzusetzen, um noch ehrgeizigere Missionen zur Venus und vielleicht sogar bis zum Jupiter auszurüsten …«

»Mal langsam, Apollo 13, ich glaube, Sie hyperventilieren.«

»Tut mir leid. Ich beschäftige mich schon mein ganzes Leben damit. Schon als Junge habe ich davon geträumt.«

»Ich frage mich allerdings, warum Sie überhaupt eine Rakete dafür brauchen. Ich dachte, die Lücke hätte Sie dieser Sorge enthoben.«

»Also um von der Datum aus zum Mars zu gelangen«, erwiderte Frank, »müsste man sich zunächst aus der Schwerkraft der Erde lösen. Deshalb braucht man eine Saturn V, um nur bis zum Mond zu kommen. Wenn wir uns die Lücke zunutze machen, brauchen wir keine Saturn V, um die Erde hinter uns zu lassen. Aber wir benötigen immer noch eine Rakete für den Transfer zum Mars. Wir wissen, dass die Erde und der Mars ihren kreisförmigen Umlaufbahnen um die Sonne folgen, ja? Selbst wenn man sich in der Kreisbahn der Erde im All befindet, benötigt man den Antrieb einer Rakete, um der eigenen Geschwindigkeit mindestens siebentausend Meilen pro Stunde hinzuzufügen, damit man sich in einem, wie wir es nennen, elliptischen Transferorbit aus der Umlaufbahn entfernen kann. Damit treibt man bis in den Marsorbit, wo man dann wieder einen Schubs braucht, diesmal sechstausend Meilen pro Stunde, um beim Mars anzuhalten. Erst dann kann man landen. Und die ganze Geschichte noch einmal in umgekehrter Reihenfolge, wenn man wieder zurückfliegt. Unsere Fusionsrakete kann uns allerdings mit wesentlich mehr Schubkraft versorgen als mit diesem Minimum.«

»Hm. Hört sich alles ganz logisch an.«

»Nur dass Sie«, sagte Willis Linsay, »die eigentlichen Mysterien dieser Geschichte ausgelassen haben.«

Frank drehte sich um und sah Willis an der Feuerwehrstange heraufschweben, die sich durch die Achse des Wohnmoduls zog. »Und die wären?«, fragte er.

»Wie wirkt sich die Impulserhaltung zwischen den Wechselwelten aus? Oder die Erhaltung der Masse? Wenn du von Erde A nach Erde B wechselst, Sally, verschwinden ganz plötzlich sechzig Kilogramm Masse von A und tauchen in B auf. Wie geht das vonstatten? Eigentlich müsste Masse, ebenso wie Impuls, immer erhalten bleiben. Es handelt sich um Grundsätze der Physik, ohne die auch dieser Feuerwerkskörper von Rakete übrigens nicht funktionieren würde.«

»Allerdings«, sagte Frank. »Aber wie lautet die Antwort?«

Sally sagte: »Mellanier …«

»Dieser Scharlatan!«

»… würde sagen, dass diese Erhaltungsprinzipien auch

quer über die Welten funktionieren, nicht nur auf jeweils einer Welt. Erde A und Erde B teilen sich Masse und Impuls, weshalb insgesamt nichts verloren geht und nichts hinzugewonnen wird.«

»Wohingegen andere«, warf Willis gewichtig ein, und Frank vermutete, dass er damit sich selbst meinte, »wesentlich überzeugender davon reden, dass diese Prinzipien immer nur auf einer Welt funktionieren können. Wenn man zur Welt B wechselt, borgt man sich ein bisschen Impuls oder Schwung von dieser Welt – und ihre Rotation verlangsamt sich ein winziges bisschen –, und man borgt sich etwas Masseenergie aus ihrem Schwerefeld.«

»Man könnte bestimmt Tests durchführen, um herauszufinden, welche Theorie stimmt«, meinte Frank.

Willis zuckte die Achseln. »Die Auswirkungen sind zu gering. Eines Tages lässt es sich bestimmt machen. Allerdings ist Letzteres die reizvollere Vorstellung, finden Sie nicht auch? Dass eine Zielwelt dich irgendwie willkommen heißt, wenn du hereinwechselst, indem sie etwas von sich abgibt. Und man selbst gibt natürlich auch etwas von sich ab, wenn man wieder zurückwechselt.«

»Wenn du deine wissenschaftliche Hypothese emotional überfrachten willst, schon – dann wäre es wohl eine reizvolle Idee.«

Frank registrierte die lebenslangen Auseinandersetzungen, die unter der Oberfläche dieser quasi-technischen Unterhaltung fortgeführt wurden. Die beiden hatten nicht einmal denselben Akzent. Aus Willis sprach ziemlich breites Wyoming, weshalb ihn hochnäsigere Akademiker wahrscheinlich zeitlebens unterschätzt hatten, während seine Tochter eine viel neutralere Aussprache pflegte, als wollte sie sich absichtlich von ihrer Herkunft und damit von ihrem Vater distanzieren. Frank spürte allerdings keine echte Feindseligkeit zwischen Vater und Tochter, dazu waren sie zu lebhaft, alle beide, und jeder besaß eine viel zu echte Persönlichkeit, um eine derart negative Beziehung zu pflegen. Sie waren zwei beeindruckende Menschen mit einer gemeinsamen Vergangenheit, zwei Menschen, die … ja, respektvoll, aber gleichzeitig sehr argwöhnisch miteinander umgingen.

»Apropos«, sagte Sally, »wo ist eigentlich der Mars?«

Frank spähte aus dem Fenster, dachte eine Sekunde nach, dann zeigte er über die Schulter nach hinten. »Dort. Er dürfte noch für ein paar Wochen nur als kleiner Funke zu sehen sein. Dann werden wir ihn wie eine Orange vor uns hängen sehen. Sein Erscheinungsbild ist sehr ausgeprägt, mit gewaltigen Gebirgen und Schluchten, die schon aus großer Entfernung zu sehen sind … Sie haben die Bilder im Hörsaal ja gesehen. Und auf *diesem* Mars hier gibt es Ozeane und grünes Leben.«

Sally warf ihrem Vater einen Blick zu. »Ist das der Grund für diese Mission? Herauszufinden, warum der Mars, dieser Mars, warm und nass und lebendig ist?«

»Ach was!«, erwiderte Willis. »Das wäre zu läppisch.«

Frank hob die Augenbrauen. »Leben auf dem Mars ist läppisch? Erzählen Sie das mal Percival Lowell. Aber wenn das Leben auf dem Mars nur ein Teil des Plans ist …«

»Ich bin hinter dem Leben auf dem *Langen* Mars her. Leben und Intelligenz und was es … was sich daraus ergeben haben muss.«

Sally sah ihn an. »Zu welchem Zweck, Vater? Wonach suchst du? Nach einer neuen Technologie, etwa einer neuen Wechselbox? Und was willst du damit anfangen? Sie wieder so einfach auf die Welt loslassen? Mellanier hat dich mal mit Dädalus verglichen, dem Vater von Ikarus, jenem Jungen, der sich die Erfindung seines Vaters ausgeliehen hat, um zu fliegen, und damit den Zorn der Götter auf sich zog. Und genauso bist du, oder? Immer überall herumfrickeln, aus Spaß und Begeisterung, aber sich kein bisschen um die Konsequenzen scheren. Ein Dädalus deines Zeitalters.«

Willis rieb sich das Kinn. »Hat nicht Dädalus angeblich die Säge erfunden, die Axt und den Bohrer und andere tolle

Sachen? Ich glaube, damit hat er sich nicht allzu viel vorzuwerfen, oder? Und was die …« Ein leiser Alarm ertönte. »Ach, das ist mein neuestes Experiment. Entschuldigt mich bitte …« Etwas steif, aber auf eigenartige Weise anmutig schwamm er durch die Schwerelosigkeit zur Rutschstange hinüber und hangelte sich weiter in sein Labor.

Frank sah Sally an. »Geht's Ihnen gut?«

Sie antwortete nichts. Eine ganze Weile saß sie einfach nur still, in sich gekehrt und mit undurchdringlicher Miene da.

Dann sagte sie: »Was kann dabei schiefgehen, Frank? Mit der *Galileo*. Ich weiß, dass wir alle Notfälle durchspielen mussten. Aber dabei sind wir in erster Linie in Luftkissen geklettert und dann hilflos herumgeschwebt, während Sie alles wieder ins Lot gebracht haben.«

Frank zuckte die Achseln. »Ich glaube, Al und die anderen dachten sich, dass ihr für alles andere sowieso keine Geduld habt, Willis sogar noch weniger als Sie. Also haben wir euch nur das Allernötigste beigebracht.«

»Na schön. Aber jetzt bin ich hier. Ich bin gewohnt, dass ich mich, wenn's ums Überleben angeht, auf mich selbst verlassen kann.«

»Klar. Also es gibt natürlich jede Menge Eventualitäten, die wir sowieso nicht überleben würden. Einen Zusammenstoß mit einem größeren Meteoriten beispielsweise. Eine massive Störung des Antriebssystems während der Zündphasen. Dort hinten finden immerhin unablässig Kernfusionsreaktionen statt.«

»Und was wäre überlebbar?«

»So einiges. Ein kleineres Loch, das ein Meteor schlägt. Ein überschaubares Feuer. Eine undichte Stelle in der Hülle oder ein anderes Problem mit der Luftversorgung. Ein drastischer Abfall der Stromversorgung. In den meisten dieser Fälle dürfte uns die Automatik retten. Für so gut wie alles andere bin ich da. Und falls ich ausfalle, können Sie mit dem Backsteinmond reden.«

»Und wenn alle diese Lösungen versagen?«

Frank grinste. »Ich würde sagen, am allerbesten sorgen Sie selbst dafür, dass Sie die Sache überleben, indem Sie lernen, den Druckanzug jederzeit anzuziehen, und zwar auch im Dunkeln, wenn die Luft rings umher dünn wird und der Notalarm losplärrt wie die Ouvertüre zum Jüngsten Tag. Sobald Sie im Anzug sind, haben Sie genug Zeit, sich um alles andere zu kümmern. Man muss aber schon ein paar Stunden üben, um das schnell und präzise hinzukriegen.«

»Na, Stunden haben wir ja genug.«

Sie fingen sofort damit an, und Sally lernte ihren Möglichkeiten entsprechend jeden Quadratzentimeter des Schiffes, seiner Ausrüstung und seiner möglichen Fehlerquellen kennen. Willis schloss sich währenddessen ein und verfolgte seine eigenen Projekte.

So verbrachten sie fast die gesamte Reisezeit zum Mars.

# 14

In ihrem Logbuch hielt Maggie Kauffman fest, dass ihre Reise eigentlich erst nach Erde West 1.617.524, der Welt der Beagles, und mit dem neuen, dort an Bord genommenen Besatzungsmitglied begonnen hatte.

Jetzt gab sich auch Harry Ryan mit seinem Maschinenraum zufrieden, den er als »Fusionsküche« bezeichnete, weil dort robuste amerikanische Ingenieursarbeit einen Kern chinesischer, auf Gel basierender Raffinesse umschloss, und er gab Maggie endlich grünes Licht, den Befehl zum Vollgas zu geben.

Maggie selbst hielt sich zu diesem entscheidenden Zeitpunkt mit einigen ihrer Offiziere im Ruderhaus auf. Alle waren bereit, auf etwaige Katastrophen, die Harry prophezeit hatte, zu reagieren. Wu Yue-Sai machte sich wie immer Notizen. Durch die großen Panoramafenster mit den dicken Keramikläden, die sich bei einem Notfall sofort vor die Scheiben schieben würden, hatte Maggie eine gute Sicht auf die Welten.

Nachdem der Antrieb zugeschaltet war, sah sie diese Welten, eine nach der anderen, immer schneller vorüberhuschen.

Zuerst war der Anblick reine Routine, falls man in der Langen Erde überhaupt irgendetwas Routine nennen konnte. Im Sekundenrhythmus, dem Rhythmus ihres Herzens, löste sich eine trockene Welt nach der anderen in diesem »Para-Venus-Gürtel« auf. Dann beschleunigte sich die Frequenz auf bis zu zwei Erden pro Sekunde, wurde dann noch schneller, und Maggie spürte, wie ihr eigenes Herz als Reaktion darauf ebenfalls schneller schlug, wie die Rhythmen ihres Körpers unbewusst der Musik der Welten folgten. Als die Geschwindigkeit immer weiter zunahm, empfand Maggie das rasende Vorbeiflackern immer neuer Welten jedoch als zunehmend unangenehm. Eigentlich sollte keine Gefahr bestehen. Inzwischen gehörte es zur Routine, Besatzung und Passagiere auf mögliche Epilepsie zu untersuchen, und Doc Mackenzie hatte allen an Bord befohlen, sich einem letzten automatischen Screening zu unterziehen, ehe man dem Test des Antriebs zustimmte.

Immer noch sausten die Welten vorüber, schneller und immer schneller. Maggie nahm wahr, dass die flackernden Welten unter ihr jetzt grüner als vorher waren, der Himmel stellenweise blauer. Wahrscheinlich hatten sie den Venusgürtel bereits verlassen, aber die Welten rasten so schnell unter ihnen dahin, dass sich keine Einzelheiten mehr erkennen ließen, abgesehen von ein paar Grundtatsachen am Himmel, am Horizont, auf dem Boden und dem stählernen Glitzern des Flusses unter ihnen – einem weit entfernten Vetter des Ohio, wenn man den Geographen an Bord glauben durfte.

Dann verschwammen die Welten ineinander. Sie erreichten einen bestimmten kritischen Punkt, an dem die Wechselrate so schnell war, dass das Auge nicht mehr folgen konnte, als wären die Welten – jede von ihnen eine komplette Erde! – nicht mehr als kurze Wiederholungen eines digitalen Bildes. Das Gefühl, von einer Erde zur anderen zu wechseln, ging in ein Gefühl gleichmäßiger Bewegung über, fließend und dabei kontinuierlich einer gewissen Veränderung unterworfen. Die Sonne blieb als Konstante an einem Himmel stehen, der eine Mischung aus allen Wetterlagen war, eine Art tiefblaue Ausdruckslosigkeit. Der Fluss unter ihnen breitete sich wie ein bleicher, größerer Geist seiner selbst in seiner Ebene aus, Waldgebiete vermischten sich zu einem grünlichen, über der Landschaft liegenden Nebel. Auf den einzelnen Welten ließen sich keine Tiere mehr erkennen, sogar die größte Herde in jeder dieser Welten war zu schnell wieder verschwunden, als dass sich das Auge ein Bild davon hätte machen können.

Trotzdem stellte sich eine gewisse Kontinuität ein, eine Verbindung zwischen all diesen lebenden Welten, diesen aktualisierten Möglichkeiten von Erde. Die rasche Folge wurde von Jokern, Ausnahmen von der Norm, die so schnell wieder verschwanden, wie sie auftauchten, entweder in helles Licht getaucht oder verdunkelt.

Auch die *Cernan* stand konstant am Himmel, ein beruhigender Reisegefährte – das Werk der Menschheit, das vor dem Flackern multipler Realitäten verlässlich Bestand hatte.

Dann war das dumpfe Dröhnen gewaltiger Maschinen zu hören, die das Schiff durch die Luft schoben, und die Landschaft glitt unter dem Bug der *Armstrong* dahin. Kontinentalverschiebungen waren bis zu einem gewissen Grad eine Sache des Zufalls, die Landmassen verschoben sich von einer Welt zur anderen, meistens nur recht wenig, manchmal etwas deutlicher, insgesamt gesehen jedoch in recht bedeutsamem Umfang. Deshalb mussten die Luftschiffe, die sich mehr oder minder über der Mitte des Nordamerikanischen Kratons, der uralten Granitmasse im Herzen des Kontinents aufhalten wollten, ihm geographisch gesehen folgen. Auch in dieser Hinsicht griffen sie auf die Vorgabe der chinesischen Expedition fünf Jahre zuvor zurück.

Leutnant Wu Yue-Sai stellte sich neben Maggie und nahm unerschrocken ihre Hand. »Es ist genau wie damals für uns an Bord der *Zhen He*«, sagte sie. »Als würden wir diese Welten, die gesamte Lange Erde, auf einmal sehen – mit den Augen eines Gottes.«

Nur wenige Stunden später rauschten die Schiffe unweit von Erde West 2.000.000 ohne anzuhalten durch die Lücke. Harry Ryan zeigte sich mit der Robustheit seiner Schiffe, die dabei einer gehörigen Dosis Vakuum und Schwerelosigkeit ausgesetzt waren, sehr zufrieden.

Nach der Lücke veränderte sich der Charakter der Erden

ein wenig, wie sich bei kurzen Besuchen auf der einen oder anderen herausstellte, wo sie Proben entnahmen, Aufnahmen machten oder sich einfach nur umsahen. Die Welten wurden langweiliger. Die Wälder bestanden fast nur noch aus riesigen Farnen, die wiederum trockeneren Landschaften wichen, in denen sich die Vegetation auf die Flüsse und die Küsten der Ozeane beschränkte. Es schien jeweils ganze Gruppen ähnlicher Welten zu geben, die sich über Zehntausende oder gar Hunderttausende Schritte erstreckten, vergleichbar mit den Gürteln, die von den ersten Kartographen der Langen Erde vor einigen Jahrzehnten identifiziert worden waren.

Hemingway und seine Wissenschaftler versuchten, jeweils ein repräsentatives Beispiel zu untersuchen und zu beschreiben. Sie untersuchten geologische, geomorphologische und klimatologische Eigenheiten und achteten auch auf astronomische Besonderheiten wie zum Beispiel ungewöhnliche Merkmale des Mondes. Sie suchten sogar nach in fernen Ionosphären umherirrenden Radiosignalen und nach dem Schein von Lagerfeuern, die von Menschenhand entfacht worden waren, denn niemand wusste genau, wie weit die Speerspitze der Kolonisierung in den Jahren seit dem Wechseltag vorgedrungen war. Die Wissenschaftler berichteten, dass die Grundlagen der Vegetation und des tierischen Lebens auf jeder Seite der großen Unterbrechung, die die Lücke darstellte, sehr ähnlich seien, was keine große Überraschung war. Allerdings trafen sie jenseits der Lücke nicht mehr auf wechselnde Humanoide: weder Trolle noch Kobolde, keine der Spezies, die in den Nahen Welten relativ weit verbreitet waren. Auch das war keine große Überraschung, da, wie Maggie vermutete, die meisten Wechsler sich nicht auf das Risiko einließen, die Lücke zu überspringen. Einem erfahrenen Reisenden in der Langen Erde kam es jedoch eigenartig vor, Welten zu sehen, auf denen noch nie ein Troll gewesen war, Welten, auf denen die Ökologie nicht von ihrer massiven Anwesenheit beeinflusst worden war – Welten, die noch nie den Trollruf vernommen hatten.

Immer weiter ging die Reise. Wie ein Wasserfall rauschten Daten auf die Schiffe ein.

Aber es war stets das Leben, das die Aufmerksamkeit auf sich lenkte. Und das Leben, das sie erblickten, wurde immer eigenartiger.

Die meisten dieser Welten schienen vielfältiges Leben aufzuweisen, nicht nur Bakterien, sondern auch Tiere und Pflanzen. Doch die Welten der Langen Erde unterschieden sich voneinander durch zufällige Entwicklungen, Resultate von Ereignissen in der Vergangenheit, die dazu geführt hatten, dass sie sich entweder nur wenig oder ganz beträchtlich unterschieden. Und die großen Massenaussterben, die sich durch die Erdgeschichte zogen, kamen Maggie wie die schwerwiegendsten Folgen der kosmischen Schicksalswürfel vor. Sogar Welten, die sich näher an der Datum als an Walhalla befanden, schienen auf den großen Meteoreinschlag, der auf der Datum-Erde das Ende der Dinosaurier besiegelt hatte, unterschiedlich reagiert zu haben. Dort hatten die Menschen seltsame Tiere gefunden, die wie Dinosaurier, Säugetiere und Vögel waren, oft aber auch nicht.

Dort jedoch, wohin sich die *Armstrong* jetzt weiter und weiter hinauswagte, wurde alles immer eigenartiger. Maggie erfuhr, dass es eine weitere bedeutende Massenausrottung auf der Datum-Erde gegeben hatte, über zweihundert Millionen Jahre vor dem ersten Erscheinen des Menschen. Damals war eine Gemeinschaft vernichtet worden, die aus den ersten Säugetieren, aus frühen Dinosauriern und den Vorfahren der Krokodile bestanden hatte. Jetzt, Millionen Schritte von der Datum entfernt, trafen sie auf die Auswirkungen unterschiedlicher Entwicklungen nach diesem epochalen Ereignis, auf den Kopf gestellte Verhältnisse, in denen Säugetierraubtiere dinosaurierartige Pflanzenfresser jagten oder Insektenraubtiere krokodilähnliche Beute schlugen. Es gab Welten mit Krokodilen, die so groß wie Tyrannosaurier waren, oder mit mäusegroßen Greifvögeln mit nadelscharfen Zähnen …

Abgesehen von den Einzelheiten staunte Maggie in diesen ersten Tagen des rapiden Reisens vor allem über den schieren, unerbittlichen Durchsetzungswillen einer elementaren Lebenskraft, die sich überall, wo sie nur konnte, auszudrücken suchte, in welcher Weise auch immer, und das auf jeder möglichen Welt – eine Kraft, die sich in der Ausformung unglaublich vielfältiger Lebewesen äußerte, welche sich in unablässigem Wettbewerb herausgebildet hatten, Lebewesen, die atmeten, sich fortpflanzten, kämpften und starben.

Nach einer gewissen Zeit wurde man davon regelrecht überwältigt. Maggie zog sich in die vertraute Routine ihrer täglichen Arbeit zurück.

# 15

Am neunten Tag nach dem Einsatz des chinesischen Antriebs sah Maggie, die in ihrer Kajüte gerade einige Berichte verfasste, kaum auf, als sie spürte, dass das Luftschiff wieder einmal anhielt. Ein weiterer Aufenthalt für die Wissenschaftler, dachte sie. Wenn er wichtig genug wäre, dass sie die Einzelheiten kannte, oder wenn man den Zwischenstopp für interessant genug hielte, hätte man sie darüber informiert.

Einen Tag später – das Schiff pausierte immer noch – rief Gerry Hemingway durch. »Tut mir leid, dass ich stören muss, Käpt'n, aber das sollten Sie sich vielleicht doch selbst ansehen.«

Sie warf einen Blick auf den Erdometer: Erde West 17.297.031. Egal, sie brauchte ohnehin mal wieder ein bisschen frische Luft. »Komme gleich. Wie ist das Wetter?«

»Wir sind nicht weit von der Küste entfernt. Ein bisschen frisch, es ist Februar. Ziehen Sie warme Sachen an und wasserdichte Stiefel. Und, Käpt'n …«

»Ja, Gerry?«

»Passen Sie auf, wohin Sie treten.«

»Wir sehen uns am Ausstieg.« Sie erhob sich und schaute zu Shi-mi hinüber. »Kommst du mit?«

Shi-mi rümpfte die Nase. »Ist Schneeball auch dort?«

»Gut möglich.«

»Bring mir ein T-Shirt mit.«

Maggie Kauffman stand auf dem sandigen Küstenstreifen eines sanft plätschernden Meeres. Sie fragte sich, ob es sich um einen Ableger des Amerikanisches Binnenmeers wie im

Walhalla-Gürtel handelte und ob hier, wo die Kontinente über die Erdoberfläche rutschten wie Puzzleteilchen über einen umgekippten Tisch, Bezeichnungen wie »amerikanisch« überhaupt noch sinnvoll waren.

Sie befand sich in der Gesellschaft von Gerry, dem Beagle Schneeball und Fähnrich Santorini, den sie dem Beagle als informellen Begleiter zugewiesen hatte. Ihr fiel auf, dass sogar Schneeball, der normalerweise barfuß ging, schwere, behelfsmäßige Stiefel trug. Nicht weit von ihnen entfernt waren Gerrys Wissenschaftler dabei, alles Mögliche zu vermessen, aufzunehmen und zu überprüfen. Dabei starrten sie immer wieder auf diesen unspektakulären Strand, das Meer und die Dünen. Zwei bewaffnete Marinesoldaten standen neben Mike McKibben, ihrem Sergeanten, der gerne Sprüche klopfte und Scrabble spielte. Von der Besatzung wusste niemand so genau, ob die Marines solchen Teams wie jetzt lediglich beigeordnet waren, um nach einheimischen Dinosauriern oder Krokodilen Ausschau zu halten, oder ob sie vielmehr die Schiffsbesatzung im Blick behalten sollten – oder den sprechenden Hund.

Es waren auch zwei Zivilisten dabei, die eigenartig aussehende Messgeräte auf dem Rücken trugen. Sie arbeiteten für Douglas Black und übermittelten ihm unablässig irgendwelche Daten. Black selbst verließ seine Kabine nur selten, aber er interessierte sich brennend für die Welten, über denen sie anhielten, und wollte sie immer wieder, wenn auch nur stichprobenartig, untersuchen.

Maggies Meinung nach gab es hier weder Krokodile noch Dinosaurier, aber dafür jede Menge Leben im Ozean: Sie sah Fische, Seetang und am Strand Reste von Schalentieren. Außerdem waren da Krabben, und zwar in großen Massen, die aufgeregt hin und her rannten.

Gerry Hemingway beobachtete sie. »Wir haben noch keinen offiziellen Bericht abgefasst, Käpt'n. Wie ist Ihre erste Reaktion?«

»Ich bin froh, dass Sie mir den Tipp mit den Stiefeln gegeben haben. Diese verflixten Krabben sind ja überall.«

»Ja, allerdings. Wir haben einen ganzen Weltengürtel gefunden, in dem Krabben und Krustentiere dominieren. Diese Welt hier ist bis jetzt die spektakulärste. Wenn Sie uns ein bisschen Zeit geben, zeigen wir Ihnen alles Schritt für Schritt. Dabei können wir auch gleich unsere Rückschlüsse überprüfen.«

»Was wollen Sie mir denn zeigen?«

»Kommen Sie mit runter zum Meer, Käpt'n.«

Sie warf Schneeball einen kurzen Blick zu, der bemerkenswert menschlich mit den Schultern zuckte, dann ging sie sehr vorsichtig hinter Hemingway her.

Der marschierte ein paar Schritte ins flache Wasser. »Was halten Sie davon, Käpt'n? Und davon?« Er zeigte auf den Meeresboden, auf einen großen rosafarbenen und dann auf einen grünen Flecken.

Beim näheren Hinsehen erkannte sie, dass es sich bei dem Rosa um einen ganzen Schwarm Schalentiere handelte. Das Grün war Seetang. »Ich verstehe nicht ganz…« Erst dann wurde ihr klar, dass die garnelenartigen Tiere in einem Rechteck aus auf dem Sand des Meeresbodens angehäuften Steinmauern eingepfercht waren und von einer Krabbe beaufsichtigt wurden, die kaum größer als Maggies Handfläche war. Auch der Seetang war grob auf eine zwei auf zwei Meter große Fläche beschränkt, auf der weitere Krabben beschäftigt waren. Sie glitten über den Seetang hinweg und rupften hier und da im Grün herum. Dabei bewegten sie sich in akkurat parallelen Linien hin und her, wie auf einem… *Acker*?

Maggie machte einen Schritt zurück und sah sich um. Soweit sie sehen konnte, war der Meeresboden in unmittelbarer Küstennähe links und rechts von ihr von ganz ähnlichen Rechtecken und Quadraten bedeckt – grün, rosa, violett, auch andere Farben. Jetzt, da sie es sah, war es offensichtlich.

»Oha.«

Hemingway grinste. »Was denn ›oha‹, Käpt'n?«
»Spielen Sie sich nicht so auf, Hemingway.«
»Far-rrhmen«, sagte der Beagle, der ebenso ungläubig aussah wie Maggie. »Kleine Far-rrhmen.«
»Ganz genau«, erwiderte Hemingway. »Was wir hier sehen, ist ganz offensichtlich eine sorgfältige, absichtliche und zielgerichtete Kultivierung, die von dieser speziellen Krabbenart ausgeführt wird. Weiter geht's. Folgen Sie mir, Frau Kapitän...«
Sie gingen weiter am Strand entlang bis zu etwas, was auf den ersten Blick wie ein Entwässerungsgraben aussah, der tief in den Sand gegraben war und schnurgerade aus den Dünen herauskam. Er mochte drei Meter breit sein, und auf seiner Oberfläche trieb, Maggies erstem Eindruck nach, allerlei Abfall herum, vielleicht Blätter oder Baumreste, die ein Sturm aus dem Landesinneren hierhergeweht hatte...
Nein. Sie schaute genauer hin. Der »Abfall« trieb in zwei Reihen dahin, von denen eine sich auf das Meer zubewegte und die andere in Richtung Land. Und das, was sie für dahintreibenden Unrat gehalten hatte, waren größtenteils kleine Quadrate und Rechtecke, keines mehr als fünfzig Zentimetern Seitenlänge, die auf dem Wasser schwammen. Diejenigen, die flussabwärts unterwegs waren, trugen etwas, das tatsächlich wie Abfall aussah, leere rosafarbene Schalen und anderen Müll. Diejenigen, die vom Meer heraufkamen, waren beladen – mit Garnelen und Seetang.
Schneeball beugte sich darüber und schnüffelte intensiv mit seinen schwarzen Nüstern. Maggie fragte sich, was er wohl sah, was er wahrnahm...
Was sah *sie* hier eigentlich?
Diese kleinen, hellbraunen Matten waren Flöße, aus einer Art Schilf geflochten. Diejenigen, die in Richtung Meer unterwegs waren, schienen mit der Strömung zu treiben, aber die anderen in der Gegenrichtung waren mit feinen Fäden mit Krabben am Ufer des kleinen Kanals verbunden: größere Tiere als diejenigen, die sie bei den Seetangfarmen gese-

hen hatte, kräftige, behäbige Exemplare, die schwer an ihren Fäden zu ziehen hatten. Als sie genauer hinsah, erblickte sie auch noch mehr dieser kleineren Krabben. Jedes dieser großen Zugtiere hatte mindestens eine kleine Krabbe hinter sich, die etwas in einer Schere hielt – war das eine Peitsche? Etwas in der Art. Und auf jedem Floß fuhr ebenfalls eine kleine Krabbe mit, manchmal auch zwei, die wiederum kleine Streben in den Scheren hielten, mit denen sie so etwas wie ein Steuerruder kontrollierten.

Maggie machte einen Schritt zurück. »Das ist doch unmöglich!«

»Von wegen, Käpt'n«, sagte Hemingway und grinste. »Das Leben hat viele Ausdrucksmöglichkeiten – und allem Anschein nach auch viele Spielarten der Werkzeugherstellung und der Schaffung von Zivilisationen. Hier haben die Krabben die Gelegenheit ergriffen. Warum auch nicht? Auf der Datum gibt es schon seit dem Jura Krebse und Krabben, es gibt Tausende von Arten, und sie können ziemlich schlau sein. Sie verständigen sich mittels Scherenklappern, kämpfen um Weibchen und buddeln Gräben. Sie haben zwar keine Hände, aber mit diesen Scheren kann man ziemlich präzise arbeiten.«

»Sie scheinen überhaupt nicht auf uns zu reagieren, oder? Dabei steht hier ein halbes Dutzend Riesen und glotzt auf sie herab.«

»Zu groß«, knurrte Schneeball. »Sehen uns nich-cht.«

»Könnte sein«, sagte Hemingway. »Vielleicht lässt ihr Körperbau nicht zu, dass sie nach oben sehen. Warum auch? Vielleicht können sie uns rein visuell nicht einordnen. Wir sind für sie einfach zu fremdartig, wie Wolken, die auf den Boden herabgestiegen sind …«

»Sie haben von ›Zivilisation‹ geredet. Ich sehe zwar jede Menge Flöße und Fischer, aber … welche Zivilisation?«

Er richtete sich auf. »Gleich hinter den Dünen, Käpt'n.«

Die Stadt der Krabben scharte sich um das, was Gerry Hemingway für eine Tempelanlage hielt. Vielleicht war es auch ein Palast.

Das große, klotzige Gebäude mit seinen offenen Säulengängen lag an einem langen und breiten rechteckigen Wasserbecken, randvoll mit trübem grünem Wasser. Vor dem »Tempel« stand die Skulptur einer Krabbe, die wie die Flößer aussah, nur viel größer, ungefähr halb so groß wie ein Mensch. Kleinere Krabbenskulpturen mit erhobenen Scheren standen aufgereiht rings um den Teich, aber Maggie fand, dass diese lebensgroßen Kopien eher wie Kadaver aussahen, vielleicht waren es auch abgeworfene Schalen.

Der gesamte Komplex aus Wasserbecken und Palast war auf allen Seiten von weiteren Gebäuden umgeben, alle mehr oder weniger rechteckig, aber mit abgerundeten Ecken, und alle aus einer harten, bräunlichen Substanz erbaut. Der Palast war tatsächlich das Herzstück eines aus geraden Linien bestehenden Straßenrasters, an das sich die bebauten Abschnitte hielten. Der vom Meer her kommende Kanal führte direkt in ein großes Viertel, dessen Gebäude wie Lagerhäuser aussahen und wo, wie Maggie vermutete, die herangeschaffte Nahrung in die eine Richtung geleitet und der gesammelte Abfall in die andere Richtung weggespült wurde. Es war eine regelrechte Stadt, obendrein von der Anlage her einer Menschenstadt nicht unähnlich – und ganz und gar nicht wie die unregelmäßigen Häuseransammlungen der Beagles. Nur dass in allen Straßen Krabben hin und her krochen. Hier an Land gab es keine Fahrzeuge, aber Maggie sah, dass einige der kleineren Krabben auf den Rücken ihrer größeren Verwandten ritten.

Wie Gulliver in Liliput konnte Maggie über die größten Gebäude hinwegsteigen. Auch dort, wo sie die Füße – mit großer Sorgsamkeit – auf Straßen oder größere Plätze setzte, schienen die Krabben sie gar nicht richtig wahrzunehmen, sie krabbelten einfach um ihre großen Stiefel herum.

Als sie nach oben sah, erblickte sie die tröstlichen Silhouetten der Twains am Himmel, die sie wieder an die Wirklichkeit erinnerten.

»Meine Güte«, sagte sie zu Hemingway, »das ist ja wie eine Modellanlage. Ich würde mich nicht wundern, wenn gleich eine Spielzeugeisenbahn um die Ecke gerattert käme.«

Hemingway schien drauf zu brennen, ihr alles haarklein zu erklären. »Wir haben bis jetzt so einiges herausgefunden, Käpt'n. Wir beobachten sie inzwischen schon seit vierundzwanzig Stunden. Wir glauben, diese hier...« Er beugte sich hinab und zeigte auf ein Tier.

»Die Flößer?«

»Genau. Das sind die Klugen. Bei ihnen scheinen nur die Männchen das Sagen zu haben. Die anderen, größeren, sind die Weibchen ihrer Spezies – bei vielen Krabbenarten gibt es einen ausgeprägten Sexualdimorphismus. Ähm, sie scheinen auch noch andere Spezies als Zugtiere zu benutzen, vielleicht auch als Nahrungsmittel und als Bauarbeiter. Das Rad scheinen sie noch nicht erfunden zu haben... Wie Sie sehen, reiten sie auf den dümmeren Exemplaren.«

Er machte eine kurze Pause, dann sprach er weiter: »Die Gebäude bestehen aus einer Paste aus gekauten Schalen und Speichel, auf deren Produktion sich eine bestimmte Art spezialisiert hat. In der großen Zone dort drüben werden Nahrungsmittel verarbeitet. Wir haben nicht die geringste Ahnung, wozu die anderen Gebäude und Bezirke gut sind, obwohl einige davon bestimmt reine Wohngebiete sind. Auf der Datum leben Krabben am liebsten in Hohlräumen, in Höhlen und sogar in Gruben, die sie sich in den Meeresboden graben...«

Maggie bückte sich zu den unbeweglichen Krabbenabbildern rings um das Wasserbecken hinab. »Krabben häuten sich, oder?«

»Allerdings, Käpt'n. Sie werfen regelmäßig ihre Panzer ab. Vielleicht sind das hier alte Schalen, wer weiß? Keine Skulpturen wie der große Bursche vor dem Palast, sondern abgelegte Panzer – von wem? Vom Kaiser? Seinen Vorfahren?

Einem Priestergeschlecht? Es ist eindeutig ein *Er,* das sieht man an der Größe der Panzer. Außerdem hat man sie zu religiösen Zwecken aufgestellt.«

»Das ist aber ziemlich wild spekuliert, Gerry.«

»Stimmt, Käpt'n.«

»Es kommen noch mehr-rrh«, sagte Schneeball und gab den großen Durchgang frei, der zum Becken hinüberführte.

Schon schob sich eine regelrechte Prozession heran, eine ganze Reihe Krabben bewegte sich auf den zentralen Komplex zu, die meisten davon in Flößergröße, dazwischen aber auch ein paar andere. Einige schienen ihre Schalen geschmückt zu haben, rot, schwarz, violett, vielleicht mit einer Variante von Tintenfischtinte, dachte Maggie. Andere, die an den Seiten gingen, klapperten laut mit den Scheren. Andererseits gab es weiter in der Mitte des Gewühls wieder andere, die eher schmutzig aussahen, mit zerkratzten und vernarbten Panzern. Bei einigen fehlten sogar die Scheren, womöglich waren sie an den Gelenken abgeknipst worden.

Außer dem Klappern der Scheren und dem Schaben Tausender von Panzern war nichts zu hören. Ein Geräusch wie Sand an einer Fensterscheibe.

»Kämpfer-rrh mit gefangenen Feinden«, sagte Schneeball. Es hörte sich beinahe traurig an. »Ihr-rrhe Waffen sind abgeschnitten.«

»Gut möglich. In der Vergangenheit haben wir dergleichen auf der Datum mehr als genug gesehen«, sagte Hemingway. »Vielleicht geben die Jungs, die da Kastagnetten spielen, nicht einfach nur sinnlose Geräusche von sich. Einige Krabbenarten kommunizieren mit solchen Geräuschen. Auf der Datum lautet die Nachricht meistens nur: ›Das Essen gehört mir‹, aber hier dürfte es etwas komplexer sein.«

»Ich frage mich, welches Schicksal diese Gefangenen wohl erwartet, wenn sie das Becken erreicht haben«, sagte Maggie.

»Irgendwas geht am Palast vor sich«, murmelte Hemingway. »Da kommt eine Abordnung herausmarschiert.« Er gab seinen Leuten ein Zeichen. »Seht zu, dass ihr das alles restlos aufzeichnet!«

»Wird gemacht.«

Maggie beugte sich tiefer hinab, um zu sehen, wer da aus diesem Palast aus Schale und Spucke herauskam. Eine große Krabbe inmitten des Pulks war sicherlich die wichtigste Erscheinung. Ihr Panzer war nicht verziert, aber das Exemplar sah schwer aus, älter, und es kam Maggie sogar auf eine unbestimmte Weise arroganter vor. Der Würdenträger war von einem Kreis seltsam aussehender Gefolgsleute umgeben, die rosig und verletzlich aussahen … »Meine Güte!«, sagte sie. »Die haben keine Panzer.«

»Vielleicht haben sie sich gerade gehäutet«, meinte Hemingway. »Beim Häuten muss die ganze Krabbe aus ihrem Panzer steigen … Aber diese Gefährten haben natürlich auch die richtige Größe, um Weibchen zu sein. Bei manchen Krabbenarten werden die Weibchen direkt nach dem Häuten begattet, wenn sie weicher sind. Hm. Ich frage mich, ob dieser Herrscher Möglichkeiten gefunden hat, seinen Harem davon abzuhalten, neue Panzer auszubilden. Damit sie ihm stets zur Verfügung stehen, sobald ihn das Verlangen überkommt.«

»Autsch«, sagte Maggie.

»Ja, Käpt'n. Die Prozession hat jetzt das Wasser erreicht.«

Letztendlich war das Schicksal der Gefangenen ein brutales und endgültiges. Einer nach dem anderen wurde von den verzierten Soldaten-Typen in das Becken geworfen. Als der erste Gefangene ins Wasser eintauchte, verwandelte sich das Becken in hektische Betriebsamkeit, und schon bald herrschte ein einziges Durcheinander aus Fleisch und Schalen und verzweifelt um sich schlagenden Opfern.

Alle Gefangenen wurden hineingeworfen, einer nach dem anderen, mit entsetzlicher Gleichmäßigkeit, während der »Herrscher« und seine Gemahlinnen zusahen.

»Ich wüsste zu gerne, was sie in diesem Becken halten«, sagte Hemingway. »So etwas wie Piranhas?«

»Babys-ss«, knurrte Snowy.

»Was?«

»Babys. Kr-rrhabbenbabys werden von Mutter-rrh einfach ins Wasser-rrh gelassen. Schwimm. Finde Fr-rrhessen. Nicht wie junge Hunde, sie saugen nicht.«

»Ach«, sagte Hemingway. »Und in diesem Becken …«

»Babys von Herrscher-rrh in diesem Palast. Fressen Feinde. Macht Babys stark-hh. Lässt sie gegeneinander kämpfen. Ist so ähnlich wie bei uns. Junge zerreißen gefallene Feinde von Mutter-rhh.«

Hemingway und Maggie wechselten einen Blick. »Weißt du was«, sagte Hemingway, »du hast wahrscheinlich recht. So hätte ich nie darüber nachgedacht. Aber es ergibt durchaus Sinn – eine kulturelle Logik, die sich aus den Vorgaben ihrer Biologie ergibt.«

Schneeball musste sich das erst in eine einfachere Terminologie übersetzen lassen, aber dann sah er Maggie an. »Eure Gedanken, meine Gedanken, immer abhängig von Blut, von Körper-rhh. Brauchen anderes Blut, andere Körper-rhh, um Gedanken zu überprüfen. Mein Blut nicht deins. Meine Gedanken nicht eure.«

Maggie grinste. »Damit hast du absolut recht. Genau deshalb wollte ich dich mit an Bord haben, Schneeball. Unterschiedliche Denkweisen, aus unterschiedlichen biologischen Perspektiven. Um die vorgefassten Meinungen abzulegen, von denen wir gar nicht wussten, dass wir sie haben. Was wäre der Sinn der Langen Erde, wenn wir unseren Verstand nicht zusammenwerfen würden?« Sie musterte den Beagle. »Ich hoffe sehr, dass du als Besatzungsmitglied einen konstruktiveren Eindruck von uns gewinnst, als ihn deine Leute in deiner Heimatwelt von uns pflegen.«

Schneeball schien die Stirn zu runzeln, aber sein Gesichtsausdruck war immer sehr schwer zu interpretieren. »Konssch … konsch-sch …«

»Ich meine: einen *besseren* Eindruck. Ich weiß, dass ihr

nicht damit einverstanden seid, wie wir unsere Hunde behandeln. Aber du weißt, dass wir sie auch schätzen und lieben.«

Hemingway schien sich für die Unterhaltung zu interessieren. »Nicht nur das, Käpt'n, es gibt Menschen, die glauben, dass das Verhältnis zu unseren Hunden zu unserer eigenen Entwicklung beigetragen hat. Wenn wir dieses Experiment mit Schneeball fortsetzen, wenn wir auch in Zukunft zusammenarbeiten ...«

Schneeball sah ihn ernst an. »Vielleicht haben sich Menschen-hh auch besser-rrh fortgepflanzt als vorher-rrh.«

Maggies Grinsen wurde noch breiter. »Leutnant, ich werde in meinem Logbuch vermerken, dass du heute deinen ersten Witz gemacht hast. Aber was fangen wir jetzt mit diesen Krabbenviechern an?« Sie ging in die Hocke und starrte auf die blutige Szene, die sich vor ihnen abspielte. »Wisst ihr, wir haben mit diesen kleinen Kerlchen mehr gemeinsam, als uns lieb sein kann. Mit *wir* meine ich sowohl die Menschen als auch die Beagles – mindestens. Sie stellen Werkzeuge her, genau wie wir. Sie errichten Städte, genau wie wir. Wissen wir, ob sie zählen können, Gerry? Oder schreiben?«

»Äh, Käpt'n ...«

»Wissen Sie, wenn ich eine Möglichkeit fände, einen von diesen Burschen in die Mannschaft der *Armstrong* aufzunehmen ...«

»*Käpt'n.*« Es klang dringlicher.

Sie drehte sich um. »Was denn?«

Er gestikulierte verschämt. »Die Ecke des Tempels. Ihr, äh, Hintern ...«

Sie drehte sich um und schaute hin. »Ich habe den Westflügel demoliert. Hoppla.«

»Jetzt ss-ssehen sie uns«, sagte Schneeball, der nach unten sah.

Maggie sah, dass der Herrschertyp ihr mit seinen großen Scheren auf eine in seinem Miniaturzorn gewissermaßen komische Weise drohte, wobei er nach links und rechts um sich schlug und so seine weichen, ungepanzerten Konkubinen verscheuchte. Überall klapperten jetzt Scheren, ein leises Geräusch, das in der Vielfalt jedoch immer lauter wurde. Sie hatte den König von Liliput beleidigt, indem sie seinen Palast mit ihrem Hintern gestreift hatte. Sie versuchte, nicht zu lachen.

Aber dann spürte sie, wie der Boden ins Schwanken geriet.

Hemingway drehte sich um. »Äh, Käpt'n…«

»Was jetzt, Gerry?«

»Die große Krabbe auf dem Dach des Gebäudes. Die richtig große.«

»Was ist damit?«

»Wir dachten, es wäre eine Skulptur.«

»Und?«

»Also… es ist keine.«

»Was denn?«

»Ein Panzer. Auch sie ist bloß ein Panzer.«

»Ein Panzer von was? Ach… Von dem, was dort drüben aus dem Boden gekrochen kommt. Verstehe. Was schlagen Sie jetzt vor, Leutnant?«

Ohne zu zögern, sagte er: »Abhauen, Käpt'n!«

Sie hauten ab, vor einer Krabbe, die aus einem Erdloch im sandigen Boden hervorbrach, eine Krabbe, so groß wie ein kleiner Bär und mit der Geschwindigkeit eines Geparden, ob sie nun seitwärts rannte oder nicht.

Die Luftschiffe blieben drei Tage vor Ort und beobachteten, stellten Messungen an, nahmen Proben. Sie ließen ein Team aus drei Freiwilligen aus Hemingways Abteilung zurück, das die Zivilisation der Krabben genauer erforschen und nach Möglichkeit Kontakt herstellen sollte – oder zumindest vor Ort überleben.

Dann setzten sich die Schiffe wieder in Bewegung.

# 16

Frank Wood machte einen Schritt nach vorne, weg vom MEM.

Alles war irgendwie merkwürdig, sämtliche vertrauten Elemente der Welt wirkten hier auf dem Mars verzerrt – auf *diesem* Mars. Die Sonne war geschrumpft, aber hell, und die Steine ringsum warfen gestochen scharfe Schatten über die staubige rostrote Ebene. Frank hätte auf einer kargen Hochebene auf der Erde stehen können, aber hier war die Luft dünner als auf dem Gipfel des Everest. Trotzdem war diese Welt relativ gnädig. Es war nicht so schlimm wie auf dem echten Mars – dem Datum-Mars. Es war kalt, und die Luft war dünn, aber eben nicht *so* kalt und nicht *so* dünn.

Über dem Horizont sah der Himmel bräunlich aus, war aber tiefblau, wenn Frank den Kopf in den Nacken legte und direkt nach oben sah, obwohl das in seinem Schutzanzug mit den warmen, gepolsterten Schichten und der geschlossenen Gesichtsmaske ein bisschen riskant war. Irgendwo in diesem Himmel hätte die Erde sein müssen, ein Morgenstern, nicht weit von der Sonne entfernt. Aber nicht hier. Nicht im Universum der Lücke.

Er machte noch einen weiteren Schritt.

Die Bewegungen kamen ihm vor wie im Traum, irgendetwas zwischen Gehen und Schweben. Nach den Wochen in der Schwerelosigkeit brauchte es eine Weile, bis er sich davon erholt hatte. Seine Körperflüssigkeiten waren noch nicht wieder richtig verteilt, seine Muskeln fühlten sich trotz der vielen Stunden auf dem Stepper schwach an. Auch sein Gleichgewichtssinn war gestört, sodass diese fremdartige neue Welt recht unangenehm um seinen Kopf herumschwamm. Aber mit jedem Schritt, den er zurücklegte, fühlte er sich ein bisschen kräftiger. Hier ging Frank Wood, einundsechzig Jahre alt, und er spazierte durch das Magala Vallis, irgendwo in Äquatornähe. Der Name stammte von den Kartographen der NASA, die das Sanskritwort für den Planeten Mars verwendet hatten, und wenn Indoeuropäisch die Wurzel der meisten westlichen Sprachen war, dann war es vielleicht der älteste bekannte Name für den Mars überhaupt… Der erste Mensch auf dem Mars! Jedenfalls auf *einem* Mars. Wer hätte das für möglich gehalten? Dieser Augenblick entschädigte ihn für die vielen Jahre der Enttäuschung nach der Einstellung des Raumprogramms nach dem Wechseltag und auch für den anstrengenden Flug selbst, die Wochen, die er in Gesellschaft eines semi-psychotischen Vater-Tochter-Teams in der Kapsel verbracht hatte, und schließlich für die haarsträubende Landung mit dem Mars Excursion Module, einem unerprobten Raumfahrzeug, das in eine praktisch unbekannte Atmosphäre eintauchte. Nichts davon war jetzt noch von Belang, denn er hatte alles überstanden, und jetzt war er hier. Frank jauchzte und führte einen kleinen Freudentanz auf, bei dem seine Stiefel Marsstaub aufwirbelten. Und er würde die Sache *auf keinen Fall* versauen.

»He, Tom Swift, immer schön an die Checkliste halten«, murmelte Sallys Stimme in seinem Ohrhörer.

Frank seufzte. »Verstanden, Sally.«

Er machte sich an die Arbeit.

Zuerst drehte er sich um und wandte sich dem MEM zu.

Die Landeeinheit war ein sogenannter »bionischer Tragrumpf«, ein dickbauchiges Flugzeug, das auf zerbrechlich aussehenden Kufen ruhte und dessen Hitzeschildplatten und Vorderkanten vom Eintritt in die Atmosphäre versengt waren. Frank ging zum Schiff zurück und nahm eine kleine Videokamera von einem Klappstativ, und nachdem er eine Weile daran herumgefummelt hatte, passte sie in einen Aufsatz vor seiner Brust. Dann nahm er die Flagge samt ausziehbarem Fahnenmast in einem Plastikbeutel an sich.

Danach machte er sich wieder auf den Weg und brachte die Erforschung dieses neuen Mars durch die Menschheit ein paar weitere Schritte voran. »Ich entferne mich jetzt vom Landefahrzeug. Ich will dort vorne hin, ins Sonnenlicht.« Sobald er den langen Schatten des MEM hinter sich gelassen hatte, drehte er sich um und ließ die Kamera über die Landschaft schwenken.

»Das Bild ist ein bisschen verschwommen, Frank. Deine Schwenks sind zu schnell.«

Gehorsam drehte sich Frank noch einmal, langsamer. Der Marsstaub an seinen Stiefeln fühlte sich ein bisschen rutschig an. Hier draußen sah er nichts, was auf die zuvor erfolgte Landung hinwies, keinen Staub, der von den großen Rädern aufgewirbelt worden war. Der Boden unter seinen Füßen war jungfräulich: Ja, es war tatsächlich der Sand des Mars, wie schon bei Arthur C. Clarke und vielen anderen Autoren beschrieben.

Nach Westen hin sah Frank eine Linie, einen kaum wahrnehmbaren Schatten im Sand. Es sah wie eine flache Furche aus, die von ihm wegführte. Vielleicht der Rand eines Kraters. Frank ging in diese Richtung, entfernte sich weiter vom MEM.

»Geh nicht so weit, dass wir den Sichtkontakt verlieren«, warnte ihn Sally.

Frank blieb am Kraterrand stehen. Es war eine flache, gleichmäßige Vertiefung von einigen Dutzend Metern Durchmesser. Auf ihrem Grund schimmerte Eis, wie eine Kruste über flüssigem Wasser. Rings um diesen Tümpel hockten kleine pummelige Gestalten, wie Fußbälle mit ganz glatter Haut, die recht widerstandsfähig aussahen und unter einer Patina aus rostfarbenem Staub blassgrün zu sein schienen.

»Sieht aus wie Kakteen«, sagte Frank aufgeregt. »Siehst

du das, Sally? Genau wie das, was wir auf den Fotos von der Landeeinheit entdeckt haben. Offensichtlich sehr zäh, austrocknungsresistent – aber keine Stacheln.« Dieses eigenartige Merkmal fiel ihm sofort auf. »Wahrscheinlich gibt es keine Marsbewohner, die durch die Gegend rennen und sie wegen ihrer Feuchtigkeit fressen wollen.«

»Du weichst schon wieder von der Checkliste ab, Frank.«

»Könnt ihr denn an nichts anderes denken, nicht mal jetzt?«

»Es ist deine eigene Checkliste. Ich behalte sie nur im Auge.«

»Na schön, verflixt noch mal.«

Es dauerte nicht lange, die Teleskopfahnenstange mit dem spitzen Ende in den verdichteten Boden zu rammen. Dann zog Frank das Sternenbanner aus der Tüte, entfaltete es und befestigte es an der Stange. Es war eines von der erweiterten, holographischen Sorte, welches die US-Ägide symbolisierte. Diese Stelle hier, mit dem Blick über den hübschen Marsgarten, war eine angemessene Stelle für die kleine Zeremonie. Frank stellte die Videokamera auf den Boden, richtete sie auf sich und sah zu, dass er in einer Linie zum MEM stand. »Hörst du mich, Sally?«

»Jetzt bring's schon hinter dich.«

Frank richtete sich auf und salutierte. »Fünfzehnter März, Anno Domini 2045. Ich, Francis Paul Wood, erkläre hiermit dieses Land und sämtliche Ländereien und wechselwärtigen Kopien dieses Mars zum rechtmäßigen Territorium der Vereinigten Staaten von Amerika, unter der Regierungsgewalt der Vereinigten Staaten von Amerika und verantwortlich ihrer Regierung und ihren Gesetzen …«

Plötzlich stand jemand vor ihm.

Frank zuckte erschrocken zusammen und taumelte ein wenig. Es war ein Mensch, eine Gestalt in einem Raumanzug, dessen äußere Hülle von Frost überzogen war, und er war soeben aus dem Nichts erschienen. Dann ertönte eine überlaute Stimme in Franks Ohrhörer, eine Stimme, die ein Lied grölte, dessen Text Frank nicht kannte, dessen Melodie ihm aber vertraut war. »Das ist die russische Nationalhymne! Was zum …«

»Zu spät, um Ansprüche zu stellen, Yankee! Dazu braucht man größere Fahne als die da!«

Frank straffte sich. »Wer zum Teufel sind Sie?«

»Du kommst spät, Viktor!«, rief Willis Linsay.

Der Russe salutierte in Richtung des MEM. »Schön, dich zu sehen, Willis. Willst du mir nicht diesen Burschen hier vorstellen? He – wie heißt du? Frank? Soll ich dir Refrain beibringen? Versuchen wir auf Englisch: *Ruhm gebührt Dir, freies Vaterland! Brüderlich der Völker Bund entstand …* He, Willis!«, er klopfte auf eine Plastikkiste an seiner Hüfte. »Wechselbox funktioniert übrigens auf dem Mars.«

»Hab ich gesehen.«

»*… fest geknüpft das Band, von uns Heutigen mit Stolz bekannt: Heimat, die Ruhm uns und Ehre verheißt!*«

# 17

Unter ein wenig Mithilfe von Viktor Iwanow, ihrem unerwarteten Empfangskomitee – zumindest unerwartet für Sally und Frank Wood –, verbrachte die Besatzung der Galileo vierundzwanzig Stunden damit, den MEM-Lander herunterzufahren und seine Fracht zu entladen, zu der auch die vorgefertigten Komponenten zweier Flugmaschinen gehörten. Es waren bessere Gleiter, leichte, spindeldürre Geräte, wie Sally sofort sah, als die Teile ausgepackt und fein säuberlich auf über dem Staub ausgebreiteten Decken ausgelegt wurden. In diesen zerbrechlichen Apparaten würden sie den Langen Mars erforschen, wie sie von ihrem Vater erfuhr. Die eine Maschine sollte *Woden* heißen, die andere *Thor*.

Es dauerte mehrere Stunden, bis sich Sally an die Bedingungen auf dem Mars gewöhnt hatte. Ihr Druckanzug blies sich in der dünnen Luft prall auf wie ein Ballon, aber durch die Gelenke an Ellbogen, Knien und Fußknöcheln konnte man sich trotzdem relativ gut bewegen. Auf den wechselwärtigen Varianten des Mars würde es schwieriger werden, denn dort war die Luft deutlich dünner als hier. Durch die geringe Schwerkraft, die nur ein Drittel von der auf der Erde betrug, konnte sie schwere Gegenstände anheben, aber wenn solche Lasten erst einmal in Bewegung waren, bewegten sie sich immer weiter, deshalb musste man sehr aufpassen. Das Gehen war kompliziert, das Laufen noch mehr, denn man tendierte dazu, bei jedem Schritt vom Boden abzuheben. Mit der Zeit fand sie heraus, dass ihr ein langsamer Trab leichter fiel als simples Gehen. Um jedoch richtig zu rennen, musste sie den Körper recht tief halten, damit ihre Füße sich vom Marsboden abstoßen konnten, um die Kraft der Fortbewegung zu maximieren.

Frank machte sich über ihre Versuche lustig. »Wir müssen dich wohl doch noch ins Astronautentraining stecken.«

Sally ignorierte ihn einfach und übte weiter, konzentriert und mit gesenktem Kopf. Weglaufen zu können gehörte zu den wichtigsten Überlebensstrategien. Deshalb hatte sie vor, das Weglaufen auf dem Mars möglichst schnell zu beherrschen.

Während Willis und Frank die Gleiter zusammenbauten, lernte Sally ihren unerwarteten Besucher näher kennen. »Ist Überraschung gelungen? Ihr landet auf leerem Mars. Gott segne Amerika! Wusch – der große dicke Russe war zuerst da. Haha!«

Viktor lud Sally ein, seiner eigenen Basisstation einen Besuch abzustatten und dort seine Gefährten kennenzulernen. »*Marsograd*. Willis nennt es Marsograd. So heißt es nicht, richtigen Namen du kannst nicht aussprechen. Ist nicht weit von hier, ein paar Hundert Meilen. An der Flanke von Arsia Mons, einer der drei großen Tharsis-Krater. Wir untersuchen Vulkane, wichtige Arbeit, wir wollen verstehen ... Komm uns besuchen.«

Warum eigentlich nicht? Sollten Willis und Frank doch weiter mit ihren Flugzeugmodellen spielen.

Viktors Fahrzeug, das er in einem tiefen jüngeren Krater außer Sichtweite des MEM geparkt hatte, war ein großer, robust aussehender Lastwagen auf fetten Reifen, die Kabine eine Blase aus zerkratztem Plexiglas. Sally kam das Vehikel wie ein aufgemotzter Traktor vor. Seine Kabine roch stark nach Öl und fettverschmierten russischen Männern, und das Lufterneuerungssystem ratterte alarmierend. Aber das Ding war geräumig und warm, und die Schalensitze waren recht bequem. Der Truck rollte los.

Sie fuhren in Richtung Nordosten über eine holprige, mit

Steinbrocken übersäte Landschaft, folgten Spuren, die der Truck vermutlich selbst dort gezogen hatte. Der heute, an Sallys zweitem Tag auf dem Mars, wolkenlose Himmel war blau bis auf den Horizont, wo er in ein marsianisches Rostbraun überging. Auch hier gab es Leben, wie überall deutlich zu sehen war: diese kakteenartigen Dinger, rund und hart, dann so etwas wie verkrüppelte und zusammengefaltete Bäume mit kleinen, stachligen Blättern – und etwas, was sogar nach Schilf aussah, vielleicht auch wie große Grashalme, jeder mit einer eingebuchteten Seite, die der Sonne zugewandt war. Sie stellte sich vor, dass die Halme im Laufe des Marstages dem Lauf der Sonne über den Himmel folgten.

»Wie aus einem Märchenbuch«, sagte sie.

»Hm?«

»Es ist ungefähr so, wie man sich den Mars früher vorgestellt hat, vor mehr als hundert Jahren. Sehr karg, aber mit widerstandsfähigen Lebensformen. Wie in den alten Science-Fiction-Geschichten. Nicht wie die von der Sonne ausgemergelte Wüste, die wir tatsächlich vorfanden, als die Sonden dort ankamen.«

»Die meisten Marse wie *unser* Mars«, brummte Viktor. »Du wirst sehen. Das hier ist Ausnahme. Besondere Umstände.« Er schien stolz auf sein Fahrzeug zu sein, denn er klopfte immer wieder auf das massige Lenkrad. »Willis nennt das hier *Marsokhod*. Heißt nicht so, aber du kannst nicht aussprechen. Fährt mit Methan von unserer Nasschemie-Fabrik. Du wirst sehen.«

»Ich hatte keine Ahnung, dass die Russen die Lücke erforschen.«

Er grinste. Er war ungefähr vierzig, mit einem Gesicht, das nach den vielen Stunden hinter einer Gesichtsmaske ledrig, verschrumpelt und schweißverkrustet war, und fettigem schwarzen Haar, das wirr durcheinanderhing. »GapSpace, Cowboy-Dorf in England. Wissen nichts von Russen. Kein Interesse. Natürlich sind Russen hier. Wir haben Basis auf

Welt auf anderer Seite von Lücke, an Ostseeküste, hoher Breitengrad. Heißt Sternstadt. Wie Campus von Universität und Fertigungsanlage und Militärbasis, alles auf einmal. Auch Chinesen sind hier, aber nicht so viele. Man weiß nicht viel von anderen. Woher sollen wir auch wissen? Große leere Erden. Keine Spionagesatelliten. Ist doch egal, ob einer ist oder alle, oder? Lücke ist Tor zu großem Universum. Willis weiß das.«

»War ja klar.« Vermutlich hatte er daher auch gewusst, welche Farbe der Marshimmel hatte. »Dann waren die Russen also zuerst hier, auf diesem Lückenmars?«

»Natürlich! Unsere Fahnen, unsere Hymnen. Aber wir helfen Willis. Warum nicht? Menschen gemeinsam, sind nur wenige von uns auf großer kalter Welt. Jetzt will er Langen Mars erforschen. Was er findet, er teilt mit allen.«

Vielleicht, dachte sie. »Hör mal, Viktor. Als wir hier ankamen, hast du was von einem funktionierenden Wechsler gesagt. Was für ein Wechsler?«

Er grinste wieder. »Hat dir Papa nicht gesagt? Dahinten.« Er nickte in Richtung des Gerümpels hinter ihren Sitzen.

Sie drehte sich um und kramte darin herum, wurde unangenehm auf und ab geworfen, als der Truck in der niederen Schwerkraft über Steinbrocken rumpelte, bis sie die Plastikbox fand, die an Viktors Gürtel festgemacht war, als er sich ihnen gezeigt hatte. Nachdem sie ein paar Klammern gelöst hatte, sprang sie einfach auf. Darin befand sich ein Gewirr aus Drähten und elektronischen Bauteilen, die sie sofort als das Schaltschema eines Wechslers erkannte, des Apparates, mit dessen Hilfe Menschen wechseln konnten – jedenfalls die meisten Menschen, die nicht über die natürliche Fähigkeit zum Wechseln verfügten, wie zum Beispiel sie und Joshua. Es war grundsätzlich die Erfindung ihres Vaters. Der einzige Unterschied zu den Tausenden von anderen Boxen, die sie bisher gesehen hatte, angefangen von primitiven Kistchen, die Teenager zusammengebastelt hatten, bis zu schicken, schusssicheren Modellen, wie sie von der Polizei und dem Militär benutzt wurden, war der, dass hier keine Kartoffel drin war – der derbe, beinahe schon komische Bestandteil, der den Strom der Box lieferte. An ihrer Stelle befand sich ein graugrüner Pilz, ein Bovist. »Was ist das?«

»Ein Marskaktus. Von hier. Mein Kollege Alexej Krilow gibt tolle lateinische Namen. Funktioniert anstelle von Kartoffel. Natürlich bauen wir auch Kartoffeln an. Aus Kaktus kann man keinen Wodka machen. Ja?«

Es dauerte nur wenige Stunden, bis sie Marsograd erreicht hatten.

Während der letzten Stunde stieg das Land stetig an; sie näherten sich Tharsis, einer Region mit gewaltigen Vulkanen, zu denen auch Olympus Mons gehörte. Aber als Viktor nach Nordwesten zeigte, konnte Sally von Arsia Mons, eigentlich einem der niedrigeren Vulkane, nicht viel mehr als ansteigendes Land, eine Art aufgewölbten Horizont sehen. Die Tharsis-Vulkane waren auf diesem Mars wie auf dem Mars der Datum so groß, dass man sie vom Boden aus nicht einmal erkennen konnte.

Die russische Basis war nicht mehr als eine Ansammlung vergilbter Plastikkuppeln, allem Anschein nach vorgefertigt. Aber rings um die Kuppeln scharten sich Gebilde, die eigenartigerweise wie Tipis aussahen, mit Stangen aus dem einheimischen »Holz« und darübergespanntem Leder. Waren das Tierhäute? Sämtliche Gebäude waren mit altersschwachen Plastikfolien verschlossen und über Rohre mit einer baufällig aussehenden Frischluft- sowie Reinigungsanlage verbunden. Ein Stück von den Wohnstätten entfernt reihten sich große Solarzellenanlagen auf dem steinigen Boden.

Viktor ließ den Traktor bis zu einer Plastikröhre rollen, die sich als primitive Luftschleuse entpuppte, wie sie für diesen einigermaßen freundlichen Mars gerade ausreichte. Dann führte Viktor sie durch die Röhre in eine Kuppel hinein. Unterwegs öffneten sie ihre Schutzanzüge und kamen in eine Art Kantine, wo Kaffee- und Alkoholgeruch den deftigeren Gestank nach Körperschweiß und Abwasser halbwegs überdeckten. Auf einem Bildschirm an der Wand lief ein Eishockeyspiel: Russland gegen Kanada.

»Alte Aufnahme«, sagte Viktor schwermütig. »Aufgezeichnet, über zwei Millionen Welten transportiert und dann aus der Lückenstation zu uns gesendet. Jetzt kein Eishockey mehr.«

»Weil es nach Yellowstone kein Russland mehr gibt?«

»Genau. Wir schauen immer wieder dieselben Spiele an. Manchmal wir sind betrunken genug, dass wir Ergebnis vergessen und darauf wetten können...«

Zwei Männer kamen hereingepoltert, offensichtlich von ihren Stimmen angelockt. Der eine war wie Viktor, groß, dunkel, vielleicht fünfzig; er trug einen an Kosmonauten erinnernden blauen Trainingsanzug mit einem Namensschild in kyrillischen und lateinischen Buchstaben: DJANIBEKOW, S. Viktor stellte ihn als Sergej vor. Der andere, schlanker, blond, womöglich jünger als vierzig – KRILOW, A. – war Alexej. Er trug einen schmuddeligen weißen Labormantel. Sie waren drei Männer ohne Frauen, und jetzt starrten sie Sally an. Aber Sally hielt ihren Blicken stand und begegnete auch dem von Viktor selbstbewusst. Sie war schon als Teenager in der Langen Erde unterwegs gewesen, solche Begegnungen waren ihr nicht neu. Diese drei Männer kamen ihr vergleichsweise harmlos vor.

Sobald dieser kitzlige Moment vorüber war, lief es ganz prächtig. Ja, sie umsorgten sie förmlich, wie Kinder, die sich beliebt machen wollen. Sergejs Englisch war viel schlimmer als das von Viktor, das von Alexej deutlich besser. Selbstverständlich war sogar Sergejs Englisch um Klassen besser als Sallys Russisch, denn sie sprach kein einziges Wort.

Sie zeigten ihr ein sogenanntes »Gästezimmer«, eine der Tipi-artigen Hütten. Neugierig sah sie sich in dem kleinen

Raum um. Auf dem Boden lag ein Teppich aus dicker braunweißer Wolle. Die Außenhülle des Tipis fühlte sich wie gewöhnliches, nur grob behandeltes Leder an, aber das Marsholz, aus dem der Rahmen bestand, war so hart und feinkörnig, dass es auch als eine Imitation aus Plastik durchgegangen wäre. Sie stellte sich vor, dass es sich wahrscheinlich um eine einheimische Adaption mit optimierter Feuchtigkeitsspeicherung handelte.

Sie ging in die Kantine zurück. Sergej bot ihr, galant, aber beinahe wortlos, einen großen, weiten Pullover an, der allem Anschein nach aus derselben Wolle wie der Teppich gestrickt war. Obwohl er stark nach demjenigen roch, der ihn normalerweise trug, zog sie ihn an; in einem Basislager, aus dem sich die Marskälte nie ganz vertreiben ließ, war der Pullover ziemlich bequem und gemütlich. Sie setzten ihr ein spätes Mittagessen vor, das aus Kohl und Rüben und ein paar winzigen, schrumpeligen Äpfeln bestand. Sie stellten, wie sie sich leicht ausrechnen konnte, hier oben wahrscheinlich einen wahren Schatz dar, weshalb es eine große Ehre war, dass sie damit bewirtet wurde. Die Männer boten ihr auch Wodka an, den sie ablehnte, und Kaffee, besser gesagt irgendeine schon ewig vor sich hin köchelnde Imitation von Kaffee, die sie dankend annahm.

Alexej bestand darauf, sie auf dem Gelände herumzuführen, bevor das Licht schwand. »Ich bin der Biologe der Station«, sagte er nicht ohne Stolz. »Außerdem so etwas wie ein Arzt, unter anderem. In einem so kleinen Team müssen wir alle mehrere Rollen übernehmen ...«

Durchsichtige Plastiktunnel verbanden die Kuppeln untereinander, damit man sich im ganzen Lager bewegen konnte, ohne sich dem Marsklima auszusetzen. Dazwischen gab es einfache, selbstschließende Luftschleusen, die sich im Falle eines Druckabfalls auch selbst verriegelten. Da die gesamte Basis auf diese Weise miteinander verbunden war, entkam sie nirgendwo dem allgegenwärtigen Gestank von Schweiß und ungewaschenen Körpern, aber zumindest wurde er schwächer, je weiter sie sich von den Haupträumen entfernten. Alexej bestand darauf, dass Sally ihre Sauerstoffmaske immer um den Hals trug, falls es irgendwo ein Leck geben sollte. Sally hatte schon Jahrzehnte in der Langen Erde überlebt und musste zu solchen Vorsichtsmaßnahmen nicht lange überredet werden.

Einige der Kuppeln waren der Technik vorbehalten, dort verwandelten kompakte, grob wirkende Maschinen die Marsatmosphäre in atembare Luft und Treibstoffe wie Methan und Wasserstoff, oder sie verarbeiteten den rostigen Boden, um daraus Eisen zu gewinnen. Alexej sagte, dass sie außerdem an Zubrin-Anlagen arbeiteten, die, wie er sagte, angepasst wurden, um Methan und Wasserstoff unter den kargeren Bedingungen typischerer Versionen des Mars herzustellen, wie etwa dem Mars der Datum-Erde. »Auf solche ärmlichen Marsen muss man Sauerstoff importieren. Aber eine Tonne Wasserstoff, veredelt mit Marsluft, ergibt sechzehn Tonnen Methan und Sauerstoff – ein guter Ertrag, verstehst du?«

Sie gingen durch die Anbaukuppeln, in denen mühevoll Kartoffeln, Yamswurzeln und grüne Bohnen angebaut wurden. Die Arbeit, die diese Russen da hineingesteckt hatten, zeigte sich auf herzzerreißende Weise an der Qualität der Erde, die sie mit viel Mühe aus dem Marsboden gewonnen hatten. »Was für eine Herausforderung. Der Boden hier ist bloß rostiger Splitt mit Spuren von Sulfaten und Perchloraten …« Sie hatten sogar Regenwürmer importiert, aber bis jetzt war dabei nicht viel mehr als eine dürre, gelbliche Ernte herausgekommen.

Hinter den Kuppeln lag, den Elementen des Mars ausgesetzt, ein kleiner botanischer Garten, den Alexej angelegt hatte. Dort zeigte er Sally voller Stolz seine Sammlung einheimischer Arten. Die Kakteen waren verschrumpelt und sahen mitgenommen aus, und die Bäume, die er aus Samen ausgewachsener Exemplare von den Hängen von Arsia Mons gezogen hatte, waren kaum gewachsen.

Ein paar Pflanzen, die schon fast einen Meter hoch waren, erfüllten ihn mit besonderem Stolz. Es waren wie Softeis gezwirbelte gelbliche Blätter, die auf einem Sockel grüner Blätter wuchsen. »Was hältst du davon?«

Sie zuckte die Achseln. »Hässlich. Aber dieses Grün sieht mehr nach der Erde als nach dem Mars aus.«

»Genauso ist es. *Rheum nobile,* ein veredelter Rhabarber – oder besser gesagt, eine genetisch frisierte Version davon. Wächst im Himalaja. Diese gelben Blätter umhüllen einen samentragenden Stängel. Die Pflanze ist an dünne Luft in großer Höhe gewöhnt. Die gelbe Säule ist eine Art natürliches Gewächshaus.«

»Wow. Und es wächst sogar hier auf dem Mars.«

Er zuckte die Achseln. »Eine von mehreren Pflanzen von der Erde, die es auf dem Mars beinahe schaffen könnten, zumindest auf diesem Mars. Außerdem kann man die Stängel essen. Sehr lecker.«

Seine letzte Überraschung, für die er eine eigene Kuppel reserviert hatte, war eine kleine Herde Alpakas. Die seltsam aussehenden Tiere hatte er als Embryos von den Bergen Südamerikas mitgebracht; jetzt rupften sie an dem struppigen Gras, das zu ihren Füßen wuchs. Sie sahen die Menschen neugierig an und sahen mit ihren wolligen Gesichtern direkt niedlich aus.

»Aha«, sagte Sally. »Daher habt ihr die Wolle. Und das Leder für die Tipis.«

»Genau. Wir hoffen, dass die Nachkommen dieser Tiere sich eines Tages einigermaßen an die Bedingungen zumindest auf diesem Mars adaptiert haben. Natürlich mussten wir zuerst Gräser von der Erde genetisch verändern, um sie hier damit zu füttern.«

Er überlegte kurz, dann fuhr er fort: »Wenn es mit Alpakas geht, warum nicht auch mit Menschen? Schon heute ist dieser

Mars so ähnlich wie die Erde auf einer Höhe von sechs Meilen oder so. Die höchstgelegene Stadt auf der Datum, in Peru, liegt ungefähr drei Meilen hoch. In viel größerer Höhe können Menschen nicht auf Dauer leben. Jedenfalls *wir* können es nicht. Bei unseren Kindern könnte es schon ganz anders aussehen. Dieser Mars befindet sich beinahe in Reichweite für uns, für die Alpakas ...«

»Und für den Rhabarber.«

»Stimmt. Das war unser Auftrag von der Regierung in Moskau. Wir Russen haben schon immer zu den Sternen aufgeschaut, und die Entdeckung dieser beinahe bewohnbaren Version des Mars hat unsere Wissenschaftler und Philosophen sehr inspiriert. Wir drei waren die Vorhut, wir sind hierhergeschickt worden, um herauszufinden, wie Menschen auf dieser Welt leben könnten, und um die Lebensformen, die es hier bereits gibt, zu untersuchen.«

»Die Vorhut. Es hätten also noch mehr nachkommen sollen?«

»Marsograd sollte inzwischen längst eine Stadt sein, nach dem ursprünglichen Plan. Aber euer amerikanischer Supervulkan hat dem ein Ende gesetzt, wie auch allen anderen russischen Bestrebungen. Aber wir sind immer noch hier, und wir lernen sehr viel ...«

So gut wie völlig auf sich allein gestellt, war es Alexej Krilow gelungen, sehr viel über die merkwürdigen Lebensformen auf diesem vergleichsweise gutmütigen Mars herauszufinden.

»Ich habe Proben von verschiedenen Umgebungen genommen, aus den tiefen feuchten Tälern bis zu den Hängen der großen Vulkane, wo das Leben an den Rändern des Alls kratzt. Die Kakteen haben eine feste, ledrige Haut, mit der sie ihre Wasservorräte beinahe perfekt speichern. Die Stämme der Bäume sind hart wie Beton, die Blätter sind wie Nadeln – alles, um die Feuchtigkeit zu halten. Man darf nicht glauben, dass diese Lebensformen primitiv sind. Sie überleben in einer extrem kargen Umgebung, sie sind hochentwickelt, hochspezialisiert und überaus effektiv, was ihren Einsatz von Masse und Energie angeht. Sowohl die Kakteen als auch die Bäume betreiben emsig Photosynthese, das heißt, sie nutzen die Energie des Sonnenlichts für ihr Wachstum. Nebenbei bemerkt ist die Photosynthese eine Methode, die wir von der Erde kennen; es liegt also auf der Hand, dass das Leben auf diesem Mars von der Erde stammt.«

Sally runzelte die Stirn. »Eins verstehe ich nicht. Wir sind hier in der Lücke. Hier gibt es keine Erde.«

»Schon, aber gleich nebenan gibt es Erden …«

Er sagte, dass der Mars – wie jede Version des Mars – größtenteils feuchtwarm gewesen sei, als er noch jung war, mit tiefen Ozeanen und von einer dicken Lufthülle umgeben. Er sei in vielerlei Hinsicht erdähnlich gewesen, damals natürlich noch mehr als heute. Die Biologen seien davon überzeugt, dass sogar komplexes Leben, Pflanzen, vielleicht sogar einige Tiere während der ersten Milliarde Jahre auf dieser großzügigen jungen Welt eine Chance hatten. Auf der Erde hatte es Milliarden von Jahren länger gedauert.

Aber der Mars war kleiner als die Erde und weiter von der Sonne entfernt, was sein Schicksal letztendlich besiegelte. Während sich die Geologie verfestigte, die Vulkane erloschen und das Sonnenlicht sich daranmachte, die oberen Atmosphärenschichten aufzubrechen, verlor der Mars viel von seiner Luft. Sein Wasser gefror an den Polen oder zog sich als versteckte Permafrostadern tief unter die Oberfläche zurück.

»So ist es auf dem Mars der Datum-Erde gewesen und auch auf den meisten anderen Versionen dieses Planeten. Aber *dieser* Mars hat anscheinend regelmäßig Injektionen von Lebewesen aus den benachbarten Wechsel-Erden erhalten. Denk mal darüber nach. Bei uns auf der Erde hat man daran geglaubt, dass Leben zwischen der Erde und dem Mars, oder auch umgekehrt, transferiert worden sein könnte, und zwar durch die großen Stücke, die bei Meteoriteneinschlägen abgesprengt wurden. Man nannte es Panspermie: die natürliche Verbreitung von Lebensformen von einer Welt zur anderen. Aber in der Lücke? Also hier gibt es keine Ursprungserde, aber es gibt seit mindestens einigen Millionen Jahren intelligente Wesen, die wechseln. Und jedes Mal, wenn ein unglücklicher Humanoide von einer Wechsel-Erde in die Lücke fällt, wird er zwar vom Vakuum vernichtet, aber etwas von der Fracht an Mikroorganismen, die er bei sich trägt, überlebt womöglich und wird mit viel weniger Wucht und Energie als durch den Aufprall eines großen Steinbrockens ins All entlassen. Einige dieser mikrobischen Reisenden überleben und schaffen es bis zum Mars. Und das passiert nicht nur einmal, sondern immer wieder.«

»Verstehe. Glaube ich zumindest. Zecken von glücklosen Trollen kolonisieren den Mars!«

»Wohl eher Magenbakterien, aber sonst hast du recht. Wenn das Leben die Chance dazu erhält, dann vermehrt es sich, sobald es irgendwohin gelangt, wo es Wasser gibt, und wenn auch nur als Oberflächeneis oder als Permafrost in Grundwasserschichten. Mit der Zeit entstehen große Rückkopplungsschleifen, eigentlich genau wie auf der Erde, in denen Lebewesen Kreisläufe von Masse und Energie und insbesondere Wasser entstehen lassen. Dieser Mars ist, was Geologie und Physik angeht, dem Datum-Mars sehr ähnlich, vielleicht sind sie in dieser Hinsicht sogar identisch. Das Leben selbst hat ihn so verträglich gemacht, wie er ist, indem es das Wasser und andere flüchtige organische Verbindungen mobilisiert hat. Leben von der Erde hat dazu beigetragen, das Klima wiederherzustellen, und damit konnte auch das Marsleben, die hier heimischen Arten, wieder gedeihen. Aber das alles ist sehr ungewöhnlich und nur wegen der Lücke passiert. In der Sprache der Langen Erde ist dieser Mars ein Joker, eine Ausnahme unter den vielen Marsen.«

»Aber trotzdem wunderschön«, sagte Sally.

»Das schon. Leider ist das alles nicht *unsere* Entdeckung.

Die Chinesen haben vor fünf Jahren eine zweite Lücke im Osten entdeckt, und in dem entsprechenden Sonnensystem haben sie den gleichen lebensverbreitenden Mechanismus beobachtet. Diese Chinesen! Typisch. Aber sogar ohne Panspermie könnten auf allen Marsen, so glauben wir zumindest, Spuren von diesem ursprünglichen Spektrum an komplexem Leben überdauert haben, etwa Sporen, Samen, Kapseln ... wer weiß? Vielleicht warten sie wie Dornröschen darauf, geweckt zu werden, mit einem Kuss aus Wärme und Wasser.«

»Wäre das möglich?«

Er zwinkerte ihr zu. »Frag mal deinen Vater nach Leben auf dem Mars.«

Als die Marsnacht hereinbrach, zog sich die Besatzung von Marsograd zusammen mit Sally in die Kantine zurück, denn dort war es am gemütlichsten. Sie nahmen gemeinsam eine Mahlzeit ein, die hauptsächlich aus dicken Steaks aus wertvollem Alpakafleisch bestand. Zum Nachtisch gab es gekochten Treibhausrhabarber, außerdem tranken sie noch mehr Kaffee und noch mehr Wodka, wobei Sally bei Letzterem meistens dankend ablehnte.

Diese drei seltsamen Kerle in ihren schäbigen Bruchbuden waren ihr auf eigenartige Weise sympathisch. Sie schienen ein ausgeprägtes Sendungsbewusstsein zu haben. Vielleicht lag es auch daran, dass sie selbst von der Menschheit so enttäuscht war, von den Exemplaren, denen sie sonst nur allzu oft begegnete. In gewisser Weise war die Lange Erde zu leicht erreichbar; normalerweise nahm sie solche Idioten immer erst dann zur Kenntnis, *nachdem* sie ihre nagelneue Stadt irgendwo mitten in das Flusstal eines Wechsel-Mississippis gebaut hatten und das Wasser allmählich zu steigen anfing. Im Gegensatz dazu waren diese Russen an einen Ort gekommen, an dem man nur mit Mühe überleben konnte und der auch nur sehr schwer zu erreichen war. Und jetzt legten sie hier in ihrer schludrigen Art eine überragende Intelligenz an den Tag, indem sie von ihrer Umgebung lernten und sich an sie anpassten.

Ihre Tragödie bestand natürlich darin, dass das Land, das sie auf diese Mission geschickt hatte, so gut wie zusammengebrochen war.

Am meisten daran störte Alexej Krilow, dass die Akademien, denen er seine wissenschaftlichen Ergebnisse übermitteln sollte, dem Untergang geweiht, wenn nicht längst schon aufgelöst waren. »Niemand da, der meine Arbeiten liest. Keine Universität mehr, die mir eine gute Stelle gibt und Wissenschaftspreise verleiht. Armer Alexej.«

Der bereits betrunkene Viktor schnaubte verächtlich: »Akademien? Auf der Datum, ganz Russland jetzt verlassen. Weg. Moskau unter Eis. Eisbären auf Rote Platz. Und Chinesen graben sich von Wladiwostok her durch.«

Sergej hatte bisher nur wenig gesagt. »Dreckschinesen«, brummte er jetzt.

»Ha! Wir sind letzte Bürger Russlands, wie Kosmonaut in Station Mir, als Union zerbrochen ist, letzter Sowjetbürger war.«

»So schlimm ist es auch wieder nicht«, erwiderte Sally. »Es stimmt schon, Datum-Russland ist momentan so gut wie unbewohnbar, aber die Bevölkerung ist größtenteils in die Kopien der Nahen Erde entkommen. Das Lange Russland wird überleben.«

»Klar«, grunzte Viktor. »Dort beginnt Kampf zum Aufbau des Landes wieder von vorn. Wie damals, als Mongolen Kiew zerstört haben. Und Napoleon Moskau. Und Hitler Stalingrad.« Er schwenkte sein halbleeres Glas in Richtung Sally. »Wir Russen haben Sprichwort: ›Die ersten fünfhundert Jahre sind die schlimmsten.‹ Prost!« Er trank das Glas aus und goss sich aus der Flasche nach.

»Dreckschinesen!«, rief Sergej erneut.

Viktor tätschelte ihm den Arm. »Ist ja gut, mein Großer.

Pah! Sollen Chinesen gefrorene Ruinen auf Datum haben. Für uns Lange Erde, Langer Mars – und die Sterne!«

Darauf tranken sie. Dann auf den Nobelpreis, den Alexej nie gewinnen würde. Dann auf die Seele des Alpakas, dessen Leben geopfert worden war, um ihnen diese herrlichen Steaks zu bescheren.

Und dann versuchten sie, Sally die Worte der russischen Nationalhymne beizubringen. Als sie bei der dritten Strophe angekommen waren, kroch sie hinaus, um sich ins Bett zu legen: »*Die Treue zur Heimat wird Stärke uns geben. So war es, so ist es, und so wird es immer sein!*«

# 18

Ein Jahr nach jener ersten Begegnung in Happy Landings traf Joshua den kleinen Paul Spencer Wagoner abermals – diesmal in Madison West 5.

»Hallo, Mr Valienté!«

Joshua stand mit Schwester Georgina auf dem kleinen Friedhof neben dem Heim, das damals von seiner alten Freundin geleitet wurde. Nach dem Bombenangriff auf Madison war das Kinderheim in West 5 gewissenhaft wiederaufgebaut worden, und auf dem neuen Friedhof gab es erst zwei Steine. Der jüngste war für Schwester Serendipity, eine leidenschaftliche Köchin, deren Begeisterung Joshuas junges Leben stets erleuchtet hatte – und die, so wollten es die Legenden des Heims, auf der Flucht vor dem FBI gewesen war. Ihre Beerdigung hatte ihn wieder einmal hierhergeführt.

Und jetzt begrüßte ihn Paul mit heller Stimme, ein wenig älter zwar, aber doch unverwechselbar, von der anderen Straßenseite her.

Joshua überquerte mit Schwester Georgina die Straße. Das dauerte eine Weile, denn auch Georgina hatte schon zu Joshuas Kindheit im Heim gearbeitet und war fast so alt, wie Serendipity gewesen war.

Da stand also der inzwischen sechs Jahre alte Paul Spencer Wagoner mit seinem Vater. Joshua fand, dass die beiden so aussahen, als fühlten sie sich in ihren neuen Kleidern, die auf der Datum hergestellt waren, nicht besonders wohl. Paul hatte ein blaues Auge und eine geschwollene Wange, und sein dunkles Haar kam Joshua seltsam ungeschickt geschnitten vor. Joshuas eigener kleiner Junge, Daniel Rodney, war damals erst ein paar Monate alt, und die Schwestern hatten verzückt über den Bildern gegurrt, die er ihnen mitgebracht hatte. Und Joshua besaß genug Vaterseele, dass ihn der Kummer, der den immer noch kleinen Paul allem Anschein nach bedrückte, innerlich zusammenzucken ließ.

Rasch stellte man einander vor. Schwester Georgina gab Paul und seinem Vater, der irgendwie fehl am Platz und ziemlich verlegen aussah, die Hand.

Paul grinste Joshua an. »Freut mich, Sie wiederzusehen, Mr Valienté.«

»Ich vermute mal, du hast kombiniert, dass ich hier bin.«

Paul lachte. »Natürlich. Jeder kennt doch Ihre Geschichte, jeder weiß, wo Sie aufgewachsen sind. Das wollte ich mir mal ansehen, wo wir jetzt auch in Madison wohnen.«

»Wirklich?« Joshua sah den Vater an. »Ich dachte, wenn man in Happy Landings angekommen ist, dass man diesen Ort nicht wieder verlässt.«

Tom Wagoner zuckte die Achseln. »Tja, es wurde dort ein bisschen ungemütlich für mich, Mr Valienté …«

»Joshua.«

»Meine Frau gehört dort eher hin. Ich meine, weil sie dort zur Welt kam. Ich nicht. Sie ist eine Spencer. In Happy Landings gibt es diese großen, weitverzweigten Familien, die Spencers und die Montecutes. Meine Frau war auf der Datum auf dem College, in Minnesota, woher ich stamme. Wir haben uns ineinander verliebt, haben geheiratet, wollten Kinder und sind nach Happy Landings gezogen, näher zu ihrer Familie …«

»Also, was ist passiert?«, wollte Schwester Georgina wissen.

»Tja, Happy Landings ist nicht das, was es mal war, Schwester. Kein ganz so fröhlicher Ankunftsort mehr, könnte man sagen. Ich glaube, seit dem Wechseltag hat es viel Zuwachs bekommen. Vorher war es so etwas wie eine Zuflucht, ein Ort, wo Leute, die irgendwie verloren waren, hinkamen und einfach blieben. Außerdem gab es dort die Trolle, was mir immer ziemlich merkwürdig vorkam, aber mit der Zeit gewöhnt man sich an ihre ständige Anwesenheit. Doch in den letzten Jahren, in denen alle Leute ständig überallhin wechselten, stolperten auch immer mehr Leute durch Happy Landings; auf einmal gab es einfach zu viele Fremde. Außerdem wurden es insgesamt zu viele Menschen, und die Trolle mögen das nicht. Und Neuankömmlinge – Leute wie ich – passten da einfach nicht mehr hin.«

»Deshalb sind Sie weggezogen.«

»Es lag eher an mir als an Carla. Sie hatte ja ihre Familie dort. Um ehrlich zu sein, waren wir ziemlichem Druck ausgesetzt. Also kamen wir hierher und suchten uns Arbeit, ich bin ja Buchhalter, und hier kriegt man gerade ziemlich gut Arbeit, da Madison West 5 nach dem Atomangriff rasch wächst... Aber in unserer Ehe läuft es im Moment nicht besonders gut.« Er tätschelte Paul den Kopf. »Nein, das geht schon in Ordnung. Paul weiß darüber Bescheid. Eigentlich weiß er manchmal viel zu viel für sein Alter.« Tom lachte gezwungen.

Schwester Georgina strich Paul über die Wange, über sein blaues Auge. Der Junge zuckte zusammen. »Diese Verletzungen sind noch nicht alt«, sagte sie. »Was ist da passiert?«

»Schule«, antwortete Paul einfach.

»Den brutalen Haarschnitt hat ihm ein Nachbarsjunge verpasst«, sagte Tom. »Die Wange, das waren die anderen Jungs in der Schule. Und das mit dem Auge war einer seiner Lehrer!«

»Das soll wohl ein schlechter Scherz sein?«, sagte Joshua.

»Leider nicht. Der Kerl ist entlassen worden, aber das hilft Paul auch nicht viel. Dabei sage ich ihm immer wieder, dass Klugscheißer nirgendwo besonders beliebt sind.«

»In der Schule ist es langweilig, Mr Valienté«, sagte Paul, der offensichtlich eher verwirrt als bekümmert war. »Die Lehrer sagen immer, ich soll auf die anderen Kinder warten.«

Tom lächelte wehmütig. »Sein Direktor meint, er ist wie ein

junger Einstein, der es gleich mit der Relativität aufnehmen will. Aber was ihm seine Lehrer beibringen können, reicht gerade mal bis zur schriftlichen Division. Ist nicht ihre Schuld.«

»Ich sitze meistens da und lese was. Aber ich kann nicht still sein, wenn ich mitkriege, dass andere Fehler machen. Die anderen Kinder in der Klasse. Oder der Lehrer. Ich weiß schon, dass ich besser die Klappe halten sollte.«

»Hm«, sagte Schwester Georgina. »Und zur Belohnung bekommst du Schläge.«

»Ja, als wäre den Leuten ihr Stolz wichtiger als die Wahrheit. Also das, was richtig ist. Ich verstehe das nicht.«

»Es gab auch schon Schlimmeres als Schläge«, sagte Tom jetzt. »Einige Eltern wollten, dass Paul von der Schule entfernt wird. Nicht nur, weil er stört, was nicht von der Hand zu weisen ist, wenn ich ehrlich bin, sondern weil sie ... na ja, sie haben Angst vor ihm.«

Schwester Georgina warf Paul einen besorgten Blick zu.

»Keine Sorge«, sagte Tom, »wir können ganz offen reden. Er versteht das alles besser als ich.«

»Ich habe Sachen über die Menschen gelesen«, sagte Paul sachlich. »Psychologie.« Er sprach es wie *Pschü-scho-logie* aus. »Ich kenne nicht so viele Wörter, deshalb komme ich nicht so schnell voran. Aber manches verstehe ich schon. Menschen haben Angst vor Sachen, die sie nicht kennen. Sie denken, ich bin nicht wie sie. Und das stimmt sogar. Aber ich bin auch nicht *sooo* viel anders als sie. Eine Frau hat mal gesagt, ich bin wie ein Kuckuck im Nest. Und ein Mann hat gesagt, ich bin ein Wechselbalg, den die Elfen zurückgelassen haben. Dass ich kein Mensch bin.« Er lachte. »Ein Kind hat gesagt, ich bin ein E.T. von einer anderen Welt.«

Schwester Georgina legte die Stirn in Falten. »Weißt du, in Zeiten wie diesen haben die Leute sowieso Angst. Die Möglichkeit zu wechseln war für uns alle eine große Veränderung. Und jetzt, nach dem Atomangriff, sind alle noch viel ängstlicher geworden. In solchen Zeiten suchen die Leute immer

Sündenböcke, jemanden, den sie einfach nur hassen können. Dazu ist ihnen jeder recht, der irgendwie anders ist. Aus diesem Grund ist Madison überhaupt in die Luft gejagt worden.«

Joshua nickte. »Als ich klein war, habe ich immer darauf geachtet, dass niemand etwas von meiner Fähigkeit zu wechseln mitkriegt. Mir ging es wie dir, denn ich wusste, wie die Leute reagieren, wenn sie es erfahren – wenn sie mich plötzlich als anders wahrnehmen. Schwester Georgina kann das bestätigen, sie war damals dabei. Und das war auf der Datum. Draußen in der Langen Erde habe ich es dann selbst gesehen. Dort gibt es viele kleine, isolierte Gemeinden, in denen die Leute abergläubisch werden, mehr noch als in den großen Städten auf der Datum …«

Zu Joshuas Verwunderung reagierte Paul mit einem gereizten, beinahe wütenden Knurren. »In Happy Landings gab es wenigstens noch andere Kinder wie ich. Schlaue Kinder, meine ich. Hier nicht. Hier sind sie alle dumm. Aber ich stecke lieber ein bisschen Dresche von denen ein, als so zu sein wie sie.«

Tom nahm seinen Sohn an der Hand. »Komm jetzt, wir haben Mr Valienté Guten Tag gesagt, so wie du wolltest. Wir müssen den Leuten nicht noch mehr Zeit stehlen …«

Joshua sagte, Paul könne ihn jederzeit besuchen kommen, wenn er wisse, wo Joshua sich aufhielt – falls er kombinieren könne, wo er gerade war. Schwester Georgina bot Paul alle Unterstützung an, die das Heim ihm und seiner unglücklichen Familie geben könne.

Nachdem sie gegangen waren, sahen sich Joshua und Schwester Georgina vielsagend an. »Dieses Happy Landings ist mir schon immer komisch vorgekommen«, sagte Schwester Georgina, »nach allem, was du mir davon erzählt hast. Aber was dort auch vor sich geht, ich hoffe nur, dass unsere neuzeitlichen Hexenjäger es nicht allzu bald aufspüren …«

# 19

Die Gleiter *Woden* und *Thor* standen nebeneinander im roten Marsstaub.

Es handelte sich um zerbrechlich wirkende, extrem leichtgewichtige Konstruktionen. Die Flügel waren lang, an die zwanzig Meter und damit länger als der gesamte Rumpf, und sie waren erstaunlich schmal und deutlich geschwungen. Das hatte, wie Sally erfuhr, etwas mit dem Strömungsverhalten der sehr dünnen Marsluft zu tun. Beim Beladen der Gleiter stellte sie fest, dass sich jemand ein paar kluge Gedanken zu ihrer Funktionalität gemacht hatte. Es gab viel Platz für Nahrungsmittel und Wasser, die Ausrüstung zur Oberflächenuntersuchung, aufblasbare Kuppeln als Kurzzeitbehausungen und Ersatzteile und Werkzeuge zur Instandhaltung der Gleiter selbst. Außerdem waren da noch einige Ausrüstungsgegenstände, die Sally erstaunten: beispielsweise Notfalldruckkammern, die einem Menschen Platz boten, sowie kleine Drohnen, die zur Luftaufklärung dienen konnten.

Außerdem fand Sally heraus, dass jeder Gleiter einen Vorrat an Wechselboxen mit sich führte, allesamt so vorbereitet, dass sie mit marsianischen Kakteen ausgestattet werden konnten.

Willis war stolz auf seinen Entwurf und prahlte ausführlich damit. »Vermutlich hast du das Prinzip schon begriffen: Diese Gleiter sind die Gegenstücke zu den Twains in der Langen Erde. Wir fliegen beim Wechseln immer weiter, unbehelligt von Unebenheiten auf dem Boden – Eis, Fluten, Erdbeben, Lavaströme und dergleichen mehr. Luftschiffe würden uns in dieser dünnen Luft nicht weiterhelfen, sie müssten viel zu groß sein und wären damit unpraktisch. Außerdem steht uns hier das nötige Traggas nicht zur Verfügung. Die Gleiter basieren auf Entwürfen, die in einer Höhe von neunzigtausend Fuß auf der Datum erfolgreich getestet wurden, was so ungefähr dem Luftdruck auf dem dortigen Mars entspricht. Auf dem hiesigen Mars ist er natürlich höher … Die Gleiter wechseln auf dieselbe Weise wie die Twains – ein vernunftbegabtes Wesen, mit anderen Worten der Pilot, veranlasst das Wechseln und bringt das Fluggerät im übertragenen Sinne einen Schritt weiter. Große Entfernungen werden wir dabei nicht zurücklegen, wir fliegen eher im Kreis. Das hat den Vorteil, dass im Falle eines Absturzes immer die Möglichkeit besteht, das MEM zu Fuß zu erreichen. Auch das ist eine Rückversicherung für irgendwelche Pannen. Stimmt's, Frank?«

Ehe sie starteten, hatte Sally noch zwei Fragen. »Zwei Flugzeuge, oder?«

»Ja«, antwortete Frank. »Wir könnten auch drei Menschen in einem Gerät transportieren. Aber wir nehmen zwei – einer als Reserve.«

Sally dachte beinahe zärtlich an Lobsang. »Man kann nie genug Backups haben.«

»Stimmt«, sagte Frank.

»Also zwei Gleiter. Dann brauchen wir zwei Piloten für uns drei.« Sie sah die beiden anderen an. »Also lautet die Frage: Wer sitzt am Steuer?«

Frank und Willis hoben beide die Hand.

Sally schüttelte den Kopf. »Mir ist meine Zeit zu schade, um mich mit zwei alten Kontrollfreaks wie euch zu streiten.«

»Du kommst auch noch dran«, sagte Willis. »Wir müssen ja abwechseln.«

»Klar. Ich habe auch nichts gegen den Beifahrersitz. Darf ich mir wenigstens raussuchen, bei wem ich mitfliege?« Bevor jemand antworten konnte, rief sie: »Du hast den Kürzeren gezogen, Frank.«

»Das hat mir noch gefehlt. Eine meckernde Beifahrerin.«

»Lass es nicht drauf ankommen, Chuck Yeager... Und, Dad, jetzt die zweite Frage: Wozu die vielen Wechsler?«

»Zum Tauschen«, erwiderte er schlicht. Mehr wollte er dazu nicht sagen.

Sie warf ihm einen finsteren Blick zu, sagte aber nichts mehr. Diese Geheimniskrämerei war typisch für ihn. So wie er auch schon alles über den Langen Mars gewusst hatte, ehe sie überhaupt hier angekommen waren. Auch dass er schon zuvor mit den Russen zusammengearbeitet hatte, überhaupt die Geheimnisse dieses Planeten – »Frag mal deinen Vater nach Leben auf dem Mars« – und jetzt diese Wechsler, die für irgendwelche Eventualitäten mitgenommen wurden, die nur er kannte, über die er aber nicht diskutieren wollte. So war er schon in ihrer Jugend gewesen. Mit dieser Methode behielt er immer die Kontrolle, und damit hatte er Sally seit jeher stinkwütend gemacht.

Aber sie hatte ja gewusst, mit wem sie es zu tun hatte, als sie sich zu diesem Unternehmen bereit erklärte. Die Zeit, ihn zur Rede zu stellen, würde schon noch kommen. Jetzt war es noch nicht so weit.

Frank konzentrierte sich auf den Flug. »Wir gehen schrittweise vor. Zuerst ziehen wir unsere Druckanzüge an, falls die Kabinen undicht sind, und unseren ersten Schritt legen wir auf dem Boden zurück. Erst dann, falls alles geklappt hat, heben wir ab und wechseln in der Luft.«

Willis verzog das Gesicht. »Na gut, Frank, wenn du darauf bestehst. Sicherheit geht vor.«

»Nur so bleibt man am Leben. Dann also los.«

Am letzten Abend bestanden die Russen darauf, sie alle nach Marsograd einzuladen. Sie kredenzten Kaffee, Wodka und Schwarzbrot mit einer Art Algenpaste, dann mussten sich alle gemeinsam einen Film ansehen, der *Weiße Sonne der Wüste* hieß. »Alte Kosmonautentradition«, erklärte Viktor. »Auch Juri Gagarin hat diesen Film gesehen, vor seinem historischen Flug ins All. Alle Russen erinnern sich an Gagarin.«

Frank schlief während der Films ein. Sally stand ihn einfach durch und bemühte sich, einem Gespräch mit ihrem Vater aus dem Weg zu gehen.

Es war schon weit nach Mitternacht, als sie im russischen Marsmobil zu den Gleitern zurückgefahren wurden. Kurz vor Tagesanbruch kamen sie dort an. Das MEM stand wie ein schweigender Koloss in der Dunkelheit, übermittelte beruhigende Statusmeldungen an Franks Tablet und wartete darauf, sie wieder nach Hause zu bringen.

Sie kletterten aus dem Fahrzeug, und die Russen rollten davon.

Die drei stapften in ihren inzwischen vertrauten Druckanzügen zu den Fluggeräten und stiegen ein. Kurz darauf saß Sally in einem engen Schalensitz hinter Frank und sah dessen behelmten Hinterkopf direkt vor sich.

Selbst vor diesem ersten, reduzierten Testlauf bestand Frank auf ein paar zusätzlichen »Sicherheitschecks«, ehe sie Weiteres unternahmen.

Dann rief er nach hinten: »Okay, los geht's. Zuerst der Bodentest. *Thor,* hier spricht *Woden.* Hörst du mich da drüben, Willis?«

»Laut und deutlich.«

»Sally, ich habe meine Wechselbox; ich mache das mit dem Wechseln. Das heißt, ich befördere dich und das Schiff. Alles klar?«

»Klar wie Kloßbrühe, Captain Lightyear«, antwortete Sally.

»Ja, ja, schon gut. Du solltest das alles ein bisschen ernster nehmen, dann lebst du nämlich vielleicht länger. Willis? Auf null. Drei …«

Noch ehe er »zwei« sagen konnte, hatte sich Willis' Schiff aufgelöst.

Frank seufzte. »Ich wusste, dass er das macht. Dann also los.«

Sally stellte fest, dass sich das Wechseln auf dem Mars nicht anders anfühlte als das Wechseln auf der Erde. Allerdings veränderte sich die Landschaft rings um den Gleiter dramatisch. Im Vergleich zu einem einzelnen Schritt in der Langen Erde waren die Unterschiede viel deutlicher, falls man dort nicht gerade auf einen Joker traf.

Um die beiden Gleiter, die noch immer auf dem Boden standen, hatten die verwitterten Überreste des Mangala-Tals mit dem Anstieg gen Nordosten, der den Anfang der großen Aufwölbung von Arsia Mons darstellte, ihre Gestalt mehr oder weniger beibehalten, aber abgesehen davon war bloß noch eine staubige Ebene mit vom Wind geschaffenen Steinskulpturen unter einem karamellfarbenen Himmel zu sehen. Hier gab es kein Leben.

Das MEM und die Reifenspuren des *Marsokhod* waren natürlich verschwunden.

Frank klopfte theatralisch auf ein Display direkt vor ihm. »Die Luft ist weg. Der Druck beträgt nur noch ein Prozent von dem auf der Erde und – ja, die Atmosphäre besteht hauptsächlich aus Kohlendioxid. Genau wie auf unserem Mars.«

Sie kletterten vorsichtig nach draußen. In der dünnen Luft bliesen sich die Druckanzüge nur unmerklich weiter auf, aber doch so, dass Sally sich darin jetzt etwas steifer bewegte. Frank und Sally überprüften gegenseitig ihre Anzüge und kontrollierten auch die Kabine des Gleiters, und zwar deshalb, weil Frank darauf bestand. Ein Versagen ihrer Ausrüstung drüben im Lückenmars konnten sie durchaus überleben, hier vermutlich nicht. Der durchschnittliche Mars war tödlich. Ungeschützt würde Sally sehr schnell durch den Luftmangel, die extreme Kälte und die hohe UV-Strahlung sterben. Sogar die kosmischen Strahlen, die die dünne Atmosphäre durchdrangen, gaben eine Dosis ab, als stünde man fünf Meilen von einer Atomexplosion entfernt.

Frank blickte nach Osten zur aufgehenden Sonne und hielt die Hand ans Visier, um die Augen vor dem grellen Licht zu schützen, bis er einen Morgenstern fand. Es war die Erde, wie Sally feststellte, die im Himmel über dem Lückenmars fehlte. Frank klappte eine Luke am Gleiter auf und zog ein kleines optisches Teleskop und eine ausklappbare Radioantenne hervor.

Willis kam von seinem Gleiter herüber. »Na, das ist wenigstens ein authentischer Mars«, sagte er. »So wie unserer zu Hause. So, wie ein Mars zu sein hat.«

»Ich dachte, der Lückenmars wäre ausgetrocknet und öde. Mir war nicht klar, wie viel Leben es dort gibt, sogar auf den ersten Blick schon. Aber erst jetzt, wo es wieder weg ist, begreift man es so richtig.«

»Daran solltest du dich gewöhnen.«

Frank spähte durch sein Teleskop und lauschte seiner Funkausrüstung. »Du hattest recht, Willis.«

»Ich habe meistens recht. Worauf spielst du jetzt an?«

Frank zeigte zum Himmel. »Das ist die Erde. Wir sind nach Osten gewechselt, stimmt's? GapSpace befindet sich einen Schritt östlich von der Lücke. Aber ich empfange keine Funksignale von dieser Erde dort oben. Und auf der dunklen Seite sind keine Lichter zu sehen. Wenn das die GapSpace-Erde wäre, müssten wir etwas sehen – und hören – können.«

Sally versuchte, das eben Vernommene einzuordnen. »Wir haben doch einen Schritt in den Langen Mars gemacht. Aber er verläuft nicht ... äh, parallel zur Langen Erde?«

»Sieht ganz so aus«, antwortete Willis, der jetzt auch nach oben spähte. »Die Kette der Wechselkopien der Erde und die Kette des Langen Mars existieren unabhängig voneinander. Sie begegnen sich nur in der Lücke. Was keinesfalls verwunderlich ist. Beides sind Schlaufen in einem höherdimensionalen Kontinuum.«

Sally empfand weder Verwunderung noch Angst. Sie war mit den Eigenheiten der Langen Erde aufgewachsen, weshalb für sie ein paar neue exotische Eigenschaften nichts Besonders waren.

Frank hielt sich wie immer an die praktischen Aspekte. »Das bedeutet also, dass unser Rückweg dort entlang geht – ich meine, zurück ins Lückenuniversum, zur MEM und zur *Galileo*, mit einer Fahrt quer durchs All.«

»Ist notiert«, sagte Willis. »Na schön. Muss noch jemand aufs Klo? Dann bringen wir die Vögel mal in die Luft!«

Um sich vom Boden zu lösen, war jeder Gleiter mit kleinen Methanraketen ausgestattet. Die Fluggeräte konnten damit über den Boden sausen und bei entsprechender Geschwindigkeit abheben. Waren sie erst einmal in der Luft, wurden die Raketen abgeschaltet, und man flog im Gleitflug weiter. Die Gleiter hatten ausreichend Treibstoff aus Methan und Sauerstoff dabei, außerdem waren sie mit einer Version der Zubrin-Anlagen der Russen ausgestattet, kleinen Aufbereitungsanlagen, die bei Bedarf weiteren Treibstoff herstellen konnten.

Vor dem Start nahmen sie sich ausreichend Zeit, um eine geeignete Startbahn auf der staubigen Ebene abzuschreiten und Steine beiseitezukicken, die mögliche Hindernisse darstellten. Dann schoben sie die Gleiter in die richtige Richtung. Aus der Luft, dachte Sally, mussten sie wie Liliputaner aussehen, die sich abmühten, ihre zerbrechlichen Spielzeugflieger zu bewegen.

Dann waren sie so weit. Willis stieg als Erster auf, diesmal mit *Thor*. Auch das gehörte zu Franks Vorsichtsmaßnahmen: Es blieben immer zwei von ihnen auf dem Boden, während der dritte startete, damit sie sofort zu Hilfe eilen konnten, falls der erste Flug mit einem Absturz endete. Willis flog mit seinem Gleiter ein paar Kurven und Rollen, wobei er das Verhalten auf eine Art und Weise austestete, wie es in der dickeren Luft des Lückenmars unmöglich gewesen wäre.

Nachdem dieser Programmpunkt absolviert war und Willis durchgab, dass bei ihm alles bestens sei, kletterten Frank und Sally in *Woden* und hoben ebenfalls ab. Die Methanraketen brüllten auf und drückten die Passagiere spürbar in die Rückenpolster.

Kurz darauf glitten sie hoch über dem Mars dahin.

Sie flogen in völliger Stille. Sally vernahm nur ihren eigenen Atem und das Surren der Minipumpen in der Versorgungseinheit ihres Druckanzugs, die sie hinter ihrem Sitz verstaut hatte. Nicht einmal das leise Rauschen der Marsluft, die unter den langen, schmalen Flügeln des Gleiters dahinfließen musste, war zu hören. Die gläserne Blase der Kabine erlaubte eine gute Rundumsicht, und Sally fühlte sich zwischen einem wolkenlosen, gelbbraunen Himmel und einer nicht viel anders getönten Landschaft darunter wie eingeklemmt. Da es keine anderen Farben außer diesem Butterbraun gab, sah die Landschaft von oben wie ein Modell aus, wie eine topographische Nachbildung ihrer selbst aus weichem Lehm.

Von hier oben ließ sich die charakteristische Form von Mangala Vallis, die sie sich unterwegs zum Mars auf Landkarten eingeprägt hatte, besser erkennen: ein kompliziertes Netzwerk aus Tälern und Rinnen, die sich aus einer höher gelegenen, dichter mit Kratern übersäten Senke weiter nach Süden hinabzogen. Es sah tatsächlich so aus, als hätte es hier einmal einen großen Fluss gegeben, der Sandbänke, Dämme und Inseln hinterlassen hatte, alle von der Strömung geschaffen und stromlinienförmig abgeschmirgelt. Aber das Wasser war offensichtlich schon lange verschwunden, denn es handelte sich um eine eindeutig sehr alte Landschaft. Das Tal war von uralten Kratern durchzogen, gewaltigen, verfallenen Bollwerken, die dem Mond alle Ehre gemacht hätten, aber die Inseln und Dämme waren von jüngeren Kratern übersät, kleinen, vollkommen runden Kratern. Im Gegensatz zur Erde war der Mars geologisch statisch, er veränderte sich nicht und verfügte über keinerlei Mechanismen, um solche Narben wieder loszuwerden.

Der Marshorizont, der wegen des in der Luft schwebenden Staubs ein wenig verschwommen wirkte, schien sehr nahe und sehr gekrümmt zu sein. Und im Nordosten sah Sally das Land ansteigen und stellte sich vor, dass sich bereits die mächtigen Flanken von Arsia Mons in ihr Blickfeld schoben. Der Mars war eine kleine Welt, aber mit übergroß geratenen Landschaftspanoramen: Vulkane, die hoch in die Luft ragten, und ein Talsystem, das sich um den halben Äquator erstreckte.

Nirgendwo in dieser Landschaft war ein Anzeichen von Leben zu sehen, kein noch so winziges grünes Fleckchen und auch kein einziger Tropfen Wasser.

»Wann wechseln wir weiter?«

»Wir sind schon dabei«, antwortete Frank. »Schau mal nach unten.«

Obwohl die groben Landschaftsmerkmale unter den leicht in die Kurve geneigten Gleitern im Großen und Ganzen gleich blieben – der Horizont, der mächtige Korpus von Arsia, die Ausflusskanäle –, sah Sally jetzt, dass sich manche Details doch mit jedem Herzschlag veränderten: ein Muster neuer Krater auf der älteren Landschaft im Süden, wechselnde Feinheiten in den Windungen und Verästelungen des verschlungenen Kanalsystems von Mangala. Dann blitzte es kurz auf, und sie befand sich in einer hellrot gefärbten Dunkelheit. Der Gleiter wurde durchgeschüttelt, als bewegte er sich durch stürmische Luftschichten. Im nächsten Augenblick klarte sich die Dunkelheit wieder auf, und die Gleiter flogen weiter.

»Ein Sandsturm«, rief Willis.

»Ja. Nicht gerade angenehm«, antwortete Frank. »Aber wir haben keine Luftschlitze, die verstopfen, und keine Motoren, die verrecken können. Solche Stürme können monatelang dauern.«

»Zum Glück müssen wir nicht warten, bis sie vorbei sind«, sagte Willis.

Sie hüpften ins buttergelbe Sonnenlicht der nächsten Welt, dann der nächsten. Im Sekundentakt glitt ein Mars nach dem anderen unter ihnen dahin.

Je länger sie unterwegs waren, desto gelassener wurden sie. Sally wagte sogar, ihr Visier zu lösen und den Anzug zu öffnen. Das Wechseln ging nicht schneller vonstatten als mit der alten *Mark Twain,* dem Prototyp der wechselfähigen Luftschiffe, mit dem sie, Lobsang und Joshua Valienté vor fünfzehn Jahren die Lange Erde durchstreift hatten. Es ging auch nicht schneller als mit einem modernen kommerziellen Frachtschiff und wesentlich langsamer als mit den schnellsten Versuchsmaschinen oder den besten Militärschiffen. Aber für diese Reise ins absolut Unbekannte, dachte Sally, ging es schnell genug.

Nur dass es ihr wie eine Reise ins absolut Immergleiche vorkam. In der Kabine waren einfache Schrittzähler angebracht, und sie sah zu, wie die Zahlen wechselten, während die Zeit verging: sechzig Welten pro Minute, über dreitausend pro Stunde. Bei diesem Rhythmus wären sie schon innerhalb etwas mehr als einer Stunde in der Langen Erde durch eine ganze Reihe von Eiswelten gekommen, völlig vergletscherte Planeten. Nach ungefähr zehn Stunden hätten sie den sogenannten Minengürtel erreicht, eine Kette von Welten mit völlig anderem Klima, karg und öde... Sogar im kleineren Maßstab war die Lange Erde voller Einzelheiten, voller Unterschiede. Hier gab es nichts, nichts als Mars und noch mehr Mars, mit nur winzigsten Veränderungen im Detail und an den Rändern. Und nirgendwo ein Hinweis auf Leben: eine tote Welt nach der anderen.

Ab und zu bemerkte sie jedoch etwas Seltsames: Es fühlte sich an, als würde sie sich um sich selbst drehen, würde weggezogen... Sie kannte diese Empfindung von ihren Ausflügen durch die Lange Erde, so war es, wenn sich ganz in der Nähe eine weiche Stelle befand, eine Abkürzung durch die große Ausdehnung dieser Weltenketten. Sie vermutete, dass so etwas für jemanden wie Frank unvorstellbar exotisch sein musste. Bei Sally hingegen lösten diese subtilen Empfindungen eher eine anheimelnde Vertrautheit aus.

Die Gleiter flogen weiter, legten sich wie große Vögel leicht in die Kurve. Sie waren kurz nach Tagesanbruch aufgebrochen. Als sich der Marsnachmittag in die Länge zog, beschloss Sally, ein wenig zu schlafen. Sie bat Frank, sie zu wecken, wenn sie Barsoom erreicht hatten.

# 20

Tatsächlich schlief Sally nur ein paar Stunden, ehe sie wieder geweckt wurde, und zwar nicht von Frank, sondern von einem weiteren Satz, den der Gleiter machte. Sie richtete sich erschrocken auf und griff nach ihrem Visier.

Es war dunkel in der Kabine, und sie fragte sich, ob sie wieder in einen Sturm gesprungen waren. Erst dann erkannte sie, dass die Sonne sehr tief stand, im Westen unterging und aus dem Himmel die letzte Farbe saugte – nur dass die Farbe auf diesem Mars nicht das übliche staubige Braun, sondern ein blutiges Purpur war.

Frank und Willis unterhielten sich über Funk. Frank sagte gerade: »Der Wechsel in diese Welt mit ihrer dickeren Luft war fast so, als wäre man gegen eine Wand geknallt. Schlimmer als der Sandsturm. Damit haben wir nicht gerechnet.«

»Stimmt. Aber die Gleiter kommen gut damit zurecht.«

»Vielleicht sollte man eine Art Abschaltung installieren, damit wir nicht noch weiter springen... oder ein ganzes Stück aufsteigen, dort dürfte die Luft nicht so schrecklich dick sein...«

Während die beiden sich unterhielten, betrachtete Sally die neue Umgebung. Sie kurvten über einer Ebene aus Staub und geborstenen Felsbrocken, nicht weit von der Öffnung der immer noch vorhandenen Mangala-Struktur entfernt. Nach beinahe zwölf Stunden hatten sie über vierzigtausend Welten durchquert, wie Sally bei einem Blick über Franks Schulter auf den Anzeigen sah. Und jetzt das hier, etwas völlig Neues, anderes. Hier war die Luft dicker und sauerstoffreicher, und sie enthielt Wasserdampf. Die Atmosphäre war nicht so günstig wie die des Lückenmars, aber doch deutlich besser als alle, durch die sie bis jetzt gekommen waren.

Auf dem Boden unter ihnen bewegte sich etwas.

Zuerst bemerkte Sally so etwas wie Wellen im Staub, aber es waren Wellen, die sich fortbewegten und veränderten. Im Licht der tiefstehenden Sonne waren die langen Schatten deutlich zu erkennen, wodurch dieses Diorama leichter zu verfolgen war.

Dann erhob sich ein riesiger Leib aus dem Staub.

Sally sah ein klaffendes Maul und dann einen röhrenförmigen Leib, der mit chitinartigen Platten bedeckt war, die im schrägen Sonnenlicht glänzten. Es war beinahe so, als tauchte ein Wal aus der Tiefe des Meeres auf. Dann öffnete er das große Maul weit und saugte den Sand ein. Jetzt sah Sally weitere dieser Gestalten aus dem Sand steigen, aber keine war so groß wie die erste. Vielleicht waren es junge, noch nicht ausgewachsene Versionen. Sie glitten mithilfe von Flossen durch den Sand, bei dem großen Leittier zählte Sally ein Dutzend Gliederpaare.

»Leben auf dem Mars«, keuchte sie ungläubig, »tierisches Leben.«

»Allerdings«, rief Willis. »Wie Wale in einem Meer aus Staub, Nahrungsaufnahme durch Filtrieren. Und hier ist *keine* Lücke. Vielleicht gibt es gemeinsame Wurzeln mit dem Leben auf der örtlichen Erde. Aber es dürfte eine sehr weit entfernte Verwandtschaft sein.«

»Man hat gar kein richtiges Gefühl für den Maßstab.«

»Dieses große Ding ist ungefähr so groß wie ein Atom-U-Boot«, sagte Frank. »Vielleicht ist es ... vielleicht ist sie ja die Mutter ... Was für ein Anblick!«

»Ist doch logisch«, knurrte Willis. »Eine von ihrer Umwelt geschaffene Ökologie. Der Staub muss hier so fein sein, dass er wie eine Flüssigkeit wirkt, um derartige Lebensformen zu begünstigen ...«

»Bitte keine Vorträge. Seht nur da runter! Die reinste Hommage an alte Science-Fiction-Träume! Ich bin mit einem Buch aufgewachsen, das allerdings schon über zwanzig Jahre vor meiner Geburt veröffentlicht wurde... aus diesem Roman habe ich mehr über Ökologie erfahren als in der Schule, und wenn wieder mal jemand dumm daherredet und behauptet, Science-Fiction hätte keine prophetische Kraft...«

Sally bemerkte leise: »Du scheinst ja ein richtiger Fan zu sein.«

»Entschuldigung.«

»Könnten wir vielleicht wieder etwas vernünftiger miteinander reden?«, fragte Willis. »Warum gibt es diese... Wale... ausgerechnet auf dieser Welt hier? Weil es hier wärmer und feuchter ist... nicht sehr viel, aber immerhin. Die Luft hier enthält viele vulkanische Produkte. Schwefeldioxid...«

»Vulkansommer?«, fragte Frank.

»Ich glaube schon.«

»Dann ist es so, wie du vorausgesagt hast, Willis.«

»Wir müssen uns vergewissern. Ich würde hier gerne eine Sonde stationieren. Eine langsame Drohne dürfte ausreichen. Wir haben welche, die von Ballons getragen werden. Falls es ein Supervulkan wäre, ein Yellowstone, wäre der wahrscheinlichste Ausgangspunkt Arabia, ein uraltes Terrain auf der gegenüberliegenden Seite des Planeten. Vielleicht finden wir dort den Krater.«

Sally runzelte die Stirn. »Ich kann euch nicht folgen. Was haben denn Vulkane damit zu tun?«

Ihr Vater antwortete: »Ich glaube, dass diese Welt ein Joker ist. Sieh mal, Sally, Leben – vollständig erhaltenes, komplexes, aktives Leben jedenfalls – dürfte im Langen Mars sehr selten sein. Bei der Langen Erde handelt es sich größtenteils um lebende Welten, nur auf den Jokern, den Ausnahmen, die von irgendwelchen Katastrophen getroffen wurden, findet man oft überhaupt kein Leben. Richtig? Hier ist es genau andersherum. Der Lange Mars ist größtenteils tot. Hier kann Leben nur auf den Jokern entstehen, auf diesen seltenen warmen Inseln … Als er noch jung war, war der Mars warm und feucht, mit einer dichten Lufthülle und tiefen Meeren. In vielerlei Hinsicht so wie die Erde. Dort konnte Leben entstehen.«

»Aber der Mars ist erfroren. Alexej hat mir davon erzählt.«

»Trotzdem dauert das Leben an, Sally, es verkriecht sich unter die Oberfläche, hält sich als Sporen oder als Bakterien, die sich von schon lange verschütteten, salzigen Wasserschichten, von Wasserstoff oder Sulfiden oder aufgelösten organischen Stoffen ernähren, ja, sie können sogar irgendwo eingekapselt einen langen Winterschlaf halten. Diese Mikroorganismen sind resistent gegen Hitze und Kälte, gegen Strahlung, Trockenheit und einen Mangel an Sauerstoff, sogar gegen die extreme ultraviolette Strahlung … Und manchmal hat das Leben sogar noch weitere Chancen. Denk dir einen Asteroiden aus Eis, der in der Schwerkraft des Mars gefangen ist, langsam zerbricht und seine Masse nach und nach auf den Planeten abregnen lässt, ihn so mit Wasser und anderen flüchtigen organischen Stoffen versorgt …«

Er skizzierte rasch mehrere Voraussetzungen, unter denen ein Mars zu Leben kommen konnte. Der Aufprall eines großen Asteroiden oder Kometen könnte einen so heißen Krater zurücklassen, dass es jahrhundertelang, vielleicht sogar Jahrtausende lang warm blieb, warm genug, um einen Kratersee aus flüssigem Wasser zu erhalten. Es könnten sich »Achsenabweichungen« ergeben, wie Willis es ausdrückte, Zeiten, in denen die Rotationsachse des Planeten kippte oder schwankte, was Sonnenlicht in Polargebiete brachte und den Planeten mit Erdbeben und Vulkanismus erschütterte. Auch davon gab es auf dem Mars mehr als auf der Erde, weil der Mars keinen massereichen Mond hatte, der das Kreiseln stabilisiert hätte. Ihre Beobachtungen bislang schienen zu bestätigen, dass die meisten Marse überhaupt keine Monde besaßen; die Doppelmonde des Datum-Mars, Phobos und Deimos, allem Anschein nach eingefangene Asteroiden, waren eher ungewöhnlich. Nach allem, was sie bis jetzt herausgefunden hatten, war der Datum-Mars ein Joker.

»Und auf dieser Welt hier«, sagte er, »diesem Joker, neigt sich ein Vulkansommer gerade seinem Ende zu. Der Mars ist innen noch warm. Hin und wieder brechen die großen Tharsis-Vulkane aus. Auf der Erde stellen Vulkane eine Katastrophe dar. Hier stoßen sie eine ganze Ersatzatmosphäre mit Kohlendioxid, Methan und anderen Elementen aus, dazu eine Decke aus Asche und Staub, die die Welt lange genug erwärmt, dass das Wasser aus dem Dauerfrost wieder auftauen kann. Auf diesem Mars hat vor nicht allzu langer Zeit ein Ausbruch die Luft für hundert oder tausend oder gar zehntausend Jahre aufgewärmt. Samen, die vielleicht schon seit Jahrtausenden schlummerten, trieben gierig aus, und die marsianische Entsprechung der Blaualgen machten sich ans Werk und reicherten die vulkanische Suppe mit Sauerstoff an. Diese kleinen Viecher sind dazu geschaffen, zu überleben und sich nützlich zu machen, sobald sie die Gelegenheit dazu bekommen. Es muss ein unglaublicher Anblick sein, wenn der Mars innerhalb weniger Jahrtausende grün wird, wie ein natürliches Terraforming. Und dann entstehen Lebensformen wie die Wale da unten, die ihren Augenblick in der Sonne haben. Aber früher oder später, schneller oder langsamer, entweicht die Wärme, und die Luft wird wieder dünner. Wenn das Ende schließlich kommt, kommt es wahrscheinlich schnell.«

Sally nickte. »Dann wird alles wieder ein großer Sandkasten.«

»Genau. Die Datum-Wissenschaftler glaubten, sie hätten auf *unserer* Kopie des Mars fünf solcher Perioden ausgemacht, fünf tief in der Zeit verlorene Sommer. Die erste fand ungefähr eine Milliarde Jahre nach der Entstehung des Planeten statt, die letzte ungefähr vor hundert Millionen Jahren ...«

»Und wenn wir durch den Langen Mars reisen«, sagte sie, »finden wir ähnlich spärlich gesäte Inseln des Lebens, die hier im Wechsel-Weltraum so selten sind wie jene Episoden auf einem einzigen Mars in der gesamten Vergangenheit.«

»So ungefähr. Jedenfalls meiner Theorie zufolge. Und bis jetzt scheint sie sich zu bestätigen.«

»Seht euch das an«, murmelte Frank, der immer noch nach unten schaute. »Eins von den Babys ist von der Herde getrennt worden.«

Sally blickte ebenfalls hinab. Das Walkind, falls es sich überhaupt um ein noch junges Exemplar handelte, befand sich tatsächlich ein ganzes Stück von der Horde entfernt, die um die große Mutter herumschwärmte.

Da tauchten mit einem Mal andere Kreaturen wie aus dem Nichts auf und griffen das kleine Tier sofort an. Sally erahnte gewaltige Formen mit beweglichen Panzerplatten, aber eindeutig kompakter als die Wale, eher wie hungrige Krustentiere mit großen Augäpfeln auf langen Stielen. Sie sausten dicht auf der Stauboberfläche oder dicht darunter dahin.

Als sie den kleinen Wal erreicht hatten, fielen sie über ihn her. Der Wal zappelte und wand sich, wobei er große Erdfontänen in die Luft schleuderte.

»Wir nehmen das doch alles auf, Frank?«, rief Willis.

»Klar«, antwortete Frank. »Jedes von diesen Krustenviechern ist so groß wie ein LKW. Seht euch nur an, wie sie sich fortbewegen: entweder auf dem Sand oder sogar darunter. Ich wette, dass es sich dabei um eine Anpassung an die geringe Schwerkraft handelt. Sie halten sich mithilfe der Haftung und der zusätzlichen Geschwindigkeit dicht am Boden. Sollen wir runtergehen und ein paar Proben mitnehmen? Ich bin übrigens dagegen, denn es sieht ziemlich gefährlich aus da unten, und unsere Gleiter sind nicht besonders robust.«

»Wir fliegen weiter«, sagte Willis. »Schließlich habe ich es nicht auf Leben abgesehen, sondern auf Intelligenz, und davon ist dort unten nicht viel zu erkennen. Noch eine Stunde? Dann suchen wir uns eine sichere tote Welt und schlagen dort unser Nachtlager auf. Auf null: eins, zwei ...«

Sally warf noch einen Blick auf die Szene auf dem aufgewühlten Boden unter ihnen. Etwas, das wie Blut aussah, sickerte aus einem Dutzend Wunden in der Haut des kleinen Wals, der von den wütenden Krustenviechern zerrissen wurde. Blut, das im fahlen Licht fast violett aussah.

Dann war die Szene wie weggewischt und wurde von Leblosigkeit ersetzt. Unter ihnen lag eine Ebene voller Steinbrocken, die sich wohl seit einer Million Jahren nicht mehr bewegt hatten und lange, bedeutungslose Schatten warfen, während die Sonne über einem weiteren ereignislosen Tag auf einem weiteren schlummernden Mars unterging.

# 21

Professor Wotan Ulm, jetzt Universität Oxford Ost 5 und Autor des kontroversen Bestsellers *Eine ungestimmte goldene Saite: Topologie der höherdimensionalen Langen Erde,* beantwortete in einem Nachrichtensender der Britischen West 7 Broadcasting Corporation Fragen zum Thema »weiche Stellen«. Diese geheimnisvollen Abkürzungen wurden immer bekannter und schienen wohl mehr als bloße Wechsler-Legenden zu sein.

»Wenn ich es richtig verstanden habe, ist es bei den weichen Stellen so, als hätte man Siebenmeilenstiefel an, Wotan – ich darf Sie doch Wotan nennen?«

»Nein, dürfen Sie nicht.«

»Aber ich würde gerne verstehen, wie man diese Siebenmeilensprünge überhaupt machen kann.«

»Eine bessere Metapher für so eine weiche Stelle wäre der Begriff Wurmloch. Eine feste Verbindung zwischen zwei Punkten. Wie in dem Film *Contact.* Haben Sie den gesehen?«

»Ist das dieser Porno, in dem ein …«

»Nein. Dann nehmen wir *Stargate.* Wie sieht's damit aus? Egal, lassen wir die Referenzen zur modernen Kultur. Jedenfalls gibt es tatsächlich eine relevante Theorie. Haben Sie schon mal vom Mellanier-Sequenzdiagramm gehört, junger Mann?«

»Nein.«

»Es wird auch nie richtig aufgezeichnet werden, solange der n-dimensionale Druck noch nicht erfunden ist, aber grundsätzlich stellt es die Lange Erde als verwickeltes Wollknäuel dar. Oder, wenn Sie das verdauen können, wie einen riesigen Haufen verschlungener Eingeweide. Die Datum-Erde ist ein Punkt irgendwo in der Gegend des Blinddarms. Mathematisch gesehen könnte man dieses Knäuel – und ich betone ›könnte‹ – als Solenoid darstellen, eine spezielle mathematische Struktur, die einer sich selbst kreuzenden Schnur gleicht, eine Mischung aus linearer Ordnung und Chaos … Sie sehen mich an wie ein Affe, dem man eine Banane mit Reißverschluss in die Hand gedrückt hat. Aber machen Sie sich nichts draus. Es ist nämlich so, dass die einfache Wechsel-Technologie uns erlaubt, uns in diesem Darmkanal hinauf- oder hinunterzubewegen, verstehen Sie? Mellanier hingegen hat schon lange, bevor die Existenz der weichen Stellen überall bekannt wurde, die These aufgestellt – allerdings lediglich theoretischen Annahmen folgend –, dass es durchaus möglich sein könnte, direkt in einen benachbarten Strang überzuwechseln, statt immer nur dem langen, verschlungenen Pfad zu folgen. Eine effektive Abkürzung, verstehen Sie?«

»Mellanier. An den erinnere ich mich. Der war doch nach dem Wechseltag ständig in allen Medien zu sehen. Princeton, stimmt's?«

»Genau der. Er liegt nicht ganz falsch, aber er hat gerade mal die große Zehe in den Ozean der Theorie eingetaucht.«

»Sie scheinen ihn nicht besonders zu mögen, Wotan. Aber wieso bringt Sie ein Konkurrent aus Princeton so auf die Palme?«

»Weil Claude Mellanier ein Scharlatan ist, der Willis Linsays Analysen einfach abgekupfert hat und meine auch. Und dann hat er alles neu verpackt und die ganze Chose als seine eigenen Erkenntnisse ausgegeben.«

»Wurde der Mann nicht mit dem Nobelpreis ausgezeichnet, Wotan?«

»Und zwar deshalb, weil das Nobelpreiskomitee aus Vollidioten besteht, genau solchen Idioten wie Sie!«

»Er hat auch einen Bestseller veröffentlicht, der …«

»Und nennen Sie mich nicht Wotan! Also ehrlich, Jokaste, muss ich mich wirklich mit solchen hirnlosen Blödmännern unterhalten?«

# 22

Gegen Ende Februar hatten die *Armstrong* und die *Cernan* Erde West 30.000.000 passiert. Es gab deswegen nicht eigens eine Feier, genauso wenig wie ein paar Tage davor, als die Schiffe die Marke 20.000.000 überschritten und damit den fünf Jahre zuvor aufgestellten Rekord der Chinesen übertroffen hatten. Zumindest nicht öffentlich, auf Maggies Anweisung hin.

Nachdem sie das Bündel Welten, das von Krabben und anderen Krustentieren beherrscht wurde, weit hinter sich gelassen hatten, kamen sie jetzt durch einen Spanne von Welten, wo es, wie die Biologen mit Proben aus schlammigen Tümpeln herausgefunden hatten, nicht nur keine multizellulären Organismen, keine Tiere und keine Vegetation, sondern nicht mal Spuren von komplexerem zellulären Leben gab, also keine Zellen mit Zellkernen, wie die Zellen in Maggie Kauffmans Körper. Hier existierten nur die allereinfachsten Bakterien, in Matten oder Sedimentablagerungen.

Die Besatzung nannte diese Welten »Purpurschlammwelten«.

Trotzdem konnte es auch in solchen Welten Vielfalt geben, Vielfalt von einer anderen Art. Sie fanden Strukturen wie Stromatolithen, ganze Hügel von Bakterien, die im Licht der Sonne übereinandergeschichtet waren und geistlos etwas bildeten, was man auf der Datum-Erde womöglich ein primitives Ökosystem genannt hätte. Aber nachdem hier im Lauf von Milliarden von Jahren eine andere Evolution stattgefunden hatte, waren *diese* Strukturen alles andere als primitiv. Besonders diejenigen nicht, die sich an eine unvorsichtige

Schiffsbiologin heranschlichen, als sie ihnen beim Sammeln von Proben den Rücken zuwandte …

Zwei Tage später, ungefähr bei Erde West 35.000.000, nach einer Million mehr oder weniger identischer Schlammwelten, kamen sie in einen neuen Gürtel mit einer anderen Besonderheit. Hier war der Sauerstoffgehalt der Luft sehr niedrig, das Kohlendioxid hoch. Die Luftschiffe hielten über einer dieser Welten an, Erde West 35.693.562. Biologen mit Sauerstoffmasken erkundeten vorsichtig die Küste eines wüstenartigen Kontinents. Selbst nach den Maßstäben der »Purpurschlammwelten« war diese Erde sehr arm an Leben.

Es bedurfte umfangreicher detektivischer Anstrengungen, um den Grund dafür herauszufinden. Auf Gerry Hemingways Drängen hin genehmigte Maggie, dass mehrere Ballons, Raketensonden und einer ihrer wenigen kostbaren Nanosat-Träger ausgesandt wurden, um eine Karte der gesamten Welt zu erstellen. Hier war Nordamerika mit den meisten anderen Kontinenten verbunden, Granitflöße trieben auf Strömungen des Erdmantels und bildeten einen einzigen Superkontinent. Maggie ließ sich darüber aufklären, dass es auch auf der Datum einst einen solchen Kontinent namens Pangäa gegeben hatte, der vor einer Viertelmilliarde Jahren auseinandergebrochen war. Ein gewaltiger Kontinent und sonst nichts als Ozean.

Wu Yue-Sai erklärte ihr, die Chinesen hätten bereits herausgefunden, dass solche Superkontinente nicht sehr lebensfreundlich waren. Das riesige Innere des Kontinents war trocken und verödet, wie ein gigantisches Australien, nur die Küstenregionen wiesen überhaupt Spuren von Fruchtbarkeit auf. Die Expedition zog weiter, über eine Superkontinentwelt nach der anderen, durch den »Pangäischen Gürtel«, wie ihn die Geologen nannten. Nirgendwo trafen sie auf komplexeres Leben als die Stromatolithen an den Küstenstreifen, und falls doch irgendwelche exotischen Kreaturen in den gewaltigen Ebenen einiger dieser Weltkontinente umherstreiften, überließ

Maggie den Ruhm ihrer Entdeckung freudig zukünftigen Reisenden.

Der Pangäische Gürtel erstreckte sich letztendlich über ungefähr fünfzehn Millionen Welten. *Fünfzehn Millionen:* Manchmal musste Maggie sich anstrengen, um sich das Ausmaß dieser Zahlen klarzumachen. Allein die Pangäa-Welten umspannten ein Band, das zehnmal so groß war wie die Wechsel-Entfernung zwischen der Datum und Walhalla, eine noch nachvollziehbare Entfernung innerhalb jener Langen Erde, die von der Menschheit seit dem Wechseltag kolonisiert wurde. Trotzdem durchquerten sie diesen Gürtel mit der normalen Reisegeschwindigkeit ihrer Luftschiffe innerhalb einer Woche.

Nach den Pangäas, fünfzig Millionen Welten von zu Hause entfernt, gerieten sie in den nächsten Purpurschlammgürtel, in dem zumindest die einzelnen Kontinente ein wenig Abwechslung boten. Die atmosphärischen und klimatischen Bedingungen waren der Datum oft recht ähnlich, sodass Maggie Landgänge ohne besondere Schutzkleidung erlauben konnte. Ihre zumeist sehr gesunden und zumeist sehr jungen Besatzungsmitglieder konnten so zwar endlich den durchaus geräumigen, aber doch begrenzten Gondeln entkommen, andererseits gab es dort unten nichts zu tun und nichts zu sehen, wenn man sich nicht gerade für Tümpelschlamm interessierte. Ihre Leute alberten also ziellos herum, denn der Spaß, Steine auf Stromatolithen zu werfen, ist letztendlich ziemlich begrenzt.

Nur Schneeball, der Beagle, verhielt sich anders. Maggie beobachtete, wie er allein durch die größtenteils nichtssagende Landschaft stiefelte und dabei seinen ungewöhnlichen Tiermenschenkörper in der Marineuniform, die Maggie eigens für ihn hatte anfertigen lassen, stets aufrecht hielt. Seine wölfischen Augen glitzerten, er legte den Kopf zurück, damit seine Nüstern möglichst viele Gerüche aufnehmen konnten. Er schien in jeder Welt, in der sie anhielten, etwas Interessantes zu finden und verfasste auch ein eigenes Logbuch per

Sprachaufzeichnung. Das hatte Harry Ryan für ihn möglich gemacht, da Schneeballs eigenes Volk nie eine konventionelle Schrift entwickelt hatte. Maggie nahm sich vor, dieses Logbuch transkribieren und genau prüfen zu lassen. Sie hatte das unbestimmte Gefühl, dass es eine völlig anders erlebte Reise beschrieb als die der menschlichen Besatzung. Genau aus diesem Grunde war Schneeball an Bord.

Sie versuchte mit Mac über Schneeball zu reden, über die Probleme, die die beiden miteinander hatten. Aber er reagierte stets mit sturem Schweigen, was er richtig gut konnte, wenn er in der richtigen Stimmung dazu war.

Sobald Schneeball das Schiff verlassen hatte, kam Shi-mi aus Maggies Räumen und rannte in der Gondel der *Armstrong* herum, allem Anschein nach, um ihrerseits Dampf abzulassen – und um sich ein bisschen von der Mannschaft verwöhnen zu lassen. Mit Ausnahme von Mac natürlich.

Sie fuhren weiter, Tausende und Abertausende von Schritten. Sogar Joker schien es hier draußen nur sehr selten zu geben. Maggie machte sich schon Sorgen, dass ihre Reise sich in ein Experiment zu massivem Reizentzug entwickeln könnte. Eine für Pioniere recht ungewöhnliche Bedrohung, dachte sie.

Zunächst behielten sie ihre normale Reisegeschwindigkeit von über zwei Millionen Schritten pro Tag bei, die sie erreichten, indem sie zwölf Stunden pro Tag mit jeweils fünfzig Schritten pro Sekunde wechselten. Maggie vergaß nicht, dass sie die Verantwortung für zwei Schiffe trug, die sich letztendlich noch im Versuchsstadium befanden; Harry Ryan, unterstützt von seinem chinesischen Gegenstück Bill Feng, mit dem er nach anfänglichem Misstrauen eine unerwartet kumpelhafte Partnerschaft eingegangen war, reagierte recht widerwillig auf jede Änderung seiner vorausgeplanten Testprogramme. Doch Maggie brachte Harry dazu, die Betriebszeit auf achtzehn Stunden pro Tag zu erhöhen, womit sie täglich statt zwei beinahe drei Millionen Schritte zurücklegten. Damit konnten sich die Maschinen immer noch zwei Stunden pro

Wache erholen. Dazu gewährte sie Harry einen ganzen Tag pro Woche ohne Wechseln, an dem er beide Schiffe Tests unterziehen und weitere Instandsetzungen durchführen konnte.

In diesen Zeiten versuchte sie, die Besatzungen zu beschäftigen. Zum Glück waren die Gondeln groß genug, um sportliche Übungen und Trainingseinheiten sogar während des Fluges zu erlauben. Sie tat sich mit Mike McKibben zusammen, dem Kommandanten der beiden Marine-Kampfeinheiten, die sich an Bord der Luftschiffe befanden, und stellte gemeinsame Übungen zusammen, mit denen beide Parteien zufrieden waren. Sie erlaubte sogar, mit einigen Vorsichtsmaßnahmen, Wettkämpfe zwischen den beiden Waffengattungen, Flotte gegen Marines, von Squash bis zu Scrabble, erstaunlicherweise McKibbens Lieblingsspiel.

Maggie wies Nathan in aller Stille an, die Gehälter ihrer Leute einzufrieren, damit sie nicht im Siegesrausch nach einem gut platzierten Buchstaben restlos verspielt werden konnten.

»Jawohl, Käpt'n. Soll ich Mike McKibben raten, bei seinen Jungs dasselbe zu veranlassen?«

Sie grinste. »Mal sehen, ob er selbst daran denkt.«

»Ja, Käpt'n.«

Selbst mit der gesteigerten Schrittfrequenz dauerte es noch weitere neunzehn Tage, bis sie den Purpurschlamm hinter sich gelassen hatten.

Eines schönen Abends gegen Ende dieses Intervalls offenbarte Joe Mackenzie Maggie, dass er ebenfalls eine Art Logbuch der Reise schrieb.

»Meine Güte, Mac, führt auf diesen beiden Schiffen denn jeder Tagebuch? Es kommt mir fast so vor, als wären wir ein Weißes Haus mit heftigen Problemen.«

»Es ist zwar eine eigenbrötlerische Angewohnheit, aber es gibt schlimmere. Außerdem ist es, wenn man meinem persönlichen Logbuch folgt, nicht ganz leicht, die Dimension dessen zu kapieren, was wir hier tun. Solche ausgedehnten Reisen in die Lange Erde sind Neuland, wohingegen wir weite Reisen auf der Erde schon seit … wie lange schon unternehmen? Seit den Wikingern? Seit den Polynesiern? Trotzdem kommt es mir so vor, als näherten wir uns einem Meilenstein oder so was in der Art. Als Armstrong zum Mond flog, unternahm er eine Reise, die alles in den Schatten stellte, was in der Geschichte der Menschheit, ja sogar in der Vorgeschichte der Menschheit geschehen war. Die Entfernung zum Mond, zweihundertvierzigtausend Meilen ins All hinaus, beträgt ungefähr das Sechzigfache des Erdradius. Heute reicht die zivilisierte Lange Erde, wenn man es überhaupt so ausdrücken kann, von der Datum bis Walhalla. Das sind ungefähr 1,4 Millionen Schritte. Und diese Entfernung mal sechzig, wechselwärts gesehen, ist …«

Sie rechnete es schnell aus. »Ungefähr vierundachtzig Millionen.«

»Ein Meilenstein, den wir morgen irgendwann passieren werden.« Er hob das Glas mit dem Single Malt, den sie ihm eingegossen hatte. »Egal, was jetzt noch auf uns zukommt, Maggie, wir haben im Vergleich zu anderen menschlichen Errungenschaften unseren persönlichen Flug zum Mond gemeistert.«

»Gut, einverstanden. Außerdem ist es ein guter Vorwand für eine kleine Feier«, sagte die Kapitänin, die auch stets an die Moral der Truppe dachte. »Runden wir die Sache zu einhundert Millionen auf. Hört sich schicker an.« Sie warf einen Blick auf den Kalender. »Sieht so aus, als wären wir am ersten April so weit.«

»Das passt ja«, erwiderte Mac.

»Wir geben den Leuten einen Tag frei, halten ein paar Reden, machen Fotos und stellen eine Fahne auf.«

»Ich dachte eher, es wäre eine gute Gelegenheit, die Katze rauszuschmeißen. Aber ganz wie Sie wollen.«

# 23

Nicht weit nach dem Eine-Million-Schritte-Meilenstein gingen die Purpurschlammwelten in eine andere Spielart über, ein weiteres Weltenband, in dem sich multizelluläres Leben entwickelt hatte. Das war eine willkommene Abwechslung nach den langen Tagen voller Purpurschlamm oder gelegentlich auch, um wenigstens ein bisschen zu variieren, voller grünem Schlamm. Aber die Wesen, denen sie auf diesen Welten begegneten, waren so völlig anders als alles, was sie je zuvor gesehen hatten.

Erde West 102.453.654: Auf dieser Welt war das Land von Geschöpfen besiedelt, die wie Bäume aussahen, die jedoch, wie die Biologen behaupteten, eher eine Art hochentwickelter Seetang waren. Etwas, das an Seeanemonen erinnerte, kroch grasend über den Boden. Und die Kronen dieser tangartigen Wälder sowie ein Großteil der darunterliegenden Welt wurden von quallenartigen Wesen beherrscht.

Quallen, die auf Bäumen lebten.

Es handelte sich um riesengroße, ledrige Kreaturen, die meisten von ihnen so massig wie ein Troll. Ihr eigentlicher Lebensraum schien das flache Meer zu sein, aus dem einige von ihnen aufs trockene Land krochen. Andere hingegen *flogen*, sie schossen förmlich aus dem Ozean heraus, indem sie Wasser aus ihren Schirmen pumpten und durch die Luft glitten. Dabei benutzten sie die Flossen, die aus ihren Rückenschilden hervorstanden, wie »Flügel«, um die Baumwipfel zu erreichen.

In den Baumkronen hingen überall natürliche Fäden, die Lianen glichen, aber vielleicht keine waren. Die Quallen ließen sich an diesen Fäden herab, um blitzartige Überfälle auf ihre Vettern auf dem Boden und auf andere Lebensformen durchzuführen. Einmal beobachteten die Wissenschaftler sogar einen regelrechten Krieg, als eine Gruppe Quallen aus einem Waldstück Seile und Netze über ein anderes Waldstück schleuderte und dann mit vereinten Kräften angriff.

Das alles wurde von den menschlichen Besuchern aus der Luft aufgenommen. Wer keinen Dienst hatte, verbrachte seine freie Zeit an den Fenstern oder auf den Aussichtsdecks und starrte nach unten. Landgänge waren von Käpt'n Kauffman ausnahmslos untersagt worden, denn der Sauerstoffgehalt in dieser Welt war so niedrig, dass man Gesichtsmasken und Sauerstoffflaschen hätte mitnehmen müssen, und derartig behindert wäre man den raubgierigen fliegenden Nesseltieren aus den weiter oben liegenden Ästen ziemlich hilflos ausgeliefert.

Bill Feng überraschte Maggie durch sein intensives Interesse an dem Spektakel, das sich unter ihnen abspielte – zumindest empfand sie es als ungewöhnlich stark bei einem Mann, den sie von Anfang an als mustergültig kontrollierten Ingenieur eingestuft hatte. Der Chinese sagte in seinem seltsam betonten Englisch: »Ich komme selbst vom Militär, aber ich habe den Krieg nie um seiner selbst willen gutgeheißen. Wir sind jetzt hundert Millionen Schritte von der Datum entfernt, und wir finden hier Lebensformen, die so ganz anders sind als die, die wir kennen – und doch finden wir wieder Krieg. Muss es denn immer so sein?«

Darauf fiel Maggie keine zufriedenstellende Antwort ein.

Nachdem sie diese Welt protokolliert und Proben genommen hatten, zogen die Schiffe weiter.

Da es jetzt vor den Fenstern etwas zu sehen gab, reduzierte Maggie die Reisegeschwindigkeit auf die üblichen zwei Millionen Schritte pro Tag, aber sobald dieses Bündel Welten, das die Biologen den »Nesseltiergürtel« nannten, nach nur wenigen Tagen erneut in den Purpurschlamm überging, befahl Maggie sang- und klanglos, die Geschwindigkeit wieder zu erhöhen.

Ungefähr bei Erde West 130.000.000 erreichte die Expedition nach dem Nesseltiergürtel und sieben weiteren Tagen Purpurschlamm eine neue Art von Welt. Hier schien es so gut wie überhaupt keinen Sauerstoff in der Atmosphäre zu geben. Stickstoff, Kohlendioxid und vulkanische Gase herrschten vor, und die geringen feststellbaren Spuren von Sauerstoff waren, wie Maggie von Gerry Hemingway erfuhr, höchstwahrscheinlich auf geologische Prozesse zurückzuführen, nicht auf irgendwelches Leben. Auf diesen Welten hatte sich sauerstoffproduzierendes Leben nie entwickelt, hier war die Photosynthese, dieser komplexe Trick, mit dem Grünpflanzen die Energie des Sonnenlichts nutzen, um Kohlendioxid aufzuspalten, dann den Kohlenstoff zum Aufbau neuen Lebens zu verwenden und quasi als Nebenprodukt Sauerstoff in die Luft zu entlassen, nie entstanden.

Die Luftschiffe waren auf solche Bedingungen vorbereitet. Wenn es an atmosphärischem Sauerstoff fehlte, wurde den großen Düsenturbinen, die das Fahrzeug antrieben, Sauerstoff aus dem bordeigenen Vorrat zugeführt. Harry Ryan fühlte sich angesichts dieser neuen technischen Herausforderung an sein Fahrzeug ganz in seinem Element, und Maggie konnte nur noch staunen. In diesem Modus arbeiteten die Turbinen wie Scramjets, und die Luft im Gondelinneren, die jetzt zwangsläufig komplett recycelt wurde, roch schon bald ein wenig abgestanden.

Derweil präsentierten sich die Landschaften unter dem Bug trostloser als je zuvor. Nur als Biologe konnte man den eigenartigen purpur-violetten Schlammebenen und Hügeln aus anaeroben Bakterien, den uneingeschränkten Herrschern dieser Welten, etwas abgewinnen. Maggie veranlasste stillschweigend, dass die erhöhte Wechselgeschwindigkeit von drei Millionen Schritten pro Tag fürs Erste beibehalten wurde, aber sie ermahnte Harry Ryan, die bordeigenen Reserven im Auge zu behalten. Schließlich hatte sie nicht vor, zu Fuß zurückzugehen. Nicht durch diesen Schlamm.

Letztendlich war es der Sauerstoff, der sie zu ihrem ersten langen Gespräch mit Douglas Black veranlasste, seitdem ihr berühmtester Passagier an Bord der *Armstrong* gekommen war.

Maggie suchte Black in seiner kleinen Suite auf. Sie hatte Mac dabei, denn sie war gekommen, um die Beschwerden des Doktors zu unterstützen.

Sie hatte um diese Unterredung gebeten, aber sogar hier auf ihrem eigenen Schiff war Douglas Black nicht der Mann, der jeder Aufforderung nachkam. Es überraschte sie auch nicht, dass Black sie vor der Tür warten ließ. Sein Diener Philip teilte ihnen mit, Black sei gerade erst von einem Schläfchen erwacht.

»Arroganter Fatzke«, murmelte Mac.

»Wir halten uns erst einmal zurück, Mac. Mal sehen, was er selbst dazu sagt …« Dann ging die Tür auf.

Black verfügte über ein ganzes Team an Helfern, aber heute war nur ein Diener anwesend, Philip, der überhebliche Leibwächter, der die beiden Offiziere rasch durch Blacks Suite führte und sie dabei nicht aus den Augen ließ.

Die Suite, ein etwas zu großer Name für die Reihe von Kabinen, die Black auf eigene Kosten ausgestattet hatte, war weniger luxuriös eingerichtet, als Maggie erwartet hätte. Es gab eine kleine Küche, da Black darauf bestand, dass ihm seine Mahlzeiten exklusiv und wenn möglich mit frischen Zutaten zubereitet wurden – allem Anschein nach war Philip auch der Koch. Der Wohnbereich war mit bequemen, verstellbaren Sesseln und Sofas eingerichtet und mit einer Konsole voller Datenverarbeitungsgeräte, Bildschirme, Tablets und Speichereinheiten ausgestattet.

Blacks Schlafzimmer kam Maggie auf den ersten Blick wie

eine kompakte Intensivstation vor. Hinter einem durchsichtigen Vorhang – es handelte sich um ein Sauerstoffzelt, wie Mac ihr zuraunte – stand ein mit sämtlichen Apparaturen versehenes Bett, umgeben von Monitoren, Infusionsgeräten und sogar einem nach Telechirurgie aussehenden Roboterarm. Philip musste anscheinend mit einer schmalen Koje in der Ecke hinter einer dünnen Abtrennung vorliebnehmen und rund um die Uhr zur Verfügung stehen.

Maggie wusste, dass es Mac um dieses Sauerstoffzelt ging.

Black begrüßte sie im Wohnzimmer. Er saß in einem mit allen Finessen ausgestatteten Rollstuhl und trug eine lose sitzende, bequeme Kimono-Jacke, eine seidene Hose und Pantoffeln. Sogar in der geschlossenen Umgebung der Gondel hatte er die Sonnenbrille auf. Als er lächelte, legte sich sein zerknittertes Gesicht in neue Falten, dann goss er ihnen eigenhändig ziemlich guten Kaffee in die vorbereiteten Tassen. »Ich heiße Sie herzlich willkommen in meiner Höhle, Kapitän Kauffman. Eine solche Begrüßung wird wohl von mir erwartet, oder? Sollen wir gleich zur Sache kommen? Ich habe erfahren, dass Ihr Doktor sich für mein Wohlergehen interessiert, aber wie Sie sehen, habe ich meine eigene medizinische Versorgung gleich mitgebracht.«

»Aber auf diesem Schiff«, knurrte Mac, »auf dem ich der verantwortliche Mediziner bin, unterliegen Sie meiner Zuständigkeit.«

»Selbstverständlich. Ich beuge mich Ihrer Autorität. Wie könnte es anders sein?«

»Ich fürchte, genau das ist der Stein des Anstoßes«, sagte Maggie. »Es geht um Ihren Sauerstoffverbrauch.«

»Käpt'n, ich habe Doktor Mackenzie versichert, dass ich meinen eigenen Vorrat mitgebracht habe, meine eigene Füllanlage und Recyclingausrüstung – ich bewege mich hier wie in einem eigenen kleinen Raumschiff.«

»Trotzdem haben Sie die Schiffsvorräte angezapft«, erwiderte Mac. »Das ist allein schon aus technischen Gründen unvermeidlich. Und Sie, Mr Black, verbrauchen ziemlich viel davon. Ich hätte das Thema nicht zur Sprache gebracht, Käpt'n, aber da wir momentan kein zusätzliches O-Zwei außerhalb der Hülle zur Verfügung haben, müssen wir dringend darüber reden.«

»Was ich nicht ganz verstehe, Mr Black«, sagte Maggie, »wozu brauchen Sie so viel Sauerstoff?«

»Um Tag und Nacht seine Überdruckkammer zu füllen«, warf Mac ein. »Sie haben das Zelt über seinem Bett gesehen, Käpt'n. Er wohnt in dem verflixten Ding und atmet dort Luft mit einem wesentlich höheren Sauerstoffgehalt als auf der Datum-Erde.«

»Aha.« Das alles kam Maggie doch sehr überkandidelt vor. Sie hatte schon einen langen Tag hinter sich, aber jetzt wünschte sie, sie hätte sich ein bisschen besser auf dieses Gespräch vorbereiten lassen. »Ich bin keine Medizinerin. Warum brauchen Sie das, Mr Black?«

»Aus dem einfachsten aller Gründe. Um das wiederzuerlangen, was ich mir mit all meinem Geld nicht kaufen kann – jedenfalls noch nicht. Sie haben einmal scherzhaft gesagt, dass ich wohl nach dem Jungbrunnen suche, Käpt'n. Letztendlich ist es so.«

In den folgenden Minuten hielt er ihr, illustriert mit Bildern auf einem seiner großen Tablets, einen Vortrag über die Behandlungen, denen er sich unterzog, um den Alterungsprozess seines Körpers nicht nur zu verlangsamen, sondern in gewisser Weise umzukehren. Hormone, die mit dem Alter abgebaut werden, wurden ersetzt, darunter Wachstumshormone, Testosteron, Insulin und Melatonin, um die Körperfunktionen aufrechtzuerhalten und zu erneuern, wie es in einem jugendlichen Körper geschieht. Es hatte Versuche zur genetischen Erneuerung mithilfe von Retroviren gegeben, die DNA-Stränge bildeten und auflösten sowie beschädigte oder ungewünschte Sequenzen ersetzten. Auf den Nahen Erden förderte Black experimentelle Methoden, bei denen Stammzellen Gewebe und sogar ganze Organe regenerierten.

Er spreizte seine mit Altersflecken überzogenen Hände. »Hören Sie, Frau Kapitän, ich habe meinen Körper immer gut in Schuss gehalten, ich habe vernünftig gegessen und die meisten Laster gemieden. Ich hatte das Glück, von den meisten üblichen Krankheiten verschont zu bleiben. Und natürlich haben auch meine jahrzehntelangen Vorsichtsmaßnahmen gegen die Bestrebungen ehrgeiziger Attentäter bislang Früchte getragen.« Er klopfte gegen seinen Schädel. »Geistig bin ich so auf dem Damm wie eh und je, mein Gedächtnis funktioniert gut... Aber ich bin achtzig Jahre alt. Die Zeit rinnt mir durch die Finger. Es gibt noch so viel zu sehen, so viel zu tun. Denken Sie nur an die Forschungsreise, die wir gerade gemeinsam unternehmen! Können Sie verstehen, dass ich alles tun würde, um jetzt noch nicht gehen zu müssen? Wollen Sie mir das wirklich vorwerfen?«

»Das ist alles schön und gut, Mr Black. Aber was hat das mit dem Sauerstoff zu tun?«

»Es ist eine von seinen Therapien«, antwortete Mac. »Und zwar eine von der spleenigeren Sorte.«

Black neigte den Kopf. »Ich will mich nicht mit einem Mediziner streiten. Aber Sie wollen mir bestimmt nicht vorwerfen, dass ich alle meine Möglichkeiten ausschöpfe, oder? Ja, der übermäßige Verbrauch von Sauerstoff ist umstritten. Aber sehen Sie doch, wo wir gerade sind. Schauen Sie aus dem Fenster! Hier gibt es keinen Sauerstoff, deshalb sind diese Welten alle so gut wie tot. Der Sauerstoff bringt die Lebenskraft voran. Sie selbst, Doktor, verbrauchen ihn bei bestimmten Patienten im Übermaß, oder etwa nicht? Der Begriff lautet Oxyologie, Kapitän. Der Erhöhung des Sauerstoffpartialdrucks, um die Heilung des Körpers voranzubringen oder seine Verjüngung. Es ist billig, es ist einfach, und es gibt Leute, die behaupten, Beweise dafür zu haben, dass es funktioniert, zumindest bei Ameisen und Mäusen und so weiter. Warum sollte ich es also nicht ausprobieren?«

Mac hätte noch weitergestritten, aber Maggie hob die

Hand. »Ich glaube, ich habe so weit verstanden. Trotzdem weiß ich immer noch nicht, was für einen ›Jungbrunnen‹ Sie eigentlich an Bord dieses Schiffs unserer Flotte suchen, Mr Black.«

Er gestattete sich ein feines Lächeln. »Ich kann nur sagen, dass ich es wissen werde, wenn ich es gefunden habe – falls es existiert.«

Maggie erhob sich. »Ich glaube, wir sind hier fertig. Hören Sie, Mac, wir haben unseren eigenen Verbrauch an Sauerstoff sehr genau im Blick, aber wir verfügen immer noch über neunzig Prozent, und Mr Blacks Verbrauch dürfte angesichts seiner privaten Vorräte und sogar trotz dieses Zeltes nur einen Bruchteil davon betragen. Wir kommen durchaus damit aus, zumindest momentan. Andererseits«, sagte sie an Black gewandt, »werde ich meinen leitenden Ingenieur darauf aufmerksam machen. Und falls wir irgendwelche Notmaßnahmen einleiten müssen, werde ich Ihnen nicht mehr zubilligen als jedem anderen Besatzungsmitglied.«

»Selbstverständlich.« Er wirkte nur ein wenig pikiert. »Ich würde nie zulassen, dass meine Eigeninteressen auch nur einen Ihrer jungen Schützlinge in Gefahr bringen.« Er sah seine beiden Gäste direkt an. »Dann wäre das erledigt? Darf ich wieder raus aus der stillen Ecke?«

Maggie lachte höflich und stieß Mac in die Seite, bis auch der sich ein Lächeln abrang.

»Falls Sie noch ein wenig Zeit haben, könnten wir jetzt zu angenehmeren Dingen übergehen. Vielleicht möchten Sie sich die neueste Lieferung wissenschaftlicher Nachrichten ansehen, die mir Ihr freundlicher Leutnant Hemingway zusammengestellt hat. Wahrscheinlich wissen Sie bereits über alles Bescheid, aber die Bilder können schon sehr erschreckend sein.« Er nickte Philip zu, der sich erhob, um die entsprechenden Vorbereitungen zu treffen. Kurz darauf waren auf sämtlichen Bildschirmen im Raum purpurfarbene und hellrote Schleier zu sehen. »Wer hätte sich je vorstellen können, dass das Leben sogar ohne die Kraft des Sauerstoffs zu solcher Schönheit, zu solchem Erfindungsreichtum imstande wäre? Darf ich Ihnen noch etwas Kaffee anbieten? Oder vielleicht etwas Kräftigeres?«

# 24

So kam es, dass Joshua über die Jahre in sporadischer Verbindung mit Paul Spencer Wagoner blieb, während der seltsame kleine Junge zu einem noch etwas seltsameren jungen Mann heranwuchs. Joshua hatte es gewissermaßen als seine Pflicht angesehen, denn vermutlich war er der einzige Bekannte des Jungen aus seiner Kindheit in Happy Landings, abgesehen von seiner unmittelbaren Familie. Und seine Pflichten nahm Joshua immer sehr ernst.

Andererseits war er auch neugierig. Und Paul Spencer Wagoner hatte so einiges an sich, was Joshuas Neugier schürte.

Soweit er wusste, hatten Tom und Carla Wagoner sich stets so gut wie möglich um Paul und seine kleine Schwester Judy gekümmert; auf keinen Fall hatten sie den Kindern je Gewalt angetan. Aber als ihre Ehe zerbrach, weil sie, wie Joshua vermutete, dem durch die Kinder erzeugten Druck nicht mehr standhielt, blieb Tom mit Paul allein zurück. Und er kam nicht damit klar, dass sein Sohn, während er in puncto Wissen, wenn auch nicht Weisheit, große Fortschritte machte und dabei eine gewisse geistige, wenn auch nicht körperliche Macht erlangte, sich mehr und mehr gegen den Vater wandte.

Paul war erst zehn, als er seinem Vater weggenommen wurde.

»Paul kennt mich viel zu gut«, sagte Tom zu Joshua, als sie sich im Frühjahr 2036 im Heim in Madison begegneten. Joshua war zurückgekommen, um zu sehen, wie die Schwestern nach dem Tod von Schwester Agnes im Jahr davor zurechtkamen. »Er hat sehr bewusst meine Trennung von seiner Mutter mitbekommen«, sagte Tom, »und wie sie mir die kleine Judy weggenommen hat. Nebenbei bemerkt, Carla kommt ebenso wenig klar wie ich, das darf ich Ihnen verraten – sie hat mit Judy dieselben Probleme, die wir damals mit Paul hatten. Er weiß auch, dass ich es bei der Arbeit versaut habe. Paul hat das alles miterlebt, und er hat viel mehr begriffen, als für ein Kind gut ist. Davon, was in meinem Kopf vorging, meine ich.« Er schüttelte seinen grau werdenden Schädel voller Bedauern. »Wenn er mich wegen irgendeines Fehlers oder weil ich Mist gebaut habe, auseinandernimmt, dann ist das ... niederschmetternd. Ich komme mir nicht vor wie ein Vater mit einem hochnäsigen Kind, sondern wie ein Schoßtier, das bestraft wird. Absolut erniedrigt. Noch schlimmer ist es, wenn er absichtlich grausam wird. Ich meine nicht körperlich, damit könnte ich wahrscheinlich eher umgehen. Nein, der verflixte Bengel kann einen mit Worten regelrecht in Scheibchen schneiden. Und wissen Sie, was am allerschlimmsten ist? Er macht es nur deshalb, weil er es kann. Aus Spaß ... nein, nicht einmal deshalb. Aus Neugier. Um zu sehen, was passiert, wenn er dich knackt. Als würde er einen Frosch aufschneiden. Er weiß nicht, was er tut, er ist ja noch ein Kind, aber ...«

Nachdem Joshua ein wenig nachgebohrt hatte, erfuhr er, dass Pauls Schwester Judy ihrer Mutter inzwischen ebenfalls weggenommen worden war. Und den aktuellen Gepflogenheiten der Fürsorge entsprechend waren die Geschwister getrennt voneinander untergebracht.

Inzwischen war klar geworden, dass Paul nicht sehr glücklich war. Er fand sich nirgendwo ein, und es bestand die Gefahr, dass er völlig außer Kontrolle geriet. Nach einigen katastrophalen Versuchen, ihn bei Pflegeeltern unterzubringen, ließ Joshua ein paar Beziehungen spielen. Daraufhin wurde Paul ins Heim nach Madison geschickt, wo er der Fürsorge der strengen aber einfühlsamen Schwestern oblag.

Von da an sah ihn Joshua regelmäßiger. Trotzdem blieb der Junge, der sich zu einem sehr merkwürdigen Teenager entwickelte, Joshua und den Schwestern ein Rätsel.

# 25

Frank Wood stellte fest, dass Willis Linsay, was die wechselwärtige Geographie des Langen Mars anging, offenbar recht behielt.

Aus den hoch oben in der dünnen Luft kurvenden Gleitern sahen die meisten Wechselmarse auf den ersten Blick einer wie der andere aus. Die Piloten hielten die mit Staub bepuderten Vögel über ihrem Landegebiet von Mangala Vallis, einer riesigen trockenen Landschaft, in der sich von einer zur anderen Welt im Allgemeinen so gut wie überhaupt nichts veränderte. Wie Willis vorausgesagt hatte, bestand beim Mars die einzige Abwechslung in den wenigen Jokern, Welten, in denen es aus irgendeinem Grund Wärme und Feuchtigkeit gab und damit eine geringe Chance, dass sich irgendwo ein bisschen zähes Leben entwickeln konnte.

Doch diese willkommenen Ausnahmen schienen alle auch *zeitlich* sehr begrenzt zu sein. Es konnte Jahre, Jahrhunderte, Jahrtausende, sogar Zehntausende von Jahren dauern, aber letztendlich ließen die Eruptionen irgendwann nach, die vulkanischen Gase verzogen sich, die Kraterseen froren zu, und der Mars kehrte zu seinem üblichen Erscheinungsbild der tödlichen Erstarrung zurück. Viel öfter als auf intakte Biosphären – wie etwa die Welt mit den riesigen Sandwalen, die sie zufällig gleich am Anfang ihrer Reise entdeckt hatten – trafen die Reisenden auf Spuren erst kürzlich ausgelöschten Lebens. Abgesehen von Sandstürmen passierte nicht viel auf dem Mars; die Erosion ging nur langsam vonstatten, weshalb sich solche Lebensspuren lange hielten.

So waren die Gleiter bei ungefähr hunderttausend Schritten über etwas hinweggeflogen, was wie die Reste eines gewaltigen Ozeans aussah, der, wenn auch nur kurzzeitig, die Ebenen der nördlichen Hemisphäre bedeckt haben musste. Ganze Landstriche wie Mangala zeigten Anzeichen dafür, dass sie Meeresküsten gewesen waren, und Willis deutete auf Sandstrände, auf etwas ein Stück weiter im Inland, das wie versteinerte Wälder aussah, und auf Salzflächen auf dem ausgetrockneten Meeresboden.

Als sie tiefer hinabgingen, um sich alles genauer anzusehen, machten sie auf dem Meeresboden konische Erdhaufen aus, so groß wie Pyramiden, die von irgendeiner riesigen Schlange geschaffen worden waren – vielleicht einer entfernten Verwandten der Sandwale –, sowie überall verstreute Rückenplatten, wie abgeworfene Panzer räuberischer Krustentiere. Auf einem trockenen Meeresboden lagen sogar Knochen, die an den riesigen Brustkorb eines Wals erinnerten.

Am zwölften Tag und über eine halbe Million Schritte von ihrem Ausgangspunkt entfernt, trafen sie endlich auf Spuren vernunftbegabter Wesen. Sie entdeckten eine Stadt.

Südlich von Mangala waren unter dem Staub des Hochlands noch immer gerade Straßenzüge zu erkennen, über denen hohe, knochenweiße Türme aufragten. Aber es gab keinerlei Anzeichen für noch vorhandenes Leben.

Die drei Reisenden hatten es sich inzwischen zur Gewohnheit gemacht, die Besatzung und die Flugverantwortlichkeit immer wieder zu tauschen, damit alle wach und in Übung blieben und die Piloten mit den Eigenheiten von beiden Maschinen vertraut waren. An dem Tag, an dem sie die Stadt entdeckten, flog Frank mit Sally, die *Thor* steuerte, während Willis allein *Woden* flog. Deshalb konnte sich Frank ausgiebig umsehen, während Sally den Vogel sinken ließ und dann auf die Stadt zuhielt.

In der dünnen Luft brauchten die Gleiter stets mehr Geschwindigkeit, um oben zu bleiben, was in größeren Höhen nicht so auffiel, aber dicht über dem Boden schoss man dahin wie eine Schwalbe, die eine Fliege jagte. Die Stadt tauchte wie aus dem Nichts auf, und plötzlich sauste Frank über breite Straßen mit zerbrochenen Steinplatten und zwischen unmöglich hohen, rissigen und zerbröselten Elfenbeintürmen dahin. Er konnte es sich nicht verkneifen, einen wilden Schrei auszustoßen.

»Ich versuche mich zu konzentrieren«, brummte Sally.

»Entschuldige.«

»Was sagen die Daten?«

Frank warf einen Blick auf ein Display neben seinem Sitz, auf dem Megabytes an Daten grafisch angezeigt wurden, Sonar- und Radarmessungen sowie Stichproben der Atmosphäre, die in den Kompaktspeicher des Gleiters eingespeist wurden. Die Gleiter verfügten sogar über Funkempfänger, die auf irgendwelche Signale lauschten. Die Ionosphäre des Mars war nur sehr dürftig und gab einen schlechten Reflektor für Funkwellen ab, aber man konnte nie wissen; außerdem wäre es ihnen fahrlässig vorgekommen, diese Option auszulassen. »Alles in Butter«, sagte Frank. »Das ist echt 'n Ding, was? Aus der Luft sah die Stadt wie… ich weiß auch nicht… wie ein Schachbrett aus. Hier unten wirkt alles schäbiger und kaputter, und diese Türme kommen einem eher wie abgebrochene Zähne vor. Aber sie sind höher als alles, was man auf der Erde hochziehen könnte.«

»Das liegt an der geringen Schwerkraft«, meldete sich Willis zu Wort.

»Aber auch die Türme haben sie nicht gerettet, als die letzten Kriege begannen«, sagte Sally. »Seht mal nach unten.«

Jetzt machte Frank zwischen den auf den Fahrbahnen liegenden Trümmern und sogar in einigen der zerstörten Gebäude merkwürdige Überreste aus: Bruchstücke von Panzerungen, deutlich unterteilte Gliedmaßen, wie aus den Körpern gigantischer Spinnen gerissen. Sie waren aus einer Art Metall gefertigt, vielleicht auch aus Keramik. Diese Fragmente waren zerbrochen, zermalmt, aufgerissen, die Oberflächen der Straßen und die Mauern von Bombenkratern übersät. Die gesamte Szenerie überzog ein feiner, rostrot glänzender und vom Wind verwirbelter Staub.

»Warum hast du ›letzte Kriege‹ gesagt?«, wollte Frank wissen.

»Weil offensichtlich niemand übrig geblieben ist, um am Ende wieder alles aufzuräumen«, antwortete Sally. »Viele dieser Joker-Inseln im Zeitmeer haben sich anscheinend mit einem Krieg den endgültigen Garaus gemacht. Nach dem Klimakollaps haben die Überlebenden um die letzten Wasservorräte gekämpft, um die letzten Bäume, die sie verbrennen konnten, und vielleicht haben sie auch Opfer gebracht, um ihre Götter zu besänftigen. Solche Muster finden sich in der Geschichte der Datum-Erde zuhauf, und genau so hätten wir es auch gemacht. Dummheit ist allem Anschein nach eine Universalie.«

In dieser Stadt, die wie ein gewaltiger Friedhof aussah, ließ diese Bemerkung Frank zusammenzucken.

»Ich glaube nicht, dass wir hier noch etwas tun können«, sagte Willis. »Ich gehe runter und sammle ein paar Proben ein. Wenn ihr wollt, könnt ihr ja mitkommen.«

Frank sah, wie *Woden* nach unten zog und auf eine weite Ebene außerhalb der Stadt zuflog. »Was meinst du?«, fragte er Sally. »Willst du dir mal die Beine vertreten?«

»Nicht nötig. Du?«

»Muss nicht sein. Ich mache hier gerade ein bisschen Couch-Yoga, während wir uns unterhalten.« Um den Methan-Treibstoff, den sie für einen Start benötigten, zu sparen, versuchten sie, so selten wie möglich zu landen.

Sally zog an ihrem Joystick, *Thors* Nase hob sich, und der Gleiter schraubte sich in die Luft. Kurz darauf war die Stadt wieder auf ein spielzeuggroßes Diorama geschrumpft, von Bombenexplosionen oder insektenhaften Kriegsmaschinen war nichts mehr zu erkennen.

Frank wechselte auf die Bordanlage, sodass Willis nicht mithören konnte. »Also, Sally.«

»Was denn?«

»›Dummheit ist eine Universalie.‹ So was in der Art habe ich schon mehrfach von dir gehört. Meinst du das ernst?«

»Was geht dich das an?«

»Ich frage ja nur.«

»Hör mal, ich habe die Menschen nicht von klein auf verachtet, das musste ich erst nach und nach lernen. Du weißt, woher ich komme…«

Er kannte ihren Lebenslauf in groben Zügen. Das meiste hatte er von Monica Jansson erfahren, der Sally in ihren letzten Jahren nahegestanden hatte, jedenfalls für Sallys Verhältnisse. Trickreich hatten die beiden gemeinsam ein paar Trolle aus GapSpace befreit. Dann waren sich Monica und Frank nähergekommen, nur leider viel zu kurz, bis er sie schließlich verlor.

Sally Linsay war als natürliche Wechslerin aufgewachsen, aber nicht beide Elternteile waren wie sie. Ihr Vater Willis besaß diese Fähigkeit nicht. Vor dem Wechseltag hatte ihre Familie mütterlicherseits dieses besondere Können verständlicherweise für sich behalten, so wie anscheinend viele Dynastien von Naturtalenten, aber sie hatten es ganz nach Belieben für sich eingesetzt.

»Ich bin schon als kleines Kind gewechselt«, sagte Sally. »Meine Onkel sind in den Nahen Erden mit Armbrüsten und dergleichen jagen gegangen; sie wussten genau, wie man sich vor Grizzlys in Acht nimmt. Vater war schon immer eher ein Bastler als ein Jäger, er hat sich eine Wechsel-Werkstatt eingerichtet und dort auch einen Garten angelegt. Ich habe ihn mit rübergenommen und ihm geholfen, und er hat sich Geschichten ausgedacht und mit mir Spiele gespielt. Die Lange Erde war mein Narnia. Kennst du Narnia?«

»Das ist das mit den Hobbits, oder?«

Sie schnaubte verächtlich. »Für mich war das Wechseln die reine Freude. Außerdem war es eine nützliche Erfahrung, weil ich von klugen Leuten umgeben war, die wussten, was sie taten, Leute, die diese Gabe klug einsetzten und sich immer vorsahen.«

Nach einer kurzen Pause redete sie weiter: »Dann kam der Wechseltag, und plötzlich konnte jeder Depp mit einer Wechsel-Box in die Lange Erde aufbrechen. Und was dann? Dreimal darfst du raten! Im nächsten Moment sind alle dabei zu ertrinken, zu erfrieren oder zu verhungern oder sich von Berglöwen auffressen zu lassen, weil die kleinen Kätzchen sooo niedlich sind. Das Schlimmste war jedoch, dass diese Idioten nicht nur ihre Blödheit in die Lange Erde mitnahmen, sondern auch ihre Fehler und Charakterschwächen. Ihre Grausamkeit. Vor allen Dingen ihre Grausamkeit.«

»Damit meinst du wohl besonders die Grausamkeit gegenüber den Trollen. Daran kann ich mich noch bei dir erinnern, als du damals in der Lücke aufgetaucht bist.«

Frank sah, wie sich ihr Rücken vor ihm im Pilotensitz versteifte. Sofort wusste er, dass sie jetzt giftig wurde. »Wenn du schon alles über mich weißt, warum fragst du dann?«

»Ich weiß doch nicht alles. Nur das, was ich gehört habe, zum Beispiel von Monica. Du bist so was wie eine Vagabundin geworden, eine Einzelgängerin. Ein Engel der Barmherzigkeit, der half, diese ›Deppen‹ vor sich selbst zu schützen. Aber du bist auch ...« Er suchte nach einem nicht so feindlich klingenden Begriff. »Du bist auch zum Gewissen der Langen Erde geworden. Jedenfalls siehst du dich selbst so.«

Sie lachte. »Man hat mich schon vieles genannt, aber das noch nicht. Hör mal, der Großteil der kolonisierten Langen Erde hat mit Zivilisation nicht allzu viel zu tun. Wenn ich sehe, dass irgendwo ein Unrecht begangen wird ...«

»Das, was du für Unrecht hältst.«

»Dann sorge ich dafür, dass die Übeltäter das auch mitkriegen.«

»Du handelst als selbsternannte Anklägerin, Richterin – auch als Henkerin?«

»Ich bemühe mich, niemanden zu töten«, antwortete sie ein wenig kryptisch. »Bestrafen? Ja. Manchmal, wenn es möglich ist, übergebe ich die Verbrecher der Justiz. Toten kann man keine Vernunft mehr einbläuen. Aber es hängt immer von der Situation ab.«

»Na schön. Trotzdem dürfte nicht jeder mit deinen Wertmaßstäben einverstanden sein. Oder wie du dir das Recht nimmst, nach diesen Maßstäben zu richten. Es gibt Leute, die das, was du tust, als Selbstjustiz bezeichnen würden.«

»Das ist nur ein Wort.«

»Versteh mich nicht falsch, Sally, ich will dir doch nur eins sagen: Dein Vater war derjenige, der das alles ausgelöst hat, der den Wechseltag möglich gemacht hat. Und jetzt verschmutzen all diese ›Deppen‹ *deine* Lange Erde, so siehst du es. Sie töten die Löwen in deinem Narnia. Hab ich recht? Ist nicht das dein eigentliches Problem? Die Tatsache, dass dein eigener Vater diese Welten zugänglich gemacht …«

»Was soll das? Spielst du jetzt den Analytiker?«, fauchte sie wütend.

»Nein. Aber nach meinem Militärdienst habe ich selbst ein paar Analytiker aufgesucht, deshalb weiß ich, welche Fragen ich stellen muss. Wenn du willst, halte ich die Klappe. Deine Angelegenheiten sind deine Angelegenheiten. Ich will nur, dass du auf dich aufpasst, Sally. Pass auf, was du tust, ja? Halte deinen Zorn in Zaum. Denk daran, wo er herkommt. Wir sind alle sehr weit von zu Hause entfernt, und wir sind aufeinander angewiesen, wir müssen uns beherrschen. Mehr will ich gar nicht sagen.«

Sie gab ihm keine Antwort, sondern ließ den Gleiter immer weiter große, überaus präzise Schleifen über der Ebene ziehen, bis Willis seine Arbeit beendet hatte und wieder zu ihnen aufstieg.

Nach einem raschen Abgleich ihrer Datenspeicher wechselten sie weiter, und die Schachbrettstadt unter ihnen verschwand von einem Moment zum anderen.

# 26

Noch mehr leblose Marse, ein Bündel nach dem anderen, ein Flugtag nach dem anderen, unterbrochen von den abendlichen Landungen in einer weiteren Variante der Mangala-Landschaft und gelegentlichen Unterbrechungen, um eine Welt genauer zu erforschen.

Am Abend des dreißigsten Tages landeten sie auf einer Welt nicht mehr weit von Mars Ost 1 Million entfernt – eine Million Schritte von der Lücke –, und Frank Wood machte sich gut eingepackt in seinem Druckanzug zu einem kleinen Spaziergang in die Dunkelheit auf. An diesem Abend war das Zwillingsgestirn Erde und Mond weit oben am östlichen Himmel besonders deutlich zu sehen. Sie befanden sich auf einem typischen Mars, ganz wie der Mars am Datum-Himmel, eine lebensfeindliche Welt, die trotzdem noch eine gewisse Ähnlichkeit mit der Erde hatte. Frank war froh, dass sie endlich gelandet waren und er sich die Beine vertreten konnte.

Er hatte sich diese Spaziergänge zur Gewohnheit gemacht, so unbequem und ein wenig riskant sie auch waren. Sie verschafften ihm die Gelegenheit, sich ein wenig von den Linsays abzusondern, selbst wenn es jeden Tag nur ein paar Minuten waren. Seine eigene Persönlichkeit brauchte ein bisschen Platz zum Atmen und konnte auf diese Weise wieder zur ihrer eigenen Gestalt zurückfinden. Spaziergänge auf Welten, die vierzig- oder fünfzigtausend Schritte voneinander entfernt waren, denn so weit reisten sie jeden Tag, und die einander in ihrer Leblosigkeit doch so sehr glichen. Wie an so vielen Abenden auf diesen trostlosen Marsen fragte er sich auch jetzt, was das Ganze überhaupt sollte: diese vielen leeren Welten, deren Leere durch die kurzen und seltenen Fenster der Bewohnbarkeit, die sie fanden, nur noch schlimmer gemacht wurde, Welten, in denen die Türen fast alle durch einen Untergang endgültig zugeschlagen waren. War es grausamer, gelebt zu haben und gestorben zu sein, oder gleich überhaupt nicht gelebt zu haben?

Und was hatte das alles zu bedeuten? Gab es zu jeder Welt, die von intelligentem Leben bewohnt war, eine Lange Version wie bei Mars und Erde? Er stellte sich einen Himmel voller Ketten aus Langen Welten vor, die wie zerrissene Halsketten in einem dunklen Ozean dahintrieben. Vielleicht gab es ja eine Lange Venus oder sogar einen Langen Jupiter, falls sich dort jemals Bewusstsein festgesetzt hatte. Aber warum? Warum das alles? Wozu war das alles gut? Er vermutete, dass er auf derlei Fragen nie eine zufriedenstellende Antwort bekommen würde.

Mach einfach deine Arbeit, Flieger.

Wie es der Zufall wollte, trafen sie am nächsten Tag auf die Spuren einer weiteren Beinahe-Zivilisation, nur fünfzigtausend Welten und ein paar Zerquetschte jenseits der bedeutungslosen Eine-Million-Marke entfernt.

Der Krater befand sich etliche zig Meilen südlich von Mangala, das metallische Glitzern war aus der Luft leicht zu sehen und wurde sofort, nachdem sie hineingewechselt waren, von ihrer Bildverarbeitungs-Software erkannt.

Diesmal war Willis Franks Passagier. Die Gleiter flogen über die tiefe und deutlich ausgeprägte Senke des Kraters hinweg, dessen Durchmesser etwa eine halbe Meile betrug. Sein Boden schimmerte jedoch, als wäre er von einer metallischen Folie überzogen. Aus der Höhe erkannte Frank lediglich, dass die Senke selbst mit unbewegten Gegenständen übersät war, mit zerdrückten und umgestürzten Gebilden, bei denen es sich vielleicht um irgendwelche Maschinen handelte. An einigen

Stellen waren der Krater und das Land ringsum schwarz gefärbt, als wären sie aus der Luft mit gewaltigen Rußgranaten bombardiert worden. Der Krater schien durch schnurgerade Pfade mit der ihn umgebenden Landschaft verbunden zu sein, aber die Spuren waren glatt, dick mit Staub bedeckt und kaum noch zu sehen.

»Wieder knapp daneben, verflixt noch mal«, brummte Willis. »Wieder ein noch nicht ganz kalter Leichnam. Ich sehe nirgendwo Bewegung, empfange keine Signale. Sollen wir runter, Frank? Du hältst die Stellung, Sally.«

»Ja, Vater«, kam die knappe Antwort. In solchen Situationen kam Sally damit klar, von ihrem Vater Befehle zu empfangen, jedenfalls einigermaßen.

Frank drückte die Nase des Gleiters nach unten. Während sie auf den Kraterboden zuschwebten, fiel Frank auf, dass ganze Schneisen des Terrains ringsum glasig waren und im schwachen Sonnenlicht blinkten. Er teilte Willis seine Beobachtung mit.

»Ja«, erwiderte Willis. »Und sieh dir mal den Krater an.«

Als sie noch einmal über das Becken sausten, sah Frank, dass die Oberfläche des Kraterbodens tatsächlich wie mit Metall verkleidet zu sein schien. Der Belag war jedoch im großen Stil beschädigt, hier und da wie von Explosionen weggerissen und teilweise sogar geschmolzen. »Strahlenwaffen? Laser?«

»Gut möglich. Ich glaube, das da drüben könnte mal eine Art Teleskop gewesen sein, so wie das Arecibo, nur hier in der natürlichen Senke des Kraters aufgestellt. Wenn die Oberfläche wie ein Spiegel wirkte, war es vielleicht sogar ein optisches Teleskop. Mit so einem Ding dürfte man von dieser Stelle aus einen tollen Blick auf die Erde haben.«

Sie flogen tiefer in das Becken hinein. Frank hielt nach irgendwelchen verbliebenen Aufbauten Ausschau, sah aber nichts dergleichen. Die Zerstörung war umfassend. Überall lag ineinander verflochtene und verbogene Ausrüstung herum, das meiste davon kunstvoll verformtes Metall. Zuerst konnte er keine Hinweise auf Lebewesen, keinerlei Biologie dort unten ausmachen. Dann aber erblickte er Fetzen von Chitin, die ihm vage bekannt vorkamen.

»Geh runter«, sagte Willis. »Wir sollten ein paar Proben mitnehmen. Sally, du bleibst oben …«

Sie setzten nicht weit von der verspiegelten Grube auf und gingen zu Fuß hinüber.

Als sie in ihren klobigen Druckanzügen in die Grube hinabstiegen, schien die eisige Kälte zuzunehmen. Ganz unten waren keine Anzeichen kürzlich erfolgter Aktivität auszumachen; die Schicht des vom Wind hierhergewehten Staubs sah unberührt aus. Willis zwickte von den Metallkomponenten, von der spiegelnden Oberfläche und von den chitinartigen Überresten ein paar Proben ab.

»Dieses panzerartige Zeug kommt mir bekannt vor«, sagte Frank. »Ganz ähnlich wie bei diesen Krustenviechern, die wir ganz am Anfang gesehen haben.«

»Stimmt. Es gibt also eine gewisse Konstanz. Wenn ich mir überlege, was wir bis jetzt gesehen haben: die Krustentiere, die Wale. Eine gemeinsame Palette. Vielleicht finden wir überall verzerrte Versionen dieser Familien in unterschiedlichen Entwicklungsstadien. Ich glaube, ich verstehe, wie es funktioniert haben könnte … Als der Mars noch jung war, erfolgte eine rasche Evolution von Lebensformen, Spezies, Familien und Arten, und zwar sehr ähnlich auf jeder Welt des Langen Mars. Aber wenn so ein Mars dann vertrocknet, muss alles, was überlebt, irgendwie Winterschlaf oder von mir aus auch Sommerschlaf halten. Meistens bleibt der Mars tot, nur auf Jokern wie diesem hier ergreifen die verbliebenen Ableger ihre Chance, sobald sie sich bietet, und passen sich auf verschiedene Weise den neuen Umweltbedingungen an. Eine endlose Umformung desselben Urbestands – Variationen zum Thema Wale und Krustentiere und vielleicht auch einigen anderen, die wir bis jetzt noch nicht identifiziert haben.« Während Willis laut vor sich hindachte, arbeitete er unaufhörlich weiter und musterte geduldig die trübsinnigen Überbleibsel. »Ich lasse das durch die Probenanalyse laufen, sobald wir wieder im Gleiter sind.«

»Dann sind wohl die technischen Gegenstände hier nicht das, wonach du suchst.«

»Nein. Leider nicht. Aber das ist die am höchsten entwickelte Kultur, der wir bis jetzt begegnet sind.«

»Du weißt aber schon, was du suchst, oder? Sobald du es findest?«

»Da kannst du drauf wetten.«

»Und woher weißt du überhaupt, dass dieses Etwas existiert?«

Willis sah nicht von seiner Arbeit auf. »Wir sind auf dem Mars. Auf so einer Welt ist das eine logische Notwendigkeit.«

Sie gingen einander ohnehin alle auf die Nerven, aber Willis' absichtliche Unbestimmtheit machte Frank zunehmend zu schaffen. War er denn lediglich ein Chauffeur, dem man die Wahrheit nicht anvertrauen konnte? »Geheimniskrämerei und Gewissheit, hm? Das hat dir ja bei deiner Karriere schon immer weitergeholfen, oder?«

Willis beachtete ihn überhaupt nicht, was Frank nur noch mehr wurmte.

»Sally hat dich mit Dädalus verglichen. Ich hab's nachgeschlagen. In manchen Versionen der Geschichte hat er das Labyrinth von Kreta erschaffen, in dem der Minotaurus sein Unwesen trieb. Das Problem bestand darin, dass er nicht an sämtliche möglichen Konsequenzen gedacht hatte. Er hat das Labyrinth so kompliziert gebaut, dass es sehr schwer wurde, das Untier ausfindig zu machen, wenn man es erschlagen musste. Abgesehen davon hatte es einen Konstruktionsfehler: Mit einer einfachen Garnrolle konnte man eine Spur legen, um wieder herauszufinden – *daran* hatte Dädalus nicht gedacht.«

»Was willst du mit dieser Geschichte sagen, Wood?«

»Vielleicht ähnelst du Dädalus mehr, als du denkst. Was willst du mit dieser Marstechnologie denn anfangen, falls du sie überhaupt findest? Sie einfach auf die Welt loslassen, so wie die Wechsel-Box? Weißt du was? Du und Sally, sowohl Vater als auch Tochter, ihr behandelt die Menschheit so, als wäre sie ein ungezogenes Kind. Sally verpasst uns einen Schlag an den Hinterkopf, wenn sie glaubt, wir hätten uns schlecht benommen. Und deine Methode, uns Verantwortung zu lehren, besteht darin, uns eine geladene Pistole in die Hand zu drücken, damit wir durch Versuch und Irrtum herausfinden, was man damit anstellen kann.«

Willis dachte darüber nach. »Du bist bloß sauer, weil du ein alter Raumkadett bist. Hab ich recht? Der Wechseltag war daran schuld, dass du nicht in irgendeiner Raumstation herumkreisen und die Beschaffenheit deiner Pisse in der Schwerelosigkeit messen konntest oder was diese Typen die ganzen Jahre dort oben so veranstaltet haben. Tja, Pech gehabt. Und egal, was wir hier tun, wir haben zumindest das Beste für die Menschheit im Auge. Sally und ich, meine ich. Deshalb frage ich dich, Frank: Führt diese Unterhaltung irgendwohin?«

Frank seufzte. »Ich versuche nur, aus euch beiden schlau zu werden.« Er ließ den Blick über den stillen Kriegsschauplatz schweifen. »Weiß Gott, auf diesem Ausflug gibt es ja sonst nicht allzu viel zu tun …«

»Bodentruppe, *Thor.*«

Frank klopfte mit dem Zeigefinger auf die Schalttafel auf seiner Brust, um Sally dazuzuschalten. »Schieß los, Sally.«

»Ich habe einen Rest von Hintergrundstrahlung festgestellt.«

Jetzt nahm Frank aus dem Augenwinkel eine Bewegung wahr. Eine dünne Fahne grünlichen Rauchs, der aus einem Haufen staubbedecktem Schrott in die Luft blies.

»Die Erbauer und Krieger sind schon lange tot, aber der Müll, den sie zurückgelassen haben, vielleicht noch nicht ganz. Ich würde vorschlagen, ihr macht, dass ihr dort wegkommt.«

»Verstanden. Komm, Willis.«

Willis folgte ihm anstandslos, als Frank aus der Grube kletterte. Frank schaute nach oben zu Sally, die hoch über ihnen wie ein marsianischer Ikarus ihre Kreise zog. Dann senkte er den Blick wieder und konzentrierte sich darauf, wo er seine gestiefelten Füße auf dem holprigen Hang aufsetzte.

# 27

Jeder an Bord von Maggies Luftschiff dachte, sie müssten erst aus dem »Anaeroben-Gürtel« herauskommen, ehe sie wieder auf komplexeres Leben stoßen würden. Es stellte sich heraus, dass sie sich alle getäuscht hatten, und das nicht zum ersten Mal.

Erde West 161.753.428: Zehn Tage, nachdem sie in dieses breite Band sauerstofffreier Welten geraten waren, schwebten die Twains über einer Landschaft, in der es vor Leben nur so wimmelte – üppiges, reiches, geschäftiges Leben. Offensichtlich waren sie in einem neuen Gürtel voller komplexer Arten, nur dass sich die Lebensformen, die sie so fern in der Langen Erde unter sich erblickten, von allem, was ihnen bislang begegnet war, grundsätzlich unterschieden.

Maggie stand mit einigen ihrer Offiziere auf dem Aussichtsdeck. Auch Mac und Schneeball, der Beagle, hatten sich auf Maggies Drängen zu ihnen gesellt. Sie hegte die vage Hoffnung, dass das, was zwischen ihnen brodelte, zum Ausbruch kommen würde, wenn man sie einmal im selben Raum zusammenbrachte. Bis jetzt war noch nichts dergleichen geschehen. Außerdem war, wie es der Zufall so wollte, auch Kapitän Ed Cutler anwesend, der kurz zuvor zum vierzehntäglichen Vieraugengespräch mit Maggie herübergekommen war.

Die Schiffe segelten Seite an Seite durch einen gelblichen, mit seltsamen Wolken verzierten Himmel über einem grünlichen Meer, das gegen eine blassbraune Küste mit hellroten und purpurfarbenen Streifen schwappte. Allein die Farbgebung war so verwirrend, als wäre sie der Fantasie eines zugedröhnten Hochschulstudenten entsprungen. An Land gab es etwas, das wie Ufervegetation aussah, darunter auch Gebilde, die Maggie noch als »Bäume« bezeichnet hätte, große Gewächse mit Stämmen und blättrigen Auswüchsen weiter oben, allem Anschein nach eine überall gültige Gliederung, wenn man das Licht des Himmels brauchte und gleichzeitig der Nährmittel wegen im Boden verwurzelt war. Aber diese »Blätter« waren knallrot, nicht grün. Gerry Hemingway hatte ihr erklärt, dass sie mithilfe der Sonnenenergie eifrig Photosynthese betrieben, nur dass sie im Gegensatz zu den Bäumen auf der Datum Kohlenmonoxid zu absorbieren schienen und das, was sie produzierten, nicht köstlicher Sauerstoff, sondern Schwefelwasserstoff und andere unangenehme Verbindungen waren. Rings um die »Wälder« erstreckten sich weite Gebiete einer »Prärie« mit vielfältiger Vegetation, aber bis jetzt wusste noch niemand, was zum Teufel dort eigentlich wuchs.

Zwischen den Pflanzen bewegten sich Tiere. Natürlich keine Tiere, wie man sie von der Datum her kannte. Maggie erblickte eine Scheibe, durchsichtig, riesig, wie eine Kreuzung zwischen einer Qualle und einem Hollywood-Ufo, die sich glitschend und schlurfend und sich ständig verformend über den Boden bewegte. Nein, es war nicht nur eine Scheibe, sondern eine ganze Familie oder Herde mit großen, ausgewachsenen Exemplaren und daneben umhertollenden kleineren. Gerry Hemingway fragte sich, ob sie sich vielleicht mithilfe irgendeines Bodeneffekts voranbewegten.

Dass das alles mit wahnsinniger Geschwindigkeit vonstattenging, als liefe die Welt dort draußen ständig im schnellen Vorlauf, trug zu ihrem Verständnis nicht gerade bei. Hemingways Biologen waren der Meinung, es habe etwas mit den höheren Temperaturen auf dieser Welt zu tun, durch die mehr Energie zur Verfügung stand. Trotz aller Erklärungen wäre es Maggie lieber gewesen, dieser ganze Mist würde sich einfach ein bisschen *langsamer* abspielen. Und …

»Bei Maos Augenbrauen!« Das war, erstaunlicherweise, Leutnant Wu Yue-Sai. Sie drehte sich zu Maggie um und wurde ein bisschen rot. »Ich muss mich entschuldigen, Frau Kapitän.«

»Ach was. Was haben Sie denn gesehen?«

Wu richtete den Zeigefinger irgendwohin. »Dort. Nein, da! In den Bäumen ... es ist lang, besteht aus lauter Muskeln, wie eine Schlange. Eine sehr große Schlange. Aber ...«

Diese »Schlange« schnellte von Baum zu Baum durch die Luft. Nein, sie tat sogar noch mehr, wie Maggie jetzt erkannte; sie war stromlinienförmig, wie ein biegsamer Hubschrauberpropeller, und wand sich wirbelnd hin und her. Absichtsvoll und zielgenau segelte sie dahin, ja, sie konnte beinahe fliegen, wenn man die Bewegung etwas großzügig auslegte.

Gerry Hemingway pfiff durch die Zähne. »Eine vier Meter lange fliegende Schlange. Jetzt habe ich wohl alles gesehen. Nein, halt – da gibt es ja noch viel mehr!«

Die Schlange hatte sich auf eines der Scheibenwesen gestürzt, ein kleineres, das sich ein wenig von der Gruppe entfernt hatte. Dampf zischte, die Scheibe wehrte sich, indem sie sich wie wild wand, aber Maggie sah, dass die Schlange in die Scheibe einsank, und sobald sie drin war, drehte sie sich und riss sich wieder einen Weg nach außen.

»Sie frisst ihr Opfer von innen auf«, sagte Mac, »nachdem sie sich mit einem säureartigen Sekret hineingebrannt hat. Sehr charmant. Man kann hinkommen, wo man will, überall nur Pflanzenfresser und Fleischfresser, der ewige Tanz von Raubtier und Opfer.«

Maggie zwang sich zu einem Lachen, um die Stimmung ein wenig aufzulockern. »Kann schon sein, aber jede Wette, dass Sie es so noch nie gesehen haben, oder?«

Cutler stand ziemlich steif neben Maggie. Er war kein besonderer Freund gesellschaftlicher Anlässe. »Wir sollten für unseren Landungstrupp eine etwas weniger belebte Stelle ansteuern. Die Mannschaften könnten eine Auszeit gebrauchen,

Käpt'n, wir hocken schon ziemlich lange hier oben zusammen …«

Nach dieser Bemerkung verfiel die Gruppe in Schweigen. Maggie schämte sich für den Mann.

Mac hingegen hatte in dieser Hinsicht keinerlei Bedenken. »Sie schlagen doch nicht allen Ernstes vor, unsere Leute dort runterzuschicken, Käpt'n?«

»Warum denn nicht? Wir sind schon öfter auf exotischen Erden gelandet.«

»Hören Sie eigentlich zu, wenn Ihre Wissenschaftsoffiziere irgendwelche Mitteilungen machen?«

Maggie murmelte ein warnendes: »Mac …«

»Nicht, wenn ich es vermeiden kann«, erwiderte Cutler trotzig.

Mac sah sich um. »Gerry, hast du noch die Reste unserer ersten Drohne, die wir rausgeschickt haben, damit wir sie dem Käpt'n zeigen können? Die Beschädigung an der Außenhülle – nicht? Schade. Aber ich habe eine bessere Idee.« Er ging zur Außenwand des Beobachtungsdecks, an der eine Reihe von Fächerschleusen angebracht war, durch die Atmosphäreproben eingeholt wurden. Er zog einen Schutzhandschuh an, griff hinein und zog eine Flasche mit einem Gas heraus, das im hellen Licht des Decks gelblich aussah. »Das ist die Luft von Erde West 160.000.000 und ein paar Zerquetschten«, sagte er. »Wissen Sie, was wir darin gefunden haben, Käpt'n?«

»Keinen freien Sauerstoff, so viel weiß ich. Wasserdampf?«

»Nicht schlecht geraten. Aber nicht einfach nur Wasser. Extrem säurehaltiges Wasser. Kapitän Cutler, diese Welt ist nun mal so beschaffen: Die Meere bestehen eher aus verdünnter Schwefelsäure, ebenso die Flüsse. Und der Regen. Auch das Blut dieser Lebewesen dort unten, jedenfalls von denen, die wir uns mit den Drohnen schnappen konnten. Sie haben gerade eins davon in voller Aktion gesehen, vermutlich kann dieses Schlangending seine Körperflüssigkeiten so konzentrieren, dass es sich damit einfach in das Protoplasmaviech hineinbrennen kann…«

»Ed«, sagte Maggie eilig, in der Hoffnung, die Situation noch entschärfen zu können, »unsere Wissenschaftler glauben, dass auf dieser Welt, in dieser ganzen Spanne von Welten, Wasser, ich meine neutral saures Wasser, nicht das ist, was das Leben hier verwendet als… wie heißt das noch gleich, Gerry?«

»…als Solvens. Lösungsmittel. Das bedeutet in diesem Zusammenhang, eine flüssige Umgebung zu schaffen, innerhalb derer sich die Chemie des Lebens entwickeln kann. Auf der Datum benutzen wir Wasser dafür. Hier…«

»Säure?«, fragte Cutler.

»Ganz genau«, antwortete Mac. »Hier baut die gesamte Biosphäre auf dieser einfachen Tatsache, auf diesem kleinen Unterschied auf. Aber bislang haben wir gerade mal an der Oberfläche gekratzt.«

»Wir haben es hier mit einem Lebensmuster zu tun«, sagte Hemingway, »das vom Grundsatz her aus denselben Molekülen besteht wie wir, Käpt'n Cutler, aber auf einer völlig anderen chemischen Basis aufbaut. Vielleicht nehmen die Pflanzen Kohlenmonoxid auf und geben Schwefelwasserstoff ab. Es wäre jedenfalls extrem gefährlich, einen Menschen ohne besondere Schutzvorrichtungen dort hinunterzuschicken.«

»Den Schiffen macht es nichts aus«, sagte Maggie. »Die Hülle, unsere Außenhaut, kann der verdünnten Säure des Regens widerstehen. Und wie es aussieht, hält unser internes Sauerstoffsystem einwandfrei dicht. Andernfalls hätte Ihnen Ihre Stellvertreterin bestimmt schon Mitteilung gemacht, Ed.«

Maggie sah, dass Cutler ziemlich verstört war. Er war ein Mann, dessen Verstand alles in streng voneinander getrennte Bereiche unterteilte, und genauso wollte er es haben. Von der Beschaffenheit dieser exotischen Welten wollte er nichts wissen, solange sie sein Schiff nicht in Gefahr brachten, und er hatte seine Besatzung zweifellos auch so instruiert. Trotzdem schien nun auch bei ihm so etwas wie Neugier aufzuflackern, als er fragte: »Was ist denn da schiefgelaufen?«

Hemingway sah ihn an. »Wie bitte, Käpt'n?«

»Ich meine, wie sind diese Welten so geworden, dass sich nicht normale Sauerstoffatmer wie wir entwickelt haben?«

»Da können wir nur raten«, erwiderte Hemingway vorsichtig. »Wir halten uns erst ein paar Tage in dieser völlig neuen Biosphäre auf.«

Maggie lächelte. »Dann rate mal drauflos, Gerry. Besser als du wissen wir's auch nicht.«

»Wir vermuten, dass diese Welten, aus welchem Grund auch immer, in sehr früher Zeit eine Phase extremer Hitze durchgemacht haben. Vielleicht waren sie eine Zeitlang wie die Venus, mit dichter Atmosphäre und grausamer Hitze auf der Oberfläche. Bei der Venus haben wir immer gedacht, dass es womöglich weiter oben, in den Wolken, wo es kühler ist, Leben geben könnte. Dort hätte ein Käfer oder so etwas existieren können, der die ultraviolette Strahlung der Sonne anzapft und die chemischen Ressourcen, die er dort vorfindet, zum Leben nutzt. Insbesondere Schwefelsäuretropfen – denn die Säure hat einen höheren Siedegrad als Wasser und kann dort noch als Lösungsmittel dienen, wo es mit Wasser nicht mehr geht ... Also gut möglich, dass diese Erde hier so ungefähr wie die Venus gewesen ist, wie *unsere* Venus, als sie noch jung war.«

»Aha. Aber diese Welt ist *jetzt* nicht mehr wie die Venus.«

»Nein. Vielleicht hat sie sich ... erholt. Hat sich wieder abgekühlt, statt die katastrophale Erhitzung unserer Venus zu erleiden. Sie ist eher so ... wie unsere Erde geworden, sozusagen. Aber das säurebasierte Leben hat sich, nachdem es einmal Fuß gefasst hatte, behauptet. Das Resultat ist die säurehaltige Biosphäre, die Sie dort unten sehen.«

»Hm. Klingt irgendwie weit hergeholt. Und ich ... Was zum ... *Zurück!*« Zu Maggies blankem Entsetzen zog Cutler seine Pistole, ging in die Hocke und zielte beidhändig auf die Gondelwand.

Dann drehte sie sich um und sah die Schlange.

Sie flog sich windend und schlängelnd durch die gelbliche Luft heran, ja, sie flog ohne jeden Zweifel ganz zielgerichtet auf sie zu, auf das Schiff und auf das Beobachtungsdeck, auf das, was einem fliegenden, mit Säureblut gefüllten, schlangenartigen Raubtier wie Frischfleisch erscheinen musste …

»Ganz ruhig«, knurrte Nathan Boss, »sie kann uns nichts anhaben. Die Hülle und die Fenster sind absolut …«

Das Biest klatschte gegen die Hülle und breitete seinen gesamten Körper über das Fenster aus. Maggie bekam einen kurzen, alptraumhaften Blick auf die Unterseite des Tiers, eine Anordnung von Saugnäpfen und geriffelter Haut, dazu so etwas wie winzige Lippen, die sich an der Scheibe festsaugten. Dann sah sie eine Flüssigkeit daraus hervorspritzen, geradezu hervorsprudeln. Sie musste an das Schicksal der Qualle dort unten denken und bekam bei dem Gedanken an die Berührung mit der Säure Gänsehaut.

Ed Cutler rannte mit gezückter Waffe zur Wand, auf die Schlange zu. »Ich übernehme das«, sagte er.

Maggie wollte ihn aufhalten, erwischte ihn aber nicht mehr. »Ed! Nicht! Wenn Sie das Ding hier drin abfeuern, zerstören Sie entweder die Hülle und bringen uns alle um, oder die Querschläger …«

»Ich bin kein Idiot, Käpt'n Kauffman.« Er rammte die Waffe in einen der Luftprobenkästen. »Diese Dinger versiegeln sich doch von selbst, oder? Genau so wie auf der *Cernan*. Nimm das, du Säuremonster!«

Dann feuerte er die Pistole ab. Das Geräusch in dem umschlossenen Raum war gewaltig. Maggie sah, wie das Projektil den Schlangenkörper durchschlug und ein klaffendes Loch hinterließ. Das Tier zuckte zusammen und schrie auf, ließ dann los und löste sich langsam von der Scheibe.

»Das Vieh mach ich noch ganz fertig«, sagte Cutler, veränderte seine Position und zielte erneut.

»Um Himmels willen, halten Sie ihn auf!«, schrie Maggie.

Mac war am dichtesten dran, Schneeball war am schnellsten. Beide zerrten Cutler vom Fenster weg, und Mac wand ihm die Waffe aus den Händen.

Als Cutler sich nicht mehr wehrte, ließen sie ihn los. »Alles gut, die Vorstellung ist vorbei.« Er keuchte heftig, sein Gesicht war rot angelaufen. Dann warf er dem Beagle einen hasserfüllten Blick zu und wandte sich an Maggie. »Entschlossenheit, Käpt'n Kauffman. Im Angesicht von Gefahr kann man sich in dieser Hinsicht jederzeit auf mich verlassen ...«

»Die einzige Gefahr hat uns von Ihnen und Ihrer Pistole gedroht! Verlassen Sie sofort mein Schiff, Sie Schwachkopf.« Dann drehte sie ihm mit voller Absicht den Rücken zu und ging zu Schneeball und Mac hinüber, die verlegen nebeneinanderstanden. »Gute Zusammenarbeit, ihr zwei.«

Der Beagle nickte ernst. »Danke, Käpt'n.«

Mac zuckte nur die Achseln.

»Gute Arbeit«, sagte Maggie, »obwohl Sie beide einander aus dem Weg gehen, als hätte der andere die Pest. Vielleicht ist jetzt der richtige Moment, mir zu erklären, was zwischen Ihnen eigentlich vorgeht?«

»Eine Sache ... der Ehr-rrhe, Käpt'n«, sagte Schneeball widerwillig.

»Ehre? Inwiefern?«

»Mord an meinem Volk-rhh.«

»Wer? Mac? Ist das dein Ernst? ... Also ehrlich, das will ich jetzt genauer wissen. In der Zwischenzeit – Mac, Sie bleiben hier.«

»Ja, Käpt'n.«

Sie führte ihn zum Fenster und blickte nach unten. Dort sah sie die Schlange, die sich noch immer krampfhaft auf dem Boden wand. »Wir sind als Forscher hier. Wir tauchen bloß auf und sehen uns um, wir verlassen nicht mal das Schiff, und jetzt fangen wir an zu schießen. Zu töten. Allerdings haben wir dieses Ding nicht umgebracht.«

»Nein.«

»Aber doch schwer verwundet. Meiner medizinischen Meinung nach hat es grausame Schmerzen.«

»Da kann ich nicht widersprechen, Käpt'n.«

»Was wollen Sie dagegen tun?«

»Wie meinen Sie das?«

»Ich meine, Sie gehen jetzt da runter und bringen es wieder in Ordnung, das meine ich damit.«

»Wie soll das denn gehen? Sie haben doch selbst gehört, wie Gerry diesen Lebensraum beschrieben hat. Was soll ich denn als Betäubungsmittel benutzen – Batteriesäure?«

»Denken Sie sich was aus. Sie sind der Arzt. Stellen Sie sich nur mal vor, was Sie alles über die Anatomie dieser Kreaturen erfahren können.« Leise fügte sie hinzu: »Und denken Sie daran, was für einen Eindruck Sie nach Cutlers Auftritt auf die Mannschaft machen würden.«

Er öffnete den Mund, machte ihn wieder zu und fing sichtlich zu denken an. »Hm. Also wenn Hemingway mit dem hiesigen Ökosystem richtigliegt, muss so ein Tier von irgendeiner Mischung aus den Produkten der Pflanzen leben, wie sie auch beschaffen sein mögen. Harry Ryan müsste mir ein paar Kanister mit Schwefelwasserstoff und Schwefeldioxid zusammenmischen.«

»Fragen Sie ihn.«

»Außerdem brauche ich dicke Handschuhe. Sehr, sehr dicke Handschuhe…« Er ging eilig davon. »Hemingway, Sie könnten eigentlich mitkommen, ich glaube, Sie könnten mir da unten zur Hand gehen.«

Maggie schaute noch einmal zu der sich windenden Schlange hinab, dann drehte sie sich um und machte sich wieder an ihre Arbeit.

Es folgten weitere Säurewelten, noch sehr viele, denn es stellte sich heraus, dass es sich um einen Gürtel handelte, der Millionen von Schritten umfasste, fast so breit wie der große Gürtel komplexer Welten, zu denen auch die Datum gehörte und deren Ökosystem auf Wasserlöslichkeit aufgebaut war. Die Säurewelten enthielten eine ebenso große Diversität an Leben und erwiesen sich als Gürtel, der von einer Lebensform dominiert wurde, deren Existenz vor dieser Mission niemand auch nur vermutet hätte.

Trotzdem segelten sie immer weiter.

# 28

Da ihm Lobsangs Aufforderung, mehr über den anomalen Ausbruch von Intelligenz unter den Menschen herauszufinden, noch immer in den Ohren klingelte und die Erinnerungen an frühere Begegnungen sich in seinem Gedächtnis regten, machte sich Joshua im Frühjahr 2045 auf, um Paul Spencer Wagoner zu besuchen.

Neun Jahre, nachdem Paul im Heim aufgenommen worden war, wohnte er immer noch in Madison und sogar immer noch im Heim. Obwohl er inzwischen schon neunzehn Jahre alt war, hatte man ihm erlaubt, als inoffizieller »Hilfspfleger« im Haus zu bleiben. Ganz ähnlich war es Joshua damals ergangen. Noch als junger Erwachsener hatte er das Bedürfnis verspürt, im Schutz des Heims zu bleiben, um seine Wechselfähigkeiten geheim zu halten. Ob es Paul mit seinem abnormalen Intellekt ebenso erging?

»Du bist ja auch nie *böse* gewesen, Joshua«, sagte Schwester Georgina, die inzwischen eine – sehr mobile – alte Dame war, mit einem Lächeln, das wie ein warmer Sonnenstrahl wirkte. »So wie auch er nicht böse ist. So wie auch ein Wirbelsturm nicht bösartig ist oder ein Blitzeinschlag. Es geschieht nicht vorsätzlich. Nein, eigentlich nicht …«

Seit der Junge hergebracht worden war, hatte Joshua ihn mehrere Male besucht, immer dann, wenn er ohnehin im Heim vorbeischaute. Sie hatten den gleichen schwarzen Humor und trieben mit den leidgeprüften Schwestern ihre Scherze, bei denen Joshuas künstliche Hand gelegentlich eine zentrale Rolle spielte. Aber man musste aufpassen. Nicht alle Scherze von Paul waren auch für die anderen Beteiligten lustig.

Als Joshua jetzt vor dem Heim stand, überraschte es ihn nicht sonderlich, als er ein junges Mädchen weinend aus der Haustür herausrennen sah, gefolgt von Paul Spencer Wagoner, der ihr halbherzig nachlief und sich dabei ein Lachen verbiss.

Paul ließ sich von Joshua zu einem Kaffee in der State Street von Madison West 5 überreden, einer blassen Imitation der Datum-Stadtmitte. Paul bestand jedoch darauf zu zahlen. Seine Brieftasche war voll mit Kreditkarten.

Er musterte Joshua und sagte: »Na, wie geht's, lieber Onkel Joshua? Onkel ehrenhalber, jedenfalls. Wolltest du mal wieder nach mir sehen?«

Joshua sah, dass die Provokation nicht ernst gemeint war. Sie war aber auch nicht völlig im Scherz dahingesagt, sondern so etwas wie ein kleiner Test, ein Auf-den-Zahn-Fühlen. Das war nicht der Paul Spencer Wagoner, den Joshua von früher kannte. Er war abgebrühter, verschlossener geworden. Joshua hatte einen jungen Mann vor sich, der seinem Vater immer ähnlicher sah, also ziemlich durchschnittlich wirkte, nicht allzu attraktiv, aber auch nicht farblos. Sein kräftiges dunkles Haar war das Hübscheste an ihm. Seine Kleidung war ohne jede Spur von Stilbewusstsein oder Farbempfinden zusammengewürfelt, wobei auch Joshua nicht gerade ein Mode-Guru war. Aber Paul sah aus, als hätte er sich aus der Truhe mit den Ersatzklamotten des Heims eingekleidet: Hauptsache, es war praktisch und passte einigermaßen.

Er war kräftiger geworden, hatte ordentlich Muskeln bekommen, was Joshua nicht sehr erstaunte. Egal, wie klug ein junger Mensch wie Paul auch war, vielleicht gerade, *weil* er so klug war, er musste in der Lage sein, sich körperlich zu verteidigen. Einmal hatte ihn Joshua sogar zum Boxtraining mitgenommen. Er selbst hatte als Junge gelegentlich mit Bill Chambers und anderen Jungs aus dem Heim geboxt – Szenen, die sich später unter wesentlich ungewöhnlicheren Umständen mit Lobsang wiederholt hatten. Paul hingegen hatte Wunden, die er immer mit sich herumtragen würde: eine verunstaltete Augenbraue, eine gebrochene Nase, die Narbe einer hässlichen Fleischwunde am Hals.

Joshua ging nicht auf Pauls Eröffnung ein. Stattdessen fragte er: »Wer war denn das? Das Mädchen an der Tür. Was war los?«

»Das Mädchen?« Zu Joshuas Verwunderung musste Paul einen Moment überlegen, ehe er auf den Namen kam. »Miriam Kahn. Ihre Familie wohnt hier irgendwo. Hab sie beim Tanzen kennengelernt. Ich hab schon immer gerne getanzt.«

»Du? Im Ernst?«

»Wieso denn nicht? Draußen in Happy Landings gab es ständig irgendwelche Tanzveranstaltungen, die waren ganz verrückt drauf. Na ja, viel mehr konnte man dort ja auch nicht unternehmen. Und wenn die Fiedler am Fiedeln waren und die Trolle ihre Rundgesänge anstimmten... Na ja, im Grunde ist das alles triviales Zeug, immer wieder dieselben Melodien, dieselben beschränkten Schritte, aber ab und zu macht es einfach Spaß, sich körperlich zu verausgaben, findest du nicht? Wir sind schließlich keine körperlosen Intelligenzen. Tanzen und Sex, beides ist ein großartiger Sport. Leibesübungen. Dabei überkommt einen so eine tierische Wildheit.«

»Dann bedeutet Miriam Kahn also nicht mehr für dich als bloß... ›Sport‹? Hast du ihr das vorhin gesagt?«

»Ach, natürlich nicht. Jedenfalls nicht mit diesen Worten. Wir mögen den Sex, Joshua. Leute wie ich, meine ich. Und Sex zwischen uns ist das Allerbeste, eine körperliche *und* geistige Vereinigung von Gleichen.«

*Leute wie ich?*, wunderte sich Joshua.

»Das Dumme ist nur, dass es hier nicht viele von uns gibt. Deshalb nehmen wir uns auch andere Partner. Hör mal, Joshua, ich weiß, dass dich so etwas weniger schockiert als die meisten anderen. Ich glaube, die arme Miriam hat genau das gespürt. Sex mit ihr, mit einem von *euch* … na ja, kannst du dir vorstellen, wie es ist, wenn man es mit einem stupiden Tier macht? Ich meine nicht irgendeine bizarre Paarung aus den Hohen Megas, ein einsamer Streuner mit seinem Maultier … nein, eher so, als würde man sich mit *Homo erectus* paaren. Hast du schon mal von dieser Spezies gehört? Absolut menschenähnlich, anatomisch gesehen, von den Augenbrauen bis zu Sohle. Aber hinter der Stirn befindet sich lediglich das Gehirn eines Schimpansen, nur ein bisschen größer, wegen des größeren Körpers. Kannst du dir vorstellen, dich mit einem von denen zu paaren? Der tierische Reiz des Augenblicks, die schönen, leeren Augen – und die niederschmetternde Scham, wenn es vorbei ist?«

»Willst du mir sagen, dass es so für dich mit dieser Miriam war?«

»Mehr oder weniger. Aber ich kann nichts dafür, Joshua. Es tut mir ebenso weh wie ihnen.«

»Das bezweifle ich. Was meinst du mit *Leuten wie du*, Paul?«

Paul lächelte. »Das wollte ich dir sagen, wenn du hier wieder auftauchst. Ich weiß, dass du ein Geheimnis für dich behalten kannst, weil du selbst viele Geheimnisse hattest. Weißt du was? Ich zeig's dir einfach. Ich habe einen Wechsler. Ich weiß, dass du keinen brauchst. Lass uns von hier verschwinden, bezahlt habe ich schon …«

Mit einem leisen *Plopp* der in die Leere drängenden Luft war er verschwunden, ohne seinen Kaffee ausgetrunken zu haben.

Als Joshua mit dreizehn Jahren am Wechseltag seinen ersten Wechsler gebaut hatte, war er in Datum-Madison aus dem Heim in einen – soweit er es damals beurteilen konnte – urwüchsigen, unberührten, unerforschten Wald gewechselt. Seit damals waren dreißig Jahre vergangen, die Nahen Erden hatten die meisten Wechsel-Immigranten von der Datum aufgenommen, darunter auch die große Welle nach dem Yellowstone-Ausbruch.

Aber jede Wechselerde war, was auch Joshua gelegentlich vergaß, *eine ganze Welt,* so groß und weitläufig wie das Original. Und vor dem Wechseltag waren sie alle ohne einen einzigen Menschen gewesen, weshalb jede dieser Erden sehr viele Flüchtlinge aufnehmen konnte und trotzdem noch über gewaltige naturbelassene, unbesiedelte Gebiete verfügte.

So kam es, dass Joshua sich nur wenige Schritte von West 5 entfernt sogar in der geographischen Entsprechung von Madison auf einer Waldlichtung wiederfand, die so unberührt war wie eine bislang unerforschte Welt in den Hohen Megas, zumindest in dieser kleinen Ecke. Man erkannte es immer an den alten Bäumen, dachte Joshua. Wenn man einen wirklich alten Baum sah, der schon Hunderte oder sogar Tausende von Jahren alt war, von den Wechselfällen der Zeit gebeugt und von exotischen Flechten und Pilzen überzogen, dann wusste man, dass man sich an einem Ort befand, den noch kein Bauer gerodet und kein Holzfäller je geplündert hatte.

Auf dieser Lichtung vergnügten sich ein Dutzend junger Leute, vom Teenageralter bis etwa Mitte zwanzig.

Die meisten saßen um einen großen Haufen Essen herum, in Dosen oder in Folie eingewickelt, ein eilig zusammengestelltes Picknick. Zwei von ihnen, beides Mädchen, schwammen nackt in einem kleinen Teich, der sich in der Mitte der Lichtung befand. Ein Stück entfernt im Schatten der Bäume trieben es drei andere, zwei Jungen und ein Mädchen, lautstark und kichernd miteinander. Sie führten sich wie ausgelassene junge Leute überall auf, dachte Joshua, abgesehen von dem erfindungsreichen Open-Air-Sex. Und abgesehen davon, dass sie unablässig miteinander redeten, und zwar in einem Hochgeschwindigkeitsschnattern, das sich manchmal wie komprimiertes Englisch anhörte, manchmal aber auch wie das Babygeplapper, das Pauls Schwester Judy vor vielen Jahren von sich gegeben hatte. Joshua erinnerte sich noch lebhaft daran, und genau wie damals verstand er auch jetzt kaum ein Wort davon.

Auch dass diejenigen Jugendlichen, die ihnen am nächsten waren, sogleich drohend auf Joshua zugingen, sobald er mit Paul aufgetaucht war, entsprach nicht dem Verhalten normaler Halbwüchsiger. Sie waren mit Bronzemessern bewaffnet, einige von ihnen hatten sogar Armbrüste.

»Schon in Ordnung«, sagte Paul mit beschwichtigend erhobenen Händen. Dann stieß er ebenfalls dieses schnelle Plappern aus.

Joshua sah sich immer noch misstrauischen Blicken ausgesetzt, aber die Messer senkten sich.

»Komm, nimm dir ein Sandwich«, sagte Paul zu Joshua.

»Nein, danke ... Was hast du zu ihnen gesagt?«

»Dass du eine Dumpfbirne bist. Nichts für ungut, Joshua, aber das war ihnen auch so klar. Allein schon, wie du dich umgesehen hast, so mit runterhängendem Unterkiefer. Als würdest du gleich die Handknöchel über den Boden schleifen.«

»Eine *Dumpfbirne*?«

»Ich habe ihnen aber auch gesagt, dass du außerdem der berühmte Joshua Valienté bist und dass ich dich schon kenne, seit ich klein war, und dir vertraue, dass du unser kleines Geheimnis für dich behältst. Damit bist du also drin. Dabei ist es ja kein besonderes Geheimnis, denn wir wechseln ständig und sind nie zweimal am selben Ort.«

»Warum das denn?«

»Wir tragen alle Narben mit uns herum, Joshua. Wenn du wissen willst, warum, musst du die Leute fragen, die sie uns verpasst haben.«

»Na schön. Du hast gesagt, das hier sind *Leute wie du.*«

Paul grinste. »Wir haben sogar einen Namen. Wir nennen uns selbst die *Next*, die Nächsten. Gar nicht überheblich, was? Wir haben uns auch andere Namen überlegt. Die ›Hellwachen‹, im Vergleich zu euch Schlafwandlern, verstehst du? Aber die Next ist irgendwie griffiger.«

»Wie habt ihr euch gefunden?«

Er zuckte die Achseln. »In den Nahen Erden ist es nicht besonders schwer. Ihr führt ja über alles vorbildlich Buch. Viele von uns haben Probleme mit der Schule und so. Viele sind in der einen oder anderen Anstalt gelandet, haben ihre Zeit an Orten wie dem Heim, bei Pflegeeltern, aber auch in Irrenhäusern und Jugendstrafanstalten abgesessen. Auch manche Familiennamen erweisen sich als heiße Spur. Zum Beispiel Spencer, der Mädchenname meiner Mutter. Oder Montecute.«

»Namen aus Happy Landings.«

»Genau. Happy Landings war die Brutstätte, zumindest eine davon. Wir passen nicht in eure Welt, Joshua, aber wir hinterlassen wenigstens eine Spur, wenn wir durch sie hindurchziehen. Andererseits muss es auch welche von uns geben, die irgendwie hineinpassen, sich ducken, einen Platz in eurer Gesellschaft finden. Bis jetzt haben wir noch keinen von denen gefunden. Gut möglich, dass sie von uns wissen ... Ich vermute, dass wir uns eines Tages begegnen.«

»Hm. Ich will ehrlich sein, Paul. So wie du die Worte *wir* und *ihr* benutzt ... das beunruhigt mich.«

»Tja, Pech für dich, Joshua. Gewöhn dich dran. Denn als ich mich mit anderen von meiner Sorte zusammengetan habe, ist mir zum ersten Mal, seit sie mir meine kleine Schwester weggenommen haben und ich mit niemandem mehr reden konnte, klar geworden, dass wir uns tatsächlich grundsätzlich von euch unterscheiden. Was nicht heißen soll, dass wir untereinander keine Auseinandersetzungen hätten. Wir sind alle ziemlich arrogante Arschlöcher, wir sind daran gewöhnt, dass wir die Schlauesten unter all den Dumpfbirnen sind. Aber wenn wir zusammen sind, gibt es kein Halten mehr.«

Er machte eine kleine Pause. »Du musst nicht denken, dass

wir hier die nächste Atombombe zusammenbasteln, Joshua. Wir sind superklug, aber momentan wissen wir überhaupt noch nichts. Nicht viel mehr als du, meine ich, und die Hälfte davon ist falsch, und der Rest besteht fast nur aus Illusionen… Wir sind wie der junge Einstein in seinem Patentamt in der Schweiz, der in ein leeres Notizbuch starrt und davon träumt, auf einem Lichtstrahl davonzufliegen. Er hatte die Vorstellungskraft, aber ihm fehlte das mathematische Rüstzeug, um seine Theorie umzusetzen. Noch.«

»Bescheiden seid ihr nicht gerade.«

»Nein. Aber auch nicht unbescheiden. Nur ehrlich. Momentan sind wir eher Potenzial als Leistung. Aber das kommt noch. Es ist gewissermaßen bereits im Entstehen.« Er warf Joshua einen Blick zu. »Ich habe gesehen, wie du mich in dem Café beobachtet hast. Wie du dich gefragt hast, wo zum Teufel ich mein Geld herhabe, stimmt's? Alles ganz legal, Joshua. Wir sind besonders gut in Mathematik, einem Bereich, in dem man nicht unbedingt viel Lebenserfahrung braucht, um erfolgreich zu sein. Einige von uns haben sich mit den Algorithmen von Anlagenanalysen beschäftigt, und es war nicht schwer, Schlupflöcher in den Regeln zu finden, Methoden, mit denen man das System schlagen kann. Wir beeinflussen die Märkte nicht selbst, wir haben bloß Mittelsmänner gefunden, die die Software verkaufen. So und so ähnlich kommen wir zu unserem Geld.«

»Hört sich an wie ein Spiel mit dem Feuer. Ihr solltet vorsichtig sein.«

»Wir sind vorsichtig. Wir müssen ja nicht mal viel Geld ausgeben. Momentan jedenfalls noch nicht, erst wenn wir herausgefunden haben, was wir überhaupt wollen, welche Ziele wir erreichen wollen… Ein Grund, warum ich dich hierhergebracht habe, Joshua, ist der, dass ich dachte, du würdest es verstehen. So, wie ich mich mit den anderen hier auf diese Weise zusammenfinde… hier geht es nicht um Mathematik oder Philosophie oder darum, wie man viel Geld verdient oder sonst etwas, hier geht es nicht mal um unsere Zukunft. Wir sind hier, weil wir mit Leuten zusammen sein wollen, die so sind wie wir. Kannst du dir vorstellen, wie ich mich die ganze Zeit gefühlt habe? So ganz allein? Wie man sich vorkommt, wenn man von einem Haufen aufrecht gehender Affen umgeben ist, deren Verstand nicht heller als das Flackern einer Kerze ist? Affen, die trotzdem diese gewaltige Zivilisation voller Regeln und mit erdrückenden Traditionen aufgebaut haben, die, wenn man sie sich nur ein bisschen genauer ansieht, alle keinen Sinn ergeben? Kannst du dir vorstellen, wie es ist, wenn man so tun muss, als wäre man so wie alle anderen? Nur dann begreifst du, wie es ist, wenn man zum ersten Mal in seinem Leben Leute findet, die mit einem mithalten können. Auf die man nicht ständig Rücksicht nehmen muss, denen man nichts erklären und denen man nichts vormachen muss, was letztendlich noch viel schlimmer ist. Leute, bei denen man einfach so sein kann, wie man sein will.«

Joshua hielt Pauls bohrendem Blick stand und versuchte, nicht wegzusehen. Paul war nur ein nicht besonders wohlgeratener neunzehnjähriger Junge. Sein Gesicht war glatt und jung, die Stirn faltenlos. Aber seine Augen waren die eines Raubtiers, wie die Augen eines Amerikanischen Höhlenlöwen, und von denen war Joshua draußen in der Langen Erde schon so einigen begegnet. Er rief sich in Erinnerung, dass er bereits die Bekanntschaft von zumindest einer superintelligenten Einheit gemacht hatte – Lobsang. Aber selbst Lobsangs künstliche Masken zeugten von mehr Mitgefühl als das, was er in Pauls starrer Miene sah.

Joshua hatte Angst, und er war fest entschlossen, sich das nicht anmerken zu lassen.

Um die Situation ein wenig zu entspannen, blickte Joshua nach hinten, wo der flotte Dreier, seinem Geschmack nach unangenehm lautstark, nach wie vor im Gange war. »Wie ich sehe, geht es auch um jede Menge heißen Sex.«

»Ja, das ist ein Aspekt. Wenn ich es mit Greta oder Janet oder Indra treibe, ist es was völlig anderes als mit einem Dumpfbirnen-Mädel wie der armen Miriam Kahn. Es ist wahrhaftig, mein ganzes Ich ist mit dem jeweils anderen verbunden, nicht nur meine Hormone. Und dabei müssen wir nicht mal eure Regeln und eure Tabus berücksichtigen.«

»Das sehe ich.«

»Die Leute haben Angst vor uns, weil wir klüger sind als sie. Das ist vermutlich ganz normal. Was sie aber überhaupt nicht begreifen können, ist, dass wir einfach überhaupt kein Interesse an ihnen haben, verstehst du? Jedenfalls nicht, solange sie nicht vor unserer Nase und uns im Weg stehen. Wir sind *voneinander* fasziniert. Wir bereichern einander. Ich dachte, du würdest es verstehen, weil du selbst etwas Besonderes bist. Hab ich recht, Joshua? Als du so alt warst wie ich oder noch jünger, dachtest du, du wärst der einzige natürliche Wechsler auf der ganzen Welt.«

»Stimmt.« Erst als er Sally Linsay kennengelernt hatte, mit achtundzwanzig, hatte er begriffen, dass er nicht allein war, dass es da draußen ganze *Familien* heimlicher Wechsler gab und man nur wissen musste, wo man sie zu suchen hatte.

»Vielleicht kannst du dich noch erinnern, wie es ist, wenn man sich verstecken, sich andauernd verstellen muss. Und an die Angst, was sie mit einem anstellen, wenn sie einem auf die Schliche kommen. Du hast mir davon erzählt.«

»Gut, Paul. Hör mir zu, ich weiß es zu schätzen, dass du mir so viel Vertrauen entgegenbringst. Dass du mir das alles zeigst ... dass du mir zeigst, wie ihr seid. Ich weiß, dass es dir nicht leichtfällt und dass du damit ein persönliches Risiko eingehst. Vielleicht kann ich dir auch jetzt noch helfen.«

Paul knurrte ungläubig. »Wie denn? Indem du der Letzte in einer langen Reihe von Leuten bist, die uns erzählen wollen, wie wir uns anzupassen haben?«

»Vielleicht auch das. Aber ich bin Joshua Valienté, der König der Wechsler, vergiss das nicht. Vielleicht finde ich einen besseren Ort, an dem ihr euch verstecken könnt. In der Langen Erde gibt es mehr als genug Platz. Und ich kann euch zeigen, wie man da draußen besser leben kann als hier. Wie man Fallen und Schlingen baut, wie man jagt.«

»Hm. Ich denke mal darüber nach …«

Aber ihnen blieb keine Zeit zum Plaudern mehr. Denn in diesem Augenblick tauchten die Polizisten auf.

Es waren zwanzig Mann, vielleicht sogar mehr, eine überwältigende Anzahl. Sie tauchten einfach mitten auf der Lichtung auf. Offenbar hatten sie alles vorher ausspioniert, denn sie gingen sofort auf die Jugendlichen los, nahmen ihnen die Wechselboxen weg oder machten sie sofort kaputt. Joshua sah nur ein Mädchen entkommen, offensichtlich eine natürliche Wechslerin, aber auch hinter ihr waren sofort mehrere Polizisten her.

Joshua hatte bereits von derlei Taktiken der Polizei und des Militärs in den Nahen Erden gehört. So gingen sie auch gegen Wechsler vor, die unter Verdacht standen, sich durch Flucht einer Strafe entziehen zu wollen. Man überwachte die Verdächtigen, dann erfolgte der Zugriff, schnell und kompromisslos, ohne Warnung und mit erdrückender Übermacht. Man nahm die Wechselboxen sofort an sich, ehe sie benutzt werden konnten. Die natürlichen Wechsler schaltete man aus, indem man sie üblicherweise sofort bewusstlos schlug. Eine ziemlich brutale Strategie, und wenn man zu denen gehörte, die sie erleiden mussten, war die Praxis noch brutaler.

Selbst in Handschellen und auf den Waldboden geworfen, sah Joshua auch, wer sie verraten hatte, diejenigen, die Paul als *Leute wie ich* oder die *Next* bezeichnete. Es war Miriam Kahn, das Mädchen, das Joshua zuletzt aufgelöst und mit gebrochenem Herzen aus dem Heim hatte davonlaufen sehen.

Sie zeigte ungerührt auf Paul. »Der da ist es.«

# 29

Langer Mars, 1,5 Millionen Schritte Ost, jedenfalls so gut wie. Seit über vierzig Tagen unterwegs.

Frank saß am Steuer von *Thor,* Sally hinter ihm. Sein erster Eindruck war der von angreifenden Fahrzeugen, eine ganze Herde gewaltiger, dahinrasender Biester, das Aufblitzen von Metall – und *Feuer …* Feuer, das herausschoss wie aus Flammenwerfern im Dschungel von Vietnam.

Franks unmittelbare Reaktion war, an seinem Joystick zu ziehen, die Nase des Gleiters nach oben und vom Geschehen wegzuziehen. »Steigen!«, schrie er Willis in *Woden* zu: »Steigen! Sonst erreicht uns diese Flammenwaffe noch!«

»Alles klar«, gab Willis gelassen zurück. »Aber ich glaube nicht, dass das eine Waffe ist, Frank. Sieh mal genauer hin.«

Sobald der Gleiter gleichmäßig stieg, wagte Frank einen zweiten Blick auf die Anzeige in seiner Konsole, bei der er das Bild heranzoomen konnte. Wieder sah er diese großen Tiere (wie groß? – sein Verstand sträubte sich, einen Vergleich zu ziehen) über die Ebene fliehen, vielleicht ein Dutzend von ihnen, große und kleinere, ausgewachsene Tiere und Jungtiere, eine ganze Herde. Von hier oben sahen sie wie Dinos in einem Kinderbuch aus, mit massigen Leibern, langen Hälsen, langen Schwänzen als Gegengewicht und galoppierenden Beinen. »Das könnten vielleicht Sauropoden sein«, schlug er vor.

»Vielleicht. Aber diese ›Sauropoden‹ sind größer als alles, was wir je auf der Erde hatten«, erwiderte Willis. »Ich habe hier eine absolute Länge von achtzig Metern, vom Maul bis zum Schwanz. So lang wie acht Blauwale hintereinander. Und bis zu zwanzig Meter hoch. Also viel größer als *Amphicoe-*

*lias,* der, wie ich soeben lese, der größte Sauropode auf der Erde war. So viel zum Thema Schwerkraft auf dem Mars. Und jedes von diesen Viechern hat ein ganzes Dutzend Beinpaare. Kein Wunder, dass sie so schnell sind. Und gepanzert sind sie obendrein, mit mehreren Reihen Rückenschilden.«

»Die Sandwale hatten ein Dutzend Flossenpaare«, sagte Sally. »Dieselbe Anatomie.«

»Ich glaube, die Viecher da unten sind die Version der Sandwale auf diesem Mars. Abkömmlinge aus gemeinsamen Wurzeln. Seht euch die Hälse an, wie gewaltige Röhren, und diese breiten Mäuler. Und … ach du Schande …«

Eines der großen Tiere hielt an und drehte sich um und schlidderte dabei über den staubigen Boden eines, jedenfalls sah es so aus, ausgetrockneten Sees. Es richtete sich zu voller Größe auf, reckte seinen gewaltigen Körper, sodass sich zwei oder drei Gliederpaare vom Boden lösten, und streckte den gewaltigen Hals, um noch länger zu werden, bis er über die Fahrzeuge hinausragte, die es verfolgten und die Frank noch gar nicht richtig zu Gesicht bekommen hatte. Dann öffnete sich das große Sandwalmaul und stieß einen gigantischen Flammenstrahl aus. Das Feuer strich über die Jäger, deren Fahrzeuge umdrehten und sich verstreuten.

»Da hast du deinen Napalmwerfer, Frank«, sagte Willis.

»Ein Feuerspucker«, sagte Sally. »Was für ein Anblick.«

»Zum Glück kann das Ding nicht fliegen«, sagte Frank.

Willis schnaubte verächtlich. »Wahrscheinlich entzündet er bloß Methan aus seinem Verdauungssystem.«

Frank lachte ein wenig gezwungen. »Bei der Armee kannte ich einen Typen, der hat seine Fürze mit einem Feuerzeug abgebrannt.«

»Jetzt verdirb nicht den ganzen Zauber«, sagte Sally. »Wahrscheinlich krieg ich in meinem Leben keinen besseren Drachen mehr zu sehen.«

»Und nicht vergessen«, ermahnte Willis, »aus irgendeinem Grund ist dieser Mars offensichtlich voller Leben, und zwar sehr lebhaftem Leben. Warum braucht ein solches Untier wohl eine Panzerung und einen Flammenwerfer? Stellt euch mal seine wahren Jäger vor.«

»Seine *wahren* Jäger?«

»Im Gegensatz zu den Verfolgern da unten, Frank. Apropos – zum Verstecken ist es jetzt zu spät.«

Frank musste sich von dem Untier regelrecht losreißen.

Die kleine Flottille hinter dem feuerspeienden Drachen verteilte sich und wurde langsamer, und als der Staub sich ringsumher gelegt hatte, konnte Frank weitere Einzelheiten ausmachen. Diese Vehikel waren keine Karren, denn sie hatten keine Räder; sie sahen eher wie Strandsegler aus, die, von Segeln angetrieben, auf Kufen dahinglitten. Die staubbedeckten Konstruktionen machten technisch gesehen einen eher primitiven Eindruck, und er vermutete, dass sie aus Holz oder einer hiesigen Entsprechung bestanden. Ihre Besatzung, zwei oder drei Kreaturen pro Segler, waren nicht im Entferntesten menschenähnlich. Es waren Krustentiere, wie sie ihnen schon von anderen Marswelten vertraut waren. In dieser speziellen evolutionären Arena hatten sie jedoch geschmeidige Panzer entwickelt, ihre langen Gliedmaßen mit Greifhänden am Ende hielten Waffen gepackt: Speere und vielleicht auch Bögen.

Inzwischen waren die Gleiter entdeckt worden. Frank sah Gesten, die wie drohend geballte Chitinfäuste aussahen, ein Speer wurde sogar wütend, wenn auch vergebens in die Luft geschleudert.

»Vermutlich gehen wir hier nicht runter«, sagte er.

»Ich würde es dir nicht raten«, meinte Sally. »Sieh mal dort drüben.« Sie zeigte über Franks Schulter.

Ein ganzes Stück auf der staubigen Ebene entfernt jagten noch mehr Jäger hinter noch mehr Landdrachen her. Sie hatten die Gleiter am Himmel allem Anschein nach noch nicht entdeckt. Frank bemerkte, dass eine Sand-Yacht einem fliehenden Biest näher kam und dass diesem etliche Speere im Leib steckten, an denen Seile hingen, an denen es wiederum eine Handvoll Segler hinter sich herzog. Um mit einer solchen Harpune genau zwischen diese Panzerplatten zu treffen, gehörte wohl ein beträchtliches Maß an Können. Ein Boot kippte um und schleuderte seine Besatzung in hohem Bogen ab, und Frank erhaschte einen Blick auf die Kufen, weiß wie Elfenbein.

»Diese Kufen sehen wie Knochen aus«, sagte er zu Sally. »Vielleicht sind diese Kerle hier wie unsere Walfänger im 19. Jahrhundert, die damals ebenfalls Teile der Tiere in ihre Schiffe eingebaut haben ... Was singst du da eigentlich, Sally?«

»Das Lied heißt ›Harpoon of Love‹. Kam mir nur so in den Sinn. Spielt keine Rolle.«

»Jetzt schaut mal geradeaus, nach Norden«, knurrte Willis.

Frank brachte den Gleiter wieder in die Waagerechte, riss sich von dem blutigen Gemetzel unter ihm los und spähte in die von Willis genannte Richtung. Dort sah er mehrere dunkle Streifen, die sich von der glatten Ebene des trockenen Meeresbodens abhoben und sich schlank, aufrecht und schwarz vor dem purpurfarbenen Himmel dieser Welt abzeichneten.

Monolithe. Fünf an der Zahl.

Das war jetzt zu viel für den armen Frank. »Nicht zu fassen! Landdrachen? Krebse in Sand-Yachten als Walfänger? Und jetzt auch das noch!«

»Wäre dir noch ein toter Mars lieber?«, wollte Sally wissen.

»Mein Fernrohr gibt nicht mehr her«, meldete sich Willis wieder. »Und diese verdammte Luft ist voller Staub und Feuchtigkeit. Aber ich glaube, dass diese Tafeln eine Art Inschrift tragen.«

»Was denn für eine Inschrift?«, stöhnte Frank. »Primzahlsequenzen? Eine Anleitung, wie man sich ein Wurmloch baut?«

»Vermutlich etwas in dem Dreh«, antwortete Willis, unter diesen Umständen erstaunlich geduldig. »Das Erbe der Alten.«

Sally verschluckte sich fast. »Was redest du da? Welche Alten?«

»Jetzt komm schon«, sagte Frank und grinste. »Wir sind hier auf dem Mars. Es ist die Geschichte des Mars, der schon immer eine alte Welt gewesen ist, alt und runtergekommen. An solchen Orten finden sich immer Monumente, die die Alten zurückgelassen haben. Reste mit rätselhaften Inschriften von denjenigen, die verschwunden sind …«

»Bleiben wir doch bei der Realität«, knurrte Willis. »Wir erfahren erst dann mehr, wenn wir eine Kopie dieser Inschriften mit nach Hause nehmen, wo wir sie genauer untersuchen können.« Sein Gleiter senkte sich auf die Monolithe zu. »Wir müssen da rein und alles aufnehmen, vielleicht auch eine Probe des Materials mitnehmen, aus dem die Monolithe bestehen. Dann fliegen wir weiter und …«

»Was? Nachdem du das gefunden hast, willst du noch weiter?«

»Klar. Das hier ist wunderbar, aber es ist nicht das, wonach ich suche. Und …«

Hinter Frank stieß Sally plötzlich einen Schrei aus. »Aaah, verdammt, mein *Kopf* …«

Im nächsten Augenblick spürte Frank es auch.

Den Rest des Tages versuchten sie mit allen Mitteln, nahe genug an die Monolithe heranzukommen, um Bilder von ihren Oberflächen aufzunehmen. Aber etwas hinderte sie daran.

Sobald sie näher herankamen oder sogar landeten und es zu Fuß versuchten, wurden sie von grellen, heftigen Kopfschmerzen heimgesucht. Sally musste an den Druck denken, von dem Joshua berichtet hatte, den Druck, den er in der Gegenwart des gewaltigen Wesens erfahren hatte, das sie unter dem Namen Erste Person Singular kannten. Oder daran, dass die Trolle von allzu großen Ansammlungen menschlichen Bewusstseins auf der Datum-Erde abgestoßen wurden. Offensichtlich war allen Humanoiden eine gewisse geistige Sensibilität gemeinsam, eine Fähigkeit, die diese hypothetischen »Alten« manipulieren konnten.

Willis versuchte, den Mechanismus auszuhebeln, indem er in eine Welt nebenan wechselte, sich dort der Stelle mit den Monolithen näherte und dann wieder herüberwechselte – aber der Schmerz lähmte ihn beinahe, sogar in den Welten nebenan, auf denen es nicht mal einen Hinweis auf die Monolithe gab.

Sie versuchten Drohnen hinzuschicken, woraufhin jedoch eine andere Verteidigungsstrategie in Kraft trat. Die kleinen Flugkörper wurden einfach abgewehrt, weggestoßen wie von einer unsichtbaren Hand, bis sie irgendeine Grenze erreichten, an der die automatische Steuerung wieder einsetzte und sie umdrehen und zurückkehren konnten. Willis wollte einen der Gleiter mit Fernbedienung hineinschicken, aber die beiden anderen stimmten dagegen.

»Egal, was da draufsteht«, sagte Frank fest entschlossen, »es ist nicht für uns gedacht. Deine Alten wollen uns dort nicht haben, Willis.«

»Wir geben uns aber noch nicht geschlagen. Wir finden einen Weg.«

Sie landeten in sicherer Entfernung von den Walfängern im Sand.

Später, als sie im spärlicher werdenden Licht ein Kuppelzelt für die Nacht aufschlugen, zeigte Sally nach Norden. »Seht mal. Am Fuß dieser Monolithe. Ich hab da was gesehen … Ja, da ist eine Staubfahne. Sind das … Sand-Yachten?«

Nachdem Frank durch ein Fernglas gesehen hatte, das er vor das Visier seines Druckanzugs hielt, konnte er ihre Vermutung nur bestätigen. Drei, vier, fünf dieser Walboote rasten am Fuße der Monolithe vorbei, als existierten sie überhaupt nicht. »Sie bremsen noch nicht mal ab.«

»Es ist zum Mäusemelken«, sagte Willis. »Diese Sandwalfänger haben überhaupt keine Ahnung, womit sie es da zu tun haben. Für die sind die Monolithe lediglich Landschaft, mehr nicht.«

»Was vielleicht der Grund dafür ist«, warf Sally ein, »dass sie so dicht herangelassen werden.«

»Vielleicht sind die Monolithe doch für sie gedacht«, sagte Frank. »Für später. Aber nicht für uns. Ich bin jedenfalls froh, dass wir weit genug von diesen Walfängern entfernt sind, dass sie uns in der Nacht nicht belästigen. Aber wir sollten kein Risiko eingehen. Ich finde, wir sollten eine Wache aufstellen, falls uns diese Burschen doch besuchen kommen.«

»Einverstanden«, sagte Sally.

Willis stand da in seinem Druckanzug und dachte nach. »Wir sollten einen Gleiter in die Luft schicken. Nur für den Fall, dass sie sich doch an uns ranschleichen.«

Frank überlegte kurz. »Das kommt mir übertrieben vor, Willis. Eine Drohne würde völlig ausreichen.«

»Nein, nein.« Er ging ein paar Schritte weg. »Ich nehme *Woden*. Wir gehen lieber auf Nummer sicher ...«

Natürlich ließ er sich nicht davon abbringen. Und natürlich log er sie an. Er hatte nicht die Absicht, den fliegenden Wächter zu spielen.

Sobald *Woden* in der Luft war, konnten Frank und Sally ihn nicht mehr davon abhalten, die Nase des Gleiters nach Süden zu richten, auf die Hauptgruppe der Walfänger zu.

»Er hat nicht mal den Funk eingeschaltet, verdammt noch mal«, fluchte Frank. »Was treibt er da bloß?«

Sally wirkte ganz ruhig. »Er sucht noch immer nach einer Möglichkeit, die Bilder zu kriegen, die er haben will«, sagte sie. »Was sonst? So ist mein Vater nun mal. Er zieht einfach los und holt sich, was er haben will.«

»Den Tod wird er sich holen, sonst nichts. Er ist dein Vater, ja, aber das scheint dir überhaupt nichts auszumachen.«

Sie zuckte die Achseln. »Was soll ich dagegen tun?«

Frank schüttelte den Kopf. »Wenn du das Zelt aufbaust,

checke ich *Thor* noch mal durch. Damit wir hier ruck, zuck wegkönnen, falls es nötig sein sollte.«

»Von mir aus.«

Letztendlich näherte Willis sich den Walfängern erst im frühen Morgenlicht.

Frank, der eine unruhige, fast schlaflose Nacht hinter sich hatte, wurde in seinem halbgeschlossenen Druckanzug durch ein leises Piepen des Kommunikationssystems geweckt. »Sally. Er ist online.«

Sie setzte sich sofort auf. Auch sie hatte nicht fest geschlafen.

»Schieß los, Willis ...«

Frank starrte auf einen Bildschirm, auf dem der aufgerichtete Leib eines riesigen, insektenhaften Wesens zu sehen war, das in dieser Haltung einen Menschen eindeutig überragte. An den über das robust wirkende Außenskelett gespannten Gürteln und Gurten hingen Werkzeuge und zusammengerollte Seile, und es hielt mit drei oder vier seiner vielen Gliedmaßen einen Speer – einen Speer, an dem ein Seil befestigt war. Eine Harpune. All das sahen sie durch einen feinen grauen Nebel. Und dieses Wesen hielt den Speer direkt auf die Kamera gerichtet.

»Konvergente Evolution«, hörten sie Willis murmeln.

»Willis?«

»Ihr seht das, was ich sehe, durch meine Helmkamera. Konvergente Evolution. Diese Harpune könnte von einem Walfängerschiff aus Nantucket stammen. Ähnliche Probleme verlangen nach ähnlichen Lösungen.«

»Was ist das für ein grauer Nebel?«, wollte Sally wissen. »Die Sicht ist nicht besonders klar ...«

»Ich befinde mich in einem Rettungssack.« Eine Hand im Handschuh erschien und drückte gegen eine durchsichtige Wand. »In meinem Druckanzug und in einem Rettungssack.«

Die Rettungssäcke waren einfache Plastiksäcke mit Reißverschluss und kleinen Drucklufteinheiten. Man stieg einfach hinein, zog den Reißverschluss zu, und die freigesetzte Luft hielt einen eine Zeitlang am Leben. Mit den schlauchartigen Arm- und Beinröhren konnte man sich nur begrenzt bewegen, letztendlich war das Ding eher dafür gedacht, dass man darin wartete, bis man von jemandem mit besserer Ausrüstung gerettet wurde.

»Ich habe ein paar dieser Rettungssäcke so umgerüstet, dass sie einen mit der hiesigen Luft versorgen, damit diese Walfänger sie benutzen können.«

Sally machte ein ungläubiges Gesicht. »Atemsäcke? Wieso brauchen diese Burschen Atemsäcke? Sie leben doch hier.«

»Ich zeichne diese Begegnung auf, falls der Kontakt nicht zustande kommt. Beim nächsten Mal könnt ihr dann aus meinen Fehlern lernen.«

»Beim nächsten Mal?«, fuhr ihn Frank an.

»Beim nächsten Mal, wenn ihr euch diesen Jungs nähert, um reinzugehen und die Inschriften der Monolithen aufzunehmen.« Er hielt seine andere behandschuhte Hand in die Höhe; sie hielt eine kleine Handkamera und mehrere Wechsler.

»Die Kamera – klar«, sagte Sally. »Du musst die Monolithe fotografieren oder die Walfänger dazu bringen, es für dich zu tun. Aber warum die Wechsler?«

»Ich hab's dir doch gleich am Anfang gesagt. Tauschware. So ein Wechsler dürfte für jedes vernunftbegabte Wesen, dem wir begegnen, von großem Interesse sein. Obwohl man einen Raumanzug braucht, um einen einzigen Schritt auf diesen Joker-Marsen zu überleben. Deshalb gebe ich ihnen auch gleich Rettungsblasen mit …«

Willis musste im Kreise der speerschwingenden, zwei Meter großen Profijäger-Krustentiere einige Pantomimen aufführen, um sich verständlich zu machen. Zuerst zeigte er den Walfängern, was man mit einem Wechsler tun konnte. Er baute einen zusammen, was letztendlich nur bedeutete, dass er ein paar

Stecker in die entsprechenden Buchsen steckte; dann betätigte er den Hebel, verschwand zur Verwunderung der Jäger und tauchte hinter dem Anführertypen wieder auf. Allgemeine Verblüffung! »Das ist alles, mein Freund. Verstehst du? Stell dir vor, wie du dich mit einem von diesen Dingern an den Zauberdrachen ranschleichst. Probier's mal. Aber wenn er funktionieren soll, musst du ihn selbst zusammenbauen. Und du musst die Rettungsblasen benutzen, sonst bringt dich der Mars links und rechts von hier im Handumdrehen um...«

Nur eine Stunde später hatte er den offenkundigen Anführer der Krustentiere in eine ziemlich komisch und falsch sitzende Plastikblase eingepackt, ließ ihn hin- und herwechseln und dann aus dem Nichts auftauchen, um seine Kollegen zu erschrecken. Oder auch *ihre* Kollegen, korrigierte sich Frank. Außerdem fiel ihm auf, dass einer der Gefährten mit dem neuen Spielzeug auf besondere Art und Weise erniedrigt wurde. Ob es sich dabei um einen Rivalen des Anführers handelte? Um einen Vater, Bruder, Sohn? Eine Mutter oder Schwester? Jedenfalls wurde er angesprungen, zum Stolpern gebracht, umgestoßen und auf den Boden geworfen.

»Wenn diese Viecher den Menschen auch nur ein kleines bisschen ähnlich sind, dann dürfte dieser Bursche jetzt ziemlich stinkig auf Vater sein.«

»Stimmt«, murmelte Frank. »Damit hätten wir schon mal einen zornigen jungen Prinzen. Oder was auch immer.«

Je weiter der Morgen voranschritt, desto ungeduldiger sah Frank dem Treiben zu. Einmal glaubte er, so etwas wie fernen Donner zu hören. Der Himmel war wolkenlos. Waren Stürme auf dieser Version des Mars überhaupt möglich?

Die Krustentiere lernten schnell. Schon bald hatten sie das Potenzial dieser Technologie erfasst und auch verstanden, dass Willis im Gegenzug für den magischen Wechsler nicht mehr wollte, als dass sie seine Handkamera so nahe wie möglich an die Monolithe hielten.

»Es ist unsere einzige Chance. Ich habe ihnen auch Samen

für den Marskaktus gegeben, der die Box mit Energie versorgt. Er stammt vom Lückenmars, deshalb kann es gut sein, dass er auch hier wächst…«

»Gott im Himmel«, sagte Frank. »Du bist doch eben erst auf diese Kreaturen gestoßen, und schon bescherst du ihnen ihren eigenen Wechseltag.«

»Nein, so ist es nicht«, erwiderte Willis ernst. »Du darfst nicht vergessen, dass der Wechsler nur ein Hilfsmittel ist, um die Fähigkeit des Wechselns anzustoßen, die schon immer da war und letztendlich angeboren ist. Es muss irgendwelche vernunftbegabten Marsbewohner gegeben haben, die wechseln konnten, andernfalls gäbe es keinen Langen Mars. Das Wechseln ist hier allerdings weit weniger nützlich, weil die Welten in der Nachbarschaft einer bewohnbaren Insel wie dieser hier so gut wie immer tödlich sind. Ich gebe ihnen nur, was sie ohnehin schon besitzen, Frank. Abgesehen davon brauchen die Jungs hier mindestens noch eine Renaissance und eine Industrielle Revolution, ehe sie die Bedeutung des Langen Mars kapieren, von der Herstellung ordentlicher Druckanzüge ganz zu schweigen.«.

»Aber sie sind sehr erfindungsreich, rein technisch gesehen«, sagte Sally.

»Und mutig«, ergänzte Frank. »Außerdem lernen sie schnell…«

»Tja, die Büchse der Pandora ist jetzt offen. Oder würdest du und dieser Esel Mellanier sagen, dass es sich dabei um einen falschen Vergleich handelt, Frank? Wir müssen so lange auf dieser Welt bleiben, bis wir die Monolithen-Daten haben. Dann können wir weiter. Aber ich schlage vor, dass wir die Gleiter startklar machen.«

»Warum?«

»Ich glaube, ich kann die Körpersprache dieser Jungs allmählich lesen. Sie kommen mir ein bisschen nervös vor. Weißt du noch, wie ich überlegt habe, welches Raubtier ein hundert Meter langes Tier dazu bringen kann, sich Panzerplatten wachsen zu lassen? Dieser Donner, den du vor einer Weile vernommen hast… den habe ich auch gehört. Das war kein Donner…«

# 30

Erde West 170.000.000 und mehr. Inzwischen war es Mai, die Expedition den vierten Monat unterwegs.

Um die zuverlässigen, soliden Formen der *Armstrong* und der *Cernan* zitterte die Fremdartigkeit von Welten, die in Bündeln kamen. Welten, deren einzige Meere sich als eingedampfte, salzige Seen in steiniger Wildnis erwiesen. Welten, in denen sich nie Kontinente gebildet hatten und wo das einzige feste Land eine Handvoll verstreuter, den stürmischen Ozeanen ausgesetzter Vulkaninseln war. Welten, in denen sich völlig andere Lebensformen durchgesetzt hatten.

Gerry Hemingway und Wu Yue-Sai bastelten auf der Grundlage der gesammelten statistischen Fakten an einer Wahrscheinlichkeitstheorie zur Verbreitung komplexen Lebens in der Langen Erde. Auf fast jeder Erde gab es irgendeine Art von Leben. Aber nur ungefähr die Hälfte davon besaß eine durch Photosynthese mit Sauerstoff angereicherte Atmosphäre, und in nur einer von zehn gab es vielzelliges Leben, Pflanzen und Tiere. Vielleicht stellte die Geographie der Wechselwelten, die sie aufzeichneten, so etwas wie die Geschichte des Lebens auf der Erde im Lauf der Zeit dar, nur quer über die höherdimensionalen Räume der Langen Erde projiziert. Auf der Erde hatte es bis zur vollständigen Entwicklung der Photosynthese Milliarden von Jahren gedauert, und das multizelluläre Leben war, relativ gesehen, erst ziemlich spät dazugekommen. Je komplexer die Lebensform, desto mühsamer war ihre Entstehung. Maggie tat gar nicht erst so, als folgte sie dieser Annahme, sie dachte sich vielmehr, dass es wohl noch zu früh war, irgendwelche vorschnellen Schlüsse zu ziehen.

Rings um Erde West 175.000.000 trafen sie wieder auf eine Abweichung der Einfachzellen-Purpurschlammwelten. Auf dieser Welteninsel herrschte eine gewisse Komplexität, aber nicht auf der Ebene von Zellen oder Zellgruppen, sondern eher weltumspannend. Es gab dort einen ganzen See oder sogar ein Meer, in dem es von mikrobischem Leben nur so wimmelte, das jedoch in hierarchischer Gemeinschaft miteinander verbunden war und in seiner Gesamtheit eine einzige, vielschichtige, vielgestaltige Lebensform bildete. Fünfzehn Jahre zuvor hatte die Valienté-Expedition eine solche Einheit entdeckt, rückblickend gesehen sogar erstaunlich nahe an der Datum: das Geschöpf, das Joshua Valienté den Namen Erste Person Singular gegeben hatte und das einem Typus angehörte, den man inzwischen »Durchquerer« nannte. Vielleicht war diese Weltengruppe der eigentliche Ursprung dieser Wesen.

In Anbetracht von Valientés Erfahrungen wussten die Besatzungen der Luftschiffe, dass Vorsicht angeraten war.

Und weiter stürmten die Schiffe voran ins Unbekannte. Maggie war von den sich entfaltenden Panoramen aus Land, Meer und Himmel, die sie durch die Fenster der Beobachtungsplattformen sah, fasziniert, und sie war begeistert von den näheren Eindrücken von Welten, über denen sie anhielten, um sich ein wenig intensiver umzusehen. Dennoch schien, während sie weiter und immer weiter voranschritten, etwas in ihr vor dem ständigen Bombardement des Fremden zurückzuschrecken. Sie sehnte sich danach, irgendwo anzukommen.

Auf Erde West 182.498.761 verfolgte Maggie, wie eine Expedition aus Besatzungsmitgliedern in Raumanzügen eine weitere ferne Entsprechung Nordamerikas erforschte, voll vertrackter, komplizierter und völlig fremdartiger Lebensformen.

Gerry Hemingway sorgte dafür, dass ein Exemplar an Bord der *Armstrong* gebracht wurde, in ein Labor tief im Bauch der Gondel. Dort gab es Lampen, die das Tageslicht auf dieser Erde simulierten, und zwar unter einer Plastikkuppel, in der man die methanreiche, sauerstoffarme Atmosphäre reproduzieren konnte. Als er fertig war, lud Hemingway Yue-Sai, Mac und Maggie ein, sich seine neueste Sensation anzusehen.

Sie versammelten sich um die Kuppel und blickten misstrauisch hinein. Darunter stand in einer Schale einheimischer Erde etwas, das wie ein kleiner Baum aussah, mit einem hölzernen Stamm und purpurroten Blättern. Rings um den Stamm wand sich ein gelblicher Faden, gelbweiße Blüten lugten aus dem Purpur hervor.

»Sieht aus wie ein Bonsai«, sagte Mac.

Yue-Sai lachte. »Ja, aber einer, den jemand auf halluzinogenen Drogen entwickelt hat. So viel zum Thema Japan!«

»Sagen Sie mir einfach, was Sie sehen«, forderte sie Hemingway einigermaßen geduldig auf.

»Einen Baum«, sagte Maggie forsch.

»Genau. Aber einen, der nicht im Entferntesten mit irgendeiner Art auf der Erde verwandt ist, weder mit einer gegenwärtigen noch mit einer ausgestorbenen.«

Mac sagte: »Aber wie alle Bäume streckt er sich nach dem Licht. Also ist er photosynthetisch. Das lässt sich vermutlich schon an den roten und gelben Blättern ablesen, den kleinen Blüten.«

»Stimmt«, sagte Hemingway. »Auf dieser Welt gibt es also eindeutig multizelluläre Formen, und einige davon betreiben Photosynthese. Aber sehen Sie sich diese Muster genauer an. Sie sind *beide* photosynthetisch.«

Maggie kratzte sich am Kopf. »Sie? Beide?«

»Beide Lebensformen, die Sie vor sich sehen.«

Yue-Sai beugte sich näher über die Kuppel. »Es sieht aus wie ein Baum, der von einer Würgefeige angegriffen wird.«

»Nicht *angegriffen* … Aber ich bin nicht ganz fair. Ich habe den Vorteil, dass ich eine komplette biochemische Analyse dieser beiden Exemplare durchgeführt habe. Leutnant Wu, auf unserer Erde basiert alles Leben auf DNA. Noch mit dem einfachsten Bakterium teilen wir die DNA und ihr Kodierungssystem. Deshalb können wir sagen, dass sämtliches Leben auf der Datum auf einen Ursprung zurückzuführen ist. Aber auch um zu diesem Punkt, dem Lebensursprung aus DNA, zu gelangen, muss es zuvor Entscheidungen gegeben haben, durch verschiedene evolutionäre Prozesse: die Wahl einer bestimmten Gruppe von Aminosäuren, mit der man arbeitet, zwanzig aus den vielen möglichen Alternativen, die Wahl, welche DNA-Kodierung benutzt wird… Es hätten nämlich durchaus andere Möglichkeiten zur Verfügung gestanden, die auf der Basis anderer Entscheidungen zu anderen Ursprüngen des Lebens geführt hätten. Wenn dem so ist, dann wurden diese anderen Möglichkeiten von uns ausgelöscht – von uns, den triumphierenden Siegern.«

»Genozid«, brummte Mac, »und das schon ganz unten am Baum des Lebens. So ist das. Aber nach Ihrer gewichtigen Einleitung, Hemingway, vermute ich, dass hier alles anders abgelaufen ist.«

»Allerdings. Unter dieser Kuppel befinden sich zwei Lebensformen. Der Baum basiert auf einer DNA, die der unseren ähnlich ist, und auf einer Aminosäuregruppe wie bei uns. Die andere Lebensform jedoch, die ›Feige‹, hat einen anderen Satz von Aminosäuren, benutzt eine andere genetische Kodierung, bei der ein Teil der Information in einer DNA-Variante, der Rest in Proteinen enthalten ist…«

»Allerhand!« Mac richtete sich auf. »Hier hat Leben aus zwei Ursprüngen überlebt?«

»So sieht's aus. Aber wer weiß, wie und warum? Vielleicht gab es einen geschützten Ort, eine Insel… Zum einen ist die Chiralität der Feige eine andere. Organische Moleküle sind nicht symmetrisch. Wir beschreiben sie als linksdrehend oder rechtsdrehend. Bei uns sind die Aminos linksdrehend. Die Aminos des ›Baumes‹ sind ebenfalls linksdrehend. Die Aminos der ›Feige‹ hingegen sind rechtsdrehend.«

Maggie schüttelte den Kopf. »Na und? Was bedeutet das?«

Mac meldete sich zu Wort: »Ich vermute mal, dass ein Linksdreher keinen Rechtsdreher fressen kann.«

»Na ja, zumindest könnte er ihn nicht verdauen«, erwiderte Hemingway. »Sie könnten einander vernichten, das schon. Aber sehen Sie her, was sie stattdessen tun.« Alle beugten sich wieder näher heran. »Die Feige benutzt den Baum als Stütze. Weitere Einzelheiten sind hier nicht zu sehen, aber in dem verworrenen Wurzelsystem erwidert die Feige den Gefallen, indem sie dem Baum Nährstoffe zuführt.«

»Eine Kooperation«, sagte Yue-Sai verdutzt. »Kein Genozid, Doktor. Sie arbeiten zusammen, um zu überleben. Eine Kooperation zweier Lebensmodelle! Was für eine wunderbare Entdeckung. Mein Glaube an das Universum ist wiederhergestellt.« Sie klopfte Hemingway spielerisch auf die Schulter. »Na, sehen Sie! Wenn zwei einander so fremde Wesen wie diese hier zum gegenseitigen Vorteil zusammenarbeiten können, warum nicht wir Chinesen und ihr Amerikaner?«

»Ich bin geborener Kanadier, kein Amerikaner«, kommentierte Hemingway desinteressiert und beugte sich näher über die beiden verschlungenen Pflanzen.

Maggie fasste einen spontanen Entschluss. »Lassen wir diesen vielbeschäftigten Mann in Ruhe weiterarbeiten. Mac, kommen Sie bitte mit.«

Mac hob eine Augenbraue. »Gibt's ein Problem, Frau Kapitän?«

»Ja«, sagte sie nur zu ihm. »Die Sache mit Ihnen und Schneeball – es reicht jetzt mit den eisigen Blicken und dem störrischen Schweigen. Die Geschichte hat lange genug geschwärt, ich will endlich wissen, wo das Problem liegt.«

»Wie kommen Sie ausgerechnet jetzt darauf? Wegen des Baums und der Würgefeige, die so harmonisch zusammenleben? Gleich fangen Sie noch an, ›Ebony and Ivory‹ zu singen.«

Maggie sah ihn finster an, sagte aber nichts.

Er seufzte. »In Ihrer Kajüte?«

»Bringen Sie Ihren Whisky mit.«

Shi-mi bestand darauf, dabei zu sein. Maggie bestand darauf, dass sie sich unter dem Schreibtisch unsichtbar machte.

Und nachdem Mac ihr deutlich gemacht hatte, dass er alles andere als erfreut über diesen förmlichen Zwang war, erzählte er Maggie die ganze Geschichte.

»Sie dürfen vor allem eines nicht vergessen, Käpt'n«, fing Mac an und nippte an seinem Malt. Es war sein Lieblingswhisky, Auld Lang Syne. »Wir haben es nur gut gemeint.«

»*Nur gut gemeint.* Meine Güte, ich wüsste gerne, wie viele Sünden mit diesem Spruch schon gerechtfertigt wurden.«

»Hören Sie zu. Das alles hat sich 2042, 2043 ereignet. Ein paar Jahre nach Yellowstone. Zu der Zeit hat die *Franklin* noch Betroffene in die Nahen Erden evakuiert.«

Daran konnte sich Maggie nur allzu gut erinnern. Militär-Twains packten die Laderäume voll mit verängstigten Flüchtlingen, Männern, Frauen und Kindern, die aus ihren vom Vulkan zerstörten Häusern gerettet und auf ihnen völlig unbekannte Welten verpflanzt wurden …

»Soweit ich mich entsinne, waren Sie ungefähr ein Jahr nicht an Bord der *Franklin.*«

»Stimmt«, sagte Mac. »Ehe ich wieder zurückgerufen wurde, um bei der Ausstattung der neuen *Armstrong* und *Cernan* als Berater mitzuhelfen. Sie waren ziemlich beschäftigt, Maggie. Sie haben nicht groß nachgefragt, was ich in dem Jahr so gemacht habe.«

»Hm. Auch die Personalakten habe ich mir nicht genauer angesehen. Was in Ihrem Fall auch nicht nötig war. Dachte ich jedenfalls.«

»Sie hätten auch nicht viel gefunden, jedenfalls nicht, ohne tiefer zu graben. Die Folgen der ganzen Sache sind ziemlich geheim gehalten worden. Maggie, ich bin damals nach West 1.617.524 geschickt worden.«

Sie kannte die Zahl und war nicht weiter verwundert. »Die Erde der Beagles. Schneeballs Welt.«

»Genau. Das Kommando hatte Admiral Davidson, der

Auftrag kam aber von weiter oben. Ich gehörte zu einem spartenübergreifenden Expertenteam, das nach dem ersten Kontakt im Jahre 2040 so etwas wie einen offiziellen Kontakt zu den Beagles aufbauen sollte. Präsident Cowley und seine Berater hielten es für wichtig, unsere Truppe loszuschicken, obwohl wir auf der Datum andere Sorgen hatten. Sie wollten einen Fuß in der Tür haben. Unser Team setzte sich hauptsächlich aus Militärs zusammen, aber es bestand natürlich auch genug echtes wissenschaftliches Interesse. Wir hatten Anatomen dabei, Linguisten, Psychologen, Ethnologen. Sogar einen Hundetrainer. Das Projekt verlief durchaus erfolgreich. Sie haben seine Fortsetzung gesehen, es läuft unter Ben Mortons Leitung weiter.«

Nach einer kurzen Pause fuhr er fort: »Wir untersuchten sämtliche Aspekte der Beagle-Kultur, zumindest das, was uns zugänglich war. Alles andere haben wir versucht, auf eigene Faust herauszukriegen. Beagles können nicht wechseln, Maggie, nicht einmal mit einem Wechsler. Aber das wissen Sie ja. Abgesehen davon scheinen sie ziemlich intelligent zu sein, Einzelne von ihnen sind nicht weniger schlau als wir. Aber jetzt kommt's: Trotz ihrer Klugheit ist ihre Kultur verarmt. Ich meine nicht nur in technischer oder handwerklicher Hinsicht, obwohl sie auch da auf dem Niveau steinzeitlicher Viehhirten stehengeblieben sind – zumindest, bevor die Kobolde ihnen die Kunst der Eisenherstellung und ein paar modernere Waffen verkauften.«

Kobolde waren eine irgendwie peinliche Spezies, verschlagene Humanoide, Parasiten der menschlichen Kultur, die offensichtlich Teile von dieser benutzten, um andere Kulturen damit zu zersetzen.

»Die Kunst der Beagles ist primitiv«, fuhr Mac fort, »sie verfügen über keine komplexe Schrift, ihre religiösen und zivilisatorischen Ausprägungen sind rudimentär. So etwas wie Wissenschaft gibt es nicht, obwohl sie durch Versuch und Irrtum eine annehmbare Tradition an medizinischen Kenntnissen entwickelt haben, die allerdings in erster Linie auf Erfahrungen auf dem Schlachtfeld beruht.«

Maggie runzelte die Stirn. »Na und? Vielleicht brauchen die Beagles keine Schrift. Ich weiß, dass sie über Gerüche kommunizieren, über Geräusche – Schneeball rennt ja manchmal einfach in die Nacht hinaus, um laut zu jaulen und zu heulen ... Und hat nicht auch der moderne Mensch, nachdem er schon voll entwickelt war, eine ganze Weile gebraucht, ehe er anfing, Höhlen zu bemalen oder zum Mond zu fliegen?«

»Wohl wahr. Aber letztendlich haben wir abgehoben, es gab so etwas wie eine Spirale der Erfindungen. Und obwohl wir seitdem gegen einige Widrigkeiten zu kämpfen hatten, Maggie – den Zusammenbruch ganzer Reiche, vernichtende Seuchen und dergleichen –, ist es mit unserem Fortschritt doch immer weiter ... tja, ich will nicht ›aufwärts‹ sagen, das wäre ein Werturteil ... jedenfalls ging es voran. Zumindest in die Richtung von immer größerer Komplexität. Oder nicht?«

»Doch.«

»Und wir lassen das, was wir einmal erfunden haben, nicht wieder los. Ja, einzelne Zivilisationen können durchaus herbe Rückschläge erleiden, aber alles in allem ...«

»Ich hab's verstanden. Sobald man weiß, wie man Eisen herstellt, bleibt das Wissen erhalten. Ich vermute mal, dass so etwas für die Beagles nicht gilt.«

»Genau das haben wir herausgefunden. Die Beagles machen immer wieder dieselben Höhenflüge und Bruchlandungen durch, katastrophale Niedergänge. Weil ihre Gesellschaften nicht stabil sind. Das wiederum lässt sich durch den Brutzyklus erklären. Ihr Problem besteht darin, dass sie sich wie Hunde fortpflanzen, das heißt, sie produzieren große Würfe. Eine Beagle-Meute ist im Grunde ein kriegerisches Matriarchat, in dem die Autorität der Mutter an die Töchter und Enkelinnen und sogar an die Urenkelinnen weitergegeben wird. Eine Periode des Friedens bringt also jedes Mal eine Bevölkerungsexplosion hervor – und, was entscheidender ist, viel zu viele

Töchter und Enkelinnen, oder Großtöchter, wie die Beagles sie nennen.«

»Hm. Die es alle auf den Thron abgesehen haben. Das habe ich in meinen Gesprächen mit Schneeball erfahren. Jemanden ehrenhaft zu töten wird als Geschenk angesehen.«

»Alles so ähnlich wie bei den Klingonen. Jedenfalls mündet jede Friedenszeit ...«

»Unweigerlich in Überbevölkerung und einen vernichtenden Krieg.«

»So ist es, Käpt'n. Manchmal weitet sich der Konflikt auf den ganzen Kontinent aus oder wird sogar global geführt, die Meuten überfallen ihre kriegerischen Nachbarn, und die rivalisierenden Töchter reißen einander im Kampf um die Beute in Stücke. Jede Periode der Erholung dauert nicht länger als ein Jahrhundert, höchstens zwei, dann nimmt das Jagen und Erobern wieder überhand, und alles fängt von vorne an. Wir haben das durch unsere Ausgrabungen festgestellt, aber auch aus den Geschichten der Beagles selbst. Sie wissen, was mit ihnen geschieht; sie verfügen über mündliche Überlieferungen, Geschichten, die zu Legenden werden. Aber in jedem Zyklus erlernen sie nicht mehr als die Anfertigung von Waffen. Erfolgreiche Methoden der Landwirtschaft beispielsweise scheinen sie nicht zu tradieren. Jede Meute hofft, dass ihre Nachkommen diejenigen sein werden, die beim nächsten Mal den großen globalen Krieg gewinnen. Deshalb ist ihre Waffentechnik relativ avanciert, alles andere dagegen nicht. Allerdings muss ich sagen, dass ihre Ärzte eine Ausnahme bilden. Zumindest diese Berufsgruppe versucht, nicht alles zu vergessen, was sie gelernt hat.«

Er machte eine kleine Pause. »Jedenfalls verlaufen ihre historischen Zyklen völlig anders als unsere. Und obwohl es sie schon viel länger zu geben scheint als uns – ersten Schätzungen zufolge vielleicht eine halbe Million Jahre –, blieb ihre Entwicklung seit jeher beschränkt. Und das alles wegen eines Defekts in ihrer Biologie.«

Mit einem Mal erkannte Maggie, worauf er hinauswollte. »Ein Defekt. Was ist das denn für ein Werturteil?«

»Sie werfen zu viele Nachkommen«, knurrte Mac. »Ihre Medizin geht kaum über die Behandlung von Unfallwunden und Kampfverletzungen hinaus. Sie haben nicht mal eine Vorstellung von empfängnisverhütenden Maßnahmen ...«

»Aber dann kommt ein Haufen idealistischer Menschen daher, mit einfachen Theorien, fortgeschrittenen Biowissenschaften und dem Drang, sich einzumischen.«

»Nein, so brutal war es nicht, Maggie. Überlegen Sie doch mal, was wir dort vorgefunden haben. Schneeballs Volk hatte sich mal wieder selbst so gut wie ausgelöscht. Die Herrschaftselite war weg. Diesmal war der Schaden größer als je zuvor – wegen der Hochenergiewaffen, die sie im Tausch von den Kobolden erhalten hatten. Wir hatten das Gefühl, dringend etwas unternehmen zu müssen. Ich meine, die Lösung lag mit unserem Wissen hinsichtlich der Anatomie von Hunden einfach auf der Hand, und sie war leicht durchzuführen.«

»Wie haben Sie es gemacht?«

»Über die Wasserversorgung. Verteilt durch Drohnen, über den gesamten Kontinent. Wir haben die Weibchen nicht fortpflanzungsunfähig gemacht, wir haben bloß den Umfang ihrer Würfe reduziert. Das hielten wir für die beste Lösung. Wenn sie später den Nutzen daraus zogen, konnten wir ihnen immer noch erklären, was wir gemacht hatten, und ihnen die Wahl überlassen.«

»Mein Gott! Wir haben doch schon zu Hause auf der Datum die eine oder andere Erfahrung mit Eingriffen in die Fortpflanzung gemacht, Mac. Und was ist dann passiert?«

»Als die Beagles, die wir behandelt hatten, keine großen Würfe mehr bekamen, glaubten sie, sie seien von ihren Göttern verflucht oder vielleicht von ihren Feinden mit einer Seuche infiziert worden. Mit einer Seuche, die sie beinahe unfruchtbar machte. Wir versuchten es ihnen zu erklären, aber sie wollten nicht mal zuhören.«

»Haben sie euch nicht dafür verantwortlich gemacht?«

»Es war eher so, dass sie Menschen nicht ganz ernst nahmen. Ihre eigene Politik macht sie allem anderen gegenüber blind. Töchter und Großtöchter gingen aufeinander los und verdächtigten sich gegenseitig der Verbreitung der Seuche. Obendrein stürzten sich die Meuten aus den umliegenden Gebieten von allen Seiten auf die zahlenmäßig Geschwächten und drangen in ihre Ländereien ein. Erst als es immer brenzliger wurde, zeigten einige dann doch mit dem Finger auf uns. Wir haben uns zurückgezogen.«

»Das kann ich mir denken. Und dieser Krieg wurde schlimmer als je zuvor, stimmt's?«

»Wir haben ihn ausbrennen lassen. Dann ging Ben Morton mit der ersten Gruppe wieder rein...«

»Weiß Gott, welche Langzeitwirkungen das hervorrufen wird. ›Ihr habt mein Volk ermordet‹, so hat es Schneeball ausgedrückt. Damit liegt er nicht ganz falsch, oder?«

Mac nahm einen Schluck Whisky. »Sie kennen mich. Ich bin Arzt, Maggie. Ich will helfen.«

»Ich dachte immer, der erste Grundsatz der Medizin sei der, keinen Schaden anzurichten. Jedenfalls hätten Sie mich vorher darüber unterrichten sollen. Ach, verschwinden Sie, Mac. Gehen Sie wieder an die Arbeit... Nein, verflixt noch mal, versuchen Sie, Schneeball zu finden. Versuchen Sie, mit ihm zu reden. Erwarten Sie keine Vergebung, die haben Sie auch nicht verdient. Ach ja: Das ist ein Befehl. Und schicken Sie ihn anschließend zu mir.«

Schneeball tauchte am darauffolgenden Tag bei ihr auf. Eine Viertelstunde vor seiner Ankunft verzog sich Shi-mi aus der Kapitänskajüte. Da Maggie jetzt die Hintergründe kannte, versuchte sie, Schneeball auf den Zahn zu fühlen, um seine Einstellung zu Mac und gegenüber den Menschen im Allgemeinen einschätzen zu können. »Mac sagt, sie wollten euch helfen. Fälschlicherweise vielleicht, aber...«

»Keine Hilfe. Kontr-rrholle.«

»Ich glaube, das war nicht ihre Absicht.«

»Kontr-rrholle.«

Vielleicht hatte er sogar recht. Selbst wenn die sich einmischenden Wissenschaftler sich über ihre eigentlichen Motive selbst nicht im Klaren gewesen sein mochten. »Trotzdem bist du mit uns geflogen. Du bist hier, sprichst mit mir.«

»Will mehr-rrh über euch ler-rrhnen.« Er starrte sie mit kalten Wolfsaugen an. In der kleinen Kabine sah er noch größer aus. »Manche gut, manche böse, bei den Stinken-im-Schritt-rrh.«

»Danke.«

»Gutes sogar in Mac. Doktor-rrh. Wir haben auch Doktorrrhen.«

»Ja. Er ist ein guter Mensch, auch wenn er manchmal in die Irre geht …«

»Aber nicht Beagles kontr-rrhollieren. Nie wieder-rrh.«

»Verstehe …« Die Anzeige ihres Bordfunks flackerte auf.

Er richtete sich auf, salutierte ziemlich elegant und ging.

Es handelte sich um einen dringenden Anruf von Ed Cutler auf der *Cernan*. Das Schwesterschiff war allein weitergezogen und tiefer in diesen Weltengürtel eingetaucht, den Gerry Hemingway inoffiziell den Bonsai-Gürtel getauft hatte. Jetzt war es eilig zurückgekehrt.

»Das sollten Sie sich selbst ansehen, Kapitän Kauffman.«

»Was haben Sie gefunden, Ed?«

»Das Wrack der *Neil Armstrong I*.«

# 31

Erde West 182.674.101. Eine weitere Welt im Bonsai-Gürtel mit ungefähr derselben Ausprägung zweier Lebensformen unterschiedlichen Ursprungs.

Und mit einem abgestürzten Luftschiff.

Die *Cernan* war durch eine Funkbake darauf aufmerksam geworden, deren Signal sie bei ihrem Erkundungsflug über diese Welt aufgefangen hatte. Maggie hatte die Funker angewiesen, auf derlei Signale zu achten, gewohnheitsmäßig und bei jedem Schritt, selbst wenn es mit fünfzig Schritten pro Sekunde voranging. Um ein solches Signal aufzufangen, reichte sogar ein Sekundenbruchteil aus. Soweit es die Geographen angeben konnten, lag die *Armstrong* an einer Stelle auf dem kontinentalen Terrain, das in anderen Welten einem Großteil des Bundesstaates Washington entsprach. Die *Cernan* und jetzt auch die *Armstrong II* hatten tausend Meilen lateral zurücklegen müssen, um zu der genannten Stelle zu gelangen.

Die Umrisse der *Armstrong I,* eines Luftschiffs derselben Klasse wie die *Benjamin Franklin,* waren aus der Luft nicht zu übersehen.

»Sieht aus wie ein toter Wal, der aus dem Himmel gestürzt ist«, sagte Mac.

Die Mannschaft war von dem gewaltigen Wrack fasziniert, mehr als von jedem Naturwunder, das sie bis jetzt gesehen hatte. So waren die Leute von der Flotte nun mal.

»Es gibt sogar Überlebende«, sagte Maggie.

Das war sofort zu erkennen. Unweit des abgestürzten Schiffes hatte jemand rechteckige Felder in den lehmigen Boden gekratzt, aber die Ernte sah sehr spärlich aus. Es gab so etwas wie Tipis, die offensichtlich aus von der *Armstrong* geborgenen Teilen errichtet waren. Außerdem sah Maggie dort unten Menschen, die heraufschauten und winkten. Die erst kürzlich gelandeten Besatzungsmitglieder der *Cernan* unter ihnen waren an ihren Uniformen klar zu erkennen.

»Kommen Sie runter, Käpt'n«, gab Cutler durch. »Die Luft auf dieser Welt ist prima, die Gastfreundlichkeit vorbildlich und die Kartoffeln brutzeln schon in den Fritteusen.«

Maggie musste grinsen, aber Mac neben ihr verzog das Gesicht. »Meint er das ernst? Hört sich überhaupt nicht nach Ed Cutler an.«

»Darf er nicht auch mal mit sich zufrieden sein? Die *Armstrong* zu finden war ein Ziel unserer Mission. Und wenn es sogar Überlebende gibt …«

»Gut möglich, dass meine Augen in letzter Zeit nachgelassen haben, Maggie, aber die Leute dort unten scheinen keineswegs Uniformen oder sonstige Ausrüstungsteile der Flotte anzuhaben.«

»Sie haben sich offensichtlich in Bauern verwandelt, Mac.«

»Kann sein. *Ich* würde jedenfalls die alten Klamotten ausgraben, wenn ich wüsste, dass Flottenschiffe im Anflug sind. Sie nicht? Allein schon, um zu verhindern, dass ich beschossen werde. Außerdem hat Cutler keinerlei Angaben über diese Leute dort raufgeschickt. Da wir die Besatzungsliste der *Armstrong* hier vorliegen haben, wäre das eigentlich angebracht.«

»Hm.«

»Hören Sie, wir wissen nicht das Geringste darüber, wie die *Armstrong* hierhergeraten ist, und wir wissen auch nicht, wer diese Leute sind.«

»Na schön, Sie Spielverderber. Treffen wir also Vorsichtsmaßnahmen. Aber ich glaube, dass Sie viel zu misstrauisch sind. He, Nathan.«

»Käpt'n?«

»Haben wir vielleicht irgendwelches Feuerwerk für feierliche Anlässe an Bord?«

Der Stellvertretende grinste. »Wir hätten zumindest verschiedenfarbige Leuchtkugeln und Leuchtfeuer.«

»Halten Sie sie bereit.«

»Ich heiße David.«

Maggie führte ihre Gruppe von der Absetzstelle, ein Stück vom Wrack der *Armstrong* entfernt, auf die kleine Siedlung zu. Der Mann, der sie begrüßte, war jung, nicht älter als fünfundzwanzig oder sechsundzwanzig. Er sah gut aus, wirkte selbstsicher und hatte einen Akzent, den sie nicht recht einordnen konnte. Er kam unerschrocken auf sie zu und gab ihr die Hand. In seiner Begleitung befanden sich vier andere Leute, drei Frauen und ein Mann, ungefähr im gleichen Alter und alle von eindrucksvollem Äußeren, so Maggies erster Eindruck, auch wenn ihre Kleidung ziemlich zerlumpt war.

Und keiner von ihnen gehörte zur Besatzung der *Armstrong*.

Maggie stellte ihre Begleiter vor, Leute von der *Armstrong II* und der *Cernan:* Mac, Schneeball, Nathan, Wu Yue-Sai und ein paar andere. Die Fremden beäugten den Beagle, schienen aber nicht besonders beunruhigt zu sein.

Cutler strahlte von einem Ohr zum anderen, als hätte er den Weihnachtsmann persönlich ausfindig gemacht, und stellte seinerseits Davids Gefährten vor. »Mal sehen, ob ich noch alle Namen weiß.« Er zeigte von einem auf den anderen: »Rosalind, Michael, Anne, Rachel. Alle mit demselben Nachnamen, Spencer, aber keine Geschwister, sondern lediglich weitläufig miteinander verwandt, Käpt'n.«

David klopfte ihm auf den Rücken. »Gutes Gedächtnis, Herr Offizier!« Dann fingen alle an, freundlich miteinander zu plaudern.

»Sie haben recht«, raunte Maggie Mac zu, »das klingt überhaupt nicht nach Ed Cutler. Ist er wirklich rot geworden, weil ihn dieser Junge gelobt hat?«

»Diese Typen sind irgendwie… wie sagt man gleich…

*charismatisch*«, erwiderte Mac. »Das wäre mein erster Eindruck. Meine Mutter hat mich mal nach Houston mitgenommen, damals, als noch Astronauten in den Shuttles flogen. Überall Funktionäre und Bürokraten. Aber sobald ein Astronaut den Raum betrat, drehten sich alle Köpfe zu ihm um …«

Maggie spürte eine sanfte Berührung am Bein. Es war Shimi, die ihr Gesicht an Maggies Hose rieb und sich hinter ihren Beinen versteckte.

Maggie ging in die Knie und flüsterte: »Ich dachte, du kommst nicht raus, wenn Schneeball in der Nähe ist. Oder Mac.«

»Der Hund riecht mich. Ich weiß, dass er mich riecht … Aber es ist wichtig. Gefahr droht, Maggie Kauffman. Gefahr!«

»Was? Von diesen gestrandeten Typen? Welche Gefahr denn?«

»Bin mir nicht sicher. Noch nicht. Hör zu, Käpt'n. Du solltest einen Posten aufstellen. Deine Leute sollen sich ringsum im Gelände verteilen, damit sie nicht alle auf einmal ausgeschaltet werden können. Die Luftschiffe sollen alle unsere Bewegungen verfolgen. An deiner Stelle würde ich ein Schiff hinter den Horizont schicken oder einen Schritt weiterwechseln lassen … Du solltest Vorsichtsmaßnahmen treffen. Egal welche.«

Maggie runzelte die Stirn, aber sie erinnerte sich an Macs misstrauische Einschätzung der Lage. »Na schön. Obwohl ich dazu keine Veranlassung sehe.« Sie rief Nathan zu sich und erteilte ihm die entsprechenden Befehle, die er an die Mannschaft und McKibbens Marines weitergeben sollte.

»Fühlen Sie sich wie zu Hause. Wir sind so froh, dass Sie uns endlich gefunden haben …«

David und seine Gefährten führten die Gruppe der Offiziere an dem Wrack vorbei, zwischen den Feldern hindurch und auf die Tipis zu. Maggie sah, dass die Tipis tatsächlich aus

Materialien von der *Armstrong* erbaut waren: Aluminiumstreben, Stoff aus der zerfetzten Hülle. Unterwegs unterhielten sich zwei der Frauen leise. Ihre Worte sprudelten jedoch so schnell und flüssig, wie mit beschleunigter Geschwindigkeit, dass Maggie kein einziges Wort verstehen konnte.

Gerry Hemingway ging langsamer. Seine Aufmerksamkeit richtete sich auf etwas, was er auf einem Feld entdeckt hatte. Die Felder kamen Maggie nicht besonders eindrucksvoll vor, kaum mehr als in den Boden gekratzte Rillen, aber hier und da wuchsen immerhin Kartoffeln und ein paar Rüben. Gerrys Aufmerksamkeit galt jedoch einem Feld, auf dem einheimische Pflanzen wuchsen, eine regelrechte kleine Bonsai-Plantage. Die Farben sahen merkwürdig aus, auch der Duft war unvertraut und sehr fremdartig. Die Wurzeln der winzigen Bäume schienen über ein Netzwerk aus dünnen Kabeln miteinander verbunden zu sein, zweifellos ebenfalls Bergungsgut aus dem Luftschiff. Die Kabel führten zu einer Reihe Batterien und Glaskrügen voller Wasser, in denen es träge blubberte. »Gehen Sie nur weiter, Käpt'n«, sagte er. »Ich sehe mir mal näher an, was die Leute hier so treiben.«

Sie nickte. »Alles klar. Aber bleiben Sie nicht zu lange. Santorini, Sie bleiben bei ihm.«

»Jawohl, Käpt'n.«

Das größte Tipi war groß genug, um einem Dutzend Leute auf im Staub ausgebreiteten Decken Platz zu bieten. Es war warm, ein milder, windstiller Tag, die schwere Decke, die vor dem Eingang hing, war zurückgeschlagen. In der Feuerstelle in der Zeltmitte brannte ein kleines Feuer. Maggie, Mac, Cutler, Nathan Boss und Wu Yue-Sai drängten sich in das Innere. Rachel war mit dem Rest der Mannschaft weitergegangen, während Michael auf dem Gestell über dem Feuer ein heißes Getränk zubereitete.

David setzte sich auf eine Kiste und ließ den Blick über seine Gäste schweifen. Rosalind und Anne saßen links und rechts von ihm.

»Der Kerl verhält sich wie ein König der Angelsachsen im Kreise seiner Lehnsmänner«, knurrte Mac.

»Stimmt«, erwiderte Maggie. »Aber Sie müssen zugeben, dass er die Persönlichkeit dazu hat.«

»Hm. Sehen Sie nur, wie Wu ihn anhimmelt. Als wollte sie auf der Stelle ein Baby von ihm …«

»Wie bereits gesagt«, sprach David jetzt, »sind wir sehr froh, dass Sie gekommen sind. Wie Sie sehen, sind wir hier gestrandet, und wir fünf sind die einzigen Überlebenden der *Armstrong*. Natürlich hätten wir alle davonwechseln können, aber wir wissen nicht einmal genau, wie weit wir eigentlich von zu Hause entfernt sind.«

Nathan Boss ratterte die Nummer der Welt für ihn herunter. David bedankte sich, und zu Maggies Verdruss sah Nathan aus, als freute er sich über diese Gunst, genau wie Cutler.

David sagte: »Letztendlich spielt die genaue Zahl keine große Rolle. Selbst wenn wir so weit wechseln könnten, so kämen wir doch nicht über die tödlichen Welten hinweg, die Sie bereits hinter sich gebracht haben – Welten ohne Sauerstoff, Welten, deren gesamte Biosphäre von Schwefelsäure getränkt ist. Andererseits konnten wir keinen Kontakt zu Ihnen herstellen. Wir mussten auf Rettung warten.« Er grinste. »Und jetzt können Sie uns nach Hause bringen.«

Was für eine große Ehre, dachte Maggie hilflos. Als hätten sie Elvis gefunden. Der Bursche hatte wirklich eine sehr gebieterische Art an sich.

Sie musste sich regelrecht zusammenreißen. »Erzählen Sie uns, was passiert ist.«

»Genauer gesagt«, grunzte Mac, »könnten Sie uns erzählen, was Sie überhaupt an Bord der *Armstrong* zu suchen hatten!«

David taxierte sie beide. »Sehr schlau von Ihnen, Frau Kapitän. Sie stellen die sanften Fragen, und der Doktor schwingt die große Keule.«

»Wenn wir nur so schlau wären«, erwiderte Maggie kleinlaut. »Außerdem handelt es sich hier nicht um ein Verhör, David. Beantworten Sie bitte einfach unsere Fragen.«

»Wir stammen aus einer Gemeinde, die Sie als Happy Landings kennen. Das können Sie auch aus dem Logbuch der *Armstrong* erfahren.«

Mac nickte. »Hab ich schon mal gehört. So etwa anderthalb Millionen Schritte von der Datum, richtig? Ein ziemlich merkwürdiger Ort, Käpt'n. Das erklärt den eigenartigen Akzent.«

»Die erste *Armstrong* hat dort auf ihrer Reise in die Tiefe des wechselwärtigen Westens Station gemacht. Wir fünf wurden als Passagiere auserwählt, als Gäste für den nächsten Abschnitt der Reise. Wir waren begeistert davon. Auf in die Weiten der Langen Erde, an Bord eines Militär-Twains! Aber dann ging alles schrecklich schief. Die Maschinen ... die Mannschaft verlor die Kontrolle ...«

Maggie überließ es Mac, sie genauer über die Details des Unglücks auszufragen. David und die anderen gaben hinsichtlich der Orte und Zeiten nur recht vage Antworten: Welche Probleme ergaben sich mit den Maschinen, wo genau in der weiteren Langen Erde hatte die Mannschaft die Kontrolle verloren, wie hoch war ihre Wechselgeschwindigkeit, wie hatte die Mannschaft auf die Situation reagiert?

Nach einer Weile, während Mac das Frage-und-Antwort-Spiel noch weiter betrieb, zupfte Nathan Boss Maggie am Ärmel. »Muss Mac sie denn so heftig in die Zange nehmen? Sie haben Schiffbruch erlitten. Sie sind hier gestrandet, waren jahrelang vom Rest der Menschheit abgeschnitten, und das inmitten eines feindlichen Ökosystems. Man muss sie dafür bewundern, dass sie hier überhaupt überlebt haben, ganz zu schweigen davon, dass sie so ... gelassen sind.«

»Ja, sie sind wirklich sehr gelassen.«

»Natürlich haben sie keine Ahnung von dem, was technisch gesehen mit dem Luftschiff passiert ist. Die Mannschaft hat sie bestimmt irgendwo abgeschirmt, so gut wie möglich vor der Krise geschützt…«

Yue-Sai saß auf Maggies anderer Seite. Sie schien über ihre erste Bewunderung hinweg zu sein. »Trotzdem ist alles, was sie sagen, sehr ungenau. Jedenfalls für Leute, die allem Anschein nach so intelligent sind.«

Maggie fiel auf, dass Rosalind und Anne diese Nebenunterhaltung aufmerksam beobachteten. Wieder flüsterten sie miteinander, und wieder strengte sich Maggie an, um etwas von ihrem seltsamen Hochgeschwindigkeitssprech zu verstehen.

»Käpt'n«, sagte Yue-Sai, »wenn ich das bemerken dürfte: Ich würde mir gerne mehr von dieser kleinen Kolonie ansehen.«

»Tun Sie das.«

Als sich Yue-Sai erhob, lächelte David sie an und streckte ihr eine Hand entgegen. »Bitte verlassen Sie uns noch nicht.«

Es war eine Bitte, kein Befehl. Trotzdem hatte sie eine eigenartige Wirkung auf Yue-Sai. Sie stand da wie erstarrt, als wollte sie ihm nicht widersprechen. Dann schüttelte sie den Kopf, drehte sich um und verließ das Zelt.

»Sie sagen, es habe keine Überlebenden gegeben«, drängte Mac weiter. »Von der Mannschaft, meine ich. Nur Sie fünf hier.«

David spreizte die Hände. »Was soll ich dazu sagen? Sie hatten dafür gesorgt, dass wir in Sicherheit waren, in einer innenliegenden Kabine, weit von den Außenwänden der Gondel entfernt, während sie versuchten, das Schiff zu retten. Wir sind erst später ausgebrochen, nach dem Absturz. Wenn Sie wollen, zeige ich Ihnen die Kabine.«

»Daran zweifle ich nicht.«

David schilderte ihnen, wie sie in den darauffolgenden Tagen und Wochen die Leichen in Plastiksäcken zu einem Friedhof in einiger Entfernung gebracht hatten. »Wir mussten hierbleiben, beim Wrack. Wir brauchten das Rohmaterial, um zu überleben, und wir wussten, dass es nur hier Hoffnung auf Rettung gab. Wir haben die Toten ordentlich begraben.«

Mac wollte wissen, wo genau sich dieser Friedhof befand. David blieb vage, als erforderte die Erinnerung an diese Geschehnisse gewaltige Überwindung.

»Diese vielen Fragen, Doktor Mackenzie… verstehen Sie, die Mannschaft der *Armstrong* hat uns gerettet. Sie alle haben ihr Leben für uns geopfert. Es ist das größte Opfer, das man sich vorstellen kann. Ehrlich, was lässt sich sonst noch dazu sagen?«

Sogar Maggie hatte das Gefühl, dass genug gesagt war. »Machen wir eine Pause.«

Insgeheim wies sie Nathan jedoch an, David und die anderen möglichst beschäftigt zu halten. »Alle anderen sehen sich überall um. Sie sind nur zu fünft, sie können nicht jedem von uns folgen.« Dann wandte sie sich an Mac, der ausdruckslos neben ihr saß. »Ich weiß nicht, ob hier irgendwas faul ist, aber…«

»Diese jungen Leute sind einfach zu liebenswürdig«, sagte Mac. »Stimmt's?«

»So was in der Art. Ich würde mich gerne selbst ein wenig umsehen…«

# 32

Maggie stellte fest, dass die Mannschaft in extremer Art und Weise auf die jungen Menschen aus Happy Landings reagierte – zwar sehr unterschiedlich, aber immer extrem. »Als könnte man diese Leuten nur lieben oder hassen«, knurrte Mac. »Die meisten sind allerdings begeistert von ihnen.«

So gesehen gehörte auch Gerry Hemingway zu den Begeisterten.

»Sie sollten sich mal ansehen, was sie mit dem einheimischen Ökosystem alles angestellt haben, Käpt'n. Diese experimentellen Felder dahinten? Wie Sie wissen, haben wir es auch auf dieser Welt mit einer Kooperation zweier Lebensursprünge zu tun, bei denen sich Datum-Pflanzen von unserem DNA-Typus zumindest mit einer anderen Art zusammengetan haben. Diese Leute hier haben durch Kultivierung hübsche Ergebnisse erzielt und mit der Ausrüstung aus dem Labor der *Armstrong* auch ein bisschen genetisch herumexperimentiert. Sie haben aus dem DNA-Bestand eine erstaunliche Ausbeute erzielt: Nahrungsmittel, Faserlieferanten, Drogen. Und sie benutzen die Partnerlebensformen, um das alles zu unterstützen – zur Regelung des Stickstoffs beispielsweise, zur Schädlingsbekämpfung, ja, sie setzen sie sogar als natürliche, sich selbst regenerierende Stützen für die früchtetragenden Pflanzen ein.«

»Und was ist das mit den Drähten und den Batterien und den Krügen?«

»Energiegewinnung. Den Photosynthese betreibenden Pflanzen wird Energie abgesaugt und in Batterien gespeichert, oder aus Wasser wird durch Aufspaltung Wasserstoff gewonnen. Sie haben unglaubliche Fortschritte erzielt, auch wenn ich das alles noch nicht im Detail beurteilen kann. Um ehrlich zu sein, überblicke ich überhaupt noch nicht ganz, was sie hier überhaupt machen, sie scheinen überhaupt nichts schriftlich festzuhalten. Und wenn sie es einem erklären wollen ... Rachel hat eine Viertelstunde mit mir verbracht und ging ziemlich offen damit um ...« Er schüttelte den Kopf. »Wissen Sie, in der Schule war ich ein Spätzünder, Käpt'n, später habe ich dann aufgeholt. Aber als ich mit ihr redete, mit diesem hinterwäldlerischen Mädchen aus Happy Landings, einem Ort, wo es nicht mal Schulen gibt, mit diesem ... Kind, das in jeder Disziplin, über die wir uns unterhalten haben, höchstwahrscheinlich Autodidaktin ist ... also, Käpt'n, mir hat wirklich der Kopf geraucht. Ich kam mir vor, als wäre ich wieder in der Grundschule. Sie wurde ein bisschen ungeduldig, als ich nicht gleich alles verstand, so als wäre sie nicht daran gewöhnt, ihre Aussagen näher zu erläutern.«

Mac grinste. »Tja, so geht es uns immer, wenn wir uns mit Ihnen unterhalten, Gerry.«

»Sei still, Mac«, sagte Maggie. »Dann sind sie also ... hm, sie sind klüger als wir. Erfinderischer, schneller von Begriff.«

»Und zwar in hohem Ausmaß«, erwiderte Hemingway mit ernster Stimme.

»Stimmt«, sagte Mac. »Und nicht nur, was ihr Wissen angeht. Sie gehen auch mit Menschen sehr geschickt um. Das sieht man daran, wie sie unsere Leute regelrecht verzaubern. Es sind nur kleine, unterschwellige Signale und Botschaften, dazu kommt noch ihre Körpersprache. Und all das unterhalb des Radars der bewussten Wahrnehmung.«

»Aber Sie lassen sich nicht einwickeln, Mac, hm?«

»Vielleicht kann ich solche Sachen besser erkennen als andere. Ich habe eine zusätzliche Ausbildung in Psychologie gemacht, ehe sie mich in die Wildnis entlassen haben. Einmal habe ich einen Aufsatz über Hitler geschrieben. Wie er es geschafft hat, so viele Menschen nach seiner Pfeife tanzen zu lassen. Man kann das ziemlich genau analysieren.«

Hemingway grinste spöttisch. »Sie wollen David doch wohl nicht ernsthaft mit Hitler vergleichen?«

»Diese Typen hier sind möglicherweise schlimmer. Hitler hatte Charisma, aber er war nicht so schlau – sonst hätte er vielleicht seinen Krieg nicht verloren. Diese Leute hier sind schlauer als wir. Maggie, ich würde gerne einen IQ-Test oder so was mit ihnen durchführen. Ich schätze, dass sie die Tabelle sprengen. Sie sind eindeutig schlauer. Und kluge Leute können einen faszinieren und verblüffen, so wie ein Zauberer einen Fünfjährigen zum Staunen bringt.«

Wenn Hemingway ein Fan und Mac ein strikter Skeptiker war, dann wurde Wu Yue-Sai, obwohl sie kurzzeitig selbst geblendet gewesen war, immer misstrauischer. Sie führte Maggie in der Siedlung herum. Die meisten Felder waren nur in den Boden gekratzt, die Anlagen nur halbwegs fertiggestellt. Und in einer eilig ausgehobenen Grube lagen haufenweise Verpflegungspakete aus der abgestürzten Armstrong, alle blitzblank ausgekratzt, sogar Notrationen, die üblicherweise als Letztes drankamen.

»Man muss sich in ihre Lage versetzen, Käpt'n. Was sie auch hierhergeführt hat, wir haben es mit fünf Robinson Crusoes zu tun, die in der Wildnis ausgesetzt wurden und ums Überleben kämpften. Allerdings handelt es sich um fünf junge Menschen, kräftig, gesund und *sehr* klug, die hier mehrere *Jahre* verbracht haben. Und abgesehen von ihren bemerkenswerten Experimenten, die Ihnen Leutnant Hemingway gezeigt hat, haben sie erstaunlich wenig Fortschritte gemacht. Es kommt einem fast so vor, als hätten sie das, was sie erreicht haben, abgesehen von der Grundversorgung und den Unterkünften, nur… hm, zum Vorzeigen angefertigt. Halb fertiggestellt und dann liegen gelassen.«

»Die Schiffsrationen auffuttern und dabei an der Genetik der Pflanzen herumpfuschen«, knurrte Mac. »Fünf Doktor Frankensteins.«

»Aber kein Igor«, ergänzte Maggie grinsend.

Wu Yue-Sai sagte schüchtern: »Äh, ich habe diese Anspielung sogar verstanden. Seltsam, dass Sie das sagen, Käpt'n, denn ich glaube, dass sie sogar einen Igor haben.«

»Was meinen Sie damit?«

»Sehen Sie. Hier.«

Sie zeigte auf ein einfaches Tipi, in dem nichts außer einem Haufen halbverbrannter Kleidung lag, die vermutlich vom Absturz stammte. Yue-Sai hatte die Hütte aufmerksam untersucht und sogar die Stützpfeiler aus dem Boden gezogen. An einer Stütze, so weit unten, dass die Stelle im Boden steckte, hatte sie ein paar eingekratzte Initialen entdeckt.

»SA«, las Mac. »Bei den Leuten hier gibt es niemanden mit S.«

»Genau«, erwiderte Yue-Sai. »Aber wer ist dann SA? War es vielleicht sogar SA, der dieses Zelt hier gebaut hat?«

In diesem Augenblick kam Schneeball angerannt. Wenn er sich besonders schnell fortbewegen wollte, ließ er sich auf alle viere hinab und lief wie ein großer, kräftiger Wolf. Dann sah er, trotz der für ihn angepassten Uniform und den Handschuhen an den Pfoten wie ein gefährliches Tier aus. Es war ein grotesker und angsteinflößender Anblick.

Er blieb vor Maggie stehen und richtete sich auf, als würde er sich in Menschengestalt zurückmorphen. Dann salutierte er. »Käpt'n. Ich habe was gef-ffunden … Kommen S-ssie.«

Schneeball hatte seine eigenen Nachforschungen angestellt und war allerlei Gerüchen gefolgt. Sehr wölfisch, dachte Maggie. Auf diese Weise hatte er einen großen Bereich abgesucht und war dann einer Spur gefolgt, die in ein kleines Wäldchen aus in dieser Bonsai-Welt vergleichsweise hohen Bäumen führte. Mitten in diesem Wald hatte er einen Käfig gefunden, der unter einer Tarnung aus Laub mit silbernen Rettungsdecken umhüllt war. Maggie musste sofort daran denken, dass diese Decken die Struktur auch für Infrarotsensoren unsichtbar machten.

Im Käfig selbst hatte Schneeball einen gefesselten und geknebelten Mann in den schäbigen Resten einer Uniform der Marines gefunden.

Maggie gab sofort ein paar Befehle aus. »Nathan, du treibst diese Superstars zusammen und bindest sie irgendwo fest. Wenn nötig, mit aller erforderlichen Gewalt.«

Nathan Boss zögerte einen Moment. Der Zauber kämpft noch gegen die Flottendisziplin in seinem Kopf an, dachte Maggie. Dann sagte er: »Jawohl, Käpt'n.«

»Mac, Yue-Sai, Schneeball, ihr kommt mit. Wir gehen diesen Soldaten befreien.«

Der Käfig leistete nicht besonders viel Widerstand.

Maggie ging sofort hinein, um dem Gefangenen eigenhändig den Knebel aus dem Mund zu ziehen. »Danke«, flüsterte der schmutzige, nur grob rasierte Mann. Yue-Sai hatte eine Wasserflasche dabei. Sie reichte sie ihm, und er trank gierig, wobei sein Blick ängstlich von einem Gesicht zum anderen wanderte. »He, Wolverine«, sagte er schließlich. »Friss mich bitte nicht auf.«

»Schneeball gehört zu meiner Mannschaft«, beruhigte ihn Maggie. »Stellvertretender Leutnant Schneeball.« Dann wandte sie sich an Mac. »Verstehst du jetzt, warum ich ihn mitgenommen habe?«

»Danke, Schneeball«, sagte der Soldat ernst. »Wenn du mich nicht gefunden hättest... tja, dann wären diese verdammten Happy Landers wahrscheinlich mit euch davongeflogen und hätten mich hier verrecken lassen. Wahrscheinlich haben sie mich nur als Rückversicherung am Leben gelassen, falls ihr eines Tages auftaucht. Oder vielleicht als Geisel. Sie denken an alles, von A bis Z.«

»Ich kenne Sie«, sagte Maggie. Dann lächelte sie. »Allerdings in besserem Zustand. Sie haben bei mir auf der *Franklin* gedient.«

Er grinste. »Bis Sie mich rausgeschmissen haben, weil ich an einem Ort namens Reboot, auf Erde West 101.754, eine Patrouille vermasselt habe, Käpt'n.«

»Ich erinnere mich. Tut mir leid.«

»Nein, Sie hatten recht damit.«

»Leutnant Sam Allen, stimmt's?«

»Ja. US Marines. Aber ich bin inzwischen Captain.«

»Alles klar, Sam. Das ist Joe Mackenzie, mein Schiffsarzt.«

»Auch an Sie erinnere ich mich.«

»Ganz bestimmt, mein Sohn.«

»Mac untersucht Sie kurz, dann bringt er Sie von hier weg, aufs Schiff. Und dann unterhalten wir uns ernsthaft mit David und den anderen.«

»Käpt'n …«

»Ja, Sam?«

»Meine Frau und mein Kind. Sie halten mich bestimmt für tot.«

Er war den Tränen nahe, und Maggie fürchtete schon, dass sich gleich eine fünf Jahre lang aufgestaute Flut Bahn brechen würde. »Ich weiß, dass es ihnen gut geht. Ich habe sie kennengelernt, bei …«

»Bei der Trauerfeier?«

»Sie warten auf Sie, in Ihrem Haus in … Benson, Arizona, richtig? Dort, wo Sie aufgewachsen sind. Wir bringen Sie wieder nach Hause. Wir bringen Sie zurück.«

»Sind wir festgenommen?«

David und die anderen saßen im Freien auf dem Boden, und zwar so, dass man ihre Hände sehen konnte. Sie waren von bewaffneten Soldaten umringt, die außer Reichweite standen, und die gesamte Situation wurde von zwei Luftschiffen genau überwacht.

»Und jetzt?«, blaffte David. »Mit welcher Berechtigung berauben Sie uns unserer Freiheit? Militärisch? Zivilrechtlich? Handeln Sie hier unter der US-Ägide? Kann so ein Konzept auf einer Welt, die so weit entfernt ist, dass sogar die genetische Basis des Lebens eine andere ist, überhaupt noch greifen? Hier, wo nichts mehr auch nur im Entferntesten an ein Nordamerika erinnert?«

Maggie betrachtete ihn aufmerksam. Er sah gut aus, war energisch, ziemlich unerschrocken und sehr beeindruckend. Was er ausstrahlte, war so etwas wie ein selbstverständlicher Anspruch auf Macht über andere, wie sie es auch schon bei Sprösslingen sehr reicher Leute gesehen hatte. Doch es war mehr als das, etwas außerhalb aller menschlichen Normen. Etwas Verlockendes, Hypnotisches.

Sie neigte sich zu Mac und murmelte: »Wenn ich seinem Zauber verfalle, zwicken Sie mich.«

»Mach ich, Käpt'n.«

Der geduschte, gefütterte und von Mac untersuchte Sam Allen stand in einer Uniform, die ihm nicht ganz passte, neben Maggie. »Lassen Sie ihn nicht zu viel reden, Käpt'n. Er kann zu gut mit Worten umgehen. Selbst wenn er keinen blassen Schimmer hat, wovon Sie überhaupt reden, kommt er sehr schnell dahinter, füllt die Lücken und reimt sich den Rest zusammen. Ehe Sie sichs versehen, brummt Ihnen der Kopf wie ein Kreisel.«

David lächelte ihn höhnisch an. »Ich frage mich, wie Sie überhaupt überlebt haben, hier bei uns.«

»Indem ich dir überhaupt nicht zugehört habe, mein Junge.«

»Na schön, David. Wir sind gespannt. Die ungeschminkte Wahrheit bitte. Sie kommen aus Happy Landings. Sie sind dort auch aufgewachsen, richtig?«

Aus den bruchstückhaften Informationen, die sie David und den anderen entlockten, immer wieder unterbrochen von der ultraschnellen Privatsprache zwischen den anderen und immer wieder ergänzt von Sam Allen, der im Lauf der

Jahre mehr von der Wahrheit mitbekommen hatte, als David und die anderen vermuteten, setzte Maggie ein einigermaßen vollständiges Bild zusammen. So gut wie alles, was man ihnen bislang erzählt hatte, war gelogen. Nur dass die fünf aus Happy Landings stammten, entsprach der Wahrheit.

Happy Landings war ein merkwürdiger Ort, so viel war klar. Sogar in den Annalen von USLONGCOM, des Militäroberkommandos der Langen Erde, war diese Siedlung eine Legende, eine exotische kleine Gemeinde weit draußen in der Wildnis, die schon lange vor dem Wechseltag existiert zu haben schien. Happy Landings war so etwas wie ein natürlicher Sammelpunkt für Wechsler, an dem Trolle offensichtlich harmonisch und in Frieden mit Menschen zusammenlebten. Und wo viele Kinder, wie Besucher immer wieder erstaunt feststellten, erschreckend klug waren …

Maggie hatte darauf bestanden, dass Shi-mi sie zu diesen Sitzungen begleitete, um ihr bei Bedarf Hintergrundinformationen zu liefern. Jetzt murmelte die Katze Maggie leise zu: »Wussten Sie, dass Roberta Golding ursprünglich auch aus Happy Landings stammt? Und die ist jetzt im Weißen Haus.«

Noch vor Yellowstone und der großen Flüchtlingswelle aus Datum-Amerika und weiten Teilen des gesamten Planeten hatte es Ärger in Happy Landings gegeben. Seit dem Wechseltag waren immer mehr Leute in der Langen Erde unterwegs gewesen, nicht nur die Handvoll natürlicher Wechsler, und in Happy Landings waren mehr Leute angekommen, als die Gemeinde verkraften konnte. Die Bewohner waren wegen des plötzlichen Zustroms an Außenseitern aufgebracht, denn die Zuzügler passten nicht zu der Gemeinde und wollten sich auch nicht an die örtlichen Gepflogenheiten halten. Schlimmer noch, sie fingen an, Berichte und Detailinformationen über die zurückgezogen lebende Gemeinde an die Behörden auf der Datum zu liefern, was noch mehr ungewollte Aufmerksamkeit hervorrief.

»Sie waren außer sich«, sagte David verächtlich. »Der Bürgermeister. Die sogenannten Anführer. Alles ältere Leute.«

»Lassen Sie mich raten: Sie haben ihnen Ihre Hilfe angeboten.«

»Wir hatten den größeren Durchblick. Wir aus der jüngeren Generation. Unser Verstand ist einfach besser ausgebildet, qualitativ besser. *Qualitativ.* Verstehen Sie, was damit gemeint ist, Käpt'n? Wir können besser denken als unsere Vorfahren. Eine beweisbare Tatsache. Und das trotz unserer fehlenden Erfahrung.«

»Ihr habt ihnen angeboten, die Sache in die Hand zu nehmen?«, knurrte Mac. »Eine wohlwollende Diktatur.«

»Wir haben angeboten, die Führung zu übernehmen, falls Sie das meinen. Wir hätten die Älteren nicht ausgeschlossen. Wir wussten, dass wir auf ihr Wissen und ihre Erfahrung angewiesen waren. Aber die Klugheit und Einsicht kamen von uns.«

»Aha. Die Klugheit und die Entscheidungen. Ich vermute mal, dass euer Angebot höflich abgelehnt wurde. Und ich vermute, dass ihr auf diese Ablehnung vorbereitet wart.«

Es hatte einen Putsch gegeben.

»Wir hatten Gefolgsleute in allen Gemeinden«, sagte David und klang dabei fast schwärmerisch, wie ein Kind, das sich an irgendwelche Ruhmestaten beim Sport erinnert. »Wir hatten Waffen. Wir hatten alles sorgfältig geplant, unsere Vorbereitungen waren unbemerkt geblieben. Eines Morgens wachte Happy Landings auf und stand unter unserer Kontrolle.«

»Aber ihr glorreiches Regime dauerte nicht sehr lange«, warf Sam Allen verächtlich ein. »Doch um sie dort wieder abzusetzen, wurde Blut vergossen. Kapitän Springer von der *Armstrong I* wusste mehr über den Auftrag als ich. Sicher ist, dass es viele Tote gab, bis diese Bande besiegt war, sowohl unter ihren eigenen Leuten als auch unter denen, die die ›Ältesten‹ unterstützten. Diese fünf hier waren die Rädelsführer. Fünfundzwanzigjährige Napoleons. Laut dem Bürgermeister zeigten sie keinerlei Reue.«

»Reue?«, sagte David, als erstaunte ihn allein das Wort. »Um Reue zu verspüren, müsste man Fehler anerkennen, oder? Wir haben keine Fehler gemacht. Unsere Herrschaft wäre der optimale Weg in die Zukunft für Happy Landings gewesen. Das lässt sich logisch, wenn nicht sogar mathematisch beweisen …«

»Will ich gar nicht wissen«, blaffte Maggie.

»Die Ältesten wussten nicht so recht, was sie mit ihnen anfangen sollten«, fuhr Sam fort. »In Happy Landings wird keine Todesstrafe verhängt. Sie wollten sie auch nicht lebenslänglich einsperren, da sie ohnehin schon bald ausgebrochen wären, das war so sicher wie das Amen in der Kirche. Aber sie wollten auch nicht fünf junge psychotische Genies auf den Rest der Menschheit loslassen.«

»Na, das würde ich mal als *wohlwollend* bezeichnen«, kommentierte Mac trocken.

»Und auf einmal tauchte ganz unerwartet unser Twain am Himmel auf …«

Nachdem sie die Besatzung der *Armstrong* bei sich begrüßt hatten, richteten die Ältesten von Happy Landings eine Bitte an den Kapitän. Sie wussten, dass das Schiff weiter nach Westen, noch tiefer in die Lange Erde fliegen würde; seine Mission war eine Art Prä-Yellowstone-Vorläufer von Maggies jetziger Mission. Sie wollten, dass Stringer David und die anderen mitnahm, an … irgendeinen Ort wie diesen hier. In eine Welt, die sich so tief in der Langen Erde befand, dass sie ohne Hilfe nicht mehr zurückkehren konnten. Ein permanentes Exil. Vielleicht konnte man sie eines Tages wieder abholen, falls sie ihre Taten bereuten, sich änderten oder wenn es Möglichkeiten gab, sie sicher zu verwahren. Bis dahin wäre die Menschheit vor ihnen sicher.

Maggie legte die Stirn in Falten. »Woher wussten die Ältesten überhaupt, dass es einen Ort wie diesen hier gibt? Die *Armstrong* war das erste Schiff, das so weit draußen war.«

Sam Allen lächelte. »Sie vermuteten es. Sie hatten logisch

geschlussfolgert, dass so etwas wie die Gürtel aus tödlichen Welten, die Sie gefunden haben, hier draußen einfach existieren mussten. Sie sind nicht ganz so klug wie diese jungen Leute hier, aber sie sind klug genug. Und sie haben recht behalten, oder? Jedenfalls erklärte sich Käpt'n Stringer einverstanden. Wahrscheinlich dachte er sich, wenn die Idee mit dem Exil nicht funktionierte, könnte er sie immer noch zur Nahen Erde bringen, damit man sich dort mit ihnen befasste.«

»Aber die Sache ging schief«, warf Mac finster ein.

Die fünf hatten die halbe Besatzung verführt und dem Rest etwas vorgegaukelt. Schon bald brachen sie aus ihren Sicherheitszellen aus und schafften es, die Steuerung des Schiffes zu überbrücken.

»Und das Verrückteste dabei war, dass ihnen einige von uns, von der Besatzung, sogar dabei geholfen haben«, sagte Sam Allen. »Ich würd's nicht glauben, wenn ich es nicht mit eigenen Augen gesehen hätte. Sie lesen in einem wie in einem Buch! Bevor sie sich aufgelehnt haben, habe ich einmal sogar mit ihnen Poker gespielt, und sie haben mich ausgenommen wie eine Weihnachtsgans. Ihre Männer haben unsere Frauen angemacht und ihre Frauen unsere Männer. Es war, als könnten sie unsere Gedanken lesen. Und sie bereiteten alles so gerissen vor, dass sie, als sie mit dem Aufstand begannen, fast schon alles unter Kontrolle hatten, bevor wir auch nur mitkriegten, was sie im Schilde führten. Kapitän Stringer, ich und ein paar andere schlossen uns zusammen, um uns zu wehren. Und dann fingen sie an, die Leute umzubringen.«

»Das kommt dabei heraus, wenn man kleine Napoleons heranzüchtet«, brummte Mac. »Diese charmanten jungen Leute haben also schon vor ihrem 21. Lebensjahr zwei Kriege angezettelt.«

Allen fuhr fort: »Diesmal gewannen David und seine Bande die Oberhand – und diejenigen von der Besatzung, die sich auf ihre Seite geschlagen hatten. Wir waren noch weiter draußen als diese Welt, Käpt'n, die genaueren Angaben kann ich Ihnen noch liefern. Da draußen sind noch mehr, die auf ihre Rettung warten, Überlebende der *Armstrong*…«

Sobald David das Schiff unter seine Kontrolle gebracht hatte, ließ er alle Überlebenden der Besatzung zusammentreiben. Dann schickte er sie von Bord. Sogar diejenigen, die die Happy Landers unterstützt hatten, wurden rausgeworfen. Er konnte sich nicht auf sie verlassen.

Alle bis auf Sam Allen, der sich, als er sah, in welche Richtung das alles lief, irgendwo im Inneren der großen Hülle der Armstrong versteckt hatte.

Der Rest war rasch erzählt. Die Armstrong kehrte um. David und die anderen, die es sich im Quartier des Kapitäns bequem gemacht hatten, heckten Pläne für einen zweiten, erfolgreichen Umsturz in Happy Landings aus und wie sie dann weiter in die Nahen Erden vordringen würden, bis auf die Datum selbst. Allen hielt sich weiterhin versteckt.

Sobald die Armstrong weit genug von der ausgesetzten Besatzung einerseits und von den von Menschen besiedelten Welten andererseits entfernt war, war Allen aus seinem Versteck gekommen und hatte eine Bruchlandung verursacht – hier.

»Ich hatte keine weiterführenden Pläne, Käpt'n Kauffman. Ich dachte mir, dass ich auch keine brauchte, da ich den Absturz ohnehin nicht überleben oder zumindest hinterher nicht mehr lange am Leben bleiben würde. Nachdem wir abgestürzt und hier gestrandet waren, diskutierten sie darüber, ob sie mich umbringen sollten.« Er fing an zu zittern, Tränen standen ihm in den Augen. »Natürlich nicht aus Rache. Sie überlegten ganz sachlich, Käpt'n. Logisch. Als wäre ich ein zusammengebrochenes Pferd, das man loswerden musste, oder ein tollwütiger Hund. Als spielte mein ganzes Leben bis zu diesem Punkt – meine Frau und mein Kind, verdammt noch mal – überhaupt keine Rolle. Sie glauben wirklich, dass sie anders sind als wir, Käpt'n. Dass sie über uns stehen. Vielleicht ist es ja so, wer weiß. Aber letztendlich haben sie mich am Leben gelassen. Haben mich arbeiten lassen. Sie dachten, dass ich vielleicht doch etwas weiß, was ihnen weiterhilft. Vielleicht haben sie auch geplant, mich als Geisel zu benutzen, falls es hart auf hart kommt. Wie schon gesagt, sie denken alles ganz genau durch. Den Käfig im Wald musste ich selbst bauen, den Käfig, in dem sie mich gefangen hielten.«

»Mit Ihren Initialen drauf«, sagte Yue-Sai.

»Genau. Ich habe auch andere Sachen gekennzeichnet, die ich für sie machen musste. So schlau, wie sie sind, alles sehen können sie nicht. Ich wusste, dass eines Tages jemand vorbeikommen würde, auf der Suche nach der *Armstrong*. Sie wussten das auch. Deshalb haben sie nicht versucht, das Schiff zu reparieren oder Druckanzüge zusammenzustellen, mit denen sie wechseln könnten, deshalb haben sie auch die Landwirtschaft oder andere Dinge nicht sehr ernst genommen. Sie wussten, dass eine zweite Mission gestartet werden würde. Mit Ihnen wollten sie wieder nach Hause fahren. Sie mussten lediglich auf Sie warten – und dann Ihr Schiff übernehmen, genau wie die *Armstrong I*.«

Mac wandte sich an David. »So weit also die Geschichte. Worauf plädieren Sie?«

David runzelte die Stirn. »Ach, ist das jetzt plötzlich eine Gerichtsverhandlung? Sie schenken dem Gefasel dieses Mannes doch nicht etwa Glauben?«

»Ich glaube ihm jedes Wort.«

»Dann plädiere ich auf Pflichterfüllung. Pflichterfüllung gegenüber meinesgleichen – und Ihresgleichen.«

*Meinesgleichen.* Der Wortgebrauch ließ Maggie frösteln. Sie murmelte Mac zu: »Irgendwie wirken sie ziemlich ... passiv.«

»Nicht passiv«, grunzte er. »Bloß ruhig. Auch bei den Nürnberger Prozessen verhielten sich einige Angeklagte so. Er ist selbstsicher. Er glaubt, er hat alles noch im Griff – oder schon bald wieder.«

»Sie müssen uns wieder nach Happy Landings bringen«,

sagte David jetzt. »Bringen Sie uns in Ihre Welten – die Nahen Erden. Ihre Besatzung hat uns von Yellowstone erzählt. Lassen Sie uns dabei helfen, die Datum wiederaufzubauen. Mit uns als Anführern, mit unserer Klugheit und Einsicht könnten wir in solchen Zeiten Unschätzbares leisten. Nach allem, was wir von der Besatzung gehört haben, sind einige von uns dort bereits im Einsatz gewesen, in aller Stille.« Er lächelte. »Es ist unsere Pflicht, Ihnen zu helfen. Es ist Ihre Pflicht, es uns zu erlauben, Käpt'n.«

Maggie schüttelte den Kopf. »Sie müssen mir Ihre Studie über Hitler unbedingt mal zeigen, Mac. David, Sie sind wirklich gut. Ungefähr zwanzig Prozent von mir würde Ihnen liebend gerne zustimmen.«

»Dann lassen Sie es zu. Wir bieten Ihnen Ordnung an. Sicherheit.«

»Hm. Die Sicherheit der Schafe in der Herde? Die Ordnung von Leibeigenen unter der Knute des Gutsherrn? So wie der arme Sam Allen hier bei euch? Nein, danke.«

Sie überlegte kurz. »Ich glaube, hier auf dieser Erde sind Sie fürs Erste am sichersten. Wenn Sie von hier entkommen könnten, hätten Sie es längst getan. Deshalb werden wir unsere Mission fortführen. Unterwegs sammeln wir die Besatzung der *Armstrong* auf. Auf dem Rückweg schauen wir noch mal vorbei. Vielleicht nehmen wir Sie dann mit, falls ich Sie nicht mehr für ein Sicherheitsrisiko halte… So lautet mein Plan. Wohingegen Sie darauf bauen, mich wie den armen Stringer zu überlisten, sobald Sie die Möglichkeit dazu haben, oder? Tja, diese Chance werden Sie nicht bekommen, nicht von mir. Solange ich nicht absolut sicher sein kann, dass ich Sie in Schach halten kann, lasse ich Sie einfach hier und reiche diese tickende Zeitbombe nach oben weiter, sobald ich wieder bei USLONGCOM bin. Ich lasse einen Trupp zurück, der Sie bewacht. Mac, Sie suchen zusammen mit Nathan und McKibben ein paar robuste Seelen aus, die sich nichts vormachen lassen. Sam, Sie geben ihnen genaue Anweisungen.«

»Jawohl, Käpt'n.«

»Außerdem dürfen Sie so gut wie sicher mit einer Anklage vor dem Bundesgerichtshof rechnen – Sabotage, Mord. Egal, ob diese Welt hier unter der Ägide der Vereinigten Staaten steht oder nicht, in Happy Landings trifft das auf jeden Fall zu, ebenso an Bord der *Armstrong.*« Maggie erhob sich.

»Aber ich habe noch nicht zu Ende geredet, Käpt'n«, sagte David mit sanfter Zunge. Sogar jetzt schwang ein unterschwelliger Befehlston mit.

»Aber ich habe Ihnen genug zugehört. Alles klar, Sam, Sie kommen mit mir. Sie haben das wirklich großartig gemacht. Ich erwarte Sie beim Abendessen an meinem Tisch... Mac, wir sollten ein Betreuungsteam für die Besatzung zusammenstellen, die von den Vorgängen betroffen war. Ich denke da beispielsweise an Gerry. Und an Wu.«

»Gute Idee, Käpt'n.«

»Hm. Nehmen Sie uns am besten alle mit dazu. Alle, die mit diesen Typen in Berührung gekommen sind. Ja, mich auch. Ich glaube, ich muss meine Seele dringend entgiften. Jetzt aber schleunigst weg von hier.«

# 33

Nachdem die Polizisten, die Paul Spencer Wagoner und seine Gefährten festgenommen hatten, Joshua Valienté freigelassen hatten, erzählte er Lobsang, was passiert war.

Und Lobsang bat einen anderen seiner Freunde um Hilfe.

Nelson Azikiwe, der wieder einmal für David Blessed eingesprungen war, in einer Kopie seiner früheren englischen Gemeinde in der Nahen Erde, ermittelte rasch, dass Paul Spencer Wagoner und seine Leute aus Madison nicht die einzigen Next-Jugendlichen waren, die bei dieser nicht angekündigten Blitzaktion von Polizei, Militär und Heimatschutz aufgegriffen worden waren: Die koordinierte Aktion hatte die gesamte US-Ägide der Langen Erde umspannt. Im Mai 2045 brachte man Paul und ein paar andere dann in Pearl Harbour, dem alten Kriegshafen auf der hawaiianischen Datum-Insel Oahu, in einer Einrichtung unter.

Eigenartigerweise wunderte sich Nelson nicht sonderlich über die Existenz der Next. Schließlich hatte Lobsang schon seit vielen Jahren das Auftauchen solcher Wesen vorausgeahnt, er und Nelson hatten das Thema groß und breit diskutiert. Einmal sogar, vor fünf Jahren, an Bord eines Twain, das über einer lebenden Insel schwebte, siebenhunderttausend Schritte westlich von der Datum.

»Die Menschheit *muss* sich weiterentwickeln«, hatte Lobsang damals gesagt. »Das liegt in der Logik unseres endlichen Kosmos. Letztendlich müssen wir uns aufraffen und uns seinen Herausforderungen stellen, wenn wir nicht an ihnen zugrunde gehen wollen. *Sie* sehen das auch. Aber trotz der Langen Erde machen wir keinerlei Fortschritte, wir werden in dieser gemütlichen Wiege bloß immer zahlreicher. In erster Linie deshalb, weil wir keine Vorstellung davon haben, was wir mit dem vielen Platz anfangen sollen. Vielleicht werden bald andere kommen, die sehr wohl wissen, was man damit tun kann.«

»Andere? Sie glauben also, die Logik des Universums besteht darin, dass wir uns über unseren gegenwärtigen Zustand hinaus entwickeln müssen, um zu derlei gewaltigen Entwürfen fähig zu sein. Im Ernst? Glauben Sie wirklich, dass wir schon bald mit einer mutigen neuen Spezies rechnen können?«

»Wäre es nicht möglich? Zumindest logisch?«

Nelson erinnerte sich noch sehr gut an die Unterhaltungen mit Lobsang auf dieser lebenden Insel. Dort war Nelson einer Frau begegnet, die eine rote Blume im Haar trug, einer Frau namens Cassie, mit der er ein sensationelles Liebeserlebnis hatte – nur ein einziges Mal, aber das hatte gereicht. Es war einer der lebendigsten Momente seines Lebens gewesen und einer der unvorsichtigsten, wenn man bedachte, dass keiner von ihnen irgendwelche Verhütungsmaßnahmen getroffen hatte. Er fragte sich oft, wie es Cassie wohl gehen mochte, und schalt sich einen Feigling, weil er nicht wieder zu ihr ging. Immer wieder nahm er sich fest vor, es endlich zu tun – sobald diese neueste Krise vorüber war. Aber es gab immer wieder eine nächste Krise und noch eine, und nie war die rechte Zeit dafür …

Schon damals hatte Lobsang gewusst, dass sie kommen würde, diese Rasse von Übermenschen. Selbstverständlich hatte er es gewusst. Lobsang stand mit den tieferen Strömungen der ganzen Welt in Verbindung – mit allen Welten der Langen Erde. Und so hatte es wohl geschehen müssen. Allerdings hatte sich *Homo superior* letztendlich als ein Haufen verstreut lebender Kinder erwiesen, die Nelsons Hilfe bedurften, wie Lobsang sagte.

Na schön.

Nelson stellte fest, dass der Inselstaat Hawaii von den Auswirkungen des Yellowstone-Ausbruchs weitgehend verschont geblieben war.

Diese spezielle Einrichtung der Flotte war in einen alten, bombensicheren Bunker unweit der Basis hineingebaut. Obwohl die Pazifikflotte sich den Standort inzwischen mit der Luftwaffe teilen musste, war er immer noch ihr Hauptquartier und diente außerdem als Basis des Militäroberkommandos unter Admiral Hiram Davidson. Als Nelson Azikiwe sich dem im grellen pazifischen Sonnenlicht sehr flach wirkenden Komplex aus der Luft näherte, kam ihm dieser von Militärs nur so wimmelnde Flottenstützpunkt mitsamt seinem unterirdischen, gegen Wechsler geschützten Bunker so sicher wie irgendetwas vor. Selbst wenn man von hier aus davonwechselte, befand man sich immer noch auf einer Kopie von Hawaii, einer Insel inmitten Tausender Meilen blauen Ozeans.

Mit anderen Worten: Es war ein sehr sicheres Gefängnis.

Nelson hatte ziemlich erfinderisch sein müssen, um sich eine Geschichte auszudenken, die ihm Zutritt zu dieser Anlage verschaffte. Er hatte behauptet, er biete den Gefangenen seine Dienste als Geistlicher an, wobei sein Hintergrund als Vikar der anglikanischen Kirche die Sache natürlich plausibler machte.

Auch sein Netzwerk von Online-Freunden, die sich als die Quizmaster bezeichneten, war beim Aufbau seiner Tarnung extrem hilfreich gewesen. Solche Aktionen waren genau ihre Kragenweite, wie es seine Gemeindemitglieder damals in St. John am Wasser ausgedrückt hätten. Natürlich waren seine Freunde im Allgemeinen so klug, dass einige von ihnen selbst zu den Next gepasst hätten. Andererseits gab es bei den Quizmastern auch stets eine Kehrseite. Nelson hatte festgestellt, dass er sich sehr anstrengen musste, sie von ihrer seit fünf Jahren herumgeisternden Obsession abzulenken, es habe sich bei Yellowstone um einen kriegerischen Akt gehandelt, der entweder von Feinden der US-Regierung angezettelt oder von Präsident Cowleys Regierung selbst für eigene Ziele in die Wege geleitet worden sei.

Die Militärtransportmaschine befand sich im Sinkflug. Nelson konzentrierte sich auf die unmittelbar vor ihm liegenden Aufgaben.

Sobald er das Flugzeug verlassen hatte, wurde Nelson im Freien durch einen kurzen Hitzeschwall geführt, der ihm jedes einzelne seiner dreiundfünfzig Jahre bewusst machte. Dann befand er sich in einem Vorzimmer mit Klimaanlage, Topfpflanzen und einer Empfangsdame hinter einem Schreibtisch: ein Zimmer voll pazifischem Licht. Abgesehen von den Abzeichen mehrerer Kommandoeinheiten an der Wand sah es aus wie im Wartezimmer eines etwas edleren Zahnarztes.

Eine Frau in den Vierzigern, ein weiblicher Offizier in einer schneidigen Marineuniform, kam herein und begrüßte ihn. »Reverend Azikiwe?«

»Nennen Sie mich Nelson. Ich bin nicht mehr im aktiven Dienst.«

Sie lächelte, strich sich eine Strähne ihres grau werdenden Blondhaars zurück und gab ihm die Hand. »Ich bin Louise Irwin. Leutnant. Ich bin für die Behandlung der Patienten hier verantwortlich. Wir haben ja schon miteinander korrespondiert, aber ich freue mich, Sie persönlich kennenzulernen.« Sie führte ihn aus dem Zimmer, nickte der Empfangsdame zu und öffnete die nächste Tür, indem sie eine Karte durch einen elektronischen Kartenleser zog. Dann gingen sie durch einen schmalen Gang mit einer abgehängten Decke aus Styroporplatten, die sehr nach Mitte 20. Jahrhundert aussah. »Wie war Ihr Flug? Diese Militärtransporte sind manchmal ein bisschen holprig. Das Zimmer, das wir Ihnen zugewiesen haben, befindet sich im Gebäude nebenan. Falls Sie etwas Zeit brauchen, um sich frisch zu machen …«

»Nein danke, alles bestens.«

»Sie wollen Ihre Schäfchen lieber sofort sehen, was? Eine sehr verständliche Einstellung. Man muss sie wirklich von Angesicht zu Angesicht erleben. Was natürlich auf die meisten Psychiatriepatienten zutrifft. Sie brauchen außerdem noch eine Sicherheitsfreigabe, aber jetzt kann ich Sie mit meiner Karte durchlassen.«

Sie kamen zu einem Fahrstuhl, der sich mit Irwins Karte öffnete und dann sanft, wenn auch recht langsam, nach unten glitt.

»Dann sind sie in Ihren Augen also Patienten?«, erkundigte sich Nelson. »Keine Gefangenen?«

»Na ja, das kommt natürlich durch meine Ausbildung. Ich bin Psychiaterin und dachte mir, dass mein Leben etwas mehr Aufregung vertragen könnte, also habe ich mich bei der Flotte gemeldet. Jetzt bin ich eine Psychiaterin, die viel unterwegs ist.« Sie lächelte wieder.

»Wir sind wohl alle Chamäleons und ändern unsere Meinungen und Pläne im Laufe unseres Lebens.«

»Wie auch Sie«, erwiderte sie und musterte ihn mit einem wissenden Blick, bei dem Nelson sich sofort ein wenig unwohl fühlte. »Ich habe selbstverständlich Ihre Akte gelesen. Jeder, der in diese Einrichtung eingelassen wird, braucht eine Biographie so lang wie mein Arm, und *Sie* haben sich mit ausgezeichneten persönlichen Referenzen empfohlen, um sich unseren Insassen als persönlicher Geistlicher anzubieten. Ein Junge aus einer südafrikanischen Township, der durch ein Stipendium der Black Corporation seine Chance erhielt, ein anerkannter Archäologe; ein Vikar der Kirche von England … Sie hatten schon viele Rollen.«

Nelson wusste über die »persönlichen Referenzen« Bescheid. Die Empfehlungen, die ihm hier Zutritt verschafft hatten, waren größtenteils von den Quizmastern zusammengestellt worden, gemeinsam mit Lobsang und einem Netzwerk von Kontakten hinter den Kulissen. Dazu gehörte auch Roberta Golding, wie er erstaunt erfahren hatte, die ziemlich glamouröse Mitarbeiterin des Weißen Hauses, von der ständig in den Nachrichten die Rede war. Sie hatte an den Insassen dieser Einrichtung besonderes Interesse gezeigt, aber Nelson hatte keine Ahnung, in welcher Verbindung sie zu ihnen stand. Andererseits war seine Akte, wie sie der US-Flotte vorlag, größtenteils echt. Wenn man schon log, war es immer am besten, auch möglichst viel Wahres zu erzählen. Außerdem hatte er tatsächlich vor, sich diesen inhaftierten Kindern so gut er konnte als Geistlicher anzubieten, bis es an der Zeit war, seine eigentlichen Absichten aufzudecken.

Der Aufzug kam zum Stehen, die Türen öffneten sich sanft. Dahinter lag ein Laufsteg aus Metallgittern, der über eine in einzelne Zellen aufgeteilte Grube führte.

Irwin ging auf dem Steg voran, und Nelson konnte dabei in eine Reihe von Einzelzimmern hinabschauen. Er sah buchstäblich hinein, denn diese Zimmer hatten ausnahmslos durchsichtige Decken, sogar die Badezimmer, obwohl sich Nelson vorstellte, dass sie durch irgendwelche technischen Tricks von unten her blickdicht waren. Die einzelnen Zimmer selbst sahen nicht besonders ungewöhnlich aus, eher wie kleine Hotelsuiten bestehend aus Schlafzimmer, einem Wohnzimmer mit Fernseher und Computerarbeitsplatz und anderen Gegenständen und eben einem kleinen Bad. Die Zimmer waren persönlich eingerichtet, mit Postern und Erinnerungsstücken, in den Schränken (alle ohne Türen) befand sich Kleidung, soweit sie nicht auf dem Fußboden aufgestapelt lag. Nelson kam sich vor, als blickte er in ein nicht ganz billiges Studentenwohnheim. Aber auf dem erhöhten Laufsteg patrouillierten schwerbewaffnete und mit Panzerwesten ausgerüstete Marines, deren Waffen auf die darunterliegenden Räume gerichtet waren.

In den meisten Zimmern war jeweils nur eine einzelne Person zu sehen. Alle Bewohner waren jung, im Alter von vielleicht fünf bis Anfang zwanzig, beiderlei Geschlechts und unterschiedlichen Ethnien zugehörig. Es gab Dicke, Dünne,

Große und Kleine. Auf den ersten Blick sahen sie ganz normal aus. Einige hatten Gesellschaft, ein oder zwei Erwachsene, mit denen sie sich meist sehr leise unterhielten. Es gab einen Gemeinschaftsraum, in dem sich ein paar Insassen aufhielten, und ein Spielzimmer, in dem kleine Kinder mit allerlei Spielzeug beschäftigt waren. Sowohl das Spielzimmer als auch der Gemeinschaftsraum wurden von Erwachsenen überwacht, Männern und Frauen in Zivilkleidung. Ein Zimmer sah eher wie eine kleine Klinik aus. Dort wurden einem Mädchen gerade eine Blutprobe und ein Wangenabstrich zur DNA-Untersuchung abgenommen.

Nelson hatte Paul Spencer Wagoner, den Freund Joshua Valientés, rasch ausgemacht. Er saß allein in einem Zimmer und las auf einem Tablet.

Über Lobsang und Schwester Agnes war Nelson schließlich recht gut mit Valienté bekannt geworden. Er hatte Valientés Erkundungsreisen in die Lange Erde seit vielen Jahren studiert und vermutete in ihm einen weiteren Verbündeten Lobsangs in dessen langfristigem Spiel – wie weit es auch vorausgeplant sein mochte. Joshua hatte Nelson gebeten, besonders auf den jungen Wagoner zu achten, der in demselben Kinderheim, dem Heim von Schwester Agnes, gelandet war, in dem auch Joshua ein paar Jahrzehnte zuvor aufgewachsen war. Und nun saß Wagoner in diesem Militärkäfig.

»In der amerikanischen Ägide sind ein paar Hundert solcher Individuen bekannt«, sagte Leutnant Irwin jetzt, »aber wir suchen immer noch nach weiteren. Das hier ist die größte Gruppe, die wir beaufsichtigen. Es muss natürlich noch welche mit anderen Nationalitäten geben. Na, wie ist Ihr erster Eindruck?«

»Es ist ein Gefängnis. Eine sehr beeindruckende Einrichtung. Aber es ist ein Gefängnis.«

Sie nickte. »Wir nehmen uns vor ihnen in Acht. Wir wissen nicht, wozu sie fähig sind …«

»Sie sitzen in Glaskäfigen, wie Laborratten. Sie werden

rund um die Uhr von bewaffneten Aufsehern bewacht. Sie haben es mit Kindern und Teenagern zu tun. Können Sie ihnen wirklich keine Privatsphäre lassen?«

»Wir gehen nach den vorgeschriebenen Sicherheitsprotokollen vor. Wir versuchen, ihre Umgebung so weit wie möglich normal zu gestalten. Auch wenn Sie sich gegen diese Einschränkungen sträuben, Nelson, weil Sie glauben, es handelt sich um ganz normale Jugendliche, gewöhnliche junge Amerikaner – das sind sie nicht. Das werden Sie bei jedem Kontakt mit ihnen feststellen. Sie unterscheiden sich deutlich von uns, wirklich. Sie nennen sich die Next. Natürlich sind es junge Menschen, aber sie haben ziemlich viel Geld im Rücken, zumindest einige von ihnen. Ein paar Eltern verfügen auch über die Möglichkeiten, das hier anzufechten. Die Flotte muss sich gegen heftige Angriffe raffinierter Anwälte wehren.«

»Hm. Raffinierte Anwälte, die sich wahrscheinlich für solche Nebensächlichkeiten wie die verfassungsmäßigen Rechte dieser Jugendlichen einsetzen. Amerikanische Bürger, die eingesammelt und ohne ordentliches Gerichtsverfahren einfach eingesperrt werden. Sind auch ein paar andere Nationalitäten darunter?«

Sie hob eine Augenbraue. »Ich freue mich schon darauf, solche Themen mit Ihnen zu diskutieren, Nelson. Aber ich würde sagen, dass Sie an dieser Stelle vorschnell urteilen. Und vergessen Sie nicht, ich bin Flottenoffizier. Sinn und Zweck dieser Einrichtung ist es, die nationale Sicherheit zu gewährleisten.«

»Mir kommen diese jungen Leute nicht wie eine große Bedrohung der nationalen Sicherheit vor.«

Sie nickte. »Genau das sollen wir hier überprüfen. Von der Disziplin und der Überwachung her machen sie uns im Allgemeinen keinen Ärger. Die meisten gewöhnen sich rasch an die Einschränkungen, vermutlich, weil viele von ihnen als Jugendliche oder junge Erwachsene in Kinderheimen, Pflegefamilien oder sogar schon im Gefängnis waren. Sie waren institutionalisiert und sind von daher an Einschränkungen gewöhnt. Das sagt so einiges darüber aus, wie unsere Gesellschaft mit diesen Menschen umgeht, was? Und wenn sie Ärger machen, werden sie aus diesem Teil der Einrichtung entfernt.«

»Wo kommen sie dann hin? In eine Strafabteilung?«

»In eine spezialtherapeutische Einrichtung.« Sie musterte ihn. »Sie benutzen wertende Sprache. Sie müssen unvoreingenommen bleiben, Nelson, bis Sie diese Menschen näher kennengelernt haben. Sie sind ungewöhnlich scharfsinnig – sehr wach, herrschsüchtig, manipulativ. Im persönlichen Gespräch, von Angesicht zu Angesicht, können sie sehr schwierig sein. Aber wenn sie zusammenkommen, dann... dann heben sie wirklich ab. Ihre Sprache ist unglaublich, sie basiert zwar auf dem Englischen, ist aber superschnell und sehr verdichtet. Wir lassen sie so gut es geht von Linguisten analysieren. Was sie auch miteinander besprechen, wir können zumindest das Ausmaß der schieren Komplexität ihrer Unterhaltung ermessen. Und die liegt weit jenseits der Norm. Ich habe mir die Mitschrift einer Diskussion zeigen lassen, die von einem Mädchen namens Indra ausgelöst wurde; da gab es einen Satz, der sich über vier Seiten erstreckte. Und das ist noch eines der einfacheren Beispiele. Oft wissen wir nicht mal, worüber sie sich überhaupt unterhalten...«

»Vielleicht Konzepte jenseits des menschlichen Verstandes«, erwiderte Nelson. »So unvorstellbar für unsereinen wie die Heilige Dreifaltigkeit für einen Schimpansen. Wenn diese Kids wirklich schon mit diesen superleistungsfähigen Gehirnen zur Welt gekommen sind, sind sie wohl sehr schnell an die Grenzen unserer einfachen menschlichen Kultur gestoßen.« Er lächelte. »Wie herrlich es sein muss, wenn sie uneingeschränkt miteinander reden können. Wie viel sie ständig entdecken und erfahren, weit jenseits der Vorstellungskraft eines jeden Menschen, der bisher gelebt hat.«

Sie betrachtete ihn aufmerksam. »Wissen Sie, ich glaube, Sie sind ein guter Geistlicher. Aber ich will Ihnen noch etwas

Erstaunlicheres erzählen. Etwas, was sogar noch abartiger ist. Wir haben ein paar Minderjährige hier, und wir beobachten auch noch jüngere Kandidaten, sogar Babys, die noch bei ihren Familien wohnen. Bevor sie ungefähr zwei Jahre alt sind, versuchen diese Kinder zu reden wie ... na ja, wie Menschenbabys eben. Sie plappern Sachen heraus, die uns völlig unverständlich sind und die auch die Älteren von ihnen größtenteils nicht verstehen können – aber manches eben doch. Auch das haben Linguisten untersucht. Ich habe mir sagen lassen, dass es so ist, als untersuchte man die Struktur von Delphingesängen. Dieses Babygeplapper sind Sprachen, Nelson. Das bedeutet, dass es tatsächlich linguistischen Gehalt besitzt. Wenn wir auf die Welt kommen, verfügen wir über die Fähigkeit zu sprechen, aber die Sprache selbst müssen wir erst von denjenigen lernen, die um uns sind. »Nächste« Babys, die versuchen, sich auszudrücken, erfinden ihre eigene Sprache, unabhängig von der Kultur, die sie umgibt, Wort für Wort, eine grammatische Regel nach der anderen. Die Sprache der anderen schnappen sie erst später auf. Noch bemerkenswerter ist, dass die anderen Next einige der Erfindungen der Kleinkinder in ihre eigene, gemeinsame post-englische Sprache übernehmen. Hier entsteht eine völlig neue Sprache, die mit rasender Geschwindigkeit mutiert, und zwar direkt vor unseren Augen.«

»Wann lassen Sie es zu? Wann dürfen sie überhaupt miteinander sprechen?«

Sie wich dieser Frage aus. »Es ist wichtig, dass Sie verstehen, womit wir es hier zu tun haben, Nelson. Diese Kinder repräsentieren eine andere Qualität, einen Entwicklungssprung. Etwas völlig Neues.«

»Aha. Trotzdem sind es Kinder. Die sich in Ihrer Obhut befinden.«

»Ganz recht.«

»Ich glaube, ich sollte mir jetzt mein Zimmer ansehen. Und ich könnte mir vorstellen, dass es hochrangige Offiziere gibt, denen ich vorgestellt werden soll.«

»Ich fürchte ja. Außerdem müssen Sie die Sicherheitsprüfung durchlaufen.«

»Anschließend möchte ich mit einigen Insassen reden. Zunächst immer nur mit einem.«

»Klar. Irgendwelche Präferenzen, mit wem Sie zuerst reden wollen?«

Nelson zögerte kurz und zeigte dann wie zufällig auf Paul Spencer Wagoner. »Mit ihm.«

Nelson durfte mit dem Neunzehnjährigen nicht nur in seinem Zimmer reden, er wurde sogar dazu ermutigt.

Nelson wusste zwar, dass sich damit auch die Sicherheitsvorschriften einfacher einhalten ließen, aber was die Psychologie anging, war er sich nicht so sicher. Als er neunzehn, zwanzig war, hatte er kein eigenes Zimmer gehabt, aber er war ziemlich sicher, dass er es in diesem Falle als Zumutung empfunden hätte, wenn ein Fremder einfach so hereinspaziert wäre, um mit ihm über Gott zu reden. Aber das war nun mal die Bedingung für die Begegnung, und Nelson wollte das Beste daraus machen.

Im Vergleich zu dem, was Nelson bei anderen gesehen hatte oder, besser gesagt, von oben hatte sehen können, bot Pauls Zimmer nur sehr wenig an persönlicher Ausstattung. Poster an der Wand: das Bild einer Galaxis, exotische wilde Tiere aus der Langen Erde, ein Sänger, den Nelson nicht kannte. Auf dem Schreibtisch: ein Telefon, ein Tablet, ein Fernseher, obwohl Nelson inzwischen erfahren hatte, dass man mit diesen Geräten nur bestimmte und streng kontrollierte Verbindungen herstellen konnte.

Paul selbst war schlank und dunkelhaarig und trug einen schwarzen Overall. Alle Insassen mussten Overalls tragen, aber zumindest durfte man sich die Farbe aussuchen, und nur die Allerwiderspenstigsten wählten Guantanamo-Orange. Allem Anschein nach gehörte Paul nicht zu ihnen. Er saß einfach auf der Bettkante, hatte die Arme um den Oberkörper geschlungen und die Beine im Schneidersitz angewinkelt, dazu trug er einen nichtssagenden Gesichtsausdruck zur Schau. Die klassische Pose des trotzigen Teenagers.

Nelson nahm ihm gegenüber auf einem Stuhl Platz. »Du hast dir bestimmt nichts von dem ganzen Kram hier ausgesucht«, sagte er als Gesprächseröffnung. »Die Poster und das alles. Ist wohl eher das, was sich ein älterer Flottenoffizier unter einem Zimmer für jemanden deines Alters vorstellt, stimmt's?«

Paul erwiderte seinen Blick, antwortete aber nichts.

Nelson nickte. »Leutnant Irwin, die mir hier alles gezeigt hat, hat mir so einiges über dich und deine Kollegen erzählt.«

Paul schnaubte verächtlich, sprach aber zum ersten Mal: »Kollegen?«

»Aber das Wort, das sie am allermeisten und meiner Meinung nach viel zu oft verwendet hat, war *institutionalisiert.* Und darauf ziehst du dich jetzt zurück, stimmt's? Das leere Starren, das Schweigen. Die alten Tricks, die du dir angeeignet hast, um in der einen oder anderen Institution zu überleben. Das ist schon in Ordnung. Aber du hast Glück gehabt, weißt du das? Ich kann dir verraten, dass es wesentlich miesere Einrichtungen gibt, in die man geraten kann, als die, die du damals erwischt hast. Ich meine das Heim in Madison West 5.«

Paul zuckte die Achseln. »Ach, die Nonnen.«

»Genau. Und Joshua Valienté. Er ist ein Freund von mir. Ich soll dich von ihm grüßen.« Nelson sah Paul genau an und versuchte, ihm ein unterschwelliges Signal zu senden. *Du bist nicht allein. Joshua hat dich nicht vergessen. Deshalb bin ich eigentlich hier …«*

Paul lächelte nur. »Der gute alte Onkel Joshua. Der magische Wechsel-Junge. Vielleicht sollte er in so einem Käfig sitzen. Ist nicht er der Vorläufer einer neuen Menschenrasse?«

»Tja, ehrlich gesagt, gibt es da ein paar Gemeinsamkeiten. Diese Menschheitsliga, die Präsident Cowley an die Macht gebracht hat, ist der Angst vor Wechslern entsprungen.«

»Weiß ich. Diese Irren haben deshalb Madison in die Luft gesprengt. Das Nest der Wechsel-Mutanten.« Er bildete mit den Händen eine Explosion nach. »Ka-wumm!«

»Kannst du nachvollziehen, dass Leute so empfinden? Euch gegenüber, meine ich?«

»Theoretisch schon. So wie ich das meiste nachvollziehen kann, was in euch Dumpfbirnen so vorgeht. Es ist bloß eine andere Seite des Wahnsinns, der die meisten von euch die meiste Zeit eures wachen Lebens fest im Griff hat und der bis zu den Hexenprozessen und noch viel weiter zurückreicht. Wenn etwas schiefgeht, muss irgendjemand daran schuld sein! Suchen wir uns jemanden, der anders ist, und geben ihm die Schuld! Verbrennt den Dämon! Schürt die Öfen!«

Er machte eine kleine Pause und fuhr dann fort: »Selbstverständlich sind sie hinter uns her. Es war von Anfang an klar. Zumindest ist dieses Gefängnis hier sicher. Vermutlich sollten wir dankbar für den organisierten Wahnsinn der US-Regierung sein, der uns vor dem unorganisierten Wahnsinn des Pöbels schützt. Dabei haben wir doch eigentlich überhaupt nichts getan. Wir sind nicht wie die Wechsler, die theoretisch in die verschlossenen Schlafzimmer eurer Kinder eindringen können und so. Davor sollte man Angst haben. Wir hingegen haben letztendlich bloß ein bisschen Geld verdient. Aber das hat ja unter Hitler auch gereicht, um die Juden zu verurteilen.«

Nelson musterte ihn. Jetzt wirkte er eher wie ein aufsässiger Jugendlicher, das Mitglied einer Punk-Revival-Band vielleicht, der es darauf anlegte zu schockieren. Nelson bemerkte auch, dass er kaum einen Anhaltspunkt dafür hatte, was in Pauls Kopf vor sich ging. »Aber ihr habt das Potenzial für weitaus mehr. Findest du es nicht vernünftig, dass wir uns vor euch fürchten?«

Paul musterte ihn ebenfalls, als wäre er kurzzeitig an dem interessiert, was Nelson gesagt hatte. »Insofern, als ihr überhaupt zu Vernunft fähig seid – ja. Denn wir sind eine andere Spezies, verstehen Sie?«

Diese Worte, so völlig nüchtern ausgesprochen, waren erschreckend. »Du meinst, im Gegensatz zu den Wechslern …«

»Die genetisch mit euch anderen übereinstimmen. Das Wechseln ist bloß eine Fähigkeit wie das Talent für Fremdsprachen, das manche Leute besitzen, andere nicht. Wir sind alle potenzielle Wechsler. Aber Sie sind kein potenzieller ›Nächster‹. Die stümperhaften Dumpfbirnen von Wissenschaftlern in dieser Einrichtung haben bestätigt, was wir längst wussten. Wir haben einen zusätzlichen Genkomplex. Das zeigt sich körperlich in neuartigen Gehirnstrukturen, besonders in der Hirnrinde, wo komplexere Gedanken verarbeitet werden. Auch das untersuchen sie hier, obwohl sie uns dafür zum Glück nicht die Köpfe aufsägen, zumindest noch nicht. Mein Gehirn enthält hundert Milliarden Neuronen, eine jede mit tausend Synapsen, genau wie Ihres. Aber die Verbindungsfähigkeit scheint sich radikal verbessert zu haben. In Ihrem Kopf ist die Hirnrinde wie ein einziges Blatt aus runzligen Schichten hinter dem Schädelknochen zusammengefaltet, das ausgebreitet ungefähr einen Quadratmeter ausmachen würde, mit ungefähr zehn Milliarden internen Verknüpfungen. Die Topologie der Hirnrinde in meinem Kopf ist viel komplexer, mit deutlich mehr Querverbindungen … Es lässt sich genau genommen nicht in weniger als vier Dimensionen modellieren.«

»Von daher bist du eine Glühbirne, keine Dumpfbirne.«

Paul zuckte die Achseln. »Biologisch gesehen ist eine Spezies dadurch definiert, dass ihre Angehörigen sich untereinander fortpflanzen können. Unser Anspruch, eine eigene Spezies zu sein, trifft das zwar nur ungenau, aber er kommt einigermaßen hin.« Er lächelte. »Haben Sie eine Tochter, Nelson?«

Die Frage überrumpelte Nelson. Er dachte an diese lebende Insel, an die Frau mit der roten Blume im Haar … »Wahrscheinlich nicht.«

Paul hob die Augenbrauen. »Komische Antwort. Tja, falls ja, dann könnte sie als Inkubator für mein Kind dienen. Das wiederum wäre einer oder eine von uns, nicht von euch. Kränkt Sie das? Macht es Ihnen Angst? Würden Sie mich deshalb am liebsten umbringen? Vielleicht wäre es besser so.«

»Erzähl mir, wie es geschehen ist. Falls du es selbst überhaupt verstehst.«

Paul lachte ihm ins Gesicht. »Ach, Sie wollen mich manipulieren, indem Sie mich provozieren. Ich erzähle Ihnen aber nur das, was die Dumpfbirnen hier ohnehin schon herausgefunden haben dürften. Es ist nicht allzu kompliziert. Ich wurde in Happy Landings geboren, wie Sie vielleicht wissen. Und ich bin mütterlicherseits ein Spencer. Sie haben von dem Ort bestimmt schon gehört.«

Happy Landings war zwischen Lobsang und Joshua immer ein großes Thema gewesen.

»Wenn Sie von Happy Landings gehört haben, dann auch von den Trollen. Das Geheimnis sind die Trolle, Nelson. Happy Landings ist regelrecht von ihnen befallen, es wimmelt dort von Trollen, und ihre Anwesenheit hat diese ganz besondere Gemeinschaft hervorgerufen. Nicht jeder Mensch kommt mit den Trollen klar und umgekehrt. Im Lauf der Zeit ist ein Selektionsdruck entstanden. Nur eine bestimmte Sorte Mensch ist in Happy Landings willkommen. Selbst einige von denen, die dort geboren wurden, wissen, dass sie da nicht hingehören. Daran ist nichts Geheimnisvolles, nichts Übernatürliches, es ist einfach nur eine Frage komplexer Gruppendynamik zwischen zwei humanoiden Spezies, Menschen und Trollen, die schon seit Jahrhunderten stattfindet. Seit vielen Generationen, lange vor dem Wechseltag, als der Ort zufällig von natürlichen Wechslern besiedelt wurde. Was dabei herausgekommen ist, ungeplant und unbeabsichtigt, ist eine Selektion hinsichtlich höherer menschlicher Intelligenz. Natürlich muss es dabei einen Wettbewerbsvorteil gegeben haben. Vielleicht können nur kluge Menschen die Segnungen der Anwesenheit von Trollen akzeptieren …«

»Und das Ergebnis ist das, was ich hier vor mir sehe?«

Er zuckte die Achseln. »Momentan tauchen überall ›Nächste‹ auf. Viele Kolonienwelten sind wegen des großen Bevölkerungsansturms aus der Datum in der Folge von Yellowstone in Aufruhr. Vielleicht hat es etwas mit dem ganzen Stress zu tun, den das hervorgerufen hat. Schlafende Gene werden plötzlich virulent. Aber, und das haben eure Dumpfbirnen-Wissenschaftler bestimmt herausgefunden, viele der überall auftauchenden Next können ihren Stammbaum bis nach Happy Landings zurückverfolgen, besonders zu den alten Dynastien der Montecutes und Spencers. Sie sind die Quelle des neuen genetischen Vermächtnisses.«

Nelson musste unwillkürlich an Roberta Golding denken, die sich so dafür eingesetzt hatte, dass er hierherkommen durfte. Auch sie stammte ursprünglich aus Happy Landings …

»Andererseits«, sagte Paul jetzt, »konnten wir nur in der Langen Erde gedeihen. Happy Landings, das Treibhaus, der fruchtbare Boden, ist ein einzigartiges Phänomen der Langen Erde. Das unbeabsichtigte Zusammenleben zweier unterschiedlicher humanoider Spezies hätte auf der Datum nie stattfinden können. Die Trolle hätten auf der Datum-Erde nicht mal überleben können, nicht neben *euch,* euch vernunftbegabten Affen, die ihr so klug seid, dass ihr alles rings um euch zerstört, aber nie klug genug, um zu verstehen, was ihr dabei verliert … Die Trolle brauchten den Schutz der Langen Erde, sie mussten vor *euch* geschützt werden, damit sie an unserer Entstehung teilhaben konnten, in Schmelztiegeln wie Happy Landings.«

»Schmelztiegeln? Gibt es noch andere?«

»Natürlich. Das gebietet allein schon die Logik … Aber Sie sind ja Geistlicher. Ich dachte, Sie sind hier, um über Gott zu reden, nicht über Darwin.«

Nelson zuckte die Achseln. »Ich werde stundenweise

bezahlt, nicht nach Gesprächsthemen. Wir können uns über alles unterhalten, was du möchtest. Hast du irgendwelche Meinungen zu Gott?«

Paul schnaubte verächtlich. »Eure Götter sind triviale Hilfskonstruktionen, von denen man sich leicht trennen kann. Animistische Fantasien oder fixes Wunschdenken von Säugetieren. Ihr seid verlorene Kinder, die sich nach Papa sehnen und sein Bild in den Himmel projizieren.«

»Aha. Und woran glaubt ihr?«

Paul lachte. »Geben Sie mir eine Chance! Ich bin neunzehn Jahre alt und sitze im Gefängnis. Bis jetzt hatten wir noch keine Zeit, uns solchen Fragen zu widmen. Ich kann Ihnen aber sagen, was ich fühle. Dass Gott nicht irgendwo da draußen ist. Gott ist in uns, in unserem alltäglichen Leben. Im Akt des Verstehens. Gott ist die Heiligkeit des Begreifens – nein, er entsteht im Akt des Begreifens.«

»Du solltest mal Spinoza lesen. Vielleicht auch ein paar von den Yogis.«

»Falls wir genug Zeit dafür bekommen, kommen wir der Wahrheit vielleicht näher. Und falls wir sehr viel Zeit für derlei Dinge haben, gelingt es uns vielleicht, sie so auszudrücken, dass sogar ihr Dumpfbirnen sie verstehen könnt.«

»Vielen Dank«, erwiderte Nelson trocken. »Du sagst *falls*. Damit deutest du an, dass euch diese Zeit nicht gewährt wird.«

»Sehen Sie sich um.« Er machte eine Handbewegung in Richtung der nichtssagenden Decke. »Sehen Sie sich diesen Affen mit der Knarre da oben an. Jedenfalls kann ich mir herleiten, dass dort so einer steht. Was glauben Sie wohl, wie viel Zeit die Dumpfbirnen uns noch geben?«

»Hast du Angst davor, Paul? Fürchtest du den Tod?«

»Hm. Gute Frage. Nicht den individuellen Tod. Aber es gibt erst so wenige von uns, Nelson, dass unser Tod einer massenhaften Vernichtung unserer Art gleichkommt. Davor fürchte ich mich. Weil so vieles noch ungesagt, so vieles unentdeckt, so vieles unausgedrückt ist. Sind wir fertig? Ich würde jetzt gerne ein bisschen fernsehgucken.«

Nelson wartete einen Augenblick und überlegte. Dann klopfte er an die Tür, um die Wache zu rufen.

# 34

Die Besatzung der *Armstrong I* war nicht schwer zu finden. Sie befand sich nur ein paar Welten von den Napoleons entfernt und war überschwänglich dankbar für ihre Rettung. Maggie gewährte allen einen Tag zum Feiern.

Dann wurde die Mission fortgesetzt. Die Luftschiffe *Armstrong* und *Cernan* drangen weiter ins Unbekannte vor.

Die Luftschiffe hatten West 5 im Januar verlassen. Inzwischen war es Mai, und das Leben an Bord wurde nicht einfacher, besonders wenn sie durch unbewohnbare Welten kamen und die Schiffe hermetisch verschlossen werden mussten. Harry Ryan machte sich allmählich Gedanken über den Zustand seiner Triebwerke. Die Quartiermeisterin Jenny Reilly übermittelte Maggie entmutigende Einschätzungen, ob die Schiffe einen fortgesetzten Gewaltmarsch durch Welten, auf denen sie sich nicht mit dem Notwendigsten versorgen konnten, weiter durchhalten würden: genießbare Nahrungsmittel, Sauerstoff – manchmal gab es nicht mal trinkbares Wasser. Die Besatzung war erschöpft, bekam allmählich Lagerkoller und wurde immer reizbarer. Joe Mackenzie machte sich Sorgen um die Gesundheit der Männer und Frauen, wegen der sich häufenden Krankheiten und Verletzungen und weil seine Medikamentenvorräte langsam, aber sicher zur Neige gingen. Andererseits machte er sich deswegen immer Sorgen.

Trotz all dieser drängenden Probleme behielt Maggie den Blick stets auf das symbolische Ziel gerichtet, das sie für die Mission aufgestellt hatte: das Erreichen von Erde West 250.000.000. Die besten Schätzungen zeigten, dass das Ziel angesichts der schiffseigenen Ressourcen und der Lebenserwartung aller Systeme immer noch zu erreichen war. Außerdem war es doch eine allzu verlockende Belohnung. Wenn sie dieses Ziel erreichten, würde jeder an Bord noch mit der Erinnerung daran ins Grab sinken. Diese Fahrt würde sogar die berühmte chinesische Expedition bis Erde Ost 20.000.000 vor fünf Jahren in den Schatten stellen, und sie würde auch die Einwegreise der *Armstrong I* um einiges übertreffen, die zumindest die Welt der jungen Napoleons erreicht hatte, über einhundertachtzig Millionen Schritte von der Datum entfernt. Auch *diese* fantastische Reise war viel zu lange unerwähnt geblieben und musste dringend erzählt werden, selbst wenn sie Maggie und der *Armstrong II* etwas von ihrem Glanz raubte.

Das Problem bestand darin, dass der letzte Abschnitt zwischen dem Planeten Napoleon und der Guten Alten Viertelmilliarde, wie sie es inzwischen nannte, über einem Viertel des Fluges, den sie bis jetzt hinter sich gebracht hatten, entsprach – sie waren also mindestens noch drei Wochen unterwegs, wahrscheinlich eher etwas mehr als vier Wochen. Und danach mussten sie natürlich auf demselben Weg wieder zurück.

Je länger die Reise dauerte und je exotischer und schwieriger die Welten wurden, desto öfter beschlich Maggie das Gefühl, dass nur noch ihre eigene Willenskraft die Mission zusammenhielt.

Das letzte schmale Weltenband, auf dem es komplexes Leben gab, der Bonsai-Gürtel, war etwa bei Erde West 190.000.000 abgerissen. Jetzt trieben sie wieder einmal über endlose Purpurschlammwelten.

Erde West 200.000.000 war ein weiterer numerischer Meilenstein, den Maggie nutzte, um allen ein paar Tage Ruhe, Erholung und Zeit zur Überprüfung der Systeme zu gönnen. Die Welt selbst gehörte zu einer weiteren Folge von Erden, deren Entwicklung von Superkontinenten vereitelt worden war: Eine Hemisphäre bestand aus einer gewaltigen Senke aus marsroter Wüste, die andere war das konturenloses Antlitz eines Meeres ohne jegliches Leben. Der Sauerstoffgehalt war so gering, dass Maggie beim besten Willen keinen Landgang erlauben konnte, was die Moral auch nicht gerade hob. Dann, jenseits von Erde West 210.000:000, gingen die Sauerstoffwerte der Welten wieder ganz in den Keller. So blieb es auch dann, als um West 220.000.000 die Superkontinente abrupt auseinanderbrachen.

Und hinter diesem Punkt trafen die Mannschaften der Luftschiffe *Armstrong* und *Cernan* auf zunehmend ungewohnte und komplizierte Erden.

Zum einen gab es viel mehr Lücken, Löcher in der Langen Erde, die man vorsichtig, aber zügig überqueren musste. Welten mit sehr exotischen Organismen. Beispielsweise eine ganze Folge von Welten, die von gewaltigen Bäumen beherrscht wurden, deren schlanke Stämme bis über die Twains hinausragten. Gerry Hemingway schätzte, dass sie über drei Meilen hoch sein mussten, mit Kronen, die auf wundersame und eigentlich unmögliche Weise höher als die meisten Berge waren …

Es gab Welten mit einer viel dichteren oder viel dünneren Atmosphäre als auf der Datum. In derlei ungewohnten Lüften hatten die Mannschaften mit dem Auftrieb der Schiffe zu kämpfen, und die Ingenieure sorgten sich um die Korrosion durch säurehaltige Gase und den Beschuss durch ultraviolette Strahlen der nicht abgeschirmten Sonne.

Es gab Welten mit einem Mond, der größer oder kleiner als bei der Datum war, Welten mit vielen Monden oder mit überhaupt keinem Mond.

Es gab sogar Welten mit anderer Schwerkraft. Auf den Welten mit geringerer Schwerkraft schwebten die Schiffe über Landschaften, die meist mehr oder weniger wie der Mars im Datum-Sonnensystem aussahen, mit dünner Luft und hohen

Bergen und Schluchten, die sich über ganze Kontinente erstrecken konnten. In der partiellen Schwerkraft waren die Luftschiffe schwer zu dirigieren, die Besatzung spielte Hüpfspiele, und die Trolle heulten vor Schreck und purzelten durcheinander. Auf anderen Welten war die Schwerkraft höher als auf der Datum. Unter dichten Atmosphäreschichten fegten Winde über Landschaften bar jeden Lebens, abgesehen von ein paar verkrüppelten Bäumen. Die Schiffe wurden durch den mangelnden Auftrieb nach unten gezogen, und selbst, wenn sie dort nur kurze Zeit verweilten, beschwerte sich die Besatzung darüber, dass es sich anfühlte, als trügen sie einen Rucksack voller Steine auf dem Rücken wie bei einer Strafübung.

Hemingway hatte ein paar Theorien dazu entwickelt, was da vor sich ging. Das Fundament, die Grundvoraussetzung der Erdentstehung, war die Gewalt, mit der eine Staubwolke, die um eine junge Sonne kreiste, zu Steinbrocken zusammengepresst worden war. Diese hatten sich gegenseitig zerschmettert – oder manchmal auch zu größeren Brocken zusammengefunden, welche wiederum noch größere Brocken bildeten … Aus einem solchen Chaos waren letztendlich die Datum-Erde und ihr Mond entstanden – das Resultat einer letzten titanischen Frontalkollision zwischen zwei jungen Welten, die eine erdgroß, die andere so groß wie der Mars. Alles war eine Abfolge von Zufällen, alles hätte auch ganz anders ausgehen können. Und nun fand Maggie ganze Bündel von Welten, die so weit von ihrer eigenen entfernt waren, dass sich sogar diese ursprüngliche gewaltsame Formung anders ereignet hatte.

Gerry fragte sich, was ihnen das über die Beschaffenheit der Langen Erde verriet, über die Beziehung dieser parallelen Welten zueinander. Und über das Wechseln.

»Wie weit kann man sich, was die Entstehungsbedingungen angeht, vom Modell der Datum entfernen, ehe man eigentlich gar nicht mehr von der Erde sprechen kann? Wir wissen, dass man selbst dann, wenn eine Erde komplett fehlt, in die verbliebene Lücke wechseln kann, weil dort zumindest einmal eine Erde existiert hat. Was aber, wenn sich nie eine Erde gebildet hat? Was, wenn wir eine Wolke von Asteroiden vorfinden, die von einem nahen Gasriesen daran gehindert wurden, sich zusammenzufinden? Hört die Lange Erde dort irgendwann doch noch auf – und ist dann kein weiteres Wechseln mehr möglich?«

Jedenfalls kamen sie auch bei dieser letzten Etappe nicht an einen solchen Endpunkt. Für Maggie jedoch blieb die erstaunlichste Erde von allen West 247.830.855.

Diese Erde war überhaupt kein Planet, sondern ein Mond, nicht mehr als der Mond eines größeren Gebildes. Die Monderde war kleiner als die Datum, auch wärmer und mit dichterer Luft; sie war, wie Gerry aufgrund der Gezeitenkräfte ihrer großen Primärwelt spekulierte, geologisch aktiver. »Es handelt sich um eine mutierte Kreuzung zwischen der Erde und Io, einem Jupitermond«, sagte er aufgeräumt. Trotzdem fanden sie hier Leben, sogar komplexes Leben. Eine Drohne übermittelte ein eindrucksvolles Bild von etwas, was Maggie an Pterodaktylen denken ließ, gewaltige, knochige Flugwesen, die rings um einen aktiven Vulkan durch die Luft schossen.

Den Himmel beherrschte der Hauptplanet, eine namenlose Welt, die kein Gegenstück im Sonnensystem der Datum-Erde hatte. Auch sie war eine feste Welt und erinnerte eher an die Erde als einen Gasriesen wie Jupiter, ihre Masse hingegen betrug ein Vielfaches der Erde. Sie stand wie ein großer, zorniger Ball reglos am Himmel, aber die Sonne kreiste hinter ihr herum. Der Erdmond befand sich so nah am Hauptplaneten, dass er nicht rotieren konnte, eine Seite war der Riesenwelt permanent zugewandt. Und während sich die Hauptwelt drehte, zeigten sich weit ausgedehnte Kontinente, gewaltige Meere, dichte, dunstige Luftschichten und flackernde Vulkane, die zur Aktivität auf ihrem Erdmond passten.

Die *Armstrong* und die *Cernan* blieben volle vierundzwanzig Stunden vor Ort, um das Phänomen genauer zu beobachten. Maggie vermutete, dass die Besatzung von dieser Welt mehr Amateurfotos gemacht hatte als von jeder anderen Sehenswürdigkeit bisher, mit Ausnahme vielleicht des Wracks der *Armstrong I.*

Am verlockendsten war jedoch, dass sie auf der abgedunkelten Hemisphäre des Hauptplaneten Lichter sahen. Vielleicht waren es nur Lagerfeuer, aber trotzdem …

»Es ist zum Verrücktwerden«, sagte Maggie zu Mac. »Um dort hinüberzugelangen, bräuchten wir ein Raumschiff. Nachdem wir eine Viertelmilliarde Welten passiert haben, um hierherzukommen, können wir nicht mal ein paar Tausend Meilen zurücklegen, um uns das da drüben anzusehen.«

Mac lächelte nur. »Ein paar Aufgaben müssen wir ja auch noch für die Zukunft lassen. Verdammt, diese Flasche Auld ist alle. Unserem Schiff geht der Vorrat an Single Malt aus ebenso wie alle anderen lebenswichtigen Vorräte. Ich glaube allerdings, ich habe noch eine Notration in meiner Kajüte …«

Maggie beugte sich einem Antrag der Wissenschaftler und ein paar abenteuerlustigen Besatzungsmitgliedern und ließ eine kleine Gruppe zurück, die den Erdmond genauer untersuchen sollte. Dann ging es weiter.

# 35

Am 24. Mai 2045, vier Monate, nachdem sie die Nahen Erden verlassen hatten, erreichten die Luftschiffe *Armstrong* und *Cernan* der US-Flotte ihr symbolisches Ziel Erde West 250.000.000.

Die Welt selbst stellte sich als wenig einnehmend, uninteressant und gewöhnlich heraus, aber zumindest konnte man auf ihr landen und mit einer Sauerstoffmaske vor dem Gesicht ein bisschen umherspazieren. Die Besatzung errichtete einen Steinhaufen, brachte eine Bronzeplakette an, pflanzte ein Sternenbanner auf und machte ein paar Fotos. Als Wu Yue-Sai Bilder einer ähnlichen Zeremonie zeigte, die von den Besatzungen der *Zheng He* und der *Liu Yang* durchgeführt worden waren, als sie die Erde Ost 20 Millionen erreicht hatten, wurde der Steinhaufen noch ein Stück erhöht, damit er auf jeden Fall höher als der der Chinesen war. Die Trolle sahen sich alles vom Aussichtsdeck an, denn sie wollten keine Masken anlegen, um rauszugehen, aber sie sangen ein wunderschönes Lied im Barbershop-Stil, wieder und immer wieder, und zwar als Kanon, der sich so anhörte, als sei er eigens dafür ausgewählt, um die Reise zu feiern, und der davon handelte, wie herrlich und wunderbar so ein Trip ins Paradies mit meiner Süßen an Bord doch sei …

Sogar Douglas Black kam in Begleitung seines Adjutanten Philip auf die Oberfläche herab. Auf Maggies leisen Befehl hin hielt sich Mac, solange Black sich außerhalb des Schiffes befand, mit einem kompletten Notarztkoffer stets in seiner unmittelbaren Nähe auf. Black sah sich um, lächelte, plauderte und ließ sich mit der Besatzung fotografieren, wollte aber an keinen weiteren Aktivitäten teilnehmen. Dieser Triumph gehöre allein der Besatzung, sagte er; er sei lediglich ein Passagier, ein Stück Frachtgut. Er sammelte jedoch eine Handvoll Erde und schüttete sie in einen Plastikbeutel: ein bescheidenes Souvenir von einer beispiellosen Reise. Maggie gefiel es, dass er so wenig großspurig auftrat.

Viel mehr gab es hier nicht zu tun. Ein paar Besatzungsmitglieder spielten eine improvisierte Partie Golf, als Tribut an Alan Shepherd, einen amerikanischen Helden, der einer der ihren war, einen Mann der Flotte, der einmal einen Golfabschlag auf dem Mond ausgeführt hatte.

Dann drehten sie, metaphorisch gesehen, ihr Schiff um und machten sich auf den Rückweg nach Osten – nach Hause.

Zu diesem Anlass kam Douglas Black ausnahmsweise wieder einmal aus seiner Suite heraus und bat Maggie um einen besonderen Gefallen.

Sie hatten auf dem Hinweg Erde West 239.741.211 verzeichnet, sich dort aber nicht lange aufgehalten. Jetzt kehrten sie zu einem ausführlicheren Zwischenstopp zurück.

Es handelte sich um eine der kleineren Welten, die kaum achtzig Prozent der Schwerkraft der Datum-Erde besaß. Auf der hiesigen Version des Nordamerikanischen Kraton streckten sich gewaltige, von Gletschern überzogene Berge unter einem von schweren, wasserdampfreichen Wattewolken verhangenen Himmel, in den Tälern drängten sich unglaublich spindeldürre Bäume. Auch die Tiere waren hochgewachsen, schlank und anmutig, obwohl sich hier ein ganz eigener, sechsbeiniger Bauplan durchgesetzt hatte. Diese Welt war, laut Douglas Black, genau wie ein Gemälde von Chesley Bonestell, und alle bis auf Mac mussten diese Referenz nachschlagen, um herauszufinden, was er damit meinte.

Als Maggie die Erlaubnis zum Landgang gab, war die Besatzung begeistert, denn die Atmosphäre wies endlich einmal einen so hohen Sauerstoffgehalt auf, dass man ohne Maske oder andere Vorkehrungen herumspazieren konnte. Harry Ryan und seine Ingenieure überlegten, wo überall sie anmutige Viadukte über die breiten Schluchten schlagen würden. Schneeball konnte endlich seinen Jagdtrieb befriedigen und machte sich mit großen Sätzen davon. Sogar die Trolle machten hier trotz der niederen Schwerkraft einen glücklichen Eindruck und gaben prompt ein neues Lied zum Besten, das ihnen Jason Santorini scherzhaft beigebracht hatte: »Lucy in the Sky With Diamonds.«

Als der Mond aufging, sah Maggie, dass die grauen und weißen Stellen, die Mondmeere und die Hochebenen, allesamt falsch saßen. Ein Beweis dafür, falls sie noch einen brauchte, dass sie immer noch weit von zu Hause entfernt waren.

Trotzdem hatte Douglas Black vor hierzubleiben, wie er Maggie bei einem Spaziergang durch das überzeugend aussehende Gras offenbarte, wobei Philip ganz in der Nähe war und Mac dem Treiben stumm zuschaute. »Ich habe meine Immobilie endlich gefunden«, sagte er.

»Hm. Ausgerechnet auf dieser Welt? Wo wir so vielen anderen Möglichkeiten für Leben auf der Erde begegnet sind?«

»Ich wusste immer, wonach ich suchte, Käpt'n. Ich hatte eine ziemlich genaue Vorgabe, und meine Leute haben die Aufzeichnungen über jede einzelne Welt, durch die wir geschritten sind, genau geprüft. Dieser Ort hier passt von all jenen, die wir gesehen haben, ziemlich genau. Außerdem habe ich mich auf diese Möglichkeit vorbereitet. In meinem versiegelten Frachtgut habe ich alles, was ich brauche, um mich hier wohnlich einzurichten – sicher, geschützt und mit sämtlichen Annehmlichkeiten ausgestattet. Fürs Erste brauche ich nur Philip an meiner Seite, meine Mitarbeiter und meine Ausrüstung. Von Ihnen, Maggie, erbitte ich mir nur, dass Sie die Nachricht von diesem Ort mit in die Nahen Erden nehmen und seine Lage – sowohl innerhalb der Langen Erde als auch geographisch – bekanntgeben. Ich nenne Ihnen den Namen eines geeigneten Agenten, der sich darum kümmern kann, obwohl die üblichen Nachrichtenkanäle die Neuigkeit natürlich ohnehin verbreiten werden. Dann dürfte es nicht mehr lange dauern, bis mir andere hierherfolgen.«

Maggie war ein wenig verwirrt. Aber als sie Mac um seinen Rat bat, zuckte der Doktor nur die Achseln. Allem Anschein nach hatte er nichts dagegen einzuwenden.

»Ehrlich gesagt, Mr Black«, erwiderte Maggie, »ist es gut möglich, dass Sie hier nicht allein sind. Einige meiner jüngeren Besatzungsmitglieder überlegen, ob sie von Bord gehen und hierbleiben sollen. Es ist ein offenes Geheimnis, und dank meines Stellvertretenden bekomme ich sämtliche Gerüchte mit.«

Black wirkte erfreut. »Ich würde mich sehr über die Gesellschaft junger Leute freuen. Wir könnten einander natürlich helfen ... Denken Sie tatsächlich daran, das zu erlauben?«

»Warum nicht? Natürlich nicht in einem Ausmaß, dass es die Schiffe selbst in Gefahr bringt. Aber wir haben ohnehin etliche Leute zu viel an Bord. Mein Auftrag lautet eher, Flaggen einzupflanzen als Kolonien zu gründen, aber die Befehle verbieten es mir auch nicht ausdrücklich. Mit der Besiedlung dieser Erde würde ich die Ägide der Vereinigten Staaten erweitern, und zwar ganz beträchtlich. Außerdem dürfte es eine internationale Kolonie werden, falls Leutnant Wu wirklich hierbleiben möchte.«

»Ah! Die reizende junge Offizierin. Das würde ich überaus begrüßen. Ihre Kinder werden groß und schlank sein und große Brustkästen haben wegen der dünnen Luft. So wie die Marsianer bei Ray Bradbury! Was meinen Sie, Frau Kapitän? Wie steht's mit Ihnen? Sie sind gesund und immer noch jung. Sie sollten auch bleiben, Brücken schlagen, Kinder aufziehen.«

»Ach, wissen Sie, meine Pflichten sind eindeutig definiert, Mr Black. Ich muss nach Hause, mit meinem Schiff.«

»Selbstverständlich, Käpt'n. Aber würden Sie mir noch ein kleines Privileg zugestehen? Erde West 239.741.211 ist ein tauglicher, aber wenig ansprechender Name. Lassen Sie mich dieser Welt einen Namen geben, als hätte ich sie entdeckt. Ich würde sie gerne Karakal nennen. Nehmen Sie das bitte in Ihr Logbuch auf.«

Maggie staunte insgeheim, denn sie hätte eher einen Namen wie *Blackville* erwartet.

Mac erkannte die Anspielung sofort. »*Der verlorene Horizont*. Der Berg in Tibet, wo in Hiltons Roman Shangri-La gefunden wurde.« Er blickte sich um. »Ah, verstehe. Das ist es also. Sie haben eine Welt mit so niedriger Schwerkraft ausgesucht, dass sogar ein Fettkloß wie ich wie ein Basketballstar springen kann und wo der Sauerstoffgehalt so hoch ist, dass die Luft wie Wein schmeckt. Aber ja, hätte ich mir denken können. Sie hoffen, dass diese Erde sich als die Maschine erweist, die Sie am Leben hält. Vielleicht sogar Ihren Alterungsprozess umkehrt. Als wäre diese ganze Welt eine Erweiterung des Sauerstoffzelts in Ihrer Kajüte! Ihr eigenes Shangri-La.«

»Genau so habe ich es mir vorgestellt, Doktor.«

»Kann geringe Schwerkraft den Altersprozess denn wirklich umkehren?«, fragte Maggie.

Mac grinste. »Zumindest ist es einer der ältesten Träume aller Weltraumfans, Käpt'n.«

»Schon, aber ich dachte, niedrige Schwerkraft ist schlecht für den Körper. Sie entzieht den Knochen das Kalzium, lässt die Muskeln verkümmern und bringt den Flüssigkeitshaushalt des Körpers durcheinander ...«

»Das trifft auf Schwerkraft null, auf die Schwerelosigkeit zu, Käpt'n«, sagte Black. »Die Anziehungskraft dieser Welt reicht garantiert dafür aus, dass die Muskeln stark bleiben und die Körpersäfte fließen, wie sie sollen, jedenfalls im Zusammenspiel mit der richtigen Ernährung und entsprechenden Trainingsplänen und so weiter. Aber da der Körper weniger Energie beim Kampf gegen die alltägliche Schwerkraft verbraucht, oxidieren die Zellen langsamer, und alle Gelenke, alle Bänder und die dubiose Architektur der Wirbelsäule werden bedeutend weniger belastet. Von daher spricht so einiges dafür, dass sich die Lebensspanne deutlich verlängert.«

Maggie wandte sich an ihren Mediziner: »Mac?«

Er hob die Hände. »Da könnte was dran sein. Aber es gibt keine konkreten Beweise. Was die Auswirkungen von geringer Schwerkraft angeht, gibt es kaum Forschungsergebnisse, und die wird es wohl auch nicht geben, bis wir eines Tages Daten von längeren Aufenthalten auf dem Mars oder dem Mond erhalten. Aber es ist ja Mr Blacks Entscheidung und sein Geld.«

»Ich bitte Sie, Doktor. Finden Sie nicht, dass es in meinem Alter und in meiner Position allemal einen Versuch wert ist? Außerdem ist es nicht nur mein Geld. Ich vertrete ein Konsortium von Geldgebern, von denen keiner so abenteuerlustig war, diese Reise mit mir anzutreten. Aber alle wären bereit, mir zu folgen, im nächsten oder übernächsten Jahr. Sie werden mit ihrer ganzen Entourage herkommen, ihren eigenen Ärzten …« Er lächelte. »Erkennen Sie jetzt, welche Vision dahintersteckt, Käpt'n? Zu meinen Geldgebern gehören Amerikaner, Europäer, Chinesen, Politiker, Industrielle und Investoren, von denen sich einige, offen gesagt, ein wenig näher am trüben Rand des Gesetzes bewegen als andere. Altes Geld und neues Geld. Einige haben tatsächlich ihr Vermögen in den Wirren nach Yellowstone gemacht, denn jede Katastrophe bedeutet für irgendjemanden eine große Chance. Selbst der Fall des Römischen Weltreiches hat so manchen steinreich gemacht. Die Lange Erde ist noch jung, und wir sind wirklich sehr wohlhabend. Mit der Zeit werden wir Mittel und Wege finden, unseren Einfluss sogar von dieser abgelegenen Welt aus geltend zu machen. Aber wenn Sie mich jetzt entschuldigen würden … Komm, Philip, wir müssen eine Stelle aussuchen, wo unsere erste Siedlung stehen soll, und uns möglichst gut einrichten, bevor die Luftschiffe ablegen …«

Maggie sah ihm nach. »Eine Siedlung voller unglaublich

reicher Leute, Mac. Reich und alterslos, wenn hier alles so läuft, wie er es sich vorstellt.«

»Aber nur vielleicht. Sauerstoff und niedrige Schwerkraft… wahrscheinlich ist das alles reine Scharlatanerie. Aber sie locken ganze Heerscharen von Forschern hierher, die nichts anderes zu tun haben, als etwas zu finden, das *tatsächlich* funktioniert.«

»Und falls doch, wird das hier wirklich ein Shangri-La. Nur ohne die Mönche.«

Mac knurrte skeptisch. »Oder eine Gemeinschaft von Struldbrugs wie in *Gullivers Reisen* – unsterblich, aber alternd, mit Menschen, die immer verbitterter werden. Eine Bande, für die es ohne Tod keinen Schlussstrich unter ihr Festklammern an Reichtum und Macht mehr gibt. Denken Sie nur an die vielen Ungeheuer aus der Geschichte, die man heute auf gar keinen Fall unter seinen Zeitgenossen wissen möchte, von Alexander über Dschingis Khan bis zu Napoleon…«

»Vielleicht wird ja alles ganz anders. Vielleicht verschaffen sie uns eine längere Perspektive.«

»Ein riskantes Unternehmen, wenn Sie mich fragen. Werden Sie der Sache zustimmen, Frau Kapitän?«

»Ich glaube nicht, dass ich es ihm verbieten kann. Er gehört nicht zur Besatzung, Mac.«

»Wahrscheinlich. Na, ich bin froh, dass ich nicht mehr erleben werde, was aus der Saat wird, die Sie heute gepflanzt haben.«

»Alter Zyniker. Kommen Sie, wir gehen zurück ins Schiff, und dann nichts wie heim.«

# 36

Die Besatzung der *Galileo* hatte die Welt der Sandwalfänger und der Monolithen mit einem, zumindest was Frank Wood anging, Seufzer der Erleichterung verlassen.

Erst als sie wieder sicher in der Luft waren und im Sekundenrhythmus über weitere Klone des toten Mars wechselten, entspannte sich Frank allmählich, und der Soldat in ihm konnte, wenn auch ein wenig widerwillig, die Erinnerung loslassen. Er hatte keine Ahnung, wie sie es geschafft hatten, mit heiler Haut und ohne Schaden an der Ausrüstung zu nehmen, den feuerspeienden Landdrachen und Harpunen schleudernden Walfängern zu entkommen, ganz abgesehen von dem unsichtbaren monströsen Mars-Tyrannosaurus. Aber er erinnerte sich nur zu gut daran, wie dieser Krabbenprinz, wie Frank ihn (oder sie) insgeheim bezeichnete, von dem Anführer mit einer von Willis' Wechselboxen gedemütigt worden war. Welche Konsequenzen das nach sich ziehen würde, würde die Zukunft zeigen. Fürs Erste hatten sie jedenfalls Ruhe, sagte er sich.

In den darauffolgenden Tagen gönnte sich Frank, während Willis durch die Unmengen von Aufnahmen blätterte, die die Walfänger für ihn von den Monolithen gemacht hatten, und Sally wieder in ihren Standardmodus argwöhnischen Schweigens verfiel, sehr viel Schlaf und päppelte seine Nerven langsam wieder auf. Schließlich war er nicht mehr der Jüngste.

Die neuen Joker, auf welche die Expedition stieß und ein wenig genauer betrachtete, nahm er nur am Rande wahr.

Es gab darunter auch einen gefluteten Mars, auf dem, wie es aussah, die gesamte nördliche Hemisphäre von einem

Ozean bedeckt war. Auf dem Land streiften Kreaturen umher, die eine gewisse Ähnlichkeit mit den Sandwalen hatten, wogegen etwas, was wie Städte aussah, auf gewaltigen Flößen auf dem Meer umhertrieb. »Fischer«, krustentierartige Wesen, begaben sich in Land-Yachten auf festen Boden, um dort die Wale zu jagen, so wie auf der Erde Landbewohner die Tiere des Meeres erlegten…

Es gab einen trockeneren Mars, dessen Kopie des Mangala Vallis trotzdem von Wäldern aus niedrigen Nadelbäumen bewachsen war. Willis war versucht, hier länger zu verweilen, weil er glaubte, zwei Waldgebiete wie in Zeitlupe miteinander kämpfen zu sehen: ein Krieg, der mit der Geschwindigkeit geführt wurde, in der Blumen wuchsen. »Der Wald von Birnam belagert Dunsinane!«, sagte er. Aber sie konnten sich keinen so langen Aufenthalt erlauben, um diese langsame Begegnung genauer zu verfolgen…

Eine Ebene, die mit steinigen Spiralen wie aufgerollten Seilen überzogen war. Zuerst dachte Willis an vulkanischen Ausstoß, aber als er mit *Thor* tiefer ging, um sich das Phänomen aus der Nähe anzusehen, rollten sich die Kringel zu Basaltsäulen aus, klaffende Mäuler öffneten sich, und Flammenstöße fauchten hinter dem sich eilig entfernenden Gleiter her. Auch das eine Variation zum Thema Sandwale…

Einmal, auf einem feuchten, aber sehr kalten, vergletscherten Mars, hätte Sally schwören können, im nördlichen Nebel eine Herde Rentiere gesehen zu haben, mit zottigem Fell und stolz gerecktem Geweih, Tiere, die viel größer als ihre irdischen Entsprechungen waren. Keiner von ihnen konnte sagen, was diese Vision, die ihnen wie eine genetische Erinnerung an die Eiszeit vorkam, zu bedeuten hatte…

Ab und zu glaubte Frank, in den Mangala-Tälern tief unter ihnen flackernde Gestalten zu sehen. Durchsichtige Säcke wie Rettungsblasen, verlassene Konstruktionen wie gestrandete Sandgleiter. Als würde sie jemand verfolgen. Vielleicht nur eine Ausgeburt paranoider Träume, dachte er.

Elf Wochen nach der Landung und nach beinahe drei Millionen Schritten sagte Willis Linsay schließlich, er glaube, das Gesuchte gefunden zu haben.

# 37

Sally, die Frank in *Woden* chauffierte, kam dieser Mars wie irgendein weiterer toter Mars vor. Aus großer Höhe sah die Landschaft so ähnlich aus wie die, die sie von den Fotos der Raumsonden vom Datum-Mars her kannte, vor Jahrzehnten in einer Wirklichkeit drei Millionen Schritte von hier aufgenommen: das Gewirr von Mangala Vallis unter ihnen, die große Erhebung des Tharsis-Plateaus im Nordosten.

Auch Frank, der verschlafen hinter ihr saß und immer ein wenig grantig war, seitdem ihnen vor einer Woche der koffeinhaltige Kaffee ausgegangen war, zeigte sich nicht besonders beeindruckt. »Was zum Teufel will er hier gefunden haben, wenn nicht mal ein brandneuer Satz von Gottes Geboten auf diesen verdammten Monolithen gut genug für ihn war?«

»Es ist für das bloße Auge nicht sichtbar«, kam Willis' knisternde Funkstimme von *Thor* herüber. »Ich habe von beiden Gleitern aus optische und auch andere Scanner danach suchen lassen.«

»Sag uns, wohin wir schauen sollen, Vater«, sagte Sally.

»Mehr oder weniger in Richtung Osten. Ihr könnt es noch nicht sehen, nicht von hier aus. Benutzt eure Bildschirme ...«

Sally drehte an ihrem Bildschirm herum und schaute in die erwähnte Richtung, betrachtete die ansteigende Tharsis-Landschaft unter dem üblichen konturlosen karamellbonbonfarbenen Himmel. Sie sah jede Menge horizontale Linien, den unebenen Horizont selbst, von der Perspektive zu gestauchten Ellipsen reduzierte Krater, Rinnen und Schluchten an den aufstrebenden Flanken der Vulkane, und das alles vom allgegenwärtigen Staub in ein monotones Braun getaucht. Dann erlaubte sie der Software, das Bild nach Anomalien zu durchforsten.

»Meine Güte«, sagte Frank. Offensichtlich hatte er ungefähr zur selben Zeit dieselben Handlungen ausgeführt. »Ich habe auf den Boden gesehen, auf die Landschaft. Auf die Horizontalen.«

»Genau. Und die ganze Zeit über …«

Da war eine vertikale Linie, ein Streifen in sehr unmarsianischem Taubenblau, so dünn und schnurgerade, dass sie wie ein Bildschirmfehler aussah, ein Kratzer. Der Streifen erhob sich von einer unbekannten Basis hoch über die Landschaft. Sally schwenkte der Linie folgend weiter nach oben. Was war das? Ein Mast? Eine Antenne? Aber es stieg immer weiter in den Himmel hinauf – bis das Bildsystem die Grenze seiner Auflösung erreichte und die Linie sich in ein verpixeltes Etwas auflöste, immer noch schnurgerade und verblassend wie eine unbeendete Morsenachricht.

»Das solltest du sehen, Arthur C. Clarke«, murmelte Frank ehrfürchtig. »Und, Willis Linsay: Respekt! Sie haben gefunden, wonach Sie die ganze Zeit über gesucht haben. Jetzt kapier ich das erst.«

Willis erwiderte mit kaum wahrnehmbarer Ungeduld: »Na, lassen wir die Huldigungen mal beiseite. Ich gehe davon aus, dass Sie verstehen, was Sie da vor sich haben.«

»Einen Bohnenstängel«, sagte Frank sofort. »Die Jakobsleiter. Den Weltenbaum. Eine Treppe in den Himmel …«

»Wie sieht's mit dir aus, Sally?«

Sally schloss die Augen und versuchte sich zu erinnern. »Einen Aufzug in den Weltraum. Wie aus einem dieser Bücher über die Wunder der Zukunft, die du mir als Kind immer gegeben hast.«

»Genau. Eigentlich waren es Wunder der Zukunft aus *meiner* Kindheit. Hier hätten wir so eins. Grundsätzlich eine billige Möglichkeit, in den Orbit zu gelangen. Man schickt einen Satelliten in die Umlaufbahn, der wird zum Zielbahnhof deines Aufzugseils. Er muss permanent über der unteren Station stehen, die sich auf dem Boden befindet. Man bringt ihn also über dem Äquator, oder nicht weit davon entfernt, in eine Umlaufbahn, und zwar so, dass seine Umlaufzeit der Rotation des Planeten entspricht.«

»Dort, wo sie die Nachrichtensatelliten absetzen.«

»Genau. Mars hat ungefähr denselben Tag wie die Erde, also braucht man auch hier eine Umlaufbahn von vierundzwanzig Stunden. Dann lässt man einfach ein Kabel durch die Atmosphäre nach unten fallen...«

»Die technischen Feinheiten bleiben der Fantasie des Lesers überlassen«, warf Frank trocken ein.

»Dann richtet man die Bodenstation ein, und fertig ist die Laube«, sagte Willis. »Sobald sie steht, braucht man keine teuren, schmutzigen Raketen mehr, um den Planeten zu verlassen. Man fährt mit einer Gondel in den Himmel, schnell, billig und sauber. Prinzipiell funktioniert dieses Prinzip auf jeder Welt. Auf jedem Mars. Dieser Mars hier ist besser als der unsere, weil er nicht über lästige Monde mit naher Umlaufbahn verfügt, die einem in die Quere kommen können.«

Sally kämpfte noch mit der Logik dieser Situation. »Hab ich das richtig verstanden, Vater? Du hast vorausgesehen, dass du so einen Raumaufzug auf dem Mars findest – ich meine, irgendwo im Langen Mars? Woher wusstest du das? Wer hat ihn gebaut? Wie alt ist das Ding schon? Und was willst du damit?«

»Woher ich das wusste? Es war eine logische Notwendigkeit, Sally. Jede fortschrittliche Zivilisation auf einem Joker-Mars bemüht sich, in den Weltraum zu kommen, bevor das Fenster der Bewohnbarkeit sich schließt, denn es muss sich irgendwann schließen. Und wenn eine raumfahrende Zivilisation irgendwo entsteht, dann kommt sie früher oder später auf die Idee mit dem Weltraumaufzug, denn hier auf dem Mars ist so etwas viel einfacher zu verwirklichen als auf der Erde. Wer ihn erbaut hat? Völlig egal. Jemand musste es tun, es war nur eine Frage der Zeit – und mit den vielen Welten des Langen Mars standen die Chancen nicht schlecht. Und was ich damit will? Tja, wir brauchen so etwas unbedingt auf der Erde. Die größte Herausforderung ist das Kabelmaterial. Es muss stark genug für diese Zwecke sein. Auf der Erde bräuchte man ein Kabel von zweitausend Meilen Länge! So ein Kabel muss erst mal sein eigenes Gewicht tragen können, an dem die Schwerkraft zieht. Wenn man dafür, sagen wir mal, äußerst fein gezogenen Stahldraht verwendet, kriegt man das Kabel höchstens dreißig Meilen oder so in die Luft, bevor es sich wie Toffee auseinanderzieht. Da fehlt noch eine ganze Menge bis zu zwanzigtausend Meilen. Damals hat man viel von besonderen Materialien mit einer viel höheren Zugfestigkeit geredet – Graphitfasern, monomolekulare Fasern und Nanoröhrchen.«

»Das war natürlich alles vor dem Wechseltag«, sagte Frank. »Von da an haben sich alle – und zwar Ihretwegen, Willis – nur noch dafür interessiert, seitlich zu wechseln, nicht mehr nach oben und ins Weltall, und sämtliche Träume, den Weltraum zu öffnen, wurden begraben.«

»Ich bekenne mich schuldig. Aber der springende Punkt ist der, Sally, dass es viel einfacher ist, so einen Aufzug auf dem Mars zu bauen als auf der Erde. Die geringere Schwerkraft, nur ein Drittel von der auf der Erde, ist der Schlüssel. Satelliten kreisen hier in einer festgelegten Höhe viel langsamer als um die Erde. Deshalb befindet sich der vierundzwanzigstündige Synchronorbit nur elftausend Meilen über uns, nicht zweiundzwanzig. Außerdem kann man für das Kabel Materialien von wesentlich geringerer Zugfestigkeit verwenden. Verstehst du? Deshalb sind Raumaufzüge auf dem Mars eine umsetzbarere Technologie als auf der Erde. Aber wenn wir etwas von diesem Kabelmaterial mit nach Hause nehmen und daraus lernen, wenn wir es nachbilden, um herauszufinden, wie es funktioniert, und seine Eigenschaften den Gegebenheiten auf der Erde anpassen … dann können wir Jahrzehnte an Entwicklung und Investitionen sparen. Denkt mal darüber nach. Was für ein Geschenk für die Menschheit, und genau zum richtigen Zeitpunkt! Sobald man einen Aufzug hat, wird der Zugang zum Weltraum so einfach und billig, dass sich alles andere von allein ergibt. Forschungsflüge, gewaltige Entwicklungen wie Kraftwerke in der Umlaufbahn. Rohstoffgewinnung, Bergbau auf Asteroiden, und das alles im großen Stil. Einige der Nahen Erden haben seit der Yellowstone-Evakuation schon jetzt Bevölkerungszahlen von zig Millionen. Wenn sie sich industrialisieren und dabei mit einem einfachen Zugang zum Weltall beginnen, können sie ihre Welt von Anfang an rein und sicher und grün halten. Wir könnten eine millionenfache industrielle Revolution in der gesamten Langen Erde haben, auf Welten, die dabei so sauber bleiben wie mein Garten in Wyoming West 1. Dort, wo du als Kind immer mit mir spazieren gegangen bist, Sally. Und was die Datum selbst angeht, mit ihrem Raubbau an Öl, Kohle und Mineralerzen, so ist das hier die einzige Möglichkeit, wie sie sich je wieder erholen kann.«

»Sie spielen schon wieder Dädalus, Willis, stimmt's?«, sagte Frank. »Wahrscheinlich nennen es die Historiker diesmal den Bohnenstangentag.«

»Dinge entwickeln sich nun mal. Das mit dem Wechseln hat doch funktioniert, oder?«

»Schon. Nach einigen gesellschaftlichen Zerrüttungen, wirtschaftlichem Chaos ...«

»Und einer Milliarde Leben, die nach dem Ausbruch von Yellowstone gerettet wurden. Aber egal. Diese Unterhaltung ist ohnehin irrelevant, weil ...«

»Weil du es ohnehin machst«, sagte Sally.

»Genau. Kommt schon, wir sehen uns das mal genauer an. Ich will die Bodenstation finden, bevor es dunkel wird. Dann müssen wir herausfinden, wo wir ein paar Proben herbekommen, die wir mitnehmen können. Das Kabel ist das Entscheidende. Wenn wir ein paar Stücke von dem Material kriegen, ist der Rest ein Kinderspiel.«

Sally drückte den Steuerknüppel nach vorne. Der Gleiter stieg und drehte nach Osten. »Eine Frage noch, Vater. Du hast dir also ausgerechnet, dass irgendjemand auf die Idee mit dem Aufzug kommen würde, irgendwo im Langen Mars. Du musstest bloß immer weiter wechseln, um ihn zu finden. Aber woher wusstest du, dass er hier ist? Geographisch, meine ich. Wenn ich es richtig verstanden habe, kann man an jeder Stelle des Marsäquators eine Bohnenranke wachsen lassen.«

»Vielleicht kann ich diese Frage beantworten«, sagte Frank. »Wir sind den großen Vulkanen von Tharsis gefolgt, stimmt's, Willis? Pflanzt man eine Bohnenranke auf den Gipfel von Olympus Mons, ist man bereits dreizehn Meilen näher am Ziel und oberhalb von achtzig Prozent der Atmosphäre, womit sich Gefahren wie etwa Sandstürme vermeiden lassen.«

»Eigentlich wäre Pavonis Mons die bessere Wahl gewesen«, antwortete Willis. »Nicht ganz so hoch, aber direkt auf dem Äquator. Ja, Frank, so habe ich es mir auch überlegt. Tharsis war eine Möglichkeit, wenn auch nicht die einzige ... Hm ...«

»Was denn?«

»Ich habe von hier oben einen besseren Blick, weil die Luft nicht mehr so staubig ist. Sieht so aus, als führte das Kabel nicht genau zum Gipfel von Pavonis. Technische Details. Bald wissen wir es genau. Auf geht's.«

Sie flogen weiter, Sally hinter Willis her, immer weiter direkt nach Westen, weg von der untergehenden Sonne und über eine allmählich ansteigende Landschaft. Die langen Schatten der Berge sammelten sich in den Kratern. Dort glaubte Sally sogar Spuren von Nebel zu sehen.

Schließlich meinte sie, das Kabel mit bloßem Auge erkennen zu können, einen hellblauen Kratzer in einem Himmel, der sich in ein blutunterlaufenes Purpur verfärbte. Sie legte den Kopf zur Seite, folgte der Linie mit dem Blick nach oben, bis er in unmöglichen Höhen nicht mehr zu sehen war.

»Wie ein Riss im Himmel«, sagte Frank. »Wie heißt dieses alte Lied noch mal, ›Crack in the sky‹?«

»Bei diesem Anblick wird mir direkt ein bisschen schwindelig«, sagte Sally, »als würde das alles auf dem Kopf stehen. Ich bin froh, dass ich den Ankersatelliten, der irgendwo dort oben hängt, nicht sehen kann. Was, wenn dieses Ding abreißt und runterfällt?«

»Also, das Kabel würde sich um den rotierenden Planeten wickeln und natürlich einen Haufen Unheil anrichten. Es gab mal einen Roman namens *Roter Mars* …«

»Es reißt nicht ab«, sagte Willis.

»Woher willst du das wissen?«, fuhr ihn Sally an.

»Weil es schon sehr alt ist. Wenn es reißen und runterfallen sollte, dann wäre es längst geschehen. Es ist uralt, und schon seit ewigen Zeiten hat sich niemand mehr darum gekümmert.«

»Und woher willst du *das* jetzt wieder wissen?«

»Sieh dir den Boden darunter an.«

Die gesichtslose Ebene war von nichtssagenden Schatten bedeckt. Keine Struktur, stellte Sally fest. Nicht einmal die Spur eines Relikts.

»Überlegt mal, wo wir sind«, sagte Willis. »Am Fuße eines Aufzugs in den Weltraum. Unter uns müsste sich das Areal eines Bahnhofs befinden, der einen großen Bereich des Planeten bedient. Wo sind die Lagerhäuser, die Eisenbahnlinien, die Flughäfen? Wo ist die Stadt, in der die Reisenden und die Arbeiter untergebracht werden? Wo sind die landwirtschaftlich genutzten Flächen, die das alles versorgen? Ja, ich weiß, dass die Spezies, die das alles erbaut hat, wahrscheinlich andere Möglichkeiten als die Menschen gefunden hat, um ihre Probleme zu lösen. Aber man errichtet keinen Weltraumaufzug, wenn man kein Material aus dem Weltraum anliefern oder Waren in den Weltraum verschicken will, und das geht nun mal nicht ohne irgendwelche Einrichtungen auf dem Boden.«

»Aber dort unten ist nichts«, erwiderte Sally. »Wie lange, Vater? Wie viel Zeit braucht es, bis alles bis zur Unsichtbarkeit erodiert ist?«

»Da kann ich nur raten. Millionen von Jahren? Aber der Aufzug hat das alles überstanden, die Staubstürme und die Meteoreinschläge – und seine eigenen, sehr speziellen Bedrohungen wie zum Beispiel Solarstürme und Meteore, die das Kabel hätten zerschneiden können. Wer ihn auch erbaut hat, er hat ganze Arbeit geleistet…«

Mit einem Mal begriff sie das ganze Ausmaß des Wunders, die Seltsamkeit des Ganzen. Sie hatte hier das Produkt einer längst vergangenen, einheimischen Zivilisation vor sich, von der Willis nichts hatte wissen können. Nichts über ihre Beschaffenheit, die Einzelheiten ihrer Lebensumstände – nichts über ihren Aufstieg, ihren Niedergang, ihre offensichtliche Auslöschung. Trotzdem hat er allein aus der planetaren Geometrie des Mars abgeleitet, dass es sie geben oder gegeben haben musste und dass sie einen Weltraumaufzug gebaut hatten. Und er hatte recht behalten, hier war jenes letzte Monument, ihr Erbe, obwohl ringsum alles zu Staub zerfallen war. Als hätten sie allein deshalb existiert, um Willis' Ehrgeiz zu stützen. Dafür hatte er zwei Millionen Erden, die Lücke und drei Millionen Kopien des Mars durchquert, in der unerschütterlichen Überzeugung, dass er genau das vorfinden würde. Nicht zum ersten Mal fragte sie sich, wie es wohl war, im Kopf ihres Vaters zu leben.

»Gut«, sagte Willis, »wir nähern uns der Verankerung des Kabels. Wir sind immer noch ein ganzes Stück von Pavonis Mons entfernt. Vermutlich ist die Basis ein Stück versetzt worden…«

Die Gleiter senkten sich. Ihre Suchscheinwerfer erleuchteten die dunkler werdende Landschaft, und Willis feuerte ein paar Leuchtraketen ab. Das Kabel schimmerte im Kunstlicht, eine mathematische Abstraktion über dem chaotischen Durcheinander der Ebene.

Endlich sah Sally die Stelle, an der das Kabel auf den Boden traf – aber es hörte dort nicht auf. Der blaue Strich tauchte in einen dunklen Kreis ein, der aus der Ferne perspektivisch verzerrt aussah. Zuerst hielt Sally ihn für einen Krater, aber als die Gleiter darüber hinweg und eine Schleife um das Kabel flogen, erkannte sie, dass sie in ein Loch schaute, einen Schacht von ungefähr einer halben Meile Durchmesser – glatt, symmetrisch, ein finsteres Brunnenloch.

»Ich habe ihn mit meinem Radar gepingt«, brummte Willis. »Dort geht das Kabel hinab, klar, und dort unten ist die Bodenstation. Das verdammte Ding ist über zwanzig Meilen tief.«

»*Wie* tief?«, fragte Sally erschrocken.

»Tief genug, um eine ausreichende Luftdichte zu ermöglichen.«

Jetzt übernahm Frank, der ausgebildete Astronaut: »Tief genug, dass wir bis morgen warten sollten, ehe wir einen Blick hineinwerfen.«

Willis zögerte. Sally wusste, dass er am liebsten ein Seil hinabgelassen und mit einer Taschenlampe in der Hand daran hinabgeklettert wäre, Marsnacht hin oder her. Aber schließlich sagte er: »Einverstanden.«

»Ihr Teufelspiloten solltet aufpassen, dass ihr beim Landen nicht am Kabel hängen bleibt. Wenn dieses Ding schon so lange gehalten hat, wie Willis vermutet, dürften unsere Gleiter bei einer näheren Bekanntschaft damit den Kürzeren ziehen …«

Als sie landete, glaubte Sally ein Licht in der Landschaft zu sehen, weit entfernt, weit weg von der Wurzel dieses Bohnenstängels. Ein einziges Licht in der Dunkelheit, das aber erloschen war, als sie noch einmal hinschaute. Als hätte es nie existiert.

# 38

Am Morgen beschlossen die drei, zu Fuß zum Rand der Grube zu gehen und die Gleiter zurückzulassen. Es war in erster Linie Franks und Willis' Plan. Ein Plan, der bedeutete, dass die Gleiter unbewacht blieben.

Sally beteiligte sich nicht groß an der Diskussion. Ihr war die ganze Sache ohnehin nicht geheuer. Sie befanden sich hier auf dem Mars, einem typischen Mars – einem toten Mars, abgesehen von dem, was sie wahrscheinlich in dem Schacht vorfinden würden. Hier gab es eigentlich keine Gefahren. Sogar ein von der schwachen Atmosphäre aufgewirbelter Sandsturm würde kaum Spuren hinterlassen. Die einzige Gefahr bestand in einem unglücklichen Meteoreinschlag, und den konnte auch kein Wachtposten abwehren. Von daher wäre es absurd, eine Wache zurückzulassen und sich damit aufzuteilen.

Oder doch nicht?

Sally war von Natur aus vorsichtig. Das einsame Umherstreifen in den unbewohnten Welten der Langen Erde hatte sie schon vor langer Zeit dazu erzogen. Aber ihre Vorsicht speiste sich aus anderen Befürchtungen als die von Frank. Er dachte eher an physikalische Effekte, an das Versagen der Ausrüstung, an einen Meteoreinschlag, eine Sonneneruption, ein Leck im Druckanzug. Sally hingegen hatte gelernt, eher mit bösartigen Lebensformen zu rechnen – mit Kreaturen, die darauf aus waren, auf die eine oder andere Weise zu töten. Vielleicht brachte sie damit eine übertriebene Vorsicht von einer viel zu lebendigen Erde auf einen viel zu toten Mars mit, obwohl es überhaupt nicht angebracht war. Vielleicht war es bloß eine Ablenkung.

Oder auch nicht.

Sie erklärte sich mit dem Plan ihrer Gefährten einverstanden. Trotzdem klingelte in ihrem Kopf beständig eine leise Alarmglocke.

Und sie erinnerte sich an das Licht, das sie gesehen zu haben glaubte, ein in der Marsnacht leuchtendes Licht.

Also marschierten die drei auf das Loch zu. Im hellen Tageslicht sah der Kabelstrang noch beeindruckender aus als in der Abenddämmerung. Er schimmerte in einem hellen Eierschalenblau, einer Farbe, die Sally bisher auf den Millionen Marsen noch nirgendwo gesehen hatte.

Unterwegs hielt Willis einen kleinen Sensorstab in die Höhe, um ihr Ziel zu begutachten. »Das Kabel ist einen guten Zentimeter dick«, sagte er. »Ungefähr so dick wie ein Finger. Ich könnte wetten, dass es gar nicht so dick sein muss.«

»Ein Sicherheitsfaktor«, meinte Frank. »Vielleicht ist der Großteil dessen, was man sieht, bloß eine leichte Sicherheitsummantelung. Man will sich ja nicht den Flügel seiner Flugmaschine durchtrennen …«

»Oder die eigenen Gliedmaßen …«

»An einem superstarken Faden, der so dünn ist, dass man ihn nicht sieht.«

Während sie redeten, betrachtete Sally den Boden, den Rand der näher kommenden Grube. »Keine strahlenförmigen Spuren.«

»Was?«, fragte Frank.

»Kein Aufschlaggeröll, wie bei jedem anderen Mars- oder Mondkrater.«

»Hm«, machte Frank. »Aber das dort ist ein Kraterrand, jedenfalls so was Ähnliches …«

Während sie sich dem Wulst näherten, stieg der unter dem Staub festgedrückte Boden an, bis er als kreisförmige Barriere von ungefähr fünfzehn Metern Höhe über der Ebene aufragte. Als sie den Rand erklommen hatte, erkannte Sally, dass es sich um eine rings um das Loch im Boden verlaufende Mauer handelte. Jetzt, da sie auf ihrer Krone standen, sahen sie, wie groß diese glatte Konstruktion wirklich war, die das Loch mit einem Durchmesser einer halben Meile einfasste. Von diesem höchsten Punkt aus, der breit genug war, dass Sally nicht befürchten musste hinunterzufallen, senkte sich der Hang sanft nach unten wie ein Trichter. Von hier aus konnte sie die oberen Bereiche der Wandinnenseite des Schachtes erkennen: Sie sahen aus wie verdichtetes Marsgestein.

Willis ging vorsichtig in die Knie, knüpfte ein dünnes Seil an einen Sensorstab und ließ ihn in das Loch hinab, wobei er das Seil langsam und umständlich mit seinen behandschuhten Händen nachließ. »Tatsächlich … dieses Loch ist wirklich ungefähr zwanzig Meilen tief, der Radar bestätigt es. Und es hat bis ganz nach unten einen ziemlich gleichbleibenden Radius. Es ist ein Zylinder.«

»Jedenfalls kann kein Meteor ein so tiefes Loch bohren, schon gar nicht so regelmäßig wie das hier«, sagte Frank. »Ein größerer Aufschlagkörper bohrt sich nicht tiefer in den Boden, er bringt nur mehr Gestein zum Schmelzen, und es entsteht ein breiterer, flacherer Krater.«

»Hm«, brummte Willis. »Ich kann mir vorstellen, wie es entstanden sein könnte. Eine Folge vieler kleiner Aufschläge, immer einer nach dem anderen, und jeder neue machte das Loch tiefer, ehe es sich wieder füllen konnte.«

Frank verzog das Gesicht und sah Willis skeptisch an. »Na ja. Wenn das hier wirklich künstlich ist, kann ich mir einfachere Methoden vorstellen. Zum Beispiel mit einer gewaltigen Hitzewaffe. Wie wir sie im Krieg gesehen haben, auf der Welt … wo war das noch gleich?«

»Ungefähr eine Million«, antwortete Willis. »Das marsianische Arecibo.«

»Aber«, sagte Sally, »das ist ewig weit von hier entfernt, wechselwärts gesehen. Hier auf dem Mars ist uns noch kein Beweis für einen wechselwärtigen Transfer von Technologie untergekommen, nicht mal von Lebensformen.«

»Stimmt. Aber eine Konvergenz von Technologietypen ist nicht ausgeschlossen«, sagte Willis. »Wir haben Laserwaffen auf der Erde, und wir stammen nicht mal vom Mars.«

Sally schüttelte den Kopf. »Das sind doch alles Spekulationen. Warum sollte jemand überhaupt so etwas bauen?«

Willis beobachtete die Ergebnisse, die ihm sein Sensorstab übermittelte. »Auch da habe ich eine bestimmte Vermutung. Diese Grube ist sehr tief. Die Marsatmosphäre reicht nur bis in eine Höhe von ungefähr fünf Meilen. In zwanzig Meilen Tiefe dürfte der Luftdruck ungefähr fünfzigmal so hoch sein wie auf der Oberfläche. Hier oben haben wir eine typische Marsoberflächenatmosphäre, einen Hauch Kohlendioxid bei ungefähr einem Prozent des Erddrucks auf Meeresniveau. Am Boden dieses Schachts wären das, wie auch meine Instrumente bestätigen, bis zu ungefähr fünfzig Prozent.«

Frank stieß einen Pfiff aus. »Das ist sogar besser als auf dem Lückenmars.«

»Genau. Und nirgendwo auf den drei Millionen Kopien war es nennenswert gastlicher. Deshalb haben sie dieses Loch installiert, Sally. Als Zuflucht.«

»Wovor?«

»Vor dem Kollaps der Luft«, antwortete Willis. »Vielleicht gab es hier so etwas wie einen Vulkansommer … einen sehr einschneidenden und sehr langen …«

»Jedenfalls so lange«, sagte Frank, »dass sich irgendwelche Marsmenschen ein Raumprogramm ausdenken konnten.«

»Genau. Aber wie jeder Sommer war auch dieser einmal zu Ende. Die Wärme ließ nach, an den Polen fing es an zu schneien, die Ozeane froren zu und zogen sich zurück. Das Übliche.«

Jetzt hatte auch Sally das Gefühl, es verstanden zu haben. »Das Loch ist ein Rückzugsort.«

»Genau. Und es könnte nicht einfacher sein. In dem Loch hielten sich die Luft, das Wasser, selbst als die Zivilisation zugrunde ging.«

»Und der Aufzug?«, fragte Frank.

»Vielleicht haben sie die Bodenstation noch vor dem Ende hierherversetzt, von Pavonis oder sonst wo. Irgendwie romantisch, aber sehr weit hergeholt. Sie lebten in einem Loch im Boden, um sicherzugehen, dass sie die Luft und das Wasser erhalten konnten, aber sie behielten ihre Leiter zu den Planeten.«

Sally spähte in die Grube. »Und was ist jetzt dort unten?«

»Leben«, antwortete Willis. »So viel kann ich euch verraten. Es gibt Sauerstoff, auch Methan ... die Atmosphäre ist instabil, chemisch gesehen. Also muss dort irgendetwas Photosynthese betreiben und diesen ganzen Sauerstoff in die Luft pusten.« Er blickte sich um und sah, wie das schräge Morgenlicht nur den oberen Rand der Grubenwand erfasste. »Nein, nicht Photosynthese. Jedenfalls nicht in erster Linie. Dafür gibt es nicht genug direktes Licht in der Tiefe. Vielleicht ist es wie bei den Tiefseeorganismen auf der Erde, die vom Sonnenlicht nicht erreicht werden und sich von aussickernden Mineralien und Energie aus dem Boden ernähren. Wir sind nahe genug an den Vulkanen von Tharsis, dass so etwas funktionieren könnte. Die großen Magmataschen unter diesen Vulkanen müssten jede Menge Wärme abgeben.«

»Dann ist das hier also die letzte Zuflucht ihrer Zivilisation?«, fragte Sally. »Wo sind die Lichter der Stadt, wo sind die Autoabgase, wo sind die vielen Funksignale?«

»Nichts davon, tut mir leid. Aber es gibt einen Klumpen Metall.«

Frank sah ihn verdutzt an. »Metall?«

»Eine unregelmäßige Form. Unten, auf dem Boden der Grube.«

»Das alles erinnert mich irgendwie an Rechteck«, sagte Sally wehmütig.

Willis ging nicht darauf ein, aber Frank warf ihr einen Blick zu. »Wo ist das?«

»Eine Welt der Langen Erde, die ich mit Lobsang und Joshua entdeckt habe. Wir haben sie Rechteck genannt, wegen der Reste von Grundmauern, die wir im Boden gefunden haben. Auch das ein Ort mit den spärlichen Überresten einer verschwundenen Zivilisation.«

»Genau. Und ein Versteck hochtechnisierter Waffen.«

Sie sah Frank erstaunt an. »Woher weißt du das? Ach, Jansson hat es dir erzählt.«

»Wir haben viel darüber geredet. Besonders in ihren letzten Tagen, während Yellowstone. Sie hat mir viel von ihrem Leben erzählt. Die Zeit mit dir …«

»Wir müssen da runter«, unterbrach ihn Willis. »In das Loch.«

Sally holte tief Luft. »Ich habe befürchtet, dass du das sagst.«

»Im Dienste dieser noblen Expedition, vermute ich«, sagte Frank.

»Nein. Damit ich diesem Kabel auf den Grund gehen und mir die Bodenstation genauer ansehen kann.«

»Na gut«, sagte Sally skeptisch. »Mal angenommen, wir stimmen da alle zu. Wie soll das gehen? Wir haben kein zwanzig Meilen langes Seil. Oder, Frank?«

»Nein. Außerdem würden wir sehr viel mehr brauchen, für Sicherungsseile und so weiter.«

»Wir haben auch weder Winden noch Raketenrucksäcke …«

»Wir fliegen runter«, sagte Willis. »Wir nehmen einen Gleiter und fliegen runter.« Er sah sie beide an. »Ihr seid doch nicht etwa dagegen? Ihr seht doch, wie breit diese Grube ist. Eine halbe Meile Durchmesser – mehr als genug Platz für einen Spiralflug, nach unten und wieder herauf.«

»Die Luft ganz unten ist viel dichter, die Konstruktion ist dafür nicht ausgelegt, Willis«, protestierte Frank.

»Du weißt so gut wie ich, dass fünfzig Prozent drüber oder drunter immer noch innerhalb der zulässigen Bandbreite liegt. Abgesehen davon kriecht genug Wärme aus diesem Loch bis nach oben. Auf dem Rückweg können wir uns sogar die Thermik zunutze machen.«

Er überlegte kurz und fuhr dann fort: »Mein Plan lautet folgendermaßen: Zwei von uns fliegen mit einem Gleiter hinunter, der andere Gleiter bleibt als Rückversicherung an der Oberfläche, zusammen mit einem Piloten. Vor dem Flug können wir möglichst viel Ballast ausladen. Falls etwas schiefgeht, gibt es natürlich Alternativen. Womöglich können wir aus dieser Grube sogar wieder herausklettern. Die Schwerkraft ist jedenfalls ein Kinderspiel.«

»Warum schicken wir keine Drohne runter?«, wollte Frank wissen.

»Die kann keine Proben einsammeln.«

»Aber ...«

»Ende der Diskussion«, sagte Willis. »Wir sind wegen dieses verdammten Weltraumaufzugs hergekommen, und wir kehren nicht ohne ein Stück davon zurück. Verstanden? Gut. Dann arbeiten wir jetzt die Details aus.«

Sie stritten sich darüber, wie sie sich aufteilen sollten. Alle waren sich darüber einig, dass einer oben bleiben und zwei nach unten gehen sollten. Aber wer blieb oben – und wer flog hinab?

Eigentlich lag die Logik auf der Hand. Willis wollte auf jeden Fall hinein. Sally war die schlechteste Pilotin der drei, aber als jüngste und fitteste hatte sie die besten Chancen, aus dem Loch wieder herauszuklettern, falls etwas schiefging. Frank hingegen war der beste Pilot und von daher die naheliegende Wahl für die Rückversicherung an der Oberfläche.

Also würden Willis und Sally hinabfliegen.

Willis ärgerte sich den ganzen Tag, den Frank brauchte, um *Thor*, den Gleiter, mit dem sie nach unten fliegen würden, zu entladen, sämtliche Systeme noch einmal durchzugehen, die Druckanzüge und die andere Ausrüstung zu überprüfen, das Kommunikationsprotokoll abzusprechen und so weiter.

So ruhelos Willis war, so sichtlich unglücklich sah Frank aus. Entweder weil die Aktion so offensichtlich gefährlich war, oder weil er derjenige war, der auf ihre Sachen aufpassen sollte, da war sich Sally nicht so ganz sicher.

In der Abenddämmerung nahmen sie in einem der Kuppelzelte eine warme Mahlzeit zu sich, spülten das Geschirr und zogen sich früh in die Schlafsäcke zurück. Sie hatten vor, bei Tagesanbruch aufzustehen und das Tageslicht für den Flug nach unten zu nutzen, auf dem Boden des Lochs alles zu erledigen, was es zu erledigen gab, und dann wieder aufzusteigen, ehe die Sonne unterging.

In der Nacht schlief Sally weder besser noch schlechter als sonst auf der gesamten Reise. Auch das hatte sie ihrem einzelgängerischen Nomadenleben zu verdanken: Sie hatte sich daran gewöhnt, mit dem Schlaf auszukommen, den sie erwischen konnte, falls und wann immer sie die Gelegenheit dazu bekam. Dabei war sie sich seltsamerweise stets dieses Himmelsfadens bewusst, der nur wenige Meilen entfernt aufragte, stumm, uralt, mit dem Weltraum an einem Ende und irgendeiner zerfallenen Kultur am anderen. Ihr Leben war schon immer ungewöhnlich gewesen, auch schon vor dem Wechseltag. Aber immer wenn sie glaubte, es könnte nicht merkwürdiger werden, dann …

Die Methanraketen ließen *Thor* zuverlässig wie immer aufsteigen. Willis saß am Steuer.

Sobald sie sich im Gleitflug befanden, flog Willis einen Kreis über den Landeplatz. Sally schaute nach unten, wo *Woden* knochenweiß in der Morgensonne erstrahlte, und auf ihre Kuppelzelte, die wie Blasen auf dem ringsum zertrampelten Marssand saßen. Dort stand auch Frank Wood, ganz alleine, und blickte nach oben. Er winkte, und Willis wackelte zur Antwort mit den Flügeln.

Sally nahm immer noch die leise Alarmglocke in ihrem Hinterkopf wahr. Irgendetwas an dieser Situation stimmte nicht, irgendetwas hatten sie nicht bedacht oder sich nicht darauf vorbereitet. Andererseits hatte Frank Wood mit solchen Situationen mehr Erfahrung als Sally, und auch wenn er vielleicht nicht so intelligent war wie Willis, er war wesentlich besonnener und in vielerlei Hinsicht lebenstüchtiger. Sollte irgendetwas schiefgehen, würde sie sich auf Franks Instinkte verlassen müssen.

*Thor* drehte sich vom Landeplatz weg in Richtung Grube, und Sally konzentrierte sich auf die bevorstehende Herausforderung.

Nach wenigen Minuten befanden sie sich über dem Loch. Willis, der ein Gefühl für das Flugzeug entwickelt hatte, flog immer engere Kreise um die Öffnung, wobei er mit einem Auge stets das Aufzugskabel im Blick behielt. »Ich sehe das Kabel sehr gut«, sagte er mit einiger Erleichterung. »Ich habe zusätzlich einen Abstandssensor angebracht, der piept, sobald wir ihm zu nahe kommen. Wenn wir nicht direkt gegen den verflixten Draht fliegen, dürfte es keine Probleme geben.«

»Fordere das Schicksal nicht heraus, Vater.«

»Jetzt hörst du dich an wie Patrick, dein Großvater mütterlicherseits. Erinnerst du dich noch an ihn? Den düsteren Iren? Egal, bringen wir den Vogel nach unten.«

Er setzte zu einer langsamen Spirale rund um das Axialkabel an und nahm die Geschwindigkeit, wie Sally vermutete, so weit zurück, wie er sich traute, ohne ein Überziehen zu riskieren. Schon bald sanken sie auf die Grubenmündung hinab, und das Licht der noch tiefstehenden Sonne kreiselte durch die Gleiterkabine – und dann, mit einem sanften *Wusch* aufsteigender Schatten, fielen sie unter den Rand des Loches mit seiner kunstvoll verstärkten Umrandung. Die Sonne bestrich nur den allerobersten Rand des roten Gesteins, kurz darauf tauchten sie in die Dunkelheit.

Sally verspürte eine ungekannte Platzangst. Aber das war für jemanden mit den Instinkten eines natürlichen Wechslers nur folgerichtig. Sally war in dem Wissen aufgewachsen, dass sie aus jeder brenzligen Situation einfach davonwechseln konnte, auch ohne Wechsel-Box. Sogar auf dem Langen Mars traf das zu, obwohl sie hier lediglich eine tödliche Umgebung gegen eine andere tauschen würde. Aber aus einer Grube, aus einem in den Boden gegrabenen Loch konnte man nicht herauswechseln, weil wechselwärts auf jeder Seite Erde und massives Gestein waren. Eine Grube, ein Souterrain, ein Keller, sogar ein Bergwerk – das alles waren simple Verteidigungsmittel gegen Angreifer, wie man schon recht bald nach dem Wechseltag herausgefunden hatte. Sogar Streifenpolizisten wie Monica Jansson waren darauf gekommen.

Das galt auf dem Langen Mars ebenso wie auf der Langen Erde.

Sie war in einem Käfig gefangen, der nur eine Welt dünn war.

Und sie schwebte zwanzig Meilen weit nach unten.

In die Finsternis.

Auf das Unbekannte zu.

Als Willis das Licht anmachte, war sie regelrecht erleichtert. Jetzt konnten sie vor und hinter dem Gleiter und auch zu beiden Seiten etwas sehen, die Scheinwerfer beleuchteten die Wand auf der einen und das Kabel auf der anderen Seite. Der Boden war immer noch viel zu weit entfernt, um dort etwas zu erkennen. Der Grubenrand war mit einem Hauch von der Sonne getrockneten Staubs überzogen, darunter lag eine Schicht aus Bruchstein, Kies und Eis, dann kam der blanke Fels, den tiefe Risse durchzogen, ein Beweis für die gewaltigen Aufschläge, die diese Welt vor so langer Zeit geformt hatten. Sie fragte sich, ob diese Wände zusätzlicher Befestigungen bedurft hatten, damit der gewaltige Schacht nicht einstürzte. Vielleicht waren in diesem Falle die niedere Schwerkraft des Mars und die kühlere Luft im Schachtinneren von Vorteil gewesen.

»Das reinste Kinderspiel«, sagte Willis, während er den Gleiter immer weiter nach unten lenkte. »Man muss ihn nur ganz gleichmäßig halten. Und sich an die dicker werdende

Luft gewöhnen. Die größte Gefahr besteht darin, dass ich am Steuer einschlafe.«

»Darüber solltest du nicht mal scherzen, Vater.«

»Behalte du die Wand und den Boden im Auge. Ich habe zwar Kameras und Sensoren laufen, aber falls du irgendetwas entdeckst ...«

»Ich sehe was.« Die Wand im hellen Scheinwerferlicht war nicht mehr glatt und nichtssagend. Der Fels war zwar so rau wie zuvor, aber in das Gestein war so etwas wie eine zickzackartige Spirale eingraviert. »Stufen«, sagte sie. »Ich sehe Stufen. Große Stufen, einsfünfzig oder einssechzig tief, genauer lässt es sich aus diesem Winkel nicht sagen. Aber es sind zweifellos Stufen.«

»Ha! Dabei haben wir nicht mal eine Meile hinter uns. Stufen – hätte ich mir denken können. Eine Kultur, die so ein Loch in den Boden bohren kann, weil ihre Zivilisation zusammenzubrechen droht, baut immer auch so etwas Einfaches wie Treppen ein.«

»Warum reichen sie nicht bis ganz nach oben?«

»Vielleicht sind sie weiter oben bloß verwittert. Ich habe so ein Gefühl, als gäbe es diese Grube schon sehr lange, Sally.«

Danach sanken sie eine ganze Weile schweigend weiter. Der Kreis aus Marshimmel über ihnen wich zurück, wurde zu einer kupferfarbenen Scheibe, klein wie eine Münze. Von oben musste ihr Schiff wie ein Glühwürmchen aussehen, das in ein Kanonenrohr hinabtrudelte. Und immer noch war vom Boden der Grube nichts zu sehen.

Als sie ungefähr zwölf Meilen tief waren, glaubte Sally, ein weiteres Detail an der Wand entdeckt zu haben, und bat ihren Vater, auf einer Höhe zu kreisen, damit sie es sich genauer ansehen konnten.

»Vegetation«, sagte sie und blickte aufmerksam nach draußen, während der Gleiter an der Wand entlangflog. »Gedrungene Bäume. Wie Kakteen. So ähnlich aus wie auf dem Lückenmars.«

Er warf einen Blick auf die Luftdruckanzeige. »Ja, wir haben hier bereits ungefähr ein Zehntel Bar. Wahrscheinlich stellt das die untere Toleranzgrenze für diese Art von Vegetation dar. Und es muss noch genug Licht geben, das diese Art von Photosynthese unterstützt. Wirklich bemerkenswert, findest du nicht auch, Sally? Wir treffen immer wieder auf dieselbe grundsätzliche biosphärische Anordnung, die ihre Chance überall ergreift, wo die Umwelt ihren Würgegriff auch nur ein wenig lockert. Ich spüre, dass die Luft sich verdickt, es wird holpriger ...«

So war es. Sally vermutete, dass die Luftschichten in der Grube Turbulenzen aufwiesen, weil sie von der unten herrschenden Wärme erhitzt wurden und wieder nach unten fielen, wenn es kälter wurde. Sie hielt nach weiteren Anzeichen von Leben Ausschau, verfolgte letztendlich aber nur den immer ruckeliger werdenden Sinkflug des Gleiters.

»Also«, sagte Willis schließlich, »wir haben noch weniger als eine Meile vor uns. Hier unten ist es stockfinster. Der Radar zeigt Boden unter uns. Ich versuche, auf einem möglichst ebenen Flecken zu landen – und nicht weit von diesem ungewöhnlichen Metallhaufen, den ich von oben aufgespürt habe.«

Sally schwieg. Sie wollte ihn nicht ablenken. Stattdessen überprüfte sie die Verschlüsse ihres Druckanzugs und ließ Willis' Anzug von auskunftsfreudigen Sensoren überprüfen.

Erst in den letzten paar Sekunden erkannte sie Einzelheiten auf dem Grubenboden, der aussah, als wäre er mit Leben überkrustet, einer Vielzahl von Formen und Farben, die in den darüber hinwegstreifenden Lichtern kurz und farbig aufleuchteten. Es sah aus wie Meeresboden oder als würde man in ein Aquarium hineinschauen.

»Achtung ...«

Die Landung war holprig. Durch die Hülle des Gleiters hörte Sally, wie es knirschte, kratzte und knackte, dann Geräusche wie von Flüssigkeiten, und dann kamen sie zum Stehen.

Willis warf einen Blick über die Schulter nach hinten und grinste. »Wieder mal das reinste Kinderspiel. Auf geht's, mal sehen, was es da draußen so alles gibt.«

Sally kletterte vorsichtig aus dem Gleiter.

Das einzige Licht kam vom Widerschein der Gleiterscheinwerfer. Die Himmelsscheibe weit, weit über ihnen, am anderen Ende dieses felsigen Schornsteins, war von hier nicht mehr zu sehen, obwohl Sally, als sie nach oben schaute und dem blauen Faden des Bohnenstängelkabels folgte, glaubte, etwas herabfallen zu sehen, etwas, was das wenige Licht, das von oben hereinkam, verdeckte.

Der Boden, den sie kurz vor der Landung erblickt hatte, war mit Leben überzogen, das meiste davon statisch: rotgrüner bakterieller Schleim, etwas, was wie Schwämme aussah, etwas wie breit über den Boden ausgestreckte Bäume, etwas, das Korallenbänken glich. Beim Landen hatte der Gleiter zwei parallele Spuren mitten hindurchgezogen, die jetzt feucht glänzten. Die Luft war vergleichsweise dick, und es war vergleichsweise warm – wirklich eine Umgebung, die sie so angenehm bis jetzt noch auf keinem Mars vorgefunden hatten. Und sie wurde mit Sicherheit von einer Energie gespeist, die von Minerallecks aus noch tieferen Schichten stammte, Flüssigkeiten, die womöglich durch irgendwelche grundwasserführenden Schichten drangen. Hier unten konnte das Sonnenlicht keinen entscheidenden Einfluss mehr haben, und auf einem so trockenen Mars gab es auch keinen Regen. Es sei denn, die Grube hatte ein eigenes Mikroklima entwickelt, dachte sie, mit hier gefangenen Wolken und Gewittern, die nur zwischen diesen Wänden stattfanden.

Als sie sich vom Gleiter entfernte und auf das Aufzugskabel zuging, drehte sie den Kopf von einer Seite zur anderen und schwenkte so den Helmscheinwerfer hin und her. Abgesehen von dem Kabel selbst und der grundsätzlichen Architektur der Grube, gab es nirgendwo ein Anzeichen von Struktur, von absichtsvollem Handeln…

Etwas bewegte sich, flitzte durch ihren Lichtstrahl von einem Schattenpfuhl in den anderen. Erschrocken wirbelte sie herum. Es war ein Krustentier, das dicht über den Boden huschte, wie diejenigen, denen sie bei ihren früheren Aufenthalten begegnet waren; sein Chitinpanzer schimmerte in Farben, die normalerweise wohl nicht zu sehen waren. Die Kreatur hatte auch keine Stielaugen, wie sie ihr bei den verwandten Oberflächengeschöpfen aufgefallen waren.

»Du armes Ding«, sagte sie. »Du bist wirklich schon sehr, sehr lange hier unten, was? So lange, dass inzwischen nicht nur deine Kultur untergegangen ist, sondern auch dein Gesichtssinn verkümmert ist…«

Das Geschöpf schien ihr zuzuhören. Dann krabbelte es in die Dunkelheit zurück. Sich noch immer vorsichtig umsehend, ging Sally weiter auf das Kabel zu. Sogar von hier aus konnte sie sehen, dass es dort offensichtlich keine Bodenstation gab, kein Gebäude; das Kabel verschwand einfach im Gestein, das von einer Schicht aus an die Dunkelheit angepasstem Leben überzogen war… Das Kabel selbst war jedoch, wie sie jetzt sah, abgewetzt und nur wenige Zentimeter über dem Boden ein wenig zerschlissen.

»He, Vater!«

»Hm?« Willis hörte sich wie immer abgelenkt an und schien ihr nicht richtig zuzuhören.

»Die schlechte Nachricht: Das Bodenstück ist eingegraben. Wenn die Erbauer in der Lage waren, diese Grube auszuschmelzen, dann könnten sie das Ende einfach im geschmolzenen Stein versenkt haben… Die gute Nachricht: Das Kabel ist hier ausgefranst. Als hätte schon jemand daran herumgeschnippelt. Also kannst du dir wahrscheinlich doch noch deine Probe davon abknipsen.«

»Mhm. Ich glaube, ich habe gefunden, wer daran herumgeschnippelt hat. Komm her und sieh es dir an.«

Sie drehte sich um, und der Strahl ihres Helmscheinwerfers schwenkte mit. Sie sah Willis, der in seinem Anzug aufrecht vor ihr stand und ihr den Rücken zukehrte. Er hielt etwas in der Hand, das jedoch von der Dunkelheit verschluckt wurde. Hinter ihm, näher an der Schachtwand, sah sie Metall blitzen.

Es war ein Raumschiff. Eine stumpfe Nase und ein Stück Flügel ragten, schwer beschädigt, aus dem schweren Lehm heraus. Dort, wo Willis den Schmutz rings um die Luke weggewischt hatte, sah sie etliche Kratzer.

»Was zum Teufel…?«

»Noch nicht sehr alt«, sagte Willis, »relativ gesehen. Davon ausgehend, dass das Schiff noch nicht zu Staub zerfallen ist. Vielleicht kamen sie aus einer anderen Welt, vielleicht sogar von der Erde dieses Universums. Jedenfalls haben sie wohl versucht, hier unten zu landen…«

»Sie waren wohl noch schlechtere Piloten als du.«

»Sie haben tatsächlich das Kabel beschädigt. Was wäre passiert, wenn sie es komplett zerschnitten hätten? Dann hätten wir das alles verlieren können.«

Sie ging näher heran. Das Schiff war offensichtlich mit ziemlicher Wucht aufgeprallt und dabei aufgerissen worden, aber es musste auch vorher schon ziemlich wüst ausgesehen haben. In seinem Inneren waren gepolsterte Formen mit Vertiefungen darin zu sehen, die Sitze gewesen sein konnten. Sie erblickte etwas, das wie Knochen aussah und aus dem verrotteten Stoff hervorleuchtete.

Willis hielt einen Schädel in der Hand. Er war pfeilförmig, mit einem Kamm versehen und zwei- oder dreimal so groß wie ein Menschenschädel.

Wieder bewegte sich etwas hoch über ihnen. Sally legte den Kopf in den Nacken, richtete ihre Lampe nach oben und versuchte es wiederzufinden. Etwas Bleiches, Flatterndes.

»Das Schiff geht uns nichts an«, sagte Willis. »Darum sollen sich die Expeditionen aus den Universitäten kümmern. Wir machen Aufnahmen und nehmen ein paar Proben mit.

Ein paar Knochensplitter. Vielleicht diesen Schädel. Dann holen wir uns noch ein Stück vom Kabel und verziehen uns wieder …«

Das Ding, das von oben herabfiel, kam näher, segelte langsam durch die immer dichter werdende Luft, flatterte sanft wie ein angeschlagener Vogel. Als es sich auf dem von Leben überzogenen Boden niederließ, nicht weit von Sally entfernt, sah sie, dass es sich um ein Stück Keramikverkleidung handelte, die an Aluminiumstreben befestigt und, wie ganz deutlich zu erkennen, mit einer Ecke des Sternenbanners bemalt war.

Es war ein Stück von *Woden*.

# 39

*Thor* sauste aus dem Loch im Marsboden ins helle Mittagslicht.

Der Mars, der mehr als anderthalbmal so weit von der Sonne entfernt war wie die Erde, war Sally immer wie eine trübe, in die Farben der Dämmerung gehüllte Welt vorgekommen. Jetzt, nachdem sie aus der Grube aufgetaucht waren, erschien er ihr geradezu blendend hell. Die vor ihr ausgebreitete Landschaft war unendlich weit, und sie brauchte einen Augenblick, um sich wieder zurechtzufinden.

Dann sah sie rings um den Schachtrand Bruchstücke des zerstörten Gleiters liegen, knochenweiße Fragmente, wie von einem riesenhaften Kiefer zerrissen und kleingekaut.

Sobald der Gleiter durch den thermischen Auftrieb aus dem Loch etwas an Höhe gewonnen hatte, drehte Willis die Nase sofort nach Westen, auf ihr Nachtlager zu. Dann ging er, um Geschwindigkeit aufzunehmen, in einen Sinkflug über, und der Gleiter sauste über den steinbedeckten Boden. Sally sah Spuren wie von Skiern, die kreuz und quer über die dünnen Linien der Neil-Armstrong-Weltraumstiefel-Fußabdrücke führten, die sie gestern zwischen dem Lager und dem Rand des Schachtes zurückgelassen hatten.

Dann erregte eine Bewegung weit in der Ferne ihre Aufmerksamkeit. Dort raste etwas über den steinigen Boden, glitt, von einem schlammbraunen Segel angetrieben, auf elfenbeinweißen Kufen dahin und zog einen langen Staubschweif hinter sich her. Dieses Bild hatte sie schon vor einer Million Welten gesehen – es war ein Walfänger.

Sie kreisten über den kläglichen Überresten des Lagers. Der

Gleiter war so komplett zerstört, dass Sally kaum seine in etwa kreuzförmigen Umrisse ausmachen konnte. Die aufblasbaren Kuppelzelte standen noch zwischen den überall verstreuten Bündeln von Ausrüstung, Nahrungsmitteln, Decken, Kleidung sowie Teilen ihrer Funkausrüstung und anderen wissenschaftlichen Gerätschaften.

Mitten im Lager stand, zu ihrer großen Erleichterung, Frank Wood und winkte ihnen zu. Er war allem Anschein nach unverletzt, sein Druckanzug noch intakt.

»Frank?«, funkte Sally nach unten. »Alles in Ordnung?«

»Wonach sieht's denn aus?«

»Wir kommen runter«, sagte Willis.

Frank drehte sich um und beobachtete den Horizont. Die dahinrasende Silhouette mitsamt der Staubwolke war ein gutes Stück entfernt. »Ja. Gut. Er ist jetzt weit genug weg. Wir müssen so viel von unserem Kram bergen wie möglich. Du solltest den Booster aber auf keinen Fall abschalten, Willis. Wir können es uns nicht leisten, noch einen Gleiter zu verlieren.«

»Verstanden.« Willis drückte die Nase des Flugapparates nach unten und brachte den Gleiter mit einer eiligen, holprigen Landung auf den Boden.

Sally schnallte sich sofort ab und öffnete die Kanzel. »Vielleicht wäre es sogar besser, wenn du an Bord bleibst, Vater. So kannst du, wenn's brenzlig wird, gleich wieder starten.«

Wieder zögerte Willis und dachte kurz darüber nach. »Ja, ist wahrscheinlich sinnvoll.«

Sally ging auf Frank zu, der sie mit den Worten »Na, versteht ihr jetzt, warum ich immer auf einem Plan B bestehe?« begrüßte.

»Jetzt ist wohl nicht der richtige Moment für eine Moralpredigt, Frank«, blaffte Sally zurück.

»Wie war's denn in der Grube?«

»Auch nicht für einen Reisebericht, Frank. Ich habe das dumpfe Gefühl, dass uns nicht viel Zeit bleibt.«

»Stimmt.« Er warf wieder einen Blick auf die Staubfahne. »Ich habe nach Osten geschaut, dorthin, wo ihr zwei verschwunden seid. Er kam wie aus dem Nichts, von Westen her. Er hat seinen Strandsegler direkt in den Gleiter krachen lassen und gleich beim ersten Versuch einen Flügel glatt abgetrennt. Ich war in der Nähe der Kuppelzelte und habe mir gleich eine Strebe vom Wrack geschnappt – damit ich wenigstens irgendeine Waffe hatte. Damit habe ich mich zwischen den Zelten und dem Rest der Ausrüstung aufgestellt, während er sich wieder auf den Gleiter stürzte. Tja, er hat den Vogel total zerlegt, und dann hat er Bruchstücke davon zur Grube mitgenommen. Ich habe gesehen, dass er die Sachen reingeworfen hat. Er ist ziemlich schlau, weißt du. Er hat die Rettungsbeutel so umgeändert, dass er sehr beweglich darin ist.«

»Er?«, rief Willis. »Wer zum Henker ist das?«

Frank blickte ausdruckslos zu dem Gleiter hinüber. »Das müsstest du eigentlich wissen, Willis. Erinnerst du dich noch an die Walfänger vor einer Million Welten? Du hast ihnen Wechsler gegeben, im Tausch gegen Zugang zum Monolithen. Weißt du noch, wie es ausgegangen ist? Einer dieser zehnarmigen Typen hat unsere Wechsler und Rettungsblasen bekommen und angefangen, sich vor einem anderen aufzuspielen …«

»Den du den Prinzen genannt hast«, sagte Sally.

»Ganz recht. Ein ziemlich angepisster Krustentyp. Ich vermute mal, dass er einen von den Wechslern in die Finger bekommen hat und alle Rettungsblasen, die er klauen konnte, und dann hat er sich auf den Weg gemacht und uns Schritt für Schritt verfolgt.«

Willis grunzte verstimmt. »Warum das denn?«

»Ehrverlust«, sagte Sally. »Rache. Genau, wie Frank damals gesagt hat. Vielleicht hast du sein gesellschaftliches Ansehen vor seinesgleichen beschädigt, Vater. Scheiße. Ich hatte schon eine ganze Weile so ein Gefühl, als würde uns etwas verfolgen. Ein Licht in der Dunkelheit. Ich bin aber nicht darauf gekommen, habe es mir nicht erklären können.«

»Und du, Willis?«, sagte Frank. »Es ist alles deine Schuld. Du hast diesen Burschen einen Wechseltag beschert, genau wie damals der Menschheit. Für dich war es bloß ein Mittel zum Zweck, die Möglichkeit, deinen Plan weiterzuverfolgen. Darüber, welche Auswirkungen es auf sie haben könnte, hast du dir nie groß Gedanken gemacht. Dabei ist diese Wirkung ziemlich verheerend, wenn man sich den mörderischen Zorn dieses Burschen betrachtet.«

Sally beobachtete die Staubfahne. Kam sie näher? »Ich glaube, Frank hat recht, Vater. Und es sieht ganz so aus, als hätte der Kerl noch nicht genug. Da kommt er wieder.«

Frank schlug sich mit der Faust in die behandschuhte Handfläche. »Und wir stehen hier herum und quatschen und haben noch kein bisschen von dem Zeug eingeladen. Wir dürfen nicht zulassen, dass er den zweiten Gleiter auch noch erwischt, Willis ...«

Willis zögerte nicht länger. Er zündete die Startrakete, und der Gleiter erhob sich in die Luft, wo er über den beiden auf dem Boden Zurückgelassenen kreiste. »Ich lenke ihn mit dem Gleiter ab«, sagte Willis, »ihr packt die Sachen zusammen. Sobald er außer Reichweite ist, komme ich zurück, wir laden alles ein und machen uns davon. Der Gleiter ist viel schneller als dieser elende Strandsegler.«

»Los, komm.« Frank ging voran, ließ die Kuppelzelte in sich zusammenfallen und stellte Paletten mit Nahrung und Wasser zusammen. Sally folgte ihm und sah dann im Wrack von *Woden* nach, ob dort noch etwas zu bergen war.

Willis stieß mit dem Gleiter auf die Sand-Yacht hinab. Sally sah, dass der Segler tatsächlich umdrehte und dem Vogel am Himmel folgte. Willis rief: »Er folgt uns natürlich auch, wenn wir wechseln. Aber er kommt nicht näher an uns heran, wenn wir immer weiterwechseln.«

»Vater«, sagte Sally dringlich. »Warum bringst du ihn nicht einfach um?«

»Weil ich nichts habe, womit ich ihn umbringen kann.«

»Komm schon. Ich kann nicht glauben, dass du keine Waffen mitgenommen hast. Irgendeine Pistole, die an die Marsluft angepasst ist, oder so was.«

»Nein. Ehrlich nicht.«

Sie zögerte. »Na gut. Ich schon. Ganz hinten, im Proviantschrank, habe ich in beiden Gleitern Armbrüste versteckt. Um sie zu bedienen, musst du …«

»Die hab ich längst gefunden. Hab sie rausgenommen. Und weggeworfen. Tut mir leid, Kind.«

Sie verspürte einen unbändigen Zorn. »Warum das denn? Hör mir zu, Vater. Solche Waffen haben mir all die Jahre in der Langen Erde dabei geholfen, am Leben zu bleiben …«

»Ich hab's nicht so mit Waffen. Würde man von einem Kerl aus Wyoming nicht erwarten, was, Frank? Waffen töten Leute, wenn sie sich in den Händen von Idioten befinden. Und da die meisten Menschen Idioten sind …«

»Ich wohl auch, du überheblicher alter Tyrann? Und Frank auch, um Himmels willen?«

»Wir brauchen jedenfalls keine Waffen, um diesen Burschen loszuwerden. Er macht sich schon bald selbst fertig. Und hier oben kann er mir nichts anhaben. Dann machen wir uns auf den Heimweg. Wird bestimmt nicht sonderlich bequem, aber wir schaffen es schon. Seht ihr, er ist schon ziemlich weit weg und saust immer weiter. Ich komme gleich zurück und …«

Sally sah in der Ebene ein grelles Licht aufblitzen, aus der Staubfahne der Sand-Yacht, direkt unter der eleganten Form des Gleiters. Dann stieg ein Funke, hell wie die Sonne über der Erde, in den Himmel auf, schwarzen Rauch hinter sich herziehend.

Ein Funke, der in einem leichten Bogen direkt auf *Thor* zuhielt.

Obwohl Willis mit beeindruckender Schnelligkeit reagiert und den Gleiter seitlich wegkippen ließ, blieben ihm nur eine oder zwei Sekunden. Sally sah, wie der Funke den Stoff des Gleiters durchbohrte.

Als Willis sich wieder meldete, hörte Sally im Hintergrund Alarm piepen und eine sanfte, künstliche Stimme, die die Schäden genauer benannte. »Scheiße, Scheiße ...«

»Vater, was zum Teufel war das? Eine Rakete?«

»Ich glaube, es war natürlichen Ursprungs. Wie diese Drachenviecher, diese feuerspeienden Säulen, die wir gesehen haben. Es ist wie ein Wurm, der Methan verbrennt und mithilfe dieses brennenden Atems wie eine Rakete durch die Luft saust. Eine lebende Rakete. Vielleicht züchten die Walfänger sie, als Waffen. Den hatte er sich als Überraschung aufgehoben! Die Kerle sind ganz schön gerissen.«

»Allerdings«, sagte Frank. »Und du dachtest, der Prinz könnte dir nichts anhaben.« Trotz der Gefahr, in der sie alle schwebten, und trotz seiner Wut hörte sich Frank beinahe schadenfreudig an. »Du hast dich schon wieder getäuscht, Linsay.«

»Meine persönlichen Unzulänglichkeiten diskutieren wir später. Hört zu, die Flügel sind intakt, aber meine Steuerung ist ziemlich zerschossen, außerdem verliere ich Druck ... Ich komme runter. Wir halten uns an den Plan. Wir laden ein, was wir können, heben wieder ab, und dann nichts wie weg. Wir dürften noch ein bisschen Zeit haben, ehe er bei uns ist. Sobald wir ihn wechselwärtig abgehängt haben, können wir immer noch landen und uns um eine ordentliche Reparatur kümmern ...«

»Bring den Vogel einfach hier runter«, erwiderte Frank.

Sally behielt die Staubfahne im Auge. »Er kommt näher. Ich glaube, du unterschätzt den Burschen immer noch, Vater. Er ist ein Jäger, aus einer Kultur von Jägern.«

»Ja, ja. Später. Ich lande jetzt.«

Die Landung war heftig, aber wie Frank kommentierte, war unter diesen Umständen jede Landung akzeptabel, bei der der Rumpf intakt blieb.

Willis blieb nach Franks knappem Befehl im Cockpit sitzen, direkt vor der Steuerung, um den Vogel innerhalb kürzester Zeit wieder starten zu können. Derweil fingen Frank und Sally an, die Ausrüstung im schlanken Rumpf des Gleiters zu verstauen. Sie mussten rings um das versengte, klaffende Loch am Schwanz herum packen, dort, wo der Raketenwurm hindurchgeschossen war.

Frank brummte und knurrte vor sich hin. »Mann, es gefällt mir überhaupt nicht, mit dem Ding abzuheben, ohne mich vorher um den Schaden gekümmert zu haben.«

»Müssen wir aber. Und die Ausrüstung können wir auch nicht zurücklassen.«

»Als er mich angegriffen hat, habe ich es mit Wechseln versucht«, sagte Frank. »Er ist direkt hinter mir her gewechselt, Sally. Das Mittel gegen die Wechselkrankheit verhindert nicht, dass ich etwas langsamer werde, zumindest ein bisschen. Ihm scheint das Wechseln nichts auszumachen …«

»Nicht reden«, sagte Sally. »Nur einladen.«

»Wir haben auch nicht mehr so viel Kapazität zur Verfügung. Wir müssen Sachen zurücklassen, wenn …«

»Sei still.« Direkt an der dahinsausenden Staubwolke sah Sally wieder einen Lichtfunken, der diesmal dicht über den Boden flitzte. Sie erkannte, dass er auf sie zugeschossen kam. »Diesmal schießt er auf uns. Wir werden beschossen, Vater. Bring die Kiste wieder hoch, sofort!«

»Verstanden.«

Der Gleiter schrammte mit einem Aufflackern der Startraketen in die Luft.

Frank Wood stand einfach da und starrte auf den sich nähernden Raketenwurm.

Sally setzte sich in Bewegung. Es kam ihr vor, als bewegte sie sich in Zeitlupe auf Frank zu, bis sie endlich gegen ihn prallte und ihn, die Arme um seine Taille geschlungen, zu Boden riss.

Keinen Herzschlag später bohrte sich der Raketenwurm in den Boden. Sally spürte eine schwache Druckwelle und eine heftigere Hitzewelle in der dünnen Luft.

Als es vorüber war, lag sie auf Frank, der schnaufend auf dem Rücken lag. Sie rollte sich mit schwerfälligen Bewegungen in ihrem Druckanzug von ihm herunter.

Frank setzte sich auf und fragte: »Was zum... Hätte er getroffen?«

»Jedenfalls war es verdammt knapp.«

»Wenn diese Waffe wirklich ein Lebewesen ist, internes Methan und Luftkammern und so was, dann frage ich mich, wie man damit zielen kann.«

»Wenn es lebt, zielt es womöglich selbst«, kommentierte Willis aus dem kreisenden Gleiter. »Passt auf, der Kerl auf seinem verdammten Sandschlitten kommt immer näher.«

Sally sah die hoch aufgewirbelte Staubfahne. Auf dem Gefährt, unter dem großen Segel, stand eine Gestalt, die aussah wie ein übergroßer, aufrecht stehender Tausendfüßler, der unpassenderweise in den Plastiksack gewickelt war und eine Art Speer schwenkte.

Frank erhob sich schnaufend. »Herr im Himmel, ich werde alt. Seht euch diesen Drecksack an. Er ist wirklich unermüdlich.«

Sally blickte nach oben. »Steig höher, Vater. Bleib außer Reichweite dieser Raketenwürmer.«

»Roger. Aber was ist mit euch?«

Frank sah der Staubwolke entgegen. »Wir trennen uns.« Ohne zu zögern, drehte er sich um und rannte in seinem Anzug schwerfällig über die staubige Ebene davon. »Beweg dich, Sally. Dorthin.«

Sie blieb einen Moment wie erstarrt stehen.

Dann rannte sie in die entgegengesetzte Richtung. Sie rannte mit gesenktem Kopf und nach vorne geneigtem Körper, ihre Stiefel hämmerten auf den verkrusteten Boden. Sie hatte das Rennen auf dem Mars geübt. Jetzt wusste sie, warum.

»Er kann immer nur einen von uns aufs Korn nehmen«, rief Frank. »Er kann uns aus der Ferne erwischen, aber so hat wenigstens einer von uns eine bessere Chance. Und wenn wir in Bewegung bleiben, machen wir ihn vielleicht mürbe.«

»Vielleicht. Wir hätten aber einfach stehen bleiben und kämpfen können.«

»Womit denn? So ist es besser, Sally. Wir schwächen ihn und erledigen ihn später.«

»Vater? Was siehst du von oben? Was hat er vor?«

»Er zögert. Er ist jetzt am Lager oder was davon übrig ist. Er fährt immer wieder durch das Wrack von *Woden,* wahrscheinlich rein aus Spaß. Hört mal, ich habe eine bessere Idee. Ich komme runter und sammle einen von euch auf.«

Frank war sofort dafür. »Ja, tu das.«

Sally sagte: »Und der andere bleibt ihm ausgeliefert?«

»Damit befassen wir uns, wenn es so weit ist«, sagte Frank. »Mach schon, Willis.«

Sally blieb stehen und blickte heftig keuchend zu dem kreisenden Gleiter auf. Sie sah, dass Willis noch nicht zur Landung angesetzt hatte. Als sie sich umdrehte, erblickte sie den Strandsegler, die Spur, die seine Kufen im Sand zurückließen, und die massige Gestalt des Walfängers im Rettungssack. Und dahinter die kleinere Gestalt Franks, der immer noch schwerfällig davonrannte. Aus der Perspektive ihres Vaters dort oben musste das alles sehr symmetrisch aussehen, dachte sie. Der Jäger in der Mitte, seine Beute links und rechts von ihm, mehr oder weniger gleich weit entfernt. Derjenige, für den sich Willis entschied, dürfte eine deutlich bessere Überlebenschance haben als der andere. Das wusste sie, und Willis wusste es auch. Für wen also würde er sich entscheiden?

Sie war Willis' Tochter. Für die meisten Menschen hätte das den Ausschlag gegeben. Aber Willis war kein normaler Vater.

Er zögerte immer noch. Offenbar dachte er tatsächlich darüber nach, wen er mitnehmen sollte, sie oder Frank Wood. Wen er retten sollte. Sie wartete.

Schließlich tauchte der Gleiter hinab, als rutschte er von

einem unsichtbaren Luftgipfel, und schwebte in Richtung Marsoberfläche.

Er hielt direkt auf Sally zu.

Sally und Willis sahen hoch oben vom Gleiter aus zu, wie die Yacht des Walfängers zu Frank Wood aufschloss. Frank lieferte sein letztes Gefecht, indem er mit seiner Handschuhfaust zuschlug, als der Segler einen Angriff nach dem anderen fuhr. Sie konnten nichts tun, um ihm zu helfen.

Schließlich sprang das Krustenwesen von seiner Yacht und rannte sofort weiter, obwohl es von den Schichten aus Rettungssäcken deutlich behindert wurde. Es sprang Frank in der niederen Schwerkraft mit einem großen Satz an und stieß sofort mit dem Speer zu. Frank versuchte sogar jetzt noch zu wechseln, aber der Krabbenprinz blieb ihm auf den Fersen, sodass die beiden zwischen den Welten hin- und herflimmerten und erbittert im Staub miteinander rangen.

Dann krachte der Speer gegen Franks Visier und zersplitterte es.

Franks abgerissener Atem verstummte im Bordfunk sofort, und er kippte zitternd nach hinten um.

Willis brachte sie wechselwärts über eine andere rostrote Marsebene unter einem identischen butterfarbenen Himmel. Die Szene der Zerstörung und des Todes unter ihnen war verschwunden, wie weggewischt, als hätte sie sich nie ereignet.

# 40

Es gab nichts zu sagen. Deshalb sagte zunächst auch niemand etwas.

Sie wechselten jetzt nach Westen, kehrten auf demselben Weg zurück, auf dem sie gekommen waren, zurück zum Lückenmars und anschließend nach Hause.

Sally verzog sich ins hintere Ende der Druckkabine, wo eine kleine Toilette abgetrennt war. Dort öffnete sie ihren Anzug zum ersten Mal, seitdem sie das Lager verlassen hatten, um den Schacht zu erforschen. Es kam ihr vor, als wären seitdem Tage vergangen, dabei waren es nur Stunden, denn es war immer noch früher Nachmittag auf dem Mars. Sie atmete in der Kabinenluft, die sich verdächtig dünn anfühlte und auch ein wenig verbrannt roch, tief durch. Zweifellos gab es Lecks in der unter Druck stehenden inneren Hülle, die der angeschlagene Gleiter durch den Treffer des Raketenwurms im Rumpf erlitten hatte. Damit konnten sie sich später noch beschäftigen. Jetzt brauchte sie erst einmal Zeit für sich, um den Anzug zu lockern, sich mit ein paar Deotüchern zu waschen und den Sammeltank ihres Anzugs zu entleeren.

Zeit ohne ihren Vater.

Als sie wieder zurückkam, saß er immer noch am Steuer. Der Gleiter war nach dem geographischen Westen ausgerichtet, und die geschrumpfte Marssonne senkte sich allmählich über die wechselwärtigen Landschaften, die bis auf das übliche Detailflackern immer gleich blieben: verstreute Felsbrocken, Krater und großflächige Schattenmuster. Willis drehte sich mit geöffnetem Visier zu ihr um und hielt ihr ein kleines Glasröhrchen entgegen, in dem sich ein schnurrhaardicker Faden befand. »Eines Tages kommen wir hierher zurück und lassen Frank Wood eine richtige Beerdigung zukommen. Und noch später wird man ihm ein Denkmal errichten. Eine hundert Meter hohe Statue aus Marsgestein. Und das alles nur deswegen.«

»Bohnenstängelkabel.«

»Genau. Wir haben uns das geholt, weswegen wir gekommen sind, egal, was es uns gekostet hat. Und damit werden wir die Welt verändern. Alle Welten der Menschen.«

»Schon wieder.«

»Du solltest mir glauben, Sally. Hör mal, ich habe inzwischen alle Systeme überprüft. Da wir nur noch zu zweit sind, reichen die geretteten Vorräte bis nach Hause. Wir haben allerdings andere Probleme. *Thor* schafft es nicht bis zurück. Nicht ganz. Die Beschädigungen sind zu groß. Zum einen haben wir zu viel von den Flüssigkeiten verloren, Kühlmittel, Hydraulik. Sogar unsere Methan-Treibstoff-Fabrik gibt den Geist auf.«

Sie ließ sich auf ihre Couch hinter ihm sinken und zuckte die Achseln. »Immerhin ist der Gleiter sogar nach dem Raketentreffer flugfähig geblieben.«

»Ja. Trotzdem müssen wir runter.« Er machte eine kleine Pause. »Und du musst mir sagen, wo.«

Sie verstand, was er damit meinte. Sie schloss die Augen und spürte das Wechseln, den langsamen Rhythmus der Schritte, wieder und wieder und wieder, immer einer pro Sekunde, wie ein Puls tief in ihrem Schädel. Und darunter spürte sie, vage und nebulös, so etwas wie die erweiterte Topologie dieses Langen Mars, so wie es immer auf der Langen Erde gewesen war. Ein Gespür für Verbindungen.

Ihr Vater wollte, dass sie ihn an eine weiche Stelle brachte, eine Abkürzung im Langen Mars. Dort würden sie notlanden …

»Und dann bringe ich dich nach Hause«, sagte sie und vervollständigte damit ihren Gedanken laut. »Durch die weichen

Stellen, wie Opa Patrick sie immer genannt hat. Ich nehme dich an der Hand, wie damals, als ich noch ein kleines Mädchen war und dich zu unserem Geräteschuppen in Wyoming West 1 gebracht habe.«

»Einen besseren Plan habe ich nicht. Er war sowieso immer nur als Notlösung gedacht, Sally. Ich meine, es war ein Gedankenspiel, aber ich wusste nicht mal genau, ob es hier überhaupt weiche Stellen gibt, ob du sie überhaupt finden oder nutzen kannst …«

»Sie nutzen, um dich zu retten. Dich und dein kostbares Stück Kabelfaser.«

»Es ist wirklich kostbar, Sally. Kostbarer als alles andere.«

»Kostbarer als das Leben eines Menschen wie Frank Wood?«

»Die Rechte eines Individuums, das Leben eines einzelnen Menschen, sind nichts im Vergleich zum Wert einer Technologie wie dieser hier. Wir reden hier vom Schicksal unserer Spezies.«

Sie kam sich kalt, träge, passiv vor. Als müsste sie sich da Schritt für Schritt durcharbeiten.

»Als du da oben im Gleiter warst, und Frank und ich waren auf dem Boden – da warteten wir auf deine Entscheidung, welchen von uns beiden du retten würdest. Du hast gezögert.«

Er erwiderte nichts.

»Mal ehrlich, die meisten Väter hätten ganz instinktiv ihre Tochter gerettet. Oder? Ich glaube, Frank hätte es verstanden. Aber *du* – du hast gezögert. Du hast die Chancen abgewogen.«

»Ich …«

»Ich sage dir, was ich glaube. Du hast Frank und mich gegeneinander abgewogen. Frank ist der bessere Pilot. In einem funktionierenden Gleiter wäre Frank für dich nützlicher gewesen als ich. Außerdem war er natürlich besser dazu in der Lage, die *Galileo* zu bedienen und uns nach Hause zu bringen. Aber du hast den Schaden bedacht und dir überlegt, nein, der Gleiter schafft es ohnehin nicht, du musst bestimmt auf die Abkürzungen zurückgreifen. Was die *Galileo* angeht, na ja, du hast gesehen, wie ich für den Notfall trainiert habe. Außerdem erhalten wir bestimmt Unterstützung von den Russen in Marsograd, wenn wir nach Hause fliegen müssen. Mit der *Galileo* kommen wir also irgendwie klar. Der Knackpunkt waren die weichen Stellen. Insgesamt gesehen brauchtest du mich also eher als Frank. Es ging nicht um Familie oder um Loyalität. Deine Überlegung zielte einzig und allein darauf, wer von uns an diesem Punkt der Mission den größeren… *Nutzen* für dich hatte, ausgehend von den gegebenen Wahrscheinlichkeiten. Zufälligerweise war ich das, wegen der weichen Stellen. Deshalb hast du mich gerettet und nicht Frank.«

»Was soll ich jetzt dazu sagen…«

Sie fiel ihm einfach ins Wort: »Genau deshalb hast du überhaupt Kontakt zu mir gesucht, hast mich zur Lücke und dann zum Mars mitgenommen. Dein erster Kontakt zu mir seit vielen Jahren, ganz plötzlich und unverhofft, der Vater, der die ganze Welt auf den Kopf gestellt hat und dann plötzlich verschwand, als ich noch ein Teenager war. Du hast nicht mich dabeihaben wollen, sondern meine Fähigkeiten. Ich war Plan B, falls mit den Gleitern etwas schiefgeht. Eine menschliche Wünschelrute. Mehr nicht.«

Er schien darüber nachzudenken. »Und? Was willst du damit sagen? Du findest offenbar, ich hätte unvernünftig gehandelt. Ist es das? Aber ich bin kein vernünftiger Mensch, Sally. Vernünftige Menschen sind so wie Frank Wood. Als seine Karriere den Bach runterging, hat er es einfach akzeptiert. Er hat am Cape einen Touristenbus kutschiert, bis du mit dieser Polizistin aufgetaucht bist… Letztendlich hat er sogar seinen Tod akzeptiert, dort unten im Staub. Ich bin nicht wie Frank Wood, ich akzeptierte nicht einfach, was mir das Universum vorsetzt. Ich bin unvernünftig. Ich verändere das Universum.«

Zu ihrer Verwunderung war sie nicht mal wütend. Vielleicht hatte sie in den Weiten der Langen Erde schon zu viel Mist gesehen, um sich über die Fehler einfacher Menschen noch aufzuregen. Selbst wenn es sich dabei um ihren Vater handelte. Was aber fühlte sie stattdessen? Enttäuschung? Vielleicht. Andererseits hatte Willis sich schon immer so verhalten. Eher Mitleid? Nur: mit wem? Für wen? Mit Willis oder mit sich selbst?

»Ja«, erwiderte sie, »du bist ein Mensch, der das Universum verändert. Aber du bist auch mein Vater …«

»Werde endlich erwachsen«, brummte er.

Also brachte Sally ihren Vater zurück, durch frostige Tunnel, durch die weichen Stellen des Langen Mars.

Auf dem Lückenmars wurden sie abermals von Viktor, Sergej und Alexej begrüßt, die über Franks Tod sehr traurig waren.

Dann flogen Sally und Willis durch das All zum Backsteinmond und dann wieder zu GapSpace. Abgesehen von der allernotwendigsten Verständigung gab es zwischen ihnen keine nennenswerte Unterhaltung mehr in den Wochen, die sie benötigten, bis sie wieder zu Hause waren.

Nach ihrer Rückkehr suchte Sally sofort Frank Woods Familie auf. Sie verabscheute solche Verpflichtungen, aber sie wusste, dass es sonst niemanden gab, der ihnen davon erzählen würde, wie er starb.

Sie besuchte auch Monica Janssons Grab in Madison West 5, um es ihr ebenfalls zu erzählen.

Dort erreichte sie die Nachricht von Joshua Valienté.

# 41

Es war Ende August. Die Luftschiffe USS *Neil A. Armstrong II* und USS *Eugene A. Cernan* kehrten von ihrer Expedition in die fernen westlichen Weiten der Langen Erde zurück. Ihre Rückkehr verschärfte die Lage für die Next-Kinder in ihrem Krankenhaus-Gefängnis auf Hawaii. Weil Kapitän Maggie Kauffman und ihre Mannschaft die »Napoleons« mitbrachten, die die *Armstrong I* vernichtet hatten. Monstren, die sofort als Next identifiziert wurden.

Nelson vermutete, dass vor allem die Erscheinung des Anführers dieser Schurken, der sich nur David nannte, der Sache der Next den größten Schaden zufügte. Bei ihm handelte es sich nicht um irgendein verstörtes Heimkind wie Paul Spencer Wagoner und die anderen. David war erwachsen – groß, arrogant, herrisch, ein junger Mann, der trotzig aus dem Käfig, in den man ihn gesteckt hatte, in die Kameralinsen blickte. Ein ausgemachter Napoleon, ein angsteinflößender Supermann.

Um David und die Seinen kristallisierten sich unbestimmte Ängste. Man musste irgendwie mit den Next verfahren. Die Frage war nur: wie?

In aller Eile wurde ein Konferenzgespräch einberufen, an dem die oberste Riege des Stützpunktes Pearl Harbor ebenso beteiligt war wie die Verwaltungsbeamten jener Orte, die nach der Yellowstone-Katastrophe auf dem US-amerikanischen Festland überlebt hatten. Die Konferenzteilnehmer wurden auf Hawaii in einen komplizierten Hologramm-Konferenzsaal projiziert, ein ziemlich teures technisches Spielzeug.

Nelson wunderte sich nicht sehr darüber, dass auch noch

in der Mitte des 21. Jahrhunderts, sogar nach den gewaltigen Erschütterungen der vergangenen Jahrzehnte, die meisten Delegierten weiße Männer mittleren Alters waren.

Nelson selbst durfte nicht daran teilnehmen, es sei denn, man forderte ihn während der Diskussion eigens dazu auf, aber er konnte von einer gläsernen Kabine aus zusehen. Zu seinem Erstaunen teilte er sich den kleinen Raum mit Roberta Golding, die, wie er sich denken konnte, vermutlich aus eigenem Interesse nach Hawaii gekommen war. Er war ihr schon einmal persönlich begegnet, bei einer Party von Lobsang kurz vor dem Yellowstone-Ausbruch. Damals hatten sie sich jedoch nicht unterhalten; Roberta war noch sehr jung gewesen. Jetzt hatte sie sich sogar dafür eingesetzt, dass er überhaupt nach Hawaii kommen durfte. Er vermutete, dass Roberta sich rein zufällig zu dem Zeitpunkt, als die *Armstrong*-Krise besonders kritisch wurde, persönlich hier aufgehalten hatte. Dann fiel ihm ein, dass Golding selbst aus Happy Landings stammte… Vielleicht war es also doch kein Zufall. Geheimnisse, die auf andere Geheimnisse prallten. Welche Rolle spielte sie wirklich? Und was glaubte sie, wie viel er von der ganzen Sache wusste?

Als sie ihre Plätze einnahmen, stellte Nelson sich vor. Roberta antwortete unterkühlt, aber freundlich.

»Was für ein Aufwand«, sagte sie, während die Delegierten der Konferenz nacheinander eintrafen oder sich aus Pixelwolken langsam zu Hologrammen zusammensetzten.

»Allerdings. Aber ich hätte gedacht, dass Sie auch dabei sind.«

»Nein, hier spielt eine ganz andere Liga. Außerdem sind fast nur Militärs anwesend, sehen Sie? Die wissenschaftliche Beraterin des Präsidenten hat den Vorsitz, und sie gehört zu den wenigen, die nicht in Uniform sind.«

»Stimmt. Das alles erinnert mich sehr an einen Militärbunker aus dem Kalten Krieg. Oh, Entschuldigung.« Golding war erst ungefähr zwanzig Jahre alt, nicht viel älter als Paul Spencer Wagoner, wie ihm jetzt einfiel. »Diese Anspielung ist für Sie wahrscheinlich zu antiquiert.«

»Nein, keineswegs. Ich habe mich eingehend mit dieser Periode beschäftigt. Vielleicht die allergefährlichste Zurschaustellung des Dumpfbirnen-Irrsinns überhaupt.«

Ihr sorgloser Gebrauch des Next-Begriffs »Dumpfbirnen« erstaunte ihn. Mit einem Mal sah er sie mit ganz anderen Augen.

Die wissenschaftliche Beraterin rief die Versammlung zur Ordnung. Sie verkündete, die Konferenz sei von Präsident Cowley als »Sondereinsatztruppe« einberufen worden, und zwar als Reaktion auf die Informationen, die die Besatzungen der *Armstrong* und der *Cernan* mitgebracht hatten, sowie anderer Erkenntnisse in Bezug auf die Next, darunter auch eine Studie zu den Internierten hier auf Hawaii. Ziel dieser Konferenz sei es, Empfehlungen an die Verwaltung zu formulieren, wie die nächsten Schritte aussehen könnten.

Admiral Hiram Davidson, der Leiter von USLONGCOM, sprach als Oberbefehlshaber der Mission der beiden Flottenschiffe als Erster. Er fasste noch einmal kurz zusammen, was Kapitän Kauffman und ihre Besatzung in den Weiten der Langen Welt entdeckt und was sie hinsichtlich dieser »kleinen Hitlers«, wie er es ausdrückte, unternommen hatten. Schlussendlich hatten sie die jungen Leute mit zur Datum gebracht. »Was mit ihnen hier auf diesem Stützpunkt geschieht, dazu bitte ich Leutnant Louise Irwin um nähere Informationen …«

Irwin drückte sich gut, prägnant und intelligent aus, sogar mit einem Hauch Mitgefühl. Sie erläuterte den Delegierten, was man in der Zeit, seit die Next in dieser geschlossenen Einrichtung unter Überwachung standen, über sie herausgefunden hatte und – wie sie, von einigen Nachfragen unter Druck gesetzt, vorsichtiger schilderte – welche Vermutungen sich hinsichtlich ihrer Fähigkeiten ergeben hätten. Allem Anschein nach ohne Scheu vor den vielen Wichtigtuern ringsumher sprach sie sich weder auffällig negativ noch besonders positiv über die Next aus. Vielmehr gab sie eine recht nüchterne Einschätzung ihres Intellekts, ihrer Persönlichkeit und ihrer sonstigen Fähigkeiten ab. Trotzdem, so kam es Nelson vielleicht gerade wegen ihres analytischen Tonfalls vor, stellte sie die Next-Kinder ziemlich unheimlich dar.

»Ich habe kurz mit Irwin geredet«, murmelte Roberta. »Die Gefangenen können froh sein, dass sie hier etwas zu sagen hat.«

»Das kann ich bestätigen«, erwiderte Nelson.

»Das soll an Hintergrundinformation genügen. Steigen wir jetzt in die Debatte ein …«

Zu Nelsons Verwunderung sprach sich der nächste Redner, der Vorsitzende der DARPA, einer fortschrittlichen Forschungseinrichtung des Verteidigungsministeriums, ziemlich leidenschaftlich für den Schutz der Next aus. Er war ein untersetzter, rotgesichtiger Mann, ein typischer Schreibtischhengst, dessen visionäre Worte so gar nicht zu seinem Erscheinungsbild passten, dachte Nelson.

»Vor unserer Zusammenkunft habe ich ein paar Kollegen hier befragt, darunter Vertreter der National Science Foundation, der NASA und auch einige Mitglieder des wissenschaftlichen Beraterstabes des Präsidenten.« DARPA nickte einigen anderen Anwesenden zu. »Wir alle sind uns darüber einig, dass sich aus dieser Situation potenziell großer wissenschaftlicher Nutzen ziehen lässt. Und sollte hier wirklich so etwas wie eine Artenbildung vonstattengehen – was allerdings noch dringlich zu beweisen wäre –, dann sollten Sie mal darüber nachdenken, was wir alles für die Menschheit lernen können, unser gemeinsames genetisches Erbe und die Eigenheiten der natürlichen Selektion betreffend.«

Nach einer kurzen Pause fuhr er fort: »Wenn diese Next tatsächlich über intellektuelle Fähigkeiten deutlich oberhalb der Norm verfügen sollten, lässt sich überhaupt nicht absehen, wie sehr wir von ihnen profitieren können. Ich spreche hier nicht nur von neuen Technologien und so weiter, oder von fortgeschrittenen mathematischen Techniken ... ich rede von *Ideen.* Denken Sie daran, dass sich sogar in der Geschichte der Menschheit aufzeigen lässt, dass etwas, was einer Kultur als ›naheliegende‹ Entdeckung gilt, an einer anderen völlig vorübergeht, wie etwa die Entdeckung der Schrift oder die Erfindung des Rades. Nur ein Beispiel, über das sich nachzudenken lohnt: Mit offenem Geist und so einfachen wie systematischen Beobachtungen der Natur hätte einer der alten Griechen oder Römer, Plinius beispielsweise, ohne Weiteres auf die Theorie der natürlichen Auslese kommen können – eine so einfache wie geniale Idee. Stattdessen mussten wir noch zweitausend Jahre länger auf Darwin und Wallace warten. Wer weiß, welche Fortschritte wir gemacht hätten, wenn schon Plinius darauf gekommen wäre? Und wer weiß, auf welche anderen im Nachhinein so offensichtlichen Ideen wir noch nicht gekommen sind?«

Ein Vertreter des Verteidigungsministeriums schnaubte verächtlich. »Plinius? Wer zum Teufel war das denn? Ich hab schon immer gesagt, dass die Typen von DARPA bloß unser Geld verschwenden. Soll ich Ihnen sagen, was wir von diesen durchgedrehten Schlaumeiern lernen werden, falls wir ihnen die Gelegenheit dazu geben? Wir werden lernen, ihre Untertanen zu sein!«

Daraufhin meldete sich ein CIA-Chef zu Wort. »Das muss nicht unbedingt so sein, Herr General. Nicht, wenn wir sie unter unsere Kontrolle bringen. Denken Sie nur an die Möglichkeiten für die nationale Verteidigung, die uns diese Superhirne liefern könnten.«

»*Wenn* wir sie unter Kontrolle bringen!«

»Zugegeben«, erwiderte CIA. »Aber dazu gibt es Mittel und Wege. Sie sind bereits gechipt worden. Ich meine, man hat ihnen Peilsender implantiert.«

Nelson erstarrte. Das hatte er nicht gewusst, und er war sicher, dass die Insassen es auch nicht wussten.

Verteidigung grinste. »Man sollte ihnen Waffenchips verpassen. Damit lassen sie sich garantiert kontrollieren.«

CIA verzog angewidert das Gesicht. Dann fuhr er fort: »Wir müssen allerdings an das große Ganze denken. Es geht hier um die Menschheit, nicht nur um Amerika. Auch die Chinesen dürften ihre Next haben, genau wie die Russen. Und die aufstrebenden Nationen des Äquatorgürtels auf der Datum. Wir brauchen unsere Next, um ihren Next entgegenzutreten.«

Verteidigung lachte laut auf. »Was soll denn das werden? Ein Wettrüsten der Schlaumeier?«

Die Wissenschaftsberaterin mischte sich wieder ein: »Wir beschreiben diese jungen Leute immer wieder als Gefahr, als Bedrohung. Muss das denn notwendigerweise so sein?«

Das rief eine lebhafte Debatte hervor. Die Delegierten auf der Anti-Next-Seite wiesen auf die privaten, nicht verständlichen Sprachen hin, auf die Tatsache, dass sie durch die Entwicklung von Algorithmen zur Anlagenanalyse, die sich über existierende Sicherungen des Marktes hinwegsetzten, bereits Vermögen angehäuft hatten. Und darauf, dass sie aussahen wie wir, dass sie von daher eine heimtückische Bedrohung von innen darstellten, Kuckuckseier im Nest, wie eine Invasion innerhalb unserer eigenen DNA …

Dazu kam die unbestrittene Tatsache, dass eine Handvoll junger, unbewaffneter, unausgebildeter »Nächster« es geschafft hatte, erfahrene Flottenoffiziere auszutricksen, ein Twain zu übernehmen, viele Besatzungsmitglieder abzuschlachten und die Überlebenden irgendwo auszusetzen. Dieser Zwischenfall bewies, dass diese Next eine ernstzunehmende Gefahr darstellten, argumentierten die Militärs. Sogar auf Hawaii hatte es schon Zwischenfälle gegeben, Manipulationsversuche der hier einsitzenden Jugendlichen. Einige der Wächter mussten versetzt werden, andere befanden sich in psychologischer Betreuung. »Das Ganze ist tatsächlich so wie bei Hannibal Lecter«, sagte Verteidigung.

Die Proteste, die sich gegen diese Einschätzung erhoben, wie etwa die Versicherung des Vertreters vom Heimatschutz, dass Personen, von denen es sich später herausgestellt hatte, dass sie über Next-Eigenschaften verfügten, bei den Rettungs- und Bergungsarbeiten unangekündigt und in aller Stille Heldentaten verbracht hätten, klangen dagegen eher matt.

Nelson fühlte sich in seiner Kabine immer unbehaglicher. »Mir gefällt der gesamte Subtext nicht«, sagte er. »Das, was da zwischen den Worten durchklingt: *Sie sind nicht wie wir, deshalb müssen wir sie vernichten.* Denn das sagen sie letztendlich. Meine eigene Herkunft...«

»Südafrika«, murmelte Roberta. »Ich weiß. Sie sind bei solchen Untertönen sehr hellhörig. Und damit haben Sie auch recht. Amerika, ja, die gesamte Menschheit, hat in der letzten Generation einige geistige Umstürze mitgemacht, angefangen von der Entdeckung der Langen Erde bis zu Yellowstone – und jetzt das hier. Unter solchen Bedingungen ziehen sich die Leute gerne auf Verteidigungspositionen zurück. Sie wollen das schützen, was sie haben.«

»›Die Leute‹. Sie meinen wohl eher: die Dumpfbirnen?«

Sie ging nicht darauf ein. »Selbst innerhalb der Verwaltung hat es so etwas wie einen emotionalen Staatsstreich gegeben. Jeder weiß, dass Präsident Cowley seine Machtstellung vor allem wegen der unterschwelligen Ressentiments der Menschheitsliga erlangt hat.«

»Ich habe eher den Eindruck, als hätte sich Cowley längst davon emanzipiert. Er kümmert sich um die Mitte der Gesellschaft, sonst wäre er wohl kaum wiedergewählt worden.«

»Stimmt. Aber hinter den Kulissen ziehen immer noch einige der engsten Mitarbeiter und Ratgeber des Präsidenten die Fäden. Vielleicht hält sich der Schandfleck sogar immer noch in der Seele des Präsidenten. Und diese dunkle Seite hat sich in diesem neuen Kontext, unter dem Druck der Ereignisse, wieder in den Vordergrund geschoben. Der Drang, etwas zu tun, zuzuschlagen, wird immer größer. Das alles hat wirklich nichts mit Fragen der nationalen Sicherheit zu tun und noch weniger mit dem Überleben der Spezies. So eine Politik steht nur angeblich im Einklang mit der wahrgenommenen öffentlichen Meinung. Vielleicht ist es ja so. Die Leute brauchen Sündenböcke. Aha, sieht so aus, als käme die Konferenz zu einer Entscheidung …«

Die wissenschaftliche Beraterin des Präsidenten fasste die Positionen, die Meinungen und die Stimmung im Raum zusammen. »Sie sagen, dieser Ort namens ›Happy Landings‹ sei der Ursprung von allem?«

»Das Nest«, knurrte CIA. »Lässt sich genetisch bestätigen.«

»Eine Quelle«, sagte der Mann vom FBI. »Es gibt zweifellos noch andere. Aber viele genetische Gemeinsamkeiten lassen sich bis nach Happy Landings zurückverfolgen. Es ist ein wichtiger Knotenpunkt.«

»Aha.« Die Beraterin wandte sich an Davidson. »Und wie sehen unsere diesbezüglichen Aktiva aus, Hiram? USLONGCOM ist Ihr Bereich.«

»Die *Armstrong II* und die *Cernan* sind die besten Schiffe, die wir haben. Sie können innerhalb weniger Tage vor Ort sein.«

Verteidigung knurrte: »Diese Schiffe haben sehr effektive Waffen an Bord. Dafür haben wir gesorgt, bevor sie sich in die Dunkelheit aufgemacht haben. Sie sollten auf jeden Fall dafür sorgen, dass diese Trollfreundin, Ihr Kapitän Kauffman, auch Ed Cutler mit an Bord nimmt. Mit ihm haben wir womöglich einen brauchbaren Trumpf im Ärmel …«

»Was denn für Waffen?«, fragte Nelson. »Herr im Himmel! Die denken doch nicht ernsthaft über eine militärische Lösung nach?«

Robertas Antwort klang sehr nüchtern: »Ich habe mit so einem Ergebnis gerechnet. Die Würfel sind so gut wie gefallen.«

»Und was geschieht mit den Insassen hier? Was haben sie

mit denen vor? Bestimmt nichts Gutes. Die kommen doch ganz gewiss nie wieder frei.«

Sie wandte sich ihm mit ernstem, eindringlichem Gesichtsausdruck zu. »Ach, wissen Sie, sie sind noch jung. Trotz ihrer Arroganz und ihrer Schwierigkeiten. Ich bin wie sie – ich weiß, dass Sie das erkannt haben.«

Jetzt erkannte er es. Sie musste über eine eiserne Selbstdisziplin verfügen, um ihr Verhalten in dem hochintensiven Treibhaus von Madison West 5, dem neuen Washington, DC, vor allen anderen geheim zu halten.

»Ich war ihnen einmal ähnlich genug, um sie zu verstehen. Ich weiß, wie es ist, anders zu sein, wie es ist, von verständnislosen Gesichtern und leeren Köpfen umgeben zu sein, zu wissen, dass es niemanden gibt, mit dem man sich unterhalten kann, weder Eltern noch Lehrer, und keine Möglichkeit, das auszudrücken, was an Einsichten und Erkenntnissen im eigenen Kopf tobt. Ich weiß, wie es ist, die meiste Zeit über Angst zu haben.«

»Angst?«

»Vergessen Sie nicht, dass die Next-Menschen lesen können, und zwar mit einer Klarheit, die euch Dumpfbirnen abgeht. Wenn sie einen Erwachsenen ansehen, wissen sie fast immer, was er gerade denkt. Sie sehen die Gleichgültigkeit, die Bosheit, die Lust, die Berechnung hinter dem Lächeln, und zwar sehr deutlich. Sogar das kleinste, hilfloseste Kind erkennt das schon. Wir sehen die Welt klar und deutlich. Wir haben keine Illusionen«, sagte Roberta düster. »Wir sind zu intelligent, um uns von euren Märchen trösten zu lassen, von euren Göttern und ihrem Himmel.«

Nelson überlegte. »Einmal habe ich Paul in der Nacht weinen sehen. Vom Beobachtungssteg aus. Ich habe ihn nicht gestört.«

»Ich habe früher nachts auch geweint.«

Er dachte auch darüber nach. »Zählen Sie sich denn zu den Next?«

Sie lächelte. »Solche Etikettierungen sind Kinderkram. Als wären wir Superhelden aus den Comics. Ich mache mir nichts aus solchen Bezeichnungen. Und ich bin – anders. Ich bin nicht so weiterentwickelt wie einige der anderen, aber da ich die meiste Zeit über in der Gesellschaft von Menschen aufgewachsen bin, und zwar in der Gesellschaft guter Lehrer, habe ich beschlossen, dass hier der beste Platz für mich ist, in der Menschenwelt. Hier kann ich vielleicht als Schnittstelle dienen.«

Er lächelte. »Eine verdammt wichtige Schnittstelle, wenn Sie sogar schon im Weißen Haus arbeiten.«

»Ich tue mein Bestes. Aber meine Großmutter mütterlicherseits war ebenfalls eine Spencer. Ich habe tiefergehende Verpflichtungen; hier wird über meine Familie verhandelt. Ich könnte mir etwas überlegen, wie ich die Gefangenen herausholen kann.« Sie sah ihn an. »Helfen Sie mir dabei?«

»Natürlich helfe ich Ihnen. Deshalb bin ich hier.«

»Was sollen wir tun?«

Nelson dachte an Lobsang und an Joshua Valienté und an das, was er über Joshuas Freundin Sally Linsay und ihre Fähigkeiten bezüglich der weichen Stellen wusste. »Es gibt Möglichkeiten.«

Die Konferenz näherte sich ihrem Ende. Die Delegierten erhoben sich, gesellten sich zueinander, und diejenigen, die sich am selben Ort befanden, schüttelten sich die Hände. Dann fing ein Hologramm nach dem anderen zu flimmern an und verschwand.

# 42

Nelson Azikiwe setzte sich mit Joshua in Verbindung, und Joshua nahm mit Sally Kontakt auf, die gerade über die Lücke aus dem Langen Mars zurückgekehrt war. Gemeinsam arbeiteten sie einen Fluchtweg aus der Einrichtung in Hawaii aus, der durch die weichen Stellen führte.

Joshua und Sally wurden auf den Stützpunkt geschmuggelt und machten sich daran, die Next-Gefangenen einen nach dem anderen durch Wechseln nach draußen zu bringen.

Joshua und Sally und die letzte Gruppe der Next stolperten Hand in Hand durch die weichen Stellen.

Selbst Joshua, der König der natürlichen Wechsler, hatte jedes Mal, wenn er Sally Linsay durch das seltsame Netzwerk aus Verbindungen folgte, das Gefühl, haltlos durch einen unsichtbaren Schacht zu stürzen, einen ziemlich kalten obendrein. Ein eisiges Frösteln saugte ihm die letzte Wärme aus dem Leib – der Preis, den das Universum für diese wundersame Abkürzung verlangte.

Dafür ging es sehr schnell, und genau darauf kam es an. Happy Landings war über anderthalb Millionen Schritte von der Datum-Erde entfernt. Von ihrem Ausgangspunkt auf Hawaii schafften es die flüchtenden Next im Schlepptau von Sally und Joshua in nicht mehr als einem Dutzend Schritte bis zu ihrem Ziel.

Schließlich kamen sie wieder an die frische Luft, irgendwo im Gestrüpp kaum eine Meile von Happy Landings entfernt. Sally ließ ihre Schützlinge kurz verschnaufen. Sie setzten sich auf den staubigen Boden und nippten an ihren Wasserflaschen.

Joshua ging von einem zum anderen und überprüfte ihre Verfassung. Sie mochten junge Genies sein, aber was das Wechseln anging, waren sie vergleichsweise Novizen. Doch kaum hatten sie sich erholt, fingen die jungen Leute gleich wieder an, sich in ihrer Hochgeschwindigkeitssprache zu unterhalten. Am erstaunlichsten daran war, dass sie alle gleichzeitig reden und den anderen dabei zuhören konnten. Joshua stellte sich vor, dass in diesem hochfrequenten Sprachnetzwerk Megabytes an Informationen und Mutmaßungen zwischen ihnen ausgetauscht wurden.

Zu der letzten Gruppe, die sie aus der Einrichtung auf Hawaii befreit hatten, gehörten neben etlichen anderen, die Joshua nicht so gut kannte, auch Paul Spencer Wagoner und seine kleine Schwester Judy. Endlich war es vollbracht.

Joshua ging ein paar Schritte, um sich selbst wieder zurechtzufinden, erstieg einen kleinen Hügel und sah Happy Landings unter sich liegen. Er sah das geduckte Rathaus inmitten der Siedlung, er sah ein paar Rauchfahnen aus über Nacht befeuerten Öfen in die Morgenluft steigen und hörte den Fluss leise rauschen. Die Luft war rein und Washington-State-frisch, es roch durchdringend nach Wald.

Sally gesellte sich zu ihm. »Was machen deine Kopfschmerzen?«

»Sind schlimmer geworden. Ich kann sie tatsächlich spüren, Sally. Diese jungen Schlauköpfe. Wie ein neues Bewusstsein in der Welt. In den Welten.«

»Wie Erste Person Singular.«

»Ja. Ein Gefühl, auf das ich nicht besonders scharf bin. Aber vielleicht ist es ja irgendwann von Nutzen.«

»Mir ist es auf dem Mars ähnlich ergangen. Ist aber eine längere Geschichte. Tja, da wären wir also wieder mal an diesem gruseligen Ort.«

»Gruselig? Sally, du hast mich und Lobsang doch erst hierhergebracht.«

»Schon. Aber ich hatte immer den Eindruck, dass etwas an

Happy Landings merkwürdig ist. Schon als ich als Kind hier war…«

Sie hatte Joshua einmal erzählt, dass ihre Familie aus natürlichen Wechslern sie oft hierhergebracht hatte, dass sie jedoch den Eindruck gehabt hatte, nicht hierherzugehören. Zwischen den Zeilen hatte er gelesen, wie es ihr dabei ergangen war.

Er nickte in Richtung der Next, die immer noch in ihrer unheimlichen Supersprache redeten. »Tja, wenn Happy Landings so etwas hervorgebracht hat, hat dich deine Intuition nicht getäuscht. Trotzdem – du hast gerade drei Millionen Marse durchquert, und das hier kommt dir eigenartig vor?«

Sie zuckte die Achseln. »Je mehr man reist, desto mehr Übereinstimmungen stellt man fest. Die ganze Zeit, die wir im Langen Mars unterwegs waren, sind wir an den Hängen irgendwelcher großer Schildvulkane entlanggehüpft…«

»So wie Hawaii auf der Erde.«

»Genau. Es kam mir so vertraut vor. Im Vergleich zur Gesellschaft der Next jedenfalls. Worüber unterhalten sie sich überhaupt?«

Joshua sah zu ihnen hinüber. »He, Paul, worum geht's denn?«

»Die weichen Stellen«, rief Paul zurück. »Was ihre Existenz uns über die Topologie höherer Ordnung der Langen Erde verrät…« Sogar während er antwortete, wurde Paul vom fortgesetzten Geschnatter der anderen abgelenkt. Ihre Augen glänzten vor Begeisterung. Jetzt, da er wieder mit seinesgleichen zusammen war, gab er sich ganz anders als der widerspenstige junge Mann, als den ihn Nelson Azikiwe nach ihrer Begegnung in der Einzelhaft in Pearl Harbor beschrieben hatte. »Ach, es geht bloß um die Beobachtungen, die wir während dieser kurzen Reise machen konnten und aufgrund derer wir Rückschlüsse auf die pandimensionale Struktur ziehen können. Uns fehlt die Sprache, um es zu beschreiben, wir verfügen nicht mal über eine gemeinsame mathematische Notation, um es aufzuschreiben ...«

»Bis jetzt war mein Vater der Experte, was die Struktur der Langen Erde anging«, sagte Sally mit einem Gefühl der Beklemmung. »Bis euer Haufen plötzlich auftauchte.«

»Alles ist vergänglich, Sally«, sagte Joshua.

»Ja.« Sie zeigte auf den Weg. »Wir sollten aufbrechen.«

Die Next erhoben sich.

Widerwillig löste sich Paul von den anderen und blickte zu Sally herüber. »Ähm, bevor wir weitergehen ... möchten wir uns bedanken, Miss Linsay. Sie haben uns aus dem Gefängnis befreit. Vielleicht haben Sie uns sogar das Leben gerettet, so wie sich die Dinge dort in letzter Zeit entwickelt haben.«

»Ihr müsst euch nicht bei mir bedanken«, erwiderte Sally gewohnt unterkühlt. Im Vergleich mit diesen Kindern machte sich ihr Alter bemerkbar, dachte Joshua. Sie war jetzt Ende vierzig. Aber mit ihrem durchtrainierten Körper, ihrem wettergegerbten, faltigen Gesicht und den grau werdenden Haaren war sie fitter als jeder von ihnen, das musste Joshua zugeben. »Dankt lieber der wohlmeinenden Gottheit, die es mir ermöglicht hat, eine weiche Stelle zu finden, die nur einen Schritt von der Einrichtung, in der man euch festgehalten hat, entfernt lag. Und dankt vor allem Joshua. Und Nelson, der erkannte, dass dort ein Verbrechen begangen wurde, und der mir davon erzählt hat. Ich habe der Sache bloß ein Ende gesetzt, mehr nicht.«

Paul wirkte interessiert. »Ein Verbrechen in Ihren Augen. Offensichtlich aber nicht nach der Auffassung der Verwaltung der Vereinigten Staaten. Der Regierung und des Landes, das die Gesetze festlegt, nach denen ihr alle lebt.«

»Was nicht unbedingt auch auf mich zutrifft.«

»Dann haben Sie also einen eigenen Moralkodex? Glauben Sie, dass es allgemeingültige moralische Werte gibt, oder bleibt es jedem Einzelnen überlassen, seine eigenen inneren

Wahrheiten zu finden? Folgen Sie dem kategorischen Imperativ Kants oder …«

»Paul«, sagte Joshua ernst, »mach mal halblang. Sally wollte nur sagen ›Gern geschehen‹. Für eine philosophische Grunddebatte gibt es andere Gelegenheiten.«

Sally sah hinüber nach Happy Landings. »Sieht so aus, als hätten wir ganz andere Probleme.«

»Was meinst du?«

»Wir haben diese jungen Leute nach Hause gebracht. Aber hier steht nicht alles zum Besten. Hört mal.«

Joshua ging zu ihr. »Worauf denn?«

»Die Trolle.«

»Welche Trolle?«

»Genau.«

Jetzt fiel es auch Joshua auf. Von allen Kolonien der Menschen, die er je besucht hatte, war Happy Landings diejenige, in der sich die meisten Trolle aufhielten, ein Ort, an dem Trolle und Menschen friedlich miteinander auskamen. Wie Paul ihm einst gesagt hatte, war genau das der wahre Sinn dieser Gemeinde, das Geheimnis, warum dort alles so wunderbar funktionierte. Und überall, wo sich Trolle aufhielten, sangen sie. Aus dieser Entfernung hätte Joshua sie in der Stadt selbst hören müssen, aber auch weiter weg, in den Wäldern und auf den Lichtungen.

Aber die Trolle waren weg. Das alles weckte eine unheimliche Erinnerung an 2040, als die Trolle sich in Reaktion auf größere Störungen aus allen von Menschen besiedelten Welten zurückgezogen hatten …

»Das bedeutet nichts Gutes«, sagte er. »Bloß in welcher Hinsicht?«

Sally blickte zum Himmel. »Vielleicht in dieser Hinsicht.«

Zwei gewaltige Luftschiffe materialisierten sich über ihren Köpfen. Auf ihren prallen Hüllen prangte das Sternenbanner, und die gepanzerten Unterseiten starrten vor Beobachtungsluken und Waffen. Nachdem sie hereingewechselt waren, richteten die Schiffe ihren massigen Bug auf Happy Landings aus. Joshua spürte die warme Abluft der Turbinen.

Die jungen Next starrten verdutzt nach oben. Dann packten sie ihre wenigen Habseligkeiten zusammen und machten sich schleunigst auf in die Stadt. Paul und seine Schwester Judy gingen ihnen Hand in Hand voran.

# 43

Vierundzwanzig Stunden nachdem die *Armstrong* und die *Cernan* ihre Stellung über Happy Landings bezogen hatten, rief Kapitänin Maggie Armstrong den Kapitän der *Cernan,* Ed Cutler, zu sich in ihre Kajüte an Bord der *Armstrong.* »Wir müssen uns über Ihre Mitteilung unterhalten«, hatten ihre Worte gelautet.

Nach nochmaliger Überlegung lud sie auch Joe Mackenzie zu dem Treffen ein.

Bevor die Offiziere eintrafen, rieb sich Shi-mi an ihrem Bein. »Wieso Mac?«

»Vermutlich, weil ich eine Stimme der Vernunft mit dabeihaben möchte.«

»*Ich* bin eine Stimme der Vernunft.«

»Von wegen. Du lässt dich am besten überhaupt nicht blicken.«

»Wenn Mac kommt, sowieso …«

Mac erschien als Erster. Er kam direkt von der Arbeit und trug grüne, zerknitterte OP-Kleidung, zerknautscht und ganz zwanglos. »Was für ein Zirkus«, sagte er, als er sich in einen Sitz warf. »Cutler, dieser Idiot!«

»Was den ›Zirkus‹ angeht, stimme ich dir bei. Aber damit müssen wir umgehen. Was zu trinken, Mac?«

Ehe er antworten konnte, kam Kapitän Edward Cutler in voller Uniform herein. Er hatte eine kleine Aktentasche dabei und bestand darauf, in Habachtstellung stehend zu salutieren.

Mac grinste säuerlich. »Was den Drink angeht, Käpt'n«, sagte er, »haben Sie was mit purem Alkohol und Regenwasser? Das ist doch das Gift Ihrer Wahl, stimmt's, Ed? Man muss stets an die Reinheit seiner kostbaren Körperflüssigkeiten denken.«

Cutler runzelte die Stirn. »Ich habe nicht die geringste Ahnung, wovon Sie reden, Doktor.«

Maggie warf Mac einen tadelnden Blick zu. »Ich schon. Aber jetzt ist nicht der richtige Moment für alte Filmscherze, Mac. Jetzt rühren Sie sich schon, Ed, um Himmels willen. Setzen Sie sich. Erzählen Sie mir noch einmal ausführlich, was Sie in Ihrer Notiz mitgeteilt haben.« Es ging um eine handgeschriebene Mitteilung, die Maggie von Adkins, Cutlers Stellvertreter, offenbar einem zuverlässigen Offizier, persönlich überbracht worden war.

»Sie haben sie doch bereits gelesen, Käpt'n ...«

»Sie haben tatsächlich eine taktische Atomwaffe an Bord der *Cernan*?«

Mac blieb der Mund offen stehen. »Wovon reden wir hier eigentlich?«

»Wir reden von einer Atomwaffe, Doktor. Von der ich bis zu unserer Ankunft hier überhaupt nichts wusste. Und die wir allem Anschein nach den ganzen Weg bis zu Douglas Blacks Shangri-La und zurück mitgeführt haben. Ohne mein Wissen. Ed Cutler wusste jedoch die ganze Zeit über davon ...«

»Sie verfügt in etwa über die Vernichtungskraft einer Hiroshima-Bombe.« Cutler schob die Aktentasche über den Schreibtisch zu ihr hinüber, aber sie öffnete sie nicht. »Die Anleitung, wie man sie scharfmacht, befindet sich in dieser Tasche, zusammen mit einer Kopie meiner Befehle. Erklärt sich alles von selbst. Man braucht immer einen zweiten Offizier, um den Einsatz zu autorisieren. Wer das ist, liegt in Ihrer Entscheidung. Es muss nicht unbedingt ich sein.«

»Schön zu wissen, dass ich wenigstens ein bisschen Spielraum habe.«

»Ich bin nur der Überbringer, wenn Sie so wollen.« Er leuchtete förmlich vor Selbstgerechtigkeit und vor Freude darüber, seine geheimen Befehle endlich ausführen zu können.

»Moment mal, nur damit ich das richtig verstehe«, sagte Mac. »Wir hatten die ganze Zeit über eine verdammte Bombe dabei ...«

»Und eine Wartungseinrichtung dafür.«

»Das wird ja immer schöner. Wir haben das Ding also bis zur Erde eine Viertelmilliarde und wieder zurückgeschleppt?«

»Ja. Sie wurde nicht eigens für die jetzige Mission an Bord verstaut, um hierhergebracht zu werden. Nach *Happy Landings.*« Er sprach den lächerlichen Namen so aus, als wäre er etwas Ketzerisches. »Sie war einfach als zusätzliche Option gedacht, Käpt'n. Im Falle einer besonderen Bedrohung.«

»Was für eine Bedrohung verlangt denn nach einer Atombombe, verdammt noch mal?«, knurrte Mac.

»Eine existentielle Bedrohung. Eine Bedrohung der gesamten Menschheit. Diejenigen, die diese Mission geplant haben, hatten keine genauen Vorstellungen, worum es sich dabei handeln könnte, Käpt'n. Sie hatten ja keine Ahnung, was wir hier draußen in der Langen Erde vorfinden würden – welchen Gefahren wir begegnen, welche Probleme wir aufwirbeln würden.«

»Ich kann mir viele Bedrohungen vorstellen«, sagte Maggie, »gegen die eine Atombombe überhaupt nicht hilft.«

»Stimmt. Aber wie gesagt, Käpt'n, die Befehle dienten allein dazu, Ihnen eine weitere Option an die Hand zu geben: Meine Aufgabe war es sicherzustellen, dass diese Option im Falle eines Falles zur Verfügung stand.«

»Und das oblag Ihrer Beurteilung.«

»Ganz recht, ja. Die letzte Entscheidung sollte jedoch immer bei Ihnen liegen. Ob Sie sie einsetzen oder nicht. Admiral Davidson war sich stets darüber im Klaren, dass ein Twain-Kapitän sehr viel Autonomie braucht, wenn er sich so weit von jeder Verbindung zur offiziellen Befehlskette entfernt. Genau darum ging es auch hier.«

In dieser Hinsicht hatte er natürlich recht. Vor dem Wechseltag waren die Streitkräfte, wie jeder andere auch, an eine dicht vernetzte Welt gewöhnt gewesen, in der man mit der

Verzögerung von höchstens einigen Sekundenbruchteilen jederzeit mit jedem reden konnte. Nachdem der große Exodus in die Lange Erde eingesetzt hatte, war das alles nichtig geworden. In den noch ferneren Hohen Megas war Maggie von USLONGCOM so isoliert wie Kapitän Cook von der Admiralität in London, als er vor Hawaii ankerte. Die alten Modelle dezentraler Befehlsgewalt aus dem 18. und 19. Jahrhundert mussten wieder herausgekramt werden. Ja, Maggie verfügte über sehr viel Autonomie da draußen im Feld, und sie war dafür ausgebildet, mit solchen Entscheidungen umzugehen.

»Aber mit so einer Situation habe ich wirklich nicht gerechnet«, sagte sie. »Mit Ihnen und einer verdammten Atombombe.«

»Und welche überwältigende Bedrohung verlangt nach einer solchen Entscheidung?«, brummte Mac. »Eine Bande neunmalkluger Jugendlicher?«

»Die aus einem Hochsicherheitsgefängnis ausgebrochen sind, Doktor.« Cutler schüttelte den Kopf. »Die ein Schiff der US-Flotte zum Absturz gebracht haben. Bei denen es sich um ein neues Lebewesen handelt, das zwischen uns umhergeht und von dem man nicht weiß, wozu es fähig ist. Diese Leute sind eindeutig eine ›potenziell existenzielle Bedrohung‹ im Sinne meiner Befehle. Und dieser Ort hier, Happy Landings, ist eine Art Brutstätte, so viel steht fest. Ein Nest, wenn Sie wollen. Wir sind hierhergeschickt worden …«

»Um uns den Ort genau anzusehen!«, fiel ihm Mac ins Wort. »Um mit den Leuten zu reden! Deshalb sind unsere Gondeln mit Ethnologen, Anthropologen, Genetikern und Linguisten vollgestopft. So lauteten unsere Befehle!«

»Das war doch alles bloß zum Schein«, erwiderte Cutler herablassend.

»Hm«, machte Maggie. »In Ihrer Mitteilung behaupten Sie, Sie hätten die Bombe bereits scharfgemacht. Obwohl Sie mir zu diesem Zeitpunkt noch nicht einmal von ihrer Existenz berichtet hatten.«

»Auch das geschah streng nach Befehl, Kapitän Kauffman.« Er tippte auf seine Aktentasche. »Jetzt müssen Sie nur noch Ihre Entscheidung treffen. Mit diesem Gerät können Sie die Waffe wieder entschärfen, wir können sie zurückziehen und wieder entfernen. Oder …«

»Schon gut, Ed, Sie haben genug gesagt. Bitte gehen Sie.«

Er erhob sich, blasiert, glatt, akribisch gekämmt. »Ich habe meine Befehle ausgeführt. Falls Sie noch mehr Unterstützung meinerseits benö…«

»Bestimmt nicht.«

Als er endlich draußen war, griff sie unter die Schreibtischplatte. »Jetzt brauche ich wirklich was zu trinken, Mac. Großer Gott! Als hätte ich nicht schon genug mit den Nachwirkungen unserer Mission zu tun.«

Mac nickte nur zustimmend. Ihre lange Reise hatte eine ungelöste Frage hinterlassen. Auf dem Rückweg hatten sie die Truppe, die Maggie zurückgelassen hatte, um die Krabbenkultur auf Erde West 17.297.031 zu untersuchen, wieder abgeholt. Aber zuvor, auf der Monderde West 247.830.855, waren die dort zurückgelassenen Wissenschaftler nicht mehr aufzufinden gewesen. Aufgrund der zur Neige gehenden Schiffsvorräte hatten sie nicht länger nach ihnen suchen können, und Maggie war nicht gewillt, noch weitere ihrer Leute als Suchtrupp zurückzulassen, schon weil sie nicht wusste, wann und ob überhaupt wieder eine nächste Mission dorthin ausgesandt würde. Also hatten sie Vorräte, Funkfeuer und Nachrichten zurückgelassen, sogar Wechselboxen, falls die verschwundene Mannschaft wieder zum Treffpunkt zurückfand, und waren nach Hause gefahren. Maggie verlor nicht gerne Leute. Sofort nach ihrer Rückkehr hatte sie eilig die Familien aufgesucht, bevor Davidson sie mit einer neuen Mission beauftragt und wieder hinausgeschickt hatte – hierher.

Jetzt hockte sie hier wie eine unglückliche Henne auf einer Atomwaffe.

»Dieser Cutler«, brummte sie und goss Mac seinen Whisky

ein. »Mir ist noch nie jemand begegnet, der seine Rolle im Leben so gut ausfüllt.«

Mac grunzte. »Und der woanders auch gar nicht reinpassen würde. Wohingegen Sie ein bisschen amorpher sind. Deshalb sind Sie auch seine Vorgesetzte, Maggie, und nicht umgekehrt. Womit bewiesen wäre, dass *unsere* Vorgesetzten doch keine kompletten Idioten sind, jedenfalls nicht alle.«

»Absolute Zustimmung. Aber wissen Sie, man hat schon über Cutler und seine Rolle bei dieser Mission gemunkelt, bevor wir die Datum überhaupt verlassen hatten. Ich weiß noch, wie Nathan Boss zu mir kam und von Gerüchten erzählte, Cutler habe von Davidson einen besonderen Auftrag erhalten.«

Mac ging nicht darauf ein. »Na und? Hören Sie, Ed Cutler spielt keine Rolle mehr. Er hat seine Aufgabe erfüllt. Jetzt zählt nur, wie Sie mit diesem Schalter vor Ihnen auf dem Schreibtisch umgehen.«

»Ich würde das Ding am liebsten kurz und klein schlagen, Mac. Ganz ehrlich. Ich soll hier nicht nur über das Schicksal dieser paar Next entscheiden, was immer sie auch sein mögen, sondern über das aller Bewohner von Happy Landings. Wir reden hier von einer Atombombe. Das gibt jede Menge Kollateralschaden …«

»Aber Sie können die Entscheidung nicht einfach aussitzen.«

»Nein, das geht nicht. Ich muss die Sache sehr ernst nehmen.«

»Ein karriereentscheidender Moment?«

»Mehr als das, Mac. Lebensentscheidend. Egal, wie ich mich entscheide, ich muss für den Rest meiner Tage damit leben.« Sie massierte sich die Schläfen. »Eins ist klar. Es reicht nicht, einfach abzuwarten und meinem Gewissen zu lauschen. Ich muss die Sache offen ansprechen. Mir Rat holen.«

»Eine Anhörung einberufen«, sagte Mac.

»Was?«

»Besorgen Sie sich ein paar Ratgeber. Einen für jede Position, für und gegen den Einsatz der Atombombe. Diejenigen müssten die Meinung, die sie einnehmen, nicht unbedingt vertreten. Sie sollten nur logisch argumentieren.«

»Keine schlechte Idee.« Sie sah ihn an. »Wissen Sie, was? Sie haben sich gerade freiwillig gemeldet.«

Er nippte an seinem Single Malt. »Hab mir schon gedacht, dass mir so was passieren könnte. Ist mir ein Vergnügen.«

»Ich fürchte, dass es kein so großes Vergnügen sein wird.«

»Wie bitte?«

»Ich kann keinen durchgeknallten Fanatiker wie zum Beispiel Ed Cutler für die Atombombe sprechen lassen. Ich brauche jemanden, der bei Trost ist. Sie, Mac.«

»Moment mal. Ich soll *dafür* sprechen, die Bombe zu schmeißen?«

»Ich habe doch gerade gesagt, dass die jeweiligen Vertreter nicht notwendigerweise persönlich hinter ihrer Position stehen müssen ...«

»Herrgott noch mal, ich bin Arzt. Wie soll ich denn für Massenvernichtung plädieren?«

»Indem Sie Ihr Gewissen beiseiteschieben und an die Vernunft appellieren. Wie Sie bereits gesagt haben. Sie sind Arzt, aber Sie sind auch Soldat. Betrachten Sie es doch von dieser Seite, Mac. Wenn die Logik, die Sie in die Waagschale werfen, Sie selbst überzeugt, dann gewinnen Sie auch die Debatte.«

»Sie haben gesagt, dass Sie mit dieser Entscheidung den Rest Ihrer Tage leben müssen, so oder so. Falls ich die Debatte gewinnen sollte ... könnte ich mir das nie verzeihen. Nicht einmal ein Priester könnte so etwas vergeben.«

»Ich weiß es durchaus zu schätzen, wie schwer Sie es sich damit machen, Mac. Helfen Sie mir?«

»Ist das ein Befehl?«

»Natürlich nicht.«

»Zum Teufel damit. Zum Teufel mit Ihnen.« Er leerte sein Glas und erhob sich. »Wann?«

Sie überlegte. »Die Bombe ist noch geheim, aber das dürfte sie nicht mehr lange bleiben. In vierundzwanzig Stunden, Mac. Hier bei mir.«

»Herrgott noch mal. Herrgott noch mal.« Er ging zur Tür. »Wen holen Sie sich für die Gegenposition?«

»Weiß ich noch nicht. Darüber muss ich noch nachdenken.«

»Herrgott noch mal.« Er knallte die Tür hinter sich zu.

Maggie lehnte sich zurück, seufzte, überlegte, ob sie sich noch einen Whisky gönnen sollte, und entschied sich dagegen.

Shi-mi erschien von dort, wo sie sich versteckt hatte, und sprang auf den Schreibtisch. Sie schnüffelte an der Aktentasche, ihre elektronischen Augen glitzerten misstrauisch. »Ich habe dir ja gesagt, dass Cutler als Waffe mit an Bord ist, Käpt'n«, sagte sie.

»Ja, ja.«

»Meine Intuition hat nicht getrogen. Aber selbst ich hätte mir nicht träumen lassen, wie buchstäblich nah ich damit an der Wahrheit war.«

»Ist ja gut, Klugscheißerin. Unsere Frage lautet jetzt: Wie gehen wir weiter vor?«

»Du musst eine Entscheidung treffen«, antwortete Shi-mi. »Die Idee mit dieser Anhörung ist nicht schlecht. Aber wie Mac schon gefragt hat – wer soll dafür sprechen, die Next zu verschonen?«

»Vermutlich einer von ihnen.«

»Nein. Es darf keiner der Next sein.«

»Warum nicht?«

»Denk doch mal logisch«, sagte Shi-mi. »Es geht doch darum, dass diese Next keine Menschen sind. Sie sind eine neue Spezies, und genau deshalb stellen sie eine Bedrohung für die Menschheit dar. Daraus folgt, dass wir eine menschliche Entscheidung treffen müssen. Sie kann nicht, nicht einmal teilweise, von den Next selbst getroffen werden. Du brauchst einen Menschen, der für ihr Überleben plädiert, der eine

Sache vertritt, die auf den Interessen der Menschheit basiert, nicht auf den Interessen der Next. Natürlich darf er sich Argumente und Beweise von überall her besorgen.«

»Warum sagst du ›er‹? An wen denkst du?«

»Joshua Valienté.«

»Den Superwechsler? Kennst du ihn?«

»Ein alter Freund.«

»Warum erstaunt mich das nicht? Ist er denn hier? Und woher weißt du das? Ach, ist ja auch egal. Natürlich weißt du es. Kannst du ihn ausfindig machen? Ihn bitten herzukommen?«

»Überlass das alles mir.« Die Katze sprang vom Schreibtisch.

# 44

Während sie sich auf die »Anhörung« mit Mac und Valienté vorbereitete, blieb Maggie Zeit, darüber nachzudenken, wie es wohl kam, dass ausgerechnet sie auf diesem Schleudersitz saß.

Admiral Davidson musste unter gewaltigem Druck gestanden haben, von ganz oben im Weißen Haus und von anderen Seiten. Sonst hätte er die geheime Verladung von Massenvernichtungswaffen in Schiffe, die in erster Linie Lewis-und-Clark-Erkundungsschiffe sein sollten, nie erlaubt, ganz zu schweigen von der Bevollmächtigung, im Ernstfall eine Atombombe gegen Happy Landings einzusetzen, eine nichtmilitärische Siedlung innerhalb der amerikanischen Ägide. Aber Maggie kannte Davidson schon sehr lange. Bei der Rebellion von Walhalla im Jahre 2040 beispielsweise hatte er sich als jemand erwiesen, der sich nicht von seinen Instinkten lenken ließ. Vielleicht hatte er diesen Giftbecher an Maggie weitergereicht, um zu verhindern, dass er jemals vergossen wurde.

Aber das alles spielte jetzt keine Rolle, dachte Maggie. Wie sie auch an diese Verantwortung geraten sein mochte, sie saß an der entscheidenden Stelle. Und wie schon seit damals, als sie das Kommando über die *Benjamin Franklin* übernommen hatte, von der *Armstrong* ganz zu schweigen, hatte man ihr notgedrungen die Autonomie gegeben, so zu handeln, wie sie es für richtig hielt, egal unter welchen Umständen. Cutler hatte recht. Sie allein musste diese Entscheidung treffen, weder Davidson noch sonst jemand, ganz egal, wie sie in diese Position geraten war.

Ehe sie sichs versah, war es so weit.

Fast genau vierundzwanzig Stunden nach dem Treffen mit Mac und Ed Cutler wurde Joshua Valienté von Leutnant Schneeball zu Maggies Kajüte begleitet. Mac war bereits da, ausnahmsweise in voller Uniform und mit einem Tablet voller Notizen vor sich auf dem Tisch. Er sah ausgesprochen missmutig aus. Als Joshua eintrat, erhob er sich und nickte auch Schneeball kurz zu.

Ehe der Beagle wieder hinausging, beugte er sich kurz vor und roch an Joshuas Gesicht. Maggie wusste inzwischen, dass dieses Verhalten bei den Beagles in etwa einem Händeschütteln entsprach und in gewisser Hinsicht schon menschlichen Umgangsformen angepasst war.

»Jos-sshua. Wie geht es deinem R-rrhücken?«

»Nicht mal mehr eine Narbe übrig.«

»Und der-rrh Hh-and?«

Joshua ließ die künstlichen Finger spielen. »Besser als die richtige. Schwamm drüber!«

»Schön, dich wieder-rrh zu sehen, Jos-sshua.«

»Ebenso, Krypto.«

Nachdem Schneeball gegangen war, nahm Joshua Platz, und Maggie begann mit einer kurzen Vorstellungsrunde. Ein Ordonnanzoffizier schob einen Wagen mit Wasser, Kaffee und Säften herein. Maggie stand auf, um die Getränke selbst einzuschenken, Wasser für sich und Mac. Joshua bat um einen Kaffee, was geradezu typisch war, denn ein Pionier würde nie eine gute Tasse Kaffee ausschlagen.

Joshua Valienté trug geflickte Hosen, eine robuste Jacke über einem Jeanshemd und einen Indiana-Jones-Hut, den er über die Stuhllehne hängte. Er sah genau so aus, wie man sich einen Pionier der Langen Erde vorstellte, und Maggie fragte sich, ob er sich zu diesem Anlass extra umgezogen hatte, um damit sein Anliegen zu unterstreichen. Wahrscheinlich eher nicht, entschied sie zögernd. Sie hatte wohl den authentischen Valienté vor sich. Allerdings schien er sich auf seine Weise genauso wenig wohlzufühlen wie Mac.

Sobald jeder etwas zu trinken hatte, verriegelte Maggie die Tür.

»Da wären wir also, meine Herren. Die Toilette ist dort drüben, hinter dieser Tür. Ansonsten kommt hier niemand rein, ehe wir … Entschuldigung: ehe *ich* eine Entscheidung getroffen habe. Jetzt liegt es nur noch an uns. Allerdings wird alles aufgezeichnet, für das Kriegsgericht, das sich später einmal wahrscheinlich für mich interessieren dürfte.«

Joshua machte ein überraschtes Gesicht.

»So sieht das Leben beim Militär nun mal aus, Mr Valienté.«

»Nennen Sie mich Joshua.«

»Danke. Aber Sie beide werden keinesfalls belangt. Ich habe mich erkundigt, mein Stellvertretender hat ein paar juristische Recherchen angestellt, und ich habe seine Empfehlungen und meine Sicht der Dinge im Logbuch festgehalten. Sie sind einfach nur Ratgeber. Sie auch, Mac.«

Mac zuckte die Achseln. »Nach dieser Geschichte quittiere ich wahrscheinlich sowieso den Dienst.«

»Ganz bestimmt. Auch bei Ihnen möchte ich mich bedanken, dass Sie gekommen sind, Joshua. Ich weiß es zu schätzen, dass Sie sich all dem hier aussetzen, obwohl Sie es nicht müssten. Nebenbei gesagt: Ich wusste gar nicht, dass Sie Schneeball kennen.«

»Er hat mir mal das Leben gerettet. Zumindest hat er mich weitestgehend verschont. Das genügt vermutlich als Grundlage für eine Freundschaft.« Joshua grinste. »Wie Hund und Katz, was, Käpt'n?«

Sie warf Mac einen kurzen Blick zu, der sich nichts anmerken ließ. Maggie schloss daraus, dass Joshua nichts von der Rolle wusste, die Mac bei dem späteren Schicksalsschlag spielte, der die Beagles ereilt hatte. »So sieht's aus, Joshua«, sagte sie.

»Hören Sie, Frau Kapitän, ich weiß immer noch nicht genau, warum Sie sich ausgerechnet mich für dieses … wie sollen wir es nennen … für diese Anhörung ausgesucht haben?«

»So können Sie es nennen«, brummte Mac. »Eine Gruppe Menschen ist angeklagt und könnte zum Tode verurteilt werden. Eine ganze Spezies könnte ausgelöscht werden. Je nachdem, wie man die Sache betrachtet.«

»Aber wieso ich?«

Maggie dachte noch einmal darüber nach, was Shi-mi ihr geraten hatte, darüber, was sie von diesem Mann namens Valienté wusste. »Weil auch Sie ein Außenseiter gewesen sind, damals, als es mit dem Wechseln anfing. Sie waren *anders.* Sie wissen, wie man sich in so einer Lage fühlt. Und weil Sie sich, trotz allem, als anständiger Mensch mit gesunden Instinkten erwiesen haben. Das beweisen die Akten, die man über Sie einsehen kann. Außerdem wissen wir aus den Unterlagen aus Pearl Harbor, dass Sie mit einem dieser Next befreundet sind.« Sie warf einen Blick auf ihre Notizen. »Paul Spencer Wagoner? Von daher sind Sie in der Lage, die Situation richtig einzuschätzen.«

»Ich weiß nicht, ob ich mir noch wie ein menschliches Wesen vorkomme, wenn ich hier auf diese Weise zu Gericht sitzen muss.«

Mac grinste. Es war ein kaltes, humorloses Grinsen. »Sollen wir die Rollen tauschen?«

»Diese Entscheidung obliegt mir, nicht Ihnen«, sagte Maggie. »Die gesamte Verantwortung liegt bei mir.«

Joshua nickte, sah aber trotzdem alles andere als glücklich aus. »Ich habe mich nicht groß informiert. Ehrlich gesagt hätte ich nicht gewusst, wo ich anfangen oder was ich überhaupt recherchieren soll.«

»Gut so«, erwiderte Maggie. »Folgen Sie Ihrem Herzen. Schön. Fangen wir an. Ich habe keinen festen Ablauf im Kopf, kein Format, auch keine zeitliche Begrenzung. Möchten Sie den Anfang machen, Mac?«

»Klar.« Mac warf einen letzten Blick auf sein Tablet, dann spreizte er die Hände auf dem Tisch. »Wir sollten uns von Anfang an klar darüber sein, worüber wir hier eigentlich reden. Wir haben eine Atomwaffe von der Größe der Hiroshima-Bombe mitgebracht, einer Bombe, die zerstörerischer ist als die, mit der Madison vernichtet wurde, aber das nur nebenbei. Ich weiß, dass Sie, Joshua, das Ausmaß der Zerstörung damals selbst gesehen haben. Wir sprechen darüber, ob wir diese Bombe ohne Vorwarnung inmitten dieser Siedlung zünden sollen. Selbstverständlich ohne Vorwarnung, wir wollen schließlich niemanden entkommen lassen. Ich möchte an dieser Stelle anmerken, dass es die üblichen Kollateralschäden geben dürfte. Der letzte Wetterbericht, den ich für diese Region von den Meteorologen an Bord eingeholt habe, besagt, dass die radioaktive Wolke von hier aus nach Südosten ziehen würde. Damit werden auch andere Gemeinden in Mitleidenschaft gezogen, von denen viele, soweit wir wissen, überhaupt nichts mit den Next zu tun haben. Aber das liegt nun mal im Wesen dieses Einsatzes. Happy Landings selbst würde jedenfalls völlig ausgelöscht und auch jedes Lebewesen im gesamten Umkreis, mit Ausnahme von Kakerlaken – Menschen, Trolle, Next und alles, was sonst noch dort lebt.«

Maggie nickte. »Militärisches Ziel ist, die angenommene Quelle dieses neuen Phänomens, die Next, vollständig auszuradieren.«

»Ganz genau«, sagte Mac. »Da wir uns jetzt über den Preis dieser Aktion im Klaren sind, möchte ich gleich den allerzwingendsten Grund dafür nennen, weshalb wir sie sofort durchführen sollten. *Weil wir es können.* Gut möglich, dass wir keine zweite Chance wie diese mehr bekommen. Vermutlich gibt es noch andere Next-Zentren, die wir bereits mit allem Nachdruck ausfindig zu machen versuchen, aber nach den genetischen Untersuchungen sind wir ziemlich sicher, dass dieser Ort hier der Ursprung war. Damit töten wir mit Sicherheit nicht alle Next, aber es ist ein entscheidender Schlag gegen sie und verschafft uns Zeit, die anderen aufzuspüren und in aller Ruhe zu eliminieren. Wenn wir jetzt jedoch zögern …« Er sah Maggie ernst an. »Momentan sind sie superklug, aber es sind wenige, und sie sind körperlich und wirtschaftlich schwach. Sie besitzen keine Superwaffen oder so etwas – in dieser Hinsicht sind sie jetzt nicht stärker als wir, noch nicht. Aber das kann sich rasch ändern.«

Nach einer kurzen Pause fuhr er fort: »Ich habe mir die Sprachanalysen und die kognitiven Tests angesehen. Unsere lachhaften Versuche, die IQs dieser Kreaturen zu messen. Sie sind klüger als wir. *Qualitativ.* So wie wir klüger als Schimpansen sind. So wie ein Schimpanse nichts von dem Flugzeug versteht, das über seinen Baumwipfel fliegt, und noch weniger von der globalen technologischen Zivilisation, von der er selbst ein Teil ist, so sind wir nicht in der Lage, uns auch nur ansatzweise vorzustellen, wozu die Next in der Lage sind – was sie in Zukunft tun, sagen oder erschaffen werden. So wenig wie sich ein Neandertaler die Atomwaffe vorstellen konnte, die hier auf Happy Landings niedergeht. Wir sollten jetzt zuschlagen, solange wir noch dazu in der Lage sind – solange sie uns nicht daran hindern können.«

»Ich kann mir vorstellen, wie solche Sätze in den Einsatzzentralen ausgesprochen werden«, sagte Maggie. »Wir sollten uns erheben und sie so vernichten, wie die amerikanischen Ureinwohner die Konquistadoren hätten vernichten sollen, als sie von ihren Segelschiffen an Land kamen.«

Mac lächelte grimmig. »Oder, was in diesem Falle die bessere Analogie ist, wie diese Neandertaler, die ich erwähnt habe. Sie hätten ihre großen fiesen Keulen in die Hand nehmen und die flachen Gesichter der ersten *Homo sapiens*, die nach Europa gewandert kamen, damit einschlagen sollen.«

»Darf ich gleich was dazu sagen?«, erkundigte sich Joshua.

»Jederzeit«, antwortete Maggie. »Es gibt keine festen Regeln.«

»In beiden Fällen, die Sie erwähnt haben, hätte der Widerstand lediglich ein wenig Zeit gegenüber den Invasoren erkauft. Auf Columbus und Cortés und Pizarro wären andere und noch mehr Europäer gefolgt.«

»Stimmt«, sagte Mac. »Aber diese Zeit können wir gut gebrauchen. Wir sind keine übermenschlichen Genies wie diese Next, aber wir sind auch keine Trottel. Wir sind nicht so schwach wie die Indianer oder die Neandertaler. Wenn wir mehr Zeit haben, können wir uns organisieren, wir können sie weiter jagen und ausrotten. Vergessen Sie nicht, dass ihre DNA sie verrät. Die lässt sich nicht verbergen. Außerdem gibt es Milliarden von uns und nur eine Handvoll von ihnen.« Man sah ihm an, dass er sich ziemlich unwohl fühlte. »Außerdem sind viele schon gechipt worden, bei der Inhaftierung auf Hawaii. Auch das würde helfen.«

»Aber Mac«, sagte Maggie, »Sie plädieren für Mord. Kaltblütigen, vorsätzlichen Mord. Wie wollen Sie das rechtfertigen?«

Man musste Mac zugutehalten, dass er in seiner Rolle blieb. »Es ist kein Mord, Maggie. Nicht, wenn Sie das Argument übernehmen, dass es sich um eine andere Spezies handelt. Die Next sind keine Menschen. Es ist vielleicht grausam, wenn wir ein Pferd niederschießen, aber es ist kein Mord, weil das Pferd nicht unserer Spezies angehört. Unsere sämtlichen Gesetze und Gebräuche basieren auf dieser Sicht der Dinge. Im Verlauf unserer Geschichte, und wahrscheinlich sogar schon in der Vorgeschichte, haben wir die Interessen der Menschen stets vor die der Tiere gestellt. Wir haben den Leoparden getötet, der uns über die afrikanische Savanne gehetzt hat, wir haben die Wölfe ausgerottet, die es in den Wäldern Europas auf unsere Kinder abgesehen hatten. Wenn es nötig ist, setzen wir auch heute noch auf radikale Ausrottung: Viren, Bakterien …«

»Die Next sind etwas anderes als Viren«, warf Joshua scharf ein. »Und wir vernichten nicht immer, nur weil wir in der Lage dazu sind. Wir haben die Trolle beschützt.« Er warf Maggie einen Blick zu. »Sie waren selbst an der Kampagne beteiligt, Käpt'n. Allein die Tatsache, dass Sie Trolle in Ihre Besatzung aufgenommen haben …«

Mac schüttelte den Kopf. »Die Trolle werden geschützt, *als wären sie Menschen,* zumindest nach amerikanischem Gesetz, auch wenn sie nicht in Gänze als menschlich oder auch nur dem Menschen gleichwertig angesehen werden. Jedenfalls sieht die Praxis völlig anders aus. Noch nie hat ein Troll nachweislich einem Menschen Schaden zugefügt, höchstens unabsichtlich oder aufgrund einer Provokation. Solche Vorfälle sind immer der Fehler eines Menschen gewesen. Die Trolle stellen keine Gefahr für uns dar. Die Next hingegen, so steht zu befürchten, könnten eines Tages nicht nur für einzelne Menschen, sondern für uns alle eine Bedrohung darstellen, genau, wie Cutler gesagt hat. Sie könnten uns alle ausrotten.«

»Das ist eine extreme Position«, erwiderte Joshua. »Selbst wenn sie uns feindlich gesinnt wären – warum sollten sie so weit gehen?«

»Gute Frage«, sagte Mac. »Aber die genetischen, linguistischen und kognitiven Beweise laufen alle auf eins hinaus – dass es sich tatsächlich um eine andere Spezies handelt, die inmitten unserer Welten entstanden ist. Und deshalb wird es Auseinandersetzungen zwischen uns geben, das ist ganz unvermeidlich. Auseinandersetzungen, die erst mit der Auslöschung der einen oder anderen Seite enden. Enden müssen! Ich sage Ihnen auch, warum: Die Next sind keine Menschen. Aber das erdrückendste Argument, das ich gegen sie anführen kann, ist, dass sie den Menschen viel zu ähnlich sind. Sie mögen klüger sein als wir, aber sie haben dieselbe äußere Erscheinung, sie nehmen dieselbe Nahrung zu sich, und sie müssen in denselben Klimazonen wohnen wie wir. Es ist ein klassischer Darwin'scher Konflikt zwischen zwei Spezies, die um dieselbe ökologische Nische kämpfen. Und Darwin selbst wusste, was er damit meinte.«

Mac suchte in seinem Tablet. »Ich habe dieses ganze Zeug schon während des Medizinstudiums gelesen, damals, in einem anderen Zeitalter … Hätte nie gedacht, dass ich mal direkt damit zu tun bekomme. Kapitel 3, Die Entstehung der Arten, 1894: ›Da die Arten einer Gattung gewöhnlich, doch keineswegs immer, viel Ähnlichkeit mit einander in Lebensweise und Constitution und immer in der Structur besitzen, so wird der Kampf zwischen Arten einer Gattung, wenn sie in Concurrenz mit einander gerathen, gewöhnlich ein härterer sein, als zwischen Arten verschiedener Genera.‹« Er legte das Tablet wieder hin. »Darwin wusste es. Er hätte diese Situation voraussagen können. Es wird keinen Krieg geben. Es wird sich auch nicht zivilisiert abspielen. Es wird viel primitiver zugehen. Es wird biologisch ausgetragen. Es ist ein Konflikt, den zu verlieren wir uns nicht leisten können, Maggie. Nur einer von uns kann überleben, wir oder sie, und wenn wir verlieren, verlieren wir alles. Und gewinnen können wir nur dann, wenn Sie jetzt handeln.«

»Wir reden hier nicht über Biologie«, erwiderte Joshua hitzig, »sondern über menschliche Wesen. Selbst wenn sie uns vernichten könnten, so haben wir doch keinen einzigen winzigen Beweis dafür, dass sie es auch tun werden.«

»Doch«, sagte Mac, »den haben wir.«

»Welchen denn?«

»Allein die Tatsache, dass wir überhaupt hier sitzen und uns darüber unterhalten, ob wir eine offensichtlich vernunftbegabte, menschenähnliche Spezies ausradieren. Allein dadurch, dass wir darüber reden, schaffen wir einen Präzedenzfall, verstehen Sie das nicht? Und wenn *wir* so ein Vorgehen ins Auge fassen können, warum sollten *sie* es in Zukunft nicht tun?«

»Das ist doch lächerlich«, sagte Joshua. »Mit solchem Gedankengut hätte man auch den Kalten Krieg jederzeit heiß werden lassen können, und wir alle wären schon Jahrzehnte vor dem Wechseltag tot gewesen. Schmeiß den Feind mit Atombomben zu, damit er gar nicht erst die Gelegenheit bekommt, dich selbst damit zuzuschmeißen.«

»Eigentlich nicht«, mischte sich Maggie ein. »Dieser Gedanke ist keineswegs so krude. In den vergangenen paar Jahrzehnten hat die Menschheit gelernt, mit existenziellen Bedrohungen immer besser umzugehen – Bedrohungen, die normalerweise recht unwahrscheinlich sind, die aber, falls sie doch eintreten, extreme Konsequenzen nach sich ziehen. Yellowstone haben wir letztendlich nicht kommen sehen. Aber wir planen, gefährliche Asteroiden aus dem Weg zu schaffen … Jedenfalls haben wir so etwas vor Yellowstone noch geplant. Ich würde sagen, die Grundphilosophie besteht darin, dass man auf solche Bedrohungen reagieren sollte, idealerweise mit dem Einverständnis der Öffentlichkeit und unter Einsatz von Ressourcen, die in einem gewissen Verhältnis zur Wahrscheinlichkeit eines solchen Geschehens und den Ausmaßen seiner Konsequenzen stehen.«

»Und in diesem Fall«, sagte Mac sehr ernst, »wägen wir das Risiko ab, von diesen Next vernichtet zu werden oder vielleicht auch ein nicht ganz so grausames Schicksal wie etwa die Versklavung zu erleiden, und zwar gegen den Preis einer einzigen Atombombe und der darauf folgenden Aufspür- und Tötungsaktion. Dazu kommt noch der Tod einer unbekannten Anzahl Unschuldiger. Normaler Menschen, will ich damit sagen. Wobei ich einräume, dass auch diese Next-Kinder unschuldig sind.« Er sah erst Maggie, dann Joshua an. »Mehr habe ich dazu nicht zu sagen.«

Eine ganze Weile herrschte Stille in der Kabine. Dann sagte Maggie: »Verdammt, Mac, Sie haben sich sehr gut geschlagen. Jetzt überzeugen Sie, Joshua, mich bitte davon, dass er sich irrt.«

Joshua sah Mac an und sagte: »Tja, zu Darwin kann ich nichts sagen. Von dem weiß ich nichts. Auch Columbus, Cortés und die Neandertaler habe ich nie kennengelernt. Ich habe auch keine großartigen Theorien. Ich kann Ihnen nur etwas über die Leute erzählen, die ich kenne. Ich glaube, der erste ›Nächste‹, den ich einigermaßen gut kennengelernt habe, war ein kleiner Junge namens Paul Spencer Wagoner. Was Ihnen bekannt sein dürfte, denn es steht in Ihren Akten. Ich habe ihn sogar hier in Happy Landings kennengelernt. Damals war er fünf Jahre alt. Jetzt, nach all diesen Jahren, habe ich ihn hierher zurückgebracht. Er ist irgendwo dort unten und sitzt auf Ihrer verdammten Bombe. Er ist neunzehn Jahre alt …«

Er sprach davon, was er von dem heranwachsenden Paul Spencer Wagoner mitbekommen hatte. Von den Eltern, denen es im turbulenten Happy Landings nicht mehr gefiel. Davon, wie der emotionale Druck, der allein durch die Eigenheiten der Next-Kinder hervorgerufen wurde, die Familie auseinandergerissen hatte. Wie ein verlorener kleiner Junge in dem Heim, in dem auch Joshua aufgewachsen war, ein neues Zuhause fand. Wie der traumatisierte junge Mann, zu dem er geworden war, eingesperrt wurde wie ein lebenslänglich Gefangener und wie lebenslustig er dennoch war, voller Tatendrang und Mitgefühl, wenn er sich unter seinesgleichen aufhielt.

»Sie sind auch unsere Kinder«, sagte er bestimmt. »Unser aller Kinder. Sie sind klüger als wir. Na und? Soll ein Vater seinen Sohn töten, nur weil der Sohn klüger ist als er? Unterschiede lassen sich nicht ausrotten, nur weil man sich davor fürchtet.« Er warf Maggie einen Blick zu. »Ich weiß, dass Sie so etwas nicht tun würden, Käpt'n. Nicht Sie, die Sie Trolle und einen Beagle in Ihrer Besatzung haben!«

Ganz zu schweigen von einer Roboterkatze, dachte Maggie.

»Erklären Sie mir, warum Sie diese Nicht-Menschen an Bord genommen haben.«

Maggie dachte kurz darüber nach. »Um den Kleingeistern und Neinsagern etwas entgegenzusetzen, glaube ich. Und …« Sie musste daran denken, was Schneeball gesagt hatte, als sie sich über eine ganze Nation vernunftbegabter krabbenartiger Kreaturen gewundert hatten, sehr, sehr weit von zu Hause entfernt: *Eure Gedanken, meine Gedanken, immer abhängig von Blut, von Körper-rhh. Brauchen anderes Blut, andere*

*Körper-rhh, um Gedanken zu überprüfen. Mein Blut nicht deins. Meine Gedanken nicht eure.*

»Wegen der Vielfalt«, sagte sie. »Weil ich eine andere Perspektive haben wollte. Nicht unbedingt eine bessere oder schlechtere. Wie sollen wir die Welt sonst richtig erkennen, wenn nicht mit den Augen der anderen?«

»Genau«, sagte Joshua. »Die Next stehen für etwas Neues, wie bedrohlich wir sie auch empfinden. Vielfalt. Was ist das Leben denn wert, wenn man es nicht mit beiden Armen umfängt? Und ... ja, sie gehören zu uns. Mehr habe ich nicht zu sagen, Käpt'n, ich hoffe, das genügt.«

»Ich danke Ihnen, Joshua.« Sie glaubte zu spüren, wie sich die Entscheidung in ihrem Kopf langsam formte. Lieber auf Nummer sicher gehen. »Wie wäre es mit einem Schlussplädoyer? Noch ein Satz von jeder Partei. Mac?«

Mac schloss die Augen und lehnte sich zurück. »Wissen Sie, meine größte Furcht ist nicht die Sklaverei, nicht einmal die völlige Auslöschung. Sondern, dass wir sie eines Tages anbeten werden. Wie Götter. Wie heißt es in den Zehn Geboten? ›Du sollst keine anderen Götter neben mir haben.‹ Exodus, Kapitel 20, Vers 3. Wir haben die biologische, moralische und sogar religiöse Verpflichtung, um auf diese Weise und nicht anders zu handeln, Maggie.«

Sie nickte. »Joshua?«

»Mein letzter Punkt ist, glaube ich, eher praktischer Natur. *Sie können nicht alle erwischen,* hier und heute. Sie, Doktor, behaupten, Sie könnten den Rest aufspüren. Das bezweifle ich. Die Next sind zu schlau. Sie finden immer Mittel und Wege, uns zu entkommen, Möglichkeiten, die uns nicht einmal in den Sinn kommen. Wir können nicht alle umbringen. Aber die Next werden nie vergessen, dass wir es versucht haben.«

Maggie verspürte ein Frösteln, ganz tief in ihrer Seele.

Mac seufzte, als wiche alle Spannung von ihm. »Wär's das jetzt? Sind wir fertig? Sollen wir Sie eine Zeitlang allein lassen, Käpt'n?«

Sie lächelte. »Nicht nötig.« Sie tippte auf den in ihrem Schreibtisch eingelassenen Bildschirm. »Nathan?«

»Ja, Käpt'n?«

Sie zögerte noch eine Sekunde, überdachte ihre Entscheidung ein letztes Mal. Dann sagte sie zu Joshua und Mac: »Die Logik ist mir völlig klar. Moralisch und strategisch wäre es falsch, diese Ausrottung zu veranlassen. Selbst wenn sie funktionieren würde, was nicht sehr wahrscheinlich ist. Wir können uns nicht retten, indem wir die Neuen vernichten. Wir müssen lernen, mit ihnen umzugehen – und hoffen, dass sie uns verzeihen.«

»Käpt'n?«

»Entschuldigen Sie, Nathan. Gehen Sie mit Kapitän Cutler nach unten und holen Sie diese verdammte Bombe aus dem Boden. Ich entschärfe sie von hier oben aus, jetzt sofort. Kümmern Sie sich bitte persönlich darum.«

»Jawohl, Kapitän.«

Sie nahm Cutlers Aktentasche vom Boden und öffnete sie mit einer schrägen Grimasse. »Mac, während ich das erledige, könnten Sie uns was zu trinken einschenken. Sie wissen ja, wo die Gläser sind. Trinken Sie einen mit, Joshua?«

Mac erhob sich. »Das wird allmählich zur Gewohnheit, Maggie.«

»Gießen Sie schon die Gläser voll, Sie alter Quacksalber.«

Er folgte ihrem Wunsch, aber sie nahm seine nach unten gezogenen Mundwinkel, die Verspannung in seinem Hals und die Leere in seinen Augen wahr. Er hatte die Debatte verloren, obwohl er alles darangesetzt hatte, sie zu gewinnen. Sie glaubte, nachvollziehen zu können, was jetzt in ihm vorging. Was, wenn er gewonnen hätte? Wie hätte er damit weiterleben können? Was hatte sie ihm angetan? Welchen Preis hatte sie ihrem alten Freund abverlangt, um diesen Sieg davonzutragen?

Sie begegnete Joshuas Blick. In seinem Ausdruck lag Verständnis. Verständnis und Mitgefühl, sowohl für sie als auch für Mac.

Da tauchte Shi-mi wie aus dem Nichts auf. Maggie hatte nicht gewusst, dass sie im Raum war. Sie sprang auf Joshuas Schoß, und er streichelte sie zur Begrüßung. »Hallo, meine Kleine.«

Shi-mi fauchte Mac an, und Mac fauchte zurück.

Dann stieß Mac seinen Stuhl zurück, erhob sich und ging zur Tür. »Ich glaube, ich gehe Ed Cutler ein bisschen quälen. Vielleicht dürfte ich mir Ihre künstliche Hand ausborgen, Joshua? He, Ed! *Mein Führer – ich kann wieder gehen!*«

»Ich will Ihnen etwas verraten«, sagte Joshua zu Maggie, nachdem er draußen war. »Es bedeutet Ihnen wahrscheinlich nicht viel, aber meine Kopfschmerzen sind weg. Vielleicht heißt das, dass wir heute die richtige Entscheidung getroffen haben. Was meinst du, Shi-mi?«

Die Katze schnurrte nur und stieß das Köpfchen in seine künstliche Hand, damit er sie noch kräftiger kraulte.

# 45

Einen Monat, nachdem die *Armstrong* und die *Cernan* aus Happy Landings zurückgekehrt waren, kündigte Lobsang an, er wolle den Ort selbst noch einmal aufsuchen.

Agnes begleitete ihn.

Sie hatte nur gelegentlich, meist über Joshua, etwas davon mitbekommen, was an diesem Ort vor sich gegangen war. Irgendeine große Sache mit den Militär-Twains, allen möglichen Waffen und mit den Kindern, die inzwischen die Next genannt wurden. Ihrer Meinung nach war die Hauptsache, dass letztendlich doch niemand irgendwelche Bomben auf irgendjemand anderen geworfen hatte und dass Paul Spencer Wagoner, ein ehemaliges Kind aus ihrem Heim, in Sicherheit war – obwohl niemand zu wissen schien, wo er sich eigentlich aufhielt.

Trotzdem war sie sehr neugierig darauf, diesen geheimnisvollen Ort mit eigenen Augen zu sehen. Warum auch nicht?

So machten sich Lobsang und Agnes, nur sie beide, in einem kleinen, sehr komfortablem Privat-Twain auf die Reise.

Als sie über Happy Landings angekommen waren, wachte Agnes wie üblich bei Tagesanbruch auf. Im winzigen Küchenbereich bereitete sie rasch ein Frühstück aus Rühreiern und Kaffee und brachte es auf einem Tablett zu Lobsang in den Salon. Er behauptete immer, Eier seien für sie beide sehr gut, weil ihre künstlichen Körper Proteine bräuchten.

Als sie eintrat, stand er am großen Panoramafenster und blickte auf die Stadt hinab. Von so hoch oben überblickte Agnes die Anlage der Stadt, die sie sich schon vorher auf einem Plan angesehen hatte: der Fluss, das Rathaus, die großen Plätze, die Wege, die in den Wald führten. Nirgendwo ein Anzeichen dafür, dass die Militärschiffe hier gewesen waren. Alles sah für eine Siedlung in den Hohen Megas ganz normal aus.

Bis auf die Tatsache, dass sich nichts rührte. Kein Verkehr auf den Feldwegen, kein Rauch stieg von den Gebäuden auf. Keine Trollgruppen, die am Fluss gemeinsam sangen.

»Leer«, sagte sie.

»Sie sind weg. Die Next. Mitsamt ihren Familien. Sogar die Nachbargemeinden sind wie leergefegt. Wir blicken auf einen leeren Kontinent, Agnes. Und – oha.« Lobsang zuckte zusammen und erstarrte. Alles Leben schien von ihm zu weichen.

»Lobsang? Alles in Ordnung?« Sie stellte das Tablett ab und rüttelte ihn an der Schulter. »Lobsang!«

Er kam wieder zu sich, seine Züge belebten sich wieder. Dann setzte er sich und sank regelrecht in sich zusammen, als hätte ihm jemand in den Magen geboxt.

»Was ist mit Ihnen, Lobsang? Was ist passiert?«

»Ich habe gerade eine Botschaft erhalten.«

»Was für eine Botschaft? Von wem?«

»Von den Next«, sagte er ein wenig gereizt. »Von wem sonst? Eine Nachricht, die irgendwie durch unsere Ankunft ausgelöst wurde. Sie ist in Funkfrequenzen hineinkopiert – und nicht besonders dezent gehalten.«

»Was spielt das für eine Rolle? Eine Botschaft an Sie?«

»Nicht direkt. Eine Botschaft an die ganze Menschheit.« Er lachte dumpf. »Wäre schön, wenn sie nur an mich gerichtet wäre. Sie wissen, dass ich davon geträumt habe, mit den Next auf Augenhöhe zu verkehren. Wir hätten bestimmt ein paar gemeinsame Interessen gehabt. Allein schon deshalb, weil ich sie durch meine sorgsamen Beobachtungen und meine Aktionen durch Nelson und Joshua und Roberta Golding und Maggie Kauffman gerettet habe, Aktionen, die sie aus dem Gefängnis auf Hawaii geholt und vor der atomaren Vernichtung bewahrt haben… Wahrscheinlich hatte ich erwartet, als einer der Ihren akzeptiert zu werden. Aber so sehen sie mich allem Anschein nach nicht.«

»Wie sehen sie Sie denn?«

»Als Mittelsmann, glaube ich. Bestenfalls als Abgesandten, schlimmstenfalls als Boten.«

»Als Boten?«

»Aber nicht mal diese Botschaft war allein für mich bestimmt... Sie sind weg, Agnes. Sie sagen, dass sie irgendwohin gegangen sind, wohin ich ihnen nicht folgen kann. Sie haben sich außer Reichweite gebracht. Tja, wer hätte das nicht getan angesichts dessen, was die Menschheit ihnen bereits angetan hat. Und was sie sonst noch erwogen hat, mit ihnen anzustellen.« Er seufzte. »Ich muss darüber nachdenken, wie ich damit umgehe. Aber erst lande ich das Schiff.«

»Zuallererst wird gefrühstückt«, sagte Agnes und holte das Tablett.

Das Twain senkte sich über die grasbewachsene Fläche am Fluss.

Die beiden Passagiere gingen die Rampe hinab und betraten einen mit Herbstblättern bedeckten Boden. Nirgendwo war das geschäftige Treiben von Menschen und Trollen zu sehen, das Agnes erwartet hatte. Die fallenden Ahornblätter waren das Einzige, was sich bewegte. Als sie eins davon aufhob, stellte sie fest, dass es leicht duftete. Einige Blätter waren in den Fluss gefallen und trieben wie eine kleine Regatta auf dem Wasser – ein Anblick, der Agnes durch die Abwesenheit von Menschen verstörender vorkam, als er eigentlich war.

Plötzlich vernahm sie ein leises Knirschen. Schritte auf den Blättern? Sie drehte sich um.

»Dieser Ort dient keinem Zweck mehr«, sagte Lobsang, »und er ist inzwischen viel zu bekannt, als dass sich die Next hier je wieder hätten wohlfühlen können. Leider ist damit eine einzigartige Gemeinschaft verlorengegangen, ein Stück von der Vielfalt der menschlichen Erfahrung. Wir sind also allein, Agnes …«

»Nicht ganz.« Sie deutete hinter ihn.

Vom Rathaus her kamen zwei Gestalten: ein junger Mann und ein Kind, beide in, wie es aussah, gebrauchte Pionierklamotten gekleidet.

»Hallo, Lobsang«, sagte der Mann mit breitem New Yorker Akzent und grinste. In der Hand hielt er fast zärtlich einen Rechen, als hätte er gerade Blätter geharkt.

Der Junge, der asiatisch, vielleicht japanisch aussah, sagte nichts.

Beide musterten erst Schwester Agnes in ihrer Tracht, dann Lobsang in seiner üblichen orangefarbenen Robe und mit dem rasierten Schädel.

Sie nahmen die beiden mit an Bord, ließen sie duschen, gaben ihnen zu essen und passendere Kleidung als die abgelegten Sachen, die sie in den leeren Hütten von Happy Landings gefunden hatten. Dann versprachen sie ihnen, sie mitzunehmen und an jedem Ort ihrer Wahl abzusetzen, und ließen sie erzählen.

Der junge Mann hieß Rich. Er war hierhergefallen, denn das schien der richtige Ausdruck dafür zu sein, wie Happy Landings funktionierte: Man »fiel«, hilflos und unabsichtlich, durch ein Netzwerk weicher Stellen, bis man an diesem eigenartigen Ort landete. Rich war von Dublin aus gefallen, wobei Dublin nicht mal seine Heimatstadt war. Er war ein amerikanischer Austauschstudent, der irische Mythologie studierte. »Zuerst dachte ich, das Guinness hätte etwas damit zu tun«, gab er reumütig zu. »Oder vielleicht die Kobolde, von denen ich gelesen hatte.«

Der japanisch aussehende Junge nannte sich unpassenderweise George. Seine Mutter war Engländerin. Er ging noch zur Schule und war irgendwo beim Wandern gewesen, als er ebenfalls bis hierher fiel.

Beide hatten den Ort bereits verlassen vorgefunden. Allem Anschein nach funktionierte der unheimliche Sammelmechanismus, der Happy Landings stets mit Neuankömmlingen versorgte, noch immer, obwohl die ursprünglichen Bewohner das Weite gesucht hatten. Zum Glück, dachte Agnes, war zuerst Rich hier gelandet und hatte dem zwölfjährigen George helfen können, als der auftauchte. Trotzdem waren die beiden schon seit einigen Wochen ganz auf sich allein gestellt.

Rich schien von seinem Abenteuer nicht sonderlich beeindruckt zu sein, auch wenn beide sehr froh darüber waren, dass jemand sie gefunden hatte. Keiner von beiden wusste, wie er überhaupt hier gelandet war, und erst recht nicht, wohin er sich wenden sollte, um wieder nach Hause zu gelangen. Und während sie redeten, taute auch George allmählich auf. Agnes hatte den Eindruck, dass er dabei nicht nur an Selbstvertrauen, sondern auch an Autorität gewann. Er mochte zwar jünger sein als Rich, aber er war deutlich intelligenter. Vielleicht hätte er eines der superschlauen Kinder von Happy Landings werden können, dachte sie, vielleicht trug er die Gene eines Spencer oder Montecute in sich. Sie fragte sich, was jetzt aus ihm werden sollte.

Der Umgang mit den beiden Jungen tat Agnes ausgesprochen gut.

Sie war eigentlich keine Freundin solcher Urlaubsreisen, selbst dann nicht, wenn sie zu ihrer Entschuldigung vorbringen konnte, dass ihre Arbeit inzwischen darin bestand, für Lobsang zu sorgen. Manchmal fragte sich Agnes, ob sie das Spielzeug eines reichen Mannes geworden war. Was für ein grässliches Schicksal! Ein Schicksal, vor dem Schwester Concepta damals, als Agnes noch zur Klosterschule ging, die großen Mädchen immer gewarnt hatte. Sie hatte mit Strafen wie dem Höllenfeuer gedroht, was die Aussicht auf eine perverse Weise noch verlockender gemacht hatte. Agnes und ihre Freundinnen wie Guinevere Perch hatten hinter vorgehaltener Hand gekichert. Na, bei Guinevere hatte die Botschaft jedenfalls nicht sehr gefruchtet, denn auf dem Höhepunkt ihrer Karriere besaß sie jede Menge Immobilien in Marbella und auf den Seychellen, außerdem ein sehr teures Haus mitten in London, in nächster Nähe zum Unterhaus ... Als Agnes einmal in London zu Besuch gewesen war, hatte Guinevere ihr einige der Geheimnisse ihres gut ausgestatteten Kellers vorgeführt. Die geschmacklosen Fesseln, die lächerlichen Objekte der Lust, der Kontrolle und der Grausamkeit, deren Verwendung Guinevere penibel in ihrem kleinen Notizbuch festhielt – Agnes hatte laut lachen müssen, sehr zur Verwunderung ihrer Freundin, die wohl eher eine Moralpredigt erwartet hatte.

Bei einem Drink hatte Agnes ihr anschließend erzählt, dass sie in kleinen anonymen Wohnungen in Madison, Wisconsin, schlimmere Sünden und seelische Abgründe gesehen habe, als man sich in diesem Londoner Keller je vorstellen konnte. Schlimmere Sünden und viel mehr Hölle, ganz zweifellos. Sie hatte versucht, solche Eindrücke nie ganz an sich herankommen zu lassen, aber selbst jetzt fiel es ihr nicht leicht. Manchmal musste Agnes Lobsang bei seinen schlimmsten Tiraden über die Unzulänglichkeiten der Menschheit zustimmen, und manchmal fiel es ihr schwer, sich daran zu erinnern, dass sie selbst einmal unschuldig gewesen war.

Aber in ihrem Herzen hatte sie sich nicht verändert. Sie wurde noch immer von denselben Impulsen angetrieben, die ihr Leben stets bestimmt hatten. Sie wollte sich um verängstigte Kinder kümmern, so einfach war das. Sie wollte die Besorgten und Bekümmerten trösten, den Hungrigen zu essen geben. Das war schließlich ihr Leben gewesen, der größte Teil davon, der andere hatte darin bestanden, in den Hallen der Mächtigen herumzustänkern ... Wie sehr sie die Krankenstationen und Kindergärten, die Küchen und Hospize vermisste! Demnächst musste sie Lobsang wohl um eine Auszeit bitten, um irgendeinen gottverlassenen, trostlosen Winkel der Langen Erde aufzusuchen, vielleicht auch einen

Ort auf der schon so lange leidenden Datum, wo sie etwas bewirken konnte.

Besser wäre es, sie würden beide etwas finden, woran sie gemeinsam arbeiten konnten. Sie spürte, dass auch Lobsang sich zusehends veränderte. Er war einsichtiger geworden, nachdenklicher. Er hatte Agnes sogar darum gebeten, seine Trainingseinheiten herunterzufahren. Sie hatte die freiwilligen Trainer in aller Höflichkeit entlassen; Cho-je leitete inzwischen wohl eine Boxschule für Yellowstone-Waisen in einer der Nahen Erden. Ja, vielleicht war es an der Zeit, dass sie und Lobsang sich ein gemeinsames Projekt suchten. Etwas Positives, Würdiges, um die Schuld zu lindern, die an ihr nagte.

Gleichzeitig spürte sie, wie ihre zynische Seite sie wegen dieses hinterhältigen Schuldgefühls tadelte. Das war natürlich das dunkle Geheimnis des Katholizismus, das immerzu in einem fortwirkte, ganz egal, für wie raffiniert und durchtrieben man sich hielt. Man schleppte stets seinen eigenen Inquisitor mit sich herum.

In Agnes' Fall sogar bis über das Grab hinaus.

An jenem Abend, als die beiden Jungen in dem kleinen Lagerraum im hinteren Teil der Gondel in improvisierten Betten schliefen, fand Agnes Lobsang, der in anderen Manifestationen in diesem Augenblick zweifellos in den tiefsten Gräben der Ozeane oder auf der Rückseite des Mondes umherwandelte, im kleinen Aussichtsdeck am Tisch sitzend vor. Er trimmte behutsam einen großen Bonsai-Baum in einer Glaskugel, wobei er sich so aufmerksam wie eine Mutter um ihr Neugeborenes um die Ausrichtung jeder Wurzel, jeden Astes und jeden Zweiges kümmerte. Außerdem behängte er die Miniaturäste mit winzigen, handgefertigten Gaben, wie man es in den Gärten buddhistischer Klöster machte.

»Wie schön«, sagte Agnes. »So etwas habe ich noch nie gesehen.«

Lobsang stand auf, als sie den kleinen Raum betrat. Er

stand immer auf, wenn sie ein Zimmer betrat, und das berührte sie sehr. »Ich dachte, es ist an der Zeit, dass ich ihm ein wenig Aufmerksamkeit schenke. Kaum zu glauben, aber er ist ein Geschenk von Sally Linsay. Dieser Baum ist ursprünglich im All gewachsen, sie hat ihn vom Langen Mars mitgebracht. Dabei ist Sally nicht der Typ, der Souvenirs mitbringt, schon gar keine Geschenke für mich. Aber sie sagte, er hätte sie an mich erinnert – weil er von der Erde sei und zugleich doch nicht von ihr. Er scheint mit der Schwerkraft ziemlich gut zurechtzukommen …«

In geselligem Schweigen saßen sie beieinander, und während er seine Arbeit wiederaufnahm, überdachte sie nicht zum ersten Mal ihre Gefühle für dieses Wesen, diesen Doktor Frankenstein, dessen wiederbelebtes Ungeheuer sie war. Für diesen Mann. Unaufhörlich manipulierte Lobsang Menschen und Umstände und mischte sich heimlich und unauffällig ein, was ihm viele Feinde eingebracht hatte. Aber wenn sie es richtig sah, geschah es immer aus einer fürsorglichen Zuneigung für die Menschen, wie sehr er über ihre Mängel auch lästern mochte. Soweit sie wusste, war aufgrund von Lobsangs Einmischung noch kein Menschenleben zu Schaden gekommen, wohingegen schon viele durch das verborgene Eingreifen seiner hilfreichen Hand gerettet worden waren – nicht zuletzt eben jene Next durch Joshua, Sally und Nelson, dank seiner Machenschaften hinter den Kulissen. Ganz zu schweigen davon, was er in der Vergangenheit für die Trolle getan hatte …

Was genau empfand sie eigentlich für Lobsang? Sicherlich keine Liebe, das ganz bestimmt nicht. Sie war nur im übertragenen Sinne seine Frau. Abgesehen davon war Lobsang kein Wesen, das man auf menschliche Weise lieben konnte. Vielmehr kam sie sich manchmal vor, als befände sie sich in der Gegenwart eines Engels. »Hab ich noch nie zuvor gesehen«, murmelte sie. »Und wahrscheinlich ist es auch das letzte Mal.«

»Wie bitte, Agnes?«

»Stehen Sie bitte mal kurz auf, Lobsang, ja?«

Lobsang sah sie verdutzt an, erhob sich und kam auf Agnes zu, die ebenfalls aufstand, ihn an den Schultern nahm, auf die Wange küsste und dann fest an sich drückte, mit dem Kopf an der Brust seiner mobilen Einheit. Und während er sie so festhielt, hätte sie beinahe schwören können, dass die leise surrenden Motoren des Twains einen Herzschlag lang aussetzten. Aber das hatte sie sich wahrscheinlich nur eingebildet.

An diesem Abend ging Agnes nicht wie sonst in ihre Kabine, um sich ins Bett zu legen, sondern zog ihre wärmsten Sachen an, durchquerte den Salon und klopfte an die Tür des Ruderhauses. Ein ziemlich verdutzt aussehender Lobsang öffnete ihr. Das Licht war gedimmt, der winzige Kontrollraum von hellem Mondlicht geflutet.

Agnes stellte sich neben ihn. »Sie haben mir einmal erzählt, dass Sie, wenn Sie mit einem Twain unterwegs sind, nachts gerne aufbleiben und sich den Mond ansehen beziehungsweise die Monde, beim Wechseln. Wollen wir uns den Mond heute Nacht gemeinsam ansehen?«

Sein Lächeln war absolut echt. »Es wäre mir eine Ehre und eine ganz besondere Freude.«

»Jetzt werden Sie nicht gleich rührselig«, brummte sie. »Wo haben Sie eigentlich den Baileys versteckt?«

Kurz darauf saß Lobsang neben ihr im wohlig warmen Ruderhaus. Sie hatte eine Decke auf dem Schoß und war, umfangen von dem beruhigenden mechanischen Summen, trotz allem alsbald eingeschlafen.

Als sie erwachte, war es schon Morgen.

Lobsang stand immer noch am Fenster und blickte finster auf Happy Landings hinab.

»Lobsang?«

»Wir müssen hier saubermachen«, sagte er, ohne sich umzudrehen.

»Saubermachen? Wie denn?«

»Es muss alles weg. Die Gebäude, die Feldbegrenzungen, sogar die Straßen. Restlos. Wenigstens das kann ich zum Wohle der Next und der Menschheit tun, ob ich nun darum gebeten werde oder nicht.«

Sie unterdrückte einen Seufzer. Ehe sie sich mit Lobsang und seinen Lobsang-Ideen abgeben konnte, brauchte sie erst einmal eine Tasse Kaffee. »Was reden Sie da? Warum sollten Sie so etwas tun?«

»Agnes, bitte sehen Sie mich nicht an, als wäre ich verrückt geworden. Denken Sie logisch. Die kommende Rasse hat uns zu verstehen gegeben, dass sie weg ist, so weit wie möglich weg von uns.«

»Was glauben Sie, wo sie hin sind?«

»Die Botschaft, die ich gehört habe, besagte, sie hätten irgendwo so etwas wie ein Reservat abgesteckt, einen Bereich in der Langen Erde, der zuvor unbewohnt war und den sie jetzt als den ihren beanspruchen. Sie nennen ihn *die Farm*. Wie ausgedehnt dieser Bereich auch sein mag – eine Welt oder eine Million Welten – oder wo er liegt, nach Osten oder Westen, und wie weit entfernt, das weiß ich nicht. Er muss nicht einmal zusammenhängen, also nicht alle Welten hintereinander aufgereiht. Der Rest der Langen Erde gehöre uns, sagen sie. Großzügig von ihnen, oder nicht?«

Nach einer kurzen Pause fuhr er fort: »Ehrlich gesagt, nachdem die Next sich jetzt selbst für eine Trennung von uns entschieden haben... also ich finde, es hätte wesentlich schlimmer kommen können. Für uns, meine ich. Schließlich haben wir bereits damit gedroht, sie auszulöschen. Momentan sieht es ganz so aus, als wollten sie in erster Linie überleben, zumindest solange sie nur so wenige sind. Ich glaube einfach nicht, dass sie uns etwas antun wollen, wenn wir sie in Ruhe lassen. Falls wir sie jedoch weiterhin belästigen...«

»Sie wollen also verhindern, dass wir ihnen folgen können.«

»Genau.«

»Deshalb wollen Sie diesen Ort hier vernichten. Und damit jeden möglichen Hinweis auf den Verbleib der Next.«

»Mehr kann ich nicht tun, Agnes.«

Trotzdem wusste Agnes im Grunde ihres Herzens, dass Lobsang am liebsten sehr viel mehr getan hätte. Er hätte gerne mehr gewusst. Er wäre am liebsten selbst bei den Next gewesen. Aber ihm blieb nichts anderes übrig, als den Hausmeister zu spielen und hinter ihnen aufzuräumen, so wie er in seinem Trollpark in Wechsel-Madison die Blätter zusammengefegt hatte.

»Ich überlege noch, wie es sich am besten machen lässt«, sagte er. »Ich könnte alle Trolle, die ich auftreiben kann, herholen und alles kurz und klein schlagen lassen. Sämtliche Spuren dessen, was einmal Happy Landings war, beseitigen. Die Alternative wäre, einen kleinen Asteroiden abstürzen zu lassen, direkt aufs Rathaus. Wäre kein großes Problem für mich, in Anbetracht der Basis, von der aus ich arbeite.«

»Ehrlich? Welche Basis? Wenn Sie Asteroiden erwähnen, reden Sie wahrscheinlich vom Weltraum. Natürlich halten Sie sich dieser Tage irgendwo in der Oortschen Wolke auf, wie Sie es ausdrücken.«

Sein Grinsen konnte erstaunlich spitzbübisch aussehen. »Meine besten Witze sind wie guter Wein. Sie werden mit zunehmendem Alter immer besser. Aber um das hier zu bewerkstelligen, müsste ich nicht von der Oortschen Wolke aus operieren. Ein kleiner, erdnaher Asteroid könnte innerhalb weniger Tage abgelenkt und zum Aufprall gebracht werden. Vielleicht sogar innerhalb von Stunden, wenn er nah genug ist. Selbstverständlich müssten wir dafür sorgen, dass sich hier niemand mehr aufhält, und alle Pioniere, die zur Verwertung der Hinterlassenschaften hier herumschnüffeln, rechtzeitig warnen. Wir müssten auch irgendein System einrichten, das allen, die wie Rich und George auf mysteriöse Weise durch die weichen Stellen hierherfallen, weiterhilft…«

Sie hakte sich bei ihm ein. »Aber nicht gleich heute. Kommen Sie. Erst machen wir Frühstück, und dann bringen wir unsere Jungs nach Hause.«

Er rührte sich nicht von der Stelle, sondern musterte das, was auf den Bildschirmen vor ihm erschien. »Die Jungs sind wohlbehalten an Bord, oder?«

»Ja. Sie schlafen noch. Warum fragen Sie?« Etwas hinter dem Fenster lenkte sie ab. »Lobsang?«

»Ja?«

»Was ist das für ein Licht am Himmel?«

»Ich bin nicht ganz ehrlich mit Ihnen gewesen, Agnes. Gleich, nachdem ich die Nachricht von den Next empfangen habe, habe ich mit meinen Vorbereitungen angefangen. Ich hätte den Steinbrocken leicht wieder ablenken können, wenn es mir ratsam erschienen wäre.«

»Das Licht, das da vom Himmel fällt... Sie haben die ganze Nacht durchgearbeitet, was? Dabei soll ich doch Ihr Gewissen sein. Was haben Sie getan, Lobsang? Was haben Sie getan?«

Um die Auswirkungen zu überwachen, hatte Lobsang Ballons, Drohnen und sogar ein paar Nanosats vom Twain aufsteigen lassen. So konnte Agnes alles mitansehen.

In den letzten Augenblicken seiner Existenz kam der Asteroid schräg über Nordamerika herein. Innerhalb von Sekundenbruchteilen bohrte er sich durch die Erdatmosphäre, verdrängte die Luft und zog einen Vakuumtunnel hinter sich her.

Dann schlug ein Brocken aus Eis und Staub von der Größe eines kleinen Hauses in den Erdboden ein.

Der Asteroid selbst wurde komplett zerstört. Die Landschaft rings um den Einschlag wurde von einer Explosion aus geschmolzenem Gestein und extrem heißem Dampf hinweggefegt, von Druckwellen und umherfliegendem Geröll, und dann von gewaltigen Stößen erschüttert, die sich durch den gewachsenen Fels fortpflanzten.

Es war ein vergleichsweise kleiner Asteroideneinschlag.

Der flache Krater würde schon bald auskühlen, es gab keinerlei verbleibende Strahlung. Niemand kam dabei zu Schaden. Niemand würde dadurch je zu Schaden kommen.

Aber Happy Landings gab es nicht mehr.

# 46

Dem Bardo Thödröl zufolge konnte der Geistkörper im Sidpa-Bardo ganze Kontinente in einem Augenblick überbrücken. Er konnte jeden beliebigen Ort erreichen, und das in der Zeitspanne, die es brauchte, um eine Hand auszustrecken.

Trotzdem fragte sich Lobsang, ob der Geistkörper auch fähig war, bis ins menschliche Herz zu gelangen.

# DANKSAGUNG

Einige Ideen, die den Hintergrund zur Episode mit dem »großen Sprung seitwärts« bilden (Kapitel 15) kamen schon in *Die Gelehrten der Scheibenwelt* vor, geschrieben von Terry Pratchett zusammen mit Ian Stewart und Jack Cohen.

Sämtliche Irrtümer und Ungenauigkeiten haben natürlich allein wir zu verantworten.

T.P.
S.B.
Dezember 2013, Datum-Erde

*Autoren*

Terry Pratchett, geboren 1948, war einer der erfolgreichsten Autoren der Gegenwart. Von seinen Romanen wurden weltweit über 80 Millionen Exemplare verkauft. Seine Werke sind in 38 Sprachen übersetzt. Für seine Verdienste um die englische Literatur wurde ihm sogar die Ritterwürde verliehen. Terry Pratchett starb im März 2015. Mehr zum Autor unter www.pratchett-buecher.de und www.pratchett-fanclub.de.

Stephen Baxter, 1957 in Liverpool geboren, studierte Mathematik und Astronomie, bevor er sich ganz dem Schreiben widmete. Er zählt zu den weltweit bedeutendsten Autoren wissenschaftlich orientierter Literatur. Etliche seiner Romane wurden preisgekrönt und zu internationalen Bestsellern. Baxter lebt und arbeitet im englischen Buckinghamshire.

*Terry Pratchett im Goldmann Verlag:*

*Die Scheibenwelt-Romane:* Voll im Bilde · Alles Sense! · Total verhext · Einfach göttlich · Lords und Ladies Helle Barden · Rollende Steine · Echt zauberhaft · Mummenschanz · Hohle Köpfe · Schweinsgalopp · Fliegende Fetzen · Heiße Hüpfer · Ruhig Blut! · Der fünfte Elefant · Die volle Wahrheit · Der Zeitdieb · Die Nachtwächter · Weiberregiment · Ab die Post · Klonk! · Schöne Scheine · Der Club der unsichtbaren Gelehrten · Steife Prise · Toller Dampf voraus

*Märchen von der Scheibenwelt:* Maurice, der Kater · Kleine freie Männer · Ein Hut voller Sterne · Der Winterschmied · Das Mitternachtskleid · Die Krone des Schäfers

*Von der Scheibenwelt außerdem erschienen:* Wahre Helden. Ein illustrierter Scheibenwelt-Roman · Die Kunst der Scheibenwelt · Nanny Oggs Kochbuch · Die Straßen von Ankh-Morpork. Eine Scheibenwelt-Karte · Die Scheibenwelt von A – Z · Mythen und Legenden der Scheibenwelt · Witz und Weisheit der Scheibenwelt · Narren, Diebe und Vampire. Die besten Geschichten aus zehn Jahren Scheibenwelt-Kalender · Vollständiger und unentbehrlicher Stadtführer von gesammt Ankh-Morpork · Mrs. Bradshaws Handbuch · Der Scheibenweltkalender 2018 · Vollsthändiger und unentbehrlicher Atlas der Scheibenwelt

*Außerdem ist erschienen:* Die gemeine Hauskatze. Illustriert von Gray Jolliffe · Eine Insel. Roman · Dem Tod die Hand reichen

*Gemeinsam mit Stephen Baxter:* Die Lange Erde. Roman · Der Lange Krieg. Roman · Der Lange Mars. Roman · Das Lange Utopia. Roman · Der Lange Kosmos

*Dazu sind Terry Pratchetts Johnny-Maxwell-Romane erschienen:* Nur du kannst die Menschheit retten/Nur du kannst sie verstehen/Nur du hast den Schlüssel. Drei Romane in einem Band

( alle auch als E-Book erhältlich)

GOLDMANN
Lesen erleben

Um die ganze Welt des
GOLDMANN Verlages
kennenzulernen, besuchen Sie uns doch
im Internet unter:

**www.goldmann-verlag.de**

*Dort können Sie*
nach weiteren interessanten Büchern ***stöbern***,
Näheres über unsere ***Autoren*** erfahren,
in ***Leseproben*** blättern, alle ***Termine*** zu Lesungen und
Events finden und den ***Newsletter*** mit interessanten
Neuigkeiten, Gewinnspielen etc. abonnieren.

Ein ***Gesamtverzeichnis*** aller Goldmann Bücher finden
Sie dort ebenfalls.

Sehen Sie sich auch unsere ***Videos*** auf YouTube an und
werden Sie ein ***Facebook***-Fan des Goldmann Verlags!

www.goldmann-verlag.de
www.facebook.com/goldmannverlag

GOLDMANN
Lesen erleben